강안학 연구총서 ❶

강안학이란 무엇인가

강안학 연구총서 1

강안학이란
무엇인가

정우락 외

역락

책머리에

　강이 생명의 근원이며 문명의 요람이라는 사실은 널리 알려진 바다. 사람들은 배를 이용하여 강의 상하로 오르내리면서 교역을 하기도 하고, 강의 좌우를 넘나들면서 새로운 만남을 이루기도 한다. 오르내리고 넘나드는 과정에서 자연스럽게 문화가 생성 혹은 전파되거나 경쟁競爭 혹은 교융交融하게 되는데, 여기서 우리는 이질적인 것과 동질적인 것이 서로 부딪히며 상생하는 대대적待對的 문화 현상을 발견하게 된다. 강이 문화 생성의 역동성을 담보하는 매우 중요한 공간이라는 사실을 이로써 알 수 있다.

　강을 중심으로 상하로 오르내리고 좌우로 넘나드니, 여기에 입각하여 강유역을 하나의 문화권으로 설정하고 연구하는 방식도 낯설지 않다. 그것은 상류, 중류, 하류로 나누기도 하고, 강좌, 강안, 강우로 나누기도 한다. 이들 문화권에 삼간론三間論, 즉 인간과 공간과 시간을 적용시키면 매우 복잡해진다. 인간이 서로 다른 시간과 공간에 살면서 그 시간과 공간이 지닌 보편성과 특수성에 따라 그들의 문화를 인식하기 때문이다. 인간의 삶이 공간과 시간에서 자유로울 수 없다는 측면에서 이를 통해 인간을 이해하는 것은 지극히 온당한 일이다.

　이른바 '강안학'은 강 연안에서 형성·전개된 문화를 체계적으로 이해하고 향유하자는 취지에서 마련된 것이다. 연구의 구체적인 방법론은 강에 대한

문화론적 접근이다. 강이 문화를 생성하는 매우 중요한 역할을 하기 때문이다. 지리와 문화가 서로 밀착되어 있다고 보는 관점을 확보하고 있으니 강안학은 근본적으로 문화지리학적 입장을 취한다. 강이 만들어내는 승경과 이에 따른 다양한 문화의 양태들, 즉 선유, 누정, 시회, 출판, 유산 문화 등 강이 거느리고 있는 문화를 포괄적으로 이해할 수 있다.

우리는 낙동강을 좌우로 나누어 왔던 전통을 존중한다. 이렇게 보면 강안학은 낙동강 연안에서 형성된 학문, 즉 '낙안학洛岸學'의 구체성을 지니고 있다는 사실을 알게 된다. 성호 이익이 '상도上道는 인仁을 숭상하고 하도下道는 의義를 주장했다'라고 하였듯이 낙동강의 학문을 상하로 나누어 이해하기도 하였으나, 강좌·우지역, 경상[영남]좌·우도, 좌·우 병영兵營, 좌·우 주군州郡 등에서 볼 수 있듯이 우리는 오랫동안 낙동강을 좌우로 나누어 인식해왔다. 이는 낙동강이 만들어낸 자연 지리를 정치 혹은 문화적 측면에서 수용한 결과이다.

유학사상사적 측면에서 낙안학으로서의 강안학은 낙중학洛中學이라는 이름으로 연구되기도 했다. 이는 낙동강 중류 일대에서 정몽주鄭夢周를 이은 길재吉再가 사림의 씨앗을 뿌리고, 이것이 발달해 조선의 성리학이 발달하였으며, 조선 중기에 이르러 정구鄭逑와 장현광張顯光의 이른바 '한려학파寒旅學派'가 출현하여 영남 유학의 중심을 이루었고, 조선말에 이르러서는 한주학파寒洲學派가 나타나 당대 '최대, 최고'의 면모를 보인다는 것이었다. 이 연구는 계명대학 한국학연구원을 중심으로 시도되었고, 8권의 연구서로 갈무리되었다.

낙중학은 용어의 타당성 여부를 떠나 영남 유학을 새롭게 읽는 매우 중요한 역할을 하였다. 이제 우리는 낙중학 연구의 성과를 한편으로 수용하면서도 다른 한편으로 문화적 확장을 이룩하자는 측면에서, 오래전부터 제기되었던 강안학 연구를 다시 시작하기로 한다. 이는 낙중학이 학문적 차원에서 성리학으로 제한되어 있고, 방법적 차원에서 지리와 학문의 유기성이 제대로 드러나지 않았다는 성찰적 시각이 작동한 결과이기도 하다.

이 책에서는 우선 필자가 강안학 연구의 방법론을 제시하였고, 장윤수 교수가 강안학 연구의 정체성을, 홍원식 교수가 낙중학의 성과와 과제를, 박인호 교수가 낙안지역의 사부류를 역사적 측면에서 검토하였다. 강안학이 문학 연구로 확장하기도 했다. 최은주 박사의 누정제영, 조유영 교수의 구곡시가, 백운용 선생의 선유시회가 그것이다. 아울러 이 지역에서 정구와 한강학파의 활동은 매우 중요한 의미를 지니므로, 김학수 교수, 이영호 교수, 장인진 박사가 여기에 동참하여 관련된 논의를 전개하였다.

낙안학으로서의 강안학 연구를 시작하며 한강 정구의 후손인 전 담수회장 일초一樵 정원용鄭遠容 선생을 떠올린다. 선생은 평소 한국학이 하나의 가문학家門學으로 전락되어서는 안 된다는 생각을 지니고 있었지만, 그 꿈을 이루지 못하고 하세하시고 말았다. 그러나 선생의 아드님인 성균관대학교 정재황 교수가 경북대학교 영남문화연구원에 원복학술기금을 조성하면서 그 유지를 받들게 되었다. 감사하고 의미 있는 일이다. 출판을 맡아 이러한 일을 가능하게 한 것은 도서출판 역락의 이대현 사장이다. 이 자리를 빌려 감사의 말씀을 전한다.

2023년 9월
오하중마실梧下重磨室에서 정우락 씀

차례

강안학江岸學 연구, 어떻게 할 것인가
— 낙안학洛岸學[낙동강 연안학]을 중심으로 —

정우락(경북대학교 교수)

1. 기본 구상

본 논의는 강 연안, 특히 낙동강 연안의 문화와 학술을 체계적으로 구명하기 위해 마련된 것이다. 여기서 우리는 강을 중심으로 차안과 피안이 나누어져 있다는 지리적 조건을 우선 주목할 필요가 있다. 강은 개울이나 바다와 달리 다량의 물이 위에서 아래로 흐르면서 양안을 분리하고, 그 연안에 사는 사람들은 그 물을 이용하여 그들의 삶을 영위하며 새로운 문명을 만들어갔다. 주지하듯이 이 때문에 세계의 주요 문명사는 강을 중심으로 이루어질 수 있었다. 물이 만들어내는 풍부한 자원과 편리한 교통이 그 주요 원인이다.

사람들은 배를 이용하여 강의 상하로 오르내리면서 교역을 하기도 하고, 강의 좌우를 넘나들면서 새로운 만남을 시도하기도 했다. 오르내리고 넘나드는 과정에서 자연스럽게 문화가 전파되거나 경쟁競爭·교융交融하게 되는데, 여기서 우리는 이질적인 것과 동질적인 것이 서로 부딪히며 상생하는 것을 발견하게 된다. 즉, 강 연안의 문화는 폐쇄적 내륙 문화나 개방적 해양 문화와 달리, 자기 정체성을 유지하면서도 끊임없이 새로운 세계로 열려 있다는 것이다. 이것은 강문화가 구심력을 형성하면서도 동시에 원심력을 확보하고 있기 때문에 가능하다. 이른바 가위문화론적 시각[1]에서 강 연안의 문화를 관찰할 수 있다는 것이다.

강과 그 연안의 문화가 개울이 지닌 구심력과 바다가 지닌 원심력 사이에서 존재하므로, 강을 중심으로 한 차안과 피안은 인력引力과 척력斥力을 동시에 지닐 수 있었다. 이는 오랫동안 동양사상과 존재론을 지배해왔던 음양대대론陰陽待對論과 밀접한 연관성을 지닌다. 즉, 음과 양이 서로 다르기 때문에 협동하고 다르기 때문에 경쟁한다는 것이다. 이와는 달리 음과 양이 서로 같기 때문에 협동하기도 하고 같기 때문에 경쟁하기도 한다. 다시 말해 음과 양은 대립되어 있기 때문에 상호 배타적이기도 하고, 결핍되어 있기 때문에 상호 의존적이기도 하다는 것이다.

우리는 여기서 강의 정체성을 새롭게 생각할 필요가 있다. 좌우의 중간에 서면 정체성의 의심을 받을 수 있기 때문이다. 그러나 정체성은 배타성을 지니기도 하고, 다중성을 지니기도 한다. 배타적 입장에서의 정체성은 타자와 구별되는 독자성을 말하며, 다중적 입장에서의 정체성은 타자와의 관계성 속에서의 성립되는 주체 역량을 의미한다. 이것은 그 범위에 따라 개인의 것일 수도 있고, 집단적인 것일 수도 있다. 배타적 정체성排他的 正體性[Exclusive Identity]이 근본주의로 경화될 수 있고, 다중적 정체성多重的 正體性[Multiple Identity]이 주체의 상실로 표류할 수 있지만, 이 둘은 대체로 일정한 관계를 형성하며 개인과 집단의 정체성을 밝히는 데 많은 도움을 준다.

우리 역사는 두 가지의 서로 다른 정체성이 길항관계를 유지하면서 진행

---

1   정우락, 「조선중기 강안지역의 문학활동과 그 성격 - 낙동강 중류지역을 중심으로 한 하나
     의 시론 - 」, 『한국학논집』 40, 계명대학교 한국학연구원, 2010 참조.

된 듯하다. 최치원崔致遠(857-?)의 <난랑비서鸞郎碑序>에서 보듯이 고대 한민족
은 풍류도風流道라는 이름으로 유불도儒佛道 회통의 다중적 정체성을 지니고
있었다. 그러나 김부식金富軾(1075-1151)의 『삼국사기』는 유교적 세계관에 입각
하여 기자조선 중심의 배타적 정체성을 확립했다. 일연一然(1206-1289)이 『삼
국유사』를 통해 단군조선을 내세우면서 고기古記[2]의 다중적 정체성을 강조하
였지만, 사림파와 도학파를 거치면서 조선의 선비들은 다시 우리 민족의 정
통성을 기자조선에서 찾는 배타적 정체성을 강조했다.[3] 이처럼 우리는 단군
과 기자를 중심으로 한 정통성 논쟁을 끊임없이 해왔고, 그것은 독립운동
공간에서도 반복해 표출되었다. 천도교와 기독교를 중심으로 한 3.1운동이
다중적 정체성에 입각한 민족운동이었다면, 유학자들이 중심이 된 파리장서
운동은 배타적 정체성에 입각한 민족운동이었기 때문이다.

　우리는 여기서 근대 문명의 병리현상을 극복해야 하는 시대적 요청 역시
자각할 필요가 있다. 극근대에 대한 학문적 실천이 요청된다는 것이다. 이러
한 시각에서 강의 '곡선'을 주목한다. 직선은 우리에게 질러가는 방법을 가르
쳐주었다. '질러가기'는 속도라는 선물을 안겨 주며 보다 많은 것을 보다
빨리 획득할 수 있게 했다. 자본과 경쟁을 바탕으로 하는 근대 문명은 바로
이러한 직선적 사유에 기반한 산물로서 철로나 고속도로가 그 상징적 존재이

2　『삼국유사』에는 '古記'가 다양하게 등장한다. 기이편의 「고조선」 조뿐만 아니라 「북부여」
　조, 「태종춘추공」 조, 「후백제견훤」 조, 흥법편 「아도기라」 조, 「법왕금살」 조, 탑상편 「전
　후소장사리」 조, 「남백월이성노힐부득달달박박」 조, 「어산불영」 조, 「대산오만진신」 조 등
　에서도 확인된다. 그리고 '신라고기', '백제고기', '鄕古記', '고려고기' 등의 용어도 발견된다.
　여기에는 김부식이 참고했을 법한 구삼국사도 포함되었을 것인데, 기본적으로 다중적 정체
　성의 입장을 띠고 있었던 것으로 보인다. 『삼국유사』의 神異史觀이 바로 그것을 증언한다.
3　조선조 선비들은 箕子가 은나라 마지막 왕인 紂의 숙부로 은의 운명이 다하자 조선으로
　와서 東方君子國을 건립하였다고 믿었다. 이것은 '堯-舜-禹-湯-文-武-周公'으로 이어지는 도
　통론 속에서 기자를 발견하고 小康時代인 하은주 삼대의 도가 기자를 통해 우리나라에 전해
　졌다는 주장이다. 이러한 유학적 도통론은 일제강점기까지 지속되면서 배타적 정체성의
　구심체 역할을 했다.

다. 그러나 이 같은 속도지상주의는 반드시 폭력성을 동반하기 마련이다. 철로나 고속도로를 보라. 산이 가로막으면 그 산을 뚫고 지나가고, 강이 끊어 놓으면 그 강심江心에 콘크리트 다리를 박아 건너가지 않는가. 이처럼 직선은 우리에게 빠른 발전을 가져다주었지만 동시에 자연을 파괴하며 심각한 공해를 동반하는 재앙을 안겨주기도 했다.

직선의 빠른 속도에 비해 곡선은 느리고 답답하다. 곡선은 우리에게 끊임없이 돌아가는 방법을 가르쳐 주기 때문이다. '돌아가기'는 '빨리빨리'로 대표되는 한국적 정서에 도무지 맞지 않는 것 같기도 하다. 그러나 곡선은 우리에게 커다란 시사점을 제공한다. 느림의 미학이 바로 그것이다. 곡선적 사유에 대한 상징적 존재가 바로 강이다. 강은 철로나 고속도로와 달리 산이 있으면 돌아가고, 차안此岸과 피안彼岸을 뱃길로 이으며 상이한 문화를 실어 나른다. 직선이 속도로 인해 자신의 앞만 보며 달려갈 수밖에 없는데 비해, 곡선은 느리기 때문에 이웃과 주변을 돌아보게 한다. 따라서 곡선은 평화를 지향한다.

지난 한 세기 동안 우리 사회는 실로 혁명적인 변화를 겪었다. 그 혁명적 변화는 직선과 고속도로가 만들어낸 것이며, 그것의 극단이라 할 수 있는 가상공간 상의 직선적 소통까지 가능하게 되었다. 그러나 그 가상공간 상의 소통은 긍정적 요소도 많지만, 오히려 자신의 편파적 주장에 그치게 됨으로써 심각한 소통 부재의 사태를 초래하기도 한다. 이 지점에서 우리는 진정한 소통을 모색하지 않으면 안 된다. 이를 위한 하나의 대안이 한국인의 감성과 체질에 부합하는 새로운 차원의 소통이다. 여기서 우리는 곡선과 강이 가져다주는 상상력을 다시 생각하게 된다.

곡선적 사고에는 전근대를 돌아보며 근대를 극복하는 새로운 길이 제시될 수 있으므로 여기에는 문명사적 의미가 깃들어 있다. 지난 수십 년간 시도해

왔던 근대과학을 극복하려는 뚜렷한 학문적 흐름은 네 가지로 요약된다. 첫째는 동물적 본성으로 돌아가야 한다는 환원주의적 통섭이고, 둘째는 복잡계 이론 등을 통한 학제적 융합이며, 셋째는 하나의 지식을 중심으로 한 여타의 학문에 대한 수렴이고, 넷째는 당대에 얻거나 만들어진 개념적 도구들로 역사적 문제에 따른 대안을 구하는 것이다.[4] 여기서 우리는 통섭과 융합, 그리고 수렴이 당대적 안목으로 구상되고 있는 하나의 학문방법상의 논리체계로 읽을 수 있음을 이해하게 된다. 강을 중심으로 한 곡선적 사고는 바로 이같은 문제의식에서 출발한 것이다.

낙동강을 중심으로 '강좌'와 '강우'로 나누어 영남학을 이해하던 것에 일정한 문제를 제기하면서, 낙동강 연안을 하나의 학문장學問場으로 적극 타진하며, '강안학'으로 구체화시킨 것은 필자에 의해서다.[5] 이후 홍원식은 다시 낙동강을 '상류'와 '중류'와 '하류'로 나누고, 이 가운데 낙동강 중류 지역을 주목하면서 '낙중학'이라는 용어 아래 이 지역의 사상을 읽고자 했다.[6] '강안학'과 '낙중학'은 지역학으로서의 영남을 새롭게 이해하고자 하는 문제의식은 다르지 않으나 지역적·학문적 범위에서 사뭇 차이가 난다. 지리적 특성과 학문 및 문화생성은 밀접한 관계에 놓이므로 강안학은 여전히 유효하다. 바

---

4 노진철, 「불확실성 시대의 과학하기」, 『인문학 콜로키움 3: "21세기 학문을 묻다"』 발표자료집, 경북대학교 인문대학, 2010 참조.

5 여기에 대해서는, 정우락, 「강안학과 고령 유학에 대한 시론」(『퇴계학과 한국문화』 43, 경북대학교 퇴계연구소, 2008), 「조선중기 강안지역의 문학활동과 그 성격」(『한국학논집』 40, 계명대학교 한국학연구원, 2010), 『영남 한문학과 물의 문화학』(역락, 2022) 참조.

6 홍원식의 「영남 유학과 '낙중학'」(『한국학논집』 40, 계명대학교 한국학연구원, 2010)에서 '낙중학' 연구에 대한 방향성을 알 수 있다. 이 연구는 계명대학교 한국학연구원에서 10년간 지속하였으며, 단행본 8권으로 마무리 되었다. 한국 성리학에서의 낙동강 중류지역의 학문 전통에 대한 관심을 일깨웠다는 측면에서 연구사적 의의가 있다. 철학분야에서 낙중학의 성과와 과제를 논의한 것은 장윤수의 「낙중학의 성과와 과제 (철학분야) - 지역학 연구의 방향과 미래지향적 의미 탐색 - 」(『한국학논집』 85, 계명대학교 한국학연구원, 2021)에서 이루어졌다.

로 이러한 측면에서 본고에서는 기존의 논의를 한편으로 계승하고 다른 한편으로 반성하면서 강안학 연구를 위한 방향을 새롭게 가다듬는다.

2. 삼간론三間論과 지리 공간

우리는 흔히 시공 개념으로 세계世界와 우주宇宙를 인식한다.[7] 이 가운데 세世와 주宙는 고금왕래古今往來라는 시간을, 계界와 우宇는 상하좌우上下左右라는 공간을 의미하기 때문이다. 시간과 공간 사이에는 다양한 사물이 존재한다. 이들 사물은 시간에 따라 생성과 소멸을 반복하고, 공간에 따라 이동과 변화를 거듭한다. 그 사물들 가운데 인간이 있어, 이들은 인식의 주체 혹은 객체로 일련의 문화 활동을 벌이며 자신이 지닌 상상력을 일정한 형식으로 담아낸다. 문화활동이란 다름 아닌 인간이 시간과 공간 속에서 벌이는 인식과 실천의 총체이다.

인간과 시간과 공간으로 구성된 것이 삼간론三間論이다. 그렇다면 인간과 공간과 시간은 어떻게 직조되는가. 과거와 현재라는 시간을 세로축으로 하고, 인간과 자연을 가로축으로 설정해보자. 인간은 남녀노소이고, 시간은 고금왕래이며, 공간은 상하좌우이다. 이렇게 좌표를 설정하고 '좌표 0'의 자리에 인식의 주체인 '자아'를 설정하면 나머지는 모두 '사물'로 인식의 객체가 된다. 이로써, '자아-인간-과거' 등 사물인식의 삼각구도가 성립된다. 이를 조금 구체적으로 도시해보자.

---

7 이하의 글은 필자가 쓴 증대홍(정우락 외 역), 『문학지리학개론』, 경북대학교출판부, 2022의 「역자 후기」 부분을 적극 수용하였다.

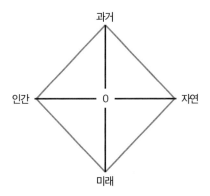

자아의 위치를 좌표 0으로 한다면, 인식의 삼각구도가 넷이 성립된다. '자아-인간-과거', '자아-자연-과거', '자아-인간-미래', '자아-자연-미래'가 그것이다. 이를 기반으로 보다 큰 범위에서 다시 넷을 상정할 수 있다. 시간 중심의 '자아-과거-미래-인간'과 '자아-과거-미래-자연', 공간 중심의 '자아-인간-자연-과거'와 '자아-인간-자연-미래'가 그것이다. 더욱이 과거의 결과이자 미래의 원인인 현재를 부각시켜 인간과 자연을 현재적 관점에서 다시 해석할 수도 있다. 이렇게 삼간론은 다양한 방향으로 열려 있으며, 특히 인간이 시간과 공간에 벌이는 소통론에 민감하다.

문학의 경우를 예로 들어 약간 깊게 들어가 보자. 인간의 문학활동을 시간에 입각점을 두고 거시적으로 연구하는 것이 문학사학이라면, 인간의 문학활동을 공간에 입각점을 두고 미시적으로 연구하는 것은 문학지리학이다. 문학사학이 고대와 중세, 그리고 근대 등 시간을 오르내리면서 문학적 사상事象의 지속과 변화에 주목하는 것이라면, 문학지리학은 국내는 물론이고 한국과 중국, 그리고 동아시아 등 공간을 넘나들면서 어떤 문학적 사상의 원천과 전파를 주목한다. 물론 이 둘은 상호 교융하면서 하나의 체계 속에서 이해되기도 한다. 문학과 사학, 문학과 지리학은 태생 자체가 학제적이기 때문이다.

한국은 물론이고 중국에서도 학문에 대한 심각한 불균형이 이루어지고 있다. 즉 시간사유에 해당하는 종적 연구라 할 수 있는 문학사학이나 철학사학 등은 하나의 전공이 뚜렷하게 설정되어 근대 학문체계 속으로 들어와 자기 몫을 다하고 있지만, 공간사유에 해당하는 횡적 연구라 할 수 있는 문학지리학, 철학지리학, 역사지리학 등을 포괄하는 문화지리학은 근대의 분과학문체계에서는 명확한 학문적 위치를 차지하고 있지 못하다. 따라서 시간의 학문인 사학 등과 서로 대응되는 공간의 학문인 문학지리학도 조속한 시일 안에 자신의 위상을 분명히 할 수 있어야 한다. 학문적 균형을 위해서라도 이는 시급히 해결되어야 할 문제이다.

작가가 태어나 자란 자연환경과 인문환경은 그 작가의 문학성에 지대한 영향을 미치기도 하고, 어떤 구체적인 지리 공간을 작품으로 창작하는 경우에도 작가의 정서와 지리 공간은 상호 긴밀하게 소통한다. 일찍이 유협劉勰(465-522)은 그의 『문심조룡文心雕龍』에서 "문학의 덕 됨은 위대하다. 천지와 함께 태어났도다."라고 말한 바 있다. 천지라는 공간이 문학에 끼친 영향을 이렇게 표현한 것이다. 그리고 한국의 조선후기 실학자 성호星湖 이익李瀷(1681-1763)과 중국의 현대 아동문학가 빙심氷心 사완영謝婉瑩(1900-1999)은 문학과 지리의 관계에 대하여 이렇게 발언한 바 있다.

(가) 오늘날 온 나라 가운데서 오륜五倫이 구비되어 있는 곳을 찾자면 오직 이 한 지방이다. 그 까닭은 무엇인가? 산천 풍기風氣로 증험할 수 있다. 대저 영남嶺南의 큰 물은 낙동강洛東江인데, 사방의 크고 작은 하천이 일제히 모여 들어 물 한 점도 밖으로 새어 나가는 것이 없다. 그 물이 이와 같으면 그 산도 알 수 있다. 이것이 바로 여러 인심이 한데 뭉치어 부름이 있으면 반드시

화답하고, 일을 당하면 힘을 합하는 이치이다. …… 그러므로 삼국의 즈음에
도 오직 신라만이 마침내 삼국을 통일하여 1천 년을 전하였으니, 이것이 어찌
인심이 흩어지지 않은 까닭이 아니겠는가![8]

　(나) 작가의 작품은 그가 태어나고 자란 지역과 밀접한 관계가 있다. -
예컨대 소설가의 소설, 시인의 시, 희극작가의 희극이 현지의 풍광을 짙게
담고 있는 것과 같다.- 작가의 문학적 특징은 어떤 때에는 전적으로 지리에
의해 만들어지기도 한다. 이처럼, 작가가 적합한 지역에서 태어났다면, 의식
하지 못하는 가운데 성정性情이 닦여 만들어지게 되어, 작가의 작품을 특별히
온유돈후溫柔敦厚하게 하거나, 혹은 호탕하고 비장하게 만들 수 있다. 그래서
그의 인격, 그리고 예술의 가치와 깊은 관계가 있다.[9]

　이익과 사완영은 시대가 다르고 지역이 다르지만 생각이 일치한다. 한국
의 이익은 산천의 풍기가 그 지역의 인심을 결정한다고 보고, 영남의 강 낙동
강을 보면서, 영남인의 통합된 인심을 알 수 있고, 이 때문에 신라가 천 년을
유지할 수 있었으며, 따라서 자신이 살고 있는 조선후기까지 영남에는 오륜
五倫이 살아 있다고 본 것이다. 중국의 사완영 역시 기후나 산천이 작가의
작품에 밀접한 영향을 미친다고 보고, 작품에 드러나는 작가의 온유돈후溫柔
敦厚 및 호장豪壯과 비애悲哀 등의 미의식이 모두 지리에 의해 조성된다고

8　李瀷, 『星湖僿說』 권13, <嶺南五倫>, "在今環域之中, 求五倫備具之鄕, 惟此一區, 是也. 其故,
　何也? 山川風氣可驗, 凡嶺南之大水 曰洛東 四圍羣川鉅流微涼, 一齊合同, 無一點外泄, 其水如
　此, 其山可知. 此爲衆情萃聚, 有倡必和, 當事則倂力加之. …… 是以, 三國之際, 惟新羅, 卒能統
　三, 傳歲一千, 豈非人心之不渙耶?"
9　謝婉瑩, 「文學家的造就」(『燕大季刊』 제1권 제4기, 燕京大學, 1920), "文學家的作品, 和他生長
　的地方, 有密切的關系. -如同小說家的小說, 詩家的詩, 戲劇家的戲劇, 都濃厚的含著本地風光-他
　文學的特質, 有時可以完全由地理造成. 這樣, 文學家要是生在適宜的地方, 受了無形中的陶冶熔
　鑄, 可以使他的出品, 特別的溫柔敦厚, 或是豪壯悱惻. 與他的人格, 和藝術的價値, 是很有關系
　的."

했다. 자연환경이 인문환경을 결정한다는 주장을 매우 적극적으로 펼친 것이라 하겠다.

이익과 사완영의 경우에서 보듯이 인간과 공간은 어떤 함수관계에 놓이지 않을 수 없다. 이 때문에 지리 환경이 인간에게 미치는 영향이 지대하므로 자연기후와 인문기후로 나누어 설명하기도 한다. 그렇다고 해서 인간의 생활 양식은 자연이 부여한 조건에 의하여 결정된다고 보는 환경결정론적 입장을 취하지는 않는다. 인간은 생명의식을 갖고 부단히 외부세계와 교섭하면서 자유롭게 자신의 존재의의를 구축해 나가기 때문이다. 그러니까 인간은 무한한 가능성을 갖고 자유롭게 외부 세계를 수용하면서 변화해 나가는 존재라는 것이다.

지리 공간은 인간이 활동하고 의지하여 생존하는 곳이다. 이 지리 공간에는 물론 자연환경과 인문환경이 포함된다. 자연환경은 다시 지형, 수계, 기후, 생물, 자연재해 등의 요소가 내포되어 있고, 인문환경에는 정치, 군사, 경제, 종교, 문화, 교육, 풍속, 언어 등의 요소가 있다. 자연환경과 인문환경에 존재하는 각 요소는 모두 인간의 활동과 생존에 영향을 미치며, 사상가와 작가의 성장과 작품의 창작에도 영향을 준다. 지리환경의 중요성은 이로써 자명해진다. 『예기禮記·왕제王制』에는 이런 대목이 있다.

무릇 거주하는 백성의 성정과 재능은 반드시 천지의 추위와 더위, 건조함과 습함, 넓은 계곡과 큰 강의 형세와 구조의 차이, 그곳에서 생활하는 백성들의 풍속의 차이 때문이다. 강직함과 부드러움, 무거움과 가벼움, 급함과 느긋함이 같지 않게 되고, 다섯 가지 맛의 배합도 달라지고, 기구도 형태가 다르게 되며, 의복도 입는 것이 다르게 된다. 따라서, 그 가르침을 펼칠 때는 그들의 풍속을 바꾸지 않으며, 정령을 통일할 때는 이들의 합당한 습속을 바꾸지 않는다. 중국과 오랑캐로 구성된 모든 지역의 백성들은, 각각 자신의 성정을 가지고 있어서, 이것을 옮겨가게 할 수 없다.[10]

위의 글에서 인간의 성정과 재능은 그가 살고 있는 자연환경과 인문환경에 절대적인 영향을 받는다고 했다. "천지의 추위와 더위, 건조함과 습함, 넓은 계곡과 큰 강의 형세와 구조의 차이"는 자연환경의 차이를 의미하고, "그곳에서 생활하는 백성들의 풍속의 차이"는 인문환경의 차이이다. 이러한 차이 때문에 인간의 성정과 재능은 서로 다르게 나타난다는 것이다. 모든 지역의 백성들이 그 풍토에 맞는 성정을 가지고 있어 옮겨갈 수 없다고 하기도 했다. 자연 및 인문환경이 인간에게 미치는 영향이 절대적인 것이라는 사실을 이렇게 보았다. 지리환경과 인간의 관계를 매우 직접적으로 비유하기도 한다.

　　가천伽川은 고을 서남쪽 47리에 있다. 수도산에서 발원하여 동남으로 고령 군계로 흘러가 낙동강으로 들어간다. 냇물의 주변 일대를 통칭하여 가천이라고 하니 물을 넉넉하게 댈 수 있고 토양이 기름져 가뭄에도 한재旱災가 들지 않는데 사람들은 자못 거칠다. 술사術士의 말로는 물살이 너무 급하여 그렇다고 한다.[11]

이 글은 가천의 물살이 급하기 때문에 거기에 사는 사람들도 거칠다는 것으로 요약된다. 이처럼 사람들은 지리공간과 인간은 밀접하게 소통하면서

10　『禮記正義』「王制」第五, "凡居民材, 必因天地寒暖燥濕, 廣谷大川異制, 民生其間者異俗, 剛柔輕重遲速異齊, 五味異和, 器械異制, 衣服異宜. 修其教不易其俗, 齊其政不易其宜. 中國戎夷五方之民, 皆有性也, 不可推移."

11　『성산지』권1.

인간에게 지대한 영향을 미친다고 생각해왔다. 중국의 근대학자 유사배劉師培(1884-1919)가 "북방 지역은 땅이 두텁고 물이 깊다. 이러한 곳에서 사는 사람들은 대부분 실질적인 것을 숭상한다. 남방 지역은 강물의 기세가 넓고 광활하다. 이러한 곳에서 사는 사람들은 대부분 허무함을 숭상한다."[12]라고 말한 것도 같은 맥락에서 이해된다.

시간과 공간 속에 인간이 존재한다. 전통적인 입장에서 지리 공간은 인간에게 지대한 영향을 미친다고 생각했다. 자연환경에 따라 인간이 순후하거나 강퍅할 수 있다고 보고, 이웃을 신중하게 선택할 수 있도록 한 것도 인문환경 때문이었다. 강의 연안에서 삶의 터전을 일구어 왔던 사람들 역시 예외는 아니다. 강이 만들어내는 승경은 문학경관이 되었고, 물의 수송기능에 따라 강은 현실주의적 맥락 속에서 읽히기도 했다. 낙동강의 경우처럼 낙洛은 그 명칭에서부터 중국의 낙학洛學과 결부되면서 자연스럽게 도학적으로 이미지화되기도 한다. 이처럼 강은 승경을 안고 인간의 인식과 정서에 지대한 영향을 미쳐왔던 것이다.

3. 낙동강 700리설과 강안학

영남은 '영지남嶺之南' 혹은 '대령지남大嶺之南' 등으로 표현되듯이 조령鳥嶺과 죽령竹嶺의 남쪽 지역으로 태백산맥과 소백산맥 사이에서 고립적 형태로 존재한다. 즉 북쪽으로는 태백·소백산맥에 가로막혀 그 너머의 한강 유역권과 경계를 이루고, 동쪽으로는 태백산맥에 가로막혀 그 너머의 동해안권을 형성한다. 서쪽으로는 소백산맥이 가로막아 금강 및 영산강 유역권과 경계를

---

12   劉師培, 「南北文學不同論」, 『劉師培學術論著』, 浙江人民出版社, 1998, 162쪽.

이루며, 남쪽으로는 남해와 경계를 이루며 남해안권을 형성한다. 흐르는 산맥 가운데 낮은 곳을 골라 죽령竹嶺과 조령鳥嶺 등의 고개가 생겨 남북의 소통로 역할을 하기도 하지만, 험준한 산맥으로 둘러싸인 자연환경으로 영남은 고립될 수밖에 없었다.[13]

영남지역이 외부로 고립되어 있다면 그 내부는 어떠한가. 태백산맥과 소백산맥의 지맥이 가운데로 흘러 선산의 금오산과 성주와 합천의 가야산, 군위와 의흥의 팔공산, 대구와 현풍의 비슬산 등 높고 낮은 산들을 만들어 영남지역의 내적 분화를 이루기도 하지만, 낙동강을 중심으로 일체감을 형성한다. 이는 동쪽에서는 서쪽으로, 서쪽에서는 동쪽으로, 북쪽에서는 남쪽으로, 남쪽으로는 북쪽으로 물이 흐르기 때문에 가능하다. 물이 이렇게 흐를 수 있는 것은 영남이 밀양·의성·영양 소분지를 포괄하는 거대한 경상분지를 형성하고 있기 때문이다. 15세기에 편찬한 『세종실록지리지』와 19세기에 편찬한 『임하필기』에는 낙동강을 이렇게 소개하고 있다.

> (가) 큰 내는 셋인데, 첫째가 낙동강이다. 그 근원이 셋으로, 하나는 봉화현 북쪽 태백산 황지黃池에서 나오고, 하나는 문경현 북쪽 초점草岵에서 나오고, 하나는 순흥의 소백산에서 나와서, 물이 합하여 상주에 이르러 낙동강이 된다. 선산에서 여차니진餘次尼津, 인동에서 칠진漆津, 성주에서 동안진東安津, 가리현에서 무계진茂溪津이 되고, 초계에 이르러 합천의 남강南江 물과 합하여 감물창진甘勿倉津이 되고, 영산에 이르러 또 진주 남강南江의 물과 합하여 기음강岐音江이 되며, 칠원에서는 우질포亏叱浦[웃포]가, 창원에서는 주물연진主勿淵津이 되어 김해에 이르고, 밀양 응천凝川을 지나 뇌진磊津이 되고, 양산에서 가야진伽倻津이 되고, 황산강黃山江이 되어, 남쪽으로 바다에 들어간다.[14]

---

13 낙동강 유역의 지리적 기초에 대해서는 金宅圭 외, 『洛東江流域史硏究』, 修書院, 1996, 33-92쪽 참조.

(나) 낙동강은 그 근원이 안동의 태백산 황지黃池에서 발원하여, 산을 뚫고 흐르기 때문에 그 이름을 천천穿川이라고도 한다. 천연대天淵臺를 경유하여 탁영담濯纓潭이 되고 다시 가야천伽倻川을 지나 박진朴津이 되어 진강晉江과 만난다. 그런 다음 호포狐浦를 지나 월당진月堂津이 되어 다시 흩어져서 삼차하三叉河가 된다. 금호강은 그 근원이 청송의 보현산에서 나와서 하빈의 고현古縣을 경유하여 서쪽에서 낙동강과 서로 만나며, 황둔강黃芚江은 그 근원이 무주의 덕유산 불영봉佛影峯에서 나와서, 합천에 이르러 징심천澄心川을 지나서 진천鎭川으로 들어갔다가 현창玄倉에 이르러 낙동강과 만난다. 그리하여 태백산과 소백산, 조령과 죽령의 이남과 속리산, 황악산, 대덕산, 덕유산, 장안산, 지리산 이동과 고초산, 백암산, 취서산, 구룡산, 원적산 이서의 모든 산의 물이 이 강으로 흘러든다.[15]

(가)는 『세종실록지리지』에서 소개한 낙동강이다. 여기서는 영남의 대천을 낙동강, 남강, 황강으로 들고 이 가운데 낙동강을 첫째로 꼽았다. 이에 의하면 낙동강의 근원은 태백산의 황지, 문경 북쪽의 초점, 소백산 등 세 곳에 있으며, 이들 근원에서 흘러온 물이 상주에 이르러 낙동강이 된다고 했다. 우리는 여기서 상주에서 비로소 '낙동강'이라는 이름을 얻게 된다는 것을 알게 된다. 상주의 고호가 '낙양洛陽' 혹은 '상락上洛'이었으니 낙동강은

---

14 『世宗實錄地理志』 「慶尙道」, "大川三, 一曰洛東江, 其源有三, 一出奉化縣北太伯山 黃池, 一出 聞慶縣 北草岾, 一出順興 小白山, 合流至尙州爲洛東江. 善山爲餘次尼津, 仁同爲漆津, 星州爲東安津, 加利縣爲茂溪津, 至草溪, 合陜川 南江之流爲甘勿倉津, 至靈山, 又合晉州 南江之流, 爲歧音江, 漆原爲亐叱浦, 昌原爲主勿淵津, 至金海過密陽 凝川爲磊津, 梁山爲伽倻津, 爲黃山江, 南入于海."

15 李裕元, 『林下筆記』 권13, <水之宗十二>, "洛東江, 源出安東太白山之黃池, 穿山而流, 故名穿川, 徑天淵臺爲濯纓潭, 過伽倻川爲朴津, 與晉江會, 過狐浦爲月堂津, 播爲三叉河. 琴湖江, 源出靑松之普賢山, 徑河濱古縣, 西與洛東江會. 黃芚江, 源出茂朱德裕山之佛影峰, 至陜川, 過澄心川, 入鎭川, 至玄倉, 與洛東江會. 大小白·鳥竹嶺以南. 俗離·黃嶽·大德·德裕·長安·智異以東, 高草·白巖·鷲棲·九龍·圓寂以西, 諸山之水, 入此."

이곳의 동쪽을 흐르는 강이라는 뜻이다. 이렇게 보면 낙동강은 상주가 그 기점이며 길이는 700리가 된다.[16] 낙동강은 하류로 내려가면서 지역에 따라 다양한 진을 형성하였다. 인동의 '칠진', 창원의 '주물연진' 등 허다한 진이 그것이다. 낙동강의 하류는 황산강이라는 다른 이름으로 불리기도 했다.

(나)는 이유원李裕元(1814-1888)이 『임하필기』에서 소개한 낙동강이다. 여기서 그는 낙동강의 근원을 『세종실록지리지』에서 셋으로 제시한 것과 달리 태백산 황지로 단일화하고 있다. 『택리지』나 『연려실기술』 등 조선후기 인문지리서에도 이러한 생각이 넓게 퍼져 있었다. 이 때문에 낙동강의 발원지를 황지로 보는 것은 역사적인 의미나 상징성이 크다고 하겠다. 황지를 낙동강의 기점으로 보면 그 길이는 1300리가 된다.[17] 이유원이 언급하고 있듯이 낙동강은 금호강과 황둔강 등을 흡수하여 바다로 흐르는데, 태백산·소백산·조령과 죽령 이남以南, 속리산·황악산·대덕산·장안산·지리산 이동以東, 고초산·백암산·취서산·구룡산·원적산 이서以西의 물이 모두 낙동강으로 유입되어 큰 강을 이루어 바다로 흘러간다.

그러나 낙동강을 중심으로 영남을 좌우로 나눌 때는 낙동강 700리설이 기준이 될 수밖에 없다.[18] 이 때문에 상주를 중심으로 하여 위로 올라가 풍기

---

16 낙동강이 상주의 낙동에서 시작한다고 생각했으므로 오랫동안 낙동강 700리로 회자되었고, 상주시 사벌면 퇴강리 낙동강 둑에는 '낙동강 칠백리 이곳에서 시작되다'라는 표석이 세워지게 되었다.

17 낙동강의 발원지는 태백산 너들샘이다. 황지에 모여드는 물줄기를 거슬러 오르면 강원도 태백시 화전동에서 정선군 고한읍으로 넘어가는 곳에 싸리재를 만나게 된다. 싸리재를 중심으로 저쪽 너머에는 한강의 발원지가 있고, 이쪽 너머에는 낙동강의 발원지 너들샘이 있다. 흔히 낙동강은 황지에서 시작된다고 보았는데, 여기서 시작하면 낙동강은 1,300리가 된다. 현재 황지에는 '洛東江 千三百里 예서부터 시작되다'라는 커다란 표석이 세워져 있다. 金宗直은 <洛東謠>(『佔畢齋集』 권5)에서 "황지의 근원 겨우 잔에 넘쳤는데, 바로 흘러 여기에 와서 넓기도 하네. 하나의 물이 60주를 좌우로 갈라, 몇 군데 나루터에 배들이 이어졌던고?"라고 하였다.

18 역대로 낙동강은 상주의 낙동에서 이름을 얻었기 때문에 낙동강을 700리라고 여겼다. 김정

와 문경을 상한선으로 하고, 아래로 내려가 김해와 동래를 하한선으로 하여, 그 이동을 영남좌도 혹은 강좌지역이라 하고 이서를 영남우도 혹은 강우지역이라 하였던 것이다. 이처럼 낙동강을 중심으로 한 영남에 대한 이분법적 이해는 오랫동안 지속되었다. 영남에 대한 이러한 좌우 구분법이 일반화되었기 때문에, 고지도 등에서도 낙동강을 중심으로 영남을 좌우로 표시할 수 있었다. 그렇다면 상주까지 오면서 그 강은 어떻게 불렸을까? 다음 자료를 보자.

(가) 태백산의 황지黃池는 산을 뚫고 남쪽으로 나와서 봉화에 이르러 매토천買吐川이 되며, 예안에 이르러 나화석천羅火石川과 손량천損良川이 된다. 또 남쪽으로 흘러 부진浮津이 되며, 안동 동쪽에 이르러 요촌탄蔘村灘, 물야탄勿也灘, 대항진大項津이 된다. 영양·진보·청송의 여러 냇물이 모두 합하여 서쪽으로 흘러 용궁龍宮의 비룡산祕龍山 밑에 이르러 하풍진河豊津이 된다. 풍기·순흥順興·봉화·영천의 물은 합하여 예천의 사천沙川이 되고, 문경聞慶·용연龍淵·견탄犬灘의 물은 남쪽의 함창咸昌 곶천串川에 와서 합친다. 상주 북쪽에 이르러 송라탄松蘿灘이 되며, 상주 북쪽 동북 35리에 이르러 낙동강이 되며, 의성·의흥義興 여러 냇물은 군위·비안比安을 거쳐 와서 합쳐진다.[19]

구 등이 부른 <낙동강 칠백리>와 <낙동강 칠백리길>이라는 유행가가 있는가 하면, 염동근의 시에 가락을 붙인 가곡 <낙동강 칠백리 가람은>(1993)도 있으며, 이강천이 감독을 맡고 최무룡·김지미·김진규 등이 출연한 <낙동강 칠백리>(1963)라는 영화도 있다. 이처럼 낙동강은 대중에게서 700리라 여겨져 왔던 것이다. 이렇게 보면 낙동강의 세 근원 가운데 문경의 조첨이 더욱 주목된다.

19 李肯翊, 『燃藜室記述·別集』 권16, <地理典故>, "太白山黃池, 穿山南出, 至奉化爲買吐川, 至禮安爲羅火石川, 爲損良川. 又南爲浮津, 至安東東爲蔘村灘, 爲勿也灘), 爲大項津. 英陽眞寶青松諸川來合, 西至龍宮龍飛山下, 爲河豊津. 豊基·順興·奉化·榮川之水, 合爲禮泉沙川來合, 聞慶·龍淵·犬灘之水, 南爲咸昌串川來合. 至尙州北, 爲松蘿灘, 州東北三十五里爲洛東江, 義城·義興諸川, 經軍威·比安來合."

(나) 낙천洛川의 물은 황지에서 발원하여 남쪽으로 흘러서 장인봉 아래에 까지 이른다. 돌아 흐르는 물줄기는 골짜기 입구를 지나 콸콸거리는 물소리 와 함께 울퉁불퉁한 흰 자갈이 많은 지대를 거쳐 축융봉의 서쪽에 이르고, 두 봉우리가 벽처럼 서서 서로 마주하며 문을 만드니 고산孤山이라 한다. 물 이 이곳에 이르면 더욱 넓어지는데, 그 바깥은 넓은 들판과 백사장이 펼쳐진 다. 꺾어져서 서쪽으로 흘러 5리를 가면 단사협에 이른다. 또 서쪽으로 흘러 세 번 굴절하여 도산의 상덕사의 아래에 이르러 탁영담이 된다.[20]

(가)는 이긍익이 <지리전고地理典故>에서 상주 북쪽 동북 35리에 이르러 낙동강이 되기까지 어떤 이름으로 불리웠는지 자세히 적고 있다. 즉, 황지에 서 아래로 내려오면서 매토천買吐川, 나화석천羅火石川, 손량천損良川, 부진浮津, 요촌탄蓼村灘, 물야탄勿也灘, 대항진大項津, 하풍진河豐津, 사천沙川, 곶천串川, 송 라탄松蘿灘이라는 이름을 가졌다는 것이다. 그리고 성해응의 기록 (나)에서 보듯이 낙천洛川으로 불렸던 사실도 알게 된다. 이익이 <유청량산기>에서, "날이 어두워지자 마을 사람에게 관솔불로 앞길을 인도하게 하여 낙천洛川 을 건너고 밤이 깊어서야 비로소 산에 도착했는데, 하늘빛이 이미 너무 깜깜 해져서 고생스레 길을 찾느라 골짝이 어떻게 생겼는지도 전혀 알지 못하였 다."[21]라고 하고 있는데, 이 역시 청량산 아래쪽으로 흘러 탁영담에 이르는 시내를 말한 것이다. 일찍이 이황도 <도산잡영陶山雜詠>을 지을 때 그 서문을 써서, "산 뒤에 있는 물을 퇴계라 하고, 산 남쪽에 있는 것을 낙천이라 한다. 퇴계는 산 북쪽을 돌아 산 동쪽에서 낙천으로 들고, 낙천은 동취병에서 나와

---

20   成海應, 『研經齋全集』 권51, <淸凉山>, "洛川之水, 發源於黃池, 南流至丈人峯下. 洄流過谷口, 多嶷嵒白磽, 湍瀨溢溢, 至祝融峯西, 兩峯壁立, 相對爲門曰孤山. 水至此益漫, 其外平蕪白沙, 折 而西流, 五里至丹砂峽, 又西流三屈折而至陶山尙德祠下爲濯纓潭."

21   李瀷, 『星湖全集』 권53, <遊淸凉山記>, "昏黑使邨氓以松明導前, 涉洛川, 夜深始到山, 天色已黯 黯, 艱難覓路, 殊不知洞壑之爲如何也."

서쪽으로 산기슭 아래에 이르러 넓어지고 깊어진다. 여기서 몇 리를 거슬러 올라가면 물이 깊어 배가 다닐 만한데, 금 같은 모래와 옥 같은 조약돌이 맑게 빛나며 검푸르고 차디차다. 여기가 이른바 탁영담이다."[22]라고 한 바 있었다.

영남을 좌우로 나누어 이해하는 것은 영남지역을 양분하여 그 이질성을 파악하는 데 매우 효과적이다. 낙동강을 경계로 한 좌우 구분법은 퇴계학파와 남명학파를 중심으로 한 영남학파의 사상적 특성을 파악하는 데도 유효하다. 그러나 낙동강 연안지역은 대립적 시각으로만 이해할 수 없는 부분이 있다. 이 같은 문제를 해결하기 위해 제출된 것이 '문화적 접경론'에 입각한 낙안학洛岸學으로서의 강안학江岸學이다. 낙안학은 낙동강의 연안지역이 갖고 있는 지리적 사상적 특수성을 고려하여 낙동강 연안 지역이 주요 대상이 된다. 이 지역은 기호학과 영남학 및 퇴계학과 남명학이 소통하는 회통성會通性, 박학博學에 바탕 한 실천정신을 지닌 실용성實用性, 세계에 대한 새로운 인식을 지닌 독창성獨創性이 그 주요 특성으로 파악된다.[23]

낙동강은 강의 좌안과 우안의 '경계'이면서 동시에 좌우를 '소통'시킨다. 지금까지 '경계'에 초점을 두고 영남을 이해했다면, 강안학은 '경계'의 측면과 '소통'의 측면을 동시에 주목하면서 영남학을 새롭게 이해하자는 제안이다. 조운漕運의 발달로 상선商船과 염선鹽船이 오르내리고, 관인과 사신도 그들의 업무를 수행하기 위하여 주로 낙동강을 이용하였다. 문인들이라고 해서 다르지 않다. 이이李珥(1536-1584)는 장인 노경린盧慶麟(1516-1568)이 성주목사로

---

22 李滉, 『退溪集』 권3, <陶山雜詠·幷記>, "水在山後曰退溪, 在山南曰洛川, 溪循山北, 而入洛川於
    山之東, 川自東屛而西趨, 至山之趾, 則演漾泓渟, 沿洑數里間, 深可行舟, 金沙玉礫, 淸瑩紺寒,
    卽所謂濯纓潭也."
23 정우락, 「강안학과 고령 유학에 대한 시론」, 『퇴계학과 한국문화』 43, 경북대학교 퇴계연구
    소, 2008 참조.

재직할 당시 강안지역인 성주에 와서 머물면서 <유가야산부遊伽倻山賦>를 지었고, 김상헌金尙憲(1570-1652)과 이식李植(1584-1647) 등 기호의 많은 문인들도 낙동강을 소재로 한 작품을 남겼다.[24] 낙동강 뱃길을 이용하였음은 물론이다.

강안지역의 영남 문인들 역시 기호지역과 적극적으로 소통해갔다. 류성룡柳成龍(1542-1607)의 제자로 남인인 정경세鄭經世(1563-1633)는 노론인 송준길宋浚吉(1606-1672)을 사위로 맞았고, 영남의 학자 황기로黃耆老(1521-1567)는 기호의 학자 이우李瑀(1542-1609)를 사위로 맞이한 것과 같이 강안지역에서는 혈연적 소통도 이루어졌다. 이밖에도 이만부李萬敷(1664-1732)나 권섭權燮(1671-1759)처럼 혼인 등을 통해 아예 일정 기간 영남에서 삶을 영위한 경우도 있어 특별한 의미를 갖기도 한다. 이처럼 지역을 넘나드는 공간적 소통은 자연스럽게 학문적 소통을 가능케 했다. 강학활동은 물론이고 묘도문자墓道文字 등을 서로 쓰면서 소통 문화를 만들어갔던 것이다.

낙동강을 중심으로 한 좌우의 학문적 사상적 소통도 활발하게 이루어졌다. 영남학의 양대산맥을 이룬 강좌의 이황과 강우의 조식을 주목하는 것은 매우 유용하다. 좌우가 구분되는 동시에 사상적 성격도 상당한 차별성을 지니고 있기 때문이다. 이를 전제로 강안지역의 학자들을 볼 때, 퇴계학과 남명학 모두를 수용한 학자들이 적지 않았다. 고령의 오운吳澐(1540-1617), 성주의 김우옹金宇顒(1540-1603)과 정구鄭逑(1543-1620) 등이 그 대표적이다. 이들은 '산해당山海堂에 오르고 퇴도실退陶室로 들어갔다[오운의 경우]',[25] '퇴도退陶의 바른 맥을 종신토록 사모하였고, 산해山海의 높은 기풍을 각별히 흠모하였다[김우

---

24 李植이 강안지역에 위치한 도동서원과 자계서원에 대하여, "嶺洛東南美, 宗工夙炳靈. 千秋雲水白, 一代簡編靑. 舊俗存祠院, 危時想典刑. 紛紛衿佩者, 誰復嗣遺馨."(『澤堂集』권2, <兩書院>)라고 노래하면서, 김굉필과 김일손의 학문을 극찬한 것도 같은 경우에 해당한다. 그는 여기서 강안지역을 중심으로 한 영남 사림파의 성장을 확인한 것이다.

25 趙亨道, 『竹牖集·附錄』上, <士林祭文>, "升山海堂, 入退陶室."

옹의 경우'‚[26] '산해당山海堂 안에서 스승을 모시었고, 천연대天淵臺 위에서 양
춘의 봄을 끌어왔다[정구의 경우'[27]라고 평가받으면서, 퇴계학과 남명학의 회
통성을 보였던 것이다.

영남은 사방이 산악과 바다로 가로막혀 고립되어 있지만, 그 안에서 낙동
강이 'ㄷ'자로 흐르며 영남의 열읍을 지나간다. 낙동강은 본류가 시작되는
상주를 중심으로 볼 때 그 물이 한 방울도 다른 지역으로 빠져나가지 않는
데, 이러한 지리적 특성을 갖고 영남은 지역의 독특한 문화를 형성해 갔다.
기호지역의 문화가 조령이나 죽령을 넘어 강물을 따라 빠른 속도로 지역
내로 유입되었고, 그 영향은 내륙에 비해 강안지역이 훨씬 강하였다. 아울러
강안지역은 퇴계학이나 남명학의 거점인 안동과 진주 사이에 위치하고 있
어 이 지역의 선비들은 퇴남학을 회통하고자 하는 성격 또한 지니고 있었다.
회통이 소통을 기반으로 하고 있다는 측면에서 낙동강은 새롭게 주목받아
마땅하다.

4. 강안학의 개념 재정비

강안학江岸學은 강 연안에 형성된 학문을 의미한다. 개울이 지닌 구심적
폐쇄성과 바다가 지닌 원심적 개방성과는 달리 강은 이 둘이 지닌 장점을
동시에 가진다. 이 때문에 강은 차안과 피안을 만들어 서로 다르기 때문에
경쟁하고, 서로 다르기 때문에 협동한다. 아울러 같기 때문에 서로 경쟁하고,
같기 때문에 서로 협동하기도 한다. 여기서 발생하는 것이 문화적 역동성인

---

26   鄭逑, 『寒岡集』 권1, <挽金東岡>, "退陶正脈終身慕, 山海高風特地欽."
27   鄭經世, 『愚伏集』 권2, <鄭寒岡挽詞>, "山海堂中侍燕申, 天淵臺上挹陽春."

데, 이것은 세계의 강안지역에 두루 나타나는 보편적인 현상이기도 하다. 또한 강은 거슬러 오르면서 수렴하고 물길을 따라 내려가는 확산을 이루어내기도 한다. 수렴이 순수성을, 확산이 개방성과 서로 맞물려 있음은 물론이다. 강안문화에는 이러한 현상이 다양하게 반영되어 나타난다.

강안학에는 광의의 개념이 있을 수 있고 협의의 개념이 있을 수 있다. 광의의 개념은 다시 황하나 미시시피강 연안 등을 포괄하는 세계적 차원과 한강이나 영산강 유역 등을 포괄하는 한국적 차원으로 나눌 수 있다. 이 광의의 개념은 강 연안에서 생성되는 문화적 보편성을 따지는 데 유리할 것이다. 협의의 개념은 각 지역에 소재하는 강의 연안학을 의미한다. 섬진강 연안의 섬안학蟾岸學, 한강 연안의 한안학漢岸學, 영산강 연안의 영안학榮岸學은 물론이고, 황하 연안의 황안학黃岸學, 두만강 연안의 두안학豆岸學, 압록강 연안의 압안학鴨岸學 등으로 확장 가능하다. 협의의 강안학은 각 지역의 문화적 특수성을 이해하는 데 있어 매우 유용하다.

낙안학은 낙동강 연안학을 의미하니 협의의 개념이다. 낙동강을 어떻게 이해할 것인가에 따라 이는 다시 태백에서 시작하는 1300리 설을 기준으로 할 수도 있고, 상주에서 시작하는 700리 설을 기준으로 할 수도 있다. 여기서는 당연히 문경 초점에 원두를 마련하고 있는 700리 설에 기준을 둔다. 오늘날과 달리 역대로 영남을 자연지리적 특성에 맞추어 좌우도로 나눌 때 이 설이 기준이 되었기 때문이다. 이를 염두에 두면서 낙안학으로서의 '강안학'이라는 용어를 다시 생각해보자.

첫째, '강江'에 대해서다. 강이 지닌 역사문화적 의미는 지대하다. 세계 4대 문명이 모두 큰 강을 끼고 발생한 것을 염두에 두지 않더라도 강이 인류에게 부여되는 의미는 생명의 젖줄 이상이라 해도 과언이 아니다. 우리나라의 4대 강인 한강, 낙동강, 금강, 영산강 등도 마찬가지여서 이들 강 유역을 중심으로 우리의 민족문화는 형성되어왔다. 즉 우리 민족의 일상성과 역사성은 이들 강을 중심으로 생성·발전해 왔다는 것이다. 강이 우리 국토의 중심부를 관통하면서 생활에 필요한 다양한 물류가 수송되는가 하면, 전쟁 등 민족적 위난 역시 이들 강을 오르내리며 전개되었다는 측면에서 더욱 그러하다. 결국 강에 대한 이해는 우리 민족에 대한 삶의 이해와 결합될 수 있다는 것이다.

영남의 강인 낙동강 역시 영남의 문화를 형성하는 구심적 기능을 담당하였다. 특히 낙동강이 지닌 일체감을 염두에 둘 필요가 있다. 영남의 정체성은 낙동강을 중심으로 이해할 수 있기 때문이다. 한강이나 금강 등에서 볼 수 있는 것처럼 하나의 강이 여러 도를 거치면서 흐르고 있는 것이 아니라 모든 작은 강들이 낙동강으로 흘러 바다로 들어간다. 이 강을 통해 물자를 교환하고 지식과 문화를 공유하면서 영남의 공동체 문화를 만들어갔다. 유교적 측면에서 볼 때, 성리학의 수입과 발달 역시 이 강을 중심으로 전개되었으며, 만인소나 의병들의 활동에서 보여주는 것처럼 통일된 영남의 가치관을 형성하는 데도 낙동강은 일정한 역할을 했을 것으로 보인다.

둘째, '안岸'에 대해서다. 안은 연안을 의미하므로 낙동강 연안이 된다.『동여비고東興備攷』<경상도좌우주군총도>[경북대학교출판부 영인, 1998]에 의하면, 낙동강을 중심으로 우도右道의 문경, 용궁, 상주, 선산, 성주, 고령, 초계, 의령, 함안, 칠원, 창원, 웅천, 김해, 그리고 좌도左道의 풍기, 예천, 인동, 대구, 창녕, 영산, 밀양, 양산, 동래 사이에 줄을 그어 좌도와 우도를 경계 짓고 있다. 이는 대체로 낙동강을 경계로 그 연안 지역에 위치하고 있어 강안학의 구체적인 연구 대상이 된다. 특히 상주는 조선전기 경상도 감영이 있었을 뿐만 아니라 낙동강의 본류가 시작되며 '낙동'이라는 이름을 얻은 곳이라는 측면에서 중요하다. 그리고 부산은 낙동강이 끝나는 지역이며 해양문화와 접속되어 있다는 측면에서 의의를 지닌다.

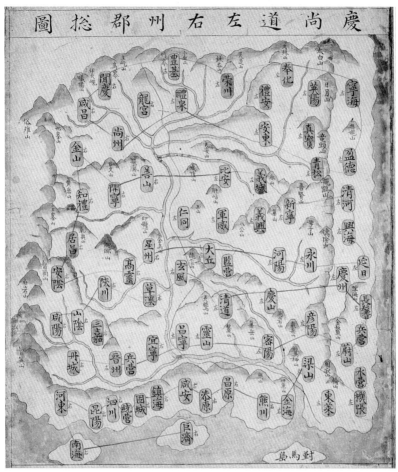

『동여비고』「경상도좌우주군총도」

　낙동강 연안이 다양한 지역을 거느리고 있지만 이들 지역을 모두 강안학에서 수용할 수는 없다. 우리는 여기서 퇴계학파와 남명학파를 중심으로 한 영남유학을 새로운 관점에서 이해하자는 측면에서 이 용어가 생성되었다는 사실을 염두에 둘 필요가 있다. 퇴계학파는 영남 좌도로 낙동강 상류에서,

남명학파는 영남 우도로 낙동강 하류에서 주로 활동하였다. 이 두 학파가 서로 만나면서 새로운 유교문화를 만들어 갔던 사실을 고려할 때 낙동강 연안지역을 주목할 필요가 있고, 여기에는 정구와 장현광을 종장으로 하는 한려학파寒旅學派의 중요 거점이었다는 사실을 상기할 필요가 있다. 그러나 강안학은 여기에 한정하지 않는다. 상주를 중심으로 하되, 조령을 넘어 영남을 만나는 첫 관문이 문경에서 시작되고, 김해와 동래까지 낙동강이 흘러간다고 볼 때, 이들 지역 역시 적극적으로 수용되어 마땅하다.

셋째, '학學'에 대해서다. 학은 학문을 의미하니 그 영역이 실로 다양하다. 문사철文史哲이 그것일 수도 있고, 유불선儒佛仙이 그것일 수도 있으며 근대 이후의 학문도 포괄할 수 있다. 그러니까 낙동강 연안에서 생성된 모든 학문을 수용할 수가 있다는 것이다. 그러나 이처럼 광의로 학문을 이해하게 되면 성격이 불분명해지므로 편의상 '유학'으로 한정하기로 한다. 이렇게 보면 강안학은 낙동강 연안의 유학을 중심에 두고, 다른 학문과의 관계 속에서 이 지역의 유교문화는 어떠한 특징을 지니며, 영남학 내지 한국학에 낙안학으로서의 강안학이 어떤 기능을 하는가 하는 문제를 심도 있게 따지는 것이 주요 임무가 된다.

낙동강 연안지역, 즉 낙안지역은 남명학파와 퇴계학파가 강을 사이에 두고 갈등하고 대립할 때는 그 정체성을 의심받기도 했다. 지역적 특성상 정구와 김우옹, 오운과 김면 등과 같이 이황과 조식을 공동의 스승으로 삼은 문인들이 많았기 때문이다. 뿐만 아니라 기호학과 영남학의 경쟁과 협동도 이 지역에서 활발하게 이루어지고 있었던 바, 정경세와 송준길, 황기로와 이우는 물론이고, 이만부와 권섭 등도 영남과 기호를 오르내리며 활동했던 중요한 인물이다. 사정의 이러함을 염두에 둔다면 유학사상을 중심으로 한 낙동강 연안 지역의 문화와 학술은 보다 새롭게 이해될 수 있을 것이다.

우리는 여기서 다시 시간적 범위를 적용하지 않을 수 없다. 이 용어가 지닌 편의성과 특수성을 인식하자는 것이다. 낙동강 연안지역의 학문적 중요성에 대한 자각은 영남을 강좌의 퇴계학파와 강우의 남명학파로 나누어 이해하는 일반론을 반성하면서 그 연안 지역을 새롭게 설정하면서부터 시작되었다. 이로 볼 때 이황과 조식 이후, 즉 16세기 이후로 강안학의 시간적 범위를 한정하는 것이 바람직하다. 물론 강안학의 역사성을 따질 때는 이 지역의 역사·문화적 환경을 고려하면서 시대를 오르내릴 수밖에 없다. 즉 16세기 이후 조선 중후기를 중심에 두면서도 시간적 범위를 그 이전까지 소급해 탄력적으로 적용할 수 있다는 것이다.

낙안학으로서의 강안학은 '16세기 이후 낙동강 연안지역을 중심으로 한 유교문화'로 개념과 범위가 설정될 수 있다. 여기에 16세기 이후라는 시간적 범위, 낙동강 연안이라는 공간적 범위, 유교문화라는 학문적 범위가 포함되어 있다. 그러나 이러한 범위가 고정되어 있는 것은 물론 아니다. 이익이 조선후기 영남에 오륜이 남아 있는 것은 신라라는 고대국가의 문화가 낙동강의 형상에서 기인한다고 설명하듯이, 그 개념은 탄력적으로 받아들여야 할 것이다. 또한 낙동강은 영남뿐만이 아니라 한국의 역사와 문화를 이해하는 데 있어 매우 중요하다. 신라와 가야의 경계이자 통합의 역할을 했고, 이후 삼국이 통일신라를 만들어내는 데 있어 주역을 담당하였기 때문이다. 바로 이 점에서 강안학은 훨씬 큰 문화담론을 만들어 갈 수 있게 될 것이다.

5. 강안학 연구의 주제들

영남 유학적 측면에서 낙동강 연안지역은 특별히 주목된다. 그 중류 일대에서는 일찍이 조선 초에 정몽주鄭夢周(1338-1392)를 이은 길재吉再(1353-1419)가 사림의 씨앗을 뿌린 곳이며, 그것이 싹터 나머지 낙동강 일대로 퍼져 나가고 다시 온 조선으로 퍼져 '유교 조선'을 만들었다. 이렇게 낙동강 중류 일대에서는 일찍이 유교의 씨앗이 뿌려졌으며, 조선 중엽에 이르러 마침내 정구鄭逑(1543-1620)와 장현광張顯光(1554-1637)의 이른바 '한려학파寒旅學派'가 출현하였고, 조선말에 이르러서는 당대 '최대, 최고'의 면모를 지닌 이진상李震相(1818-1886)의 '한주학파寒洲學派'가 출현하였다.[28] 이러한 사실은 조선유학사상 낙동강의 학문적 기능이 간단치 않다는 것을 방증하는 것이라 하겠다. 이제 낙안학으로서의 강안학 연구의 방법론을 몇 가지로 나누어 제시해보자.

첫째, 강안학의 정체성 찾기이다. 물이 그러하듯 강안지역의 최대 특징은 강이 지닌 소통과 상생의 문화창조에 있다. 배가 강의 좌우를 넘나들면서 문화를 실어나르기 때문에 차안과 피안은 문화를 공유한다. 이것은 산이 경계와 구분의 역할을 하는 것과 다르다. 이를 회통성이라 부를 수 있을 것이다. 강안지역에서 이처럼 회통성이 강하게 부각되기도 하지만 노수신과 장현광, 그리고 이진상 등이 보여주었던 사상사적 독창성도 뚜렷이 감지된다. 이러한 독창성은 이황 및 퇴계학파에게서 언제나 비판의 대상이 되었다. 심지어 『한주집』의 경우는 도선사원에서 반송되었고, 상주향교에서는 박해령朴海齡 등이 『한주집』을 소각하는 중대한 사건이 발생하기도 했다. 다름을 인정할 수 없었던 것이다.

실용성은 생활현장에서 발생한다. 이 때문에 고대로부터 낙동강은 중요한 수송기능을 담당하였고, 전쟁기에는 중요한 역사의 무대로 등장하였다. 이는 강안지역의 역사서 발간으로 구체화되어 나타난다. 역사서로는 유교적 도덕

---

28 홍원식, 「영남 유학과 '낙중학'」, 『한국학논집』 40, 계명대학교 한국학연구원, 2010 참조.

주의가 강조되는 『속강목』[김우옹] 등의 강목과 『해동춘추』[박장현] 등 춘추
계열이 다수 편찬되면서도, 한려학파를 중심으로 한 사찬 읍지 발간이 중요
한 특색을 이룬다. 이처럼 강안지역에는 사상적 측면에서의 회통성이나 독창
성 못지 않게, 현실을 냉정하게 살피고 지역문화를 기록하고 보존하고자 하
는 노력도 강력하게 일어나고 있었다. 이 역시 강안학의 정체성 문제를 따질
때 충분히 고려해야 할 사안이다.

둘째, 강안학파에 대한 연구이다. 이황과 조식 이후 낙동강 연안지역에는
한강학파, 여헌학파, 우복학파, 한주학파 등 다양한 학파가 나타나면서 퇴계
학파나 남명학파와는 다소 다른 결을 지니고 학문활동을 전개하였던 것으로
보인다. 우복학파의 경우 이황-류성룡-정경세로 도통을 정립하면서 남인계
가 주축을 이루는 듯하지만 서인계도 다수 포함되어 있어, 강안학적 회통성
이 잘 드러난다. 이는 상주라는 지역성과 함께 정경세가 송준길을 적극 받아
들이면서 확장된 것이라 하겠다. 영남지역에서 서인계의 성장 역시 이러한
환경 속에서 가능하였을 것이다.

이황과 조식을 스승으로 모신 강안지역의 학자 가운데 정구는 대표적이다.
그는 거경궁리居敬窮理를 공부의 핵심에 두면서도 읍지나 인물지를 편찬하는
치용적 자세를 보였다. 우리는 여기서 정구가 지닌 학문적 회통성을 분명히
읽게 되는데, 이이李珥와 이우李瑀 형제와 각별히 지냈던 것에서는 정치적
회통성도 간취된다. 한강학파에 나타나는 이러한 현상 역시 강안학 이해에
있어 매우 중요한 요소이다. 한편 노수신과 정현광, 그리고 이진상의 학문
속에 나타났던 독창성은 이황이나 그 학파의 비판을 통해 확인되고, 정경세
와 정구가 상주와 성주에 각기 의료기관을 설립해 학문의 실용성 내지 실천
성을 극대화한 것도 주목의 대상이다. 바로 이러한 점을 발굴해 강안학파의
인식과 실천을 세밀하게 따져볼 수 있어야 할 것이다.

셋째, 강안학을 문화론적 측면에서 접근하는 것이다. 특히 낙동강과 그 연안지역은 강이 만들어낸 무수한 승경이 존재한다. 이 때문에 시인묵객들은 이들 산수를 즐기면서 시회를 개최했고, 동화록이나 그림을 남겨 그들의 흥취를 기억하고자 했다. 우리의 전통문화는 중국의 그것과 떼어놓고 볼 수 없다. 신라시대의 불교가 그러하고 조선시대의 성리학이 그러하다. 강안학이 문화적 측면을 강조한 것이라고 볼 때, 누정을 중심으로 한 팔경문화八景文化, 계곡이나 강을 중심으로 한 구곡문화九曲文化, 강에 배를 띄우고 자연을 즐기는 선유문화船遊文化를 주목할 필요가 있다.

짝수와 점 중심의 팔경문화는 4경으로 줄어들거나 24경 이상으로 늘어나기도 하고, 홀수와 선 중심의 구곡문화는 5곡으로 줄어들거나 13곡 등으로 늘어나기도 한다. 그리고 선유문화는 소동파의 예에 따라 7월 기망을 중심으로 다양하게 변이되면서 새로운 강안문화를 창조하였다. 이들 문화를 통해 강안지역의 선비들은 높은 흥취의 세계에 잠입할 수 있었으며, 이와 관련된 수많은 작품을 창작할 수 있었다. 이 과정에서 서재를 건립하거나 돌에 각자를 하거나 계회도를 그리거나 하면서 낙동강과 그 지류는 하나의 거대한 복합문화공간으로 성장해나갔다.

넷째, 강안학을 통한 극근대 담론을 촉진할 수 있다. 우리는 목하 4차산업 혁명시대를 살고 있다. 여기서 중요하게 논의되어야 할 것이 바로 새로운 인문학이다. 새로운 인문학은 기계와 과학이 도저히 따라올 수 없는 인간 고유의 영성을 회복하는 길이며, 인간과 인간, 자연과 인간 사이에서 어떤 질서를 찾는 길이며, 동시에 자신을 살고 있는 지역문화를 발굴·개발·향유하는 길이다. 폐쇄적 전문성에 함몰되어 있는 것이 아니라 학제적으로 소통하면서 회통적 질서를 새롭게 만들 수 있어야 한다.

앞서 언급하였듯이 극근대 담론은 직선적 속도에 비판적 자세를 취한다.

근대문명은 우리에게 편리한 생활을 가져다준 것은 사실이지만 이것이 인류 최고의 목표인 행복을 제공했다고 하기 어렵다. 이것은 근대와 극근대 담론 과정에 인간 존재에 대한 근본적인 의문을 제기하며 삶의 질을 점검할 필요 성을 느꼈기 때문이다. 바로 이러한 측면에서 강이 지닌 곡선과 여유를 주목 한다. 그 출발점에 우리가 몸담고 있는 지역이 있음을 발견하고, 지역의 대표 적인 곡선인 강과 그것이 생성한 문화를 보다 적극적으로 해석한다. 이 과정 에서 강이 만들어내는 승경과 이와 정서적 소통을 시도했던 사람들의 작품이 나 관계망은 자연스럽게 부각된다.

다섯째, 강안학의 지역적 전개를 살펴볼 필요가 있다. 문경은 영남의 관문 역할을 한다는 측면에서, 상주는 낙동강이라는 이름을 비로소 획득한다는 측면에서, 대구는 임진왜란 이후 조선후기 경상감영이 존재했다는 측면에서, 부산은 바다를 통해 근대가 유입되었다는 측면에서 모두 주목되는 지역이다. 사실 낙동강 연안지역은 역사적 환경이 일정하지가 않고, 이에 따라 학파의 분포 역시 다르다. 이러한 점을 고려하면서 강안지역을 몇 가지로 구분하여, 이들 지역의 동질성과 이질성을 함께 검토하는 것이 바람직하다. 구분은 문 경에서 부산까지 상중하로 나누어, 상주권-대구권-부산권이라 칭할 수도 있 을 것이다.[29]

낙동강 연안지역은 기호학과 영남학, 퇴계학과 남명학의 회통성을 중심으 로 독창성과 실용성이 두루 나타난다. 그럼에도 불구하고, 상주지역에서는 복지동천의 이상향, 김천지역에서는 사림파의 성장과 좌절, 성주지역에서는 도학의 착근과 강안학파의 형성, 칠곡지역에서는 퇴계학통의 강화, 고령지역

---

29 이를 오늘날의 행정구역에 따라 구체적으로 나누면 대체로 다음과 같다. 상주권: 문경, 예천, 상주, 의성, 대구권: 구미, 김천, 칠곡, 성주, 대구, 고령, 부산권: 합천, 의령, 창녕, 함안, 밀양, 창원, 김해, 양산, 부산.

에서는 남명학통의 저류와 같은 다소 다른 성향을 보이는 부분도 있다.[30] 이는 강안학적 보편성 속에 나타나는 특수적 국면이라 하겠다. 이러한 사실을 인식하면서 이 지역에 대한 보다 정치한 논의가 지속적으로 이루어져야 할 것이다.

여섯째, 비교문화학적 측면에서의 강안학 연구이다. 강안학은 기본적으로 다중적 정체성의 입장에서, 한국은 물론이고 세계의 강안문화와 상호 비교할 수 있어야 한다. 이로써 확장성이 가능해지기 때문이다. 국내적으로는 한강, 금강, 영산강, 섬진강 등을 들 수 있는 바, 이들 강 연안지역에서 생성된 문화와 낙동강 연안지역에서 생성된 문화와 어떻게 같고 다르며, 그것이 의미하는 바는 또한 무엇인가를 살필 수 있어야 한다.

현재 세계에서는 물포럼이라는 이름으로 다양한 행사를 진행한다. 이는 물이 지닌 생명성 때문에 가능하다. 주지하다시피 물이 새로운 산업으로 등장한 시대가 도래한 것이다. 그러나 물은 문화적으로 접근할 필요가 있다. 강안학에서 제시하는 몇 가지의 특징들이 다른 지역에는 어떻게 나타나는지를 검토할 수 있을 것이다. 한강물환경연구소 등 현재 한국에서 설립된 다수의 강 관련 연구소는 한강 및 그 지류들의 수질 및 생태계보전에 초점을 두고 활동한다. 이 역시 중요하지 않은 것은 아니나 강 연안에 생성된 일체의 문화를 수집하고, 그 수집된 자료를 바탕으로 자료집 혹은 문화콘텐츠를 만들 수 있어야 한다. 중국의 경우 한수문화연구중심漢水文化研究中心이나 두만강포럼 등에서 강이 지니고 있는 다양한 인문학적 가능성을 타진하고 있어 타산지석이 된다.

구심력이 강하게 작동하는 개울이나 원심력이 강하게 작동하는 바다와

---

30   여기에 대해서는 정우락, 『영남 한문학과 물의 문화학』, 역락, 2022 참조.

달리, 강은 이 둘이 동시에 작동하면서 새로운 질서를 창조한다. 학문적 측면에서는 도학적 세계가 격물치지의 밀도 속에서 논의되기도 하지만, 강안 승경이 문학경관으로 등장하면서 수많은 작품을 통해 형상화된다. 그리고 낙동강이 지닌 전쟁체험은 이 지역 사람들에게 현실에 대한 인식을 예각화하였다. 이 모두가 강과 그 연안이라는 지리 공간과 관련되어 있다. 이러한 사실을 고려하면서 이 분야에서 본격적으로, 그리고 집단적으로 연구할 수 있어야 한다.

6. 21세기와 강의 상상력

조선시대 낙동강 연안지역은 학문이 매우 융성하였다. 이것은 낙동강이라는 자연지리적 현상, 상주와 대구에 있었던 경상감영이라는 인문 환경, 정몽주와 길재를 거치며 이룩한 사림파의 전통, 16세기 이후 이황과 조식의 학문적 경쟁 관계 등이 두루 작동한 결과이다. 이 때문에 이 지역의 노수신은 초기 양명학을 수용하며 경전을 새롭게 이해했고, 정구는 국가례에 지대한 관심을 갖고 사가례와 하나의 체계 속에 총합하였으며, 장현광은 도일원론을 주장하며 이른 시기에 우주와 인생을 총괄하는 <우주요괄첩宇宙要括帖>을 지어 보다 큰 세계를 꿈꾸었고, 정경세는 송준길을 사위로 맞으며 영남학에 기호학을 본격적으로 접목시켰으며, 이진상은 조선성리학의 마지막 봉우리를 형성하며 성리학의 시대정신을 발휘하였다.

물이 그러하듯 낙동강 연안지역의 학문인 낙안학은 변화와 불변 사이에서 역동적으로 존재하였다. 이황과 조식의 학문을 능동적으로 받아들이면서도, 감영을 통해 서울의 선진문화를 신속하게 수입하여 새로운 질서를 구축하고자 했다. 이 과정에서 강을 통한 역사의 기억들은 현실적 측면에서 매우 중요하게 작동을 하였고, 사찬 읍지나 역사서 발간을 통해 구체화되었다. 사찬 읍지가 이 지역에서 시작하였고, 최후의 『교남지』 역시 성주의 정원호鄭源鎬에게서 편찬되었다는 사실을 특별히 기억할 필요가 있다. 이러한 상황 속에도 낙동강 승경이 제공하는 흥취의 세계는 이들의 문학적 감흥과 예술적 실천을 자극하기에 충분한 것이었다. 이를 통해 그들은 자연과 무한한 대화를 나누면서 자신의 이상을 고도화하고자 하였던 것이다.

강은 사행의 곡선을 그으며 바다로 흘러든다. 여기에는 무한한 상상력이 개입될 수 있다. 고속도로 등의 직선이 갖는 폭력성과 비교하면 강은 곡선의 아름다움에 근간을 둔 평화주의자이며 생태주의자다. 산이 지닌 공자의 문명의식과 결부시키면 강은 상선약수上善若水의 노장적 원시성을 지닌다. 또한 상류의 개울이 갖는 순수성과 바다가 지니는 개방성으로 상상력은 확대될 수도 있다. 이처럼 곡선과 평화 혹은 생태, 그리고 원시성은 근대학문이 지닌 다양한 문제를 극복하는 방법론을 제공한다. 강안학은 이 같은 문제의식을 갖고 그 출발선에 서 있다.

영남은 '영지남嶺之南'으로서의 동질성도 확보하고 있지만 그동안 강을 중심으로 하여 좌도와 우도의 이질성에 초점을 맞추어 연구해왔다. 이것은 영남지역을 양분하여 이해함으로써 그 성격을 명확히 하고, 이에 입각하여 정치사상사에서 발생하는 다양한 문제를 설명하기 위함이었다. 예컨대 동서붕당 때에는 함께 동인으로 귀속이 되었으나 이후 강좌 지역에서는 퇴계학을 바탕으로 한 남인이, 강우 지역에서는 남명학을 바탕으로 한 북인이 거점세력을 형성하게 되었다는 설명이 그것이다. 이 과정에서 강안지역에 있던 사림과 그 후예들은 정체성에 대한 질문을 거듭 받아오게 되었다. 이 같은 불합리를 해소하고 강안지역이 지닌 정신사적 의미를 새롭게 하면서 낙동강을 중심으로 하나의 영남학을 만들 필요가 있었다. 이를 위한 신개념이 바로 강안학이다.

단언컨대 21세기에도 과학과 기술이 우리 사회의 변화를 주도할 것이다. 지금까지 인문학은 사회변동을 뒤따르며 자기 변화를 소극적으로 시도해왔고, 이에 따라 대학은 학과의 설립과 폐지를 거듭하며 급변하는 사회의 꽁무니를 따라왔다. 이 같은 사태는 인문학이 미래에 대한 비전을 제대로 제시하지 못했기 때문에 발생한 당연한 결과다. 여기에 일정한 문제를 제기하며 극복해 보려는 노력이 없지 않았으나 오늘날 우리 국학분야는 폐쇄성으로 인한 자폐증적 현상이 심각하다. 인접 학문과의 소통이 거의 이루어지지 않고, 자기 이론도 생산해내지 못하고 있는 실정이다.

상황의 이러함을 자각하면서 강의 정신사적 가치를 주목할 필요가 있다. 여기에는 직선이 가진 폭력성을 거부하면서 생태와 평화를 지향하는 곡선의 미학이 있고, 자기 정체성을 유지하면서도 세계와 소통하는 원심적 에너지가 있다. 우리는 여기서 강을 중심으로 한 인문학을 재구성할 필요가 있다. 회통성과 독창성, 그리고 실용성을 특징으로 하는 강의 상상력은 그동안 잊고 있었던 우리 정신사를 새롭게 하기 때문이다. 바로 이 점에서 강안학은 전통사상에 기반을 두면서도 현재와 미래를 향해 열려 있다고 하겠다.

참고문헌

1. 원전

金宗直, 『佔畢齋集』

李　植, 『澤堂集』

成海應, 『研經齋全集』

吳　潚, 『竹牖集』

李　瀷, 『星湖全集』

李　滉, 『退溪集』

李肯翊, 『燃藜室記述·別集』

李裕元, 『林下筆記』

鄭　逑, 『寒岡集』

鄭經世, 『愚伏集』

『東興備攷』, 경북대학교 출판부 영인, 1998.

『三國遺事』

『星山誌』

『世宗實錄地理志』

『禮記正義』

2. 논저

金宅圭 외, 『洛東江流域史研究』, 修書院, 1996.

노진철, 「불확실성 시대의 과학하기」, 『인문학 콜로키움 3: "21세기 학문을 묻다"』 발표자료
　　　집, 경북대학교 인문대학, 2010.

謝婉瑩, 「文學家的造就」, 『燕大季刊』 제1권 제4기, 燕京大学, 1920.

劉師培, 『劉師培學術論著』, 浙江人民出版社, 1998.

李樹健, 『嶺南學派의 形成과 展開』, 一潮閣, 1995.

장윤수, 「낙중학의 성과와 과제 (철학분야) - 지역학 연구의 방향과 미래지향적 의미 탐색 - 」,
　　　『한국학논집』 85, 계명대학교 한국학연구원, 2021.

정우락, 「강안학과 고령 유학에 대한 시론」, 『퇴계학과 한국문화』 43, 경북대학교 퇴계연구
　　　소, 2008.

정우락, 「조선중기 강안지역의 문학활동과 그 성격」, 『한국학논집』 40, 계명대학교 한국학연

구원, 2010.

정우락, 『영남 한문학과 물의 문화학』, 역락, 2022.

증대홍, 정우락 외 역, 『문학지리학개론』, 경북대학교출판부, 2022.

홍원식, 「영남 유학과 '낙중학'」, 『한국학논집』 40, 계명대학교 한국학연구원, 2010.

강안학江岸學의 학문 정체성과
몇 가지 문제점 검토*

장윤수(대구교육대학교 교수)

1. 강안학의 선행연구 검토

'강안江岸'이라는 용어를 문화권의 개념과 연계하여 사용한 것은 국문학자 '이동영'이 최초인 것으로 보인다. 그는 『조선조 영남시가嶺南詩歌의 연구』[1]에 서 시조 문학상 영남지역을 크게 세 지역으로 나누고, 이것을 각각 영좌嶺左, 영우嶺右, 강안江岸지역이라 했다. 그리고 '최동원'은 이 책의 서평에서 "강안 지역의 문화권을 설정한 것은 특이한 착상이며 여러 가지 문제를 시사하는 바가 있다고 본다."[2]라고 하였다. 이것은 바로 강안학 연구의 원류를 이동영 으로 인정하는 말이다. 이동영은 영남지역을 통상적인 사례에 따라 상도上道 와 하도下道, 영좌嶺左[강좌江左]와 영우嶺右[강우江右]지역으로 구분한 후에, 학

---

* 이 글은 기발표된 필자의 논문(「江岸學의 학문 정체성과 몇 가지 문제점 검토」, 『영남학』 83, 경북대학교 영남문화연구원, 2022, 7-52쪽)을 수정, 보완한 것이다.
1 이 책은 저자의 박사학위논문을 출판한 것으로서 초판은 형설출판사(1984년)에서 간행하였 고, 재판은 부산대학교출판부(1998년)에서 간행하였다.
2 이동영, 『조선조 嶺南 詩歌의 연구』, 부산대학교출판부, 1998, 404쪽(최동원, '서평').

맥과 문화 환경으로 볼 때 이 두 지역과 차별화되는 특성을 가지는 중간지역
을 주목하여 '강안지역'이라 명명하였던 것이다.

이동영은 강안지역의 유현儒賢 중에서도 정구鄭逑(1543-1620), 김우옹金宇顒
(1540-1603), 정경세鄭經世(1563-1633), 조우인曺友仁(1561-1625) 등이 뛰어나다고
하였다. 그러면서 특히 정구鄭逑와 장현광張顯光의 경우에는 영남의 좌左·우右
를 접맥하는 경향이 있고, 정경세鄭經世는 동인東人과 서인西人들로부터 함께
존경을 받았다는 점을 강조하였다.[3] 그리고 그는 강안지역의 범위에 성주,
고령, 칠곡, 영천을 포함시키고 그 범주에 다시 상주를 포함시켰으며, 성주권
[성주·고령·칠곡·영천]과 상주권을 시가상詩歌上의 횡적橫的 관계로 보았다.[4] 이
동영은 강안지역이 성리학적인 지형도로 볼 때 정구, 김우옹, 장현광, 정경세
가 이황李滉을 연원으로 하여 인맥과 학맥을 형성한 곳이라 하였다. 그렇지만
영남시가嶺南詩歌의 형성과정 및 발달에 있어서는 '가단歌壇'의 개념에 부합할
만한 특징적인 성격이 없다고 평하였다.[5] 그러므로 이동영이 언급한 강안지
역이란 개념은 학문적·유파별로 엄밀하게 구분한 것이라기보다는 퇴계학의
전통이 강한 강좌지역과 남명학이 우세를 보이던 강우지역의 절충 또는 소외
지역으로서 제3의 지역을 설정한 정도에 그친다.

이후 몇 명의 학자들이 강안학 논의의 대열에 참여하였다. '박병련'은 강안
지역의 학문에 대해 좀 더 세밀하게 정의하여, "일반적으로 낙동강을 중심으
로 하여 영남을 강좌江左와 강우江右로 나누고, 학파도 강좌를 퇴계학파로
보고 강우를 남명학파로 보는데, 여기서 필자[박병련]가 강안지역이라 칭하고
자 하는 것은 한강 정구, 여헌 장현광 등 소위 문목연원文穆淵源 또는 한려학

---

3   이동영, 앞의 책, 308-309쪽 참조.
4   이동영, 앞의 책, 382쪽 참조.
5   이동영, 앞의 책, 385-386쪽 참조.

파한려학派寒旅學라는 독특한 분위기를 갖고 있는 지역을 지칭하고자 하는 것이다 …… 구체적으로는 상주, 고령, 현풍, 창녕, 영산, 의령, 함안, 밀양, 청도, 김해, 창원지역을 지칭하고자 하는 것이다."[6]라고 하였다. '박병련'은 정구와 장현광의 학파를 중심으로 '강안지역'을 설정하였으며, 지역 대상으로 낙동강 중류지역인 성주와 고령에서부터 경남지역인 낙동강 하류 일대까지 광범위하게 포괄하였다. '설석규'는 강안학파라는 용어를 직접 사용하면서, 김담수金聃壽(1535-1603)를 통해 강안학의 실학적 경향을 드러내 보이고자 했다.[7] '정우락' 또한 강안학의 학문체계를 수립하고자 지속적으로 노력하고 있다. 그는 강안학의 개념과 시·공간적 범위를 정리하면서, "강안학은 '16세기 이후 낙동강 연안의 유학사상'으로 개념과 범위가 설정될 수 있다. 이때 낙동강이라 함은 상주에서 창원으로 한정한다. 따라서 강안학은 16세기 이후라는 시간적 범위, 상주에서 창원에 이르는 공간적 범위, 유학사상이라는 학문적 범위를 포괄한 개념이다."[8]라고 하였다. 그리고 강안학의 학문 특징을 요약하여 (1)기령학畿嶺學과 퇴남학退南學을 융합한 '회통성', (2)박학博學에 바탕한 실천정신의 '실용성', (3)세계에 대한 새로운 인식의 '독창성' 등을 언급하였다.[9] '김성윤'은 영남 유교문화권의 지역학파를 안동문화권, 상주문화권, 성주문화권으로 구분하고, 강안지역에 해당하는 성주문화권에 대해 몇 가지 주목할 만한 특징을 제시했는데, 특히 이 지역에서 소옹邵雍(1011-1077)의 상수학象數學과 장재張載(1020-1077)의 기학氣學이 유행한 부분을 중요하게 생각하였다.[10] '홍원

---

6   박병련, 「'광해군 復立 모의' 사건으로 본 강안지역 남명학파」, 『남명학연구논총』 11집, 2002, 230쪽.
7   설석규, 「강안학파의 실학적 풍모를 지킨 徵士 - 西溪 金聃壽」, 『선비문화』 12, 2008 참조.
8   정우락, 「江岸學과 高靈 儒學에 대한 試論」, 『퇴계학과 한국문화』 43, 2008, 55쪽.
9   정우락, 앞의 논문, 55-78쪽 참조.
10   김성윤, 「영남의 유교문화권과 지역학파의 전개」, 『조선시대사학보』 37, 2006(a); 김성윤, 「조선시대 성주권 유림층의 동향」, 『역사와 경계』 59, 2006(b) 참조.

식'은 강안학 대신에 '낙중학洛中學'[낙동강 중류지역에서 전개된 유학]이라는 용어를 제안하며, 2010년 이래 계명대학교 한국학연구원에서 이와 관련한 지속적인 연구 성과를 축적해 왔다. 상기 학자들의 연구는 한국성리학에서 그동안 크게 주목받지 못하던 지역의 학문에 대한 관심을 불러일으키고 이론적 토대를 구축하였다는 점에서 연구사적 의의가 있다.

필자는 선행 연구에서 강안학, 낙중학, 성주문화권 등의 용어가 갖는 문제점을 지적한 바 있다.[11] 이러한 문제들로 인해 강안지역의 학문을 기존의 몇 가지 용어 중에서 어느 한 가지로 통일하여 사용하기가 어려운 실정이다. 그래서 필자는 현재의 시점에서 이 지역의 문화권역 범위를 가장 잘 드러내는 용어로 '대구권 성리학'이라는 명칭을 제안하였다. 여기서 사용하는 '대구권'이라는 말은 '대구지역'과 차별화 된다. '대구지역'은 행정구역으로서 현재의 대구광역시를 의미한다. 그런데 '대구권'이라고 할 때는 보다 광범위한 문화권역의 의미로서 대구 이외에도 성주, 고령, 칠곡, 영천, 경산, 청도를 비롯하여 선산[구미] 지역까지 모두 아우를 수 있다.[12] 그러므로 필자가 제안하는 '대구권'이라는 말은 문화적 정체성을 함께하는 대구와 인근 지역을 총괄하는 개념이다. 다만 이 글에서는 논의의 일관성과 편의성을 위해 잠정적으로 '강안학'이라는 용어를 사용하기로 한다.

---

11   장윤수, 『대구권 성리학의 지형도』, 심산출판사, 2021, 21-24쪽 참조; 장윤수, 「낙중학의 성과와 과제」, 『한국학논집』 85, 2021, 20-22쪽 참조.
12   장윤수, 앞의 책, 19-24쪽 참조.

2. 강안학의 학문 정체성 가설

1) 융합과 개방성 경향

이 글의 의도는 이른바 '강안학'의 학문 정체성을 가설적 입장에서 고찰하고, 이러한 가설이 갖는 몇 가지 문제점을 부각시켜 후속 연구의 논의자료로 활용하는 데에 있다. 우선적으로 살펴볼 부분은 융합과 개방성 경향이다. 선행연구에 있어서 강안학의 학문 정체성으로 가장 주목한 부분은 바로 '회통성'이다. 여기서 '회통'이란 주로 남명학과 퇴계학, 영남학과 기호학 간의 대립적인 요소를 포용적으로 받아들인다는 의미이다.

'정우락'은 강안지역의 회통적 접점 문화를 주목하면서 낙동강의 연안지역이 내륙지역에 비해 타문화의 흡수력이 빠르다는 점을 언급하며, 낙동강 물길을 통해 이질적인 문화가 신속하게 전파될 수 있는 점을 그 이유로 들고 있다. 그리고 이러한 배경에서 상주, 칠곡, 대구 등지에서 기호지역의 학문이 영남학과 융합되면서 기령학畿嶺學의 회통이 이루어지고, 강안지역의 학자들을 중심으로 이황과 조식을 함께 모시면서 퇴남학退南學을 통섭하기도 했다고 주장한다.[13] 필자 또한 강안지역의 성리학이 교차 문화의 절충적 성격을 지녔을 뿐만 아니라, 고유한 학풍을 일관성 있게 발전시켜왔다는 논지를 펼친 바 있다. 즉 강안지역의 학풍이 이기심성론理氣心性論의 논변에 있어서 두드러진 인물은 적지만, 타지역에 비해 회통성과 자득성 그리고 실천성이라는 특징을 강하게 유지해왔다고 주장했다. 그 중에서도 특히 회통성은 타문화를 향해 열려 있는 적극성과 개방성을 함께 의미하는 것으로서 미래지향적 가치관이기도 하다는 점을 강조하였다.[14] 역사 지도로 볼 때 이러한 특징은 가야

---

13   정우락, 앞의 논문, 60-61쪽 참조.
14   장윤수, 앞의 책, 6쪽 참조.

문화의 영역과 상당 부분 겹친다. 대가야大伽倻의 근거지인 고령, 성산가야星山伽倻의 배경인 성주, 고녕가야古寧伽倻의 지역으로 추정되는 선산, 그리고 더 나아가서는 상주 함창咸昌까지도 낙동강의 물길 문화로 인한 회통성과 개방적 특징을 드러낸다는 사실에 대해서는 향후 좀 더 체계적인 연구가 필요하다.

'강안'이라는 용어는 강을 기준으로 하여 좌左와 우右의 '접점'[岸]에 있음을 시사하는 것이기 때문에 좌도와 우도의 학문 경계를 넘나드는 회통적 의미를 일정 부분 지니게 된다. 강안지역 학자들의 사승師承 관계를 확인할 때 무엇보다도 먼저 주목되는 점이 남명 조식과 퇴계 이황의 문하를 함께 드나든 학자들이 많다는 사실이다. 성주지역의 정구鄭逑와 김우옹金宇顒, 고령지역의 배신裵紳과 김면金沔이 대표적인 사례이다. 이들은 모두 지역 사회에 미친 영향력이 큰 학자들로서 남명과 퇴계의 문하에 동시에 급문及門하였다. 남명과 퇴계의 학파적 경계가 뚜렷하게 드러나기 이전에는 이 지역에서 두 선생 문하의 제자들이 비교적 고르게 분포했다.

그렇지만 단지 두 선생의 문하에 급문했다는 사실만으로 '회통'을 주장하기에는 설득력이 부족하다. '회통'의 진정한 의미는 대립과 갈등이 높은 차원에서 해소된 '하나[通]'에로의 '만남[會]'을 의미한다.[15] 따라서 회통이란 어설픈 절충이 아니라 원래 '하나'인 진리의 조화를 의미하는 원융회통圓融會通의 정신을 상징한다. 그러한 면에서 강안학의 학문 특징을 '회통성'이라고 할 수 있을까? 그리고 이 지역의 학자들이 차별적인 학파 또는 사상의 두 가치를 엄연히 대립적으로 인식하면서도 이를 하나에로 조화시키고자 하는 뚜렷한 의식이 있었을까? 강안지역의 학자들이 강좌와 강우 또는 영남지역과

---

15 김종문·장윤수, 『한국전통철학사상』, 소강출판사, 1997, 51-52쪽 참조.

기호지역의 사상적 대립을 아우르고 넘어서 회통적인 자기 사상을 설파한 논리가 있는가? 과연 이 지역의 학문이 '세계에 대한 새로운 인식의 독창성을 지니는 측면까지 나아갔다'라고 주장할 수 있을까? 이러한 물음에 대해 긍정적인 답을 하기에는 상당히 회의적이다. 그러므로 '회통' 또는 '통섭'이라는 용어보다는 '융합' 정도의 의미가 훨씬 부담 없이 다가온다. '강안학 수립'이라는 사상사적 기획이 성공하려면 우선 이 지역의 학자들이 대립적인 사상을 구체적으로 어떻게 절충하고 융합했는지를 구체적으로 해명할 수 있어야 한다. 그리고 남명과 퇴계의 문하를 동시에 드나든 학자들이 학문적으로 보아 그렇지 않은 학자들과 어떠한 차별성이 있는지에 대해서도 충분히 검토할 필요가 있다. 더 나아가서는 이러한 지역학이 구체성에 바탕을 두면서도 시간과 공간의 경계를 넘어서는 보편적인 학문을 의도해야 한다는 점을 유념해야 한다.

강안학의 학문 정체성으로서 지금 우리들이 보다 분명하게 언급할 수 있는 것은 회통성보다는 학문적 개방성이다. 선행연구에 있어서 강안학의 회통적 측면으로 주목한 요소는 사실 대부분 학문적 개방성으로 읽을 수 있다. 이 지역의 학맥學脈을 살펴보면 남명과 퇴계는 말할 것도 없고, 기호남인畿湖南人 및 심지어 노론老論 계열의 학맥까지도 다양하게 분포되어 있다.[16] 남명학파가 수 차례 정치적 탄압을 받고 거의 멸절 상태에 이르게 된 후에도 이 지역에는 지속적으로 남명의 학풍이 확인된다. 무신난戊申亂 이후 외적으로는 퇴계학파가 이 지역의 학계를 주도해 나가지만, 내적으로는 여전히 자득과 실천을 강조하는 남명의 학풍이 중요한 흐름을 형성하고 있었다. 강안 지역의 성리학자들 중에는 남명의 경우처럼 도가풍道家風의 학풍을 강하게

---

16 이동훈, 『學脈에 따른 高靈의 유학자』, 고령문화원, 2019, 23-72 참조.

드러내 보이는 경우도 있고, 독서록에서 당당하게 『장자莊子』를 읽을 것을
주문하기도 하며,[17] 특히 기학자氣學者인 장재張載와 상수학자象數學者인 소옹
邵雍의 사상을 중시한 사례가 많다. 또한 정치적으로는 북인北人 계열의 학자
들은 물론이고 기호학파 계열의 노론老論과 소론小論 학자들과도 비교적 자유
롭게 교유하였다. 이러한 사례는 모두 이 지역 학자들의 자유롭고 개방적인
분위기를 보여주는 것으로서, 강안지역의 융합적이고도 개방적인 학풍으로
연계된다.

일찍이 퇴계는 남명이 지은 기행문 <유두류록遊頭流錄>을 살펴본 뒤 그
학문적 소종래所從來의 미심쩍은 부분이 있다고 비판했다.[18] 남명의 학풍에는
확실히 노老·장莊의 풍취와 기학적氣學的 세계관의 특징이 강하게 배어있다.
남명은 특정 학문과 학파로써 자신을 구속하려 하지 않았다. 남명은 『학기도
學記圖』 제8도 <이기도理氣圖>에서 정복심程復心(1257-1341)의 <논이기무적유형
도論理氣無適有形圖>를 인용하였는데, 여기서 주목할 점은 그림 상단의 '태극太
極'을 음陰과 양陽으로 나누어 원圓으로 표시하였다는 점이다. 이것은 곧 남명
이 태극을 음陰·양陽 이기二氣로 이해하고 있음을 입증하는 사례인데,[19] 정이
程頤(1033-1107)와 주희朱熹(1130-1200)의 이원론적 관점이 아니라 장재張載와 육
구연陸九淵(1139-1193)의 일원론적 관점을 계승하는 것으로 해석할 수 있다.[20]
그런데 남명의 이러한 개방적인 학풍은 한강과 여헌을 비롯한 강안지역의
학자들에게서도 강하게 드러난다.

한강 정구의 학문적 관심은 다양하다. 그는 특히 예학禮學에 조예가 깊었으
며, 우리나라 예학 발전의 중요한 계기를 마련한 것으로 평가받는다. 한강은

---

17   『遲庵集』 卷3, <答安靜瞻> 참조.
18   『退溪集』 卷43, <曺南冥遊頭流錄跋> 참조.
19   이승환, 『횡설수설』, 휴머니스트, 2012, 159쪽 참조.
20   장윤수, 『정주철학원론』, 이론과 실천, 1992, 411쪽 참조.

예설禮說 이외에도 지방지地方志, 역사서歷史書, 의서醫書 등 다양한 방면에서 관심을 보여주었다. 그래서 문인 장흥효張興孝(1564-1634)는 한강의 독서목록에 대해 언급하며, "선생[鄭逑]은 이단의 서적조차 섭렵하지 않은 것이 없었는데, 다만 그것이 이단이 되는 까닭을 알고 난 후에는 더 이상 보려 하지 않았다."[21]라고 증언하였다. 한강과 제자들은 비교적 자유로운 사상 분위기에서 독서를 하였던 것으로 보여진다. 그리고 여헌 장현광의 학풍 또한 대단히 개방적이었다. 구체적인 사례의 하나로 기학적 학풍을 예로 들 수 있다. 여헌의 사상이 갖는 기학적인 측면은 도道의 인식론적 문제와 수양론의 문제에 있어서 잘 드러난다. 여헌은 우주 본유本有의 근원적 실체인 도道, 태극太極, 이理를 마음으로는 이해할 수 있으나 입과 혀로는 말할 수 없다고 하였다. 그리고 이러한 이해는 정기[精]와 정신[神]을 모으고 오랜 세월동안 수양을 해야만 가능하다고 여겼다. 이러한 여헌의 수양법은 정통 주자학 계열의 수양법과는 구분되는 기학적 경향을 지니고 있다. 이것은 곧 장재張載의 『정몽正蒙』<신화편神化篇>에서 강조하는 입신入神과 존신存神의 수양법과 유사한 부분이 많다.[22] 여헌의 사상이 장재의 사상으로부터 많은 영향을 받았다는 점은 그의 시에서도 확인할 수 있다. 일찍이 여헌은 자신의 병을 조리하기 위해 승방僧房에 머문 일이 있다. 그는 당시 산사山寺에서 시를 읊었는데, "처소에 돌아와 누워 '정신을 모으니[凝神]', 태허太虛가 곧 나의 마음이네. 중을 불러 한잔 술 따라 마시니, '하늘의 조화로운 기운[天和]'이 내 가슴에 가득 차네."라고 하였다.[23] 이 짧은 시에서 표현한 응신凝神, 태허太虛, 천화天和의 용어들이 모두 장재의 사상을 연상시킨다.

21   『寒岡言行錄』卷1, <讀書>, "異端之書, 亦無不涉獵, 究知其所以爲異端之故, 然後輒不復看."
22   김성윤, 앞의 논문(2006a), 161-162쪽 참조.
23   『旅軒集』卷1, <强次僉詠>, "歸庵臥凝神, 太虛卽吾心, 呼僧酌一杯, 天和方滿襟."

그리고 대구지역 성리학자인 서사원徐思遠(1550-1615)의 독서록에 있어서도 개방적인 학풍을 엿볼 수 있다. 그의 독서목록에는 정程·주朱 계열의 성리학 경전 이외에도 도가道家와 기학氣學 관련 서책을 자주 발견할 수 있다.[24] 예를 들면 1594년 10월에 손처눌孫處訥(1553-1634)이 『화담집花潭集』을 가지고 왔다는 기록,[25] 1604년에 곽재우郭再祐(1552-1617)가 와서 『오신편悟眞篇』과 『금단대성집金丹大成集』을 빌려갔다는 기록[26] 등이 있다. 그리고 서사원은 자신이 기학氣學에 종사했던 적이 있었다고 스스로 고백하기도 했다.[27] 이러한 사례들은 그가 순혈주의적 도통관道統觀의 학풍으로부터 비교적 자유로웠음을 말해준다.

강안지역의 개방적인 학풍은 박이장朴而章(1547-1622)에게서도 확인할 수 있다. 박이장은 작고하던 해인 1622년에 제자들에게 주周·장張·정程·주朱의 글을 읽게 하였다.[28] 그는 23세 때에 남명 조식을 만나기 위해 덕산德山에 갔으며, 그 뒤에 다시 노수신盧守愼(1515-1590)을 찾아가 성리학을 연구하였다. 조식과 노수신은 모두 개방적인 학풍을 지닌 학자들로 유명하다. 그 외에, 고령출신 한강의 제자인 이기춘李起春(1541-1597)도 만년에 장재의 기학氣學을 연구했다.[29] 그리고 영천 출신의 성리학자인 정만양鄭萬陽(1664-1730)·정규양鄭葵陽(1667-1732) 형제도 장재의 학문을 중시했다. 그들은 보현산 자락의 횡계 와룡암 근처에 육유재六有齋를 짓고 그곳에서 거주하였다. '육유六有'라는 말은 평소 장재가 강조하던 가르침이다. 이들 형제는 그들의 스승인 이현일李玄逸에게 '장재의 육유六有 사상이 학자들에게 끼친 공이 매우 크다'고 하며 그 의미

24　『樂齋集』 卷2, <讀書如鍊丹>, <氣聽> 참조.

25　『樂齋年譜』 卷1, 甲午年(1594년, 선조 27) 10月 條 참조.

26　『樂齋年譜』 卷1, 甲辰年(1604년, 선조 37) 4月 條 참조.

27　『樂齋集』 卷2, <讀書如鍊丹>, "臣嘗從事於氣學." 참조.

28　『龍潭集』 卷5, <年譜>, 壬戌年(1622년, 광해 14) 2月 條 참조.

29　고령군지편찬위원회, 『高靈郡誌[사상과 민속]』 卷3, 고령군, 2022, 144쪽 참조.

에 대해 묻기도 했다.

> [문] 장자張子의 '육유六有'는 학자들에게 매우 공이 있습니다. 그 중에서
> '말에는 교훈이 있고 행동에는 법도가 있으며 낮에는 행함이 있다'는
> 것은 성찰省察에 해당하고, '잠깐 사이에도 보존함이 있으며 쉴 때에
> 도 길러짐이 있으며 밤에 얻는 바가 있다'는 말은 함양涵養에 해당하
> 는 것입니까?
>
> [답] '말에는 교훈이 있고 행동에는 법도가 있으며 낮에는 행함이 있다'라
> 는 말은 동動할 때의 공부이고, '잠깐 사이에도 보존함이 있으며 쉴
> 때에도 길러짐이 있으며 밤에도 얻는 바가 있다'라는 말은 정靜할 때
> 의 공부이니, 굳이 성찰과 존양으로 나눌 필요는 없네.[30]

정만양과 정규양 형제는 이기론에서 퇴계학파의 입장을 따랐지만, 그러면
서도 기氣에 대해 더욱 적극적인 의미를 부여하였다. 이러한 입장은 윤증尹拯
(1629-1714)과의 교류를 통해 기호학파의 경향을 수용한 것으로도 해석할 수
있겠지만, 직접 장재 사상의 영향을 받은 것으로도 볼 수 있다. 이들 형제가
남긴 저술 가운데 예서禮書의 비중이 가장 큰데, 이것 또한 기본적으로는
퇴계의 학설에 의거하고 있으나 기호학파의 중심 학자인 김장생金長生
(1548-1631)의 저술에 의지하는 바가 크다. 이들 형제는 정치적으로 보아 영남
남인계南人系의 학자였지만 당색黨色에 크게 구애됨이 없이 비교적 자유롭게
학문 활동을 하였다.[31] 이러한 점들은 이들 형제의 개방적 학문관을 잘 보여
주는 것으로서 퇴계학의 순수성과 탁월함을 변증하기에 여념이 없던 스승

---

30 『葛庵集』卷15, <答鄭皆春昆仲(戊寅)>, "張子六有, 於學者極有功. 其曰言有敎動有法畫有爲者,
　　屬之省察, 而瞬有存息有養宵有得者, 屬之涵養歟. 言有敎動有法畫有爲者, 是動時工夫, 瞬有存息
　　有養宵有得者, 是靜時工夫, 不必分爲省察與存養也."
31 우인수, 『영천 훈수 정만양 종가』, 경북대학교출판부, 2021, 50-67쪽 참조.

이현일과 경북북부지역 성리학자들의 학문적 태도와 비교할 때 충분히 차별화되는 모습이다.

강안지역 학자들의 이러한 개방적인 학풍은 근현대 시기까지도 지속적으로 확인된다. 우선 18세기 칠곡지역의 성리학자인 이동항李東沆(1736-1804)을 주목할 필요가 있다. 문집 중에서 <청한강여헌양선생승무소請寒岡旅軒兩先生陞廡疏>는 그의 학문 연원을 고찰할 수 있는 중요한 자료이다. 그는 이 상소문에서 한강과 여헌이 선현先賢의 정맥正脈을 이어받아 옛 성인을 계승하고 후학을 개도開導한 공이 컸음을 강조하였으며, 이러한 이유로 그들을 문묘文廟에 승무陞廡시킬 것을 소청하였다.[32] 이를 통해 한강과 여헌의 학문적 영향력이 18세기 당시까지도 강안지역의 학계에 강한 영향력을 끼치고 있었음을 알 수 있다. 그리고 이동항의 글 중에서 특히 주목할 만한 것으로 <답안정첨答安靜瞻>이 있다.[33] 이동항은 여기에서 그 나름의 독서법을 밝히고 있는데, 『논어』와 『시경』을 먼저 읽은 후에 『장자莊子』, 사마천司馬遷, 좌씨左氏, 한유韓愈, 유종원柳宗元 등의 글을 읽어야 문장 수업을 제대로 할 수 있다고 주장하였다. 여기에서 특이한 것으로는 『장자』를 거론하고 있다는 점이다. 정통 성리학을 강조하는 입장에서는 유학자들이 노·장의 서책을 가까이해서는 안된다고 여겼다.[34] 이러한 입장은 영남학파뿐만 아니라 기호학파 또한 동일하다. 예를 들면 1804년[갑자년]에 19세의 추사 김정희가 『노자』를 공부한다는 말을 듣고서 아버지 김노경金魯敬은 아들에게 편지를 보내 "『도덕경』 오천 자에는 지극한 이치가 담겨 있다고 하나, 육경六經의 글에 비하면 차이는 조금이라고

---

32 『遲庵集』 卷3, <請寒岡旅軒兩先生陞廡疏> 참조.
33 『遲庵集』, 卷3, <答安靜瞻> 참조.
34 宣祖 때에 寧海 출신 선비인 李涵은 과거시험에서 장원급제를 하지만, 試券에 『莊子』의 글귀를 인용했다는 혐의를 받아 罷榜을 당하게 된다.[『朝鮮王朝實錄』, 宣祖33年(1600年, 庚子年), 4月19日(壬辰), '展試의 試券 문제로 下敎하다' 참조]

할지라도 잘못됨은 무수히 많다 …… 하물며 네 병통의 근본이 오로지 경박하게 시문이나 꾸미는 습속과 기이하고 새로운 것만 좋아하는 폐단이 있으니, 그것을 버려야 한다."[35]라고 엄하게 훈계하였다. 이러한 지식인 사회의 분위기에도 불구하고 이동항이 『장자』를 당당히 독서목록에 올려놓은 것은 분명 개방적인 학풍의 면모라고 할 수 있다. 또한 이동항은 각종 여행기를 남겼는데, <방장유록方丈遊錄>, <해산록海山錄>, <풍악총론楓嶽總論>, <유속리산기遊俗離山記>, <삼동산수기三洞山水記> 등이다.[36] 그는 지리산 기행에서 특별히 남명의 신도비를 참배하고 남명의 후손 집안에 보관되어 오던 삼검三劍과 칼자루에 새겨진 검명劍銘을 친견하기도 했다.[37] 그리고 지리산 여행 중에 곳곳에 흩어져 있는 불교의 사찰들을 빼놓지 않고 탐방하였으며, 불교의 사상이나 문화에 대해 비방하거나 배척하지 않았다. 그는 지리산 산사에 거처하던 승려들과 함께 유儒·불佛의 교리에 관해 토론을 펼치기까지 하였다.[38] 이러한 모습을 통해 이동항의 개방적인 학문관을 엿볼 수 있다.

1891년에 제정된 성산향약星山鄕約의 <강규講規>에서도 강안지역의 개방적인 학풍을 확인할 수 있다. 여기에서는 연원정학淵源正學에 속하는 서책에 소옹의 『황극경세皇極經世』와 장재의 『정몽正蒙』을 함께 포함시켰다.[39] 장재의 기학氣學을 중시하는 전통은 이종기李種杞(1827-1902)의 경우에도 분명하게 드러난다. 이종기는 곽종석郭鍾錫(1846-1919)에게 답하는 서신에서 적극적으로 장재의 학설을 인용하였다.[40] 그는 '맑고 한결같은 상태가 기氣의 근본'이라

---

35 『西堂遺稿』卷6, <與長子書(甲子)>, "道德五千言, 雖是至理所寓, 比之六經之文已, 是差毫謬千 …… 況汝之病根, 專在於浮薄詞華之習, 務奇尙新之弊, 捨他." 金魯敬의 『西堂遺稿』는 日本 '靜嘉堂文庫'에서 발행하였다.

36 『遲庵集』卷3, <方丈遊錄>; 卷4, <海山錄>, <楓嶽總論>; 卷5, <遊俗離山記>, <三洞山水記> 참조.

37 『遲庵集』卷3, <方丈遊錄>, 1790년(정조 14) 4월 23일 참조.

38 『遲庵集』卷3, <方丈遊錄>, 1790년(정조 14) 4월 17일 참조.

39 김성윤, 앞의 논문(2006a), 159쪽에서 재인용함.

고 한 장재의 사상을 직접 인용하면서, 기氣의 정상精爽을 이理로 해석하는 한주학파寒洲學派의 의견에 반대하는 입장을 강하게 피력하였다.[41]

19세기 칠곡지역의 대표적 사상가인 장복추張福樞(1815-1900)는 그의 선조인 장현광의 학문적 위상이 퇴계학파 내에서 부당하게 평가받고 있다는 문제의식을 가지고 이를 바로잡고자 노력하였다.[42] 장복추는 사상적으로 퇴계학과 남명학을 융합하고자 했으며, 한강과 여헌의 학문정신을 계승하고자 노력하였다.[43] 장복추의 이러한 학문적인 경향은 당연히 그를 추종하던 제자들에게도 전해졌으며, 이로 인해 강안지역의 융합적이고 개방적인 학풍은 19세기 후반을 넘어 20세기 초반까지도 이 지역에서 그 흔적을 남기게 된다. 어떠한 사상체계이든 그것은 그 시대의 현실적인 조건과 개인의 삶의 배경에서 이루어진다. 그러므로 단순히 유학적 도통道統의 입장에서만 사상의 우열을 따질 수 없다. 영남학파의 제3지대로 평가받는 강안지역의 성리학을 융합적이고 개방적인 학풍으로 해명해낼 수 있다면 이러한 학문전통이 오히려 소통과 열림의 세계를 지향하는 미래 학문의 의미에 훨씬 더 가깝게 다가갈 수 있다.

2) 우주론적 사유 경향

북송대北宋代 유학의 중심인물은 정호程顥(1032-1085)와 정이程頤 형제라 할 수 있다. 그렇지만 비슷한 시대를 살아간 수많은 학자들이 존재하는데, 그중에서도 특히 자기 나름의 체계적인 이론을 건립하여 성리학의 한 세계를

---

40 『晩求集』 卷4, <答郭鳴遠> 19張 참고.

41 『晩求集』 卷4, <答尹忠汝胃夏心說箚疑> 24-25張 참고.

42 권상우, 「文辨至論에서의 성리학적 이론구조」, 『四未軒 張福樞의 經學思想과 性理思想』, 경북대학교 영남문화연구원 학술대회 발표집, 2009, 60쪽 참고.

43 최석기, 「四未軒 張福樞의 학술과 그 의미」, 『四未軒 張福樞의 經學思想과 性理思想』, 경북대학교 영남문화연구원 학술대회 발표집, 2009, 3쪽 참조.

구축한 것으로 평가받는 이로는 주돈이周敦頤(1017-1073), 소옹邵雍, 장재張載가 이름이 높다. 이들은 주로 우주론적인 문제에 많은 관심을 가졌다. 우주를 대상으로 하여 사색하던 북송 성리학은 이후 정씨程氏 형제들에 의해 인간 내면의 문제로 눈을 돌리게 된다. 즉 '세계'라는 통일체를 이론화하게 되면 너무 추상적으로 되어버리는 감이 있으므로, 마침내는 인간 본성의 문제, 인식론적인 문제에로 시선을 돌리게 되었던 것이다.[44] 고대 그리스철학에 있어서도 소크라테스, 플라톤, 아리스토텔레스의 정신철학의 시대가 중심이 되지만, 그 이전에 '자연철학 시대'라고 불려진 때가 있었다. 중국에 있어서 사상적으로 이러한 모습을 갖고 있던 시기가 바로 북송대이다.

중국이나 한국의 성리학 전통에 있어서 일반적으로 우주론적 사상가들은 낮게 평가받아 왔다. 특히 소옹에 대한 정씨 형제의 평가는 혹독했다. 예를 들면 소옹의 학문과 인물에 대해 평하면서, "소옹의 학문은 먼저 이치라는 측면에서 의意·언言·상象·수數를 유추하고, 천하의 이치는 반드시 이 네 가지에서 나온다고 한다 …… 그러나 그에게는 특별한 방법이 있는 것도 아니어서, 요컨대 그의 학술로 천하 국가를 다스리기는 힘들다. 그의 사람됨은 무례하고 공손치도 못하면서 오직 얕보고 조롱할 뿐이다. 심지어 천리天理조차도 얕보고 조롱했다."[45]라고 하였다. 그리고 정씨 형제는 집안 아저씨[表叔]인[46] 장재의 사상에 대해서도 비판을 가하였다. 장재의 재능은 뛰어나지만 그의 학문은 '잡박雜駁스럽다'고 비판하였으며,[47] 심지어 장재의 제자들에게까지 과거에 잡스럽게 배웠기 때문에 이치에 어긋나게 된다고 자주 질책하였다.[48]

44　張君勱, 『한유에서 주희까지』, 김용섭·장윤수 옮김, 형설출판사, 1991, 201-202쪽 참조.
45　『河南程氏遺書』卷2上, "堯夫之學, 先從理上, 推意言象數, 言天下之理, 須出於四者, 推到理處 …… 然未必有術, 要之亦難以治天下國家. 其爲人則直是無禮不恭, 惟是侮玩, 雖天理一作地, 亦爲之侮玩."
46　장재의 아버지와 정씨 형제 할머니는 남매 간이다.
47　『河南程氏遺書』卷2上, '呂大臨에게 한 말'.

정씨 형제 중에서도 특히 정이程頤의 이러한 관점은 제자들에게게도 강한 영향을 주었고, 남송대南宋代 주희朱熹와 주자학파의 학자들에게까지 강한 영향을 미쳐 그 후 정학正學을 가리는 하나의 기준이 되었다. 그리고 정주학程朱學 계열의 학문 정통성을 주창하던 조선시대 성리학계의 학풍에서도 소옹과 장재는 결코 주류 사상가가 될 수 없었다.

그런데 특이하게도 강안지역의 학풍은 이러한 분위기와는 차이를 보인다. 이 지역 학자들은 심성론보다는 우주론적 사유에 많은 관심을 가지고 있었다. 그래서 주돈이, 소옹, 장재와 같은 우주론적 사상을 펼친 학자들에 대해 많은 관심을 보였다. 이러한 사실을 가장 잘 말해주는 사례가 '명경당明鏡堂'의 시회詩會이다. 1537년(중종 32년)에 선산지역의 학자인 박운朴雲(1493-1562)은 '명경당明鏡堂'이라는 건물을 짓고 나서 박영朴英(1471-1540), 이언적李彦迪(1491-1553), 김취성金就成(1492-1551)과 함께 어울려 시를 읊었다. 명경당에서 가진 네 학자들의 시회는 모두 '무극이태극無極而太極'을 주제로 시를 지었는데 당대 학자들의 많은 관심을 받았다. 이것은 우주론적 사유에 심취해 있던 당시 사림士林의 학풍을 보여주는 좋은 사례이다. '무극이태극'은 주돈이의 <태극도설太極圖說> 가운데 나오는 첫 구절이다. 남송 시대에 와서 주희朱熹와 육구연陸九淵은 이 구절의 해석을 두고 열띤 논쟁을 펼쳤다. 이 논쟁은 단순한 해석상의 차이라기보다는 정程·주朱의 이학理學과 육陸·왕王의 심학心學 간에 드러나는 세계관적 차이를 말해주는 중요한 징표이다. 그런데 '무극이태극'에 관한 논의가 한국유학사에 있어서 강안지역에 집중적으로 나타난다는 사실을 주목할 필요가 있다.

대표적인 사례 몇 가지를 살펴보자. 우선 선산 출신으로서 박영의 제자인

---

48 『河南程氏遺書』卷2上, '呂大臨에게 한 말'.

김취성金就成은 박영의 문하에서 존심양성存心養性의 방법과 관물성찰觀物省察의 뜻을 터득하고, 무극無極과 태극太極의 묘용妙用의 이치를 깨달았으며, 이로부터 잠심하여 대업大業과 규모規模에 이미 근본이 정해지게 되었다고 한다.[49] '무극이태극'에 관한 본체론적 사색은 대구 출신 성리학자들에게서도 두드러지게 드러난다. 서사원徐思遠은 52세 되던 1601년에 저술한 <공부차록工夫箚錄>에 무극과 태극의 요점을 비롯하여 이理, 심心, 성性, 정情, 경敬, 수양修養 등 성리학의 핵심주제를 선현들의 학설에 기초해 간략하게 기록하였으며, 손처눌孫處訥은 육구연陸九淵의 『상산집象山集』에 수록된 '무극이태극'에 관한 이론이 주희의 이론과 다른 점에 대해 집중적으로 비판하였다.[50] 그리고 도성유都聖兪(1571-1649)는 <총론무극태극總論無極太極>이라는 글에서 육구연 형제의 태극론을 비판하고 정주학 계열의 도통론道統論을 적극 지지하였다.[51] 또한 칠곡지역의 성리학자인 이동급李東汲(1738-1811)은 <무극태극설無極太極說>에서 '무극'이 태극의 맨 처음 상태라고 설명하며, '태극'은 우주만물이 생긴 근원이자 본체라고 하였다.[52] 강안지역의 학자들이 '무극이태극'에 관해 이처럼 많은 관심을 표명했던 것은 우주론적 사유에 강한 흥취를 보였던 선산지역에 거처하던 초기 사림파[도학파]의 영향이 있었던 것으로 추정할 수 있다.

한편, 장현광 또한 명경당 시회에 대해 많은 관심을 표명하였다. 그는 박운朴雲의 주손冑孫이자 자신의 외손이었던 박율朴慄을 격려하기 위해 명경당의 시회詩會와 관련한 글을 몇 편 짓기도 했다.[53] 장현광은 독창적 사상가이다.

---

49 『久庵集』卷2, <伯氏眞樂堂先生墓誌>, "松齋發無極太極之妙以敎之, 先生脫然契悟 …… 松齋亟稱之曰, 君之才, 應不下古人. 自是潛心大業, 規模根本已定矣." 참조.

50 『慕堂日記』, 辛亥(光海君3年), 慕堂59歲, 3月15日 條, "話康侯, 論象山集無極太極說, 與朱先生不相似." 참조.

51 『養直集』卷1, <總論無極太極(二首)> 참조.

52 『晩覺齋集』卷3, <無極太極說> 참조.

그는 퇴계와 율곡을 비롯한 그 어떤 학자의 사상도 맹목적으로 따르지 않았다. 그래서 송시열은 장현광의 학문에 대해 평하면서 "그 학문적 연원을 후생後生이 감히 알지 못한다."[54]라고 하였다. 이로 인해 장현광은 같은 영남학파의 학자인 이현일李玄逸에게서도 그 사상의 문제점을 비판받기도 했다. 현대 학자들의 연구물에서조차 장현광의 학문 연원에 대해 자세하게 밝힌 바가 없고, 다만 그 사상의 자득처自得處를 강조하는 경우가 많다. 그렇지만 어떠한 사상이든 사상가 개인의 노력만으로 이루어질 수 없다. 장현광의 사상적 연원을 자세히 살펴보면 그 안에 선산지역 선배 학자들의 사유가 내재해 있고, 그 중심에 박영朴英을 비롯한 도학파 사상가들의 영향이 깊게 자리 잡고 있음을 알 수 있다.

　장현광은 박영의 사후에 태어났지만, 박영의 후손 및 제자들과 밀접한 관계를 유지하고 있었고, 그의 문집 도처에서 박영에 대해 직접 언급하였다. 박영은 원래 무인武人의 업무에 종사하다가 동향同鄕의 학자인 정붕鄭鵬(1467-1512)으로부터 가르침을 받아 문인文人의 길로 접어들게 되었다. 후대 사람들은 무인의 삶에서 문인으로 전환한 박영을 일컬어 '동방의 횡거橫渠[장재]'라고 하였다. 왜냐하면 장재 또한 젊은 시절 무예에 열중하다가 범중엄范仲淹의 권유로 유학에 전념했기 때문이다. 또한 박영은 평소 소옹의 학문을 높게 평가하였다. 그는 자신의 시에서 "소강절邵康節[소옹] 선생 그윽한 곳에 거처하며, 옛 성현 남긴 글을 초당에서 읊조리네."[55]라고 하였고, <공중누각기空中樓閣記>에서는 소옹의 사상을 풀이하기도 했다.[56] 장현광 또한 자주 소옹의 인품과 학문을 높이 평가하였는데, 특히 <공중누각부空中樓閣賦>에서 소옹

53　『旅軒集續集』卷1, <次諸君韻, 題明鏡堂>; 『旅軒集續集』卷4, <題明鏡堂四先生空字絶句後>.

54　『宋子大全』卷102, <答沈德升>, "張旅軒淵源, 後生有所不敢知耳." 참조.

55　『松堂集』卷1, <雜詩四首(其四)>.

56　『松堂集』卷1, <空中樓閣記> 참조.

의 학문을 높이 칭송하였다.[57] 장현광의 제자인 이언영李彦英(1568-1639)은 "선생[장현광]의 도덕과 문장은 하늘이 만물을 덮어 주고 바다가 온갖 물을 포용하는 것과 같아서 진실로 형용할 수가 없다. 그러나 담소하며 세상 사람들과 친함은 마치 소강절 선생과 같다."[58]라고 하였고, 장현광의 아들인 장응일張應一은 평소 아버지가 소옹의 <사사음四事吟>을 손수 글로 써서 벽에 걸어놓고 묵상하였다고 증언한 바 있다.[59] 이러한 사례들은 모두 장현광이 얼마나 소옹의 사상을 귀중하게 여겼던가 하는 것을 보여주는 사례이다.

<연보年譜>에 의하면, 장현광의 대면 스승으로 거론할 수 있는 사람은 노수함盧守諴(1494-1521)과 장순張峋(1532-1571) 두 사람이다. 이들 두 사람은 모두 장현광과 친인척 관계에 있다. 장현광은 1562년(명종 17년) 9세 되던 해에 어머니의 명에 따라 선산에 사는 자형姊兄 노수함의 문하에 나아가 글을 배웠다. 노수함은 박영의 문인이므로 장현광은 곧 박영의 재전再傳 제자이다. 그리고 노수함의 아들인 노경임盧景任은 장현광의 문인인데, 일찍이 노경임은 한국 도학道學의 계보를 정리하면서 '정몽주鄭夢周-길재吉再-김숙자金叔滋-김종직金宗直-김굉필金宏弼-정붕鄭鵬-박영朴英' 순으로 기록하였다.[60] 장현광은 1567년(명종 22년) 14세 되던 해에 사종숙四從叔인 장순張峋에게 나아가 수업하였다. 장순은 이언적, 이황, 고응척高應陟(1531-1605), 정구 등과 교유하였고, 박영의 문인인 박운朴雲, 김취문金就文 등과도 가깝게 지냈으며, 박운의 손자인 박성일朴成一을 사위로 맞이하였다. 장순은 張載가 지은 『정몽正蒙』과 <서명西銘>을 읽고 감동을 받아 자신의 호를 '학거鶴渠'라 지었다. 자신이 칠곡 학산鶴山 기슭에 살고 있었기 때문에 학산의 '학'과 횡거의 '거'자를 취해 '학거'라 하

---

57 『旅軒集』卷1, <空中樓閣賦> 참조.
58 『旅軒集續集』卷9, <記聞錄(李彦英)>.
59 『旅軒集續集』卷10, <趨庭錄'(子應一)> 참조.
60 『松堂集』卷3, <道統相承次第錄>. 이 기록은 盧景任의 『嵩善志』를 인용한 것이다.

였던 것이다. 또한 장순은 소옹의『황극경세皇極經世』를 읽고서 그 뜻을 풀이
하여 <황극요의皇極要義>를 짓기도 했다. 장현광은 15,6세 되던 무렵에 장순
의 책상 위에서『황극경세』를 보았는데, 이 책은 바로 박영의 집안에서 보관
해오던 책이었다.[61] 장현광이 장순의 가르침을 받아『황극경세』를 읽어보니
마음에 맞았다고 한다. 장현광은『황극경세』를 높게 평가하여 "이 한 권의
책은 천지와 더불어 마땅히 종말을 함께 할 것이다."[62]라고 극찬하였다. 장현
광이 장재와 소옹의 사상을 강조했던 배경에는 바로 박영과 장순의 영향이
짙게 깔려 있다.

　　우주론적 사유를 즐겨하는 이러한 학풍은 후대 강안지역의 학자들에게서
도 강하게 확인된다. 한 가지 사례로 칠곡지역 성리학자 이주천李柱天(1662-
1711)의 경우를 살펴보도록 하자. 이주천은 한강과 여헌의 급문제자及門弟子인
이언영李彦英의 후손이다. 그는 특히『주역』에 조예가 깊었으며, 당시 유학자
로서는 보기 드물게 도교사상에 대해서도 폭넓은 이해를 하고 있었다.『낙저
유고洛渚遺稿』의 '외편外篇'에는 <신증황극내편新增皇極內篇>, <신증태현경新增
太玄經>, <신증팔진도新增八陣圖>, <단시점斷時占>이 수록되어 있는데, 이것들
은 모두 우주론적 특성이 강하게 드러나는 저작이다. <신증황극내편新增皇極
內篇>은 주희의 제자인 채침蔡沈(1167-1230)의『홍범황극내편洪範皇極內篇』가운
데 일부를 주석하고 보완한 것으로서, 소옹의 상수학적 연구에 바탕하고 음
양오행설에 입각해 '홍범구주洪範九疇'와 '삼재三才'의 득실을 탐구한 연구물
이다. 그리고 <신증태현경新增太玄經>은 한漢나라의 학자 양웅揚雄(BC53년
-AD18년)이 저술한『태현경太玄經』을 보완한 것인데,『태현경』은 유가·도가·

61　『旅軒集』卷10, <趨庭錄[子應一]>, "吾十五六時, 見鶴渠案上有皇極經世書, 問之則乃朴松堂家
　　藏內賜冊子也. 因請讀之, 如有所會心者然." 참조.
62　『旅軒集』卷1, <觀物賦>, "然皇極經世之一書, 當與天地而終始."

음양가의 사상을 종합한 저술로서 중국 상수학의 원류가 되는 책이다. <신증팔진도>는 제갈량諸葛亮의 팔진도八陣圖를 우리나라 고유의 지형에 맞게 응용한 것이다. 그리고 <단시점>은 역학과 상수학의 원리로 단시점을 해설한 것이다.[63] 이주천이 단시점을 연구한 것은 당시 성리학자들의 일반적인 경향에서 보자면 매우 생경한 모습이다.[64] 상수학은 비록 주희가 『주역』을 해석한 기본틀로 사용하기는 했지만, 조선시대 성리학자들에게는 환영받지 못한 학문 분야이다. 소옹의 상수학을 중시한 이주천의 학문적 특징은 그 선조인 이언영을 통해 계승된 가학家學의 전통이자 여헌 장현광을 비롯한 강안지역 학자들의 학풍을 이어받은 것으로 볼 수 있다.

강안지역 학자들이 지닌 우주론적 사유 경향은 긍정과 부정의 양면성을 갖는다. 우선 부정적인 입장에서 보자면 이 지역의 학자들이 『주자대전朱子大全』의 간행으로 인해 촉발된 본격적인 주자학적 사유에 참여하지 못했다는 증거라 할 수 있다. 1427년(세종 9년)에 『성리대전』이 간행된 이후 무려 100여 년이 지난 1543년(중종 38년)에 『주자대전』이 간행되었다. 퇴계 이황은 우리나라에서 『주자대전』을 거의 처음으로 완독하고 본격적으로 연구한 학자이다. 그는 43세 되던 해인 1543년에 중종의 명에 의해 교서관校書館에서 간행된 『주자대전』을 처음 접하게 되었다. 이후 그는 낙향과 상경을 거듭해가며 『주자대전』의 연구에 깊게 몰두하였으며, 1556년에 드디어 『주자대전』의 방대한 내용을 간추려 총 20권의 『주자서절요朱子書節要』를 편찬했다. 이 책은 조선시대 지식인 사회에 있어서 주자학 발전을 이끌어간 커다란 동인動因이 되었으며, 일본사상계에도 많은 영향을 끼쳤다. 퇴계는 『주자서절요』를 편집

---

63 이우봉, 「낙저유고와 시대정신」, 『낙저 이주천 선생의 역학사상 학술대회 자료집』, 칠곡문화원, 2022, 14-15쪽 참조.

64 서근식, 「『斷時占』과 洛渚 李柱天의 '河圖洛書'觀」, 『낙저 이주천 선생의 역학사상 학술대회 자료집』, 칠곡문화원, 2022, 99쪽 참조.

하면서 위학爲學, 독서讀書, 일용공부日用工夫에 관한 서신을 빠짐없이 수록하였으며, 이러한 서신들을 통해 경敬, 주경主敬, 지경持敬을 강조하고자 했다. 그리고 천天을 궁리窮理의 대상에서 제외하였으며, 천天에 접근하는 듯한 표현, 이를테면 지천知天, 지천명知天命, 지천의知天意, 지천덕知天德 등과 같은 용어 사용을 최대한 자제하였다. 퇴계의 이러한 사상적 경향은 조선시대 주자학의 심성론적 담론을 열어가는 계기가 되었다. 그런데 강안지역의 학자들은 이러한 심성론적 성리학이 주도하는 시대적 담론에 적극적으로 참여하지 못하고, 여전히 이전 시대의 주제인 우주론적 사색에 머물고 있었다는 한계를 드러낸다.

그렇지만 학문의 다양성과 개방성이라는 입장에서 본다면 긍정적인 측면이 강하다. 이러한 시각에서 보자면 퇴계의 주자학 몰입과 후학들의 주자학 정통주의 고수는 학문적 상상력을 제한하는 요인이 되었다고 볼 수도 있다. '강명관'은 이 점을 지적하여 "1543년『주자대전』의 간행과 1561년 퇴계의『주자서절요』의 간행은 주자학에 대한 깊은 이해를 가능하게 했지만, 조선의 지식인들은『주자대전』이라는 마르지 않는 거대한 호수를 벗어날 수가 없었다. 호수에 갇힌 그들은 다른 사유와 학문을 볼 수 없었다. 나는 1543년『주자대전』의 인쇄와 퇴계의『주자서절요』가 학문적 상상력을 제한하는 재앙이었을 수도 있다고 생각한다."[65]라고 하였다. 특히 17세기 이후 주자학 절대주의를 신봉하던 시대 분위기에서『주자대전』과『주자서절요』는 조선시대 지식인 사회에 있어서 텍스트 권력이 되면서 학문적 상상력을 제한하는 결과를 가져오게 된 측면이 있다. 그런 시대 분위기에서도 주자학에만 함몰되지 않았던 강안지역 학자들의 우주론적 사유와 개방적 학풍은 충분히 긍정

---

65   강명관,『책벌레들, 조선을 만들다』, 푸른역사, 2007, 99쪽.

적으로 해석할 만한 여지가 있다.

그렇다면 강안지역의 학자들은 왜 우주론적 사유에 강한 흥취를 가졌던 것인가? 『주자대전』에 관해 본격적인 연구를 하지 못했던 시대의 학자들은 예외로 하고서라도, 퇴계와 율곡이 주도한 주자 성리학의 심성론적 논의가 풍미했던 시대를 배경으로 하고 있었던 장현광의 경우에도 왜 그토록 우주론적 사유를 강조한 것일까?

장현광은 불과 18세에 <우주요괄첩宇宙要括帖>이라는 글을 지었는데, 그는 여기에서 "천지 사이에 태어났으면 마땅히 우주 간의 사업으로써 자기 임무를 삼아야 한다."[66]라고 선언하였다. 그리고 그는 정구를 위해 지은 <행장行狀>에서 "선생은 어릴 적에 자기 재주를 넉넉히 여겨 우리 인간은 우주 간의 수많은 일에 있어서 자기 책임으로 삼지 말아야 할 것이 없으니, 일의 대大·소小, 정精·조粗와 무관하게 모든 영역의 학문을 배우지 않으면 안 된다고 여겼다. 산수算數, 병진兵陣, 의약醫藥, 풍수風水 등의 학설에 이르기까지 모두 반드시 그 이치를 궁구하여 알고자 하여 대략을 알았다."[67]라고 하였다. 장현광은 그 자신과 정구의 학문 특색이 '우주 사업'이라 여겼던 것이다. 여기서 장현광은 '우주 간의 수많은 일'[宇宙間許多事]이라는 개념을 정구가 세상의 모든 일을 탐구의 대상으로 삼았다는 말로 활용하였다. 그런데 이와 관련하여 주목할 점은 남명 조식 또한 병법兵法, 의경醫經, 지리지地理志 등 세상사에 직접 적용할 수 있는 학문에 두루 밝았다는 사실이다. 특히 이러한 점을 정구가 조식의 <제문祭文>에서 명기하고 있다는[68] 사실을 통해 남명학과 강안학

---

66 『旅軒集續集』 卷5, <標題要語>, "生於天地, 當以宇宙間事業爲己任."
67 『旅軒集』 卷13, <寒岡鄭先生行狀>, "先生幼時, 自優其才, 以爲吾人於宇宙間許多事, 無不以爲己責, 則事無大小精粗, 皆不可以不學焉. 至於筭數兵陣醫藥風水等說, 亦必究知其理而得其大略矣."
68 『寒岡集』 卷11, <祭南冥曹先生文>, "至於詩文兵法醫經地志, 雖無不曲暢旁通." 참조.

의 학문적 연계 고리를 추정해볼 수 있다. 장현광의 글 여러 곳에서 산견되는 성인聖人의 이상에 대한 꿈과 우주 사업은 불가분의 관계에 있다.[69] 장현광은 우주의 일관된 하나의 원리를 찾고자 애썼으며, 그의 이러한 일원화의 욕구는 '도일원론적道一元論的 경위설經緯說'로 구체화되었다. 강안지역의 우주론적 학풍 또한 크게 보아 우주의 일관된 원리를 찾고, 이를 통해 세계 존재를 체계적으로 해명하려는 의도에서 기인한 것이라 해석할 수 있다.

3. 명체적용明體適用의 학문 경향

강안학 연구에 있어서 가장 먼저 요청되는 작업은 바로 강안학의 내포적 의미를 검토하는 일이다. 이러한 작업과 관련하여 명체적용明體適用의 학문 경향을 주목할 만하다. '김낙진'은 한려학파의 내부적 동일성을 찾기가 쉽지 않고, 학문적 주요 이론이나 관점에서 볼 때 한강과 여헌 두 사람 간의 견해가 일치하지 않는다는 문제점을 지적하였다. 그리고 한강과 여헌을 하나의 학파로 묶기 위해서는 전체적인 흐름을 살펴보는 것이 좋겠다는 의견을 제시하였다. '김낙진'은 그러한 측면에서 '사상의 구조적 유사성'에 주목하여 '명체적용明體適用의 학문'과 '규모規模의 학문'에 대해 언급하였다.

> 선생[정구]은 명체적용明體適用의 학문을 하겠다고 스스로 기약하였다. 그러므로 출사하면 군주를 요堯·순舜과 같은 성군聖君으로 만들고 이 세상을 경륜하려는 것이 그의 뜻이었다.[70]

. 69 김낙진, 「조선 중기 寒旅學派의 철학사상」, 『한국학논집』 40, 2010, 182-183쪽 참조.
. 70 『旅軒集』 卷13, <寒岡鄭先生行狀>, "先生以明體適用之學自期焉. 故出可以堯舜吾君, 經綸斯世者, 其志也."

위 인용문은 장현광이 찬술한 <한강행장寒岡行狀>에 등장하는 말이다. 김낙진은 '명체적용의 학문'이라는 용어가 한강과 여헌 두 사람 간의 학문적 공통성을 확인하려는 이들에게 매우 중요한 단서가 된다고 하였다. '추제협' 또한 이러한 주장에 기본적으로 동의하면서 한 걸음 더 나아가 한강과 여헌 간의 '명체적용지학明體適用之學'을 비교하였다. 추제협은 명체적용의 학문은 한강의 경우에는 심학과 예학에 있어서 잘 드러나고, 여헌의 경우에는 역학과 성리학에 있어서 두드러진다고 하였다.[71]

명체적용의 학문을 통해 한강과 여헌의 사상적 공통지반을 확인하려는 시도는 분명 주목할 만한 가치가 있다. 그렇지만 이 점을 지나치게 부각시키는 것은 문제가 있다. '명체적용의 학문'이라는 말 자체가 정구와 장현광의 고유한 사상적 입장을 표현하기 위해 만든 용어라기보다는 성리학 일반의 주장이라고 할 수 있다. 특히 정도전鄭道傳(1342-1398)과 권근權近(1352-1409)을 위시한 수많은 조선시대의 학자들이 '명체적용의 학문'을 거론하였다.[72] 그리고 위에서 인용한 <한강행장>의 언급처럼 명체적용에서 '적용'의 의미가 출사하여 군주를 성군으로 만들고 세상을 잘 경륜하는 것이라고 한다면, 이 의미를 여헌 자신에게 돌리는 것은 적합하지 않은 면이 있다. 여헌은 여러 차례 관직의 제수가 있었으나 대부분 사면하였고, 외직에 봉직하기는 했으나 그것도 단기간에 그쳤다. 여헌의 일생은 강학 활동으로 일관했으며, 그리고 그의 저작에서 특별히 명체적용을 강조한 부분이 드러나지도 않는다. 그러므로 명체적용을 여헌 자신의 학문 특징으로도 보고, 더 나아가 이것을 한강과 여헌 양인 간의 학문적 공통특징으로 규정짓는 일에 대해서는 다시 한번

---

71   계명대학교 한국학연구원, 『조선 중기의 낙중학, 여헌 장현광의 삶과 사상(총서4)』, 계명대학교출판부, 2017, 70-105쪽 所收.

72   『三峯集』 卷4, <會試策>; 『陽村集』 卷12, <義興三軍府舍人所廳壁記> 참조.

생각해보아야 한다.

'명체적용明體適用'이라는 말은 송대 이전에는 그 용례를 찾아보기 힘들다. 이 말은 호원胡瑗(993-1059)과 그 제자들의 학문을 평하는 말로 등장하면서 후대에 널리 사용되기 시작했다. 『송원학안宋元學案』의 <안정학안安定學案>에는 호원胡瑗의 제자가 스승의 학문을 '명체적용지학明體達用之學'으로 표현한 내용이 기록되어 있고, 『근사록近思錄』 권10의 '주註'에 "호안정胡安定[호원]이 학자를 가르칠 때 경술經術에 통달하고 시무를 익혀서 명체적용하도록 했기 때문에 그의 문인門人들이 모두 계고稽古와 애민愛民을 일삼았으니, 계고는 위정爲政의 법이요 애민은 위정의 근본이다."라고 하였다.

그런데 청대 철학의 첫 단계[명말청초明末淸初-강희康熙 말년(1720)]에서 등장하는 명나라 유로遺老들[황종희黃宗羲, 고염무顧炎武, 왕부지王夫之, 안원顏元 등]의 학문 특징을 요약하여 흔히 경세치용經世致用, 경세달용經世達用, 명체달용明體達用, 명체적용明體適用의 개념을 강조한다. 특히 관중關中지역의 학자인 이옹李顒(1627-1705)은 유학이라는 학문체계가 본래부터 가진 명체적용의 관점을 강조하였다. 이때 명체적용의 의미는 '허虛를 배격하고 실實을 숭상'하는 실학實學, 실사實事, 실증實證, 실행實行, 실천實踐, 실사구시實事求是의 의미를 가진다. 명체적용의 개념은 경세치용의 내용보다 광범위한 개념으로서 경세치용이라는 용어에 비해 유학의 본질과 기능적인 측면을 훨씬 더 잘 표현하고 있다. 이옹의 경세치용 사상이 말하려고 하는 핵심은 바로 명체적용에 있다.[73] 그래서 이옹은 "유자儒者의 학문은 명체적용의 학문이다. 진秦·한漢시대 이래로 이러한 학문이 밝지 못해 순박한 자들은 장구章句에 얽매이고 준상俊爽한 자

---

73 정병석, 「李二曲의 儒學의 본질에 대한 반성적 논의와 明體適用」, 『동양철학연구』 59, 2009, 424쪽; 孫萌, 「從"悔過自新"到"明體適用": 李二曲思想脈絡的邏輯梳理」, 『陝西師範大學學報[哲學社會科學版]』, 2004年4期 참조.

들은 헛된 사장학詞章學에 빠졌다."[74]라고 하였다. 또한 그는 『대학』의 학문이 명체적용의 학문이라고 여겨 이를 강조하였다. 즉 "덕德을 밝히는 것은 체體이고 명덕明德을 밝히는 것은 명체明體이다. 백성을 친애하는 것은 용用이고 명덕明德을 천하에 밝히고 신민新民하는 것은 적용適用이다."[75]라고 하면서 『대학』의 3강령으로써 명체적용을 해석하였다. 그리고 이옹은 명체적용의 서책을 두 가지로 분류하였는데, 하나는 명체류明體類의 서책이고 다른 하나는 적용류適用類의 서책이다. 그런데 적용류適用類의 서책에 속하는 것들은 대부분 궁리치지窮理致知의 핵심을 말하고 있으며 『대학연의大學衍義』, 『연의보衍義補』, 『문헌통고文獻通考』 등이 여기에 포함된다. 이러한 책들은 경세치용·전장제도典章制度·정치역사·법률·농정農政·수리水利 등의 문제와 관련되어 정치나 민생과 같은 실무적인 사안을 담고 있다.[76] 이옹이 주장하는 명체적용의 사상은 송宋·원元·명明 시기의 공허한 성리학을 넘어서서 오히려 선진先秦시대의 공맹유학孔孟儒學으로 되돌아가려는 경향이 있다. 그러한 면에서 이옹은 송·명 이래의 경세치용의 실학적 전통을 계승하고 발전시켰다 할 수 있다.[77]

그런데 특이하게도 조선 지식인 사회에서는 건국 초기부터 명체적용을 강조해 온 전통을 확인할 수 있다. 조선 초기의 성리학자들은 경학 자체를 명체적용의 학문이라 하였다. 그래서 육학六學의 교도관敎道官을 두어 과목별로 학업을 습득시키도록 하였다. 경학經學은 명체적용지당明體適用之堂, 병학兵學은 선계제승지당先計制勝之堂, 율학律學은 흠휼지당欽恤之堂, 산학算學은 상명

---

74 『二曲集』卷14, <周至問答>, "儒者之學, 明體適用之學也. 秦漢以來, 此學不明, 醇樸者梏於章句, 俊爽者流於浮詞."
75 『二曲集』卷29, <四書反身錄>, "明德是體, 明明德是明體, 親民是用, 明明德於天下, 作親民是適用."
76 정병석, 「李二曲의 儒學의 본질에 대한 반성적 논의와 明體適用」, 『동양철학연구』 59, 2009, 417-418쪽 참조.
77 정병석, 앞의 논문, 419쪽 참조.

지당詳明之堂, 의술醫術은 제생지당濟生之堂, 사예射藝는 관덕당觀德堂이라 하여 공경·대부로부터 사士의 자제에 이르기까지 성동成童(15세) 이상으로 서울에 살면서 아직 벼슬하지 못한 사람들을 모두 여기에 소속시켰다.[78] 퇴계 이황 또한 수기修己에 관해서 따로 원규院規를 지어 상설詳說하였는데, 이산서원伊山書院 원규院規의 모두冒頭에서 독서지방讀書之方을 말하는 가운데 궁행심득躬行心得과 명체적용을 수기修己의 요체로 지적하였다.[79] 그리고 율곡 이이의 <시장諡狀>에서는 이이의 학문적 특색이 명체적용에 있다고 평가하였다.

> 대개 선생[이이]은 이치에 밝고 의리에 정밀하며 함양한 공부가 깊었다. 이것이 내면에 충실하여 덕행이 되고 외면에 발현하여 사업이 된 것으로 모두 명체적용의 학문이었으니, 실로 침잠하여 자기의 학문만 할 뿐 세무世務를 익히지 않는 학자에 비할 바가 아니다.[80]

그리고 조선시대 과거시험의 책문策問에서도 명체적용을 주제로 한 물음이 초기부터 후기까지 지속적으로 발견된다. 예를 들면 정도전의 문집에 수록된 <회시책會試策>에서 "제생諸生들은 명체적용의 학문으로써 유사有司의 물음을 기다린 지 오래일 것이니 그 모두를 글로 나타내게 하라."[81]라고 하였으며, 정조正祖의 문집인 『홍재전서弘齋全書』에 수록된 <책문>에서도 "아! 자

---

78 『陽村集』卷12, <義興三軍府舍人所廳壁記>, "又置六學敎道官, 分科肄業, 其經學曰明體適用之堂, 兵學曰先計制勝之堂, 律學曰欽恤之堂, 筭學曰詳明之堂, 醫曰濟生, 射曰觀德, 公卿大夫至於士之子弟, 成童以居京未仕者皆屬焉." 참조.

79 『退溪集』卷41, <伊山院規>, "諸生讀書, 以四書五經爲本原, 小學家禮爲門戶, 尊國家作養之方, 守聖賢親切之訓, 知萬善本具於我, 信古道可踐於今, 皆務爲躬行心得, 明體適用之學, 其諸史子集文章科擧之業, 亦不可不爲之, 旁務博通, 然當知內外本末輕重緩急之序, 常自激昂, 莫令墜墮註."

80 『月沙集』卷53, <栗谷先生諡狀>, "蓋其理明義精, 養深積盛, 充而爲德行, 發而爲事業, 皆明體適用之學, 實非沈潛自守, 不閑世務之比也."

81 『三峯集』卷4, <會試策>, "諸生以明體適用之學, 待有司之問久矣, 其悉著于篇."

신의 수행에서는 성취하는 공이 적고 남에게 베푸는 데에는 구제할 책임을 저버리고 있다. 고인의 명체적용의 학문은 아마도 이러하지는 않았을 것이다."[82]라고 하는 구절이 있다.

이러한 사실에서 몇 가지 사실을 유추해볼 수 있다. 첫째, 명체적용의 강조점은 명체明體보다 적용適用에 있다. 명체는 기본으로서 당연히 중요한 것이지만, 맥락상 명체의 최종 목적을 적용에서 확인하려는 것이다.[83] 그리고 조선시대 유학에 있어서 초기에 경학 자체를 명체적용의 학문이라 하기도 하고, 이황의 경우처럼 수기修己의 요체로 파악하기도 했지만, 이이의 사례에서 보듯이 이론적 논변보다는 구체적 적용과 실천을 강조하는 맥락이 강하다. 장현광이 정구의 학문적 특징을 명체적용이라 보고, '출사하면 군주를 요·순과 같은 성군聖君으로 만들고 이 세상을 경륜하려는 것이 그의 뜻이었다'고 하는 것도 도학적 근원을 갖춘 성리학자로서의 구체적 경륜과 실천을 강조하는 의미로 해석해야 한다.

그런데 일반적으로 사림파[도학파]의 학자들은 명체적용의 학문을 달성하기 위해 『소학小學』의 실천을 강조하였다.[84] 『소학』을 강조하는 사림파의 학풍은 조선 초기 성리학의 시대적 분위기이기도 하다. 조선 초기 성리학은 궁리窮理보다는 거경居敬, 이론보다는 실천을 중시하였다. 조선 초기 성리학이 궁리보다는 거경을 중시했던 경향은 고려 말 원元나라를 통해 성리학이 수용될 때의 사회상황이 형이상학적·사변적 탐구에 정열을 쏟을 만큼 한가하지 못했기 때문이다. 그리고 성리학 중에서도 이기론理氣論보다는 지경持敬을 중시한 원元의 대유大儒 허형許衡(1209-1281)의 학풍이 첨가됨으로써 성리학

82　『弘齋全書』卷50, <到記儒生春試>, "噫. 修於身而少將就之功, 施於人而負拯濟之責. 古人明體適用之學, 恐不如是."
83　정병석, 「李顒의 悔過自新說과 치료적 사유」, 『철학』 98, 2009, 4-5쪽 참조.
84　김낙진, 앞의 논문, 180쪽 참조.

중에서도 거경 쪽이 여말麗末 사상계의 주류로 인정받게 되고 이후 조선 초기까지도 이러한 경향이 지속되었던 것으로 보인다.[85] 왜냐하면 조선 초기의 시대 상황이 새로운 국가와 사회 건설에 있어서 성리학의 이론적 측면보다는 실천적 면이 훨씬 유용했을 것이기 때문이다. 허형은 주희가 편찬한『소학』을 천지신명天地神明과 같이 믿고 부모처럼 공경했으며, 그 제자들에게도 쇄소응대灑掃應對로써 진덕進德의 기틀을 삼으라고 강조했다.[86] 허형의 영향으로 고려 말 유학자들 사이에서『소학』이 널리 읽히게 된다. 그러던 차 조선왕조의 개창과 더불어『소학』은 15세기 관학의 필수교과목이 되고 조선 성리학자들에 의해 더욱 중요성을 인정받는데, 특히『소학』공부를 강조하는 실천윤리적 특징은 김굉필金宏弼(1454-1504)을 위시한 사림파의 전통에서 보편적으로 확인된다. 김굉필은 평소 실천 위주의 유학 공부를 쌓으며 자칭 '소학동자小學童子'라고 말할 만큼『소학』에 따라 마음가짐을 한결같이 하였다. 김굉필의 실천 위주의 도학정신道學精神은 그의 제자들에게도 전해졌다. 그리고 후대에 이르러 남명 조식의 경우에도『소학』의 가르침을 중시하였고, 율곡 이이 또한『소학』을 평생토록 존신尊信하였다. 율곡은『소학』이외에도 실천을 강조하는 초학자들의 학습서를 많이 편집하였다.[87]

앞장에서 살펴본 우주론적 사유는 명체적용에 있어서 명체에 해당한다고 할 수 있다. 명체적용이라는 개념은 우선적으로 근간을 밝히는 연구[우주사업]에 주력한 뒤에 이를 현실세계에 적용한다는 의미로 해석해야 한다. 즉 명체와 적용은 상호보완적 균형 관계를 이룰 때에 궁극 목적을 달성할 수 있다.

---

85 문철영,「朝鮮初期의 新儒學 수용과 그 性格」,『한국학보』10권 3호, 1984, 32-33쪽 참조.
86 『宋元學案』卷90, <魯齋學案> 참조.
87 『月沙集』卷53, <栗谷先生諡狀>, "平生尊信小學, 病其舊註訛舛, 詳略互異, 乃折衷群言, 擇精要刪繁複, 其有未盡者, 補以己意, 名曰小學集註. 四書五經, 口訣釋義, 多所更定, 小註諸說, 亦多取舍. 且恐初學不知向方, 爲著擊蒙要訣, 學規等書." 참조.

그렇지만 현실적으로 동아시아 사상사에 있어서 학문 정체성으로 '명체적용의 경향'을 주장할 때는 대부분 '명체'보다는 '적용'에 강조점을 두어 실천지향의 의미와 실용적 박학풍博學風의 학문 경향을 부각시킨다. 그리고 이러한 관점에서 볼 때에 조선 초기 성리학의 실천적 학풍, 『소학』을 존신尊信하며 기본윤리에 충실하고자 했던 도학파의 학풍, 철저하게 자신을 성찰하고 경계할 뿐만 아니라 사회적 책무에 충실하고자 남명학의 학풍은 강안지역의 학문 정체성으로 확인할 수 있다.

4. 자득적自得的 학풍 경향

필자가 생각하기에 강안지역 성리학의 가장 두드러진 특징의 하나가 '자득적 학풍'이다. '자득'의 공부를 강조하는 이러한 학풍 또한 초기 사림파[도학파]의 분위기를 많이 유지하고 있다. 그 중에서도 선산 출신의 도학자인 박영과 그 문인들에게서 집중적으로 발견된다. 박영은 김굉필의 제자인 정붕을 매개로 하여 '도학'에 나아가게 되는데, 정붕과 박영의 교학과정에 있어서 특히 『대학』과 심득心得의 공부가 중요한 역할을 하게 된다.

그렇다면 자득을 강조하는 박영과 그 문인들의 학풍은 도대체 어디에서 연유한 것일까? 이것은 도학道學의 한 특징으로 특히 선산지역의 초기 사림파인 일명 '도학파'의 전통에서 일관되게 확인된다. '도학'이라는 명칭은 통상 성리학性理學, 정주학程朱學 등과 통용되는 개념이다. 우리나라의 도학파를 언급하면 정몽주를 '이학理學의 조祖'라고 여기며, 이로부터 도학이 유래했다고 하는 경우가 많다. 그러나 좀 더 정확하게 말하자면 조선시대 도학의 출발은 조광조趙光祖(1482-1519)부터라는 인식이 강하다. 조광조는 사상가라기보다는 실천적 측면에서 도학의 순정성을 발휘한 성리학자였다는 점에서 특색이 있다.[88] 그런데 도학의 순정성을 지나치게 강조하게 되면 학문적 배타성이 두드러지게 된다. 원래 도학은 '참된 도의 학문'이라는 의미의 일반 명사로 사용되었으나, 점차 하나의 학파를 가리키는 고유명사가 되면서 많은 문제점을 노출하게 된다. 주희는 도학의 교조라 할 수 있는 정씨程氏 형제의 자료를 수집하고 문헌의 교정을 통해 자신의 학통을 공고히 했는데,[89] 그러한 과정에서 그 내부 및 주위의 학자들과 이론적으로 지나치게 갈등의 상황을 초래했다. 이러한 사정은 한국 성리학에 있어서도 마찬가지다. 도학파의 전개과정에 있어서 '김굉필-조광조' 계열의 단선적單線的인 시각은 문제가 있다. 즉 한국성리학의 도학파를 이해하는 데에 있어서 계보의 다양성을 인정할 필요가 있는데, 이것은 학문의 개방성과 다양성을 위한 전제가 된다.

선산 출신으로서 초기 사림파의 학자인 정붕과 박영 또한 도학자로서의 인식을 분명하게 지니고 있었다. 특히 박영의 제자들은 스스로 도학파의 계보에 속한다고 강하게 자부하였다. 박영의 시대는 몇 차례의 사화士禍로 인해 학자들이 많은 어려움을 겪었다. 그렇지만 기상이 빼어난 학자들을 많이 배출하였고, 특히 존심양성存心養性의 수행에 힘썼던 도학자들의 활동이 활발했던 시기였다.[90] 이 시기에 선산을 포함한 강안지역은 우리나라 도학파의 중심지역이었으며, 그 구체적인 흔적이 바로 이 지역에서 폭넓게 확인되는 '자득적 학문 경향'이라 할 수 있다.

박영의 학풍은 체인體認과 자득自得의 공부가 특징인데, 이러한 학풍은 한 세대 이후의 학자인 남명 조식과 그 문인들에게서도 강하게 확인된다. 남명

---

88 장윤수, 「송당 박영의 도학적 학풍과 성리학적 사유」, 『한국학논집』 66, 2017, 401-402쪽 참조.
89 쓰치다 겐지로, 『북송도학사』, 성현창 옮김, 예문서원, 2006, 38쪽 참조.
90 장윤수, 앞의 논문(2017), 402쪽 참조.

이 작고하자 사관史官은 그의 학풍에 대해 평가하면서, "조식의 학문은 마음으로 도를 깨닫는 것을 중시하였고 치용致用과 실천을 강조하였다. 그래서 시비是非를 논하거나 변론하기를 좋아하지 않았으며 제자들에게 경서를 풀이해 준 적도 없다. 다만 자기 자신에게 돌이켜 구하여 스스로 터득하게 하였다."[91]라고 하였다. 즉 남명의 학문은 마음으로 도를 깨닫는 심득心得을 중요하게 여겼으며, 제자들을 가르칠 때에도 스스로 터득할 수 있도록 독려하였다는 것이다. 이처럼 박영과 조식의 학풍은 많은 유사성을 지니고 있다. 이와 관련하여 우선 그들 학파의 인적 교류를 살펴볼 필요가 있다. 박영의 문인들과 조식 간에는 깊고 폭넓은 교유 관계가 이루어졌고, 이로 인해 조식이 직·간접적으로 박영과 그 문인들의 영향을 받았을 가능성이 매우 높다. 박영의 제자 중에서도 특히 성운成運(1497-1579), 신계성申季誠(1499-1562), 이항李恒(1499-1576), 최응룡崔應龍(1514-1580), 권응인權應仁(1521-?) 등이 조식과 친밀한 관계를 형성하였다. 처사處士로 널리 알려진 성운은 조식의 가장 친밀한 벗이었으며, 조식이 그를 찾아 직접 속리산의 처소를 방문하기도 했다. 그리고 신계성 또한 조식으로부터 깊이 인정받았다. 조식은 <처사신군묘표處士申君墓表>를 지었는데, 여기에서 그는 "우리 고을에 인재가 많은데, 그 중에서도 신군申君이 첫째라네."[92]라고 하며 신계성을 높이 평가하였다. 일찍이 황준량黃俊良(1517-1563)은 스승 이황에게 보내는 편지에서 "응천凝川[밀양]에 사는 처사 신계성이 있는데, 평상이 뚫어지도록 40여 년 동안 학문을 닦아 자득自得한 공功이 많습니다. 남명이 그를 스승으로 삼는다고 하니, 조만간에 한번 찾아가 그 사람됨을 보려고 합니다."[93]라고 하였다.

---

91 『朝鮮王朝實錄』, 宣祖修正實錄5年(1572년, 壬申年), 1월1일(戊午) 條.
92 『南冥集』 卷2, <處士申君墓表>, "吾黨有人, 申君爲最."
93 『錦溪集外集』 卷7, <答退溪先生書>, "凝川有申處士季誠, 穿牀四十餘年, 多有自得之功. 建中嘗稱爲師, 早晚一叩, 亦欲見其爲人矣."

박영과 그 문인들은 조식과 일치하는 성향이 많다. 우선, 박영과 문인들의 성정에 있어서 호방한 성품과 무인의 기질이 크게 부각된다. 이 점은 박영은 물론이고 그 제자 중에서도 특히 성운과 이항에게 있어서 강렬하게 드러난다. 이들은 모두 처사로서의 삶을 선호하였으며, 대장부의 기개를 강조했다. 또한 경전 중에서도 특히 『대학』을 강조하였으며 도학에 대한 자각심과 자득의 공부법을 중시했다. 이러한 특징은 조식에게서도 비슷하게 드러나는데, 이러한 유사성이 어디에서 유래하는지를 면밀하게 검토할 필요가 있다.

자득과 실천을 중시하는 박영과 조식의 학풍은 정구와 장현광의 사상을 통해서도 비슷한 양상을 확인할 수 있다. 정구는 평소 제자들에게 말하기를, "독서를 소중하게 생각하는 것은 장구章句를 표절하여 문장을 짓거나 과거시험에 급제하기 위한 것이 아니다. 성현들의 경전을 읽는 방법에는 네 가지가 있는데, 첫째는 '체인體認'이고 둘째는 '체찰體察'이고 셋째는 '체험體驗'이고 넷째는 '체행體行'이다. 독서함에 있어서 이러한 네 가지 법을 따르지 않으면 글의 의미도 분명히 알 수 없을 뿐만 아니라, 자신의 몸과 마음에 어떤 유익함도 줄 수 없다. 이렇게 되면 앵무새처럼 입으로만 따라 한다고 질책하는 옛사람의 비판이 어찌 두렵지 않겠는가?"[94]라고 하였다. 책을 읽는 데에 필요한 네 가지 법 즉 '사체법四體法'을 강조했는데, 이것은 한강의 실천과 자득의 학문관을 여실하게 드러내 주는 사례이다. 장현광 또한 "독서를 소중히 여기는 까닭이 다만 마음으로 이해하고 몸으로 실천함에 달려 있다."[95]라고 하였다. 장현광의 경우는 정구의 사례보다 더 뚜렷하게 자득성과 독창성의 면모를 드러냈다. 그는 퇴계의 학설도 묵수하지 않았고 율곡의 이론에 대해서도

---

94 『寒岡言行錄』卷1, <讀書>, "先生於學者曰, 所貴乎讀書者, 非爲剽竊章句, 以成文章取科第而已. 讀聖賢經傳, 其法有四, 一曰體認, 二曰體察, 三曰體驗, 四曰體行. 苟不用此四法, 其義亦無以通曉, 況於吾身心有何益焉. 古人鸚鵡之譏, 可不懼哉."

95 『旅軒集續集』卷9, <敬慕錄[金烋]>, "所貴乎讀書者, 只在於心會而身踐爾."

크게 염두에 두지 않았을 만큼 학문적 자부심이 대단했다. 특히 이기理氣, 성정性情의 관계를 경위經緯로써 비유하는 창견創見이라든가 이理에 대한 자득처自得處 등에서는 그의 학문이 바로 이락伊洛의 연원에 직결된다고 생각했고, 전인미발前人未發의 경지를 개척했다는 자부심까지 내비쳤다.[96] 자득과 실천을 강조하는 강안지역의 학풍은 조선 후기까지도 지속적으로 확인된다. 18세기 대구 출신의 유학인 최흥원崔興遠(1705-1786)은 스스로의 학문경력을 언급하면서, "내가 공부를 처음 시작하면서 의심나고 어려운 문제에 부딪히게 되면 다른 사람들에게 묻고 싶은 마음이 들었다. 그런데 가만히 깊이 연구하고 오랫동안 완미하게 되면 문리文理가 저절로 통한다는 사실을 알게 되었다. 이후로는 스스로 생각해서 깨닫고자 하였고, 그러다 보니 오히려 다른 사람의 지시를 받게 될까 그것이 두려웠다."[97]라고 하였다.

그런데 문제는 강안지역의 이러한 학풍이 박영과 조식의 영향이 있었음을 구체적으로 변증하기가 쉽지 않다는 점이다. 그리고 이 방면에 있어서 선행 연구도 제대로 이루어진 바 없다. '선산지역 사림파의 학풍-남명학의 학풍-강안지역의 학풍'이 지니는 연계성을 구체적으로 확인하기에는 현재 남아 있는 기록이 대단히 부족한 현실이다. 그런 중에도 이들 지역 간에 학맥의 연계성을 짐작할만한 사례들이 간간이 발견된다. 몇 가지만 예시적으로 살펴보도록 하자.

우선 정구가 대곡 성운의 문하생이라는 사실을 주목할 필요가 있다. 정구는 1566년 혹은 1567년 무렵에 성운을 찾아갔다. <행장>에서는 정구의 학문 연원을 평하여 말하기를, "퇴도退陶의 문하로 들어가 연원淵源의 학문을 들어

---

96 이완재, 「여헌 장현광의 철학사상」, 『여헌 장현광의 학문과 사상』, 선주문화연구소, 1994, 300-301쪽 참조.
97 『百弗庵言行錄』卷1, <年譜>, '英宗大王元年乙巳(1726年) 3月' 條 참조.

귀숙歸宿할 곳이 있음을 알았으며, 높은 풍도風度를 남명에게서 전습傳習하고 고상한 취미를 대곡[성운]에게서 이어받아 기개와 지조를 자뢰資賴하고 도움 받은 바가 또한 많았다."⁹⁸라고 하였다. 즉 정구가 성운으로부터 고상한 취미를 이어받아 기개와 지조를 형성하는 데에 많은 도움을 받았다고 하였다. 이러한 언급을 통해 정구로 대표되는 강안지역의 학풍에 조식과 성운의 학풍이 존재하고, 더 나아가서 성운을 통한 박영 학풍의 영향도 내재해 있음을 추측할 수 있다.

그리고 19세기 성주 출신의 성리학자인 이원조李源祚(1792-1871)의 언급을 살펴볼 필요가 있다. 이원조는 문경충文敬忠(1494-1555)의 『묘지명墓誌銘』에서 "남명선생은 …… 일찍이 그 제자들에게 말하기를, '문경충의 학문은 송당[박영] 이후 처음으로 군자다운 사람임을 보여준다' 하였다 …… 문경충은 성실하게 독학篤學하고 연마하였는데, 이것은 또한 송당 박영과 일재 이항이 뜻을 둔 업業이다."라고 하였다.⁹⁹ 여기에서 몇 가지 사실을 주의해보아야 한다. 하나는 조식이 박영을 군자다운 사람으로 인정했다는 점이고, 다른 하나는 조식이 박영과 이항으로 이어지는 송당학파의 특징을 인정했다는 점이다. 그리고 또 한 가지 중요한 점은 19세기 강안지역의 대표 학자인 이원조의 의식 속에 이러한 사실들이 분명하게 각인되어 있었다는 것이다.

강안지역의 대표적 사림세력의 하나인 성주도씨星州都氏 문중의 학문 연원에서도 박영의 학맥을 확인할 수 있다. 즉 도성유都聖俞(1571-1649)와 종제從弟인 도여유都汝俞(1574-1640)가 모두 송당 박영의 제자인 권응인權應仁으로부터 학문을 배웠다. 권응인은 송당의 문인 중에서도 가장 젊은 부류에 속하는

---

98 『旅軒集』卷13, <寒岡鄭先生行狀>, "登退陶之門, 聞淵源之學, 而知有所歸宿焉, 至其襲高風於南冥, 承雅趣於大谷, 有以資助其氣槩志操者, 其亦多矣."

99 『凝窩集』卷18, <四美亭文公墓碣銘>, "南冥曺先生 …… 嘗謂其門人曰, 文兼夫學問, 朴松堂後始見, 君子人也. …… 孳孳乎篤學實好則又朴松堂, 李一齋之志業也."

데,[100] 그는 퇴계와 남명을 종유從遊하기도 했다. 권응인은 비록 서자庶子 출신이기는 하지만 시문詩文에 뛰어났으며 조식이 특히 그를 높게 평가하였다. 도성유는 10세 무렵에 부친의 명에 따라 권응인의 문하에 나아가 수학하였는데, 권응인이 작고하여 후사가 없게 되자 그의 유고遺稿를 손수 편집하여 그 문장과 행적을 후세에 전하였다.[101] 도여유 또한 10세 무렵부터 권응인의 문하에 나아갔는데, 권응인은 그를 매우 훌륭한 그릇으로 여기고 사랑했다.[102] 도여유는 평소 자득의 공부를 강조하여 말하기를 "학문은 자득하기를 귀하게 여기니, 자득하면 옛 사람들의 천언만어千言萬語가 황홀하게 친히 듣는 듯하여 나의 것이 될 수 있지만, 그렇지 않다면 책은 책대로 나는 나대로여서, 이른바 '귀로 듣고 입으로만 말하는 학문'[口耳之學]일 따름이니, 무슨 유익함이 있겠는가?"[103]라고 하였다. 이러한 사례는 자득과 실천을 중시하는 선산지역 박영의 학풍과 조식의 학풍이 강안지역의 학자들에게 상당 부분 영향을 주었을 것이라는 추측이 가능하게 한다.

5. 강안학의 정명正名 문제

『순자荀子』의 <정명正名>편에는 이름 붙이기와 관련하여 탁월한 이론이 수록되어 있다. '강안학'이라는 이름의 타당성을 고민하는 우리들에게 시사

---

100 『松堂集』卷3, <文人錄> 참조.
101 『養直集』卷3, <家狀>, "十歲, 以親命受學于松溪權應仁 …… 松溪歿而無嗣續, 其所著詩文遺藁, 手自編輯, 使其文章行蹟, 不泯於後."
102 『小山集』卷13, <鋤齋都公行狀>, "及就傅, 受學于權松溪應仁, 端居誦讀, 未嘗與同隊遊戲, 松溪甚器愛之."
103 『小山集』卷13, <鋤齋都公行狀>, "學貴自得, 自得則古人千言萬語, 怳若親聞而爲我有矣, 否則書自書我自我, 所謂口耳之學, 何益之有."

하는 바가 크다.

> 이름에는 본디부터 고정된 대상이 정해져 있지 않다. 거기에 의미의 한계
> 를 정함으로써 대상에 붙여 부르도록 명하고, 이 약정約定이 대중들 사이에서
> 자연스럽게 이루어진 것을 일컬어 이름과 대상이 서로 맞는 이름이라고 부른
> 다 …… 이름에는 본디부터 어울리는 좋은 것이 있는데, 쉬우면서도 거슬리
> 지 않으면 이를 일컬어 '좋은 이름'[善名]이라 한다.[104]

『순자』의 입장에서 말해 보면, 이름에는 본디부터 고정된 대상이 정해져
있지 않기에 '강안학'이라는 명칭 또한 충분히 성립될 수 있다. 다만 그 이름
에는 반드시 의미의 한계를 분명하게 정하는 일이 필요하고, 이러한 약정이
대중들 사이에서 자연스럽게 받아들여져야 한다. 즉 강안학이라는 이름이
좋은 이름이 되기 위해서는 그 의미를 분명히 할 수 있는 내포적 의미와
외연의 범위를 크게 무리 없는 수준에서 약정할 필요가 있다. 그리고 강안학
이라는 이름이 거슬리지 않게 통용되기 위해서는 그에 합당한 설득력 있는
논리가 제공되어야 한다.

이러한 작업을 위해 '관학關學'과 관련한 현대 중국의 학술논쟁을 참고할
필요가 있다. '관학'이란 송대宋代 이학理學의 주요 학파를 일컫는 '염濂·락洛·
관關·민閩'의 하나로서 통상 관중關中지역[현재의 중국 섬서성陝西省 일대]의 이학
理學을 가리키는 명칭이다. 관학의 정명正名 문제를 둘러싸고 최근 중국학계
에서 활발한 논의가 전개되고 있다.[105] 즉 현대 중국의 철학자들은 관학關學의

---

104 『荀子』第22, <正名>, "名無固宜, 約之以命, 約定俗成謂之宜 …… 名有固善, 徑易而不拂, 謂之
　　　善名."
105 주로 陝西省 내의 陝西師範大學, 西北大學, 寶鷄文理學院에 소속된 학자들이 논의에 참여하
　　　고 있다.

개념과 범위에 대해 구체적인 정의를 시도하고 있다. 우선 1950년대에 '후외려侯外廬'가 주편主編한 『중국사상통사中國思想通史』에서는 북송北宋이 망한 이후 관학이 점차 소멸되었다고 주장한다.[106] 이러한 주장은 1990년대에까지 지속된다. 예를 들면 '공걸龔杰'은 장재張載를 기준으로 할 때 관학은 위로는 사승師承이 없고, 아래로는 계전繼傳이 없다고 하였다.[107] 그렇지만 이와 다른 주장이 1980년대부터 등장한다. '진준민陳俊民'은 관학이 장재가 창립한 중요한 학파이기는 하지만, 이러한 학문 전통은 송宋·원元·명明·청淸의 시대를 거치며 관중[섬서성]지역에서 지속적으로 확인된다고 하였다.[108] 그리고 최근에와서 '임낙창林樂昌'은 관학의 역사적인 전개와 발전이라는 관점에서 그 개념과 범위에 대한 정의를 시도하였다.[109] 우선 그는 '관학'이라는 개념을 '시간', '공간', '학전學傳'이라는 3가지 시각에서 고찰할 필요가 있다고 주장한다.[110] 그리고 관학의 학술적 특징으로 '이기위본以氣爲本'과 '이례위교以禮爲敎'를 주장하며,[111] 관학 학풍의 기본특질로서 (1)도학道學과 정술政術을 두 가지로 보지 않고, (2)'정심구익正心求益'의 위학爲學 방법을 사용하며, (3)'심침방유조深沉方有造'의 도학지취道學志趣를 지니고 있다 하였다.[112] 최근 관학의 정명 문제를 언급하는 대부분의 학자들은 관학의 역사적 지속성 이론을 지지한다. 이방면에서 주목할 만한 많은 성과를 내고 있는 젊은 학자 '장파張波'는 관학의 일관된 종풍宗風으로서 (1)궁행상실躬行尙實, (2)자득조도自得造道, (3)숭정비사崇正批邪, (4)숭상지절崇尙志節을 거론한다.[113] 또한 '장파'는 후대 관중지역의

---

106 侯外廬 主編, 『中國思想通史(4卷上)』, 人民出版社, 1959, 제11장 참조.
107 龔杰, 『張載評傳』, 南京大學出版社, 1996, 206쪽 참조.
108 陳俊民, 「張載哲學思想及關學學派」, 人民出版社, 1986, 24, 28쪽 참조.
109 林樂昌, 『張載理學與文獻探硏』, 人民出版社, 2016, 153-155쪽 참조.
110 林樂昌, 『張載理學與文獻探硏』, 157-161쪽 참조.
111 林樂昌, 『張載理學與文獻探硏』, 155쪽 참조.
112 林樂昌, 『張載理學與文獻探硏』, 215-221쪽 참조.
113 張波, 『關學宗師: 張載哲學的思想光輝』, 陝西人民出版社, 2014, 121-129쪽 참조.

학자들이 정주이학程朱理學과 육왕심학陸王心學을 융합적으로 취하면서 동시에 경세치용經世致用 경향의 실학적인 해석의 경로를 열었다는 점을 강조한다. 특히 청나라 초기의 학자인 이옹李顒이 명체적용의 학문을 통해 관학의 사상적 도맥道脈을 발전시켰다고 주장한다.[114] 그리고 '장파'는 관학사關學史 연구와 관련하여 시대별 특색을 드러내고자 노력하였는데, 이 점은 관학의 내포적 의미를 명료히 하는 데에 있어서 크게 기여하는 부분이다. 그런데 현대 중국의 학자들이 설명하는 관학의 특징 대부분이 강안학의 학문적 특색과 일치한다는 점에서 주목할 필요가 있다.

그러면 이제 관학의 사례에 비추어 강안학의 정명 문제를 살펴보도록 하자. 우선 강안학의 정체성을 수립하는 과정에서 '인물'을 중심으로 볼 것인가, 아니면 '지리'를 위주로 할까 하는 문제가 발생한다. 인물일 경우에는 누구를 중심으로 할 것이며, 지리인 경우에는 그 범위를 어디까지로 할 것인가 하는 점이 논란이 된다. 그런데 중심 인물과 지리적 범위를 논하기 전에 먼저 고려해야 할 사항이 있다. 즉 강안지역의 학자들이 스스로 차별적인 학풍의 정체성과 문제의식을 가지고 있었던가 하는 점이다. 여기에 더해, 일부 학자들이 이러한 문제의식을 가지고 있었다 하더라도 그런 학문 전통이 후대에까지 일관성 있게 지속되었는가 하는 점도 유의해 보아야 한다.

우선 이러한 물음에 대한 답변은 부정적이다. 무엇보다 강안지역 학자들이 스스로 이 지역의 학풍이 갖는 '차별성'에 대해 크게 주목하지 않았다. 그리고 강안지역 성리학의 중심인물인 한강 정구와 여헌 장현광 두 사람 간에도 학파로서의 통일성과 정체성이 부족하고, 오히려 그들의 문인과 후손들 간에 과연 여헌이 한강의 제자인가 그렇지 않은가 하는 점을 두고 오랜

---

114 張波, 米文科, 『關學研究探微』, 中國社會科學出版社, 2017, 28-29쪽 참조.

기간 갈등을 증폭시켜 왔다. 적어도 이 점에서 관학에 대한 논의는 강안학의 논의와는 다른 모습을 보여주고 있다. 관중지역의 학자들은 대부분 관학자로서의 자의식을 지니고 있었다. 가장 대표적인 사례가 『관학편關學編』 집성이다. 이 책은 명대明代 서안西安 출신의 학자인 풍종오馮從吾(1557-1627)가 1606년(만력萬曆 34)에 완성한 관학의 계보를 밝힌 자료집이다. 이 자료는 그동안 중국학계에서도 충분하게 알려지지 않았으며, 한국학계에는 거의 소개된 바가 없다. 그렇지만 이것은 관학의 구체적인 면모를 확인하기 위해서는 필수적인 자료이다. 관학이라는 명칭은 장재張載와 그 제자들의 주된 활동지역이 관중關中[섬서성]이기 때문에 생겨난 것이기는 하지만, 그 구체적 실체에 대해서는 풍종오馮從吾의 『관학편關學編』 집성이 이루어지기 이전에는 제대로 알려진 바가 없다. 풍종오馮從吾의 『관학편』 작업은 그의 사후에도 여러 학자들에 의해 청나라 말기까지 지속적인 보완과 추가 작업이 이루어졌다. 그리고 이러한 선행 자료를 총합하여 1921년[민국民國 신유辛酉]에 장기張驥는 섬서교육도서사陝西敎育圖書社에서 『관학종전關學宗傳』을 편찬하였다. 이 책에는 장재로부터 시작하여 중화민국 시대에 이르기까지 무려 273명에 이르는 관학파의 학자들을 대거 수록하였다.[115] 이러한 자료들은 모두 관학의 면모를 구체화하고, 관학파의 지형도를 그려내는 데에 있어서 적극적인 기여를 하고 있다.

그렇다면 우리는 강안학의 학문적 정체성과 학파적 지형도를 어떻게 그려내야 하겠는가?

첫째, 인물을 중심으로 강안학의 특징을 설명할 수 있어야 한다. 강안학의 중심 인물은 당연히 한강 정구와 여헌 장현광이다. 일찍이 이식李植(1584-1647)

---

115 『關學宗傳』에서는 張載로부터 직접 수학한 門人이라 하더라도 關中 이외 지역 출신 학자들은 등재하지 않았다.

은 당시 영남지역에서 한강과 여헌의 비중을 강조하며 말하기를, "영남에 학자다운 인물이 없으나 오직 한강만이 완인完人이며 여헌이 그 고제高弟인데 여헌이 죽은 후에는 영남의 학문이 그에서 그치고 말았다."[116]라고 하였다. 한강과 여헌 이후에 '영남의 학문이 그치고 말았다'라고 했을 만큼 두 사람의 사상사적 지위는 확고하다. 학파로는 한강의 계열이 우세하고, 학문 특색으로는 여헌의 학풍이 두드러진다. 그런데 문제는 강안학이라는 관점에서 이들의 사상적 특색을 어떻게 구성할 것이며, 또한 강안지역의 후대 학자들에게서 일관된 학문 전통을 어떻게 확인할 것인가 하는 점이다.

둘째, 지역을 중심으로 강안학의 지형도를 그려낼 수 있어야 한다. 관학은 관중지역의 학문을 의미한다. 관중이라는 지역은 다소 논란의 여지가 있기는 하나, 지금의 섬서성 일대를 가리키는 지명이라는 점에 대해 대부분 동의한다. 그렇지만 강안江岸이라는 명칭에 해당하는 구체적 지역은 모호하기 그지 없다. 그로 인해 학자에 따라 강안을 대체하는 다양한 명칭이 등장하고 있지만 아직까지 그 어느 것도 쉬우면서도 거슬리지 않는 '좋은 이름'[善名]이라 할 수 있는 용어가 없다. 충분한 논의를 거쳐 크게 무리 없는 약정적約定的 정의定義를 도출하는 일이 무엇보다도 중요하다.

셋째, 과거 사실의 복원적 측면에서뿐만 아니라 미래지향적인 관점에서 강안학의 학문적 특징을 구성해낼 수 있어야 한다. 일반적으로 강안학의 특징은 주류와 비주류, 정통성과 융합성, 이론적 순수사유와 자득적 실천성, 이원적 이론의 경향과 일원적 이론의 경향, 심성론적 사유와 우주론적 사유의 대립 구도에 있어서 비주류, 융합성, 자득적 실천성, 도학적 일원론, 우주론적 사유의 특색을 갖는다. 그런데 이러한 특징은 관학[장재 기학]과 남명학

---

116 『澤堂集別集』 卷15, <示兒代筆>.

에 있어서도 대부분 유사한 사상 구도가 확인된다.

'강안학'을 정초하려는 학자들은 주로 강우江右의 남명학[파]과 강좌江左의 퇴계학[파]의 사이에서 제3지대의 학문적 정체성을 확보하고자 한다. 강안지역의 학자들은 1728년 무신란戊申亂 이후 외형상 정치적 당파로서는 대부분 영남 남인에 속하게 되고, 학파로서는 퇴계학파의 계열에 합류하게 된다. 그렇지만 내면적 학문특성과 기질에 있어서는 여전히 남명학파의 분위기가 강하다. 강안지역의 학자들은 퇴계와 남명이 직접 강학하던 시기에는 큰 부담 없이 양문兩門을 동시에 출입하기도 했는데, 당시에는 오히려 퇴계보다 남명의 학맥이 우세한 형국이었다.[117] 특히 영남의 좌도左道와 우도右道라는 관점에서 보더라도 강안지역은 대부분 우도와의 관련성이 많다. 인조仁祖 연간年間 양전量田을 시행하는 문제를 논의할 때 영남 좌도의 거읍巨邑으로 안동 이외에 경주를 언급하였고, 영남 우도의 대읍大邑으로 진주 이외에 상주, 성산[성주], 선산, 고령을 거론하였다.[118] 경남지역인 진주뿐만 아니라, 우리가 지금 강안지역으로 설정하고 있는 성주, 선산, 고령과 심지어 상주까지도 영남 우도에 분류하였다. 그리고 사림의 초기 학맥에서 '길재-김숙자-김종직'은 모두 선산 출신이며, 김종직을 계승한 김굉필은 현풍, 정여창은 함양이었다. 이들 지역도 모두 우도에 속한다.[119] 우도의 이러한 지리적 연고성이 '초기 사림파-남명학-강안학'의 유사한 학풍을 형성하는 하나의 계기가 되는 것은 아닌지 유념해 볼 필요가 있다.

그리고 주자학의 순정성純正性에 몰두했던 영남 좌도[특히 경북 북부지역]의

---

117 김성윤, 앞의 논문(2006b), 161쪽 참조.
118 『朝鮮王朝實錄』, 仁祖13年(1635年, 乙亥年), 3月19日(己巳), '경상 좌·우도의 量田을 다시 하게 하다' 참조.
119 정만조, 「17세기초 영남학파의 분기와 장현광의 학적 위상」, 『여헌 장현광 연구』, 태학사, 2009, 58쪽 참조.

퇴계학파를 제외하고, 영남 우도, 기호지역[경기와 충청], 호남지역의 성리학까
지 일련의 학문적 유사성과 융합의 연대 가능성을 내포하고 있다는 사실을
주목해야 한다. 일반적으로 16세기 조선 사림을 대표하는 3처사로서 경기지
역의 서경덕徐敬德, 호남지역의 이항李恒, 충청지역의 성운成運을 거론한다. 이
들은 영남 우도의 조식과 친밀한 관계를 형성하고 유사한 학풍을 형성하였
다. 그런데 이황은 평소 이들 처사형의 학자들에 대해 비판적 시각을 견지하
고 있었다. 예를 들면 서경덕과 박영의 학문에 대해 언급하면서, "화담[서경덕]
은 자질이 소박한 것 같으나 실상은 허망하고, 학문이 고상한 것 같으나 실상
은 잡박하다. 또 그가 이기理氣를 논한 부분은 들쭉날쭉 연달아 꼬여 전혀
분명하지 않다 …… 송당[박영]의 이학理學도 의심할 만한 곳이 있는데, 그
문인들이 실제보다 지나치게 추존하는 것 같다."[120]라고 하였다. '퇴계학파와
비-퇴계학파'의 대립이라는 조선시대 사상계의 이러한 형세는 조선시대 말
기에 이르러서도 비슷하게 확인된다. 당시 지역 유학계를 주도하던 경기지역
의 이항로李恒老(1792-1868), 호남지역의 기정진奇正鎭(1798-1879), 강안지역의 이
진상李震相(1818-1886)이 당파와 출신지역의 차이를 넘어서 일원론적 경향의
유사한 학풍을 보여주며, 일정 부분 연대 의식까지 내비친다. 그렇지만 이황
의 문인 김성일金誠一(1538-1593)의 후손으로서 안동에 거처하며 퇴계학통의
적전嫡傳을 자부하던 김흥락金興洛(1827-1899)의 경우에는 이들과는 분명히 다
른 이원론적 성리이론을 굳건하게 견지하였다.

그렇다면 경북북부지역의 퇴계학파를 제외하고 여타지역에서 보여주는
이러한 사상적 유대감을 어떻게 해석할 수 있을 것인가? 이와 관련하여 '정
원재'의 주장을 참고할 필요가 있다. 그는 신유학의 계보를 제시한 기존의

120　『退溪集』卷14, <答南時甫>, "花潭其質似朴而實誕, 其學似高而實駁, 其論理氣處, 出入連累, 全
不分曉 …… 松堂之理學, 亦有可疑處, 而其門人推尊, 似恐過實."

학설 중에서 가장 일반적인 이론인 이학理學, 심학心學, 기학氣學의 3파설을 대신하여 심리기학心理氣學, 심리학心理學, 심기학心氣學을 주장하였다. 즉 존재론의 차원에서 구분한 전자의 명칭보다는 심성론의 관점에서 분류한 후자의 명칭이 훨씬 더 계보를 나누기에 적합하다는 것이다. 이러한 관점에서 보자면 심리기학心理氣學은 이원론적 입장이고, 심리학心理學과 심기학心氣學은 비록 이理와 기氣라는 차별성은 가지지만 일원화의 논리구조라는 점에서 유사점이 있다는 것이다.[121] 즉 우리가 앞서 살핀 강안학을 비롯하여 이와 유사한 경향의 학문으로 주목했던 사례는 모두 일원화의 논리구조를 지닌다는 공통점이 있다. 반면 퇴계학은 기본적으로 주희의 이원론적 관점을 철저하게 계승하였다.

일원화와 이원화의 논리구조로써 중국사상사를 분류하는 시도는 현대신유학자인 모종삼牟宗三에게서도 확인할 수 있다. 그는 맹자 계열의 사상에 장재와 육상산 등을 분류하고 이를 일원화 논리의 사상가라 칭하고 이 계보를 중국사상의 주류로 이해하였다.[122] 그리고 모종삼의 재전再傳 제자인 '황갑연'은 맹자와 왕양명 계열의 사상을 특징화하여 광자狂者의 기상이라 칭하고, 그 구체적인 특징으로 자득 정신, 결단성, 큰 기상, 시대에 대한 문제의식과 책임의식을 거론하였다.[123] 장재張載의 기학氣學, 육왕陸王의 심학心學을 맹자의 계보를 잇는 주류사상으로 보고, 일원론적 사상의 경향을 자득성, 결단성, 시대정신으로 읽어내는 독해법은 강안학의 정명 문제에 골몰하는 우리들에게 시사하는 바가 크다.

우리는 이제 지역학으로서 강안학을 그려내고자 한다. 그런데 이러한 정

---

121 정원재, 「신유학 3파의 이름과 대안의 모색」, 『철학』 127, 2016, 1쪽 참조.
122 牟宗三, 『心體與性體(一冊)』, 正中書局, 1969, 45-53쪽 참조.
123 황갑연, 「양명학의 본질-자득」, 『이 시대의 한국양명학』, 충남대 유학연구소·한국양명학회 연합학술대회자료집, 2022, 45쪽 참조.

체성 확립은 미래지향적이고 개방적인 시각에서 이루어져야 한다. 특히 지역학은 구체성에 바탕을 두면서도 시·공간의 경계를 넘어서는 보편학을 의도해야 한다. 그러한 의미에서 보자면 비록 학파적 색채가 강렬하지는 않지만, 타 문화에 대해 보다 개방적이고 포용적인 태도를 보여준 강안지역의 유학을 미래지향적 학문의 대안으로 주목할 수 있다.

참고문헌

1. 원전

權　近, 『陽村集』
金魯敬, 『西堂遺稿』
金就文, 『久庵集』
都聖俞, 『養直集』
朴　英, 『松堂集』
朴而章, 『龍潭集』
徐思遠, 『樂齋年譜』
徐思遠, 『樂齋集』
孫處訥, 『慕堂日記』
宋時烈, 『宋子大全』
李光靖, 『小山集』
李東汲, 『晩覺齋集』
李東沆, 『遲庵集』
李　植, 『澤堂集別集』
李　顒, 『二曲集』
李源祚, 『凝窩集』
李廷龜, 『月沙集』
李種杞, 『晩求集』
李玄逸, 『葛庵集』
李　滉, 『退溪集』
張顯光, 『旅軒集續集』
張顯光, 『旅軒集』
鄭　逑, 『寒岡言行錄』
鄭道傳, 『三峯集』
正　祖, 『弘齋全書』
程顥·程頤, 『河南程氏遺書』
崔興遠, 『百弗庵言行錄』
黃宗羲[外], 『宋元學案』

黃俊良, 『錦溪集外集』

『荀子』

『朝鮮王朝實錄』

2. 논저

강명관, 『책벌레들, 조선을 만들다』, 푸른역사, 2007.

계명대학교 한국학연구원, 『조선 중기의 낙중학, 여헌 장현광의 삶과 사상(총서4)』, 계명대학 교출판부, 2017.

고령군지편찬위원회, 『高靈郡誌[사상과 민속]』卷3, 고령군, 2022.

龔 杰, 『張載評傳』, 南京大學出版社, 1996.

권상우, 「文辨至論에서의 성리학적 이론구조」, 『四未軒 張福樞의 經學思想과 性理思想』, 경북대 학교 영남문화연구원 학술대회 발표집, 2009.

김낙진, 「조선 중기 寒旅學派의 철학사상」, 『한국학논집』 40, 2010.

김성윤, 「영남의 유교문화권과 지역학파의 전개」, 『조선시대사학보』 37, 2006(a).

김성윤, 「조선시대 성주권 유림층의 동향」, 『역사와 경계』 59, 2006(b).

김종문·장윤수, 『한국전통철학사상』, 소강출판사, 1997.

林樂昌, 『張載理學與文獻探硏』, 人民出版社, 2016.

牟宗三, 『心體與性體(一冊)』, 正中書局, 1969.

문철영, 「朝鮮初期의 新儒學 수용과 그 性格」, 『한국학보』 10권3호, 1984.

박병련, 「'광해군 復立 모의' 사건으로 본 강안지역 남명학파」, 『남명학연구논총』 11, 2002.

서근식, 「『斷時占』과 洛渚 李柱天의 '河圖洛書'觀」, 『낙저 이주천 선생의 역학사상 학술대회 자료집』, 칠곡문화원, 2022.

설석규, 「강안학파의 실학적 풍모를 지킨 徵士 - 西溪 金聃壽」, 『선비문화』 12, 2008.

쓰치다 겐지로, 『북송도학사』, 성현창 옮김, 예문서원, 2006.

우인수, 『영천 훈수 정만양 종가』, 경북대학교출판부, 2021.

이동영, 『조선조 嶺南詩歌의 연구』, 부산대학교출판부, 1998.[초판은 형설출판사에서 1984년 간행]

이동훈, 『學脈에 따른 高靈의 유학자』, 고령문화원, 2019.

이승환, 『횡설수설』, 휴머니스트, 2012.

이완재, 「여헌 장현광의 철학사상」, 『여헌 장현광의 학문과 사상』, 선주문화연구소, 1994.

이우봉, 「낙저유고와 시대정신」, 『낙저 이주천 선생의 역학사상 학술대회 자료집』, 칠곡문화 원, 2022.

張君勱, 『한유에서 주희까지』, 김용섭·장윤수 옮김, 형설출판사, 1991.

장윤수, 「낙중학의 성과와 과제」, 『한국학논집』 85, 2021.

장윤수, 「송당 박영의 도학적 학풍과 성리학적 사유」, 『한국학논집』 66, 2017.

장윤수, 『대구권 성리학의 지형도』, 심산출판사, 2021.

장윤수, 『정주철학원론』, 이론과 실천, 1992.

張 波, 米文科, 『關學硏究探微』, 中國社會科學出版社, 2017.

張 波, 『關學宗師: 張載哲學的思想光輝』, 陝西人民出版社, 2014.

정만조, 「17세기초 영남학파의 분기와 장현광의 학적 위상」, 『여헌 장현광 연구』, 태학사, 2009.

정병석, 「李顒의 悔過自新說과 치료적 사유」, 『철학』 98, 2009.

정병석, 「李二曲의 儒學의 본질에 대한 반성적 논의와 明體適用」, 『동양철학연구』 59, 2009.

정우락, 「江岸學과 高靈 儒學에 대한 試論」, 『퇴계학과 한국문화』 43, 2008.

정원재, 「신유학 3파의 이름과 대안의 모색」, 『철학』 127, 2016.

陳俊民, 『張載哲學思想及關學學派』, 人民出版社, 1986.

최석기, 「四未軒 張福樞의 학술과 그 의미」, 『四未軒 張福樞의 經學思想과 性理思想』, 경북대학교 영남문화연구원 학술대회 발표집, 2009.

황갑연, 「양명학의 본질-자득」, 『이 시대의 한국양명학』, 충남대 유학연구소·한국양명학회 연합학술대회자료집, 2022.

侯外廬 主編, 『中國思想通史(4卷上)』, 人民出版社, 1959.

낙중학의 성과와 과제

홍원식(계명대학교 명예교수)

1. '낙중학'이 걸어온 길

'낙중학洛中學'이란 용어를 학계에 맨 처음 내놓은 것이 2010년 계명대학교 한국학연구원 '낙중학' 제1차 기획학술발표대회 때였으니, 13년의 시간이 흘렀다. '낙중학'은 본인의 책임 기획 아래 당초 매년 총 10회의 학술발표대회와 10권의 총서 발간으로 계획되었다. 그런데 중간에 약간의 축소 조정이 있어 2010년부터 2017년까지 총 8회의 학술발표대회를 가졌으며, 발표된 논문은 수정과 보완을 거쳐 『한국학논집』[계명대학교 한국학연구원]에 특집논문으로 게재된 뒤 2012년부터 2021년까지 총 8권의 기획총서로 발간되었다. 총서에는 매권 권두에 본인이 기획 방향과 총괄적 내용을 적은 총론 8편을 포함하여 모두 65편의 글이 실렸다. 총서의 내용은 다음과 같다.

총서1 『낙중학, 조선시대 낙동강 중류지역의 유학』(2012)
총서2 『낙중학의 원류, 조선 전기 도학파의 사상』(2013)
총서3 『조선 중기의 낙중학, 한강 정구의 삶과 사상』(2017)

총서4 『조선 중기의 낙중학, 여헌 장현광의 삶과 사상』(2017)

총서5 『조선 후기 낙중학의 전개와 '한려학파'』(2018)

총서6 『조선말의 낙중학, 한주 이진상의 삶과 사상』(2018)

총서7 『근대 시기 낙중학, '주문팔현'과 한주학파의 전개』(2020)

총서8 『일제강점기의 낙중학, 한주학파의 재전 제자들과 낙중 지역 유현들』(2021)

조선시대 낙동강 중류지역에서 전개된 유학을 통시적 관점에서 하나로 묶어 '낙중학'이란 용어로 학계에 처음 내놓았을 때는 무척 조심스러웠으며, 솔직히 무척 부담스럽고 두렵기조차 했다. 무엇보다 영남유학의 전개를 낙동강 상류와 중류, 하류 지역으로 나눠볼 수 있는가와 낙동강 중류지역에서 전개된 유학이 조선 초에서부터 말까지 연속성을 지니는가, 그리고 이러한 작업이 과연 어떠한 의미를 지닐 수 있는가 등이 문제의 핵심이었다.

해가 지날수록 내용이 차곡차곡 채워지고 여기저기에서 긍정적 평가의 소리도 듣게 되면서 조금씩 자신감이 생겨났으며, 애초 가졌던 부담감과 두려움은 서서히 책임감으로 변모하기 시작했다. 이왕지사 제기해놓은 것이니 책임감을 갖고 어떻게든 잘 마무리해보자는 것이었다.

이렇게 10년여의 시간이 흐르는 가운데 낙중학이 확산되는 성과도 거두게 되었다. 먼저 계명대학교 한국학연구원에서는 칠곡의 녹봉정사鹿峰精舍 복원 사업을 맞아 낙중학의 관점 아래 녹봉정사 관련 기획학술대회를 개최하고 그 결과물을 단행본으로 간행하였다.[1] 그리고 구미시가 성리학역사관을 건립할 때 전시 기본계획을 낙중학의 관점에 따라 세우겠다고 밝혀와 본인이 직접 계획안을 작성해 제출한 적이 있으며, 낙동강 중류지역 여러 문화원과 단체에서 낙중학 관련 강좌를 진행하였고, 특히 대구광역시 수성구 용학도서

---

1   계명대학교 한국학연구원, 『녹봉정사와 조선 중기의 낙중학』, 계명대학교 출판부, 2020.

관에서는 2022년 낙중학과 대구학을 연결시킨 특별기획 연속강좌를 개최하였다. 학계로 보면 올 2023년 5월 한국철학자연합대회에서 한국동양철학회가 낙중학을 중심으로 한 기획학술발표회를 가졌다. 이밖에도 언론 등에서 낙중학이란 용어를 심심찮게 마주칠 수 있게 되었으며, 인터넷 검색을 통해서 낙중학에 관한 정보를 쉽고 다양하게 접할 수 있게 되었다.

2. 낙중학의 제기와 그 배경

'낙중학洛中學'은 조선시대 낙동강 중류 지역의 유학을 가리킨다. 시간적으로 보면 그 시기가 좀 더 넓혀져 고려 말에서부터 대한제국 시기를 거쳐 일제강점기까지 해당된다. 공간적으로 보면 낙동강과 금호강이 합류하는 대구[달성과 군위 포함]를 중심으로 한 일대의 지역을 가리킨다. 구체적으로는 현재 행정구역상 동쪽으로 영천과 경산, 남쪽으로 청도와 창녕, 서 혹은 서북쪽으로 성주와 칠곡, 고령, 구미, 김천 지역이 포함되며, 그 범위를 좀 더 넓히면 경남의 합천과 거창, 그리고 경북의 상주와 문경 지역 일부가 포함된다.

낙동강은 강원도 태백산 황지에서 발원하여 근 천리를 달려 금오산과 팔공산 사이를 빠져나온 뒤 팔공산과 비슬산 사이 대구분지를 관통하며 흘러온 금호강과 합류하면서 더욱 그 세를 더한다. 바로 이 '삼산이강三山二江' 일대가 낙동강 중류의 중심적인 지역이다. 낙동강 지류로 본다면 금호강과 황강, 위천, 감천, 대가천 유역 일대가 포함된다. 소백산맥 준령이 에워싼 영남지방 한가운데를 'ㄷ'자 모양으로 흐르는 낙동강은 오랜 세월 동안 수많은 사람들과 물자를 싣고 오르내리면서 '하나'의 영남을 만들어왔다. 당연히 학자들도

이 낙동강 수로를 따라 오르내렸고 학파들도 이를 따라 퍼져 나갔다.

조선시대 중엽에 이르면 영남지역의 유학은 안동을 중심으로 한 '좌도左道'의 퇴계학파退溪學派와 진주를 중심으로 한 '우도右道'의 남명학파南冥學派가 자리를 잡는다. 16세기 중엽 동시대에 영남 좌도와 우도에서 퇴계退溪 이황李滉(1501-1570)과 남명南冥 조식曺植(1501-1572)이라는 걸출한 대유학자가 출현하면서 영남 유학은 새로운 단계로 접어들게 되었으며, 조선 유학의 중심지역으로 급부상하게 되었다. 이후 영남지방에서는 양대 학파가 병립하다가 남명학파의 후예들이 '광해군光海君 복립모의復立謀議 사건'으로 크게 정치적 타격을 받음으로써 우도 지역은 남명학의 여운이 남아 있기는 하였지만 서서히 범퇴계학파의 영향권으로 접어들어 갔다.

이러한 역사적 사실에 따라 오늘날 학자들도 자연스레 퇴계학과 남명학이라는 관점에 서서 영남 유학을 논의하고 있다. 그런데 이러한 관점이 반드시 역사적 사실과 부합하는 것도 아니며, 전체적 영남 유학을 읽어내는 데에도 맹점을 보이게 된다. 나아가 이것은 대구가 1601년 이후 근 300년 간 영남의 수부首府·수도首都로서 그 중심적 위치에 있었음에도 지금까지 역사적·문화적 자리매김과 정체성을 갖지 못하는 원인 가운데 하나가 되고 있다.

그 문제점을 보면, 먼저 지역적으로 좌우도의 중간 지역, 바로 낙동강과 금호강이 합류하는 낙동강 중류 지역 일대에서 일어난 유학을 논의하면서 서로 퇴계학 혹은 남명학으로 끌어가거나 아니면 단순히 '절충'으로만 규정해버리고 만다. 워낙 양쪽 학파의 자장磁場이 세었기 때문에 이렇게 보는 데에도 일리가 없는 것은 아니지만, 여기에는 이 지역의 유학을 단순히 '변방', 혹은 '경계'·'사이'의 관점에서만 바라볼 뿐 이 지역 중심적 관점은 아예 가질 수 없다는 문제점이 발생한다. 조선 중엽 퇴계와 남명 양쪽 문하를 출입하면서 낙동강 중류 일대에 퇴계학과 남명학을 전파한 한강寒岡 정구鄭逑

(1543-1620)와 동강東岡 김우옹金宇顒(1540-1603) 등[2]을 중심으로만 본다면 기존의 관점이 크게 문제될 것은 없을 성 싶다.

하지만 우리는 조금 더 시야를 넓혀볼 필요가 있을 것 같다. 그것은 곧 한강 정구와 동강 김우옹과 같은 인물이 조선 중엽에 이르러 갑작스레 낙동강 중류 일대에서 영남 유학을 열어갔느냐 하는 것이다. 낙동강 중류 일대는 잘 알려져 있다시피 이미 고려 말 조선 초부터 포은圃隱 정몽주鄭夢周(1337-1392)를 이은 야은冶隱 길재吉再(1353-1419)가 사림의 씨앗을 부은 곳이며, 그것이 싹터 나머지 낙동강 일대로 퍼져 나가고 다시 온 조선으로 퍼져 '유교 조선'을 만들었던 것이다. 이렇게 낙동강 중류 일대에서는 일찍이 유교의 씨앗이 뿌려졌으며, 조선 중엽에 이르러 마침내 한강 정구와 여헌旅軒 장현광張顯光(1554-1637)의 이른바 한려학파寒旅學派가 출현하였고, 조선말에 이르러서는 당대 전국적으로 '최대, 최고'의 면모를 지닌 한주寒洲 이진상李震相(1818-1886)의 한주학파寒洲學派가 출현하였다. 이렇듯 낙동강 중류 일대에서는 퇴계와 남명이 등장하기 이전에 이미 사림의 온상溫床이 마련되었으며, 그 위에 한려학파가 등장하였고 조선말과 대한제국, 일제강점기에 이르러서는 창대한 양상을 보였다.

이러한 역사적 상황을 감안할 때, '낙동강 중류[洛中]' 지역의 유학을 '낙동강 상류[洛上]' 지역의 퇴계학과 '낙동강 하류[洛下]' 지역의 남명학 변방이나 경계, 사이로만 이해할 것이 아니라 보다 적극적으로 이를 독립시켜 낙상과 낙하 유학과 병렬시켜 이해하는 것이 필요하다.

이렇게 '낙중학'을 제기하는 데 있어서 그 관건은 주관적으로 학파 내 정체성과 각 시기 학파 간 계승의식을 가지고 있었는가와 객관적으로 그들 간

---

2   이들 이외에도 당시 퇴계와 남명 양 문하를 출입한 이 지역 인물로 洛川 裵紳(1520-1573)과 竹牖 吳澐(1540-1617), 松庵 金沔(1541-1593) 등이 있다.

학문적 연속성과 타 학파와 차별적 특성이 나타나는가에 달려 있다고 생각한다. 나아가 유학사상 방면만이 아니라 문학과 역사 방면, 그리고 의식이나 행동양식 및 정치적 입장 등에서도 그러한 것들이 확인된다면 더할 나위 없이 좋을 것이다.

3. 낙중 지역 시기별 학파의 등장과 계승의식

낙동강과 금호강이 합류하는 낙동강 중류 지역에서는 크게 보면 조선 초기 사림파의 등장에 이어 중기에는 한려학파가 출현하며 말기에는 한주학파를 위시하여 여러 학파들이 활동하였다.

흔히 사림파의 도통연원道統淵源이 고려 말 포은 정몽주로부터 시작해서 야은 길재, 강호江湖 김숙자金叔滋(1389-1456), 점필재佔畢齋 김종직金宗直(1431-1492), 한훤당寒暄堂 김굉필金宏弼(1454-1504), 정암靜庵 조광조趙光祖(1482-1519)로 이어진 것으로 말한다. 여기에서 정몽주로부터 김굉필까지가 모두 낙중 지역 출신인 것을 볼 때, 낙중 지역이 그야말로 사림의 온상이었음은 이론의 여지가 없다. 도통은 학통學統과 달라 반드시 학문적 수수관계가 확인되는 것은 아니지만 대부분 이들 간에는 학문적 혹은 혈연적 연속성도 확인된다. 그리고 사림파의 도통은 정치적 입장과도 긴밀한 관계가 있다.

낙중 지역에서 학파적 유대를 다지는 모습은 일찍이 정몽주에게서부터 확인된다. 그는 1387년(禑王 13년) 8월 15일 달성 동화사에서 제자 13명과 어울려 놀며 15년 전 명나라 사행使行에서 얻어온 태조太祖 왕건王建의 친필「소사시所思詩」1수를 내보이고서 각자 연구聯句를 단 시첩詩帖을 남겼다. 이때 참석하여 연구를 남긴 이들은 바로 이보림李寶林, 이종학李種學, 길재吉再, 홍진유洪

進裕, 고병원高炳元, 김자수金子粹, 김약시金若時, 윤상필尹祥弼, 홍로洪魯, 이행李行, 조희직曹希直, 도응都膺, 안성安省인데, 이들은 모두 포은 문하의 낙중 제유들이었다.[3] 이 모임이 있은 뒤 5년 후 정몽주는 선죽교에서 순절하고, 그의 제자 길재는 고려의 운명이 다해 감을 보고 고향 땅 선산으로 낙향하며, 새 왕조인 조선이 세워져 그를 다시 불렀을 때는 불사이군不事二君의 의리를 내세운 채 망국지신亡國之臣의 삶을 살았다.[4] 홍로 등 나머지 제자들도 대부분 스승의 뜻을 받듦으로써 낙중 지역에는 일찍부터 대의명분大義名分과 절의節義를 중시하는 도학道學의 전통이 뿌리내리게 되었다.

야은 길재가 포은의 도통을 이어 사림의 첫 씨앗을 뿌린 곳은 그의 고향 선산 땅이다. 이후 선산 일대에는 수많은 인재들이 쏟아져 나와 이중환李重煥은 일찍이 "조선 인재의 반은 영남에 있고, 영남 인재의 반은 선산에 있다"[5]고 말한 적이 있다. 그리고 그의 문하에서는 강호 김숙자와 같은 인물이 배출되어 사림의 숲은 낙동강 하류 밀양으로까지 퍼져 나갔다. 김숙자는 일찍이 선산과 성주에서 교수를 맡았고 고령과 개령 현감을 지내면서 낙동강 하류로 포은과 야은의 도통을 퍼트렸던 것이다. 그의 아들 김종직은 마침내 중앙 정계에 진출하여 성종의 총애 속에 활발한 활동을 벌였으며, 문하에는 달성 출신의 김굉필을 위시하여 청도 출신의 탁영濯纓 김일손金馹孫(1464-1498), 함양 출신의 일두一蠹 정여창鄭汝昌(1450-1504)과 같은 초기 사림을 대표할 도학자들을 두었다. 김종직과 그의 제자들은 연산군 때 「조의제문弔義帝文」으로

---

3 洪魯, 『敬齋先生實紀』, 「白猿帖」 참조.
4 그는 1390년 38세 때 고려가 패망의 기색을 드러내자 가족을 데리고 고향인 선산으로 낙향하였는데, 이후 조선이 건국되고 正宗이 부르자 그는 松都를 떠난 지 10여 년 만에 다시 송도를 둘러본 뒤 고려의 遺臣으로서 회고의 마음을 담아 다음과 같은 유명한 시조를 남겼다. "오백 년 도읍지를 필마로 돌아드니, 산천은 의구하되 인걸은 간 데 없다. 어즈버 태평연월이 꿈이런가 하노라."(吉再, 『冶隱集』)
5 李重煥, 『擇里志』 참조.

말미암아 두 차례[戊午士禍와 甲子士禍] 큰 화를 당하게 되었지만, 그들의 정신은 더욱 줄기차게 이어져 갔으며, 이로 말미암아 그들은 동방 도통 적전嫡傳의 반열에 오르게 되었다.

16세기 중엽 퇴계 이황과 남명 조식도 길재가 마련해놓은 사림의 텃밭에서 나왔으며, 뒤이어 낙중 지역에서 등장한 한강 정구나 여헌 장현광도 마찬가지로 이 텃밭에서 나왔다. 특히 정구와 장현광에게 있어서 정몽주와 길재, 김굉필 등 초기 사림들은 바로 낙중의 동향同鄕 선유先儒들이었다. 따라서 그들은 동향 선유들에 대해 각별한 존모尊慕의 마음과 함께 기리는 일에도 게을리 하지 않았다.

낙중의 성주 사월에서 태어난 정구는 낙상의 퇴계와 낙하의 남명 두 문하에 두루 나아가 이른바 '퇴남학退南學'을 이루며, 양 선생 사후 그는 '영남맹주의식嶺南盟主意識'을 가슴에 품고서 낙중 지역은 물론 낙하와 낙상, 나아가 영남 전체와 경기 지역에까지 학파의 영역을 넓혀갔다.[6] 곧 그는 60대까지 고향 근처 한강정사寒岡精舍와 회연초당檜淵草堂, 무흘정사武屹精舍로 옮겨 가며 학문을 연마하고 강학하다가 마침내 70세 때인 1612년에는 아예 처소를 대구 근처인 칠곡의 노곡정사蘆谷精舍로 옮겼으며, 이곳이 화재를 당하자 다시 대구와 더 인접한 사양정사泗陽精舍[현재는 대구광역시에 포함]로 옮겨 저술과 강학에 전념하다 세상을 떴다. 그가 이렇게 만년에 대구 근처로 옮겨오게 된 배후에는 대구 지역 출신 제자인 서사원徐思遠과 손처눌孫處訥이 있었으며, 이로 말미암아 대구·칠곡 일대의 학자들이 대거 그의 학단에 들어옴으로써 낙중 일대가 거의 그의 학파 속에 포함되었다.

만년에 그가 안동부사(1607)를 지낸 것도 영남맹주의식과 무관하지 않으

---

6 이하 한강학파 관련 내용은 김학수의 「조선중기 한려학파의 등장과 전개 - 문인록을 중심으로 -」, 『한국학논집』 40집, 계명대 한국학연구원, 2010 참조.

며, 낙상 지역에까지 그의 학파 영역을 넓히는 데 큰 기여를 하였다. 그는 낙하 지역으로 자신의 학단을 넓혀가는 데에도 소홀히 하지 않았다. 그는 일찍이 낙하의 남명 문하에 나아간 뒤 창녕현감(1580)과 함안군수(1587)를 지낸 적이 있어 일차로 낙하 지역에 자신의 학단을 꾸릴 기회를 가졌으며, 1603년 「동강만사東岡輓詞」에서 이황과 조식 두 스승에 대해 '정맥正脈'·'고풍高風'론[7]을 펼쳤다가 남명 문하의 동문인 정인홍鄭仁弘으로부터 호된 비판[8]과 함께 절교한 뒤에도 덕천서원德川書院과 남명의 묘소를 참배하는 등 낙하 우도 지역의 학단 경영을 멈추지 않았다. 그의 낙하 지역 학단 경영의 대표적인 모습은 만년에 지병 치료차 동래 온정溫井에 다녀온 기록을 담은 「봉산욕행록蓬山浴行錄」[9] 속에 잘 담겨져 있다.

정구가 이처럼 영남맹주의식을 가지고 낙상과 낙하 일대의 학파까지 두루 아우르려고 전심전력하였지만 그 뿌리와 출발점은 낙중이었다. 그리고 그가 낙중에서 튼튼하게 뿌리를 내릴 수 있었던 데에는 진외증조부인 한훤당 김굉필의 후광이 컸다. 조선 중엽 그가 등장하여 유학을 크게 일으키기 전까지 낙중 지역에는 김굉필의 여운이 짙게 퍼져 있었다. 이에 그는 김굉필이 포함된 '오현문묘종사五賢文廟從祀' 청원과 도동서원道東書院 복원 및 경영에 앞장서면서 낙중 유학계를 결속시키고 선도하였다.

---

7 鄭逑, 『寒岡全書』上, 「輓金東岡二首」, "退陶正脈終天慕, 山海高風特地欽".
8 이에 대한 鄭仁弘의 생각은 『來庵集』 속 「南冥曺先生神道碑銘」에 잘 나타나 있다.
9 鄭逑, 『寒岡全書』下, 「蓬山浴行錄」. 봉산 욕행은 1617년 그의 나의 72세 때의 일로 거처하던 달성 하빈에서 출발하여 현풍, 고령, 창녕, 함안, 영산, 밀양, 김해, 양산을 거쳐 목적지인 동래 溫井에 도착한 뒤 이곳에서 30일 간 체류한 후 통도사, 청도, 경주, 영천, 하양, 경산을 거쳐 하빈으로 돌아오는 총 45일간의 일정이었다. 그는 여로에서 한훤당 김굉필의 道東書院과 묘소를 참배하였으며, 옛 山海亭 터인 김해 新山書院에서는 남명선생에 대한 감회에 빠지기도 하고, 김일손과 정몽주가 모셔진 청도의 慈溪書院과 영천의 臨皐書院도 들러 참배하였다. 이 여로는 단순한 욕행이 아니라 낙하 일대에 문인기반을 다짐과 동시에 영남 남동지역에까지 학파의 영역을 넓히는 데 큰 의미가 있었다.

정구와 마찬가지로 낙중의 성주 인근 칠곡 출신인 장현광은 사뭇 독창적
인 철학을 열어갔다. 하지만 그는 일찍이 처숙妻叔인 정구에게 종유하면서
그를 따라 김굉필의 묘소를 참배하는 등 낙중 선현에 대한 존경의 마음을
가졌으며 그들을 기리는 데에도 힘썼다. 그는 정구의 요청으로 김굉필의 신
도비명神道碑銘을 찬하면서 다음과 같이 적었다.

> 선생께서는 강유剛柔의 기질을 겸비하였고 건순健順의 덕성을 겸비하였으
> 며, 경敬으로 자기 몸가짐을 삼았고 성誠으로 마음을 보존하였으며, 강구講究
> 함이 정밀하고 함양함이 두터워 확연하게 막히지 않고 두루 통하였으면서도
> 근본에서 벗어나 흐르지 않았으니, 이것이야말로 진실로 우리 유학에서 말하
> 는 의리義理의 학學이며 중정中正의 도道이자 염락濂洛의 여러 현인들이 수사洙
> 泗에 거슬러 올라가 잇고자 한 것이었다.[10]

장현광은 동향 선현인 길재도 기리면서 "우리 동방의 절의를 논하는 자들
은 마침내 야은 선생을 동방의 백이伯夷라고 일컫고 있으니, 오직 백이를
아는 자만이 선생을 알 것이다"[11]고 말하였다.[12] 또한 장현광은 정구의 고제高
弟로 그의 행장을 지었으며, 정구의 학문은 김굉필에서 조광조, 이언적, 이황
을 거쳐 온 학문을 이어받음으로써 "김굉필 선생의 뜻과 학문을 이어받은
점이 있으나, 바탕의 아름다움이 더해져서 더욱 빛나는 것이 많았다"[13]고 말
하였다. 뒷날 한강과 여헌 문호 사이에 시비가 없지 않았으나 양현의 관계에

10 張顯光, 『旅軒全書』 上, 「寒暄堂金先生神道碑銘」.
11 張顯光, 『旅軒集』 卷10, 「冶隱先生文集跋」, "論吾東節義者, 乃以冶隱先生爲東方之伯夷, 惟知
    伯夷者, 可以知先生矣."
12 장현광은 뒷날 길재를 모신 金烏書院에 배향되었으며, 길재, 김종직, 정붕, 박영과 더불어
    '金烏五賢'으로 일컬어졌다. 홍원식, 「금오서원」, 『서원, 한국사상의 숨결을 찾아서』(안동대
    학교 안동문화연구소, 예문서원, 2000) 참조.
13 張顯光, 『旅軒全書』 上, 「寒暄堂金先生神道碑銘」 참조.

서만 볼 때 사제관계로 보는 데에는 큰 무리가 없다고 본다. 김학수가 장현광의 제문을 분석하여 그의 학통을 오현계승론五賢繼承論[圃隱淵源論], 회퇴계승론晦退繼承論, 한려계승론寒旅繼承論[寒旅竝稱論 포함], 불유사승론不由師承論 넷으로 정리하였는데,[14] 앞의 셋은 물론이거니와 마지막 불유사승론의 경우도 낙중 제현에 대한 존모의 마음이 없는 것은 아니라고 볼 수 있다.

정구 사후 장현광이 낙중 유학계 종장宗匠의 자리에 서게 되었으나 그의 사후 조선 후기 낙중 유학은 뚜렷한 인물을 내지 못한 채 '한려시비寒旅是非'와 '청회시비淸檜是非[일명 양강시비兩岡是非]' 등 문호지쟁門戶之爭에만 매몰되는 등 쇠락한 모습을 보이면서 점차 낙상 퇴계학파의 직접적인 영향권으로 접어들었다. 당시 낙중학의 전체적 분포 양상을 보면, 여헌학파는 본향인 칠곡과 구미, 영천 그리고 경주와 포항, 청송 일부 지역으로 확산되었고, 나머지 낙중 지역은 대부분 한강학파가 중심이었다.

이처럼 조선 후기 낙중학이 쇠락한 모습을 보인 반면 미수眉叟 허목許穆(1595-1682)을 통해 근기近畿 지방으로 전해진 한강학맥의 일파는 성호星湖 이익李瀷(1681-1763)과 순암順菴 안정복安鼎福(1712-1791)에게로 이어지면서 근기 실학을 열어가는 등 두드러진 모습을 보였다.

조선말에 이르면, 낙중 일대에서는 칠곡 출신의 사미헌四未軒 장복추張福樞(1815-1900)와 성주 출신의 한주寒洲 이진상李震相(1818-1886)이 등장하여 학파를 열어가면서 낙중학이 크게 부흥하게 되었다. 장복추는 당연히 선조인 장현광의 여헌학을 잇고자 하는 열망을 품고 있었다.[15] 그리고 그와 평생 도우道友로서 지낸 이진상은 퇴계에 대한 계승의식을 선언적으로 밝히면서도 낙하의 남명과 동향 선현인 정구를 함께 높이며 학파의 터전을 넓혀 나갔다.

14 김학수, 『여헌 장현광 연구』, 태학사, 2009, 179-180쪽 참조.
15 홍원식, 「사미헌 장복추의 성리설」, 『어문론총』 45호, 한국문학어문학회, 2006 참조.

한편 이들보다 조금 앞서 김해를 중심으로 한 낙하 일대에서는 허전許傳
(1797-1886)의 성재학파性齋學派가 크게 일어났다.[16] 그는 안정복 문하의 황덕길
黃德吉에게서 배운 인물로, 김해도호부사로 부임해 활발하게 강학 활동을 벌
인 결과이다. 그가 임지를 떠난 뒤 후예들 가운데 많은 이들이 한주학파로
귀속하였는데, 그것은 학파적 연원이 둘 다 한강 정구에 닿아 있었기 때문일
것이다.

이진상은 '심즉리설心卽理說'과 '리발일도설理發一途說'을 앞세워 그의 학파
를 형성하였다. 그는 일찍이 "주자를 조술祖述하고 퇴계를 헌장憲章한다"[17]는
뜻을 가졌지만, 남명에 대해서도 존모의 생각을 함께 가지고 있었다. 그는
1877년 60세 때 지리산 유람을 다녀오면서 우도 일대를 둘러보고 왔는데,
당시 우도 지역은 남명학파의 몰락 이후 수백 년 동안 무주공산으로 있으면
서 남명학과 퇴계학의 여운이 깔려 있는 가운데 새롭게 등장한 허전의 성재
학파와 기호지방 기정진奇正鎭의 노사학파蘆沙學派, 심지어 전우田愚의 간재학
파艮齋學派마저 들어와 학파 영역을 다투던 때였다. 그의 지리산 유람은 흡사
정구의 봉산욕행과 마찬가지로 학파의 기반을 다지고 확장하는 데 주된 목적
이 있었다.[18]

이진상은 낙중 선현들 가운데에서도 특히 정구에 대해 깊이 존경하는 마
음을 가져 수시로 회연서원檜淵書院을 찾아 강회와 향음주례鄕飮酒禮 등의 모
임을 가졌다. 이것은 정구가 바로 그와 동향인 성주 출신이자 그의 선조가
정구의 문하에 출입하였던 것이 그 원인일 수 있다. 그가 정구를 자신의 학문

---

16   허전의 문인록인 「冷泉及門錄」에는 495명의 인명이 실려 있는데, 그 중 대부분이 영남인들
      이다.
17   이진상은 30세 때 '祖雲憲陶'라는 편액을 서재에 걸었다. 李震相, 『寒洲文集』附錄, 卷2, 「行
      錄」 참조.
18   홍원식, 『한주 이진상의 생애와 사상』, 예문서원, 2008, 82-86쪽 참조.

적 연원으로 보는 모습은 정민정程敏政의 『심경부주心經附註』를 분석한 『심경
관계心經欸啓』 속에 잘 나타나 있다.[19]

이진상의 후예들은 대를 이어 학맥을 계승하면서 조선말에서부터 대한제
국 시기를 거쳐 일제강점기에 이르기까지 전국적으로 당대 최대, 최고의 학
파적 면모를 보였다. 그의 대표적인 직전제자直傳弟子를 흔히 '주문팔현洲門八
賢'이라고 부르는데, 그 가운데 대표적인 인물은 면우俛宇 곽종석郭鍾錫(1846-
1919)이다. 그는 낙상지역 퇴계학파 후예들이 스승 이진상의 학설을 비판하고
나서자 정면으로 맞서면서 학파적 유대를 다졌다. 또한 그는 대한제국시기로
접어들면서 현실인식도 바뀌어 낙상지역에서 전개한 의병에는 참가하지 않
고 만국공법萬國公法에 따른 투쟁노선을 선택하였으며, 그의 제자들과 함께
애국계몽운동에도 적극적으로 참여하였다.

곽종석의 제자들이 주축을 이룬 한주학파의 재전再傳들은 더욱 다양하고
활발한 활동을 전개하였다.[20] 대표적인 이들로 먼저 진암眞庵 이병헌李炳憲은
공교운동孔敎運動과 금문경학今文經學 연구에 진력하였고, 성와省窩 이인재李寅
梓는 『고대희랍철학고변古代希臘哲學攷辨』을 지어 서양철학 연구의 길을 열었
으며, 회봉晦峰 하겸진河謙鎭은 『동유학안東儒學案』 편찬 등 국고정리國故整理
작업에 매진하였다. 심지어 최익한崔益翰과 같은 이는 마르크스주의 관점에
서 『실학파와 정다산』 등을 저술하였다. 한편 심산心山 김창숙金昌淑은 3.1운
동이 일어나자 유림계를 대표하여 스승 곽종석과 함께 '파리장서사건'[일명
제1차 유림단사건儒林團事件]을 주도하였다. 그들은 비록 다양한 활동을 전개하

---

19 홍원식, 「퇴계학파의 『심경부주』 연구와 이진상의 『심경관계』」, 『동양철학』 제32집, 한국
    동양철학회, 2009 참조.
20 한주학파 再傳 제자들의 활동과 사상은 『일제강점기의 낙중학, 한주학파 재전 제자들과
    영남 유현들의 활동과 사상』(계명대학교 한국학연구원 홍원식 외, 계명대학교 출판부,
    2021) 참조.

였지만 한주학파란 유대감과 계승의식을 강하게 지니고 있었다.

이상에서 볼 수 있듯 낙중 지역은 일찍이 포은 정몽주를 이은 야은 길재가 사림의 씨앗을 뿌린 뒤 그것은 낙동강을 따라 낙하, 낙상 지역으로 퍼져 나갔으며, 다시 전 조선으로 퍼져 16세기 중엽에 이르면 마침내 사림의 시대를 맞게 되었다. 낙상의 퇴계학과 낙하의 남명학 모두가 이 낙중 초기 사림의 도학에서 배태된 것이며, 다시 낙중 출신의 한강 정구가 등장하여 양 문하를 출입하면서 영남 유학의 맹주를 도모하였다. 그는 외증조부 한훤당 김굉필을 중심으로 한 오현문묘종사를 주도하면서 포은 정몽주에서 퇴계 이황에게로 전해온 도통의 적전嫡傳임을 자임하였으며, 그의 문하에 종유한 여헌 장현광도 이에 동의하면서 낙중 선현들에 대해 존경의 마음과 함께 계승의식을 가졌다. 한강과 여헌 이후 낙중 지역은 뚜렷한 인물을 배출하지 못한 채 낙상 퇴계학파의 영향권으로 접어들었지만, 한강학과 여헌학을 계승한다는 의식 또한 분명하였다. 19세기 조선말에 이르러 허전의 성재학파와 장복추의 사미헌학파, 이진상의 한주학파가 일어나면서 낙중학은 다시금 크게 부흥하였다. 사미헌학파는 여헌학의 계승과 부흥을 도모하였으며, 한주학파는 직전에서 재전으로 이어가며 한강학을 통한 퇴계학의 계승의식, 곧 이황에서 학봉鶴峰 김성일金誠一이 아닌 이황에서 한강 정구로 이어지는 계승의식을 지닌 채 낙상의 퇴계학파와는 사뭇 다른 이론 전개와 활동 양상을 보였다.

4. 낙중학의 철학적·실천적 특징

낙중학은 고려말·조선초로부터 일제강점기에 이르기까지 근 600년 동안 이어져오는 가운데 새로운 시대적 상황을 맞으면서 크게 세 차례의 물굽이를 형성한다. 그 첫 번째는 새 왕조 조선의 건국이고, 두 번째는 조선 중기 임진 왜란과 병자호란의 양대 전란이며, 마지막 세 번째는 조선말 개항에 따른 서구문물의 유입이다. 낙중학은 각 시기 변화하는 현실을 직시하며 이에 대응할 나름의 이론적 모색과 분명한 태도를 갖는다. 여기에서 낙중학은 먼저 현실성이란 학문적 특징을 가지게 된다. 단순히 이론적 논의를 하는 데 그치는 것이 아니라 구체적 현실과 관계 속에서 이론을 논의하고 그 변모를 도모했다는 것이다. 이에 따라 낙중학은 자연스레 어느 특정 이론에 매달리지 않는 유연성이라는 특징을 갖는다. 이것은 개방성과도 연결되며, 나아가 융합성이나 종합성과도 연결된다.

그리고 낙중학의 특징을 살펴보는 데에 있어서 비교할 대상이 필요하다. 이것 또한 각 시기별로 살펴보는 것이 효과적이다. 가령 조선 건국 후 전기는 중앙의 권력을 장악한 훈구파와 양란 이후인 조선 후기는 낙상과 낙하 지역의 유학, 나아가 율곡학파 등 여타 지역의 다양한 학파들과, 그리고 조선말 개항 이후에는 낙상 지역 퇴계학파를 위시하여 기호지역의 위정척사파나 중앙의 개화파, 나아가 신학문을 추구한 계열들과 비교하는 것이다.

먼저 낙중 지역에서 포은 정몽주로부터 야은 길재로 이어져 내려온 유학은 다름 아닌 대의명분大義名分과 절의節義를 중시하는 것이었으며, 이것은 사림士林의 정신으로 굳어져 무엇보다 실천궁행實踐躬行을 중시하는 도학道學을 일으켰다. 정몽주에서 길재로 이어지는 도통道統 계승의 의식은 비록 뒷날 기묘사림들로부터 나타나기 시작하지만, 두 사람이 살아있을 때인 고려 말 이미 정몽주가 낙중 지역에서 길재를 포함한 학단 경영을 한 모습을 문헌을 통해 확인할 수 있다. 이것은 당시 조선 건국에 참여하고 중앙의 고위 관료로서 유교의 나라 조선을 만들어 간 이들과 크게 대비되는 모습이다. 이 둘을 '수신' 중심의 유학자와 '치국' 중심의 유학자로 대비시켜 볼 수도 있겠다.

수양대군의 왕위 찬탈로 일어난 계유정난癸酉靖難(1453)은 다시금 유학자들을 둘로 갈라놓았다. 수양대군의 왕위 찬탈에 동조, 참여한 이들과 이에 반대하다 희생된 이들로 갈라진 것이다. 왕위 찬탈에 동조, 참여한 이들은 자연스레 공훈을 바탕으로 고위 관직에 올라 국정을 주도한 반면 유교의 대의명분 정신에 충실했던 부류의 인물들은 이들을 비판적으로 바라보았다. 성종대에 이르러 후자의 인물들이 과거를 통해 중앙 정계에 진출하게 되면서 훈구파와 사림파로 분립하게 되며 정치적으로도 대립적 양상을 드러내 보이기 시작했다. 뒤이어 연산군대에 이르면 사림파 세력들이 크게 정치적 타격을 입는 사화士禍의 정국으로 접어들었다. 사림파들은 네 차례에 걸쳐 큰 정치적 타격을 받으면서도 사승과 학맥, 혼맥 등을 통해 전국적으로 그 세력을 넓혀 나가 마침내 16세기 후반 선조대에 이르면 중앙 정계와 학계를 완전히 장악하게 되었다.

계유정난은 조선 건국 당시의 모습과도 흡사하여 유학자들이 기시감既視感을 갖기에 충분했다. 죽어 충신이 된 정몽주와 살아 충신이 된 길재가 계유정난 이후 사육신死六臣과 생육신生六臣으로 되살아났다. 여기에서 정몽주와 길재를 충신으로 받드는 것은 아무런 부담이 없었다. 그들은 이미 세종 때 편찬된 『삼강행실도三綱行實圖』에 충신으로 올라 있었기 때문이다. 하지만 사육신과 생육신의 문제는 이와 달랐다. 성종 때 사림파의 일원이었던 남효온南孝溫이 지은 『육신전六臣傳』이 암암리에 널리 읽혀졌지만 이를 입 밖에 거론하는 것은 위험천만한 일이었다. 사육신과 생육신 등 계유정난 때 희생된 이들이 신원되고 충신의 반열에 들어 제대로 역사적 제자리를 찾게 되는 것은 근 300년의 시간이 흐른 영·정조 때에 이르러서였다.

사화가 거듭되는 가운데 중종반정中宗反正(1506)으로 잠시 정치적 기회를 얻은 조광조趙光祖를 위시한 기묘사림己卯士林들은 곧장 자신들의 역사적 정통성을 확보하기 위해 정몽주와 김굉필의 문묘종사文廟從祀를 시도하였다. 결국 정몽주의 문묘종사만 성사시켜 반쪽의 성공으로 끝났지만, 이는 사실상 사림파의 역사적 승리 곧 정통성 확보라는 귀중한 전리품을 쟁취한 것이었다. 그들은 김굉필의 문묘종사 실패에 굴하지 않고 정몽주의 문묘종사 때 만고충신과 더불어 부각시켰던 '동방리학지조東方理學之祖'의 위상을 더욱 드높여 정몽주에서 길재, 강호 김숙자, 점필재 김종직, 한훤당 김굉필로 이어지는 한국 유교의 정통, 이른바 '도통道統'마저 쟁취하는 기반을 다졌다. 위 도통의 반열에 오른 인물들이 하나같이 낙중 출신의 제현들이라는 점에서 낙중학이 조선 유학의 발원이라는 사실을 분명하게 말해준다.

그리고 기묘사화(1519) 이후 사림들은 다시 한차례 큰 정치적 타격을 받자 본의든 본의가 아니든 전국적으로 흩어져 향촌 사회에서 학문과 강학 활동을 통해 지역적 기반을 다지게 되는데, 이는 뒷날 서원설립운동의 좋은 밑거름이 되었다. 이 시기에 이르면 영남지역에서도 낙중학은 낙동강을 따라 상류와 하류, 그리고 각 지류로 뻗어나갔으며, 이러한 터전 위에 퇴계 이황이나 남명 조식과 같은 대유大儒들이 마침내 출현하게 된 것이다. 이들은 정몽주를 필두로 한 강한 도통의식 아래 율신수기와 실천궁행을 강조하는 도학을 창도하며 그 바탕이 되는 마음공부에 집중하게 되고, 『주자대전朱子大全』 등의 서적이 보급되자 성리학 이론을 천착하는 데 몰두하였다.

당시 낙중 지역에서는 김종직을 이어 김굉필이 활동하면서 도학의 전통이 굳건히 뿌리내렸다. 김굉필은 흔히 조선시대 '도학의 종장宗匠'으로 일컬어지는 인물로, 스스로 '소학동자小學童子'임을 자처하면서 도학을 창도하였다. 그는 비록 갑자사화(1504) 때 희생되었지만, 그가 창도한 도학의 정신은 영남을 넘어 전국적으로 퍼져 나갔다. 낙상 지역 이황에게로 전해진 도학은 실천궁행과 직결된 심성론적 문제 해명에 힘을 쏟고 경敬을 통한 존덕성尊德性의

마음공부를 보다 중시하는 특징을 드러내 보였으며, 그가 서원설립운동을
전개하면서 제향 인물의 선정 기준을 도학에 둠으로써 도학의 확산에 끼친
영향은 지대하였다. 한편 낙하 지역 조식에게로 전해진 도학은 도문학道問學
의 경전공부에서 존덕성의 마음공부로 더욱 기울어져 경敬과 더불어 의義를
더없이 강조하였다.

　이처럼 퇴계학과 남명학에서 공통적으로 나타나는 경을 통한 존덕성의
마음공부 중시는 그 뿌리가 낙중 선현들이 일궈낸 실천궁행 중시의 도학에
있으며, 다시 그것은 낙중 출신의 정구에게로 그대로 이어진다. 정구는 진덕
수眞德秀의 『심경心經』과 정민정程敏政의 『심경부주心經附註』를 특별히 중시한
퇴계학의 전통을 이어받아 『심경발휘心經發揮』를 편찬하였다. 그렇지만 그는
스승 이황의 입장과 달리 진덕수의 『심경』을 중심에 두고 정민정의 『심경부
주』 내용은 사실상 거의 폐기하였다. 특히 그는 『심경발휘』를 편찬하면서
특히 경敬의 항목에 주목하여 정주程朱 이래 경설敬說을 샅샅이 수집하여 분
류, 정리함으로써 정주학의 경설을 총결하였으며, 『심경』을 명실상부하게
경공부의 교과서로 만들었다.[21] 이것은 퇴계학파뿐만 아니라 남명학파 안에
서도 그의 위치를 굳건하게 해주는 데 결정적인 역할을 해주었다.

　한편 정구는 장현광이 말했듯이 '우주간의 수많은 일들[宇宙間許多事]'을 유
학자의 일거리로 삼은 인물로,[22] 도학 이외에도 다양한 방면의 저술을 하였
다. 곧 그는 『오선생예설분류五先生禮說分類』와 같은 예학禮學 관련 저술과 더
불어 『역대기년歷代紀年』과 『치란제요治亂提要』 등의 역사서, 『함주지咸州志』

21　홍원식 외, 『조선시대 심경부주 주석서 해제』, 예문서원, 2007, 96-103쪽 참조.
22　장현광은 그가 평생토록 품었던 '宇宙事業' 곧 '宇宙間許多事'란 문자를 정구의 삶에다 적용
　　하였다. 그는 정구의 행장에서 "선생은 어릴 적에 자기 재주를 넉넉히 여겨 우리 인간은
　　'우주 간 수많은 일들'을 자기 책임으로 삼지 말아야 할 것이 없으니, 일의 大小나 精粗와
　　무관하게 모두 배우지 않으면 안 된다고 여겼다."고 말했다. 張顯光, 『旅軒全書』上, 「寒岡鄭
　　先生行狀」.

등 여러 지방관을 지내면서 지은 지방지地方志들, 『주자시분류朱子詩分類』나 『고문회수古文會粹』와 같은 문학서에다 심지어 『의안집방醫眼集方』과 같은 의서醫書까지 편찬하였다. 이것은 이황과 조식, 그리고 그 후예들에게서는 보기 드문 일로 그의 관심사가 도학의 계승에만 있지 않았음을 잘 말해준다. 질서 姪壻인 장현광이 그의 학문을 말하면서 "선생은 명체적용明體適用의 학문으로 스스로를 기약하였다."[23]고 한 것이 바로 이를 가리켜 한 말이다.[24] 도학인 '명체'와 더불어 이의 현실적 응용을 가리키는 '적용'의 학을 중시한 그의 이러한 학문적 특성은 그로 하여금 조선 후기 영남 예학을 대표하는 자리에 앉게 해주었으며, 근기近畿 실학의 물꼬를 터주기도 하였다. 이처럼 조선 중기의 낙중학은 정구에 이르러 낙상이나 낙하 지역의 유학과 달리 임진왜란 이후의 변화된 현실을 직시하며 도학의 전통을 이어받는 가운데 예학을 통한 향촌 사회의 질서 확립에 힘을 쏟는 한편 다양한 방면으로 시선을 돌려 현실의 문제에 적극적으로 대응하는 모습을 보였다.

장현광은 약관의 나이에 이미 '우주사업宇宙事業'을 평생의 자기 임무로 삼고서 관직에는 뜻을 두지 않은 채 오로지 '천하에 제일가는 사업을 하여 천하에 제일가는 사람'이 되고자 힘쓴 인물로, 낙중 지역 도학 계승의 한 전형을 볼 수 있다. 그는 처숙인 정구와 긴밀한 관계 속에 활동하는 가운데 계승적 측면[25]과 더불어 독특한 면모도 드러냈다. 특히 그는 역학易學 연구에 천착하여 『역학도설易學圖說』 등 여러 역학 관련 저술을 편찬하였으며, 성리설 연구에도 천착하여 '리기경위설理氣經緯說' 등 독자적인 이론을 제기하였

---

23 張顯光, 『旅軒全書』 上, 「寒岡鄭先生行狀」.
24 김낙진, 「조선 중기 한려학파의 철학사상」, 『한국학논집』 제40집, 계명대 한국학연구원, 2010 참조.
25 장현광은 「婚儀」와 「冠儀」 등의 禮書를 지었으며, 정구의 『五先生禮說分類』에 跋文을 지었다. 그의 예설은 기본적으로 이황과 정구의 설을 따르고 있다.

다. 그의 성리설 내용은 이황뿐만 아니라 이이의 설과도 자못 달라 낙중학
학풍의 한 단면을 보여준다.

조선 말 낙하 일대에서 일어난 허전의 성재학파는 학맥 연원에서 정구의
근기 학맥과 닿으며, 내용적으로 정구가 '명체'와 더불어 강조한 '적용'의
학을 집중적으로 이어받았다. 또한 허전이 예서인 『사의士儀』를 편찬하여
당대까지의 예설을 집성한 것도 한강학맥의 한 모습으로 볼 수 있겠다. 한편
장복추는 선조 장현광의 성리설이 갈암葛庵 이현일李玄逸 등 안동 일대의 이
황 후예들로부터 이황의 설과는 다르며 오히려 이이의 설에 가깝다는 비판을
받아온 것에 대해 대산大山 이상정李象靖 등의 설을 끌어들여 장현광의 성리
설을 옹호하는 데 노력하였으며,[26] 당시 영남의 학자들과 마찬가지로 예학에
도 많은 관심을 가져 관련 저술을 남겼다.

조선 말 낙중학은 한주 이진상에 이르러 크게 부흥하였다. 그는 일찍이
이황을 사숙하고 학문의 지남指南으로 삼아 기본적으로 퇴계학을 계승하면
서도 이황의 '심합리기설心合理氣說'이나 '리기호발설理氣互發說'과 달리 '심즉
리설心卽理說'이나 '리발일도설發一途說'과 같은 독창적인 학설을 제기하였
다.[27] 그는 자신의 학설이 이황의 설을 통간通看·활간活看한 것이며, 삼간三看
곧 수간竪看과 횡간橫看, 도간倒看 가운데 수간한 것이라고 주장하였지만,[28]
그의 문집은 도산서원陶山書院으로부터 돌려보내졌고, 통문을 통해 조목조목
비판받았으며, 상주 향교에서는 불태워지기까지 하였다.[29] 그의 성리설이 그
의 말처럼 이황의 성리설을 적극적으로 계승한 것이라고 볼 수 있긴 하지만,

---

26   홍원식, 「사미헌 장복추의 성리설」, 『어문론총』 45호, 한국문학어문학회, 2006 참조.

27   홍원식, 『한주 이진상의 생애와 사상』(예문서원, 2008) 134-142쪽 참조.

28   李震相, 『寒洲全書』 1, 卷16, 「答李舜文」과 『寒洲全書』 4, 『求志錄』, 卷11, 「太極圖箚疑·後說」
       등 참조.

29   홍원식, 「19세기 낙상 퇴계학파와 낙중 한주학파의 대립과 성리논쟁」, 『유교사상연구』 제
       39집, 한국유교학회, 2010 참조.

우리는 여기에서 낙상학과 낙중학 간 문호지쟁의 장면을 여실히 볼 수 있다.

이진상은 많은 성리학 관련 저술을 남겼는데, 특히 공부론에서 경敬을 통한 존덕성의 마음공부에 대한 편중의 모습을 이황보다 더욱 드러내 보였으며, 이러한 모습은 『심경관계心經觀啓』를 저술하면서 경을 특별히 강조한 정구의 『심경발휘心經發揮』를 중시한 데에서도 잘 나타난다. 그는 성리서 이외에도 『사례집요四禮輯要』와 같은 예서와 『춘추집전春秋集傳』·『춘추익전春秋翼傳』과 같은 역사서, 『묘충록畝忠錄』과 같은 경세서를 저술한 점은 적용의 학을 중시한 정구의 한강학을 잇는 것이라고 보아도 큰 무리가 없을 것이다.

이진상의 한주학은 제자들에게로 이어지면서 그의 학파는 더욱 번성하였다. 흔히 그의 대표적인 제자들을 '주문팔현洲門八賢'이라 일컫는데, 면우俛宇 곽종석郭鍾錫(1846-1919)이 그 대표적 인물이다.[30] 그들은 스승의 학설을 굳건하게 견지하는 가운데 낙상 지역 퇴계학의 적자임을 자처하는 이들의 비판으로부터 스승의 학설을 방어하는 데 일치단결하였으며, 당시 기호 지역 율곡학파의 후예들인 이항로李恒老의 화서학파華西學派나 기정진奇正鎭의 노사학파蘆沙學派, 그리고 전우田愚 등과도 활발하게 학술논쟁을 전개하였다.

한주학파는 현실인식에서도 중요한 특징을 보여주고 있다. 이들은 갑오개혁甲午改革(1894) 때까지는 다른 영남 지역 유학자들과 마찬가지로 척사위정론斥邪衛正論의 입장에 동조하였지만, 을미사변乙未事變(1895) 이후 현실인식이 변화하기 시작했다. 을미사변이 일어나자 안동을 중심으로 한 영남 지역에서는 척사위정운동의 연장선에서 항일 의병전쟁을 전개하였는데, 곽종석은 동참의 권유를 받아들이지 않고 만국공법萬國公法에 따라 외국 공관公館에 항의

---

30 '주문팔현'을 중심으로 한 한주학파 直傳 제자들의 활동과 사상은 『근대 시기 낙중학, '주문
      팔현'과 한주학파의 전개』(계명대학교 한국학연구원 홍원식 외, 계명대학교 출판부, 2020)
      참조.

서한을 보내는 것으로 대신했다. 그들은 10년 뒤 을사보호조약乙巳保護條約 때도 일관된 태도를 보였으며, 대한제국시기 애국계몽운동에 적극적으로 참여하는 것으로 이어졌다. 이러한 모습은 다른 영남 지역 유생은 물론 기호 지역 재야 유생들과도 달랐으며, 전통 유학을 고수한다는 점에서 당시 집권 개화파와도 달랐다. 곧 변화된 현실을 적극적으로 인식하되 전통 유학의 바탕 위에서 그 대처 방안을 찾았다는 점에 한주학파의 특징이 있는 것이다.

한주학파는 재전再傳으로 이어지면서 일제강점 시기 더욱 다양하며 활발한 모습을 보였다. 한주학파의 재전은 곽종석의 제자들이 중심인데, 이들은 일제강점이라는 정치적 현실과 전통 유학이 '구학舊學'으로 지목받아 청산의 대상이 된 엄혹한 현실 속에서도 한주학통으로부터 내려온 '심즉리' 등의 성리설을 비교적 온전히 간직한 가운데 신학문에 대한 개방적 태도와 함께 현실에 대한 나름의 적극적인 대응을 이어갔다.

5. 과제

지난 13년에 걸친 낙중학 연구는 기본적으로 통사적 연구에 집중되었다. 곧 각 시기 대표적인 인물을 중심으로 전체적 흐름을 파악하는 데 주력하였다고 볼 수 있다. 이에 향후 연구 과제를 크게 심화와 확산 및 비교 방면 셋으로 나눠볼 수 있겠다.

먼저 심화 방면의 과제를 생각해보면, 대표적인 인물을 벗어나 다소 지명도가 떨어질지라도 반드시 살펴보아야 할 인물들이 적지 않다. 이때 대표적인 인물들의 문인록門人錄을 통한 연구가 하나의 좋은 방법이 될 수 있을 것이다. 이는 학파적 전개를 파악하는 데 무엇보다 필요하다. 특정 서원을 중심으로 한 연구도 같은 목적을 달성할 수 있을 것으로 기대된다. 그리고 특정 주제나 사건 등 다양한 각도의 연구도 낙중학 이해의 심화를 가져올 수 있다고 본다.

다음으로 확산 방면의 과제를 생각해보면, 기존에는 낙중학이 유학사상 방면에 치우쳐 연구되었는데 유학사상을 중심에 두되 역사나 문학, 예술 등 다양한 방면으로 확대할 필요가 있다. 유학이 단순히 철학사상만을 가리키는 것이 아니기 때문에 더욱 그러하다. 이를 통해 보다 통합적이고 종합적으로 낙중학을 이해할 수 있을 것이다. 그리고 근년에 크게 유행하고 있는 지역학과 낙중학을 연계시켜 연구하는 것도 의미있을 것으로 본다. 가령 낙중 지역의 대구학이나 구미학, 경산학 등을 낙중학이라는 큰 범주 안에서 연관시켜 연구하는 것이다. 오는 가을 계명대학교 한국학연구원에서 지난 8년간의 제1차 낙중학 성과를 이어 제2차 장기 기획으로 '낙중학과 지역학' 학술대회를 준비하고 있어 기대되는 바가 크다.

마지막으로 비교 방면의 과제를 생각해보면, 낙중학을 낙상과 낙하, 혹은 기호 유학과 비교하는 연구가 필요하다. 이를 통해 낙중학이 가지는 특징이 더욱 분명하게 드러날 것이다.

참고문헌

1. 원전

吉　再, 『冶隱集』

李重煥, 『擇里志』

李震相, 『寒洲全書』

張顯光, 『旅軒全書』

張顯光, 『旅軒集』

張顯光, 『寒洲文集』

鄭　逑, 『寒岡全書』

鄭仁弘, 『來庵集』

許　傳, 『性齋集』

洪　魯, 『敬齋先生實紀』

2. 논저

계명대학교 한국학연구원 홍원식 외, 『근대 시기 낙중학, '주문팔현'과 한주학파의 전개』, 계명대학교 출판부, 2020.

계명대학교 한국학연구원 홍원식 외, 『일제강점기의 낙중학, 한주학파 재전 제자들과 영남 유현들의 활동과 사상』, 계명대학교 출판부, 2021.

계명대학교 한국학연구원, 『녹봉정사와 조선 중기의 낙중학』, 계명대학교 출판부, 2020.

김낙진, 「조선 중기 한려학파의 철학사상」, 『한국학논집』 제40집, 계명대학교 한국학연구원, 2010.

김학수, 「조선중기 한려학파의 등장과 전개 - 문인록을 중심으로 - 」, 『한국학논집』 40집, 계명대학교 한국학연구원, 2010.

김학수, 『여헌 장현광 연구』, 태학사, 2009.

안동대학교 안동문화연구소, 『서원, 한국사상의 숨결을 찾아서』, 예문서원, 2000.

홍원식 외, 『조선시대 심경부주 주석서 해제』, 예문서원, 2007.

홍원식, 「19세기 낙상 퇴계학파와 낙중 한주학파의 대립과 성리논쟁」, 『유교사상연구』 제39집, 한국유교학회, 2010.

홍원식, 「사미헌 장복추의 성리설」, 『어문론총』 45호, 한국문학어문학회, 2006.

홍원식, 「퇴계학파의 『심경부주』 연구와 이진상의 『심경관계』」, 『동양철학』 제32집, 한국동양철학회, 2009.

홍원식, 『한주 이진상의 생애와 사상』, 예문서원, 2008.

낙동강 강안 지역의 사부류 편찬과 역사학적 의의*

박인호(금오공과대학교 교수)

1. 머리말

이 글은 낙동강 강안 지역의 학문적 동향을 정리하려는 대 주제 속에서 역사학의 동향을 살펴보려는 데에 연구 목적이 있다. 역사학의 동향을 살펴보려면 대상이 되는 사료에 대한 조사와 검토가 필요하다. 사료라고 한다면 전통시대의 사부史部 편찬물이 대상이 될 수 있을 것이다. 여기서는 강안 지역에서 나온 사부 편찬물을 지역별로 정리한 다음 그 편찬 양상을 정리함으로써 역사학의 특징을 도출해 보고자 한다.

그런데 일반적으로 강안 지역은 글자 그대로 낙동강 유역 지역을 의미할 것이다. 아래 그림은 『동여비고』에 수록된 <경상도좌우주군총도>¹로, 낙동강 유역의 여러 지역을 볼 수 있도록 회화식으로 그린 것이다. 그런데 이 그림으로 파악하는 낙동강의 좌우는 결과적으로는 동부의 영해, 영덕, 청하,

---

* 이 글은 기발표된 필자의 논문(「낙동강 강안 지역의 사부류 편찬과 역사학적 의의」, 『영남학』 83, 경북대학교 영남문화연구원, 2022, 53-90쪽)을 수정, 보완한 것이다.
1 『동여비고』, <경상도좌우주군총도>, 경북대출판부, 1998.

홍해, 영일, 장기 및 서부의 거창, 안음, 하동, 곤양, 사천 등 극동과 극서를
제외하고는 대부분 지역이 포함된다. 그 경우 '영남 지역'이라는 말과 차이를
발견하기 어렵다. 게다가 '강안학江岸學'의 대상으로 고대로부터 현대까지 낙
동강 유역의 모든 역사학적 성과를 다루고자 한다면 이 역시 너무 범위가

[그림 1] 〈경상도좌우주군총도〉 부분

넓어져 그 독자성이 희석되는 문제가 발생한다.

여기서는 강안학의 범주로 북쪽의 상주에서 남쪽의 의령 지역에서 나온 사부 편찬물을 대상으로 하고자 한다. 관찬 읍지 등 지리류나 관제 등 정법류까지 다루려고 하였으나 대상이 너무 넓어지는 문제점이 생겨 경중에 따라 가감하였다.

그런데 이 지역에서는 조선 중기 이후 경상좌도의 퇴계 이황과 경상우도의 남명 조식과는 구별되는 상주의 서애 유성룡, 성주의 한강 정구, 인동의 여헌 장현광, 고령의 송암 김면, 의령의 망우당 곽재우로 대표되는 학자와 그 후학들이 활동하고 있었다. 대상 지역을 정하고 보니 결과적으로 이들의 활동을 중심으로 살펴보게 되었다.

이들은 낙동강을 끼고 성장하면서 독특한 학문적 독립성과 개별성을 마련하였다. 이들은 퇴계학과 남명학의 영남 양대 학맥에 일정하게 영향관계를 주고받고 있지만 또한 한편으로는 양대 학맥과 다른 모습을 보여주고 있다. 상주의 서애학파는 안동의 학봉학파와는 달리 관료 활동에 적극적이었으며 학문적 자세에도 자유로운 기풍이 있었다. 성주의 한강학파는 기호의 후학들이 실학을 발전시켜 나갔다. 인동의 여헌학파는 퇴계학파로부터 독립을 주창하여 독자적 학문세계를 구축하려고 하였다. 고령의 송암학파는 영남 서부 지역에서 독특한 학문적 세계를 이루었으며, 특히 김면金沔은 조목趙穆, 성혼成渾, 정구鄭逑 등과 함께 유일遺逸에 천거될 정도로 그 위상이 남달랐다. 의령의 망우당학파는 주로 의병운동을 통해 지역의 향권을 장악하였다. 송암학파와 망우당학파는 퇴계학파와 남명학파와 서로 연결고리를 지니면서도 독립된 세력권을 형성하고 있었다.

그런데 후대로 갈수록 퇴계학파나 남명학파에 비해 이들은 학파의 범위가 축소되고 학문적 자산이 약화되었다. 그러나 이들이 기반으로 하였던 지역에서는 여전히 그 학문적 유산이 이어지고 있었다. 따라서 동일한 지역적 기반을 가진 역사 편찬물을 지역 단위로 묶어서 정리한다면 이들 학파의 여훈餘薰이 어떻게 이어지게 되는 지도 볼 수 있을 것이다.

여기서는 상주에서 의령에 이르는 지역에서 나온 사부 편찬물이 가지는 역사학적 의의를 드러내고자 한다. 설정된 연구 대상 지역은 일반적으로 말하는 낙중학, 혹은 강안학의 범주와 비교하면 자의적인 면이 없지 않다. 다만 이러한 구분을 통해 영남 지역의 학문적 다양성과 강안 지역의 학문적 특수성을 드러낼 수 있기를 기대한다.

2. 강안 지역의 사부 편찬물

강안 지역의 역사학 분야에서의 특징을 살펴보려면 먼저 해당 지역에서 나온 사료에 대한 파악이 우선되어야 할 것이다. 그런데 필자는 이전에 영남 지역에서 나온 사부史部 자료에 대해 일괄적으로 정리한 적이 있다. 사부 자료는 크게 보면 역사학의 기본 사료라고 할 수 있으므로 당시 논문에서 다루었던 책들이 여기서 연구 대상이 될 수 있을 것이다. 논문에 따르면 영남 지역에서 나온 사부 자료 가운데 사부 편년류로는 18종, 사부 전기류로는 62종, 사부 잡사류 56종, 사부 지리류 80종, 사부 정법류 11종이 거론되었다.[2] 그 이외에는 경부經部나 집부集部 가운데 역사 사료로 이용 수 있는 것도 있을 것이나 여기서는 논외로 한다.

그런데 낙동강의 수로 가운데 교통로로 활용되었던 수로를 정리하면 대체로 문경과 봉화에서 시작하여 함창현, 낙동[상주], 월파정[선산], 해평[선산], 약

---

2   박인호, 「영남 지역 사부 고문헌 자료의 번역 현황과 과제」, 『영남학』 18, 2010.

목[인동], 팔거[성주], 동원[성주], 하빈[대구], 화원[성주], 가리[성주], 쌍산[현풍], 사막[초계], 마수원[창녕], 지산[의령], 불당원[칠원], 요광[영산], 주물연[창원], 수산[밀양], 요도저[김해], 용당[양산], 감동포[동래], 부산포로 이어진다.[3]

이 가운데 상주에서 의령에 이르기까지 인근 지역에서 나온 사부 편찬물을 모으면 다음 표와 같다. 군현별로 제시된 책은 모두 강안 지역 역사학의 성과로 보아도 무리가 없을 것이다. 안동의 편찬물은 낙동강의 뱃길이 이어지므로 강안학의 성과로 보아야 좋을 것이나 퇴계학과 계승관계가 있을 경우 가능하면 제외하였다. 낙동강 하류의 김해, 진주도 마찬가지로 남명학과 계승관계가 있을 경우 가능하면 제외하였다.

[표 1] 강안 지역의 군현별 사부 편찬물

지역	지역	편찬물[편찬자 생년순]
상류	봉화 [춘양]	『史補略』·『歷代史選』(李時善, 1625-1715), 『東史評証』(姜再恒, 1689-1756)
	안동 [예안]	『海東文獻總錄』(金烋, 1597-1638), 『中國古今歷代沿革之圖』(權榘, 1672-1749)
	예천 [용궁]	『大東韻府群玉』(權文海, 1534-1591), 『壬辰記錄』·『龍灣聞見錄』·『龍蛇雜錄』(鄭琢, 1526-1605), 『浩齋辰巳錄』(郭守智, 1555-1598), 『壬辰遭變事蹟』(鄭榮邦, 1577-1650), 『海東雜錄』(權鼈, 1589-1671), 『襄陽耆舊錄』(金麗昱·張大興 外, 1790), 『東國通志』·『勉學類鑑』(朴周鍾, 1813-1887), 『東國十志』(裵象鉉, 1814-1884), 『歷代史要』·『文蔭譜』·『縉紳八世譜』·『國朝典故』(朴周大, 1836-1912), 『渚上日月』(咸陽朴氏家, 1834-1950), 『東書彙纂』·『譜學通編』(金庭植, 1862-1928)
	상주 [함창]	『壬辰日記』·『辰巳錄』(趙靖, 1551-1629), 『可畦先生皇華日記』·『辰巳日記』·『公山日記』(趙翊, 1556-1613), 『商山誌』(李埈, 1560-1635), 『壬辰錄』(柳袗, 1582-1635), 『兄弟急難圖』(李增祿, 1652), 『看史剩語』(李榘, 1613-1654), 『昭代名臣行蹟』(鄭道應, 1618-1667), 『彙纂麗史』·『東國通鑑提綱』(洪汝河, 1620-1674), 『淸臺日記』·『商山誌』·『鶴城誌』(權相一, 1679-1759), 『向山吏蹟』(尙州鄕吏, 18세기), 『掾曹龜鑑』(李震興, 1731-1777), 『掾曹龜鑑續篇』(李明九, 1799-1874)

3   신경준, 『도로고』 권4, 「사행지로」, <수로>, 규장각; 『여암전서』, 경인문화사, 1976.

지역	지역	편찬물[편찬자 생년순]
중류	의성	『征蠻錄』·『解頤錄』(李擢英, 1541-1610), 『亂蹟彙撰』(申屹, 1550-1614), 『朝天錄』(李民宬, 1570-1629), 『建州見聞錄』(李民宬, 1573-1649), 『倡義錄』(申適道, 1574-1663), 『仙槎誌』(申悅道, 1589-1647), 『鬱陵島事蹟』(張漢相, 1656-1724), 『東千字』(金浩直, 1874-1953)
	김천	『金陵誌』(呂以鳴, 1650-1737), 『朝鮮歷代名臣錄』(鄭東珦, 1932)
	선산 [해평]	『兩賢淵源錄』(朴愰, 1660), 『一善志』·『朝天日錄』(崔晛, 1563-1640), 『義烈圖』(趙龜祥, 1645-1712), 『續義烈圖』(朴益齡, 1695-1766), 『義狗傳』(安應昌, 1593-1673), 『三仁錄』(李尙逸, 1600-1674), 『西繡錄』·『藩槎錄』·『北幕錄』(朴來謙, 1780-1842), 『燕薊紀程』(朴思浩, 1784-1854), 『先考日記』(盧渷, 1721-1772), 『盧尙樞日記』·『加德鎭誌』·『善山邑誌』(盧尙樞, 1746-1829), 『芉園家塾續通鑑』(金錫祐, 1825-1899), 『一善續誌』(金志遠, 1841-1906)
	인동	『龍蛇日記』(張顯光, 1554-1637), 『玉山志』(張瑠, 1649-1724), 『北征日記』(申瀏, 1610-1665)
	칠곡	『京山志』(李元禎, 1622-1680), 『承政院日記』(李道長, 1607-1677), 『承政院史草』·『靜齋日記』(李聃命, 1646-1701), 『海東名臣言行錄』·『杜門洞遺史』(張錫藎, 1841-1923)
	성주	『默齋日記』(李文楗, 1494-1567), 『續資治通鑑綱目』(金宇顒, 1540-1603), 『歷代紀年』(鄭逑, 1543-1620), 『龍蛇日記』(都世純, 1574-1653), 『春秋集傳』·『春秋翼傳』(李震相, 1818-1886), 『嶠南誌』(鄭源鎬, 1940), 『續續資治通鑑綱目』(宋浚弼, 1869-1943)
	대구	『退軒日記』(全克泰, 1640-1696), 『葵史』(達西精舍, 1858), 『嶺誌要選』(崔錫鳳, 1876)
	영천	『江都志』·『南宦博物』·『耽羅錄』·『耽羅巡歷圖』·『東耳刪略』·『北屑拾零』(李衡祥, 1653-1733)
	고령	『東史纂要』(吳澐, 1540-1617), 『海遊錄』·『奮忠紓難錄』(申維翰, 1681-1752), 『東華世紀』·『高靈誌』(李斗勳, 1856-1918)
	거창	『茅谿日記』(文緯, 1555-1632)
하류	경주	『歷年通考』·『西嶽書院志』·『文廟享祀志』(鄭克後, 1577-1658)
	청도	『雲聰日錄』(朴時黙, 1814-1875), 『海東奇語』·『海東名人姓彙』(朴在馨, 1838-1900), 『海東春秋』(朴章鉉, 1908-1940)
	밀양	『海東樂府』(沈光世, 1577-1624), 『讀史箚記』(李翊九, 1838-1912), 『痛史節要』·『東方國界考』(盧相益, 1849-1941), 『東國氏族攷』·『歷代國界考』(盧相稷, 1855-1931), 『朝鮮史綱目』(李炳憙, 1859-1936)
	김해	『慶尙道誌』(李鉉式, 1936)
	진주	『東儒學案』·『明史綱目』(河謙鎭, 1870-1946)

강안 지역 사부 편찬물의 목록을 살펴보면 인근의 퇴계학파나 남명학파, 혹은 서울을 중심으로 한 기호 지역의 학계 동향과 상당한 차이를 드러내고 있다. 중앙 학계는 대개 관부 중심으로 편찬사업이 진행되면서 거질의 사부 편찬물이 주로 이루어졌다. 개인이 편찬한다고 하여도 질과 양에서 압도적인 총서류가 다수 편찬되었다. 또한 개인이 편찬한 야사류에서는 다양한 당색을 가진 중앙 정계의 각 정치 집단이 자당의 입장에서 역사서를 편찬하여, 특정 당색에 국한된 지역의 학계와 비교해 사부 야사류의 정보량에서 상당한 격차를 보이고 있다.[4] 현재 규장각, 장서각, 국립중앙도서관 등 각 고전적 소장 기관에서 공개하는 원전의 사부를 보면 관심 분야가 전 영역에 미치고 있음을 확인할 수 있다.

한편 퇴계 이황이 문봉 정유일에게 보낸 서한에서 사학에 심취한 것을 비판하고 덕성을 쌓는 데에 도움이 되지 않는다고 말한 것에서 보이듯이[5] 경상좌도의 퇴계학파와 경상우도의 남명학파에서는 대체로 도학과 경학 공부에 주력함으로써 사부 분야의 편찬물은 오히려 강안 지역에 비해 빈약한 편이다. 게다가 퇴계학파와 남명학파에서는 도학의 계승과 관련된 사부 전기류의 실기나 언행록류, 서원지 등이 다수 편찬되어 강안 지역과 차별성을 보인다.[6] 그리고 양 학맥에서는 의병일기, 생활일기, 관직일기, 서원일기 등 유학자들의 활동과 관련된 책이 다수 편찬되었으며 사략형, 강목형의 사서류와 보학류, 의열류 도서가 다수 편찬되었는데[7] 유교라는 동질의 이념을 지녔기 때문에 이 점은 강안 지역도 유사하게 나타난다.

---

4 박인호, 『한국사학사대요』, 이회문화사, 2003, 281-287쪽, <한국사학사연표> 참조.
5 이황, 『퇴계집』권26, 「서」, <答鄭子中>, "夫看史抄書 昔之躬行君子 非不爲此事 但今不於本原心地上細加涵養省察直內方外之工 而惟以匆匆意緒 日向故紙堆中 尋逐已陳底粗迹 搜羅抄掇 以是爲能事而止 則是定無蓄德尊性之功 而反益亂心浮氣之長矣."
6 박인호, 앞의 논문, 331-333쪽, 338-339쪽, 350쪽.
7 박인호, 앞의 논문, 340-350쪽.

서울 일원에서는 유서류의 경우 관찬 문헌비고류와 다양한 주제별 유서가 편찬되었으며, 인물전기류의 경우 거질의 명신록류, 언행록류가 다수 편찬되었다. 물론 강안 지역에서도 이에 못지않은 인물 백과사전이 예천, 상주, 김천 등지에서 편찬되었다. 특히 주목이 되는 것은 양반들의 명현록과 언행록뿐만 아니라 서얼이나 중인들의 전기집이 의성, 예천, 상주, 대구 등의 강안 지역에서 집중적으로 편찬되었다는 점이다. 이곳은 물류의 발전에 따라 다른 지역보다 사회적 확대가 빨리 이루어진 지역이었으므로 신분에 대한 문제의식이 앞서 나온 것으로 보인다.

한편 사찬 읍지류는 처음 강안 지역의 학자들이 양난으로 피폐해진 향촌사회의 복원이라는 관점에서 시작하였지만 차츰 전국으로 퍼져나가 군현별로 편찬되었으며 후일 정부의 요청에 따라 관찬 읍지도 시기별로 편찬되어 나갔다. 이는 강안 지역에서 시작하여 전국의 각 지역으로 번져나간 것이다. 강안 지역은 이 일에 지대한 관심을 가졌던 정구와 장현광으로부터 직접 교시를 받아 일을 진행했기 때문에 다른 지역의 사찬 읍지와 비교해 이른 시기에 편찬을 시작하였다.

3. 강안 지역 사부 편찬물의 특징

1) 연표형, 사략형 역사서의 편찬

낙동강 유역의 정보 교류라는 측면에서 본다면 사부 편찬물에서도 일정한 경향성을 볼 수 있다. 예를 들면 강안 지역에서 연표형의 축약된 사서류가 편찬되고 이것이 안동권의 퇴계학파에서도 이어진다는 점이다.

연표형 사서로 정구鄭逑(1543-1620)는 『역대기년歷代紀年』이라는 일종의 연대표를 만들었다. 중국과 우리나라의 역사적 연대기를 알아야 할 필요성에서 출발했지만 형태적으로는 간략하게 중국과 한국의 역사를 다루었다. 정구의 『역대기년』은 1985년 『한강전집』에 수록되면서 널리 알려지게 되었다.[8] 1986년 김항수의 논문[9]이 나와 『역대기년』의 학적 가치에 대한 소개가 이루어졌다. 이후 한강 정구에 대해 다방면에 걸친 연구가 이루어졌으나 『역대기년』에 대해서는 후속 논문이 없다가 2016년 김남일이 같은 시기에 나온 다른 사서와 비교하면서 『역대기년』의 정통론을 다루었다.[10] 이 연구들을 통해 정구는 엄격한 화이론적 정통론을 견지하고 있음이 확인되었다.

손쉬운 정보 파악을 위해 간략한 한중 합사의 형태로 편찬된 연표형 사서로 정극후鄭克後(1577-1658)의 『역년통고歷年通考』가 있다. 『역년통고』는 2000년 박인호의 논문 발표 이후 전문 논문으로 연구된 것이 없으며 정극후의 문집은 한국국학진흥원에서 영남선현문집의 국역총서로 간행되었다.[11] 박인호의 연구에서는 『역년통고』가 수명受命이나 정통正統 지위에 오른 해를 중시하고 기년 계산에서 철저하게 유년칭원의 원칙을 지키는 정통론적 입장에 서 있다고 하였다. 그리고 『역년통고』 내 「동방국도고」는 고구려와 백제의 초기 국도에 대해 조선 전기의 인식을 벗어나지 못하지만 한백겸의 남북이원적 발전관이 수용되어 역사지리학의 발전을 보여주는 중요한 문건이라고 평가하였다.[12] 이러한 연표 방식으로 쉽게 역사를 파악하려는 노력이 안동권

---

8 鄭逑, 『寒岡全集』, 驪江出版社, 1985.
9 김항수, 「한강 정구의 학문과 역대기년」, 『한국학보』 12-4, 1986.
10 김남일, 「한강 정구의 역사관과 정통론 - 역대기년의 중국사 체계에 대한 사학사적 고찰 - 」, 『한국사학사학보』 34, 2016.
11 鄭克後 저, 박미경·이지락·김정기 옮김, 『[國譯] 雙峯先生文集』, 한국국학진흥원, 2016.
12 박인호, 「제왕역년통고에 나타난 정극후의 역사인식」, 『한국사학사학보』 1, 한국사학사학회, 2000.

에 이어진 사례로 도표식의 역사책인 권구權榘(1672-1749)의 『중국고금역대연혁지도』를 들 수 있다.[13]

서울에 비해 정보가 부족하였던 강안 지역에서는 사략형 사서가 크게 유행하였다. 안동권에서는 이우李堣(1469-1517)가 편찬한 『동국사략』이 있었던 것으로 알려지고 있으나 실물이 존재하지 않고 있다. 강안 지역에서 함안[고령] 오운吳澐(1540-1617)은 편년 방식에 지리지와 열전을 가미한 『동사찬요東史纂要』를 편찬하였다. 문경 홍여하洪汝河(1620-1674)는 기자에서 신라에 이르기까지 역사를 강목의 형태로 편집한 『동국통감제강東國通鑑提綱』과 기전체 형식으로 고려 역사를 재정리한 『휘찬여사彙纂麗史』를 편찬하였다. 근대기에는 예천 김정식金庭植(1862-1928)에 의해 단군조선에서 순종까지 다룬 『동서휘찬東書彙纂』이 나왔다.

사략형 사서로서 『동사찬요』, 『동국통감제강』, 『휘찬여사』는 일찍부터 역사학계에서 주목하였다. 『동사찬요』는 1977년 정구복이 16-17세기 유행한 사략형의 사서들을 다루면서 오운이 임란을 거치면서 국가가 존망의 위기에 처했다는 문제의식에서 저술했다고 하였다.[14] 한영우는 당색에 따라 역사 기술에 차이를 보이고 있다는 관점에서 접근하여 오운과 홍여하의 차이에 대해 정리하였다.[15] 그 이후 여러 학자들이 이 책들에 대해 서지적, 혹은 역사학적 접근을 시도하였다. 그런데 박인호는 기존의 연구자들이 판본이나 수정본에 대한 고려가 없이 책의 체재적, 내용적 특징을 논하고 있는 점을 비판하고 수정 시기에 따라 책에서 어떠한 변화가 있었는가와 그것이 어떠한 새로

---

13 박인호, 「중국고금역대연혁지도에 나타난 권구의 역사인식」, 『조선시대사학보』 4, 조선시대사학회, 1998; 이해영 외, 『병곡 권구의 학문과 사상』, 드림, 2017.
14 정구복, 「16-17세기의 사찬사서에 대하여」, 『전북사학』 1, 전북사학회, 1977.
15 한영우, 「17세기 초의 역사서술 - 오운의 동사찬요와 조정의 동사보유 -」, 『한국사학』 6, 1985; 『조선후기사학사연구』, 일지사, 1989.

운 모습을 보여주었는가를 밝혀 사서에서의 변화가 가지는 의미를 보여주려
고 하였다.[16]

역사를 간략하게 이해하려는 성향은 연표류나 강목류의 역사서뿐만 악부
체 시가, 강감형 사서, 몽학서 등에서도 보이고 있다. 밀양 심광세沈光世(1577-
1624)는『해동악부海東樂府』를 저술하였다. 봉화에서는 은거생활을 하면서 성
리학뿐만 아니라 노장에까지 관심 영역을 넓히고 있었던 이시선李時善(1625-
1715)은 중국의 역사를 간략히 정리하여『사보략史補略』,『역대사선歷代史選』
을 편찬하였다. 이시선에 대한 전문 논문은 보이지 않으나『역대사선』에 대
한 국역본이 간행되었다.[17] 한말 고령 이두훈李斗勳(1856-1918)이 편찬한『동화
세기東華世紀』는 근대 사회로의 전환 과정에서 유교 역사가가 전통적인 흥망
관과 정통론에 따라 우리나라 역사를 강감綱鑑의 방식으로 정리한 것이다.[18]
한말에는 어린 아이들을 위한 한자 학습서에 역사 관련 내용이 첨입되어
역사 천자문이 다수 편찬되었는데 지역과 학파마다 일정한 차이를 보이고
있다. 의성 김호직金浩直(1874-1953)은『동천자東千字』를 남인으로서의 자의식
을 가지고 편찬하였다.[19]

---

16 박인호,「동사찬요 열전에 나타난 오운의 역사인식」,『퇴계학과 유교문화』50, 2012.
    박인호,「동국통감제강에 나타난 홍여하의 역사인식」,『퇴계학과 유교문화』54, 2014.
    박인호,「휘찬여사 열전에 나타난 홍여하의 역사인식」,『장서각』31, 2014.
17 李時善 저, 이경록 외 옮김,『[國譯] 歷代史選』, 세종대왕기념사업회, 2019.
18 박인호,「홍와 이두훈의 동화세기 편찬과 역사인식」,『한국사학사학보』41, 2020.
19 정우락,「일제강점기 김호직의 동천자 저술과 그 의의」,『동양한문학연구』22, 동양한문학
    회, 2006.
    정우락,「일제강점기 동천자류의 저술방향과 그 의의」,『한국사상과 문화』44, 한국사상문
    화학회, 2008.

2) 강목과 춘추의 이념적 역사서의 편찬

강안 지역에서는 명분과 의리를 중시하는 학문적 분위기로 인해 속강목류
가 다양하게 편찬되었다. 먼저 성주 김우옹金宇顒(1540-1603)에 의해 『속자치
통감강목續資治通鑑綱目』이 편찬되었다. 이를 이어 선산 김석우金錫祐(1825-1899)
의 『미원가숙속통감半園家塾續通鑑』, 밀양 이병희李炳熹(1859-1936)의 『조선사강
목朝鮮史綱目』, 성주 송준필宋浚弼(1869-1943)의 『속속자치통감강목續續資治通鑑
綱目』이 편찬되었다.

김우옹은 상로商路의 『속강목』이 주자의 필법에 어긋난다고 보아 송·원
양조의 역사를 강목 형식으로 정리한 『속자치통감강목』을 편찬하였다. 1590
년 편찬에 착수하여 1595년 완성하였으며 1771년 활자본과 1808년 목판본이
간행되었다. 1977년 경인문화사에서 『속강목』의 제하에 목판본을 영인하였
다.[20] 이어 1995년 청천서원에서 『동강선생전서』를 간행하면서 목판본도 같
이 수록하였다. 최근 이 책에서 보이는 원사에 대한 이해를 다룬 연구가 이인
복에 의해 이루어졌다.[21]

『미원가숙속통감』, 『조선사강목』, 『속속자치통감강목』은 전문 연구 논문
이 없다. 『조선사강목』의 경우 1982년 아세아문화사에서 영인되었으며, 강만
길에 의해 간략한 해제가 있다.[22] 한국사학사 분야에서 강목류에 대한 연구가
상대적으로 미진한 점이 영향을 미쳐 이들 책에 대한 연구가 늦어지고 있다.

한편 명분과 의리를 중시하는 강안 지역의 학문적 풍토 아래에서 춘추의
정신을 역사에 적용하려는 생각은 당연하였다. 이는 성주 이진상李震相(1818-
1886)의 『춘추집전春秋集傳』과 『춘추익전春秋翼傳』, 청도 박장현朴章鉉(1908-1940)

20　金宇顒, 『續綱目』, 景仁文化社, 1977.
21　이인복, 「김우옹의 원사 인식과 속자치통감강목」, 『한국사학사학보』 45, 2022.
22　강만길, 「조선사강목해제」, 『조선사강목』, 아세아문화사, 1982.

의 『해동춘추海東春秋』의 편찬에서 확인할 수 있다. 이 분야에 대해서는 역사학계뿐만 아니라 철학계에서도 주목하였다. 이진상의 춘추학에 대한 전문 논문으로는 2015년 박인호의 논문이 있으며,[23] 최근 철학계에서는 김동민에 의해 집중적으로 연구가 이루어졌다.[24]

박장현은 『해동춘추海東春秋』, 『이전彝傳』 등을 수록한 『중산전서中山全書』가 1983년 간행되면서 학계로부터 일찍부터 주목되었다.[25] 1989년 문철영은 박장현 사학의 민족주의적 면모를 드러내었다.[26] 1992년 『수촌 박영석 교수 화갑기념 논총』이 간행되면서 박장현에 대한 논문이 다수 수록되었으며 1993년에는 기존에 발표되었던 논문이 수집되어 단행본으로 간행되었다.[27] 최근의 연구에서는 『해동춘추』를 중심으로 연구가 이루어지면서 역사학자로서의 모습이 부각되고 있다.[28]

강한 이념성은 사론과 사평류에서도 마찬가지로 보이고 있다. 강안 지역에서는 강재항姜再恒(1689-1756)의 『동사평증東史評証』, 이구李榘(1613-1654)의 『간사잉어看史剩語』, 이익구李翊九(1838-1912)의 『독사차기讀史箚記』 등이 나왔다. 봉화 강재항의 『동사평증』은 우리나라 역사에서 나오는 중요한 사건에 대해

23　박인호, 「한주 이진상의 춘추학 - 춘추집전과 춘추익전을 중심으로 - 」, 『한국학논집』 60, 계명대학교 한국학연구원, 2015.

24　김동민, 「이진상 춘추집전의 성리학적 춘추 이해」, 『대동문화연구』 103, 성균관대학교 대동문화연구원, 2018.
　　김동민, 「이진상의 춘추학에 보이는 화이관의 특징(1)」, 『유교사상문화연구』 81, 한국유교학회, 2020.
　　김동민, 「이진상의 춘추학에 보이는 화이관의 특징(2)」, 『한국철학논집』 67, 한국철학사연구회, 2020.

25　朴章鉉, 『中山全書』, 中山全書刊行會, 1983.

26　문철영, 「1930년대 민족주의 사학의 일양상 - 중산 박장현(1908-1940)을 중심으로 - 」, 『국사관논총』 9, 1989.

27　금장태 외, 『중산 박장현 연구: 일제하 민족주의 사학자』, 민족문화사, 1994.

28　박환, 「식민지시대 역사학자 박장현의 중산전서」, 『한국민족운동사연구』 78, 2014.
　　박환, 「1930년대 朴章鉉의 근대사서술 - 海東春秋를 중심으로 - 」, 『숭실사학』 34, 2015.

논평을 가한 논평집이다.[29] 문경 이구의 『간사잉어』[30]와 밀양 이익구의 『독사차기』는 중국의 역사에서 나오는 사건에 대한 논평집이다. 이들 사평류는 모두 절의와 정통론을 기반으로 하면서 이념적이고 도덕주의적 요소가 강조되고 있다.

특정한 지역의 특성으로 나타나는 것은 아니지만 유교적 도덕관의 확산으로 상주에서는 이전李㙉·이준李埈 형제의 의리를 그린 『형제급난도兄弟急難圖』가 목판본으로 간행되었다.[31] 형은 전장에서 동생을 업고 나와 동생의 목숨을 구해 주었으며 동생은 형의 우애를 잊지 않고 있다가 1604년 주청사의 서장관으로 명에 갔을 때 중국인에게 그 일을 말하였다. 그러자 중국 화공이 형제의 급난도를 그려 선물로 주었으며, 그 그림에 대한 글까지 모아 현손인 이증록李增祿이 1712년(숙종 38)에 목판본으로 간행하였다. 형제 간의 실화를 바탕으로 한 교화용 화보집이다.

의열류 가운데 선산에서는 매우 특이하게 개나 소까지 이와 같은 유교적 도덕을 준행한 것으로 강조한 책이 나왔다. 대표적인 것으로 의우와 의우총에 대한 이야기를 듣고서 부사였던 조찬한趙纘韓(1572-1631)이 1630년(인조 8) <의우도서義牛圖序>를 쓰고 그림으로 판각함으로써 후대에 전하게 되었다. 손자인 조구상趙龜祥(1645-1712)은 할아버지 조찬한의 의우도 관련 내용에 새로이 열녀 향랑香娘 관련 내용을 합하여 1703년 『의열도義烈圖』를 출간하였다. 『의열도』에는 1630년 작성한 조찬한趙纘韓의 <의우도서>, 1703년 조구상이

---

29 박인호, 「입재 강재항의 역사인식과 현실비판」, 『한국학논집』 53, 2013.
30 박인호, 「활재 이구의 역사인식과 현실비판」, 『조선사연구』 22, 2013.
    박인호, 「활재 이구의 시대인식과 사회활동」, 박인호 외, 『활재 이구와 식산 이만부의 생애와 사상』, 문경시 근암서원운영위원회, 2018.
31 이신성, 「상주 달내 마을 형제급난도에 대하여」, 『어문연구』 26, 충남대학교 문리과대학 어문연구회, 1995.
    이신성, 「창석 이준과 형제급난도」, 『한국인물사연구』 3, 한국인물사연구소, 2005.

작성한 <향랑도기>, 1703년 작성한 권상하權尙夏의 발문이 있다. 선산 부사
안응창安應昌(1593-1673)은 의구에 대한 이야기를 듣고서 1665년(현종 6) 개의
의로운 행위를 기리는 「의구전義狗傳」을 별도로 목판으로 간행하였다.[32] 1745
년(영조 21) 선산 사람 박익령朴益齡(1695-1766)이 선산 부사 민백남閔百男의 도움
을 얻어 조을생의 처 약가藥哥에 대한 그림과 안응창의 <의구도>와 「의구전」
을 수록하여 『속의열도續義烈圖』를 출간하였다.[33]

이러한 형제간의 의리나 짐승의 의열에 대한 이야기는 수령들의 향풍 교
화라는 의지 속에서 나온 것이나 이를 역으로 생각하면 조선 후기로 가면서
하층민의 성장이 있었으며, 이들을 풍속이라는 이름으로 제어해야 할 필요성
이 증대되었음을 엿볼 수 있다. 상주와 선산에서 이러한 의열 관련 저술이
나온 것은 강안 지역이 현실과 도덕 사이에서 갈등이 첨예하게 고조되었던
곳이었음을 말해준다.

3) 선현, 명신 인물서와 함께 중인 인물서의 편찬

중앙에서는 전국 단위의 인물에 대한 관심이 높았다. 명신 관련 일화를
모은 명신록류나 중앙 정부 차원에서 편찬사업을 진행한 인물고류가 대표적
이다.[34]

강안 지역에서는 지역의 선현을 추숭하기 위해 해당 인물에 대한 전기류
를 정리하였다. 지역에서 나온 대표적인 인물 관련 편찬물로 예천 권별權鼈

---

32 목판은 해주 정씨 신당 가문에서 소장하고 있었으나 현재 구미 성리학박물관에 기증되었다.
33 김석배, 「김수기 구장본 의열도에 대하여」, 『선주논총』 22, 2019.
    김석배, 「김수기 구장본 의열도[중간본] 역주」, 『선주논총』 23, 2020.
    김석배, 「의열의 고장, 그리고 의열도」, 『한국고전의 세계와 지역문화』, 보고사, 2021.
34 박인호, 「영정조대 인물서의 편찬과 역사학의 동향」, 권오영 외, 『영정조대 문예중흥기의
    학술과 사상』, 한국학중앙연구원 출판부, 2014.

(1589-1671)의 『해동잡록海東雜錄』,[35] 예천 김정식金庭植(1862-1928)의 『보학통편
譜學通編』,[36] 상주 정도응鄭道應(1618-1667)의 『소대명신행적昭代名臣行蹟』, 김천
정동순鄭東珣의 『조선역대명신록朝鮮歷代名臣錄』, 칠곡 장석신張錫藎(1841-1923)
의 『해동명신언행록海東名臣言行錄』·『두문동유사杜門洞遺史』, 청도 박재형朴在
馨(1838-1900)의 『해동명인성휘海東名人姓彙』,[37] 김해[밀양] 노상직盧相稷(1855-1931)
의 『동국씨족고東國氏族攷』, 진주 하겸진河謙鎭(1870-1946)의 『동유학안東儒學案』
등이 있다.

　한편 강안 지역에서는 선현을 섬기는 일종의 명현록이 연속적으로 간행되
고 있다. 이는 지역 단위에서의 인물에 대한 추숭 노력을 보여주는 것이다.
선산 지역을 예로 들면 신당 정붕과 송당 박영을 대상으로 한 박황朴榥의
『양현연원록兩賢淵源錄』과 농암 김주, 단계 하위지, 경은 이맹전을 대상으로
한 최현崔晛(1563-1640)의 「삼인사적三仁事蹟」, 이상일李尙逸(1600-1674)의 『삼인
록三仁錄』이 대표적이다.[38]

　그런데 지역에서 편찬된 인물 관련 편찬물에 대한 연구는 권별의 『해동잡
록』과 하겸진의 『동유학안』을 제외하고는 거의 이루어지지 않고 있다.

　한편 지역의 저명한 선현이나 명신에 대한 이러한 책들은 주로 그 대상이
양반층이었다. 그러나 사회적 주류가 양반인 조선 사회에서 중인이나 농민층
이 차츰 성장하면서 이들이 직접 목소리를 내기도 하였다. 조선 후기의 강안
지역은 이러한 중간층의 성장을 극명하게 보여주는 곳이었다.

35　박인호, 「해동잡록에 나타난 권별의 역사인식」, 『퇴계학과 유교문화』 52, 2013.
36　김정식, 『보학통편』, 필사본 4책, 예천박물관 소장.
37　박인호, 「진계 박재형의 저술과 학문적 위상」, 『한국사학사학보』 39, 한국사학사학회, 2019.
38　박인호, 『인재 최현』, 애드게이트, 2021.
　　박인호, 「15세기 초반-17세기 중반 선산 지역 지식인들의 향현 추숭 활동」, 『선주논총』 24, 2021.

이를 보여주는 책으로 상주 이진흥李震興(1731-1777)의 『연조귀감掾曹龜鑑』,[39] 상주 이명구李明九(1799-1874)의 『연조귀감속편掾曹龜鑑續篇』,[40] 대구 달서정사 達西精舍의 『규사葵史』,[41] 그리고 현재는 남아 있지 않지만 의성 향리 이탁영李 擢英(1541-1610)의 『해이록解頤錄』, 상주 향리가 지은 『상산이적尙山吏蹟』[42] 등이 있었다. 이는 후일 예천 향리 김여욱金麗昱·장대흥張大興 등에 의해 1790년 나온 『양양기구록襄陽耆舊錄』,[43] 안동 향리 권심탁權心度 등에 의해 1824년 나 온 『안동향손사적통록安東鄕孫事蹟通錄』[44]의 편찬으로 이어졌다. 이러한 책은 상대적으로 차별을 받았던 중인계급을 대상으로 하였다.

그리고 서리 혹은 향리 출신이 남긴 기록으로 의성 이탁영李擢英의 『정만 록征蠻錄』,[45] 인동 유석진劉席珍의 『호장공일기戶長公日記』,[46] 울산·신녕 김경천 金敬天의 『손와만록巽窩漫錄』,[47] 성주 도한기都漢基(1836-1902)의 『읍지잡기邑誌

39 이훈상, 「연조귀감의 편찬과 간행」, 『진단학보』 53·54, 진단학회, 1982.
    李震興 편, 『掾曹龜鑑[附 掾曹龜鑑續篇]』, 서강대학교 인문과학연구소, 1982.
    이진흥 편, 김정찬 역, 『연조귀감: 향리의 사적을 담아 전하다』 1, 2, 민속원, 2017, 2018.
40 이훈상, 『향리의 역사서 연조귀감과 그 속편을 편찬한 상주의 지식인 이명구 가문과 그들의 문서』, 서강대 인문과학연구소, 1992.
    이훈상, 「19세기 향리 지식인 이명구의 지적 여정과 지방 이서들에 대한 미완의 역사 프로젝트 연조귀감속편」, 『진단학보』 132, 진단학회, 2019.
41 정윤주, 「규사(1859)의 편찬과 간행동기」, 『역사학보』 137, 역사학회, 1993.
42 이훈상, 「조선후기 상주의 호장·이방 명단과 소하의 도상 해제」, 『역사와경계』 11, 부산경남사학회, 1986.
43 金麗昱·張大興 저, 양양기구록국역간행회 편, 『國譯 襄陽耆舊錄』, 醴泉文化院, 1996.
44 이훈상, 「안동향손사적통록의 간행과 조선후기의 안동향리」, 『한국사연구』 60, 한국사연구회, 1988.
45 박인호, 「임진왜란기 지방 이서의 전쟁 경험과 정리 작업 - 이탁영의 정만록을 중심으로 - 」, 『한국사학사학보』 34, 한국사학사학회, 2016.
46 이훈상, 「어느 지방 이서의 임진왜란 증언과 전승 - 경상도 인동의 향리 유석진과 그의 임진왜란 일기 - 」, 『영남학』 21, 경북대 영남문화연구원, 2012.
47 김영진, 「손와만록자서를 통해 본 향리 출신 문인 김경천의 생애」, 『대동한문학』 41, 대동한문학회, 2014.
    김경천 저, 이대형·이미자·박상석 역주, 『손와만록』, 서울대학교출판문화원, 2005.
    조혜훈, 「손와 김경천의 울산 거주시기에 대한 고찰」, 『인문연구』 76, 2016.

雜記』[48] 등이 있는데, 이 책들은 직접 견문한 사건을 기술하면서 상대적으로 차별을 받고 있었던 서리와 향리의 관점에서 적고 있다.

이 분야에서 상주 지역의 향리 기록은 주로 이훈상에 의해 발굴되고 연구가 진행되었다. 서얼이나 중인 관련 기록이 향후 추가로 대대적으로 공개되기는 어려운 것이 현실이다. 기존에 공개된 자료만이라도 착실하게 추가 연구가 진행될 필요가 있다.

강안 지역에서는 선현과 명신에 대한 관심과 함께 중인, 서얼의 목소리가 공존하고 있다. 특히 『연조귀감』, 『연조귀감속편』, 『규사』와 같은 중인과 서얼 측의 기록이 상주, 대구 등에서 나온 것은 강고한 양반체제와 성장하는 중인 측의 갈등이 이 지역에서 크게 증폭되고 있음을 의미한다. 또한 이는 강안 지역이 새로운 변화에 적극적인 수용성을 가지고 있었기 때문에 가능한 사회적인 양상으로 해석된다.

4) 문물과 제도를 다룬 유서의 편찬

강안 지역은 당시 문물의 중심이었던 기호 지역과는 달리 문화적으로 신진 문물을 수용하는데 있어 지체 현상이 있었다. 그런데 이러한 지체 현상은 앞서서 새로운 문물을 창안하지는 못할지라도 이를 유형별로 정리하고 이해하는 부분에서는 오히려 좋은 학문적 풍토를 이루었다. 외부에서 새로운 문물이 들어오는 도입 지역은 문물을 쉽게 이해하기 위해 이를 분류하고 종합하는 학문적 풍토가 있었다. 이러한 학문적 경향을 잘 보여주는 곳이 예천 지역이다.

---

48 이윤갑, 「읍지잡기(19세기 후반)의 사회경제론 연구」, 『대구사학』 36, 대구사학회, 1989.
   도한기 저, 강희대 역, 『국역 성주 읍지잡기』, 성주문화원, 2012.

예천의 지역적 환경은 안동권의 유학을 받아들이면서도 조령鳥嶺을 통해 기호 지역의 앞선 문화를 상대적으로 먼저 수용할 수 있었던 학문 통로의 위치에 있었다. 이에 따라 예천 지역에서는 일찍부터 여러 종류의 유서가 편찬되었다. 예천을 대표하는 유서로는 자전 사전인 권문해權文海(1534-1591)의 『대동운부군옥大東韻府群玉』, 인물 사전인 권별權鼈(1589-1671)의 『해동잡록海東雜錄』, 사찬 백과사전인 배상현裵象鉉(1814-1884)의 『동국십지東國十志』와 박주종朴周鍾(1813-1887)의 『동국통지東國通志』, 학술 명언집인 박주종朴周鍾의 『면학유감勉學類鑑』, 계보 사전인 박주대朴周大(1836-1912)의 『문음보文蔭譜』와 『진신팔세보縉紳八世譜』,[49] 제도 사전인 박주대의 『국조전고國朝典故』 등이 있었다. 예천에서 나온 유서들은 전문 분야별로 편찬이 이루어져 경전의 구절을 정리하는 전통 유학의 경서류 유서와는 성격을 달리 한다.[50]

권문해의 『대동운부군옥』은 문학, 역사, 자전학 등 여러 분야에서 연구가 이루어졌으며, 2003년 경상대학교 남명학연구소에서 완역하였다.[51] 백과사전으로서의 위상에 대한 연구는 2009년 옥영정 등에 의해 책자로 발간되었다.[52] 『대동운부군옥』에 대한 문학 분야에서의 연구와는 달리 역사학 분야에서의 연구는 빈약한 편이며 권문해의 역사인식에 대한 석사학위 논문이 있을 뿐이다.[53] 권문해가 『대동운부군옥』에서 말하고자 하였던 역사의식을 강안학의 관점에서 그 특징을 규정해 볼 필요가 있다.

권별의 『해동잡록』에 대해 2013년 박인호가 책에 수록된 역사 인물을 분

---

49 朴周大, 『文蔭縉紳譜』, 여강출판사, 1989, 합본 영인.
50 예천박물관 기획, 『예천의 기록문화와 백과사전』, 민속원, 2022.
51 권문해, 남명학연구소 경상한문학연구회 역주, 『大東韻府群玉』, 소명출판, 2003.
52 옥영정 외, 『조선의 백과지식: 대동운부군옥으로 보는 조선시대 책의 문화사』, 한국학중앙연구원, 2009.
53 박미라, 「대동운부군옥으로 본 초간 권문해의 역사인식」, 경북대학교 교육대학원 석사학위논문, 2004.

석하였다. 『해동잡록』의 인물편은 영남 지역 선비의 인물인식이 투영되어서 절의, 성리학, 효행 등에 관련된 인물을 높이 평가하는 도덕적이고 윤리적 측면이 강하게 작용하고 있음을 지적하였다.[54]

박주종의 『동국통지』는 한말 그 가치를 높이 평가한 장지연이 간행을 시도하였으나 일을 마치지 못하였으며, 1986년 태학사에서 영인하였다.[55] 『동국통지』에 대한 연구로 이종휘의 연구 성과를 수렴했다는 한영우의 평가나 민족주의적 성향이 반영되었다는 정구복의 평가가 있으나 모두 단편적인 언급에 불과하였다. 본격적인 전문 논문으로는 서지학에서 민태희가 처음으로 『동국통지』 예문지의 특성을 정리해 그 학문적 가치에 주목하였다.[56]

역사학 분야에서의 연구는 박인호에 의해 집중적으로 이루어졌다. 박인호는 조선 후기 백과전서학이라고 할 수 있는 전문적인 학문 분야의 성장 속에서 사찬의 지류가 차지하는 위상에 주목하면서 배상현의 『동국십지』와 박주종의 『동국통지』의 사학사적 의의를 다루었다.[57] 이어 지방 지식인의 등장과 백과전서학의 발전이라는 관점에서 『동국통지』를 다루었다.[58] 그런데 유서류는 여러 분야를 다룬 것이므로 각 분야별로 그 의의가 밝혀져야 할 것인데 역사학 방면에서 본다면 「병위지」에 대한 박인호의 연구 외 아직까지 『동국

---

54   박인호, 「해동잡록에 나타난 권별의 역사인식」, 『퇴계학과 유교문화』 52, 경북대학교 퇴계
　　　연구소, 2013.
55   이수봉, 「해제」, 『동국통지』, 태학사, 1986.
56   민태희, 「동국통지의 예문지 연구」, 중앙대학교 대학원 문헌정보학과 서지학전공 석사학위
　　　논문, 1989.
57   박인호, 「동국십지와 동국통지에 대한 연구 - 사학사적 의의를 중심으로 - 」, 『청계사학』 9,
　　　청계사학회, 1992.
58   박인호, 「동국통지 지리지에 나타난 박주종의 역사지리인식」, 『한국사학사연구』, 나남,
　　　1997.
　　　박인호, 「박주종 - 조선후기 백과전서학의 발전과 지방 지식인」, 한영우선생정년기념논총
　　　간행위원회 엮음, 『한국사인물열전』 3, 돌베개, 2003.
　　　박인호, 「예천 함양 박씨 동원공파 고문헌의 성격과 내용」, 『조선사연구』 19, 2010.

통지』에 대한 각 분야별 연구는 이루어지지 못하고 있다.[59]

안동 임하면 내앞 출신인 김휴金烋(1597-1638)는 낙동강의 지류인 반변천 인근에서 성장하였는데 낙동강 인근의 인동 출신 여헌 장현광을 스승으로 모셨다. 김휴는 장현광의 권유로 일종의 고문헌 해제집인 『해동문헌총록海東 文獻總錄』을 저술하였다. 이 책은 인물에 대한 주관적 해설을 가하고 있는데, 김휴가 유학자임에도 불구하고 도교나 불교에 관한 저술도 소개하고 있다.[60] 밀양과 창녕의 노상익盧相益(1849-1941), 노상직盧相稷(1855-1931) 형제는 성재 허 전의 문인으로 역대의 국계와 씨족에 대해 정리하는 작업을 하였다.

이러한 다양한 유서의 편찬은 강안학이 가진 융합성, 포용성의 모습을 잘 보여주는 성과이기도 하다. 다만 향후 이 분야에서는 책에 대한 소개와 해석 을 넘어 강안 지역에 등장하는 백과전서학 책들이 어떠한 지역적 배경과 필요에 의해 지식의 집성이 행해졌으며, 이것으로 마련하려 했던 지식의 상 이 무엇인가를 밝히는 데로 나갈 필요가 있다.

5) 사찬 읍지의 편찬

16-17세기 사찬읍지는 전국적에서 유행처럼 편찬되었는데,[61] 이러한 유행 을 가져온 선구적 인물은 정구鄭逑(1543-1620)였다. 정구는 1587년 『함주지咸州 志』를 직접 편찬하고[62] 또한 자신이 수령으로 근무하였던 지역에서는 읍지를 편찬하도록 명령하여 광범위하게 읍지의 편찬이 이루어지도록 하였다. 정구

---

59 박인호, 「19세기 중반 동국통지 병위지의 편찬과 자료적 성격」, 예천박물관 기획, 『예천의 기록문화와 백과사전』, 민속원, 2022.

60 박인호, 「해동문헌총록에 나타난 김휴의 학문세계」, 『선주논총』 9, 2006.

61 최윤진, 「16, 17세기에 편찬된 경상도의 사찬 읍지」, 『전북사학』 17, 전북사학회, 1994.

62 김경수, 「정구의 함주지 연구」, 『민족문화의 제문제 - 우강권태원교수정년기념논총 - 』, 1994.

와 관련된 읍지로는 1580년 창녕의 『창산지昌山志』, 1584년 동복의 『동복지同福志』, 1592년 통천의 『통천지通川志』, 1594년 강릉의 『임영지臨瀛志』, 1596년 강원도지인 『관동지關東志』, 1603년 충주의 『충원지忠原志』, 1604년 주희와 자신이 거주한 무흘정사와 관련된 『곡산동암지谷山洞庵志』, 『무이지武夷志』, 『와룡지臥龍志』, 1607년 안동의 『복주지福州志』 등이 있다. 정구는 이러한 읍지의 편찬을 통해 선정을 펼칠 수 있는 기초 자료가 되기를 희망하였다.[63] 정구의 제자인 허목許穆(1595-1682)은 삼척 『척주지陟州志』(1662), 함안 『함안지제요咸安志提要』, 춘천 『의춘지제요宜春志提要』를 편찬하였다.[64] 정구의 이러한 사찬읍지 편찬 시도는 장현광에게 영향을 미치게 되었다.

장현광張顯光(1554-1637)도 자신의 문도들에게 적극적으로 읍지를 편찬하도록 권유하였다. 이에 따라 여헌학파 내에서는 여러 제자들이 지지를 편찬하였다. 이원정의 『경산지京山志』에는 여헌의 권고에 대한 자세한 내용을 전하고 있다.[65] 의성의 경우 이자李耔(1480-1533)가 완성하였던 읍지가 임진왜란 때 병화로 없어졌는데, 장현광이 현감으로 있으면서 중수를 시작하였으나 직을 떠나게 되면서 매번 이곳의 사람을 볼 때마다 이 일을 하도록 권면하였

---

63 김문식, 「16-17세기 한강 정구의 지리지 편찬」, 『민족문화』 29, 한국고전번역원, 2006.

64 배재홍, 「삼척부사 허목과 척주지」, 『조선사연구』 9, 조선사연구회, 2000; 『조선시대 삼척 지방사 연구』, 우물이 있는 집, 2007.
배재홍 역, 『國譯 陟州誌』, 삼척시립박물관, 2001.

65 『京山志』, <序>; 성주문화원, 1997. "曾於崇禎乙亥年中 旅軒張先生 以爲士林府庫之邦 不可使文獻無徵 屬鄕老金正郎輳呂士人燦 使志之 盖是州於張先生爲外鄕也 二老者退與都公世純 略記西南二面舊聞 而自謂聞謏見淺 不足副軒老之托 乃貽書吾先君而請之[지난 숭정 을해(1635) 여헌 장선생이 사림의 부고府庫로 알려진 고을에 증빙할 만한 문헌이 없어서는 안된다고 하여, 고을의 어른인 정랑 김주와 사인 여찬에게 위촉하여 읍지를 만들게 하였다. 이는 우리 고을이 장선생의 외가이기 때문이었다. 두 어른이 물러나면서 도세순에게 서면과 남면의 옛 이야기를 간략하게 기록하게 하였으나 스스로 견문이 보잘 것이 없어서 여헌 선생의 유시에 부응할 수 없다고 생각하여 나의 선군에게 편지를 보내어 이 일을 맡아줄 것을 요청하였다]"

다는 것이다.[66] 장현광의 제자인 안응창安應昌은 동문인 신열도申悅道, 이민환李民寏의 도움을 받아 1656년 의성의 『문소지聞韶志』를 완성하였다.

정구·장현광과 친분을 맺거나 지도를 받은 많은 이들이 인근 지역의 지지를 편찬하였다. 대표적인 예로는 노경임盧景任의 선산 『숭선지嵩善志』(1601), 최현崔晛의 선산 『일선지一善志』(1618),[67] 권응생權應生·정극후鄭克後의 경주 『동경지東京志』(1638?),[68] 신열도申悅道의 울진 『선사지仙槎誌』(1640),[69] 김응조金應祖의 영주 『영천지榮川誌』(1646?),[70] 안응창安應昌의 의성 『문소지聞韶志』(1656),[71] 정수민鄭秀民의 함양 『천령지天嶺誌』(1656),[72] 이장영李張英의 예천 『양양지襄陽誌』(1661),[73] 이중경李重慶의 청도 『오산지鰲山志』(1673),[74] 이원정李元禎의 성주 『경산지京山志』(1677),[75] 장학張㷒 및 장유張瑠의 인동 『옥산지玉山志』(1699)[76] 등을 들 수 있다.[77]

이러한 한려학파의 사찬 읍지 편찬 경향은 지역 내 다른 학파에도 영향을 미쳐 권기權紀의 안동 『영가지永嘉誌』(1602),[78] 이준李埈의 상주 『상산지商山誌』

66 安應昌, 『柏巖先生文集』 2, 「序」, <聞韶志序>.
67 박인호, 「선산 읍지 일선지의 편찬과 편찬정신」, 『역사학연구』 64, 호남사학회, 2016; 『구미 지역사 연구』, 보고사, 2022.
68 황재현, 「동경통지 해제」, 『국역 동경통지』, 경주문화원, 1989.
69 申悅道, 『懶齋集』 권6, 「跋」, <仙槎誌跋>.
70 동양대학교 전통문화연구소 역, 『國譯 榮州三邑誌』, 소수박물관, 2012.
71 『義城誌集錄』, 義城文化院, 1994. 안응창의 『문소지』는 현전하지 않고 후대 편찬된 읍지가 있다.
72 鄭秀民 저, 윤호진 역, 『國譯 天嶺誌』, 咸陽文化院, 大譜社, 2012.
73 李張英 저, 양양지국역간행회 편, 『國譯 襄陽誌』, 醴泉鄕土文化研究會, 1994.
74 박홍갑, 「청도 사찬읍지 오산지(1673)의 편목과 특징」, 『중앙사론』 21, 중앙사학연구소, 2005.
75 박인호, 「성주 읍지 경산지의 파판과 그 정치적 함의」, 『퇴계학과 유교문화』 58, 경북대학교 퇴계연구소, 2016.
76 박인호, 「인동읍지 옥산지의 편찬과 편찬정신」, 『장서각』 22, 한국학중앙연구원, 2009.
77 김학수, 「17세기 여헌학파 형성과 학문적 성격의 재검토」, 『한국인물사연구』 13, 2010. 최원석, 「여헌 장현광의 지리인식과 문인들의 지지편찬 의의」, 『동양고전연구』 49, 2012.
78 임세권, 「영가지 편찬의 역사적 의의」, 『안동문화』 7, 안동문화연구소, 1986.

(1617),[79] 이여빈李汝馪의 영주『영주지榮州誌』(1625),[80] 김세렴金世濂의 현풍『포산지苞山志』(1635),[81] 이채李採의 경주『동경잡기東京雜記』(1669),[82] 여이명呂以鳴의 김천『금릉지金陵誌』(1718),[83] 권상일權相一의 울산『학성지鶴城誌』(1749)[84] 편찬으로 이어진다.

한편 이러한 경향은 근대기 김지원金志遠의 선산『일선속지一善續誌』(1900경), 이두훈李斗勳의 고령『고령지高靈誌』(1910), 최규동崔奎東의 지례『품천사집品川史集』(1930),[85] 안병희安秉禧의 밀양『밀주징신록密州徵信錄』(1935, 1936), 이수각李壽珏의 칠곡『칠곡지漆谷誌』(1936), 이순흠李舜欽 외의 성주『성산지星山誌』(1937)의 편찬으로 이어진다.[86]

그리고 강안 지역에서는 외부에서 부임한 수령이 중심이 되어 군현 단위에서 지역의 인사를 동원해 사찬 읍지를 편찬하기도 하였다. 신익전申翊全의 밀양『밀양지密陽誌』(1652), 남태보南泰普의 의흥『적라지赤羅誌』(1753) 등을 들수 있다.

한편 19세기 다양하게 나온 경상도읍지[87]를 이어 도지를 편찬하려는 노력이 지속되었는데 대구 최석봉崔錫鳳은『영남여지』를 바탕으로 1876년『영지

---

79 『尙州史料集』, 尙州文化院, 1998.
80 강구율, 「영주지 해제」, 『국역 영주삼읍지』, 영주시 소수박물관, 2012.
81 이재두, 「1635년(인조 13) 현풍현감 김세렴의 포산지 편찬」, 『영남학』 58, 2016.
82 유부현, 「동경잡기의 서지학적 연구」, 『서지학연구』 7, 서지학회, 1991.
　　김수태, 「유회당 권이진의 동경잡기간오」, 『도산학보』 6, 1997.
　　전덕재, 「동경잡기의 편찬과 그 내용」, 『신라문화』 19, 동국대학교 신라문화연구소, 2001.
83 박인호, 「김천 읍지 금릉지의 편찬과 편찬정신」, 『한국사학사학보』 30, 한국사학사학회, 2014.
84 우인수, 「1749년(영조 25) 울산읍지 학성지의 편찬과 그 의미」, 『한국사연구』 117, 한국사연구회, 2002.
85 최규동 저, 권오웅 역, 『國譯 品川史集』, 金泉文化院, 2014.
86 사찬 읍지의 출판과 번역 상황은 박인호, 「영남지역 사부 고문헌 자료의 번역 현황과 과제」, 『영남학』 18, 2010, 344-350쪽 참조.
87 이재두, 「조선후기 경상도 읍지 편찬 사업 재검토」, 『대구사학』 138, 대구사학회, 2020.

요선』을 편찬하였으며 1931년경에 목판본으로 간행하였다.[88] 김해의 이현식 李鉉式은 『경상도지慶尙道誌』를 편찬하여 1936년 구한회具翰會 발행으로 간행 하였다.[89] 성주 정원호鄭源鎬는 경상도 관찰사 김세호金世鎬의 1871년 무렵 진 행된 군현지 편찬 사업을 이어 영남 지역의 지지 내용을 종합한 도지인 『교 남지嶠南誌』를 1937년 편찬하여 1940년 대구에서 간행하였다.[90]

기존의 연구를 살펴보면 사찬 읍지별 소개와 분석은 많은 성과가 축적되 었다. 또 이를 통해 16, 17세기 한려학파의 학자들이 지속적으로 읍지 편찬을 주관하였으며, 읍지의 편목은 각 지역의 특색이 반영되어 차이가 있음을 확 인하였다. 그런데 한려학파에서 편찬한 읍지를 살펴보면 다른 학맥의 『단성 지』나 『금릉지』 등과는 달리 사회가 요구하는 개혁적 부분을 수용하기보다 대체로 주요 인물의 행적이나 이와 관련된 유적을 소개하는데 중점을 두고 있다. 이는 중앙 정계에서 활동 반경이 축소된 한려학파의 정치적 처지와 향촌 사회에서 자신들이 주도하는 사림 문화를 구축하려는 의지가 반영된 것으로 보아도 좋을 것이다.

6) 일기류의 광범위한 편찬

강안 지역에서는 임진왜란 관련 일기류가 광범위하게 편찬되었다. 임진왜

---

88 崔錫鳳, 『嶺誌要選』 1-2, 『韓國近代道誌』 7-8, 韓國人文科學院, 1991.
    김정대, 「영지요선과 '창원' 관련 기록에 대하여」, 『가라문화』 27, 경남대학교박물관 가라문 화연구소, 2015.

89 李鉉式, 『慶尙道誌』 9, 『韓國近代道誌』, 韓國人文科學院, 1991.
    李鉉式, 『慶尙道誌』, 景仁文化社, 2000. [韓國地理風俗誌叢書 57]
    李鉉式, 『慶尙道誌』, 아라, 2013.

90 鄭源鎬, 『嶠南誌』, 李根泳房, 1940.
    鄭源鎬, 『嶠南誌』 1-5, 景仁文化社, 1990.
    鄭源鎬, 『嶠南誌』 1-6, 『韓國近代道誌』 10-15, 韓國人文科學院, 1991.

란 당시 경상도 지역은 낙동강을 중심으로 이루어진 수운 및 내륙 교통로 상에 위치해 있었기 때문에 초기부터 일본군에 의해 점령당하였다. 이에 경상도 사람들은 관군이 아니더라도 일찍부터 의병을 일으켜 일본군의 침략에 저항하였다. 특히 강안 지역에서는 송암학파와 망우당학파 인물들이 중심이 되어 초기부터 적극적으로 의병을 일으켰다. 그리고 이들은 당시 자신의 행적과 관련된 일기를 다수 남겼다.

그런데 이들이 살았던 경상도 지역은 일본군의 침략 노정 위에 위치해 있었다. 경상도 지역이 일본의 침략에 쉽게 점령당한 이후 선조에 의해 불신을 받았기 때문에[91] 이 지역의 인사들은 임진왜란 기간 동안 자신의 행동에 하자가 없음을 보여줄 필요가 있었다. 강안 지역에서는 이러한 이유로 임진왜란 중의 일기 기록이 다른 지역에 비해 광범위하게 남게 되었다.

강안 지역에서 나온 대표적인 임진왜란 일기류 편찬물을 소개하면 예천 정탁鄭琢(1526-1605)의 『임진기록壬辰記錄』·『용만문견록龍灣聞見錄』·『용사잡록龍蛇雜錄』, 예천 정영방鄭榮邦(1577-1650)의 『임진조변사적壬辰遭變事蹟』, 예천 곽수지郭守智(1555-1598)의 『호재진사록浩齋辰巳錄』, 상주 조정趙靖(1551-1629)의 『임진일기壬辰日記』, 상주 유진柳袗(1582-1635)의 『임진록壬辰錄』, 의성 신흘申仡(1550-1614)의 『난적휘찬亂蹟彙撰』, 인동 장현광張顯光(1554-1637)의 『용사일기龍蛇日記』, 대구 서사원徐思遠의 『낙재선생일기樂齋先生日記』, 성주 도세순都世純(1574-1653)의 『용사일기龍蛇日記』, 거창 문위文緯(1555-1632)의 『모계선생일기茅溪先生日記』, 고령 전치원全致遠(1527-1596)의 『임계별록壬癸別錄』, 밀양[고령] 신유한申維翰(1681-1752) 평석의 『분충서난록奮忠紓難錄』, 함안 이칭李偁(535-1600)의 『황곡선생일기篁谷先生日記』 등이 있다. 그외 강안 지역 출신 인물들의 문

집에 임진왜란 관련 일기가 다수 수록되어 있다.[92]

임진왜란 관련 일기 기록은 학계나 문중에 의해 다양하게 번역과 연구가 이루어졌다. 그리고 인물 현양 차원에서 많은 학술대회가 개최되면서 양적 측면에서 여러 연구 성과가 집적되었다.[93] 다만 인물을 현양하는 차원에서 해당 일기 연구가 이루어지면서 역사 사료로서의 적실성的實性에 대한 검토가 제대로 이루어지지 못하고 있다.[94]

이외에 병자호란과 만주족과 관련하여 의성 이민환李民寏(1573-1649)의 『건주문견록建州聞見錄』, 의성 신적도申適道(1574-1663)의 『창의록倡義錄』, 인동[칠곡] 신유申瀏(1610-1665)의 『북정일기北征日記』 등이 있다. 이민환이나 신유는 의성과 인동[칠곡] 출신의 인사가 원정군의 일원으로 참전하여 기록을 남겼다는 점에서 특이하다.

강안 지역에서는 관직 생활과 관련된 일기 기록도 다양하게 남아 있다. 대표적인 것으로 상주 조익趙翊(1556-1613)의 『가휴선생황화일기可畦先生皇華日記』・『공산일기公山日記』, 상주 권상일權相一(1679-1759)의 『청대일기淸臺日記』, 예천 함양박씨가의 『저상일월渚上日月』, 의성 이민성李民宬(1570-1629)의 『조천록朝天錄』, 선산 노철盧澈・노상추盧尙樞 부자의 『선고일기先考日記』・『노상추일기盧尙樞日記』, 선산 박내겸朴來謙(1780-1842)의 『서수록西繡錄』・『심사록瀋槎錄』・『북막록北幕錄』, 선산 박사호朴思浩(1784-1854)의 『연계기정燕薊紀程』, 해평 최현崔晛(1563-1640)의 『조천일록朝天日錄』, 대구 전극태全克泰(1640-1696)의 『퇴헌일

92 박인호, 「임진왜란기 지방 지식인의 피난살이 - 장현광의 용사일기를 중심으로 - 」, 『선주논총』 11, 금오공과대학교 선주문화연구소, 2008.
93 임진왜란 일기류에 대한 연구 성과는 여기에 따로 적기하지 않았다. http://www.riss.kr 에서 해당 도서에 대한 검색으로 대신한다.
94 『화왕입성동고록』에 대한 사료로서의 적실성에 대한 문제제기는 그러한 점에서 학문사적 의의가 크다. 하영휘, 「화왕산성의 기억: 신화가 된 의병사의 재조명」, 『임진왜란: 동아시아 삼국전쟁』, 서강대학교, 2007.

기退軒日記』, 대구 서찬규徐贊奎(1825-1905)의 『임재일기臨齋日記』, 영천 이형상李
衡祥(1653-1733)의 『강도지江都志』·『남환박물南宦博物』·『탐라록耽羅錄』·『탐라순
력도耽羅巡歷圖』·『동이산략東耳刪略』·『북설습령北屑拾零』, 고령 신유한申維翰
(1681-1752)의 『해유록海遊錄』, 청도 박시묵朴時黙(1814-1875)의 『운창일록雲牕日錄』
등을 들 수 있다. 이외에 조천록, 연행록, 통신록 등을 비롯하여 다양한 관료
생활 일기 혹은 유관 기록이 수집되어 일찍부터 영인, 탈초, 번역 작업이
진행되었다.

강안 지역에서 나온 일기류들은 문중과 지역 단체에서 적극적으로 지원하
여 일찍부터 번역과 연구가 이루어졌다.[95] 그런데 최근 경향을 보면 일기에
대한 자료적 분석과 당시 상황에 대한 설명에서는 크게 연구가 진전되었으나
일기가 가지는 사료로서의 적실성에 대해 접근은 거의 이루어지지 않고 있
다. 일기를 집필한 사람들에 대한 역사학적 관점의 접근에서도 부족함을 느
낀다. 향후 일기를 적은 사람이 가진 문제의식이나 역사의식에까지 연구가
진전될 필요가 있다.

7) 빈약한 정치서의 편찬

강안 지역에서는 정치 관련 역사서가 제대로 남아 있지 않았다. 인조 대
서인이 집권하면서 광해군 정권에 협력하였던 퇴계학파의 월천계가 몰락하
였다. 인조 집권 이후 인동의 여헌학파가 서인이 주도한 중앙 정계에 참여하

---

95 국립문화재연구원은 2015년부터 전국에 산재한 일기류에 대한 대대적인 조사 작업을 벌여
최근 1,431종의 일기를 문화유산 연구지식포털을 통해 소개하고 있다(2022.12.7.). 조선시대
개인일기 국역총서도 발간하고 있다. 『조선시대 개인일기 1』(국립문화재연구소, 2015)에서
는 대구·경북 소재 일기에 대한 해제집을 간행해 대구·경북에서 나온 일기 자료를 쉽게
파악할 수 있다. 문중의 지원으로 번역 간행된 책이 많아 여기서 일일이 소개하지는 않는다.

였으나 오래 지속되지 못하였다. 현종 대 말과 숙종 대 초 일부 남인이 중앙 정계에 진출하였는데 대표적인 집안으로 칠곡의 광주 이씨, 인동의 인동 장 씨 등이 있다. 그러나 정권이 남인에서 서인으로 넘어간 1694년의 갑술환국 이후 지역 출신 인물들의 정계 진출이 어려워지면서 중앙 정계에서의 정치적 위상은 완전히 몰락하게 되었다.

정치서는 주로 숙종 대 중앙에 진출하였던 광주 이씨 관련 책들이 다수를 차지한다. 『경신록庚申錄』은 광주 이씨 출신 이원정李元禎(1622-1680)이 1680년 경신환국으로 추국 당하던 시기에 숙종 대 남인 정치가였던 이관징李觀徵 (1618-1695)이 쓴 경신년의 옥사관련 책이다. 대체로 남인의 입장에서 경신환 국 이후의 동향을 기록하고 있다.

조선 중기에 적극적으로 중앙 정계에 진출하였던 칠곡의 광주 이씨 집안 에는 이와 관련된 정치 기록이 남아 있다. 이도장李道長(1603-1644)은 1630년 (인조 8)에서부터 1637년(인조 15)까지 승정원 가주서, 주서로 근무하면서 『주 서일기』를 남겼는데 이를 영조 대 정서한 것이 최근 간행된 『승정원일기』이 다.[96] 이담명李聃命(1646-1701)은 1672년(현종 13)에서 1675년(숙종 1)까지 승정원 에서 국왕을 수행하면서 총 161책의 『승정원사초』를 기록하고 있다.[97] 당시 중앙 정계의 동향을 남인 이담명의 시선으로 정리한 기록물이다. 이 집안에 는 1670년(현종 11) 이담명이 과거에 합격하였으나 아버지 이원정이 시관으로 있으면서 답지의 양식을 틀리게 사용한 답안지를 통과시켜 합격하게 해 주었 다는 시비에 대해 이원정이 자신의 입장에서 기술한 『외임록畏壬錄』이 남아

---

96 李道長, 『承政院日記』, 韓國學中央研究院, 2010.
  정수환, 「17세기 이도장의 승정원일기의 사료적 성격」, 『승정원일기』, 한국학중앙연구원, 2010.
97 李聃命, 『[廣州李氏家] 承政院史草』, 서울역사박물관, 2004.
  김경수, 「조선후기 이담명의 주서일서에 대한 연구」, 『한국사학사학보』 12, 한국사학사학 회, 2005.

있다. 1712년(숙종 38) 이원정의 손자인 이세원李世瑗이 조부의 신원을 위해 격쟁을 한 기록인 『천감록天鑑錄』이 남아 있다. 그리고 1680년 8월 이원정이 유배지에서 소환되어 국청에서 사망한 이후 1691년 9월에 이르기까지 주위에서 있었던 일을 기록한 이담명의 『정재일기靜齋日記』가 남아 있다.[98]

이와 같이 숙종 대 정치적으로 몰락했던 광주 이씨 이원정 집안에서는 당쟁의 소용돌이 속에서 자신들의 입장을 정리한 여러 정치서를 남겼다. 그러나 서인을 표방한 집안을 제외하고[99] 남인 출신으로는 정치적으로 출세를 하거나 정치의 이면을 들여다볼 기회를 가지지 못하였기 때문에 서울이나 충청도 지역에 비해 강안 지역에서는 상대적으로 정치 관련 역사서의 편찬이 빈약하다.

4. 맺음말

이 논문에서는 전통시대 강안 지역에서의 역사학의 동향을 살펴보기 위한 시도로 강안 지역에서 산출된 사부 편찬물의 정리하고 그 특성을 살펴보았다. 여기서 강안학의 범주로 대체로 북쪽 상주에서 남쪽 의령까지 해당 지역에서 나온 사부 편찬물을 대상으로 하였다.

조선 중기 이 지역에서는 상주 서애학파, 성주 한강학파, 인동 여헌학파, 고령 송암학파, 의령 망우당학파가 나와 경상좌도의 퇴계학파, 경상우도의 남명학파와 경쟁하고 있었다. 지역별 사부 편찬물의 정리는 이들 학파의 지

---

98 박인호, 『영남 남인의 정치 중심 돌밭, 칠곡 귀암 이원정 종가』, 예문서원, 2015. 이들 정치 관련 자료는 대부분 서울역사박물관에 기증되어 있다.

99 박인호, 「만오 박래겸의 암행어사 직임 수행 배경에 대한 일고찰」, 『선주논총』 17, 금오공대 선주문화연구소, 2017, 311-312쪽.

역에 남긴 학문적 여훈을 확인할 수 있도록 한다.

한편 낙동강의 물류가 상대적으로 축소되었던 조선시대에 강안 지역은 당시 문물의 중심이었던 기호 지역에 비해 문화적으로 지체 현상이 있었다. 그런데 이러한 지체 현상은 새로운 문물을 창안하지는 못할지라도 이를 수용하면서 간략하게 정리하거나 유형별로 정리하기 좋은 학문적 풍토를 이루었다. 이러한 문화적 특징은 사부 편찬물의 편찬에도 영향을 미쳤다.

이러한 지역적 특색으로 인해 낙동강 강안 지역의 역사학 분야에서는 다음과 같은 특징이 나타난다. 역사의 흐름을 간략하게 이해하기 위한 연표형, 사략형 사서가 다수 편찬되었다. 유교적 도덕주의 속에서 역사를 이념적으로 이해하려는 강목과 춘추 계열의 역사서가 다수 편찬되었다. 지역의 선현, 명신을 추숭하기 위한 인물서와 함께 새롭게 성장하는 중인들의 인물서가 다수 편찬되어 사림세력과 중인세력이 치열하게 갈등하는 현장이 되었음을 보여주기도 한다. 그리고 서울에서 내려오는 길목에 해당하는 지역에서는 선진 문물에 대한 관심에서 문물과 제도를 다룬 유서의 편찬이 활발하였다. 지역적 특색에 대한 관심은 광범위한 사찬 읍지의 편찬으로 이어졌다. 이 지역에서는 임진왜란을 거치면서 정치적 이유에서나 혹은 조선 후기 정치 갈등 속에서 자신의 입장을 보여주기 위한 일기류가 광범위하게 편찬되었다. 그러나 정치적 사건을 종합적으로 다루는 정치 역사서의 편찬은 빈약하였다.

이상과 같이 강안 지역의 지역적 특수성으로 인해 사부 편찬물에서는 이념성理念性, 수용성受容性, 융합성融合性의 사상적 특성이 강하게 나타났다. 현실적으로는 도덕주의와 현실주의의 첨예한 갈등이 고조되고 있다. 다만 이러한 유형적 특색이 다른 지역 혹은 기호 지역과 어떠한 차별성을 가지고 있는가는 각 사서의 특성을 모두 살펴본 다음에 다시 검토해 볼 필요가 있다.

참고문헌

1. 원전

權文海 저, 남명학연구소 경상한문학연구회 역주, 『大東韻府群玉』, 소명출판, 2003.

金敬天 저, 이대형·이미자·박상석 역주, 『손와만록』, 서울대학교출판문화원, 2005.

金麗욱·張大興 저, 양양기구록국역간행회 편, 『國譯 襄陽耆舊錄』, 예천문화원, 1996.

金宇顒, 『續綱目』, 경인문화사, 1977.

都漢基 저, 강희대 역, 『국역 성주 읍지잡기』, 성주문화원, 2012.

동양대학교 전통문화연구소 역, 『國譯 榮州三邑誌』, 소수박물관, 2012.

李聃命, 『[廣州李氏家] 承政院史草』, 서울역사박물관, 2004.

李時善 저, 이경록 외 옮김, 『[國譯] 歷代史選』, 세종대왕기념사업회, 2019.

李元禎, 『京山志』, 성주문화원, 1997.

李張英 저, 양양지국역간행회 편, 『國譯 襄陽誌』, 예천향토문화연구회, 1994.

문화재연구소, 『조선시대 개인일기 1』, 국립문화재연구소, 2015.

朴章鉉, 『中山全書』, 중산전서간행회, 1983.

朴周大, 『文蔭縉紳譜』, 여강출판사, 1989, 합본 영인.

申景濬, 『旅庵全書』, 경인문화사, 1976.

申悅道, 『懶齋集』, 한국문집총간 속24, 한국고전번역원, 2006.

安應昌, 『柏巖先生文集』, 한국역대문집총서 2483, 경인문화사, 1997.

李炳熹, 『朝鮮史綱目』, 아세아문화사, 1982.

이진흥 편, 김정찬 역, 『연조귀감: 향리의 사적을 담아 전하다』 1, 2, 민속원, 2017, 2018.

李鉉式, 『慶尙道誌』, 경인문화사, 2000. [韓國地理風俗誌叢書 57]

李鉉式, 『慶尙道誌』, 아라, 2013.

李鉉式, 『慶尙道誌』, 『韓國近代道誌』 9, 한국인문과학원, 1991.

鄭 逑, 『寒岡全集』, 여강출판사, 1985.

鄭克後 저, 박미경·이지락·김정기 옮김, 『[國譯] 雙峯先生文集』, 한국국학진흥원, 2016.

鄭秀民 저, 윤호진 역, 『國譯 天嶺誌』, 함양문화원, 大譜社, 2012.

鄭源鎬, 『嶠南誌』 1-5, 경인문화사, 1990.

鄭源鎬, 『嶠南誌』 1-6, 『韓國近代道誌』 10-15, 한국인문과학원, 1991.

鄭源鎬, 『嶠南誌』, 李根泳房, 1940.

崔奎東 저, 권오웅 역, 『國譯 品川史集』, 김천문화원, 2014.

崔錫鳳, 『嶺誌要選』 1-2, 『韓國近代道誌』 7-8, 한국인문과학원, 1991.
許 穆 저, 배재홍 역, 『國譯 陟州誌』, 삼척시립박물관, 2001.
『東興備考』, 경북대출판부, 1998.
『義城誌集錄』, 의성문화원, 1994.

2. 논저

강구율, 「영주지 해제」, 『국역 영주삼읍지』, 영주시 소수박물관, 2012.
금장태 외, 『중산 박장현 연구』, 민족문화사, 1994.
김경수, 「정구의 함주지 연구」, 『민족문화의 제문제 - 우강권태원교수정년기념논총 - 』, 1994.
김경수, 「조선후기 이담명의 주서일서에 대한 연구」, 『한국사학사학보』 12, 한국사학사학회, 2005.
김남일, 「한강 정구의 역사관과 정통론 - 역대기년의 중국사 체계에 대한 사학사적 고찰 - 」, 『한국사학사학보』 34, 2016.
김동민, 「이진상 춘추집전의 성리학적 춘추 이해」, 『대동문화연구』 103, 성균관대학교 대동문화연구원, 2018.
김동민, 「이진상의 춘추학에 보이는 화이관의 특징(1)」, 『유교사상문화연구』 81, 한국유교학회, 2020.
김동민, 「이진상의 춘추학에 보이는 화이관의 특징(2)」, 『한국철학논집』 67, 한국철학사연구회, 2020.
김문식, 「16-17세기 한강 정구의 지리지 편찬」, 『민족문화』 29, 한국고전번역원, 2006.
김석배, 「김수기 구장본 의열도[중간본] 역주」, 『선주논총』 23, 2020.
김석배, 「김수기 구장본 의열도에 대하여」, 『선주논총』 22, 2019.
김석배, 「의열의 고장, 그리고 의열도」, 『한국고전의 세계와 지역문화』, 보고사, 2021.
김수태, 「유회당 권이진의 동경잡기간오」, 『도산학보』 6, 1997.
김영진, 「손와만록자서를 통해 본 향리 출신 문인 김경천의 생애」, 『대동한문학』 41, 대동한문학회, 2014.
김정대, 「영지요선과 '창원' 관련 기록에 대하여」, 『가라문화』 27, 경남대학교박물관 가라문화연구소, 2015.
김학수, 「17세기 여헌학파 형성과 학문적 성격의 재검토」, 『한국인물사연구』 13, 2010.
김항수, 「한강 정구의 학문과 역대기년」, 『한국학보』 12-4, 1986.
문철영, 「1930년대 민족주의 사학의 일양상 - 중산 박장현(1908-1940)을 중심으로 - 」, 『국사관논총』 9, 1989.
민태희, 「동국통지의 예문지 연구」, 중앙대학교 대학원 문헌정보학과 서지학전공 석사학위논문, 1989.
박 환, 「1930년대 박장현의 근대사서술 - 해동춘추를 중심으로 - 」, 『숭실사학』 34, 2015.

박 환, 「식민지시대 역사학자 박장현의 중산전서」, 『한국민족운동사연구』 78, 2014.

박미라, 「대동운부군옥으로 본 초간 권문해의 역사인식」, 경북대학교 교육대학원 석사학위논문, 2004.

박인호, 「15세기 초반-17세기 중반 선산 지역 지식인들의 향현 추숭 활동」, 『선주논총』 24, 2021.

박인호, 「19세기 중반 동국통지 병위지의 편찬과 자료적 성격」, 예천박물관 기획, 『예천 지역 기록문화와 백과사전』, 민속원, 2022.

박인호, 「김천 읍지 금릉지의 편찬과 편찬정신」, 『한국사학사보』 30, 한국사학사학회, 2014.

박인호, 「동국십지와 동국통지에 대한 연구 - 사학사적 의의를 중심으로 - 」, 『청계사학』 9, 청계사학회, 1992.

박인호, 「동국통감제강에 나타난 홍여하의 역사인식」, 『퇴계학과 유교문화』 54, 2014.

박인호, 「동국통지 지리지에 나타난 박주종의 역사지리인식」, 『한국사학사연구』, 나남, 1997.

박인호, 「동사찬요 열전에 나타난 오운의 역사인식」, 『퇴계학과 유교문화』 50, 2012.

박인호, 「만오 박래겸의 암행어사 직임 수행 배경에 대한 일고찰」, 『선주논총』 17, 금오공대 선주문화연구소, 2017.

박인호, 「박주종 - 조선후기 백과전서학의 발전과 지방 지식인」, 한영우선생정년기념논총간행위원회 엮음, 『한국사인물열전』 3, 돌베개, 2003.

박인호, 「선산 읍지 일선지의 편찬과 편찬정신」, 『역사학연구』 64, 호남사학회, 2016.

박인호, 「성주 읍지 경산지의 파판과 그 정치적 함의」, 『퇴계학과 유교문화』 58, 경북대학교 퇴계연구소, 2016.

박인호, 「영남 지역 사부 고문헌 자료의 번역 현황과 과제」, 『영남학』 18, 2010.

박인호, 「영정조대 인물서의 편찬과 역사학의 동향」, 권오영 외, 『영정조대 문예중흥기의 학술과 사상』, 한국학중앙연구원 출판부, 2014.

박인호, 「예천 함양 박씨 동원공파 고문헌의 성격과 내용」, 『조선사연구』 19, 2010.

박인호, 「인동읍지 옥산지의 편찬과 편찬정신」, 『장서각』 22, 한국학중앙연구원, 2009.

박인호, 「임진왜란기 지방 이서의 전쟁 경험과 정리 작업 - 이탁영의 정만록을 중심으로 - 」, 『한국사학사보』 34, 한국사학사학회, 2016.

박인호, 「임진왜란기 지방 지식인의 피난살이 - 장현광의 용사일기를 중심으로 - 」, 『선주논총』 11, 금오공과대학교 선주문화연구소, 2008.

박인호, 「입재 강재항의 역사인식과 현실비판」, 『한국학논집』 53, 2013.

박인호, 「제왕역년통고에 나타난 정극후의 역사인식」, 『한국사학사보』 1, 한국사학사학회, 2000.

박인호, 「중국고금역대연혁지도에 나타난 권구의 역사인식」, 『조선시대사학보』 4, 조선시대사학회, 1998; 이해영 외, 『병곡 권구의 학문과 사상』, 드림, 2017.

박인호, 「진계 박재형의 저술과 학문사적 위상」, 『한국사학사보』 39, 한국사학사학회,

2019.

박인호, 「한주 이진상의 춘추학 - 춘추집전과 춘추익전을 중심으로 - 」, 『한국학논집』 60, 계명대학교 한국학연구원, 2015.

박인호, 「해동문헌총록에 나타난 김휴의 학문세계」, 『선주논총』 9, 2006.

박인호, 「해동잡록에 나타난 권별의 역사인식」, 『퇴계학과 유교문화』 52, 경북대학교 퇴계연구소, 2013.

박인호, 「홍와 이두훈의 동화세기 편찬과 역사인식」, 『한국사학사학보』 41, 2020.

박인호, 「활재 이구의 시대인식과 사회활동」, 박인호 외, 『활재 이구와 식산 이만부의 생애와 사상』, 문경시 근암서원운영위원회, 2018.

박인호, 「활재 이구의 역사인식과 현실비판」, 『조선사연구』 22, 2013.

박인호, 「휘찬여사 열전에 나타난 홍여하의 역사인식」, 『장서각』 31, 2014.

박인호, 『구미 지역사 연구』, 보고사, 2022.

박인호, 『영남 남인의 정치 중심 돌밭, 칠곡 귀암 이원정 종가』, 예문서원, 2015.

박인호, 『인재 최현』, 애드게이트, 2021.

박홍갑, 「청도 사찬읍지 오산지(1673)의 편목과 특징」, 『중앙사론』 21, 중앙사학연구소, 2005.

배재홍, 「삼척부사 허목과 척주지」, 『조선사연구』 9, 조선사연구회, 2000; 『조선시대 삼척지방사 연구』, 우물이 있는 집, 2007.

예천박물관 기획, 『예천의 기록문화와 백과사전』, 민속원, 2022.

옥영정 외, 『조선의 백과지식 - 대동운부군옥으로 보는 조선시대 책의 문화사 - 』, 한국학중앙연구원, 2009.

우인수, 「1749년(영조 25) 울산읍지 학성지의 편찬과 그 의미」, 『한국사연구』 117, 한국사연구회, 2002.

유부현, 「동경잡기의 서지학적 연구」, 『서지학연구』 7, 서지학회, 1991.

이수봉, 「해제」, 『동국통지』, 태학사, 1986.

이신성, 「상주 달내 마을 형제급난도에 대하여」, 『어문연구』 26, 충남대학교 문리과대학 어문연구회, 1995.

이신성, 「창석 이준과 형제급난도」, 『한국인물사연구』 3, 한국인물사연구소, 2005.

이윤갑, 「읍지잡기(19세기 후반)의 사회경제론 연구」, 『대구사학』 36, 대구사학회, 1989.

이인복, 「김우옹의 원사 인식과 속자치통감강목」, 『한국사학사학보』 45, 2022.

이재두, 「1635년(인조 13) 현풍현감 김세렴의 포산지 편찬」, 『영남학』 58, 2016.

이재두, 「조선후기 경상도 읍지 편찬 사업 재검토」, 『대구사학』 138, 대구사학회, 2020.

이훈상, 「19세기 향리 지식인 이명구의 지적 여정과 지방 이서들에 대한 미완의 역사 프로젝트 연조귀감속편」, 『진단학보』 132, 진단학회, 2019.

이훈상, 「안동향손사적통록의 간행과 조선후기의 안동향리」, 『한국사연구』 60, 한국사연구회, 1988.

이훈상, 「어느 지방 이서의 임진왜란 증언과 전승 - 경상도 인동의 향리 유석진과 그의 임진왜란 일기 - 」, 『영남학』 21, 경북대 영남문화연구원, 2012.

이훈상, 「연조귀감의 편찬과 간행」, 『진단학보』 53·54, 진단학회, 1982.

이훈상, 「조선후기 상주의 호장·이방 명단과 소하의 도상 해제」, 『역사와경계』 11, 부산경남 사학회, 1986.

이훈상, 『향리의 역사서 연조귀감과 그 속편을 편찬한 상주의 지식인 이명구 가문과 그들의 문서』, 서강대 인문과학연구소, 1992.

임세권, 「영가지 편찬의 역사적 의의」, 『안동문화』 7, 안동문화연구소, 1986.

전덕재, 「동경잡기의 편찬과 그 내용」, 『신라문화』 19, 동국대학교 신라문화연구소, 2001.

정구복, 「16-17세기의 사찬사서에 대하여」, 『전북사학』 1, 전북사학회, 1977.

정수환, 「17세기 이도장의 승정원일기의 사료적 성격」, 『승정원일기』, 한국학중앙연구원, 2010.

정우락, 「일제강점기 김호직의 동천자 저술과 그 의의」, 『동양한문학연구』 22, 동양한문학회, 2006.

정우락, 「일제강점기 동천자류의 저술방향과 그 의의」, 『한국사상과 문화』 44, 한국사상문화 학회, 2008.

정윤주, 「규사(1859)의 편찬과 간행동기」, 『역사학보』 137, 역사학회, 1993.

조혜훈, 「손와 김경천의 울산 거주시기에 대한 고찰」, 『인문연구』 76, 2016.

최원석, 「여헌 장현광의 지리인식과 문인들의 지지편찬 의의」, 『동양고전연구』 49, 2012.

최윤진, 「16, 17세기에 편찬된 경상도의 사찬 읍지」, 『전북사학』 17, 전북사학회, 1994.

하영휘, 「화왕산성의 기억: 신화가 된 의병사의 재조명」, 『임진왜란: 동아시아 삼국전쟁』, 서강대학교, 2007.

한영우, 「17세기 초의 역사서술 - 오운의 동사찬요와 조정의 동사보유 - 」, 『한국사학』 6, 1985; 『조선후기사학사연구』, 일지사, 1989.

황재현, 「동경통지 해제」, 『국역 동경통지』, 경주문화원, 1989.

낙동강 연안의 누정제영 창작과 그 의미*
― 구미 선산의 매학정梅鶴亭을 중심으로 ―

최은주(한국국학진흥원 책임연구위원)

1. 머리말

본고는 낙동강 연안에 위치한 문학적 소통 공간으로서의 누정을 주목한 것이다. 낙동강은 지리적으로 좌도와 우도를 가르는 뚜렷한 경계였기 때문에 사회문화 제 분야에서 지역적 특징을 구분 짓게 만드는 차단의 기능을 했다. 그러나 동시에 강의 본류와 지류에 연결된 수많은 나루터를 통해 인적 물적 소통이 이루어지던 교류의 장이었으므로, 정치·사회·문화 제반에 걸쳐 인적 교류뿐만 아니라 정신적 교류까지 가능하게 만드는 소통의 공간이기도 했다. 학계는 일찍부터 낙동강 연안이 사이를 가르는 경계를 넘어 소통과 통섭으로 나아간 접경 지역이라는 점을 주목해 왔다. 그리고 그에 따른 지역의 특징적 경향을 탐색하기 위해 다양한 연구들을 시도해왔다. 이러한 연구 성과를 그대로 보여주는 것이 바로 강안학江岸學과 낙중학洛中學이란 용어이다.

---

*　이 글은 기발표된 필자의 논문(「낙동강 연안의 누정제영 창작과 그 의미 - 구미 선산의 梅鶴亭을 중심으로 - 」, 『영남학』83, 경북대학교 영남문화연구원, 2022, 91-128쪽)을 수정, 보완한 것이다.

이동영이 영남 지역의 시가문학적 특성을 살피면서 좌도·우도와 뚜렷이 변별되는 완충지역을 '강안'이라는 용어로 새롭게 설정한 이후, 이 용어는 낙동강 연안 지역의 유학 사상사를 새롭게 읽으려는 시각으로 확대 적용되었다.[1] 이러한 기반 위에서 정우락은 강안학의 개념과 범위를 구체적으로 설정하고 고령 유학을 대상으로 실험적인 논의를 진행했다.[2] 이후 홍원식은 '강안학'을 두고 문제의식 등 기본적인 입장에서는 뿌리가 같다면서도 영남 유학에서 학파의 분포를 고려할 때 낙동강 중류 지역의 유학은 독립적으로 살펴볼 필요가 있다면서 '낙중학'의 개념을 제안했다.[3] 강안학이 좀 더 포괄적이고 종합적이라면, 낙중학은 지역적 한계를 설정해 영남 유학을 읽어내려는 시도라는 점에서 제한적이고 구체적이다. 영남 유학을 대상으로 하는 낙중학 연구는 이때부터 심도 있게 진행되어 꽤 많은 연구 성과가 축적된 편이다.[4] 최근 장윤수가 계명대학교 한국학연구원이 10년 동안 수행해 온 '낙중학 연구'의 성과를 종합적으로 검토하고 남은 과제를 제시하였는데, 이 자체가 낙중학 연구의 성과를 보여주는 것이라고 하겠다.[5]

---

1   이에 대해서는 정우락의 「강안학과 고령 유학에 대한 시론」(『퇴계학과유교문화』 43호, 경북대 영남문화연구원, 2008)과 홍원식의 「영남유학과 낙중학」(『한국학논집』 40호, 계명대 한국학연구원, 2010)에 상세하게 정리되어 있다.

2   정우락, 위의 논문.

3   홍원식, 위의 논문.

4   이에 대한 연구성과들은 계명대학교 한국학연구원에서 간행한 낙중학 총서 시리즈에 대부분 집성되어 있다. 근 10년 동안 총 8책이 간행되었는데, 그 주제와 서명은 다음과 같다. 『낙중학, 조선시대 낙동강 중류지역의 유학』(2012); 『낙중학의 원류, 조선 전기 도학과의 사상』(2013); 『조선 중기의 낙중학, 한강 정구의 삶과 사상』(2017); 『조선 중기의 낙중학, 여헌 장현광의 삶과 사상』(2017); 『조선 후기 낙중학의 전개와 '한려학파'』(2018); 『조선말의 낙중학, 한주 이진상의 삶과 사상』(2018); 『근대 시기 낙중학, '주문팔현'과 한주학파의 전개』(2020); 『녹봉정사와 조선 중기의 낙중학』(2020); 『일제강점기의 낙중학, 한주학파의 재전 제자들과 낙중 지역 유현들』(2021).

5   장윤수, 「낙중학의 성과와 과제[철학 분야]」, 『한국학논집』 제85집, 계명대학교 한국학연구원, 2021.

이에 비해 강안학은 강안 지역 문학 활동의 성격을 규명하려는 시도로 나아가면서 아직은 개념적 범주에 머물러 있는 상태로 보여진다.[6] 각론이 활발하게 진행되면서 종합과 진전을 성취해야 하는데 그 자체가 답보 상태인 것이다.[7] 정우락이 낙동강 연안 지역의 공간 감성과 이에 기반한 문학적 소통에 대해 전반적 분석을 시도하면서 강안학은 문학 연구에 있어서는 보다 구체화된 측면이 있다.[8] 본고가 낙동강 연안에 위치한 누정과 그 문학적 소통양상을 규명하려는 것은 바로 이러한 문제의식에 닿아있다. 강이 지닌 경계의 역할과 함께 소통의 기능을 전제하면서 낙동강의 연안의 누정을 중심으로어떤 양상의 문학적 소통이 이루어졌는지 그 실제적 모습을 탐색해보려는 것이다. 그 대상으로 구미 선산 지역의 매학정을 우선 선정한 것은 지금도 존재하는 누정으로서 그 역사가 매우 오래되었기 때문이다. 또한 초성草聖 황기로가 매학정을 건립해 그의 사위이자 율곡의 동생인 이우에게 물려주었기에 영남 남인계와 기호 노론계 문인들이 동시에 관심을 가졌다는 점에서 몇몇 특징적 양상이 포착되기 때문이다.[9]

구미 선산의 매학정에 대해서는 몇몇 논문에서 간략한 언급만 있었을 뿐

---

6   정우락, 「조선중기 강안 지역의 문학활동과 그 성격 - 낙동강 중류 지역을 중심으로 한 하나의 시론 - 」, 『한국학논집』 40호, 계명대학교 한국학연구원, 2010
7   낙동강 연안의 문학에 대한 초기 연구로 황위주의 「낙동강 연안의 유람과 창작공간」(『한문학보』 18집, 우리한문학회, 2008)이 있다. 김학수의 「船遊를 통해 본 洛江 연안지역 선비들의 집단의식 - 17세기 한려학인을 중심으로 - 」(『영남학』 18집, 경북대학교 영남문화연구원, 2010)는 문학 분야의 연구는 아니지만 낙동강 연안의 船遊를 주목했다는 점에서 관련 연구성과로 참고할 만하다. 최근에 문학 연구 방면에서 낙동강을 대상으로 강안학의 개념을 적용한 연구 사례가 다음과 같이 조금씩 축적되고 있다. 황명환, 「부강정 관련 한시에 나타난 공간 감성과 지역적 특징」, 『인문학회21』 9집, [사]아시아문화학술원, 2018; 김소연, 「간송 조임도의 문학에 나타난 낙동강 연안과 그 의미」, 『한국문학논총』 84집, 한국문학회, 2020.
8   정우락, 「낙동강과 그 연안 지역의 공간 감성과 문학적 소통」, 『한국한문학연구』 53집, 한국한문학회, 2014.
9   정우락은 매학정의 이러한 특징적 경향을 간략하게 언급하며 강안 지역의 대표적인 소통공간으로 주목했다.(정우락, 위의 논문, 199-200쪽 참조)

지금까지 그 구체적인 실상과 그 창작 제영시에 대해 깊이 있는 연구는 이루어지지 않았다. 본고는 이러한 논의 진행을 위해 먼저 구미 선산 지역 낙동강 연안의 누정 전반과 관련 제영시 현황을 검토해 정리하고, 이 속에서 매학정이 가지는 누정 제영 창작의 배경적 요소들을 짚어볼 것이다. 그리고 매학정의 건립 배경과 역사적 자취를 종합적으로 분석한 후 매학정 제영시의 창작 현황의 특징적 양상을 이와 결부시켜 해석하고자 한다. 이러한 논의 과정 속에서 매학정이라는 누정을 매개로 이루어진 낙동강 연안 지역의 문학적 소통 양상이 자연스럽게 밝혀질 것으로 기대한다.

2. 구미 선산지역 낙동강 연안의 누정 분포와 제영시

낙동강의 본류는 북쪽 태백산 황지黃池에서 발원하여 남쪽으로 흐르다가 안동 부근에 이르러 반변천半邊川을 비롯한 여러 지류와 합류해 서쪽으로 흐르고, 상주와 문경 부근에서 내성천과 영강을 합류한 뒤 다시 남쪽으로 내려가며 구미시 중앙을 관통한다. 아래의 지도를 보면 낙동강이 구미시를 가로지르는 모습을 볼 수 있다.[10] 낙동강 오른쪽 강변으로 도개면과 해평면이 길게 닿아있고, 왼쪽으로는 옥성면과 선산읍 그리고 고아읍이 접해있다. 구미시 남쪽 아래로 칠곡군 경계에 닿아있는 곳이 인동군의 일부 지역인데, 1977년 구미시에 통합되었다. 선산읍과 고아읍 사이를 가르는 하천은 감천甘川이다.

지금의 구미시는 조선시대를 기준으로 볼 때 선산도호부와 인동도호부의 일부 지역이 통합된 도시이다. 본고에서 구미시 선산 지역으로 지리적 공간을 명기한 것은 누정 분포의 역사적 맥락을 규명하기 위해 조선시대 편찬된

---

10   구미시청 홈페이지[https://www.gumi.go.kr] 참고.

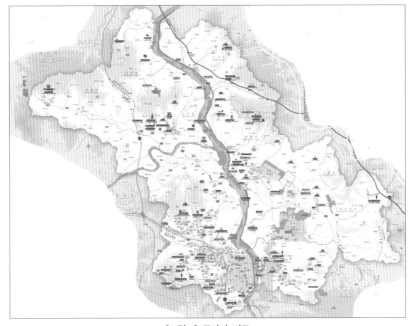

[그림 1] 구미시 지도

선산 지역 지리서들을 근거 자료로 삼았기 때문이다. 그러나 지리적 공간 범위를 파악할 때 지금의 구미시 대부분이 조선시대 선산 지역과 중첩되므로 결과론적으로 고려할 요소는 크지 않다고 하겠다.

　선산 관련 지리서는 조선 개국 이후 1937년까지 관찬과 사찬 모두 합해서 약 26차례에 걸쳐 편찬되었다.[11] 이 가운데 일부는 전국 지리지에 포함된 것이고, 나머지는 선산 지역만을 대상으로 삼은 읍지 성격의 것들이다. 15세기에 편찬된 선산 관련 지리서는 4종 정도인데, 이 가운데 누정과 제영題詠 등 문화적 항목이 들어간 것은 1469(예종 1)년에 편찬된 『경상도속찬지리慶尙

11　박인호, 「지리서를 통해 본 전통시대 선산 사회의 변화」140-141쪽 참조, 『조선사연구』 23호, 조선사연구회, 2014

道續撰地理誌』뿐이다.[12] 여기에 수록된 '선산도호부'의 내용을 보면 유명누대로 청형루와 월파루 2곳을 기록하고 있다. 월파루는 월파정을 가리킨다.

 아래의 도표는 선산 관련 지리지를 시대별로 검토해 그 누정 분포의 추이를 살펴본 것이다. 16세기는 1531년(중종 26)에 간행된 『신증동국여지승람』을 참고했고, 17세기는 최현崔晛(인재訒齋, 1563-1640)이 편찬한 『일선지一善誌』[13]와 유형원柳馨遠(1622-1673)이 편찬한 『동국여지지東國輿地志』[14]를 조사했다. 18세기 지리서로는 1757-1765년에 각 읍에서 편찬한 읍지를 모아 간행한 전국 지방지 성격의 『여지도서輿地圖書』를 참고했다.[15] 19세기 지리서로는 4종을 확인했는데, ① 1832년 무렵 편찬된 것으로 보이는 『경상도읍지慶尙道邑誌』, ② 김정호金正浩(고산자古山子, 1804-1866)가 1861-1866년경에 편찬한 『대동지지大東地志』, ③ 『일선지』를 바탕으로 고종대까지의 내용을 추보해 1877년경에 간행한 『일선읍지』, ④ 1899년 전국 읍지 상송령에 의해 선산에서 편찬한 『선산읍지善山邑誌』이다. 19세기의 경우 각 지리지에 실린 '누정' 항목의 내용을 종합적으로 검토해 그 전체 현황을 기록하고, 그 옆 칸에는 수록된 지리지를 표기하였는데 지리서 앞에 매긴 번호를 기준으로 삼았다. 아래의 표에 진한 테두리로 구분한 것은 낙동강 연안에 위치한 누정들이다. 마지막 부분에 공해公廨로 구분한 누정은 19세기에 편찬된 『경상도읍지』와 『선산읍지』에 의거한 것이다.

12　『경상도속찬지리지』(필사본 1책)는 1469년(예종 1) 경상도관찰사 金謙光(1419-1490), 김해부사 李孟賢, 경주교수 朱伯孫, 성주교수 張繼弛, 안동교수 趙昱 등이 왕명을 받들어 편찬한 것으로『경상도지리지』의 미비한 점을 보완하기 위해 편찬한 것이다. 현재 규장각에 소장되어 있다.

13　『일선지』는 여러 이본 가운데 최현에 의해 만들어진 초기 『일선지』로 추정하고 있는 국립중앙도서관 소장본을 참고했다.(박인호, 「선산 읍지 『일선지』의 편찬과 편찬 정신」 79쪽 참조, 『역사학연구』 64집, 호남사학회, 2016)

14　유형원의『동국여지지』는 '한국고전종합DB'에 구축되어 있는 원문DB를 참고했다.

15　필사본 55책이 한국교회사연구소에 소장되어 있다. 국사편찬위원회에서 원문을 텍스트화해 한국사료총서 20집으로 간행했는데, 현재 '한국사데이터베이스'에 원문DB가 구축되어 있다.

[표 1] 시대별 누정 분포의 추이

연번	누정명	16세기 『신증동국여지승람』	17세기		18세기 『여지도서』	19세기	
			『일선지』	『동국여지지』		현황	수록 지리서
1	淸迥樓	○	破毀	今未重建	今無	今無	①③④
2	月波亭	○	○	○	○	○	①②③④
3	養素樓	○	破毀	今未重建	今廢	今廢	①④
4	鸕鷀亭		○	○	○	頹圮/遺墟	①②③④
5	松堂		○	○		今毁撤	①③
6	梅鶴亭		○	○	○	○	①②④
7	滄巖亭		廢墟			今爲廢墟	③
8	綠野亭		○			○	③
9	灑然亭		○			○	③
10	詠歸亭		○	○		○	③
11	洛西亭				○	今無	①③④
12	獨醒亭					○	③
13	濟南樓					○	②
14	後凋堂					○	①③④
15	採薇亭					○	①③④
16	明鏡堂					○	①④
17	拱北亭					今無	①
18	讀書齋					今無	①④
19	西山齋					○	①④
20	龍首巖					○	①③④
21	霽月樓					○	④
22	一鑑亭					○	④
公廨	雲鏡亭				○	○/今無	①④
	鳳下樓		○	○		○	①②③④
	正正樓					○	①②③④
	察眉樓					○	①③④
	洛南樓					○	④
	憑虛閣					○/今無	①④
	禦牧軒					○	①④
	君子亭					○/今無	①④

16세기 『신증동국여지승람』에서는 청형루와 월파정 외에 양소루 1곳이 새롭게 추가되었음[신증新增]을 확인할 수 있다. 청형루는 궁실宮室 북관北館의 남쪽에 있던 누정이었고, 양소루는 북관 북쪽에 사신 접대를 위해 세운 것이 었다.[16] 17세기에 최현은 『일선지』를 편찬하며 청형루와 양소루 모두 누정이 아닌 '공서公署' 가운데 객관客官의 부속 건물로 수록했다. 그리고 객관은 정유재란 당시 부서져 훼손되었다고 기록했다. 이보다 조금 늦게 편찬된 『동국여지지』에는 누정 항목이 따로 없고 누정이 '궁실'에 포함되어 있는데, 북관·남관·청형루·양소루 모두 정유재란 때 파괴되었으나 당시까지 중건하지 못했다고 기록했다. 봉하루 또한 '공서公署'에 포함되어 있는데, 이 누정은 1629년(인조 7) 선산부사에 부임했던 조찬한趙纘韓(현주玄洲, 1572-1631)이 이듬해에 건축한 것이다.

위의 표에 근거하면 선산 지역 누정은 19세기 말까지 공해公廨를 포함해 총 32개로 집계할 수 있다. 훼손 및 소멸 상태와 상관없이 누정 존재의 시기별 추이를 살펴보면, 16세기에 3개, 17-18세기에 11개, 19세기에는 32개이다. 18세기 『여지도서』의 편찬 시기를 고려할 때, 대부분의 누정이 18세기 후반부터 건립되었다가 소멸되었음을 추정해볼 수 있다. 이 가운데 낙동강 연안에 위치한 것은 모두 11개이다. 위의 표에서 유색으로 표시해 구분했는데, 이 11개 누정의 위치를 정리해 보면 아래와 같다.

---

16   양소루에 대해서는 曺偉(1454-1503)의 「善山養素樓記」(『梅溪集』 권4 수록)에서 그 내력을 확인할 수 있다. 『신증동국여지승람』에도 조위의 기문이 수록되어 있다.

[표 2] 선산 지역 낙동강 연안의 누정 위치와 건립 배경

누정명	위치	건립배경
月波亭	낙동강 鯉埋淵 하류 餘次尼津 위	閔霽(1339-1408)의 명으로 崔關이 고을에 부임해 건립 *1399년경
鸕鶿亭	낙동강 서쪽 언덕 노자암 위	
松堂	태조산, 낙동강가에 임해있고 冷山을 마주 하고 있음	朴英(1471-1540)이 건립 *1530년대
梅鶴亭	孤山 위, 낙동강과 감천이 교류하는 곳	黃耆老(1521-1567) 건립 *1533년
滄巖亭	노자암 상류 낙동강변 바위절벽 위	진사 金世忠이 거처, 폐허
綠野亭	해평리 孤山 위	최치운, 최치우 형제가 건립
灑然亭	楓川 위, 좌측으로 낙동강이 흐름	
詠歸亭	월파정 뒤쪽 鯉埋淵 아래	盧景任(1569-1620)이 건립 *1613년
洛西亭	府 남쪽 緋山津 위	李墀(1629-1704)가 건립
獨醒亭	낙동강 鯉埋淵 위	
龍首巖	府 동쪽 甑峰 아래 낙동강 위	

낙동강 연안의 11개 누정 중에 오랜 시간 동안 그 명맥을 유지했던 것은 월파정과 매학정 두 곳뿐임을 알 수 있다. 월파정이 매학정보다 조금 이른 시기에 지어졌으니 그 역사가 좀 더 길다고 할 수 있겠다. 17-18세기 지리지에 어김없이 등장했던 노자정과 송당의 경우 19세기에 이르러서는 훼철되거나 무너져 빈터만 남았다. 그리고 17세기 최현의 『일선지』에서부터 그 존재가 나타나든 녹야정·쇄연정·영귀정은 영귀정이 『동국여지지』에 수록된 것을 제외하면 19세기 『일선읍지』에서만 확인된다. 앞에서 언급했듯이 『일선읍지』 는 최현의 『일선지』를 토대로 고종대까지의 내용을 추보한 것이다. 녹야정 이나 쇄연정의 경우 최현·김윤안 등 17세기 몇몇 문인들의 문집에서만 그 자취를 드물게 확인할 수 있을 따름이다. 영귀정은 노상추盧尙樞(서산와西山窩, 1746-1829)가 1763년부터 1828년까지 기록한 『노상추일기』에 간혹 등장하지

만 일기에서 빈터라고 표기한 것으로 보아 18세기 후반에 이미 건물은 사라지고 이름만 남은 것으로 파악된다.

낙서정은 19세기 지리지에서 이미 없어진 것을 확인할 수 있고, 독성정은 『일선읍지』에서 그 존재가 확인되지만 역시 『노상추일기』에서 빈터로 기록되었기에 사실상 언제 세워져서 언제 허물어졌는지 그 역사적 자취를 파악하기가 쉽지 않다. 용수암은 19세기 지리지에서 대부분 확인되고 『노상추일기』에서도 드물게 언급되었지만, 건립 후 시간이 그렇게 길지는 않았다고 하겠다.

아래의 지도는 1832년 간행된 『경상도읍지』 9책에 수록된 '선산도호부'의 지도이다. 낙동강 연안에 위치한 대표적인 누정을 표기하고 있음을 볼 수 있는데, 대략 4곳 정도이다.

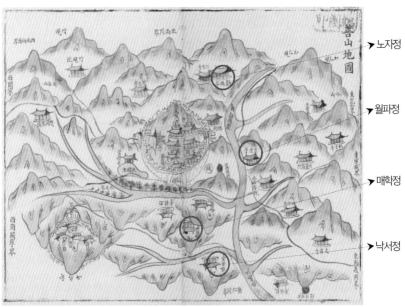

[그림 2] 19세기 선산지역 낙동강 연안 누정 분포

선산 지역에 많은 누정들이 생성되고 또 소멸했다. 그중에서 오랜 시간 동안 그 명맥을 유지했던 곳은 사실상 위의 지도에 표기된 누정 정도라고 할 수 있겠다. 그러나 낙서정은 건립부터 소멸까지 다른 누정에 비해 그 시간 이 비교적 짧았으므로, 월파정·노자정·매학정 3곳 정도만이 긴 시간의 역사 를 자랑한다고 할 수 있을 것이다. 그리고 지금까지 남아있어 그 자취를 확인 할 수 있는 누정으로는 이 중에서 매학정이 유일하다고 하겠다. 이 때문에 낙동강 연안에 위치한 누정의 제영시는 이 3곳을 제외하면 몹시 소략한 형편 이다.

월파정의 경우 권근·서거정·김종직·성현·송순·노경임·정약용 등의 제영 시들이 다수 남아있다. 그러나 정약용이 "우리나라에 월파정月波亭이라고 불 리는 정자가 세 군데 있는데, 나는 세 곳에 모두 가보았다."라며, 하나는 영남 의 낙동강가에 또 하나는 노량진의 서편에 그리고 마지막 하나는 황주성黃州 城 동쪽에 있다[17]고 언급한 것처럼 월파정 제영시를 추출해 그 현황을 정리하 는 것은 작품과 작자 모두 면밀하게 살펴 판단할 필요가 있어 보인다. 노자정 은 긴 시간의 역사에 비해 제영시는 그다지 많이 남아있지 않다. 김윤안金允安 (동리東籬, 1560-1622) 등 약 8명 정도가 파편적으로 노자정 제영시를 남긴 것으 로 파악되는 정도이다.

3. 매학정의 건립과 역사적 자취

『일선지』에도 기록되어 있듯이 매학정은 황기로黃耆老(고산孤山, ?-1567)가 건립한 것이다. 그러나 그 구체적인 시기와 배경에 대해서는 상세하게 기록

---

17   정약용, 『다산시문집』 권14, 「黃州月波樓記」.

하지 않았는데, 아래의 예문을 보면 대략의 배경을 파악할 수 있다.

처사處士 황공黃公[황기로黃耆老]은 우리 동방의 초성草聖이다. 영남 지역
낙동강 서쪽의 보천탄寶泉灘 위에 정자를 짓고는 산을 고산孤山이라 부르고
정자는 매학정梅鶴亭이라 불렀는데, 이는 대개 화정和靖 임포林逋를 흠모해서
이다. 공의 선조先祖께서 일찍이 이 지역을 좋아하였으므로, 공이 선대의 뜻
을 이어받아 정자를 지은 것이다. 그 해는 가정嘉靖 계사년癸巳年(1533, 중종
28)으로, 지금으로부터 140여 년 전이다.[18]

정두경鄭斗卿(동명東溟, 1597-1673)이 황기로의 외예손 이동명李東溟(학정鶴汀,
1624-1692)의 요청으로 칠언율시「매학정梅鶴亭」을 창작해 줄 때 서문도 함께
써주며 '매학정'의 내력을 언급한 바 있다. 위의 글은 그 가운 데 일부이다.
황기로가 중국 송나라의 임포林逋를 흠모했기에, 그가 서호西湖의 고산孤山에
은거하며 매화나무를 심고 학을 기르며 지낸 것을 본받아 황기로 본인도
낙동강변의 낮은 산을 고산이라 부르고 그곳에 매학정을 지었다고 언급했다.
그리고 그때를 1533년(중종 28)이라 기록했다. 아마 이동명이 그렇게 알려준
것으로 보여진다. 황기로는 글씨와 초서로 유명하지만, 정작 그의 행적과
선대에 대해서는 자세하게 알려져 있지 않다. 부친 황계옥이 조광조를 탄핵
한 것 때문에 출사의 뜻을 접고 선산에 매학정을 지어 그곳에서 필법을 익히
며 노년을 보냈다는 사실 정도가 전해질 따름이다.[19]

---

18 鄭斗卿,『東溟集』권7,「梅鶴亭幷序」, "處士黃公, 我東草聖. 作亭於嶺南洛江之西寶泉之上, 山
   號孤山, 亭號梅鶴, 蓋慕林和靜也. 公先祖嘗愛此地, 公承先志結構焉. 在嘉靖癸巳, 去今百四十餘
   年矣."
19 황기로의 부친 黃季沃은 正德 癸酉年[1513]에 進士試에 입격했고, 靜庵 趙光祖의 죄를 청하
   는 상소를 올렸다. 조부 黃瑾은 牧使로 호는 橡亭이다. 증조부 黃允獻은 한성부 參軍을 지냈
   으며 낙동강가에 無盡亭을 건축했다고 한다.(宋純,『俛仰集』권3,「次黃上舍[耆老]梅鶴亭韻」)

송순宋純(면앙정俛仰亭, 1493-1582)은 1552년(명종 7) 선산도호부사로 부임해 황기로의 매학정을 유람하면서[20] 3편의 시를 남긴 바 있다. 그중 1편이 황기로의 매학정시에 차운한 것이다. 이로 보아 당시에 선산을 방문하는 사람들이 매학정을 찾아 유람할 만큼 이미 명성이 나 있었던 것으로 파악된다. 그 배경에는 황기로의 사위 이우李瑀(1542-1609)의 영향력도 적지 않다. 이우의 호는 옥산玉山이고 본관은 덕수德水인데, 이이李珥(1536-1584)의 동생이라는 점에서 후대의 문인들이 더욱 주목한 경향이 있다. 앞에서 언급한 황기로의 외예손 이동명이 곧 이우의 증손자이다. 이동명은 이우의 시문을 수집해 간행을 도모했고, 그 과정에서 송시열宋時烈(1607-1689)에게는 서문과 묘표墓表를 이단하李端夏(1625-1689)에게는 옥산전玉山傳을 요청했다. 아래의 예문은 이단하가 쓴 옥산전의 일부분이다.

> 만년에 일선一善[선산]의 처가로 돌아가 고산孤山의 매학정梅鶴亭을 수리해 낚시질로 스스로 즐거워하였다. 호號를 옥산주인玉山主人이라 하였는데, 유고遺稿 2권이 집안에 보관되어 있다. 감사 최현崔晛이 『일선지』를 저술하면서 공에 대해 별도로 입전立傳했으며, 수록한 그의 시편詩篇 제목에 '일선삼절一善三絶'이라고 표기했다. 덕산황씨德山黃氏를 배필로 맞이했으니, 고산처사 황기로의 딸로 친척과 이웃들이 그 어진 덕행을 칭송했다. 슬하에 1남 2녀를 두었는데, 아들은 경절景節이다.[21]

이우가 말년에 선산의 처가로 내려가 장인의 매학정을 수리해 그곳에서

---

20 宋純, 『俛仰集』 권5 附錄, 「年譜」, "壬子嘉靖三十一年(明宗七年), 先生六十歲. 閏三月二十三日, 命敍外任, 二十六日, 降授善山都護府使. …(중략)… ○遊黃孤山耆老梅鶴亭."

21 李瑀, 『玉山詩稿』 附錄, 「玉山傳」[李端夏], "晩年歸一善婦家庄, 修孤山梅鶴亭, 漁釣自娛, 號玉山主人, 有遺稿二卷藏于家. 崔監司俔[*晛의 오기]著一善志, 於公別立傳, 錄所著詩篇, 題曰一善三絶. 配德山黃氏, 孤山處士耆老之女, 親戚鄕黨 推其賢德, 有一男二女, 男景節."

낚시를 즐기며 시간을 보냈다는 기록이 분명하다. 이때가 대략 1605년(선조 38)년으로 추정되는데, 그는 4년 뒤 처가에서 세상을 떠났고 자손들이 선산 무래산舞萊山에 장사지냈다. 이우는 덕산황씨와 혼인해 1남 2녀를 두었고, 그 아들이 이경절李景節(1571-1640)이다. 이경절은 1606년(선조 39) 진사시에 합격 했지만 이후 과거에 대한 뜻을 접고 매학정에서 날마다 향리 사람들과 소요 하며 은거했다고 한다.[22] 인조반정 이후에 관직에 나아가 황산도찰방, 문경현 감 등 여러 관직을 역임했다. 최유연崔有淵(1587-1656)이 쓴 이경절의 행장에 따르면, 이경절은 매학정의 정침正寢에서 임종했다고 한다.[23] 이경절은 광주 김씨와 혼인했는데, 공조참의 김영남金穎男(1555-1617)의 딸이다. 사이에 3남을 두었으니 이집李楫·이교李稿·이곤李稇이고, 장남 이즙(1597-1671)이 심광세沈光 世(1577-1624)의 딸 청송심씨와 결혼해 5남 1녀를 두었다. 이중 차남이 곧 이동 명이다. 송시열은 이경절의 묘갈명뿐만 아니라 이즙의 묘갈명도 지었는데, 그 가운데 일부 내용을 보면 아래와 같다.

> 선산부에 매학정이 있는데, 그 좋은 경치가 남쪽에서 으뜸인 까닭에 황공 [황기로]이 건립했다고 들었다. 옥산 이우가 황공의 사위가 되었는데 한성에 서 거처할 때부터 자손들이 가문을 이루었다. 옥산에게 아들이 있었는데, 사의司議 경절景節이라고 한다. 사의가 김영남의 딸에게 장가들어 공을 낳았 으니 공의 휘는 집楫이다. …… 마침내 다시는 서울로 돌아가지 않고, [선산으 로] 돌아가 매학정에서 호산湖山의 즐거움을 누렸다. 숭정 신해년(1671) 3월 28일 향년 75세로 매학정에서 졸하였다.[24]

---

22   宋時烈, 『宋子大全』 권175, 「司議贈左承旨李公墓碣銘」, "所居善山, 有梅鶴亭別業, 公日與鄕人 逍遙其上, 若將終身焉."

23   崔有淵, 「故聞慶縣監李公行狀」, 『玄巖遺稿』 권4, "公外祖孤山處士黃公耆老也, 草聖傳天下, 家 洛濱, 以此自皇考卜居洛濱. 庚辰九月, 公卒於梅鶴亭之正寢."

24   宋時烈, 『宋子大全』 권177, 「平昌郡守李公墓碣銘」, "善山府有梅鶴亭, 其勝致甲於南州, 故聞人

송시열은 이우부터 이경절, 그리고 이즙까지 이르는 3대의 묘도문자를 모두 작성했다.[25] 이 글들에서 그가 꼭 언급했던 것은 이이와의 관계 그리고 선산의 매학정이었다. 위의 글에서는 생략했지만 송시열은 이즙의 묘갈명에서도 덕수이씨 가문이 예부터 명문거족이었으며 이우가 율곡의 동생임을 적시했다. 묘갈명대로라면 이즙은 평창군수를 마지막으로 서울로 돌아가지 않았고, 선산으로 내려가 매학정에서 산수를 즐기다가 그곳에서 세상을 떠난 것이다.

이동명은 선대의 유업을 계승하기 위해 전력을 다했던 것으로 파악된다. 증조부 이우의 문집 간행을 주도한 것이나 송시열에게 조부와 부친의 묘도문자를 부탁한 것 등이 이러한 의지의 결과물일 것이다. 무엇보다 매학정을 복구하면서 그에 대한 제영시를 당대 유명 문인들에게 널리 요청하고 수집하기 위해 많은 힘을 쏟았는데, 정두경은 「매학정」의 시서詩序에서 이동명의 이러한 노력에 대해서도 아래와 같이 기록했다.

> 임진년을 거친 이후로부터 정자는 무너져 없어지고 단지 그 터만 남아 있었으므로 호사가들이 한스럽게 여겼다. 사군使君 이동명李東溟이 황공의 외예로서 개연히 정자를 다시 지을 뜻을 가지고 경영하니 찬란하게 옛 모습을 회복했다.[26]

黃公耆老所築, 李玉山瑀爲黃氏壻, 自漢師寓居, 而子孫因家焉. 玉山有子, 曰司議景節, 司議娶參議金穎男女, 生公, 公諱稯. …(중략)… 遂不復至京邑, 歸享湖山之樂于梅鶴亭. 崇禎辛亥三月廿八日, 享年七十五 而卒于梅鶴亭."

25 모두 『송자대전』에 수록되어 있다. 「軍資監正李公墓表」(『송자대전』 권193)는 이우의 묘표이고, 「司議贈左承旨李公墓碣銘」(권175)는 이경절의 묘갈명이며, 「平昌郡守李公墓碣銘」(권177)은 이즙의 묘갈명이다. 이우의 묘표는 그의 시집 『옥산시고』에도 수록되어 있다.

26 鄭斗卿, 『東溟集』 권7, 「梅鶴亭幷序」, "自經壬辰以後, 亭已毁滅, 只有基址, 好事者恨之. 李使君東溟, 卽黃公外裔, 慨然有堂構之志, 經之營之, 煥然復古."

임진왜란을 거치고 시간도 오래 지나면서 매학정은 점차 허물어졌던 것으로 보인다. 이우가 장인의 매학정을 수리해 은거하고, 아들 이경절 역시 정자에서 많은 시간을 보내다가 1640년(인조 5) 매학정의 정침正寢에서 숨을 거두었다는 사실을 염두에 두면 이 기간 동안에는 매학정의 외형이 어느 정도는 유지되었던 것 같다. 그러다 어느 순간 완전히 허물어진 것으로 보이는데, 조임도趙任道(1585-1664)가 「매학정회고梅鶴亭懷古」를 지으면서 첫 구절에 "가을바람에 배를 저어 맑은 강 거슬러 올라가, 오래되어 무너진 고산孤山의 정자를 방문하였네."라고 한 것에서도 그 사실을 추측해 볼 수 있다. 조임도는 시 후반부에서 이름만 남은 매학정이 처량하다며 오랫동안 관리하지 않은 것에 대해 슬프다고 표현했다.[27]

무너진 정자를 이동명이 완전하게 복구했던 시기는 1653년쯤으로 파악된다. 황기로가 매학정을 건립한 것은 1533년(중종 28)이었다. 이이명李頤命(1658-1722)이 쓴 「매학정제영록발梅鶴亭題詠錄跋」에 따르면, 정자가 건립되고 60여 년이 지났을 때 전쟁으로 인해 정자가 불타 섬돌이 파손되고 기와가 부서졌다고 했 다. 그리고 다시 60여 년이 지난 즈음에 이동명이 선조의 유업을 계승하려는 독실한 효심으로 오래된 정자를 중건해 학을 기르고 매화를 심었다고 했다.[28] 매학정 복구 시기를 1653년(효종 4)으로 추정하는 것은 이이명의 이 기록에 의거해서이다. 이동명은 매학정을 새롭게 단장한 후 당대 유명 문인들에게 시와 기문을 받기 위해 광폭 행보를 보였다. 매학정 제영의 창작자와 작품 현황을 살펴보면 그의 이러한 노력이 어떤 결과를 만들어 냈는지 뚜렷하게 나타난다.

27　趙任道, 『澗松集』 권2, 「梅鶴亭懷古」, "西風一棹泝空明, 來訪孤山舊廢亭. 日暮殘雲棲古樹, 秋深缺月印寒汀. 琴書寂寞今何處, 梅鶴凄涼只有名. 惆恨名區久無管, 一江鷗鷺亦含情."

28　李頤命, 『疎齋集』 권10, 「梅鶴亭題詠錄跋」

이우가 선산 처가로 내려온 후 그의 자손들은 선산에 대대로 세거했다. 이동명의 주거지는 선산부 망장면 예곡리였는데,[29] 이후 이정화李鼎華(1650-?) - 이광의李廣義(1675-1749) - 이수해李壽海 - 이춘빈李春彬 - 이서李曙 - 이재철李載喆 - 이민복李敏復 - 이기영李琦永에 이르기까지 계속해서 같은 곳에서 거주했음을 확인할 수 있다.[30] 남아있는 기록으로만 볼 때 매학정과 선산 덕수이씨 가문의 직접적인 연관성은 이동명 대까지만 확인된다. 그 이후 매학정의 자취에 대해서는 앞의 장에서 살펴보았던 선산 관련 지리지와 다음 장에서 살펴볼 약간의 시문에서 그 존재 확인이 가능한 정도이다.

선산 지역에 세거했던 노상추盧尙樞(1746-1829)가 남긴 일기에 매학정이 간혹 등장하는데, 관찰사 일행이 선산을 지나가거나 선산부사가 뱃놀이를 할 때 경유했던 곳으로 기록되었다. 낙동강을 오르내리는 뱃길의 중간 나루터 역할을 주로 했던 것으로 파악된다. 그런가하면 노상추의 조카가 매학정을 방문해 상인喪人 이윤빈李胤彬을 조문했다는 기록이 보이기도 한다. 이윤빈에 대한 인물정보는 상세하지 않지만, 이우의 6세손 이춘빈의 항렬을 볼 때 덕수이씨 문중의 인물이었을 것이다. 노상추가 일기를 기록한 기간은 1763-1828년까지이다.[31]

송병선宋秉璿1(836-1905)·송병순宋秉珣(1839-1912) 형제가 1866년(고종 3) 금오산을 유람할 때 매학정에 들러 송시열의 매학정시에 차운한 작품이 나란히 남아있는데,[32] 송병순의 시 마지막에 '정자가 불타고 재만 남아 근래 비로소

---

29 이동명 준호구 참조. 선산 덕수이씨 문중의 자료들은 현재 오죽헌시립박물관에 소장되어 있다. 한국학자료센터 강원권역센터에서 이 문중의 자료들을 해제하여 DB정보로 구축했다.
30 이들의 호구단자와 준호구 또는 교지류 자료들이 대거 남아있으므로, 이 자료들에 의거해 그 거주지를 명확하게 알 수 있다.(한국학자료센터 강원권역센터[http://cksm.kangwon.ac.kr]) 참조]
31 『(국역)노상추 일기』 1-3, 한국사료총서 번역서 11-13, 국사편찬위원회[한국사데이터베이스].

중건했기에 제2연에서 이렇게 말한 것이다[亭入於火劫 近始重建 故第二聯云]'라는 주석이 보인다. 매학정의 역사적 자취에 대한 마지막 기록이다. 이 기록으로 본다면 지금의 매학정은 19세기 전반에 불타 없어졌다가 1866년직전에 중건된 것이다.

매학정은 1974년 경상북도 기념물 제16호에 지정되었다. 현재 행정구역 주소는 경상북도 구미시 고아면 예강리[예곡]이며, 덕수이씨 문중의 소유이다. 매학정 앞의 안내문을 참고하면 황기로가 1533년 조부의 뜻을 받들어 처음 건립하였고, 1862년(철종 13)에 화재를 입은 것을 황기로의 7대손 황민술黃敏述이 원래의 자리에 다시 지었다고 한다. 누정에 걸린 현판들을 통해 누정의 중수 내력 등을 다시 확인해 볼 수 있다.

4. 매학정 제영시 창작자와 작품 현황

황기로가 매학정을 건립한 이후로 오랜 시간 동안 많은 문인들이 매학정을 노래했다. 초기에는 주로 누정을 방문한 이들이 낙동강변의 뛰어난 경치를 읊으며 은연중에 황기로를 떠올리거나 누정에 얽힌 이야기를 담아내는 것이 일반적이었다. 황기로를 제목에 직접적으로 언급하기도 했는데, 예컨대 신광한의 「書孤山黃[耆老]梅鶴軒」이나 송순의 「次黃上舍[耆老]梅鶴亭韻」, 임억령의 「孤山梅鶴亭」 또는 황준량의 「梅鶴亭八景爲黃台叟次林石川韻」과 「次申駱峯韻贈黃台叟梅鶴亭」과 같은 작품들이다. 1533년부터 1866년까지 약 330년 동안 40명에 달하는 인물들이 매학정 제영시를 창작했다. 매학정 제영시를

---

32 宋秉璿, 『淵齋集』 권1, 「梅鶴亭 敬次文正公韻」; 宋秉珣, 『心石齋集』 권3, 「梅鶴亭 敬次文正先祖板上韻 二首」

창작한 인물들과 그 작품 현황을 살펴보면 아래의 도표와 같다.

[표 3] 매학정 제영시 창작자와 작품 현황

성명	생몰연도	시 제목	수록문집
申光漢	1484-1555	書孤山黃[耆老]梅鶴軒	『企齋集·別集』 권1
宋純	1493-1582	次黃上舍[耆老]梅鶴亭韻 2수	『俛仰集』 권3/ 『一善誌』
		五月十五夜 與天章同宿梅鶴亭 2수	『俛仰集』 권3
		梅鶴亭與諸公飮酒 *『면앙집』에는 「自海平歷參司馬會於江亭」이란 제목으로 2수가 수록	『俛仰集』 권3/ 『一善誌』
林億齡	1496-1568	孤山梅鶴亭	『石川詩集』 권4
		再用梅鶴亭韻	『石川詩集』 권6
成運	1497-1579	次梅鶴堂韻 *『일선지』에는 「次梅鶴亭韻」	『大谷集』 권상/ 『一善誌』
趙昱	1498-1557	題梅鶴亭 3수	『一善誌』
李滉	1501-1570	次[梅鶴亭]	『一善誌』
李楨	1512-1571	次梅鶴亭韻 丁未	『龜巖集』 권1
		次梅鶴亭韻二首 *一首入元集	『龜巖集·續集』 권1
黃俊良	1517-1563	梅鶴亭八景 爲黃台叟 次林石川韻	『錦溪集』 권2/ 『一善誌』
		次申駱峯韻 贈黃台叟梅鶴亭	
		梅鶴堂 次退溪韻	
		次[梅鶴] 2수	『一善誌』
李珥	1536-1584	訪梅鶴亭	『栗谷全書·拾遺』 권1
鄭崐壽	1538-1602	梅鶴亭 別從弟進 甥盧克	『栢谷集』 권1
李瑢	1542-1609	梅鶴亭卽事	『玉山詩稿』 詩
		梅鶴亭 贈李伯生戚兄 辛未春	
金涌	1557-1620	次孤山梅鶴亭韻 贈李生景節 2수	『雲川集』 권1
洪瑋	1559-1624	題梅鶴亭	『西潭集』 권1

성명	생몰연도	시 제목	수록문집
金鎏	1571-1648	次石心韻 題梅鶴亭帖	『北渚集』 권1
趙任道	1585-1664	梅鶴亭懷古	『澗松集』 권2
		孤山梅鶴亭懷古 [*위와 같은 시]	『澗松集·續集』 권1
金烋	1597-1638	送別黃伯見	『敬窩集』 권2
鄭斗卿	1597-1673	梅鶴亭 幷序	『東溟集』 권8
金得臣	1604-1684	梅鶴亭古基(7언절구)	『柏谷詩集』 책2
		梅鶴亭古基(5언율시)	『柏谷詩集』 책3
宋時烈	1607-1689	次李百宗[東溟] 梅鶴亭韻	『宋子大全』 권4
		書孤山梅鶴亭題詠卷後	『宋子大全』 권148
兪㻽	1614-1690	寄題梅鶴亭 幷序	『秋潭集』 권亨
李翔	1620-1690	題梅鶴亭圖	『打愚遺稿』 권1
李翊相	1625-1691	李承宣百宗[東溟] 送孤山梅鶴亭題詠 索拙語甚勤 次軸中韻以博一粲	『梅磵集』 권5
李敏敍	1633-1688	次孤山梅鶴亭韻 贈主人李百宗[東溟] 2수	『西河集』 권4
		寄題李承旨百宗梅鶴亭	『西河集』 권5
金錫胄	1634-1684	寄題梅鶴亭	『息庵遺稿』 권4
		再題梅鶴亭	
趙持謙	1639-1685	次鄭君平韻 寄李承宣[東溟]梅鶴亭	『迃齋集』 권1
任埅	1640-1724	次韻題梅鶴亭詩帖	『水村集』 권5
李畬	1645-1718	次尤丈和溟翁韻 題李承旨[東溟]梅鶴亭詩卷	『睡谷集』 권1
李世龜	1646-1700	望孤山先賦	『養窩集』 책2
		梅鶴亭 次主人李公[瑀] 壁上懸板韻	
趙正萬	1656-1739	梅鶴亭 庚寅	『寤齋集』 권1
李頤命	1658-1722	追和梅鶴亭題詠韻 幷序	『疎齋集』 권1
		梅鶴亭題詠錄跋	『疎齋集』 권10
申聖夏	1665-1736	善山梅鶴亭	『和菴集』 권2
金鎭商	1684-1755	梅鶴亭 次玉山韻	『退漁堂遺稿』 권3

성명	생몰연도	시 제목	수록문집
鄭基安	1695-1755	梅鶴亭 次族祖東溟公韻	『晩慕遺稿』 권1
宋明欽	1705-1768	梅鶴亭 別權弟亨叔[震應]	『櫟泉集』 권2
李胤永	1714-1759	梅鶴亭	『丹陵遺稿』 권4
李重慶	1724-1754	到梅鶴亭有感	『雲齋遺稿』 권1
姜鼎煥	1741-1816	梅鶴亭主人李仲涉 泛舟下飛山津 先吟一律 余在座次之	『典庵集』 권2
宋秉璿	1836-1905	梅鶴亭 敬次文正公韻	『淵齋集』 권1
宋秉珣	1839-1912	梅鶴亭 敬次文正先祖板上韻 二首	『心石齋集』 권3

황기로의 문집이 별도로 남아있지 않고 『일선지』나 기타 관련 지리지에도 황기로의 매학정 시는 그 흔적이 남아있지 않다. 다만 누정에 걸린 현판에서 황기로가 1549년(명종 4)에 조부 황필黃㻶의 시에 차운한 작품을 확인할 수 있다. 황기로의 매학정시를 차운한 작품은 송순의 「次黃上舍[耆老]梅鶴亭韻」과 임억령의 「再用梅鶴亭韻」, 그리고 성운·조욱·이황·이정의 작품이다. 성운과 이정의 시는 본인의 문집과 『일선지』에 모두 수록된 반면, 조욱과 이황의 시는 문집에서 찾아볼 수 없다.[33]

송순의 시 3편은 그가 1552년(명종 7) 선산부사로 부임했을 때 매학정을 직접 방문해 창작한 것이다. 모두 문집에 수록되어 있는데, 『일선지』에 「梅鶴亭與諸公飮酒」이라는 제목으로 실린 작품은 송순의 문집인 『면앙집』에는 「自海平歷參司馬會於江亭」이란 제목으로 2수가 실려 있다. 강정江亭이 매학정을 가리켰던 것으로 보인다. 임억령의 경우 어떤 계기로 매학정 제영시를 지었는지 분명하지 않다. 다만 1542년(중종 37) 선위사宣慰使가 되어 영남에

---

33 『일선지』에 수록된 조욱의 「題梅鶴亭」 3수는 첫 번째 작품만 韻字가 같고 뒤의 2수는 韻字가 다르다. 수록하는 과정에서 오류가 있었던 것으로 보이는데, 정확한 배경을 알기는 어렵다.

가서 일본사신을 영접한 이력이 있는데, 이때 매학정을 방문할 기회가 있었던 것이 아닌가 싶다. 성운·조욱·이황·이정의 매학정시도 그 창작배경을 파악하기가 쉽지 않다. 성운의 경우 시에서 황기로를 처사에 빗대어 직접적으로 언급하며 마지막 구절에서 "명리를 잊고 은거한 지가 벌써 십 년이라[逃世忘名己十年]"라고 했으므로, 황기로가 매학정을 짓고 은거한 지 10년 정도 지났을 때 창작한 것이 아닌지 그 창작 시기 정도만 조심스럽게 추측해 볼 수 있는 정도이다.

황준량은 매학정 제영시를 가장 많이 남겼다. 시 제목에서 직접적으로 황태수黃台叟에게 준다고 밝혔을 뿐만 아니라, 그곳의 여덟 경치를 별도로 읊을 정도로 황기로와 가깝게 지냈던 것으로 보인다. 『일선지』에 실린 차운시 2수는 황기로의 시에 차운한 것으로 보이는데, 이 시는 황준량의 문집인 『금계집』에는 수록되어 있지 않다. 다른 시들은 신광한과 임억령 그리고 이황의 시에 차운한 것으로, 이 사실을 염두에 두면 초기에 매학정 제영시를 남긴 인물들은 어떤 형태였든 간에 황기로를 중심으로 직간접적으로 연결되어 있었다고 볼 수 있겠다.

매학정 건립 초기의 제영시들은 창작 배경에 있어서 정자 주인 황기로와 매학정 그 자체에 연결고리가 닿아있었다. 그러나 황기로가 사위 이우에게 매학정을 물려주고, 이우가 만년에 처가인 선산으로 내려와 매학정에 은거하면서 매학정에는 율곡의 동생인 옥산 이우의 자취가 깃들기 시작했다. 이이가 지은 「訪梅鶴亭」에는 매학정을 방문했을 때 주인 황기로가 자신을 반갑게 맞이하는 모습이 형상화되어 있고, 그와 성주에서 우연히 만났던 것이 자신이 원하던 바였다고 직접적으로 언급하기도 했다. 이이는 1557년(명종 12) 성주목사에 재직중이던 노경린盧慶麟의 딸과 혼인했기에, 혼인 당시 성주를 오고 갔을 때 황기로와 인연을 맺었던 것으로 보인다. 이러한 배경 위에서 동생

이우가 황기로의 사위가 되었던 것이다. 이우는 매학정을 소재로 두 편의
시를 지었다.

위의 도표를 보면 옥산 이우의 제영시 아래로 대부분 서인 노론계 인물임
을 확인할 수 있는데, 그중 김용·홍위·조임도·김휴 등 극소수의 인물만 영남
남인계로 분류할 수 있을 따름이다. 김용은 김성일의 조카이자 이황의 손녀
사위이다. 1599년(선조 32)부터 2년 동안 선산부사를 역임한 바 있다. 김용의
시는 황기로의 매학정시에 차운해 이경절에게 준 것이었다. 시 제목의 세주
에는 이경절을 이우의 아들이 아닌 고산 황기로의 외손으로 표기하고 있다.
홍위는 군위 출신으로 유성룡의 문인이었고, 정경세·이준·장현광 등과 교유
했던 인물이다.

함안 출신 조임도는 장현광의 문인으로 퇴계 이황 - 한강 정구 - 여헌
장현광의 학맥을 계승했다. 앞에서 잠깐 언급했지만 조임도가 매학정을 찾아
갔을 때는 정자가 거의 무너졌을 때였다. 조임도 역시 그곳에서 황기로만을
떠올리며 시를 지었다. 김휴 역시 장현광의 문인이다. 김휴는 매학정에서
황백견黃伯見을 송별하며 시를 지었는데, 황백견은 시 제목 아래 세주에 따르
면 이름이 황진룡黃震龍으로 황기로의 족손族孫이라 했다. 이러한 사실들로
본다면 영남 출신의 남인계 인물들은 의식적이었든 무의식적이었든 매학정
을 두고 시를 지을 때 황기로는 떠올릴지언정 이이와 이우는 배제되었다.
그것은 창작 배경에 있어서도 마찬가지였다.

17세기 중엽부터 매학정 제영시가 서인 노론계 인물들의 작품으로 가득
차게 된 것은 이우의 손자 이동명의 영향력 때문이었다. 이동명李東溟의 자는
백종白宗, 호는 학정鶴汀이다. 1652년(효종 3) 증광문과에 병과로 급제해 경주
부윤, 예조참의, 서천군수, 청송부사 등을 역임하였다. 1689년(숙종 15) 기사환
국 때 부령富寧으로 유배되었다가 4년 뒤인 1692년에 유배지에서 죽었다.

아래의 예문은 정호鄭澔(1648-1736)가 지은 이동명의 신도비명 중에 일부분이다. 정호는 송시열의 문인이자 정철의 고손자이다.

> 공[이동명]이 일찍이 매학정 옛터에 정자를 새롭게 수리해서는 항상 초야의 옷에 지팡이를 짚고 낮밤으로 노닐었다. 우암尤庵선생부터 정두경 공, 김식암[김석주], 남호곡[남용익] 등 여러 공들이 모두 시를 지어 노래하였다.[34]

이동명이 매학정을 새롭게 수리해 그곳에서 노닐었다는 것과 송시열부터 정두경, 김석주 남용익 등 여러 문인들이 매학정 제영시를 지었다는 사실이 기록되어 있다. 정호는 이동명의 신도비명을 쓰면서 "영남 선비들의 습속이 당론黨論에 고질병이 있는데, 공의 교도教導에 힘입어 나아진 효과가 없지 않았다."라거나 "기사년己巳年(1689)에 이르러 기미를 틈타 독기가 뻗쳐 우암 송선생이 먼저 참화를 당하자 이에 공이 송모宋某의 당黨으로 '선한 무리를 해쳤다[戕害善類]'라고 지목되면서 마침내 유배를 당했으니 심하구나! 당고지 화黨錮之禍여."[35]라고 기록했다. 이동명은 송준길을 효종의 묘정에 배향시키자고 상소한 바 있으며, 노론의 영수 송시열·이이명 등과도 매우 가깝게 교류했다. 결국 기사환국때 송시열의 당으로 지목되어 유배를 당할 만큼 그는 노론계 핵심 인물로 활동했다. 이동명의 이러한 정치적 입지와 행적에 힘입어 서인 노론계의 쟁쟁한 인물들이 매학정 제영시를 창작했던 것이다.

송시열과 이이명이 『매학정제영록』에 각각 발문을 쓴 것이나[36] 김류와

---

34 鄭澔, 『丈巖集』 권15, 「府尹李公神道碑銘」, "公嘗修葺梅鶴舊址, 常以野服藜杖, 日夕徜徉, 自尤庵先生以下如鄭公斗卿·金息庵·南壺谷諸公, 皆爲詩以詠歌之."

35 鄭澔, 『丈巖集』 권15, 「府尹李公神道碑銘」, "嶺南士習, 痼於黨論, 賴公教導, 不無遷幽之效. …(중략)… 及至己巳, 乘機逞毒, 尤庵宋先生首被慘禍, 乃以公黨於宋某, 戕害善類爲目, 卒至竄謫, 甚矣, 黨錮之禍也!"

36 송시열은 「書孤山梅鶴亭題詠卷後」을 이이명은 「梅鶴亭題詠錄跋」을 지었는데, 표-○에서 송

임방, 이여가 시 제목에서 '매학정시첩梅鶴亭詩帖' 또는 '매학정시권梅鶴亭詩卷'
을 직접적으로 언급한 것 그리고 정두경·유창·이민서가 매학정 제영시를
지을 때 병기한 시서詩序 등의 내용을 종합적으로 고려하면, 당시 이동명이
매학정시첩을 만들어 교류하던 문인들에게 보여준 사실과 제영시를 받기
위해 적극적 행보를 보였던 것이 뚜렷하게 드러난다. 아래의 예문은 이이명
이 쓴 발문 중에 일부분이다.

> 이것은 [덕수]이씨 가문에 보관되어 있는 『매학정제영록』인데, 앞뒤로 시
> 문詩文 약간 편이니 모두 아울러 1권이 된다. 황명皇明 가정嘉靖 계사년癸巳年
> (1533)부터 지금 임금의 갑자년甲子年(1684)까지 실로 일백 오십여 년 동안
> 총 60여 명이고, 대부분 당시의 명현名賢, 거공鉅公들이다. 간혹 인물과 시문
> 중에 반드시 취하지 않아도 될 것이 있지만 대개 얻는 대로 기록한 것이어서
> 그다지 분별하지 않았기 때문이다. …… 공이 젊어서부터 조정의 어진 대신
> 들과 두루 교유하며 선대의 아름다움을 선양하고자 가시歌詩를 널리 구하였
> 는데 말년에 이를 때까지도 그만두지 못했다. 이러한 이유로 화양華陽[송시
> 열], 서석瑞石[김만기], 식암息菴[김석주], 송간松磵[이단하], 정군평鄭君平[정
> 두경], 남운경南雲卿[남용익] 등 여러 공들과 나의 숙부인 서하선생西河先生[이
> 민서]이 모두 즐거이 그를 위해 그 일을 칭송하였는데 주옥같은 시편들이
> 권질卷帙에서 빛나니 이 또한 한 시대의 성대한 일이다.[37]

이이명이 본 『매학정제영록』에는 누정이 건립된 1533년부터 1684년까지

약 150년 동안 60명에 달하는 문인들의 창작 제영시가 수록되어 있었던 것으로 보인다. 그가 『매학정제영록』에 실린 시문과 창작자 가운데 일부는 수록할 만한 것이 아니라고 언급한 것은 아마도 당파를 달리했던 인물들에 대한 간접적인 배척이었을 것이다. 주지하듯이 이이명은 당쟁의 격화가 심화되던 시기 노론 4대신 중 한 명이었다. 그러나 매학정은 지리적 위치 자체가 영남의 선산이었고, 역사가 오래된 만큼 다양한 인물들이 제영시를 창작했을 뿐만 아니라 지리적 위치 때문이라도 지역의 문인들이 종종 들를 수밖에 없었던 곳이었다.

위의 예문에서 확인할 수 있는 사실처럼 이동명은 집안에서 보관하던 매학정 제영시를 편집해 『매학정제영록』을 만들었고, 이를 토대로 젊어서부터 말년에 이를 때까지 꾸준하게 주변 문인들에게 제영시를 요청하며 지속해서 제영록을 증보해 나갔다. 그래서 당대 문인들이 대거 참여한 시첩이 완성되었던 것이다. 이이명이 기록한 시첩의 대표적 인물들을 보면 노론계 핵심 인물들임을 재차 확인할 수 있다.

17세기 이동명의 시대를 거치면서 매학정이 서인 노론계 인물들의 제영으로 가득하게 된 것은 물론 이동명의 행적과 노력 때문이었다. 그러나 송시열의 간접적인 영향도 고려할 만한 여지가 있다. 『매학정제영록』 발문과 매학정 차운시, 그리고 이동명의 요청으로 지어 준 이우·이경절·이즙 3대의 묘도문자에서 송시열은 선산의 덕수이씨 집안을 모두 율곡 이이와 연결시켜 이해하고 있다. 매학정은 더 말할 것도 없었다. 아래의 예문은 송시열이 쓴 「書孤山梅鶴亭題詠卷後」 가운데 일부분이다.

이 고산孤山 매학정제영梅鶴亭題詠 1권은 승선承宣 이백종李百宗[이동명]이 편집한 것이다. 고산孤山은 백종百宗의 증조부 옥산공의 유업遺業이며, 옥산은

율곡 선생의 막내 동생이다. 그 시권詩卷 중에 퇴도退陶[이황]와 대곡大谷[성
운] 이상의 시가 들어있는 것은 산에 정자가 있었던 것이 대개 오래되었기
때문이다. 그러나 사람으로 인해 명승지가 된 것은 옥산[이우]으로부터 비롯
된 것을 속일 수는 없다.[38]

송시열은 고산孤山을 이동명의 증조부 즉 이우의 유업으로 인식했다. 또한
앞에서 언급했듯이 단서처럼 이우가 율곡의 동생임을 언급했다. 뒤이어 『매
학정제영록』 안에 수록된 작품 가운데 이황과 성운처럼 그 이전 시대를 살았
던 인물의 작품이 들어간 것은 누정의 역사가 오래되었기 때문이라고 단순하
게 정리했다. 그리고 사람으로 인해 명승지가 된다는 것을 분명하게 덧붙이
며, 고산에 있는 매학정은 옥산 이우 때문에 명승지가 된 것이라고 확실하게
못 박았다. 송시열은 이 글에서 궁극적으로 매학정은 이우 때문에 이름이
났고 이우는 율곡에게 많은 영향을 받았다는 것을 말하고 있다. 황기로가
매학정을 건립했고 그것을 사위 이우에게 물려주었다는 사실은 조금도 언급
하지 않았다. 이동명의 부탁으로 매학정 제영시를 창작했던 다른 서인 노론
계 문인들도 매학정을 인식하는 시각은 비슷했다. 그러나 송시열처럼 심하게
경도되지는 않았다. 이들의 시는 제목에서 이동명을 직접 언급하거나 아니면
매학정시첩에 쓰는 것이라는 것을 명시하거나 또는 이우의 시에 차운한다는
것 등으로 서로의 창작 행위가 긴밀하게 연결되어 있음을 은연중에 보여주고
있다.

이동명의 대가 지나가면서 매학정 제영시는 다시 감소하였다. 누정을 직
접 방문해 시를 짓는 개별적 창작 활동이 산견되는 정도이다. 주목되는 것은

---

38 宋時烈, 『宋子大全』 권148, 「書孤山梅鶴亭題詠卷後」, "右孤山梅鶴亭題詠一卷者, 李承宣百宗
之所編也. 孤山百宗曾王考玉山公之遺業, 而玉山栗谷先生之季弟也. 其卷中有退陶, 大谷以上諸
詩, 山之有亭蓋久矣. 而其因人而勝, 則自玉山不可誣矣."

송병선·송병순 형제가 지은 시이다. 이들은 1866년 금오산 유람 당시 매학정을 방문했고, 그곳에서 누정에 걸린 9대조 송시열의 시를 보게 되었다. 송병순은 그때의 상황을 아래와 같이 기록했다.

> 일행은 곧장 매강梅江에 정박해 매학정에 올랐다. 정자는 고산 황기로 공이 건립한 것으로 사위 옥산 이우에게 물려준 것이다. …(중략)… 몇몇 공의 시판 두세 개가 있었는데, 우리 선조 우옹尤翁[송시열]이 지은 시 두 편도 동쪽 문미門楣에 걸려 있었다. …(중략)… 돌아와 매학정에 오르니 상사 김진영과 옥산 후손 이민재도 와서 모였다. 모여든 젊은 선비들이 둘러앉아 술잔을 돌리다가 선조의 시판 2수에 차운해 시를 지었다.[39]

송시열은 매학정을 유명하게 만든 인물이 곧 율곡의 동생 이우임라고 했었다. 송병선·송병순 형제가 매학정에서 선조 송시열을 추모하며 그에 차운시를 지은 것도 이와 같은 맥락이라 할 수 있다. 그들에게 매학정은 황기로와 이우의 공간이기 전에 송시열이 인연을 맺고 차운시를 창작했던 대상으로서의 공간이었다.[40] 단편적이기는 해도 이러한 지점에서 누정 제영 창작의 지속적인 확산이 이어지는 것이고, 이로 인해 많은 작품들이 축적된다고 할 수 있을 것이다.

---

39 宋秉珣, 『心石齋集』 권12, 「遊金烏錄」, "一行直泊梅江, 登梅鶴亭, 亭是孤山黃公耆老之作, 而付其壻李玉山者也. …(중략)… 有諸公二三詩板, 我先祖尤翁所製二律, 亦揭東楣. …(중략)… 回上梅鶴亭, 金上舍晉永及玉山後孫李敏載亦來會, 莘莘襟佩, 列坐巡觴, 仍次先祖板上韻二首."

40 宋秉璿, 『淵齋集』 권19, 「遊金烏山記」.

5. 문학적 소통 공간으로서의 매학정과 그 의미

전통 시대에 누정은 다양한 용도로 활용되었다. 강학의 장소로 이용되기도 했고, 계회契會·종회宗會·시회詩會 등의 모임 장소로도 이용되었으며, 개인 별장처럼 조용히 은거하는 장소로 이용되기도 했다. 이러한 누정의 활용은 어떤 인물이 어떤 배경에서 어떤 목적으로 어디에 지었는지와 밀접하게 연동된다.

문학적 소통 공간이라는 시각으로 제한해서 보더라도 누정의 활용은 넓고 다양한 스펙트럼을 보여준다. 여러 사람이 누정에 모여 시를 짓는 시회詩會의 공간이 되기도 하고, 누정 신축이나 중건을 기념하기 위해 정자 주인이 일시적으로 축하시를 요청하기도 하며, 개인적으로 방문해서 그 감흥을 읊기도 한다. 개인적인 창작의 경우에도 소통의 측면에서는 역시 단순하지 않다. 방문 계기부터 누정 주인과의 관계나 건립 배경에 대한 이해까지 시에서 드러내는 정서적 소통 양상이 일정한 경향성을 보이기도 하고, 누정에 걸린 시판詩板에 차운할 때에도 선택적 양상을 보여주기 때문이다.

시회詩會처럼 집단 창작의 공간으로서 직접적인 모임 장소로 이용될 때에는 누정 자체가 음영吟詠의 대상이 아닌 경우가 많다. 이때의 누정은 직접적으로 사람들의 문학적 교류를 가능하게 하는 공간 그 자체로서 장소적인 의미가 더 크다고 하겠다. 그러나 누정 자체를 읊은 누정 제영시는 정서적 소통의 측면이 뚜렷해진다. 그것은 시간과 공간을 넘나든다. 매학정 제영시에서 볼 수 있었던 것처럼 오랜 시간의 역사적 배경 때문에 공간 인지가 시간을 종적으로 넘나들기도 하고, 횡적인 시간대를 기준으로 창작자의 공간이 지역을 넘나드는 양상 같은 것이다. 이동명이 동료들에게 요청해 많은 작품들을 수집했지만, 그중에 매학정을 실제로 방문한 이는 거의 없었다.

이동명의 이야기와 먼저 지은 선후배의 작품들을 토대로 누정 공간의 실제적
이미지는 상상만 할 수 있을 따름이었다. 유창兪瑒(1614-1690)은 「寄題梅鶴亭」
를 지으며 쓴 서문에서 아래와 같이 기록한 바 있다.

> 나는 산수를 몹시 좋아해서 매번 아름다운 경치를 만날 때마다 마음을
> 뺏았겼다. 유독 고산孤山의 매학정만은 일찍이 가보지를 못했으니 꿈속에서
> 상상하며 달려간 것이 대개 오래되었다. 이에 승선承宣 이백종李百宗[이동명]
> 이 선외조先外祖 황고산黃孤山[황기로]의 유업을 이어받아 매학정을 중수하고
> 나에게 책자를 보여주며 그 사실을 읊어달라고 요청했다.[41]

유창은 매학정에 가보고 싶은 마음은 있었지만 실제로 가보지는 못했다
고 직접적으로 언급했다. 이동명은 유창에게도 책자를 보여주며 시를 지어
달라고 요청했는데, 이 책자가 앞에서 언급했던 『매학정제영록』일 것이다.
이동명의 인맥 네트워크 속에서 『매학정제영록』을 매개로 이루어진 매학정
제영시의 집단 창작은 누정의 실제적인 장소 관념과는 크게 상관이 없었던
것이다.

유창은 이어지는 글에서 자신이 매학정을 가만히 살펴보니 다섯 가지의
어려움이 있었다며, 첫 번째는 산과 물의 아름다움을 모두 얻어야 했던 장소,
두 번째는 그곳에 누정을 건립한 것, 세 번째는 그 누정을 오래도록 전승한
것, 네 번째는 그 후예가 다시 완성한 것, 그리고 마지막 다섯 번째는 그
후예가 세상의 번거로운 형역形役에서 벗어나 누정의 승경을 지키는 것이라
고 했다. 이 다섯 가지의 어려움은 비단 매학정에만 국한되는 것은 아닐 것이

---

41 兪瑒, 『秋潭集』卷亭, 「寄題梅鶴亭 幷序」, "不佞癖於山水, 每遇佳境, 輒融神焉. 獨於孤山梅鶴
亭, 足未曾及, 而夢想心馳者盖久矣. 迺者李承宣百宗能肎構其先外祖黃孤山遺業, 投示一冊子, 屬
余賦其事."

다. 뒤집어서 본다면 매학정의 경우 이러한 다섯 가지 어려움을 직면할 때마
다 순조롭게 해결되었기 때문에 지금까지 존재할 수 있었다고 할 수 있겠다.

　매학정 제영시가 뚜렷하게 보여준 것처럼 누정 제영의 창작 배경으로서
누정 주인과 그에 따른 역사적 자취는 문학적 소통 양상의 특징을 구획하는
중요한 요소임이 분명하다. 그러나 이와 동시에 누정의 지리적 위치 또한
간과할 수 없는 것도 분명하다. 산과 물의 아름다움을 모두 얻어야 한다는
유장의 언급은 한쪽 측면에서만 본다면 누정 주변의 아름다운 경치를 획득해
야 한다는 것으로 단순하게 접근할 수 있다. 그러나 유장의 의도와 무관하게
누정의 위치가 강에 임해있는 것은 접근성의 측면에서 소통의 확장성을 기대
할 수 있으므로 좀 더 면밀히 살펴볼 필요가 있다.

　특히 매학정의 경우 낙동강 뱃길이 이어지는 강변에 위치해 있었기 때문
에 나루터로도 종종 활용되었던 것으로 보인다. 이러한 지리적 위치에 따른
기능 때문에 매학정은 자연스럽게 많은 사람들이 출입하는 공간이 되었다.
『노상추일기』에는 선산부사가 뱃놀이를 하거나 경상도관찰사의 행차가 선
산을 경유해 지나갈 때 이 매학정을 직접적으로 거쳐갔다는 기록이 보이기도
한다.

　　① 들으니 옛 순찰사 김하진金河震이 오늘 선산부善山府에 들어와서 매학정
　梅鶴亭 나루를 건넜다고 한다.[42]
　　② 들으니 신임 관찰사 이재간李載簳이 비안比安에서 갈현葛峴을 거쳐 도개
　桃開를 지난 뒤에 매학정梅鶴亭을 경유해 채미정採薇亭에서 즐기고 성주星州로
　향했다고 한다.[43]
　　③ 인동仁同의 양촌陽村으로 향하다가 매학정梅鶴亭에 도착하여 잠시 쉬

42　노상추, 『노상추일기』, 1774년 6월 14일.
43　노상추, 『노상추일기』, 1778년 9월 21일.

었다.

④ 이날 부사가 송당松堂 강창진江倉津의 배 위에 앉아서 뱃놀이를 하려고 용산龍山에 도착할 즈음에야 조씨趙氏 부녀의 시신을 건졌다고 한다. 부사는 용산진에서 배를 타고 물길을 따라 매학정梅鶴亭으로 내려갔다고 한다.

아래의 그림은 19세기 작자미상의 산수팔경도 가운데 매학정과 노자정 부분이다. 누정 앞에 강이 흐르고 그 물길을 따라 지나가는 배들의 모습을 확인할 수 있다.

작자미상, 조선 19세기, 『국립중앙박물관 한국서화도록』 제27집, 2019, 국립중앙박물관

이러한 사실로 유추해 볼 때 낙동강 뱃길 연안에 위치한 누정들은 명승지 라는 타이틀과 함께 다양한 방면에서 다각적인 소통이 이루어질 수 있는 기반을 확실하게 구축할 수 있었음 알 수 있다. 이 위에서 문학적 소통 역시 다양한 양상으로 이루질 수 있었다고 하겠다.

6. 맺음말

본고는 낙동강 연안에 위치한 누정과 그 문학적 소통 양상을 규명하기 위해 작성되었다. 강이 지닌 경계의 역할과 함께 소통의 기능을 전제하면서 낙동강 연안의 누정을 정심으로 어떤 양상의 문학적 소통이 이루어졌는지 그 실제적 모습을 탐색해 보기 위한 것이었다. 그 대상으로 구미 선산 지역의 매학정을 선정한 것은 지금도 존재하는 누정으로성 그 역사가 매우 오래되었다는 점을 우선 고려했다.

구체적인 논의 진행을 위해 먼저 구미 선산 지역 낙동강 연안의 누정 전반과 관련 제영시 현황을 검토했다. 조선시대 편찬된 선산 관련 지리서를 종합적으로 검토해 본 결과 선산 지역 누정은 19세기 말까지 공해公廨를 포함해 총 32개로 집계되었다. 이 가운데 낙동강 연안에 위치한 누정은 모두 11개였다. 이 누정들은 오랜 시간 동안 생성과 소멸을 거듭했는데, 한결같이 명맥을 유지했던 것은 매학정을 포함해 월파정과 노자정 3곳 정도였다. 이것은 제영시 현황에 있어서도 비슷한 현상을 드러냈다. 다음으로 매학정의 건립 배경과 역사적 자취를 살펴보았다. 매학정은 1533년(중종 28) 황기로가 처음 건랬다. 이후 사위이자 율곡의 동생인 옥산玉山 이우李瑀(1542-1609)에게 물려주면서 이우의 자손들이 매학정을 관리 보존했다. 임진왜란을 거치고 시간도 오래 지나면서 매학정은 점점 퇴락했고 결국 무너지게 되었는데, 이우의 고손자 이동명李東溟(1624-1692)이 1653년(효종 4)에 완전하게 복구했다. 19세기 전반 화재로 다시 소실되었는데, 1862년(철종 13) 황기로의 7대손 황민술이 원래 그 자리에 다시 지어 지금까지 보존되고 있다. 매학정 제영시에 대해서는 1533년부터 1866년까지 약 330년 동안 40명에 달하는 인물들이 적지 않은 분량의 작품을 남긴 것을 확인할 수 있다. 매학정 긴립 초기의 제영시들은 창작 배경에 있어서 정자 주인 황기로와 매학정 그 자체에 연결고리가 닿아 있었다. 그러나 황기로가 사위 이우에게 매학정을 물려주면서 그곳에는 율곡 이이의 동생인 이우의 자취가 깃들기 시작했다. 기사환국때 송시열의 당으로 지목되어 유배를 당할 만큼 노론계 핵심 인물로 활동했던 이동명은 매학정을 복구하면서 당대 유명 문인들에게 시와 서문을 받기 위해 광폭 행보를 보였는데, 이 때문에 17세기 중엽부터는 매학정 제영시가 서인 노론계 인물들의 작품으로 가득차게 되었다.

누정 자체를 읊은 누정 제영시는 정서적 소통의 측면이 두드러졌다. 그것은 시간과 공간을 넘나드는데, 오랜 시간의 역사적 배경 때문에 공간 인지가 시간을 종적으로 넘나들기도 하고 횡적인 시간대를 기준으로 창작자의 공간이 지역을 넘나들기도 했다. 누정 제영의 창작 배경으로서 누정 주인과 그에 따른 역사적 자취는 문학적 소통 양상의 특징을 구획하는 중요한 요소임을 매학정 제영시들이 뚜렷하게 보여주었다. 동시에 낙동강 뱃길 연안이라는 지리적 위치 때문에 매학정은 명승지라는 타이틀과 함께 다양한 방면에서 다각적인 소통이 이루어질 수 있는 기반을 확실하게 구축될 수 있었음을 알 수 있었다. 이 위에서 문학적 소통 역시 다양한 양상으로 이루어질 수 있었던 것이다.

참고문헌

1. 원전

盧尙樞, 『노상추일기』, 국사편찬위원회[한국사데이터베이스]

李　瑀, 『玉山詩稿』, 한국고전종합DB

李頤命, 『疎齋集』, 한국고전종합DB

宋　純, 『俛仰集』, 한국고전종합DB

宋秉璿, 『淵齋集』, 한국고전종합DB

宋秉珣, 『心石齋集』, 한국고전종합DB

宋時烈, 『宋子大全』, 한국고전종합DB

兪　場, 『秋潭集』, 한국고전종합DB

유형원, 『동국여지지』, 한국고전종합DB

鄭　澔, 『丈巖集』, 한국고전종합DB

鄭斗卿, 『東溟集』, 한국고전종합DB

趙任道, 『澗松集』, 한국고전종합DB

崔　晛, 『一善誌』, 국립중앙도서관 소장

『경상도읍지』·『대동지지』·『일선읍지』·『선산읍지』, 규장각 소장

『신증동국여지승람』, 한국고전종합DB

『여지도서』, 한국사데이터베이스

2. 논저

박인호, 「선산 읍지 『일선지』의 편찬과 편찬 정신」, 『역사학연구』 64, 호남사학회, 2016.

박인호, 「지리서를 통해 본 전통시대 선산 사회의 변화」, 『조선사연구』 23, 조선사연구회, 2014.

장윤수, 「낙중학의 성과와 과제[철학 분야]」, 『한국학논집』 85, 계명대학교 한국학연구원, 2021.

정우락, 「강안학과 고령 유학에 대한 시론」, 『퇴계학과유교문화』 43, 경북대 영남문화연구원, 2008.

정우락, 「낙동강과 그 연안 지역의 공간 감성과 문학적 소통」, 『한국한문학연구』 53, 한국한문학회, 2014.

정우락, 「조선중기 강안 지역의 문학활동과 그 성격 - 낙동강 중류 지역을 중심으로 한 하나

  의 시론 - 」, 『한국학논집』 40, 계명대학교 한국학연구원, 2010.
홍원식, 「영남유학과 낙중학」, 『한국학논집』 40, 계명대 한국학연구원, 2010.

낙동강 연안의 구곡문화와 그 특징*
― 낙동강 중류 지역을 중심으로 ―

1. 들어가며

남송의 주자朱子(1130-1200)는 54세(1182)에 무이산武夷山에 무이정사武夷精舍를 건립하고, 무이산 계류를 거슬러 오르며 <무이도가武夷櫂歌>[1]를 창작함으로써 동아시아 구곡문화의 시원始原을 이루었다. 또한 주자를 존숭했던 조선의 사대부들은 중국에서 유입된 『무이지武夷志』와 <무이구곡도武夷九曲圖>, 그리고 관련 시문詩文들을 통해 무이구곡을 그의 삶과 학문의 상징적 표상으로 인식하였다. 이러한 조선조 사대부들의 사유는 하나의 문화적 양태로 나타나게 되는데, 그들은 주자의 무이산 은거를 모방하여 자신의 장수처藏修處에 구곡원림九曲園林을 설정하고, <무이도가>를 차운한 구곡시를 창작하면서

---

*   이 글은 기발표된 필자의 논문(「낙동강 연안의 구곡문화와 그 특징 - 낙동강 중류 지역을 중심으로 - 」, 『영남학』 83, 경북대학교 영남문화연구원, 2022, 128-154쪽)을 수정, 보완한 것이다.
1   朱熹, 『晦庵集』 권9, <淳熙甲辰中春精舍閑居戲作武夷櫂歌十首呈諸同遊相與一笑>. 이하 <武夷櫂歌>로 지칭한다.

구곡문화를 향유하였다. 그러나 조선조 성리학이 송대 성리학의 단순한 이식이 아니었던 것처럼, 그들이 창출해 낸 구곡문화 또한 주자의 무이구곡 경영을 단순히 모방하는 데만 머물렀던 것은 아니었다.

조선조 사대부들은 구곡원림을 경영하면서도, 이 땅의 지리적 환경과 그들이 가진 공간 상상력에 따라 구곡九曲이 아닌 십곡十曲, 또는 칠곡七曲이나 오곡五曲 등으로 변형하기도 하고, 물길을 거슬러 오르는 것만이 아닌 물길을 따라 내려오는 형태의 구곡 경영을 시도하기도 하였다.[2] 이와 함께 <무이도가>에 대한 비평의식[3]을 토대로 한시체인 구곡시와 국문체인 구곡가를 창작하기도 하고, 선현의 구곡을 <구곡도九曲圖>로 남김으로써 이를 학맥과 도통의 상징으로 인식하기도 하였다.[4] 이처럼 조선조 사대부들은 주자의 무이구곡 경영과 <무이도가>를 개방적으로 이해하면서 자신들의 구곡문화를 매우 다채로운 모습으로 만들어 나갔다.

조선조 구곡문화는 16세기 사림파의 성장과 함께 나타나 조선 후기에는 전국 각지로 확대되었다.[5] 이러한 흐름에서 조선조 구곡문화를 양분한 것은 기호지역과 영남지역이었다. 특히 영남지역은 기호지역과 서로 경쟁하고 화

---

2 대표적으로는 權相一의 淸臺九曲[문경], 申弼夏의 竹溪九曲[영주], 洪良浩의 牛耳九曲[서울], 盧性度의 煙霞九曲[괴산], 申聖燮의 臥龍山九曲[대구] 등이 있다.

3 조선 중기 문인이었던 퇴계 이황, 고봉 기대승, 하서 김인후, 포저 조익 등은 중국에서 유입된 『櫂歌詩註』와 같은 책들을 읽고 주자의 <무이도가>를 入道次第의 造道詩로 이해하기도 하고, 因物起興의 敍景詩로 이해하기도 하면서 자신의 비평 담론을 개진한 바 있다. <무이도가>에 대한 조선 중기 문인들의 비평의식과 관련된 논의로는 이민홍(『증보 사림과 문학의 연구』, 월인, 2000), 심경호(「포저 조익의 문학관과 문학」, 『한국실학연구』 14, 한국실학학회, 2007), 신두환(「조선 사인의 <무이도가> 비평양상과 그 문예미학」, 『대동한문학』 27, 2007) 등의 연구가 대표적이다.

4 대표적인 구곡도가 율곡 이이의 고산구곡을 그린 <高山九曲圖>나 한강 정구의 <武屹九曲圖>, 우암 송시열의 <華陽九曲圖>이며, <구곡도>의 전형적인 모습은 아니지만 퇴계 이황의 도산서원을 그린 <陶山圖> 또한 이러한 사유에서 제작된 것으로 보인다.

5 조선조 구곡문화의 통시적 흐름에 대해서는 조유영의 연구(「조선조 구곡가의 시가사적 전개양상 연구」, 경북대학교 박사학위논문, 2017) 참조.

합하면서 조선조 구곡문화를 선도했던 지역이라 할 수 있다.[6] 또한 영남은 소백산맥을 중심으로 기호지역과 경계를 이루고, 태백의 황지에서 발원한 낙동강을 중심으로 산간 분지의 수많은 물길들이 수려한 자연환경을 만들어 내는 지역이었다. 이와 함께 사상적으로는 조선조 성리학의 본류인 영남학파의 터전이 되었던 지역으로, 영남이 가진 이러한 지리적 환경과 인문적 배경은 이 지역 구곡문화 발달의 중요한 토대가 되었다.

영남지역을 관통하는 낙동강은 비록 태백의 황지로부터 발원하지만, 그 본류는 상주·문경에서 시작되어 중류지역인 대구권을 거쳐 남하하는 과정을 거친다. 그리고 이 지역을 중심으로 다수의 구곡원림이 존재해 왔다. 특히 낙동강 연안은 조선 중기 이후 영남학파의 주무대라 할 수 있는데, 퇴계 이황으로 대변되는 강좌江左와 남명 조식으로 대변되는 강우江右를 통합하면서 나름의 독자적인 영역을 확보해 나갔던 지역이다. 따라서 낙동강 연안 지역에 분포하는 다수의 구곡문화를 이러한 사상사적 흐름 속에서 살펴보는 것은 무엇보다 중요한 과제라 할 수 있을 것이다.

영남지역의 구곡문화에 대해서는 지금까지 다수의 연구가 진행되어 왔다. 이러한 선행연구들 대부분은 개별 구곡원림과 구곡시가를 소개하는 차원에서 이루어진 연구들이 압도적으로 많았다.[7] 또한 조선조 구곡문화의 통시적

---

6 구곡시가의 통시적 전개양상을 살핀 김문기의 연구(「구곡가계 시가의 계보와 전개양상」, 『국어교육연구』 23, 국어교육연구회, 1990)에서도 구곡시가 작품을 기호학파와 영남학파로 나누어 논의한 바 있다. 이외에도 조선조 구곡문화 연구자들 대부분은 지역적 구분을 통해 구곡문화를 이해하고자 하는 경향이 강하다. 그러나 이러한 연구들 또한 학파나 사상적 차이는 단편적으로 언급하는데 그치고 있어 일부 한계를 가진다.

7 김문기, 「도산구곡 원림과 도산구곡시 고찰」, 『퇴계학과 한국문화』 43, 경북대 퇴계연구소, 2008.
   김문기, 「퇴계구곡과 퇴계구곡시 연구」, 『한국의 철학』 42, 경북대 퇴계연구소, 2008.
   임노직, 「퇴계학파의 <무이도가> 수용과 도산구곡」, 『안동학연구』 9, 한국국학진흥원, 2010.
   정우락, 「한강 정구의 무흘 경영과 무흘구곡 정착과정」, 『한국학논집』 48, 계명대 한국학연

전개양상에 주목하여 영남지역의 구곡문화를 논의하고자 한 경우가 일부 존재한다.[8] 최근 들어서는 영남지역을 특정 권역으로 나누고, 각 권역의 구곡 문화를 중심으로 그 특징과 의미를 밝히는 연구가 나타나고 있어 주목된다. 특히 정우락의 경우,[9] 경북지역을 중심으로 이 지역의 구곡문화가 가진 인문 학적 가치와 의미를 밝히고, '낙동강 연안의 유학'을 지칭하는 강안학[10]적 관점에서 이 지역 구곡문화를 통합적으로 이해하고자 시도한 바 있다. 따라 서 이 글에서는 이러한 선행연구들의 성과를 수용하면서 낙동강 중류지역[11] 의 구곡문화를 중심으로 이 지역 구곡문화의 특징을 논의해 보고자 한다.

낙동강 중류 지역은 낙동강 상류지역인 안동권의 구곡문화와 낙동강 하류

구원, 2013.

정우락, 「성주 및 김천 지역의 구곡문화 무흘구곡·무흘구곡의 일부 위치 비정을 겸하여」, 『한국의 철학』 54, 경북대 퇴계연구소, 2014.

조유영, 「蔡瀁의 <石門亭九曲櫂歌>에 나타난 공간 인식과 그 의미」, 『어문론총』 60, 한국문 학언어학회, 2014.

조유영, 「청대 권상일의 청대구곡 경영과 그 의미」, 『대동한문학』 49, 대동한문학회, 2016. 등이 대표적이다.

8 김문기, 「구곡가계 시가의 계보와 전개양상」, 『국어교육연구』 23, 국어교육연구회, 1990.
조지형, 「17-18세기 구곡가 계열 시가문학의 전개 양상」, 고려대학교 석사학위논문, 2008.
조유영, 「조선조 구곡가의 시가사적 전개양상 연구」, 경북대학교 박사학위논문, 2017.

9 정우락, 앞의 논문, 2013.
정우락, 「대구지역의 구곡문화와 그 특징」, 『한민족어문학』 77, 한민족어문학회, 2017.
정우락, 「구곡원림의 양상과 경북 구곡의 문화사적 의미」, 『유교사상문화연구』, 77, 2019.

10 강안학은 낙동강 연안의 유학을 지칭하는 것으로, 회통성·독창성·실용성을 주요 특징으로 삼는다. 이 가운데 회통성은 강의 좌우로 퇴계학과 남명학의 회통, 상하로 기호학과 영남학 의 회통으로 실현된다고 하였다.(정우락, 「백두대간 속리산권 구곡동천 문화의 인문학적 가치와 의미 - 문경과 상주 일대를 중심으로 - 」, 『남명학』 18, 남명학연구원, 2013, 각주 8 참조)

11 낙동강은 태백의 황지에서 발원한 물이 봉화와 안동을 거쳐 문경과 상주를 지나고, 이후 대구권을 지나 부산으로 흘러간다. 이러한 측면에서 낙동강을 일반적으로 안동권인 상류지 역, 대구권인 중류지역, 부산권인 하류지역으로 구분하기도 한다.(정우락, 「강안학과 고령 유학에 대한 시론」, 『퇴계학과 한국문화』 43, 경북대 퇴계연구소, 2008, 53쪽) 이 책에서 낙동강 중류지역이라 함은 대구권을 중심으로 낙동강의 본류가 시작되는 상주·문경지역을 포괄하는 용어로 활용한다.

지역인 부산권의 구곡문화와의 차별성 속에서 다수의 구곡문화가 나타나고 있었다. 또한 낙동강 중류지역은 수평적으로는 강좌와 강우를 통합하고, 상하로는 기호와 영남의 문화적 소통이 강안을 중심으로 이루어지고 있었다는 점에서 중요하게 다루어져야 할 필요성이 있다. 이 책에서는 이러한 문제의식을 토대로 조선조 구곡문화의 핵심 지역이었던 영남지역의 구곡문화 중 낙동강의 본류인 중류지역의 구곡문화를 구체적으로 살피고자 하며, 이를 토대로 이 지역 구곡문화가 가진 특징들을 규명할 것이다.

2. 낙동강 연안 구곡문화의 양상

낙동강은 태백산의 황지에서 발원한 후 남쪽으로 흘러내려 안동 부근에서 서쪽으로 곡류하다가, 문경 함창 부근에서 내성천 등의 여러 지류를 합한 후 상주와 구미, 대구, 창녕, 영산, 밀양, 창원, 김해, 부산 등을 거쳐 남해로 흘러든다. 총 길이는 500여 km에 달하고, 물길이 영남 내륙을 관통하는 까닭에 오랜 시간 동안 지역의 문화 형성에 중요한 일익을 담당해 왔다.

낙동강이라는 명칭에 대한 유래설은 두 가지 정도이다. 먼저 상주의 함창 일대가 옛 고령가야古寧伽倻가 위치해 있던 땅이었기에, '옛 가락[伽洛-가야]의 동쪽을 흐르는 강'이라는 의미에서 낙동강이라 하였다는 이야기가 전해지기도 한다. 또 다른 설은 상주를 예로부터 '상락上洛', '상산商山', '낙양洛陽' 등으로 불러왔다는 점에 착안하여 '상락上洛의 동쪽을 흐르는 강'이라는 뜻에서 오래전부터 낙동강이라 불렀다는 이야기가 남아 있다.[12] 이 두 유래설에서도

---

12 "상주의 동쪽을 흐르는 강"이란 뜻에서 낙동강의 명칭이 유래했다고 한 대표적인 이는 『燃藜室記述』을 쓴 李肯翊(1736-1806)이다.

볼 수 있듯이 낙동강이라는 명칭은 상주지역과 깊은 관련이 있으며, 옛 사람
들은 낙동강 본류의 시작을 상주지역으로 인식하고 있었음을 알 수 있다.

이 책에서 다루고자 하는 낙동강 중류 지역의 구곡문화는 이처럼 낙동강
의 본류가 시작되는 상주·문경지역의 구곡문화를 기점으로 대구지역까지의
구곡문화를 의미한다. 그리고 이러한 시각은 영남을 강좌와 강우로만 나누는
전통적인 방식과는 달리,[13] 낙동강을 중심으로 상하와 좌우를 아우르며 독자
적 문화권을 형성했던 낙동강 연안 지역의 구곡문화를 명징하게 살펴볼 수
있게 만든다.

그렇다면 이제 낙동강 중류를 중심으로 낙동강 본류와 그 지류들 사이에
어떠한 구곡이 설정되고 있었는지를 아래의 표[14]를 통해 살펴보자.

[표 1] 낙동강 중류 지역 구곡문화(20개소)

권역	구곡명	소재지	경영자 및 설정자	비고[15]
상주 권역[16]	화지구곡花枝九曲	경상북도 문경	권섭權燮(1671-1759)	구곡시, 정격형, 계곡형
	청대구곡淸臺九曲	경상북도 문경	권상일權相一(1679-1760)	구곡시, 변격형, 하천형
	석문구곡石門九曲	경상북도 문경	채헌蔡瀗(1715-1795)	구곡시, 구곡가, 정격형, 하천형
	산양구곡山陽九曲	경상북도 문경	채헌蔡瀗(1715-1795)	구곡시, 정격형, 하천형
	선유칠곡仙遊七曲	경상북도 문경	남한조南漢朝(1744-1809)	구곡시, 변격형, 계곡형
	선유구곡仙遊九曲	경상북도 문경	정태진丁泰鎭(1876-1956)	구곡시, 정격형, 계곡형
	쌍룡구곡雙龍九曲	경상북도 문경	민우식閔禹植(1885-1973)	구곡시, 변격형, 계곡형
	연악구곡淵嶽九曲	경상북도 상주	강응철康應哲(1562-1635)	연악구곡기淵嶽九曲記, 정격형, 계곡형

---

13 강좌와 강우를 낙동강을 중심으로 이해한다면 낙동강의 상류인 안동권은 강좌에, 낙동강의
    하류인 부산권은 강우로 이해할 수 있을 것이다.

14 표에서 제시한 구곡 외에도 쌍계구곡[성주], 조양구곡[성주], 명연구곡[칠곡] 등도 여기에
    포함될 가능성은 있으나, 필자가 아직 확인하지 못한 관계로 표에는 수록하지 않는다.

15 표의 비고 부분에는 구곡시가나 구곡도와 같은 구곡문화의 여러 요소들과 구곡원림 설정에

권역	구곡명	소재지	경영자 및 설정자	비고
대구 권역	무흘구곡武屹九曲[17]	경상북도 성주	정구鄭逑(1543-1620) 정동박鄭東璞(1732-1792)	구곡시, 구곡도, 정격형, 계곡형
	포천구곡布川九曲	경상북도 성주	이원조李源祚(1792-1871)	구곡시, 정격형, 계곡형
	낙강구곡洛江九曲	경상북도 고령	박이곤朴履坤(1730-1783)	구곡시, 정격형, 하천형
	도진구곡桃津九曲	경상북도 고령	박이곤朴履坤(1730-1783)	구곡시, 정격형, 하천형
	황남구곡黃南九曲	경상북도 김천	이관빈李寬彬(1759-?)	구곡가, 변격형, 계곡형
	서호병십곡西湖屛十曲	대구시 달성군, 북구	도석규都錫珪(1773-1837)	십곡시, 변격형, 하천형
	농연구곡礱淵九曲	대구시 동구	최효술崔孝述(1786-1870)	구곡시, 정격형, 계곡형
	운림구곡雲林九曲	대구시 달성군, 북구	우성규禹成圭(1830-1905)	구곡시, 정격형, 하천형
	문암구곡門巖九曲	대구시 북구, 동구	채준도蔡準道(1834-1904)	구곡시, 정격형, 계곡형
	와룡산구곡臥龍山九曲	대구시 달서구	신성섭申聖燮(1882-1959)	구곡시, 변격형, 하천형
	거연칠곡居然七曲	대구시 달성군	채황원蔡晃源(1883-1971)	칠곡시, 변격형, 계곡형
	수남구곡守南九曲	대구시 달성군	미상	『달성군지』(1992)에 수록, 계곡형

위의 표를 보면 낙동강 중류 지역의 구곡은 모두 20개소이다. 낙동강의 본류가 시작되는 상주권역에서는 문경을 중심으로 총 8곳의 구곡이 확인되며, 그 아래 낙동강 중류인 대구권역에서는 총 12곳의 구곡이 발견된다. 최근

있어 무이구곡의 설정 방식을 따르는 형태인 정격형 구곡과 이를 따르지 않고 변형을 보여주는 변격형 구곡을 구분하여 표시한다. 그리고 구곡원림이 설정된 지역의 지형에 따른 유형 분류인 하천형과 계곡형 등을 표시하여 각 구곡이 가진 특징적인 모습을 간략하게 제시하여 읽는 이의 이해를 돕고자 한다.

16 예부터 문경지역은 문화적으로 상주의 영향권 안에 속한다고 볼 수 있고, 본고의 논의 방향 또한 낙동강 연안의 구곡문화를 살피는 것이므로, 편의상 문경권역보다는 상주권역으로 지칭하고자 한다.

17 武屹九曲은 寒岡 鄭逑의 무흘정사 경영과 깊은 관련이 있는 장소로서 실질적으로 구곡이 설정된 것은 18세기 鄭東璞(1732-1792)에 의해 이루어졌다.

발간된 조사보고서를 보면 전국적으로 "지금까지 확인되는 구곡의 수가 100
개소를 상회하고, 이름만 전하는 것을 포함하면 160개소에 육박한다."[18]라고
보고된 바 있다. 이러한 상황에 비춰 보더라도 낙동강 중류 지역의 구곡 경영
은 양적 측면에서 다른 지역에 비해 적지 않음을 알 수 있다.

구곡 경영이 이루어진 시기를 보면 주로 18세기와 19세기를 중심으로 다수
이루어졌음을 볼 수 있고, 근대로 접어들던 20세기에도 일부분 구곡 경영이
이루어지고 있었음을 표를 통해 확인할 수 있다. 따라서 이 지역 구곡문화가
구한말과 일제강점기를 넘어 근대로 진입하던 시점에서도 여전히 이 지역
전통지식인들에게 중요한 문화로 자리 잡고 있었음을 알 수 있다. 그리고
이러한 현상은 외세의 침탈과 서구 문물의 유입에 의해 해체되어 가던 성리
학적 질서를 고수하기 위한 전통지식인들의 실천적 행위로서의 문화적 함의
를 가진다.

구곡원림은 기본적으로 그 지형적 특징에 따라 계곡형 구곡원림과 하천형
구곡원림으로 나눌 수 있다.[19] 계곡형 구곡원림은 산간 계곡의 계류에 설정된
구곡으로 산악지형을 중심으로 이루어지는 경우가 많다. 이러한 계곡형 구곡
원림은 일반적으로 물길을 거슬러 오르는 형태로 나타난다. 그리고 물길을
거슬러 오르는 행위는 물의 근원인 원두源頭를 찾아가는 행위이기에, 성리학
의 수양론적 측면에서 인욕을 제거하고 인간 본성의 근원을 지향하는 의미를
가진다. 따라서 [표 1]에서 볼 수 있는 계곡형 구곡원림들은 대부분 낙동강
본류나 대하천보다는 낙동강 주변 산간 계곡을 배경으로 설정되는 경우가
많다. 이와는 달리 하천형 구곡원림은 산간 분지 사이의 평지를 흐르는 크고

---

18 경상북도, 『백두대간 구곡문화지구 세계유산 등재방안 연구』, 2015, 128쪽.
19 지형적 특징에 따른 구곡원림의 유형에 대해서는 조유영의 연구(「영남지역 구곡원림의 유
    형에 따른 시적 형상화 양상과 그 지역문화적 특징」, 『어문학』 143, 한국어문학회, 2019)
    참조.

작은 하천을 배경으로 설정된 구곡이라 할 수 있다. [표 1]을 통해 하천형 구곡원림의 지형별 분포를 살펴보면 낙동강 중류 지역의 구곡원림은 계곡형 구곡원림이 조금 더 많기는 하지만 하천형 구곡원림도 8개소나 존재했음을 확인할 수 있다. 이러한 결과는 낙동강 중류 지역 구곡문화가 낙동강 연안을 중심으로 이루어졌기 때문인 것으로 파악된다.

조선조 구곡원림은 그 설정 방식에 따라 정격형 구곡원림, 변격형 구곡원림, 복합형 구곡원림으로 나눌 수 있다. 정격형 구곡원림은 주자의 무이구곡 경영을 그대로 따라 이루어진 것이라 할 수 있으며, 이와는 달리 구곡 설정에 있어 나름의 변화를 보여주는 구곡원림을 변격형 구곡원림이라 한다. 그리고 하나의 구곡원림 속에 정격형과 변격형이 함께 설정되는 경우에는 이를 복합형 구곡원림이라 한다.[20] 그러나 정격형 구곡원림이 주자의 무이구곡을 단순히 모방한 것으로만 인식되어서는 안 된다. 정격형 구곡원림이 비록 주자의 무이구곡 설정을 차용하기는 하지만, 실질적인 구곡원림 설정에 있어서는 중국이 아닌 이 땅의 지리적 환경을 반영하고 있었고, 구곡문화의 향유에 있어서도 중국과는 다른 모습이 나타나기 때문이다.

[표 1]을 살펴보면 낙동강 중류 지역의 구곡원림 중 정격형 구곡원림은 모두 13개소이고, 이와는 달리 변격형 구곡원림으로 나타나는 곳은 7개소이다. 그 중 변격형 구곡원림은 구곡원림 설정에 있어 매우 다채롭게 존재한다. 대표적으로 조선 후기 대구 지역의 문인 도석규가 경영한 서호병십곡은 9곡이 아닌 10곡의 형태로 확장되어 있으며, 이에 비해 남한조의 선유칠곡, 채황원의 거연칠곡은 7곡으로 축소된 형태를 보인다. 또한 권상일의 청대구곡이

20　조선조 구곡원림의 설정 방식에 따라 정격형, 변격형, 복합형으로 유형을 분류한 논의로는 정우락의 연구(정우락, 「세계유산 추진을 위한 경북의 대표구곡 제안」, 『백두대간 구곡문화지구 세계유산 등재방안 연구』, 경상북도, 2015, 130-138쪽 참조)가 있다.

나 신성섭의 와룡산구곡의 경우에는 물길을 거슬러 오르며 설정되는 정격형 구곡원림과는 달리 물길을 따라 내려오며 설정된 구곡원림이라는 점에서 변격형 구곡원림으로 볼 수 있다. 이외에도 민우식의 쌍룡구곡의 경우에는 하나의 계류가 아닌 두 줄기의 계류에 걸쳐 구곡이 설정된다는 점,[21] 이관빈의 황남구곡의 경우에는 계곡을 따라 오르기보다는 산길을 따라 설정된 구곡이라는 점에서 이 지역 구곡원림의 개성과 다양성을 잘 보여준다. 이처럼 낙동강 연안 구곡문화는 그 구곡 설정 방식에 있어서도 구곡 경영자들의 개성적인 공간 상상력과 이 지역이 가진 특유의 산수 지형이 결합함으로써 변격형 구곡원림이 다수 출현하고 있음을 확인할 수 있다.

　구곡원림과 함께 구곡문화의 핵심적 요소인 구곡시가를 살펴보면 또한 여러 특이점이 보인다.[22] 먼저 표에서도 볼 수 있듯이 대부분의 구곡 경영에는 주자의 <무이도가>의 영향 속에 한시체 구곡시가 창작되는 경우가 많다. 그러나 문경지역에서 석문구곡을 경영했던 채헌이나, 선산지역에서 황남구곡을 경영했던 이관빈의 경우에는 한시체 구곡시가 아닌 국문 가사를 적극적으로 활용하기도 하였다. 특히 채헌의 경우에는 한시체 구곡시인 <석문정구곡도가운石門亭九曲棹歌韻>과 가사체 구곡가인 <석문정구곡도가石門亭九曲棹歌>를 함께 창작하였다는 점에서 주목되며, 이관빈의 경우에는 한시체 구곡시는 따로 짓지 않고, 가사체 구곡가인 <황남별곡黃南別曲>만을 창작하였다는 점에서 독특하다. 따라서 낙동강 연안의 구곡문화는 구곡시가 향유에 있

---

21   민우식의 쌍룡구곡은 문경시 농암면 내서리에 위치하며 도장산 기슭의 내서천과 쌍룡천이 어우러지는 공간에 설정되었다. 쌍룡구곡의 정확한 위치에 대해서는 김문기의 저서(『문경의 구곡원림과 구곡시가』, 한국학술정보, 2005)에 상세하게 밝히고 있다.
22   주자의 무이구곡 경영과 무이도가 창작에 영향을 받아 성립된 조선조 구곡문화는 다양한 문화적 양식으로 나타났다. 구곡원림의 경영, 정사의 건축, 구곡도의 향유, 구곡시가인 한시체 구곡시와 국문체 구곡가의 창작 등 다양한 문화적 요소들이 결합하여 이루어진 문화이다.(조유영, 앞의 논문, 2017, 34쪽)

어서도 다른 지역과는 다른 모습을 보여주고 있었음을 확인할 수 있다.[23]

정리하자면 낙동강의 중류인 상주권역부터 대구권역까지는 조선 중기 이후부터 다수의 구곡이 경영되었지만, 단순히 주자의 무이구곡 경영을 모방하는데 머물렀던 것만은 아니었다. 특히 구곡 경영에 있어 정격형만큼 변격형 구곡원림이 다수 발견되고, 구곡시가 향유에 있어서도 한시체 구곡시뿐만 아니라 가사체 구곡가가 향유되었으며, 한시체 구곡시 또한 <무이도가>의 고정된 형식에서 벗어나 자유로운 시체를 활용하고 있었다는 점에서 이 지역 구곡문화가 가진 독자성과 다양성을 확인할 수 있다.

3. 낙동강 연안 구곡문화의 특징

1) 회통성-경쟁과 조화

전근대 시대 낙동강 연안은 내륙에 비해 인적 교류와 물류의 소통이 활발하게 이루어지던 공간이었다. 이러한 상황에서 조선시대 낙동강 연안은 상하로는 기호와 영남의 소통이 활발하게 나타났고, 좌우로는 강우와 강좌가 서로 만나는 공간이었다. 특히 낙동강 연안 지역 중에서도 상주와 문경지역은 영남의 다른 지역에 비해 기호학과 영남학의 교류가 가장 활발하게 이루어졌던 지역이라 할 수 있다. 그리고 이 지역은 안동의 퇴계학적 자장과 함께,[24]

---

23 이뿐만 아니라 한시체 구곡시에서도 <무이도가>를 화차운하여 창작된 작품도 있고, 도석규의 <西湖屏十曲>이나 권상일의 <淸臺九曲詩>의 경우에는 <무이도가>를 차운하지 않고, 서시를 제외한 9수나 10수의 연작시로 자신의 구곡을 노래하기도 하였다.

24 문경 지역의 구곡 중에서도 퇴계학의 영향 속에서 만들어진 것이 존재한다. 대표적인 구곡이 권상일의 청대구곡이다. 권상일은 조선 후기 영남 남인계 문인으로서 흔들리던 퇴계학맥의 입지를 재구축하고자 노력했던 인물로 알려져 있다. 그리고 그의 구곡 경영은 퇴계의 산수 인식을 적극적으로 계승하면서 구곡이 가진 문화 규범으로서의 위상을 실천한 결과라

기호학을 일부분 받아들이기도 하면서 기호학과 영남학의 회통을 이루어냈던 지역이기도 하다.[25] 따라서 이러한 독특한 사회문화적 배경은 이 지역의 구곡문화에도 많은 영향을 미칠 수밖에 없었다.

이 중 문경지역은 앞에서도 살폈듯이 영남지역 내에서도 구곡문화가 가장 활발하게 나타났던 지역이다. 문경은 지리적으로 황정산과 주흘산 등의 높은 산과 여러 하천이 발달되어 있었고, 조령과 같은 고개를 중심으로 기호와 영남의 경계를 이루었던 지역이다. 또한 문경은 영남과 기호의 점이지대이기에, 서인 노론계 인사의 구곡 경영 또한 일부 확인된다.[26] 대표적인 경우가 조선 후기 서인 노론계 문인이었던 권섭權燮(玉所, 1671-1759)의 화지구곡花枝九曲이다. 권섭이 경영했던 화지구곡[일명 신북구곡身北九曲]은 문경 성주봉 아래에 위치한 화지동花枝洞[현 문경시 당포리]을 중심으로 설정된 구곡원림이다. 만년의 권섭은 문경 화지동에 자신의 별서를 마련하고 화지구곡을 경영하면서 이를 대상으로 한 <화지구곡가花枝九曲歌>[27]와 <화지구곡기花枝九曲記>를 남긴 바 있다.

大院

九曲登高始豁然　구곡이라 높이 오르니 눈앞이 확 트이고

不知斯處是窮川　이곳이 시냇물 시작하는 곳인지는 모르겠네

千山在下千峰立　수많은 산 아래 수많은 산봉우리 늘어서 있으니

할 수 있다. 따라서 문경 지역의 구곡문화가 안동권의 구곡문화와 일정한 관련이 있음을 권상일의 청대구곡을 통해 이해할 수 있게 된다.(조유영, 「청대 권상일의 청대구곡 경영과 그 의미」, 『대동한문학』 49집, 대동한문학회, 2016)

25　상주·문경지역 및 낙동강 연안의 기호학과 영남학의 회통에 대해서는 정우락의 연구(앞의 논문, 2008, 60-62쪽) 참조.

26　조유영, 위의 논문, 249-250쪽.

27　權燮, 『玉所集』, 권1, <身北九曲次武夷櫂歌韻>. 원제는 이러하나, 본고에서는 일반적으로 학계에 쓰이고 있는 <화지구곡가>라는 명칭을 활용한다.

日月雲烟是別天   해와 달과 구름과 안개, 이곳이 별천지라

위의 작품은 화지구곡의 극처인 대원을 노래한 부분이다. 이곳은 권섭이 만년에 본가가 있는 청풍의 한천장寒泉庄과 별서가 있는 문경 화지동을 오고 가면서 넘나들던 고개이다. 인용한 작품을 살펴보면 비록 권섭은 자신이 설정한 구곡의 극처를 대원으로 설정하였지만, 이곳을 구곡의 물길이 시작되는 원두처로는 확신하지 않는다. 그러나 수많은 산봉우리가 늘어서 있고, 해와 달과 구름과 안개가 아름다운 경관을 만들어내는 곳이 대원이기에 이곳을 현실과는 다른 별천지로 인식하고 있음을 볼 수 있다. 그리고 이러한 그의 인식은 일반적으로 구곡의 극처를 별천지이며 원두처로 이해하고자 했던 영남지역 구곡 경영자들의 인식과는 일부분 차이를 보여준다.[28] 이처럼 문경 지역의 구곡문화는 대부분 이 지역의 문인들에 의해 활발하게 이루어졌기는 하지만, 여기에 기호지역의 문인들이 고개를 넘어 구곡문화를 향유함으로써 영남과 기호의 구곡문화가 회통하는 점이지역이었다. 따라서 문경지역의 구곡문화가 보여주는 이러한 모습은 낙동강 연안 지역의 구곡문화가 가진 주요한 특징 중 하나라 할 수 있다.

또한 낙동강 연안 지역은 상주와 문경을 중심으로 수용된 기호학이 물길을 따라 빠르게 전파되었던 지역이기도 하다.[29] 이러한 상황을 잘 볼 수 있는 지역이 낙동강 연안인 선산지역이다. 이 지역의 대표적인 기호학파 인물은

---

28 영남지역 문인들의 구곡 경영에 있어 일반적으로 구곡의 극처를 원두처로 이해하면서 자신의 구곡시에는 이러한 인식을 담아내는 경우가 많다.

29 낙동강 연안 지역에는 기호학파와 관련된 여러 서원이 존재한다. 상주의 서산서원[김상용·김상헌 봉향], 흥암서원[송준길 봉향], 김천의 춘산서원[송시열 봉향], 고령의 노강서원[송시열 등 봉향], 성주의 수덕서원[김창집 등 봉향], 합천의 옥계서원[이이 등 봉향] 등이 있다.(정우락, 앞의 논문, 2008, 각주 36) 이러한 서원들을 통해서도 볼 수 있듯이 낙동강은 영남 지역 내 기호학 전파의 중요한 매개체가 되었다.

율곡栗谷 이이李珥(1536-1584)의 아우인 옥산玉山 이우李瑀(1542-1609)로, 그는 초서草書로 유명했던 황기로黃耆老(1521-?)의 딸과 혼인하여 처가가 있던 현 구미시 고아읍 예강리로 낙향하였는데, 이후 이우의 후손들은 이 지역을 중심으로 한 덕수 이씨 옥산공파를 형성하게 된다. 조선 후기 황남구곡을 경영했던 이관빈李寬彬(1759-?) 또한 덕수 이씨 옥산공파의 후손으로 알려져 있고,[30] 이관빈의 황남구곡은 지금의 김천 황학산 남쪽의 동천洞天을 대상으로 설정된 구곡원림이다. 그는 자신의 구곡을 한시체 구곡시가 아닌 가사체 구곡가 <황남별곡黃南別曲>으로 노래하였는데, 이 작품은 『학정집鶴亭集』이라는 책에 송시열의 <역고산구곡가譯高山九曲歌>, 주자의 <무이도가>와 함께 실려 있다. 이 책은 신사임당의 <산수도발山水圖跋>을 비롯한 덕수 이씨 선대 관계 문헌들을 필사해서 묶어둔 잡문집雜文集이다.[31] 이 책을 통해서도 알 수 있듯이 옥산공파 후손들은 이관빈의 황남구곡 경영과 <황남별곡> 창작이 주자와 율곡의 구곡 경영과 구곡시가 창작을 계승한 것으로 이해하였던 것으로 보인다.

그러나 비슷한 시기 영남 남인계열 문인이었던 윤영섭尹永燮(1774-?)의 <황산별곡黃山別曲>에서는 이관빈의 황남구곡과는 다른 모습이 나타나고 있어 주목된다. <황산별곡>은 선행연구에서도 지적한 바 있듯이 <황남별곡>과는 개작 관계에 놓여 있는 작품으로, 작자인 이관빈과 윤영섭은 같은 선산지역에 살았던 동시대 인물이었다. 그리고 윤영섭은 이관빈의 <황남별곡>을 접한 후, 이를 개작하여 자신의 <황산별곡>을 창작하였던 것으로 추정되는데,[32] <황산별곡>의 개작 방향은 기호학파 문인이 가진 도통 의식을 배제하

---

30 이관빈의 생애와 가문 이력에 대해서는 조유영의 연구(「조선 후기 향촌사족의 이상향 지향과 그 의미 - <황남별곡>을 중심으로 - 」, 『우리말글』 71, 우리말글학회, 2016) 참조.

31 구수영, 「黃南別曲의 硏究」, 『한국언어문학』 10, 한국언어문학회, 1973, 336쪽.

32 윤영섭의 <황산별곡> 개작 과정은 조유영의 연구(「조선후기 영남지역 가사에 나타난 도통

고, 영남 남인 계열 문인의 도통 의식을 황남구곡에 적극적으로 반영하는
방향에서 이루어졌던 것으로 보인다.[33] 또한 윤영섭은 스스로를 황학산인黃鶴
山人으로 지칭할 만큼 황학산에 대한 애정이 컸던 인물이었기에, 이관빈의
황남구곡을 자신의 입장에서 새롭게 인식하고, 이를 <황산별곡>이라는 가사
체 구곡가로 노래하였던 것으로 추측된다.[34] 따라서 이관빈의 <황남별곡>과
윤영섭의 <황산별곡>을 통해 학맥적 차이에 의한 차별화된 구곡 인식과 그
것이 가지는 문화적 의미를 이해할 수 있게 된다.

이처럼 낙동강 연안지역의 구곡문화는 기호학과 영남학이 활발하게 소통
하면서 강안학이라는 독자적인 학문 영역을 형성하였다. 그리고 낙동강을
중심으로 기호와 영남의 구곡문화가 경쟁하고 조화하면서 이 지역 구곡문화
의 독특한 분위기를 만들어내고 있었다. 따라서 낙동강 연안 구곡문화가 가
진 특징 중 하나는 결국 기호와 영남의 인적 그리고 사상적 교류 속에서
나타난 문화적 회통성이라 할 수 있다.

2) 개방성

낙동강 연안 구곡문화의 두 번째 특징은 개방성이다. 이러한 개방성을 이
해하기 위해서는 두 가지 측면에 주목할 필요가 있다. 먼저, 낙동강 연안의

구현 양상과 그 의미 - <황남별곡>과 <황산별곡>을 중심으로 - 」,『한국언어문학』103, 한
국언어문학회, 2017) 참조.

33 이관빈이 <황남별곡>에서 제시한 도통은 이언적-이황-이이-송시열의 순이며, 이러한 도통
인식은 영남지역에 거주하는 기호학파 문인으로서의 입장이 반영된 결과라 할 수 있다.
하지만 윤영섭이 <황산별곡>을 통해 제시한 도통은 정몽주-김굉필·정여창-조광조-이언적-
이황-정구-허목-이상정의 순이다. 이러한 도통은 영남 남인과 근기 남인을 포괄하는 도통
인식이라 할 수 있으며, 그가 가졌던 학문적 배경이 만들어낸 결과라 할 수 있다. 이에
대해서는 조유영의 연구(조유영, 위의 논문, 2017) 참조.

34 조유영, 위의 논문, 2017.

구곡원림 설정 방식과 이를 대상으로 한 구곡시가 창작에 있어서이다. 앞에서 살폈듯이 낙동강 연안의 구곡원림은 무이구곡이 그러한 것처럼 물을 거슬러 오르며 9곡을 설정하는 정격형이 양적인 측면에서 다소 우위를 점하긴 하나, 권상일의 청대구곡이나 신성섭의 와룡산구곡 등과 같이 물길을 따라 내려오며 설정되는 변격형 구곡원림 또한 적지 않음을 확인할 수 있다.

> 청대구곡淸臺九曲 - 권상일權相一
> 제1곡 우암愚巖, 제2곡 벽정碧亭, 제3곡 죽림竹林, 제4곡 가암佳巖, 제5곡 청대淸臺, 제6곡 구잔溝棧, 제7곡 관암觀巖, 제8곡 성암筬巖, 제9곡 소호穌湖

조선 후기 영남 남인이었던 권상일은 문경 금천錦川에 자신의 서실인 존도서와尊道書窩를 짓고, 1곡 우암愚巖으로부터 9곡 소호穌湖까지 물길을 따라 내려오면서 청대구곡을 설정하였다. 그리고 이러한 구곡 설정 방식을 취하였던 이유는 1곡인 우암이 그의 세거지와 가까이 위치하고 있었고, 물길의 종착지인 9곡 소호에는 무이촌武夷村이라는 마을과 함께, 척약재惕若齋 김구용金九容(1338-1384)과 이황의 흔적이 남아 있는 청원정淸遠亭이 자리잡고 있었기 때문이다.[35] 이처럼 권상일의 청대구곡은 문경 금천변錦川邊의 지리적 환경을 배경으로, 김구용이나 이황과 같은 옛 선현들을 따르고자 했던 권상일의 지향 의식이 만들어낸 구곡원림이라 할 수 있다. 또한 권상일은 주자의 <무이도가>를 차운하지 않고, 서시가 없이 9수의 칠언절구인 <청대구곡시淸臺九曲詩>를 지었는데,[36] 이는 그가 일반적인 한시체 구곡시의 관행을 따르지 않았음

---

35 권상일은 <淸臺九曲詩>의 구곡시 결구에서 "청원정에 남아 있는 고벽은 비었네[淸源亭留古壁空]"라고 노래하고 있다.

36 權相一, 『淸臺集』 권3, <淸臺九曲詩註>, "구곡을 따라 시를 지어 그 승경을 기록하였으나 감히 주자의 무이구곡시를 효방하지는 않았다.[逐曲賦詩, 以記其勝, 非敢效晦翁武夷九曲詩也]"

을 보여준다. 따라서 청대구곡이 일반적인 구곡원림 설정 방식과는 달리 변형된 형태로 설정된 것처럼, <청대구곡시> 또한 여타의 차운 구곡시와는 다른 형식적 개방성을 보여준다고 할 수 있다.

낙동강 연안 구곡원림들 중 도석규의 서호병십곡은 9곡이 아닌 10곡으로 확장되면서 시의 형식 또한 전형적인 구곡시가 아닌, 팔경시八景詩와 같은 집경시集景詩의 형식을 차용하는 형태를 가지고 있다.

> 十曲維舟泗水濱 십곡이라 사수가에 배를 매니
> 汪洋吾道萬年新 넓고 넓은 우리 도는 만년토록 새로워라
> 翔鱗活潑天機定 뛰노는 물고기 활발해 천기가 정해지니
> 宛在中央知性人 완연한 가운데 성性을 아는 사람 있구나

위의 작품은 도석규가 지은 <서호병십곡>의 마지막 부분인 10곡 사수빈泗水濱을 노래한 부분이다. 그가 배를 타고 대구의 금호강을 거슬러 올라 마지막으로 도착한 곳은 한강 정구가 만년에 강학을 했던 대구의 사수동이었다. 그리고 극처인 이곳에서 그는 천리天理의 활발함을 인식하면서 대구 유학의 비조인 한강 정구를 떠올렸다. 이처럼 도석규의 <서호병십곡>은 전형적인 구곡시의 내용을 가지기는 하지만, 형식적 측면에서는 9곡에서 확장된 10곡의 형태를 가지고 있어, 일반적인 구곡시와는 다른 모습을 보여준다. 따라서 이러한 모습을 통해 낙동강 연안의 구곡문화가 구곡이라는 형식적 틀에서 일정부분 벗어나 개방적으로 이해되고 있었음을 확인할 수 있게 된다. 이 외에도 남한조의 선유칠곡이나 채황원의 거연칠곡과 같은 경우에는 9곡이 아닌 7곡으로 축소된 형태로 나타난다는 점에서 낙동강 연안 구곡문화가 가진 개방성을 엿볼 수 있다.

다음으로 낙동강 연안 구곡문화의 개방성을 논의하는데 있어서 빼놓을 수 없는 것이 가사체 구곡가인 채헌의 <석문정구곡도가>와 이관빈의 <황남별곡>이다. 채헌蔡瀗(1715-1795)은 지금의 문경시 산양면과 산북면 일대의 금천錦川과 대하천大下川을 중심으로 석문구곡石門九曲을 설정하고, 이를 대상으로 가사체 구곡가인 <석문정구곡도가石門亭九曲棹歌>와 한시체 구곡시인 <석문구곡차무이도가운石門九曲次武夷棹歌韻>을 창작한 바 있다. 그는 일찍이 같은 동향이면서 영남 남인 학자로 널리 알려져 있던 권상일의 문하에 들어가 학문을 닦았으며, 권상일이 금천을 배경으로 청대구곡을 경영하였던 것처럼, 그 또한 금천의 상류에 지은 자신의 석문정石門亭을 중심으로 석문구곡을 경영하였다.[37] 그의 구곡가는 연시조 형태의 구곡가와는 달리, 연속체 율문이라는 가사의 특성을 충실히 활용하여 구곡에 대한 다양한 미적 체험과 복합적인 공간 인식을 드러내었다. 그리고 그는 가사라는 갈래적 정체성과 향유방식을 통해 한시체 구곡시와는 다른 미적 성취를 일구어내었고,[38] 채헌의 이러한 가사체 구곡가는 낙동강을 따라 이관빈의 <황남별곡>과 윤영섭의 <황산별곡>으로 이어진다는 점에서 구곡문화사적 의미를 찾을 수 있다.

이처럼 낙동강 연안의 구곡문화는 구곡원림 경영에 있어서 다양한 변화의 모습이 나타나고 있었으며, 구곡시가 창작에 있어서도 <무이도가> 차운시에 국한되지 않고 우리말 노래인 가사체를 적극적으로 활용하고 있었다는 점에

---

37 <석문정구곡도가>에서 채헌은 "어위야 一曲水에 一葉船 추려내여 / 桂棹兮 蘭槳으로 泛泛히 周流ᄒ니 / 權先生 노던고지 景物도 됴흘시고 / 岩上의 弄淸臺오 岩下의 存道窩라 / 庭前의 석근대와 岸下의 늘근솔은 / 놀위ᄒ여 푸르럿노"라고 노래하고 있음을 볼 수 있는데, 이는 결국 1곡을 농청대의 존도서와로 설정함으로써 스승의 학문을 계승하고자 하는 의지를 드러낸 것으로 이해 할 수 있다. 그리고 이러한 모습 속에서 그의 구곡 경영이 스승의 영향력 속에서 이루어졌음을 짐작해 볼 수 있다.

38 채헌의 <석문정구곡도가>의 구곡가적 위상과 미적 성취에 대해서는 조유영의 연구(「채헌의 구곡시가 창작의 보편성과 특수성 - 시적 대상의 표현을 중심으로 - 」, 『우리말글』 75, 우리말글학회, 2017) 참조.

서 이 지역 구곡문화가 가진 개방성을 짐작해 볼 수 있다. 그리고 이러한 개방성은 강의 물길을 따라 상하와 좌우가 소통하고, 이를 통해 문화적 유연성을 가질 수 있었던 낙동강 연안 지역의 독특한 공간적 성격이 반영된 결과라 할 수 있다.

3) 사상적 지향성

조선 중기 이후 영남지역은 퇴계학맥을 중심으로 주자성리학에 더욱 매진하였다. 이러한 분위기 속에서 영남지역의 사대부들은 자신이 은거하는 공간을 성리학적 이상 세계로 만들기 위한 다양한 노력을 기울인다. 작게는 편액이나 당호에 성리학적 의미를 담기도 하고, 크게는 자신의 세거지 주변에 구곡원림을 설정하고 경영하면서 이러한 생각을 몸소 실천하였다.

> 九曲回頭更喟然　구곡이라 머리 돌려 다시 탄식하노니
> 我心非爲好山川　이내 마음 산천만 좋아함이 아니라네
> 源頭自有難言妙　원두엔 절로 형언하기 어려운 묘리가 있으니
> 捨此何須問別天　이를 버려두고 어찌 별천지를 물으리[39]

위의 작품은 정구鄭逑가 창작한 <앙화주부자무이구곡시운십수仰和朱夫子武夷九曲詩韻十首>의 마지막 구곡을 노래한 부분이다. 이 시에서 화자는 자신이 구곡의 묘처妙處까지 오게 된 것은 산수의 아름다움 때문만이 아니라, 물의 근원인 원두源頭를 찾기 위해 온 것이라고 말한다. 주자의 <관서유감觀書有感>에서도 볼 수 있듯이 원두는 활수가 솟아나는 곳을 말하며, 조선조의 사대부

39　鄭逑, 『寒岡集』 권1, <仰和朱夫子武夷九曲詩韻十首>.

들은 이러한 원두의 이미지를 통해 도체道體의 미묘함과 양심良心의 중요성을 강조한 바 있다.[40] 결국 정구는 자신의 구곡시에서 물을 거슬러 오르는 행위를 이러한 원두를 찾는 행위, 즉 성리학적 수양론으로 이해하고자 하였던 것이다. 그리고 이러한 의식은 조선조 구곡문화를 향유했던 이들의 일반적 사유 방식이라 할 수 있으며, 낙동강 연안의 구곡문화 또한 이러한 사유방식이 강하게 개입하고 있었음을 알 수 있다.

> 九曲商山轉闊然　구곡이라 상산이 환하게 트이니
> 連雲麥浪渺原川　구름이 닿은 보리 물결 들판에 아득하네
> 平湖極目眞奇境　평호平湖에서 눈 닿는 곳까지 진실로 가경이니
> 莫自窮源上九天　극처에서 하늘로 오르지 말라

위 작품은 고령지역 문인이었던 박이곤朴履坤(1730-1783)이 낙강구곡洛江九曲을 경영하면서 지은 <낙강도가경차무이운洛江棹歌敬次武夷韻>의 9곡시이다.[41] 그의 선조인 죽연竹淵 박윤朴潤(1517-1572)은 남명 조식과 교유하였고, 도원桃源 박원갑朴元甲(1564-1618)은 송암松庵 김면金沔(1541-1593) 등과 임진왜란 때 함께 창의한 바 있었다. 따라서 박이곤의 가문은 일정부분 남명학파와 밀접한 관련성이 있었음을 알 수 있으며, 그는 청천靑泉 신유한申維翰(1681-1752)을 스승으로 모신 바 있다.[42]

그의 낙강구곡은 학암鶴巖 박정번朴廷璠(1550-1611)의 부래정浮來亭이 있던 1

40　조선조 문인들의 원두에 대한 문화적 인식에 대해서는 정우락의 연구(「주자시의 문학적 수용과 문화적 응용 - <觀書有感>을 중심으로 - 」, 『퇴계학과 유교문화』, 경북대 퇴계연구소, 2015) 참조.
41　낙강구곡에 대해서는 김문기의 저서(『경북의 구곡문화Ⅱ』, 경상북도·경북대 퇴계연구소, 2012) 참조.
42　김문기·강정서 공저, 『경북의 구곡문화』 Ⅱ, 경상북도·경북대 퇴계연구소, 2012, 350-351쪽.

곡 부래浮來에서 낙동강가의 여러 나루터와 현풍의 도동서원을 거쳐 9곡 상
산商山까지 설정된 구곡원림이다. 인용한 작품을 살펴보면 낙강구곡의 극처
인 상산은 주자의 <무이도가> 9곡시의 공간과 닮아 있음을 볼 수 있는데,
넓게 펼쳐져 있는 보리밭과 잔잔한 호수가 일상적 공간으로서의 이미지를
만들어낸다는 점에서 그러하다. 그리고 화자는 이곳이 극처極處이기에 유인
遊人은 다시 하늘로 오르려고 하지 말 것을 당부하고 있음을 볼 수 있는데,
이러한 사유는 그의 구곡 유람이 현실 세계와 이격된 별천지를 찾는 행위가
아니라, 일상 속에서 도道를 궁구窮究하고자 하는 수도修道 행위임을 말하고
있는 것으로 볼 수 있다. 이처럼 낙동강 연안의 구곡문화는 조선의 구곡문화
가 그러했던 것처럼 주자의 무이구곡 경영을 전범으로 삼아, 주자 성리학적
가치를 이 땅에 실질적으로 구현하는 방향에서 이루어지고 있었음을 알 수
있다.

　그러나 낙동강 연안의 구곡문화가 단순히 조선조 구곡문화가 지향했던
사상적 지향성만을 담아내고 있었던 것은 아니다. 특히 낙동강 중류를 양분
하는 상주권과 대구권의 사상적 지향성이 일부분 차별성을 가지고 있음을
볼 수 있는데, 이러한 모습 속에서 낙동강 연안 구곡문화가 가진 사상적 특징
을 발견하게 된다. 이를 구체적으로 살펴보면 상주권의 경우에는 권상일의
<청대구곡> 경영에서도 볼 수 있듯이 퇴계학의 강한 영향력 속에 구곡문화
가 향유되기도 하고, 권섭의 경우처럼 기호학파와의 관련성 속에 구곡문화가
자리 잡은 측면도 존재한다. 하지만 대구권의 경우에는 정구를 중심으로 구
곡문화가 형성되고 향유되었던 측면이 매우 강하다.[43] 정구는 만년에 대구
사수동에서 사양정사泗陽精舍를 짓고 강학 활동을 전개하여 많은 인재들을

43　이에 대해서는 정우락의 연구(「대구지역의 구곡문화와 그 특징」, 『한민족어문학』 77, 한민
　　족어문학회, 2017) 참조.

길러냄으로써, 이 지역 문인들에게 대구 유학의 비조로 인식되었다. 그리고 이러한 인식은 도석규의 <서호병십곡>을 비롯한 다수의 대구지역 구곡문화 속에 오롯이 담겨 있다.[44] 특히 그들이 구곡의 극처로 제시했던 공간 대부분이 정구와 관련된 사양정사와 연경서원研經書院 등이었음을 볼 때, 대구지역 구곡문화 경영자들의 사상적 지향성이 어디로 향하고 있었는 지를 짐작할 수 있다. 따라서 낙동강 연안 구곡문화는 영남학과 기호학을 아우르며 퇴계학과 남명학을 함께 수용하였던 한강학이 중요한 사상적 배경이 되었음을 알 수 있다.

또한 앞에서도 언급한 바 있지만 낙동강 연안의 구곡문화는 근세까지 지속되었는데,[45] 특히 대구지역의 구곡문화 대부분은 19세기 후반부터 20세기 전반에 걸쳐 설정된 경우가 많다. 그리고 근세 대구지역 구곡문화 또한 한강학의 자장 속에서 지속되고 있었음을 볼 수 있다. 따라서 낙동강 연안 구곡문화가 가진 이러한 사상적 지향성은 근대를 살았던 전통지식인들에게 여전히 유효한 가치였음을 알 수 있고, 전근대 사회의 산물인 구곡문화가 근세까지 존속할 수 있었던 근원적인 힘이 되었던 것으로 이해된다.

이처럼 낙동강 연안의 구곡문화는 낙동강 연안의 사상사적 흐름과 맞물리면서 근세까지 강한 문화적 영향력을 발휘해 왔다. 그리고 그 과정 속에서 강좌와 강우를 통섭하고자 했던 한강학과 만나기도 하고, 낙동강의 상하를 아우르며 기호학과 영남학의 조화와 경쟁 속에서 자신만의 독자성을 확보하기도 하였음을 확인할 수 있다.

---

44 도석규의 서호병십곡의 극처인 10곡은 泗水濱으로 설정되어 있고, 우성규의 운림구곡의 9곡은 泗陽書堂, 채준도의 문암구곡의 1곡은 畵巖 즉 研經書院이며, 신성섭의 와룡산구곡 또한 1곡이 泗水로 설정되어 있음을 볼 수 있다.

45 상주권은 외재 정태진이 선유구곡을 경영한 것에서 이러한 상황을 볼 수 있고, 대구권의 경우에는 우성규의 운림구곡, 채준도의 문암구곡, 신성섭의 와룡산구곡 등 다수가 근세에 경영된 것임을 확인할 수 있다.

4. 나가며

이 책에서는 낙동강 중류 지역을 중심으로 낙동강 연안 구곡문화의 존재 양상을 살피고, 이를 토대로 이 지역 구곡문화가 가지는 특징을 논의하고자 하였다. 이에 낙동강의 본류가 시작되는 상주권과 강의 중류를 형성하는 대구권의 경우 약 20개소의 구곡원림이 존재하고, 이를 토대로 한 구곡문화가 매우 활발하게 나타나고 있었음을 밝혔다. 또한 이를 통해 낙동강 연안 구곡문화가 가지는 문화적 특징이 회통성, 개방성, 사상적 지향성임을 구명하였다. 그러나 이 책에서 제시한 이러한 특징들은 논의의 편의상 세 가지로 분류하긴 하였으나, 사실은 서로 밀착되어 있다. 구체적으로 말하면 낙동강 연안은 주자 성리학의 강력한 자장 속에서 좌우로는 남명학의 강좌와 퇴계학의 강우가 한강학으로 만나고, 상하로는 기호학과 영남학이 경쟁하고 조화하면서 이 지역의 구곡문화를 만들어 나갔음을 볼 수 있기 때문이다. 그리고 이러한 사상적 지향성 속에서 구곡원림 설정과 구곡시가 창작에 있어서는 다양한 변화를 도모하고 있어, 이 지역 구곡문화가 가진 강한 개방성을 확인할 수 있다. 또한 이러한 특징들은 회통성으로 수렴되는데, 낙동강 연안이 가진 이러한 회통성은 결국 다른 지역의 구곡문화와 낙동강 연안 구곡문화의 차이를 만들어내는 가장 중요한 요인이 되었던 것으로 판단된다.

강은 원두源頭에서 흘러나온 물이 또 다른 물을 만나 더 큰물이 되어 흐른다. 그리고 강은 산과 평지를 만나면서 물길을 유연하게 변화시키며 흐르지만, 결코 물로서의 정체성은 잃지 않으며 바다를 향해 쉬지 않고 나아간다. 낙동강 연안의 구곡문화 또한 좌우와 상하의 사상적 다양성을 아우르면서도 그 속에서 자신의 정체성을 만들어 나갔고, 이를 통해 시대의 변화에 대응해 왔던 것으로 보인다. 따라서 지금 낙동강이 가진 문화적 함의에 주목하는 것처럼, 이 지역의 구곡문화 또한 현재적 관점에서 새로운 가치 발굴을 위한 지속적인 노력이 이루어질 필요가 있다.

참고문헌

1. 논저

강정서, 「조선후기의 무이도가 시인식」, 『동방한문학』 17, 동방한문학회, 1999.

강정서, 「퇴계의 <무이도가> 시인식의 한 국면」, 『동방한문학』 14, 동방한문학회, 1998.

경상북도, 『백두대간 구곡문화지구 세계유산 등재방안 연구』, 2015.

구수영, 「黃南別曲의 研究」, 『한국언어문학』 10, 한국언어문학회, 1973.

김문기, 「구곡가계 시가의 계보와 전개양상」, 『국어교육연구』 23, 국어교육연구회, 1990.

김문기, 「도산구곡 원림과 도산구곡시 고찰」, 『퇴계학과 한국문화』 43, 경북대 퇴계연구소, 2008.

김문기, 「퇴계구곡과 퇴계구곡시 연구」, 『한국의 철학』 42, 경북대 퇴계연구소, 2008.

김문기, 『문경의 구곡원림과 구곡시가』, 한국학술정보, 2005.

김문기·강정서 공저, 『경북의 구곡문화』 II, 경상북도·경북대 퇴계연구소, 2012.

김문기·강정서 공저, 『경북의 구곡문화』, 경상북도·경북대 퇴계연구소, 2008.

문화재청, 『전통명승 洞天九曲 조사보고서』, 2007.

신두환, 「조선 사인의 <무이도가> 비평양상과 그 문예미학」, 『대동한문학』 27, 대동한문학회, 2007.

심경호, 「포저 조익의 문학관과 문학」, 『한국실학연구』 14, 한국실학학회, 2007, 137.

이민홍, 『조선 중기 시가의 이념과 미의식』, 성균관대출판부, 2000.

이민홍, 『증보 사림파 문학의 연구』, 월인, 2000.

이종호, 「한국 구곡문화 연구의 현황과 과제 - 구곡경영과 구곡시의 전개를 중심으로 - 」, 『안동학연구』 10, 한국국학진흥원, 2011.

임노직, 「퇴계학파의 <무이도가> 수용과 도산구곡」, 『안동학연구』 9, 한국국학진흥원, 2010.

정우락, 「강안학과 고령 유학에 대한 시론」, 『퇴계학과 한국문화』 43, 경북대 퇴계연구소, 2008.

정우락, 「구곡원림의 양상과 경북 구곡의 문화사적 의미」, 『유교사상문화연구』 77, 한국유교학회, 2019.

정우락, 「대구지역의 구곡문화와 그 특징」, 『한민족어문학』 77, 한민족어문학회, 2017.

정우락, 「백두대간 속리산권 구곡동천 문화의 인문학적 가치와 의미 - 문경과 상주 일대를 중심으로 - 」, 『남명학』 18, 남명학연구원, 2013.

정우락, 「한강 정구의 무흘 경영과 무흘구곡 정착과정」, 『한국학논집』 48, 계명대 한국학연구원, 2013.

정우락, 「성주 및 김천 지역의 구곡문화 무흘구곡 - 무흘구곡의 일부 위치 비정을 겸하여 - 」, 『한국의 철학』 54, 경북대 퇴계연구소, 2014.

정우락, 『한강 정구와 무흘구곡 이야기』, 경인문화사, 2014.

정우락, 「주자시의 문학적 수용과 문화적 응용 - <觀書有感>을 중심으로 - 」, 『퇴계학과 유교문화』 57, 경북대 퇴계연구소, 2015.

정우락, 『영남 한문학과 물의 문화학』, 역락, 2022.

조성덕, 「무이도가의 수용과 변용에 대한 일고찰」, 성균관대학교대학원 석사학위논문, 2004.

조유영, 「영남지역 구곡원림의 유형에 따른 시적 형상화 양상과 그 지역문화적 특징」, 『어문학』 143, 한국어문학회, 2019.

조유영, 「조선조 구곡가의 시가사적 전개양상 연구」, 경북대학교대학원 박사학위논문, 2017.

조유영, 「蔡瀗의 <石門亭九曲棹歌>에 나타난 공간 인식과 그 의미」, 『어문론총』 60, 한국문학언어학회, 2014.

조유영, 「청대 권상일의 청대구곡 경영과 그 의미」, 『대동한문학』 49, 대동한문학회, 2016.

조지형, 「17-18세기 구곡가 계열 시가문학의 전개 양상」, 고려대학교대학원 석사학위논문, 2008.

낙동강 연안 선유시회船遊詩會의 한 양상
— <금호선사선유琴湖仙査船遊>를 대상으로 —

백운용(경북대학교 강사)

1. 머리말

강에 배를 띄우고 무리 지어 노닐며 시를 짓고 유락하는 일은 그 유래가 오래되었다. 『삼국사기』에 백제 무왕이 궁녀를 데리고 뱃놀이를 했다(638년 03월)[1]는 기록이 있고, 『고려사』에도 임금이 서경 대동강에서 뱃놀이하며 시를 수창하고[2], 임진현 강변에서 재추들과 뱃놀이를 즐겼다[3]는 기록이 있다. 이렇게 왕이 행차하여 강에 배를 띄우고 즐긴 기록은 『고려사』에만 우왕

1 　『삼국사기』 권27 「백제본기」 제5, "三十九年, 春三月, 王與嬪御泛舟大池."
2 　『고려사』 권14 「세가」 예종 11년, "夏四月, 甲子朔. 至西京, 置酒大同江船上, 扈駕諸王·宰樞·侍臣, 西京留守, 分司三品以上侍宴. 風日淸和, 王悅懌, 與侍臣唱和.[여름 4월 갑자 초하루 서경에 이르러 대동강에 띄워놓은 배 위에서 술자리를 베풀었는데, 어가御駕를 호종한 제왕諸王·재추宰樞·시신侍臣 및 서경 유수西京留守와 분사分司의 3품 이상 관리들이 잔치에 참석하였다. 바람은 맑고 날씨가 화창하니 왕이 기뻐하며 시신들과 시를 주고받았다.]"
3 　『고려사』 권18 「세가」 의종 21년, "五月, 戊戌朔, 幸臨津縣, 宿江邊僧舍. 翌日, 與宰樞金永胤·徐恭·李公升·崔溫, 承宣李聃·許洪材·金敦中等, 泛舟南江中流, 遡沿, 竟日爲樂.[5월 무술 초하루 임진현에 행차하여 강변에 있는 승사에서 묵었다. 다음날 재추 김영윤金永胤·서공徐恭·이공승李公升·최온崔溫과 승선承宣 이담李聃·허홍재許洪材·김돈중金敦中 등과 더불어 남강 중류에 배를 띄우고 연안을 따라 소요하며 온종일 즐겼다.]"

대까지 대략 18건이다.

　조선조에도 뱃놀이에 대한 사서史書의 기록은 이어진다. 다만 왕이 강에 행차하여 유락하였다는 기록은 거의 사라지고, 사신 접대를 위해 한강, 대동강 등에서 선유를 즐겼다는 기록이 많다. 예컨대 중국 사신이 한강에서 뱃놀이하는 자리에 중종이 술과 삿갓을 하사한 기록[4]이 있다.

　선유는 이렇게 나라의 공식·비공식 행사로만 행해지지 않았다. 민간에서도 흥취가 일어날 때나 배를 타기 좋은 절기를 만났을 때, 또는 여러 사람이 모일 만한 특별한 계기가 있을 때면 배를 띄워 선유를 즐겼다. 이들 대부분은 한 때의 유락遊樂에 그치고 잊혀갔지만, 몇몇은 기록으로 남아 후세에 전해지기도 하고, 심지어는 전통이 되어 여러 차례 재현되기도 하였다. 그 가운데 하나가 강에 배를 띄우고 특정한 지점을 경유하며 시를 지으며 즐긴 '선유시회船遊詩會'이다.

　낙동강 유역은 다른 어느 곳보다 선유시회에 대한 기록이 많이 남아있다. 낙동강 연안 선유시회에 대한 최초의 기록은 이규보가 1196년 낙동강에 배를 띄우고 시를 지으며 즐긴 '백운낙강범주유白雲洛江泛舟遊'이다. 이것이 상주지역의 전통이 되어 1196년부터 1862년까지 거의 700여 년에 걸쳐 상주지역 문사를 중심으로 대략 50여 회의 선유시회가 열렸다.[5] 이뿐만 아니라 낙동강의 상류에 해당하는 안동지역에서는 낙동강의 본류가 흘러들어 곡류하는

4 　『중종실록』 권90, 중종 34년 4월 14일, "傳曰, 承旨今當往漢江矣, 持笠以往, 贈天使曰, 兩大人昨日旣不受此矣, 今江湖乃照陽之處, 且若雨, 則不得已著此而後, 可以加帽, 故敢進云, 可也.[또 전교하였다. 승지는 지금 한강에 갈 적에 삿갓을 가지고 가서 천사에게 주며 '두 대인이 어제는 이것을 받지 않으셨으나, 지금 강호는 햇볕이 내리쬐는 곳이니, 장차 만약 비라도 내린다면 부득이 이것을 쓰셔야 모자를 버리지 않겠기에 감히 올립니다.'라고 하는 것이 좋겠다.]"

5 　손유진, 「『임술범월록』에 나타난 공간 인식의 양상과 의미」, 경북대학교 대학원 석사학위 논문, 2010.

지점과 반변천 유역을 중심으로 이황李滉(1502-1571), 김륵金玏(1540-1616), 이종
악李宗岳(1726-1773) 등이 선유시회를 즐긴 기록이 있다. 또 중류에 해당하는
대구, 고령지역에서는 정구鄭逑(1543-1620)와 장현광張顯光(1554-1637), 그리고
그들의 제자를 중심으로 다양한 선유시회가 열렸다. 낙동강 하류에 해당하
는 함안, 창녕지역에서도 정구를 중심으로 한 여러 선유시회에 대한 기록이
있다.

이런 기록을 접하며 우리는, 무엇이 이처럼 낙동강 유역의 다채로운 선유
시회를 가능하게 하였을까, 이들이 시회를 통해 이야기하고 싶었던 것은 무
엇일까, 창작한 시들의 주된 내용은 무엇일까, 선유를 주최하고 참가한 사람
들은 어떤 공통점을 지니고 있을까, 왜 낙동강 유역에 이런 기록이 많을까,
또 시회의 정체와 의미를 파악한 결론을 오늘날 어떻게 발전적으로 계승할
수 있을까 등 수많은 질문과 마주한다.

이런 의문을 해결하기 위해서는 다양한 방법으로 자료에 접근하여 그
내용을 명료하게 분석하여야 할 것이다. 이를테면 낙동강 상류·중류·하류의
모임과 거기에서 지은 시가 어떻게 같고 다른지를 살피는 공간적 파악, 16세
기·17세기·18세기·19세기의 시와 모임은 어떠한지를 살피는 시간적 파악,
그리고 그 시공간적 의미를 통합하여 하나의 의미를 도출하는 작업 등이
있어야 할 것이다. 또 개별적 모임에 주목하여 그 모임의 주체와 목적, 그리
고 거기에서 지은 작품의 성과와 문화적 영향력 등 개별 모임이 가지는
의의도 천착해야 할 것이다. 이러한 작업이 일정한 성과를 거두고 체계적으
로 정리될 때 낙동강 연안 선유시회의 문화적 의의가 다소나마 정체를 드러
낼 것이다.

그러나 낙동강 연안을 따라 굵직한 지류와 명승이 있는 곳마다 선유시회
가 열렸고 짧은 유행으로 그친 것이 아니라 지속적으로 이어졌기 때문에

남아있는 자료가 만만치 않다. 이 때문에 앞서 제시한 문제를 해결하는 일은 자료를 축적하며 읽어내기에 급급한 필자에게 역부족이라 할 수 있다. 이에 다양한 자료를 섭렵하고 이를 바탕으로 앞서 제시한 문제를 해결하는 것을 앞으로의 과제로 남기고, 여기서는 우선 이들 자료를 어떻게 읽어야 할 것인가에 대해 논의해 보고자 한다. 즉 하나의 기준을 제시하고, 이에 따라 선유시회의 양상을 점검해보자는 것이다. 이를 바탕으로 낙동강 연안 다른 선유시회와의 비교할 수 있는 논거를 세울 수 있고, 이렇게 함으로써 낙동강 연안 선유시회의 문화적 의의를 파악하는 단초를 놓을 수 있을 것이라 기대한다.

이에 따라 아래에서는 선유시회의 양상을 어떻게 볼 것인지 하나의 분석틀을 제시해보기로 한다. 이렇게 도출한 내용을 여러 선유시회에 적용하면 각 선유시회의 모습이 드러날 것이고, 이를 공시적 통시적 맥락 속에서 파악하면 선유시회의 실상이 어느 정도 모습을 드러낼 것이다. 이어 이 글에서는 낙동강 연안에서 이루어졌던 선유시회 가운데 '금호선사선유琴湖仙査船遊'에 한정하여 제시한 틀을 적용함으로써 낙동강 연안 선유시회의 한 면모를 파악해보는 것으로 일단락 짓고자 한다.

2. 선유시회의 분석틀: 개인 체험과 공동 체험의 시화詩化

선유시회의 핵심을 이루는 요소는 '특별한 경험[선유]을, 일정한 목적 아래 다수가 모여[회], 시로 노래하다[시]'이다. 이 가운데 중심이 되면서 모든 선유시회가 공유하는 요소는 '선유'와 '회'이며, 선유시회에서 창화한 '시'는 여기 참여한 개인이 각자의 감성을 읊은 개별적인 요소이다. 이 때문에 선유시회 전체를 다루는 연구에서는 선유 모임을 중심에 두고 그 장소나 계기, 그리고 목적 등 역사적 의의 등에 주목하였다. 그러나 선유시회의 의의를 밝히는 데에는 모임과 선유보다 시에 주목하는 것이 더 효과적일 수 있다. 왜냐하면 개별 선유시회마다 주최자의 의도나 목적이 있음에도 불구하고 거기에 참여한 사람들은 모임의 주체나 모임의 목적과는 별도로 시를 통해 자신만의 인식을 담아 모임의 의의를 강조하기도 하고 개인의 감상을 앞세우기도 하면서 개별 선유시회의 문화적 의의를 여실히 드러내고 있기 때문이다. 즉 선유시회의 주체나 중심인물의 의도와는 달리, 참여자는 개별 경험에 방점을 찍고 자신의 감상을 드러내기도 하고, 모임에 치중하여 모임의 의의를 강조하기도 한 것이다. 이런 점에서 선유시회는 선유라는 특별한 경험을 바탕으로 일정한 목적 아래 모인 해당 지역의 문사들이 선유의 경험과 모임의 의의를 시로 노래한 문화행사라 할 수 있다.

선유시회의 참여자가 모임의 경험을 시로 형상화할 때 대상으로 삼는 것은 선유라는 특별한 경험과 모임 그 자체라 할 수 있다. 그리고 선유 참여자는 이를 대상으로 자신의 감상을 노래하기도 하고 공동의 목적을 드러내기도 한다. 즉, 선유시는 선유와 모임을 대상으로 개인의 감상이나 공동의 목적을 형상화한 것이다. 이렇게 대상과 그것의 형상화라는 측면에서 보았을 때, 선유시회에서 창화한 선유시는 대체로 다음 4가지의 양상으로 나타난다고 할 수 있다.

첫째는 개별적 선유 체험을 대상으로 하여 개인의 감상을 형상화하는 것이다.

선유시회 참여자들이 우선 주목하는 것은 선유라는 특별한 경험이다. 주로 걷거나 특별한 경우 가마나 말을 타는 것이 이동 방법의 전부였던 시대, 배를 타는 경험은 그 자체로 설렘과 즐거움을 줄 수 있다.

이처李妻[이태진李台鎭에게 시집간 작자의 둘째 딸]의 걸음에 부친 편지를
받아 펼쳐보고 여러 번 읽노라니 기쁘고 마음이 놓여 절로 어찌할 줄 몰랐습
니다. 호숫가 정자의 아름다운 경치는 상상만 하여도 문득 마음이 달려가곤
합니다. 게다가 날마다 배를 띄우고 즐김이 있음이겠습니까. 이것이 어찌
생동감 넘치는 그림 속의 신선과 다르겠습니까.[6]

김창협이 43세 때인 1693년(숙종 19)에 이희조에게 쓴 편지의 서두이다.
이어지는 편지의 내용은 이희조가 지어 달라고 부탁한 기문과 시를 짓기
어렵다고 사양한 것이지만, 서두의 인사에서 배를 띄우고 즐기는 일을 부러
워하는 김창협의 마음을 읽을 수 있다. 이처럼 선유시회에 참여한 사람들은
배를 타는 경험이 주는 그 특별함에 주목하여 이를 대상으로 하여 시로 형상
화할 수 있다.

또 선유 체험의 특별함으로 거론할 수 있는 것은 배에서 바라보는 풍광의
이채로움이다. 강가나 산중에서 강이나 흐르는 물을 감상하는 일은 일상적이
다. 육상에 서서 우연히 바라볼 수도 있고, 특별한 목적을 가지고 유심히
지켜볼 수도 있다. 이것은 마음만 먹으면 얼마든지 가능하다. 이에 비해 강물
안에서 산수를 마주하는 일은 대단히 특별한 경험이며, 또 육상에서 강을
마주하는 경치와는 전혀 다른 경관으로 다가온다.[7]

---

6   『農巖集』 권13 「書」 <答李同甫 癸酉>, "李妻行, 奉領辱帖, 披復欣釋, 殊不自已. 湖亭之勝, 想來
     輒覺神往, 況日有臨汎之樂, 此何異畫中仙人耶."
7   루어 낚시는 흐르는 강물 안으로 들어가 강 안에서 즐기는 낚시의 하나인데, 경우에 따라
     보트를 타고 호수나 저수지의 포인트로 나아가 낚시를 즐기기도 한다. 이들은 고기를 낚는
     즐거움을 우선으로 여기지만, 부차적으로 강 안에서 보는 강 밖 산수의 아름다움에 매료되
     기도 한다고 한다.

仙槎怳惚入銀灣　신선 뗏목 황홀히 은빛 굽이로 들어오고
桂影婆娑島嶼間　달그림자 너울너울 섬 사이서 춤을 추네
白舫一雙馳水馬　하얀 돛배 한 쌍 수마처럼 달릴 때
丹霞萬疊倚屛山　붉은 노을 만 겹 병산에 기대네
將驂鸞鳳天邊去　난새와 봉황 타고 하늘 가로 간다면
擬喚喬松席上還　교송을 불러 이 자리로 돌아올 수 있으리라
夜半滄江聞鳳簫　한밤중 푸른 강에 피리 소리 듣노라니
劃然長嘯一怡顔　산뜻하구나, 긴 휘파람에 활짝 얼굴이 피어나네[8]

이 시는 경인년(1770) 상주의 낙강시회에 참여한 조천경이 김광철의 시에 차운하여 지은 <차김상사운次金上舍韻> 10수 가운데 다섯 번째 시이다. 시인은 1-4구에서 강물 안에서 바라본 강 밖 경치를 묘사하고 있다. 시에 등장하는 황홀한 은빛 강굽이, 물에 비치는 달그림자, 너울너울 떠가는 배, 물을 앞에 두고 바라보는 노을을 품은 산 그림자 등은 강, 달, 배, 산이라는 일상의 제재題材이지만 육상에서 마주하는 것과는 완연히 다르다. 이 때문에 시인은 일상에서 쉽게 만날 수 없는 특별한 풍광을 대상으로 하여 시를 지은 것이다.

조천경은 이렇게 낯선 경험, 즉 개별 체험을 시의 대상으로 삼으면서 5-8구에서 그 경험을 신선의 흥취로 끌어올리고 있다. 나아가 그 경지에서 '활짝 얼굴이 피어난다'면서 탈속의 자유로움을 구가하고 있다. 이러한 예가 개별적 선유 체험을 대상으로 하여 자신의 감상을 형상화한 것이라 할 수 있다.

선유시의 두 번째 양상은 개별적 선유 체험을 대상으로 하여 공동의 지향을 형상화하는 것이다.

8　『壬戌泛月錄』趙天經, <其五六 用本賦 意懷神仙 詠風月耳>

船遊卜日晴	뱃놀이하자고 한 날 날씨가 맑으니
四月綠陰生	사월의 녹음이 돋아나누나
帆影牽風動	돛 그림자는 바람에 끌려 휘날리고
棹歌帶月明	뱃노래는 밝은 달을 띠고 있구나
昇平際聖代	승평 시절 태평성대에
觴詠叙幽情	마시고 읊조리며 그윽한 정을 펼치니
賓主東南美	주인과 손님 동남에 아름답고
江山左右平	강물과 산세 좌우에 고르네
相逢不易得	서로 만나기 쉽지 않으니
此會有緣成	이 모임에서 인연을 이루어보세
更陟花臺上	다시 상화대에 올라가 보니
漁笛兩三聲	뱃노래 두세 가락 들리는구나[9]

1899년 4월 임재 서찬규徐贊奎(1825-1905)는 낙재 서사원徐思遠(1550-1615)이 선사에서 선유한 것을 이어 달성군 사문진의 상화대에서 선유를 열었다. 이때 대구지역의 선비뿐만 아니라 고령의 만구 이종기李種杞(1837-1902)도 문도를 데리고 참석하여 참석자가 80여 인에 이르렀다. 낮에는 상화대에서 시를 지으며 수창하고 밤에는 배를 띄우고 선유를 즐겼다.[10] <무이구곡시>에서 한 자씩 운을 취하여 참석한 이들이 각각 1수씩 지었고 이를 모아 『낙강상화대선유창수록洛江賞花臺船遊唱酬錄』이라는 이름으로 묶었다. 이 책에는 모두 90수의 시가 실려 있다. 위에 제시한 시는 이때 구호서가 '청晴'자 운을 받아 지은 것이다.

1-4구는 선유의 풍광을 읊고 있다. 돛 그림자가 바람에 휘날리고 뱃노래

---

9   『洛江賞花臺船遊唱酬錄』, 具鎬書, <得晴字>.
10   『洛江賞花臺船遊唱酬錄』, 朴昇東, <得峯字> 아래 기문 참조.

사이로 달빛을 타고 나아가는 배의 모습이 떠오른다. 이로 볼 때 이 시는 선유 체험을 바탕으로 하고 있다고 할 수 있다. 이어서 5-8구에서 시인은 선유의 떠들썩한 장면을 포착하여 제시하고 있는데, 승평 시절을 만나 주객이 어울려 마시고 노래하는 모습을 묘사하였다. 9-12구에서 시인은, 이를 받아 이렇게 만나는 일이 쉬운 일이 아니니 좋은 인연을 즐기라 하면서 상화대에서의 평화롭고 즐거운 한때로 마무리하였다. 이 시에서 시인은 선유 모임의 즐거움과 흥겨움을 강조하고 '서로 만나기 쉽지 않으니 이 모임에서 인연을 이루어보자'면서 동지同志의 유대를 강화하자는 모임의 취지를 노래하고 있다. 이렇게 본다면 이 시는 개별적 선유 체험을 대상으로 하면서 궁극적으로 공동 체험이 지향하는 바를 형상화하였다고 할 수 있다.

이처럼 개별적 선유 체험의 특별함, 배에서 보는 풍광의 이채로움 등을 시로 노래한 경우, 시인 각자의 상황에 따라 다양한 모습으로 이를 형상화할 수 있다. 예컨대 같은 선유 체험이라도 강가에 거주하며 배를 타고 이동하는 것이 일상이었던 사람과 처음으로 선유를 경험한 사람은 그 감흥이 다를 것이다. 같은 시간, 같은 장소를 오가지만 그런 경험의 차이 때문에 선유 체험이 심드렁할 수도 있고 두근거릴 수도 있다. 이 때문에 선유 체험은 모임에 참여한 모두의 공동 경험이지만, 그 체험을 시화할 때는 개인의 특별한 체험이나 개인이 인식한 특별함이 전면에 부각하게 된다.

이와 달리 공동 체험을 대상으로 하면서 개인의 감상을 노래하거나 공동의 인식을 형상화하는 경우가 있다. 이것이 각각 선유시의 세 번째, 네 번째 양상이 된다. 즉 선유시의 세 번째 양상은 공동의 선유 체험을 대상으로 하여 개인의 감상을 형상화하는 것이고, 네 번째 양상은 공동의 선유 체험을 대상으로 하여 공동의 지향을 형상화하는 것이다.

선유시회에서 참여자 모두가 공유하는 공동의 선유 체험이란 예컨대 모임의 계기·모임의 주체·모임의 과정·모임의 목적 등 참여자의 공동 경험을 말한다. 즉 이 모임이 누구에 의해서 어떻게 기획되었으며 참여자는 누구이고 언제 어디서 열리는가 등, 모임의 외형적 요건이 여기에 해당한다. 또 모임의 목적은 무엇이며, 모임이 지향하는 바가 무엇인가 등의 내면적 요건도 여기에 해당한다. 학회를 예로 든다면 학회의 시간, 장소, 주제, 주관처 등이라 할 수 있다. 선유의 모임에서 으레 이어지는 운자를 두고 시를 짓는 행사는 참여자에게 부담이기도 하고 기회이기도 한데, 이때 참여자는 모임과 관련한 이러한 공동 경험을 소재로 하여 시화할 수 있다.

선유시회 참여자 모두가 공유하는 공동 경험인 모임의 계기·모임의 주체·모임의 과정·모임의 목적 가운데 선유 체험자들이 가장 관심을 가지는 것은 모임의 목적이다. 왜냐하면 선유시회에 참여한 의의가 결국 그 목적의 성취에 달려있기 때문이다. 선유의 목적으로 우선 들 수 있는 것은 흥취의 발산이다.

> 여강서원의 강회가 끝났을 때 마침 음력 16일 저녁이었다. 어른·젊은이 수십 명과 함께 오로봉 아래에 배를 띄웠다. 안개가 수면에 아득하였는데 물길을 위아래로 거스르며 서로 돌아보며 즐거워하였다. 어떤 이에게 〈적벽부〉를 외게 하고 이어서 삼가 주자의 〈관서〉 시에 차운하였다. 이는 대개 경물이 우연히 일치함을 가만히 취하여, 흥에 의탁하여 느낀 뜻을 붙인 것이니, 감히 [주자의] 그 경지를 엿볼 수는 없었다. 아, 슬프다. 을유년(1765, 영조 41)[11]

---

11 『大山集』권3, 「詩」 <廬江講會罷 適値旣望之夕 偕長少數十人 泛舟五老峯下 烟波浩渺 泝洄上下 相與顧而樂之 使人誦赤壁賦 仍謹次朱先生觀書韻 蓋竊取景物之偶同 而託興寓感之意 則有不敢窺焉 嗚呼 欷矣 乙酉>. 시 원문은 "暮雨纖纖收月欲生, 飄飄衣袂御風輕, 春江也是無今古, 依舊扁舟自在行."이다.

이상정李象靖(1711-1781)이 여강서원에서 강회를 마쳤을 때가 마침 음력 16일
이었기에 소동파의 <적벽부>가 자연스럽게 떠올랐던 듯하다. 이에 강으로
나아가 배를 띄우고 소동파의 흥취를 재연하였다. 이런 모임의 경우, 시에서
는 개인의 문학적 감수성을 발산하는 것이 주를 이룰 것이라 짐작할 수 있다.
즉 선유의 모임이 문인으로서의 재능을 발휘하고 상상력을 동원하여 감수성
을 일깨우는 마당으로 기능하였다고 할 수 있다.[12]

선유의 목적으로 들 수 있는 두 번째 것은, 학문의 연원을 확인하는 장으로
삼는 것이다. 선행 연구에 따르면, 낙동강 상류에서의 시회는 주로 이황과
그 학파를 중심으로 이루어졌고, 중·하류의 시회는 이황의 제자로 지역에서
별도의 문파를 형성하고 있던 정구를 중심으로, 그의 문인들에게까지 이어졌
다[13]고 한다. 즉 학통을 같이하는 문인들이 철저하게 계획하여 성사되었다는
것이다.

이렇게 볼 때, 이 모임이 특별한 이유는 그 모임의 중심에 학문의 종장
혹은 연원이 자리하고 있기 때문이다. 학문의 연원은 선비들의 정통성과 직
결되는 것이었기 때문에 조선조 내내 학문하는 선비의 초미의 관심사였다.
그들은 그 연원의 학풍과 학문적 역량 아래서 사고하고 실천하였으며, 심지
어 그 연원을 지켜내기 위해 이른바 시비是非로 불리는 충돌도 불사하였다.
그런 가운데서 지금까지 갈고닦아온 학문의 중심·주류와 교유하고 면대하게
되었으니, 그들에게는 대단히 특별한 일이었을 것이고, 시회에서는 이를 대
상으로 시화하기도 하였다.

---

12 이처럼 흥취의 발산을 목적으로 선유하는 경우, 형상화의 대상인 흥취가 공동 체험이 된다.
이는 앞서의 개인 체험의 흥취와 외형적으로 동일하지만, 형상화의 양상은 다르다고 할
수 있다.
13 정우락, 「조선중기 강안지역의 문학활동과 그 성격 - 낙동강 중류지역을 중심으로 한 하나
의 시론 -」, 한국학논집 제40집, 계명대학교 한국학연구원, 2010, 217-223쪽.

한강 선생은 퇴계 선생의 정통을 이어받았고 낙동강은 또한 탁영담의 하류이니, 백 년이란 긴 시간을 기다리지 않고도 그 정아한 음률[正聲]를 이음이 문하 고제高弟의 손에서 나와 낙동강 물줄기가 문득 도학의 연원이 되게 하였다. 그렇다면 당시에 물길을 따라 오르내리면서 조용히 둘러보며, 저 '인자요산仁者樂山 지자요수知者樂水'의 의미를 지극히 음미하고 음풍농월의 풍취를 시로 읊음에 반드시 사람들이 엿볼 수 없는 점이 마땅히 있었을 것이다.[14]

이상정은 『기락편방』의 서문에서 낙동강을 도맥이 흐르는 공간으로 파악하고 있다. 탁영담에서 이황이 이덕홍 등과 배를 띄우고 시를 즐겼던 일과 정구가 함안 용화산 아래 낙동강 포구에서 문인들과 배를 띄우고 즐겼던 일이 물줄기라는 공간을 통해 이어지고 있기에 낙동강을 도학의 연원이라고 하였다. 선유시회는 이처럼 그 학문의 연원을 확인할 수 있는 마당이었기에 이 모임은 특별함을 지닌다.

선유시회의 목적에 해당하는 세 번째는 선유시회를 계기로 동류와의 유대를 강화하고 자신과 그 가문의 입지를 공고히 하는 마당으로 삼는 것이다. 즉 선유시회의 중심이 학문적 동지이든 혈연적 가족이든 그런 모임에 참여하였다는 사실만으로도 해당 지역과 선비들 사이에서 자신의 입지를 공고히 할 수 있었다[15]는 것이다.

봉래산의 만폭동이나 속리산의 선유동 같은 곳이 응당 제일이었는데, 수락대는 또한 다음이 될 수 있다고 생각합니다. 그러나 이곳이 관청·촌락과

---

14 『沂洛編芳』<沂洛編芳序>, "夫寒岡陶山之正傳, 而洛水又濯纓之下流也. 不待百年之久, 而其正聲之續出於門人高弟之手, 使洛派一帶, 便爲道學之淵源, 則當其沿洄下上之際, 從容顧眄, 以極夫仁智, 吟弄之趣者, 必有人不得窺其察者."

15 김학수, 「선유船遊를 통해 본 낙강洛江 연안지역 선비들의 집단의식 - 17세기 한려학인寒旅學人을 중심으로 -」, 『영남학』 18, 경북대학교 영남문화연구원, 2010 참조.

서로 닿아 있고 초부와 늙은이들이 자주 가까이와 노닐기 때문에 여기를 지나가는 이들이 비루하게 여겨 돌아보지 않았습니다. 그러다 하루아침에 대인 선생[서애 유성룡]이 알아줌에 이르러 청운의 선비에게 알려져 후세에 전하게 되었으니, 이는 마치 그 사이에 천지의 운수가 있었던 듯합니다. 게다가 학사공이 만년을 자연에서 보내며 속세를 벗어나 여유롭게 노닐면서 이처럼 동지들을 불러 모았습니다. 가만히 생각건대 이 명구名區가 여러 고을의 벼슬아치를 모이게 하고, 옛 현인들이 남긴 감상을 추억하게 하니, 또한 유림의 성대한 일입니다.[16]

수락대는 유성룡이 고향을 왕래할 때, 지팡이를 놓고 신발을 벗는 등 행장을 풀고 바위에 걸터앉아 자연을 감상하며 쉰 곳이었다. 1602년(선조 35)에 지역 사림들이 이를 추모하여 '서애선생장구지소西厓先生杖屨之所'라는 명문을 새겼고, 1661년(현종 2)에 김응조와 홍여하 등 25현이 선유계회船遊契會를 만들어 소요하였다. 위 글은 그 계회의 첩문이다.

여기에서 볼 수 있듯이 그전까지 비루하게 여겨 돌아보지도 않았던 곳이, 대선생이 머물렀다는 이유로 명승이 되었고 이를 기념하는 계회가 조직되어 모임을 이어나간다. 그리고 여기에 참여하는 인물은 '동지同志'이자 '유림儒林'이 된다. 이런 측면에서 보았을 때, 선유의 모임은 동류와의 유대를 강화하고 자신과 그 가문의 입지를 공고히 하는 마당이기도 하였다고 할 수 있다.

선유시회의 참여자는 이처럼 모임의 목적을 비롯한 계기나, 장소, 시간, 주최자 등 공동 체험을 대상으로 하여 자신의 인식을 형상화할 수 있다.

---

16 『木齋集』 권5, 「說」, <水落臺契帖文 辛丑>, "如蓬萊之萬瀑, 俗離之仙遊, 當爲第一, 而水落者, 抑可以爲次矣. 然其與縣廨村墅相接, 樵夫野老所狎處而遊也. 過者鄙之而不顧, 及一朝受知於大人先生, 附青雲而施後世, 似若有數存焉於其間, 而鶴沙公晚節林泉, 優游塵表, 招携同志, 眷茲名區, 傾數郡之纓弁, 追昔賢之餘賞, 則亦儒林之盛事也."

昔賢遊船樂	옛적 현인 뱃놀이 즐겼음을
吾儕欲踵武	우리 동배同輩 따르고자 하였네
天時月建巳	이때 천시는 4월이었고
風景日正午	풍경은 해가 뜬 정오였어라
地接伊泗界	땅은 이천伊川과 사수泗水 경계에 접하였고
波瀾洛琴浦	물결은 낙동강과 금호강 포구에 일렁이네
寒爺遺芳馥	한강 선생 향기로운 자취 아직 남았고
樂翁古規矩	낙재 선생 올바른 법식 오래도록 이어오네
梢工副其手	뱃사공이 그 손을 놀리니
觀者環如堵	보는 이가 담장처럼 둘렀는데
招招印須友	손짓하며 벗을 기다리노라니
雲深暮江樹	저물녘 강가 나무에 안개가 가득하네[17]

이 시는 『낙강상화대선유창수록』에 실려 있는 것으로, 거기에 참석하였던 낙좌 우세동이 지은 것이다. 1-4구에서는 선유시회가 열린 계기와 열린 날짜를 명기하고 있다. 또 옛적 현인들의 뱃놀이 전통을 잇고 있다는 모임의 의의도 아울러 밝히고 있다. 이어 5-8구에서 시인은 선유시회가 열린 장소를 노래하고 이어서 그곳에서 학문을 연마한 선현先賢을 노래하였다. 시에 등장하는 이천과 사수는 대구지역의 지명이기도 하고 성리학의 명소이기도 하다. 또 이천은 서사원이 강학하였던 곳이고 사수는 정구가 강학하였던 곳이다. 여기서 시인은 한강 정구와 낙재 서사원을 기억하고, 그들의 연원이 성리학의 본맥과 닿아 있음을 이야기한다. 이렇게 볼 때 1-8구까지는 선유시회의 날짜와 장소, 그 의의 등을 노래한 것이라 할 수 있다. 특히 시인이 이곳을 선현의 향기로운 자취와 올바른 법식이 여전히 이어져 오고 있는 공간으로 인식하고

---

17 『洛江賞花臺船遊唱酬錄』, 禹世東, <得武字>.

있다는 점에서 연원의 확립을 염두에 둔 시인의 의도를 엿볼 수 있다. 마지막 9-12구는 그러한 연원 속에서 동지를 기다리는 심정을 노래하였다.

한편, 『낙강상화대선유창수록』에는 박승동의 시 앞에 기문이 붙어있고 우성규의 시 앞에 서문이 붙어있어 이 선유시회의 경과를 알 수 있다. 이에 따르면 상화대선유시회는 대체로 앞서 살펴본 바처럼 서찬규가 주도하여, 서사원이 주도한 금호선사선유시회를 이은 것으로 보인다. 금호선사선유시회는 서사원이 임란 후 고향인 이천리 선사에 완락재를 건립하고 이를 축하하기 위해 1601년 3월 23일 대구 인근 23인의 선비들이 모여 개최한 시회이다. 서찬규는 평소 <금호선사선유도>를 벽에 걸어두고 전대의 아름다웠던 행사를 꼭 열고 싶어 하였다. 그러나 여러 차례 전염병에 걸리고 또 산천을 유람하기도 하는 사이에 미뤄오다가, 마침내 통문하여 1899년 4월 사문진 나루 뒤편 상화대에서 선유시회를 열었던 것이다. 이와 같은 정황을 두고 볼 때 이 시회의 목적은 연원의 확립이라 할 수 있다.

그렇다면 연원을 노래한 우세동의 위 시는 선유시회에서 참여자 대부분이 인식할 수 있는 공동 체험을 대상으로 하여 선유시회의 목적과 의의를 노래하였다고 할 수 있으니, 선유시의 네 번째 유형인 공동의 선유 체험을 대상으로 하여 공동의 지향을 형상화한 시라 할 수 있다.

3. 선유시를 중심으로 본 선유시회의 한 양상: 금호선사선유

선유시를 대상과 그것을 통한 인식의 관계로 나눌 때, 다음 4가지 양상으로 구분할 수 있다.

1) 제1유형: 개별적 선유 체험을 대상으로 하여 개인의 감상을 형상화한 시
2) 제2유형: 개별적 선유 체험을 대상으로 하여 공동의 지향을 형상화한 시
3) 제3유형: 공동의 선유 체험을 대상으로 하여 개인의 감상을 형상화한 시
4) 제4유형: 공동의 선유 체험을 대상으로 하여 공동의 지향을 형상화한 시

이 유형은 선유시회의 양상을 파악하는 데 유용한 자료가 된다. 선유시회
의 참여자는 체험을 대상으로 하여 그들의 고유한 인식을 시로 형상화하는
데, 시회에 따라 위 네 유형의 비중이 다를 수 있기 때문이다. 이를테면 A라는
시회에서는 제1유형이 우세한 반면, B라는 시회에서는 제4유형이 우세할 수
있다는 것이다. 이 경우 A는 사적인 감상을 위주로 한 선유시회라 할 수
있고, B는 공적인 지향을 위주로 한 선유시회라 할 수 있다.

위 그림에서 보듯이 (가)처럼 제1유형이 가장 사적인 감상이 강하고 제4유
형이 가장 약하며, (나)는 그 반대의 경우이다. 이를 토대로 그 선유시회에
참여한 사람들이 공동의 목적을 우선하는지, 공동의 목적과는 무관하게 개인
의 감성을 위주로 하는지를 따져 그 선유시회의 의미를 파악하는 자료로
삼을 수 있다. 예컨대 상주지역에서 700여 년간 이어온 낙강시회의 경우,
선유시의 양상이 역사적으로 어떻게 변모하였는가를 따져보면 그 선유시회
가 역사적으로 변모한 추이를 찾을 수 있다. 또 이에 근거하여 낙강시회 참여

자의 지향성 변모의 양상이나 선유시회의 의의 등에 대한 단서를 얻을 수 있을 것이다. 나아가 이것을 다른 지역 이를테면 낙동강의 중류, 하류 지역과 비교하여 지역적 차별성을 따져볼 수도 있다.

이 글에서는 금호선사선유에서 창화한 선유시의 유형을 분석하여 선유시회의 한 양상을 살펴볼 것이다. 이를 통해 금호선사선유의 지향과 내적 의미 등을 파악할 수 있을 것이다.

금호선사선유를 대상으로 선택한 이유는 다음과 같다. 첫째, 공간적으로 적절하기 때문이다. 금호선사선유는 낙동강의 중류인 대구지역에서 열렸다. 이는 이후 상류와 하류 지역과의 변별성을 동시에 살필 수 있는 기준이 될 수 있다. 둘째, 시간적으로 비교적 초기 시회에 해당하기 때문이다. 금호선사선유는 1601년 낙재 서사원이 완락재를 완공한 뒤 여헌 장현광이 이를 축하하기 위해 서사원의 거처인 이천을 방문한 데서 비롯하였다. 이것이 대구지역 선유시회의 기원이 되어 이후 부강정을 중심으로 수많은 선유시회가 열렸다. 즉 금호선사선유는 대구지역 다른 선유시회에서 언제나 언급되었고, 참여자들이 이를 인식하고 있었다는 점에서 하나의 준거가 될 수 있다. 셋째, 직접적으로 금호선사선유를 언급하며 이를 이었다는 선유시회가 있기 때문이다. 앞서 이야기한 상화대선유시회가 그것이다. 금호선사선유로부터 약 300년 뒤인 1899년 4월 임재 서찬규는 서사원이 선사에서 선유한 것을 이어 상화대에서 선유를 열었고, 그 기록이 『낙강상화대선유창수록』에 남아있다. 이상으로 볼 때, 금호선사선유에 드러나는 선유시의 양상은 향후 대구지역의 선유시회 및 낙동강 연안 선유시회의 문화적 의의를 밝히는 바탕이 될 수 있을 것이라 할 수 있다.

위에서 제시한 선유시의 양상을 살펴보기 위해 먼저 파악해야 하는 것은 대상 선유시회의 '공동 체험'이 구체적으로 무엇인가 하는 것이다. 즉 모임의 시간, 장소, 목적, 의의 등 참여자가 공유하는 경험이 무엇인지를 밝혀야 한다는 것이다. 왜냐하면 제3유형과 제4유형의 공동의 선유 체험은 선유시회마다 다르기 때문이다. 금호선사선유의 목적 등 공동 체험은 당시 선유시회에 참석하였던 감호 여대로呂大老(1552-1619)가 <금호동주시서琴湖同舟詩序>에 자세히 밝혀 두었다. 모임의 공동 체험, 이를테면 시간, 장소, 참여자, 계기, 목적 등을 밝힌 부분을 중심으로 살펴본다.

> (가) 이천장伊川庄은 행보行甫 서사원이 사는 곳이다. 행보는 하남河南의 학문[성리학, 주자학]에 뜻을 두고 이천의 별장에 사는데, 땅이 비록 천만리나 멀리 떨어져 있으나 하늘이 이 별장에 이 이름을 빌려주었으니 그 이치가 우연이 아니다. 게다가 이천의 물이 활발하게 흘러 그치지 않아 낙강과 합류하니 이것이 무슨 의미이겠는가? 이락伊洛이 모두 한곳에 모여서 행보의 구역 안 사물이 된다는 말이리라.[18]

모임의 장소는 참여자 모두가 공유하는 것이기에 참여자의 공동 체험이라 할 수 있는데, (가)는 모임의 장소를 알려주는 부분이다. 구체적으로는 서사원이 거처하고 있는 이천이다. 그런데 이곳은 금호강의 하류로, 곧이어 낙동강과 합류하는 지점이라는 지형적 특성만 갖춘 곳이 아니다. 이천과 낙수라는 이름에서 주자를 떠올리고 성리학의 연원을 생각하게 하는 곳이기도 하다. 이 때문에 여대로는 서사원의 거처가 성리학이 번성하였던 이락과 일치한다고 하면서, 서사원의 학문이 성리학의 정맥과 닿아 있다고 하였다. 선유시회의 참여자는 선유시회가 열린 장소인 이천에서, 그곳 주인인 서사원이라

---

18 『鑑湖先生文集』 권2「序」<琴湖同舟詩序>, "伊川庄名, 行甫居之. 行甫志河南之學, 而居伊川之庄, 地雖有千萬里之遠, 天之假是名於是庄, 其理似不偶然矣. 伊川之水活潑流不息, 與洛江合, 是何. 伊洛皆會於一地, 而爲行甫分內物耶."

는 대학자와 지명에서 유추한 성리학의 정맥을 떠올릴 수 있고, 이를 시의 대상으로 삼을 수 있다.

> (나) 덕회德晦 장현광은 행보와 뜻을 같이하는 벗이다. 마침 옥산玉山으로부터 왔는데 따라와서 노닌 자가 많았다. 모두 기약하지 않고 모여 무이도가武夷棹歌의 흥을 따라 선사 옛 절 아래에서 배를 띄웠으니 이 절은 바로 유선儒仙 최치원이 옛날 노닐었던 곳이다. 난가대爛柯臺에는 여전히 그 자취가 남아 있다.[19]

(나)는 모임의 계기를 서술한 부분이다. 장현광이 구미에서 문도를 데리고 서사원을 찾아온 것이 계기가 되었다고 한다. 이천이라는 이름과 선사의 최치원 유적을 둘러보면서 그 옛날 주자가 배를 띄웠던 것처럼 금호강에 배를 띄우고 노닐자는 의견이 있었던 것으로 보인다. 이때 눈여겨보아야 할 것은 '기약하지 않고 모였다[不期而會也]'는 부분이다. 장현광이라는 대학자가 왔다는 소식을 듣고 대구지역의 학자들이 하나둘 모인 것이 결국 금호선사선유의 계기가 되었던 것으로 보인다. 그렇다면 모임의 계기는 '좀처럼 보기 힘든 대학자와의 만남'이었다고 할 수 있다.[20] 이 또한 참여자에게 좋은 소재가

---

19 『鑑湖先生文集』권2「序」<琴湖同舟詩序>, "德晦於行甫, 同志友也. 適自玉山來, 而從之遊者衆, 皆不期而會也. 追武夷棹歌之興, 解纜于仙槎古寺下, 寺卽儒仙崔致遠致遠也, 舊遊處也, 依俙然有爛柯之跡."

20 이런 정황은 『기락편방』에 수록되어 있는 조임도가 쓴 <용화산하동범록추서龍華山下同泛錄追序>에서도 확인할 수 있다. "대개 들으니, 선생[鄭逑]이 일찍이 비석으로 쓸 만한 돌을 얻었는데 옮길 수가 없어서 강가에 두었다가 그 소재를 잃어버린 지 20년인데, 혹여 그 돌이 모래에 묻혔거나 물에 빠져 사람들이 절로 알 수 없게 되었을까 염려하여 어부에게 청하여 수색하여 찾고자 이번에 행차하였다고 한다. 나[任道]는 그때 칠원의 장춘사에서 바야흐로 글을 읽고 있었는데, 아버지께서 상포의 강가 별장에 도착하여 급히 편지를 보내 불러들이며 이르기를, '두 현인이 함께 오셨는데, 어찌 가서 배알하지 않느냐.'라고 하였다. 나[任道]는 그날 밤에 바로 강가 별장에서 묵었다. 강가 별장은 곧 내 계부의 별업이요, 도동과는 서로 바라보는 곳이다.[蓋聞, 先生嘗得石之可碣者, 不能運, 留江濱, 因失其所在者

될 수 있다.

한편, 이 구절에서는 장소와 관련한 또 다른 공동 체험을 읽을 수 있다. 최치원이 옛날 머물렀다고 전해지는 절과 최치원의 유적이 그것이다. 이에 선유시회에서 시를 창화한 시인은 최치원에게서 풍기는 신선의 풍모나 자취를 노래할 수도 있다.

(다) 다음날 새벽 여러 사람이 나란히 잇따라 왔는데 비 섞인 새벽안개를 맞아 객들의 소매가 축축하게 젖어 마치 신선의 옷이 너울너울 허공에 펄럭이는 듯하였다. 배 안에서 '출재장연중出載長烟重' 등 20자로 운을 나누었으니 이것은 주자의 오언절구 〈어정漁艇〉에서 딴 것이다. 여러 사람이 시를 짓고 번갈아 가며 화답하였다.[21]

(다)는 동류와 하룻밤을 지새우고 새벽녘 다시 모인 참여자들이 주자의 시에서 한 자씩 운을 받아 시를 짓는 장면이다. 이날 사용한 운자는 주자의 「무이정사잡영武夷精舍雜詠」에 들어있는 〈어정〉이라는 시였다.[22] 이 시는 작은 배를 타고 유유자적하며 근심을 잊는 모습을 표현하고 있다. 그렇다면 참여자에게 운자는 단순한 과제에 그치는 것이 아니다. 〈어정〉 시의 내용과 지향도 소재로 작용할 수 있다. 이 시에서 용사하여 작시한 경우, 공동 체험을 반영한다고 할 수 있다.

二十年矣, 或慮其沈埋沙水, 而人自不知也, 欲倩海夫搜剔而覓之, 故有是行云. 任道於是時, 方讀書于漆原之長春寺, 先君到上浦江舍, 馳書命召曰, 二賢竝臨, 盍往拜之. 任道卽夕來宿江舍, 江舍卽吾季父別業, 而與道興通望處也.]

21 『鑑湖先生文集』권2「序」〈琴湖同舟詩序〉, "遲明, 諸賢連鑣追至, 曉烟釀雨, 征衫濕霏, 翩翩若羽衣飄空焉. 舟中分韻出出載長烟重云云二十字, 此朱晦庵武夷絶句也. 諸賢爭唱迭和."

22 원문은 이러하다. "出載長烟重, 歸裝片月輕, 千巖猿鶴友, 愁絶棹歌聲."

(라) 아, 10년의 병란 속에 몇 사람이나 살아남았는가? 혹여 살아 있었더라도 함께 모일 수 있는 것이 몇 번이었던가? 모이기로 기약하고 마음먹으면 으레 조물주의 마에 걸리니, 세상에 머물러 사는 것이 진실로 어렵고 그 모임을 이루는 것이 더욱 어려운 줄 알겠노라. 지금 기약하지 않고 함께한 사람이 23명에 이르니 어찌 사람의 힘으로 할 수 있는 것이겠는가? 운수가 그 사이에 있을 터인데 그렇게 시킨 존재를 알지 못할 뿐이로다.[23]

(라)는 시회의 또 다른 계기를 서술한 부분이다. 앞서 서술한 계기가 대학자와의 만남이었다면, 여기서는 임진왜란이 끝난 지 3년째 되면서 전란의 상처를 극복하고 다시 학문에 매진하자고 다짐하는 동류와의 만남이 계기가 되었음을 서술하고 있다. 즉 학문의 연원과 스승뿐만 아니라 같은 길을 가는 동류와의 회합도 시회의 계기였다는 것이다. 이렇게 볼 때, 시회의 참여자는 '동류와의 만남'를 대상으로 하여 인식을 시로 형상화할 수도 있을 것이다.

이상을 정리하면, 금호선사선유의 공동 체험은 금호강 하류 이천 및 최치원의 유적이라는 장소, 대학자와의 만남, 동류와의 만남, 운자로 주어진 <어정> 시 등이라 할 수 있다. 또 이외에 시회가 열린 날짜[24]와 그에 따른 계절적 풍취도 형상화의 대상이 될 수 있는 공동 체험이다.

이제 금호선사선유의 선유시가 어떤 양상을 보이고 있는지 살펴본다. 선유시회에 참여한 사람은 모두 23명이다. 이 가운데 시의 운자를 받은 사람은 20명인 것으로 보이는데, 시를 완성한 사람은 15명이다. 이들의 시는 『낙재선생문집』 권1에 모두 실려 있다.

---

23 『鑑湖先生文集』 권2 「序」 <琴湖同舟詩序>, "噫, 干戈十載, 能幾人在世. 雖或在世而得與之同會者, 亦能幾何時耶. 有心於期會則例被造物兒所魔了, 是知留於世固難矣, 而成其會尤亦難矣. 今也, 不謀加同會, 至於二十有三人, 則豈人力所能爲哉. 有數存乎其間, 而莫知其所以使之者矣."

24 여대로의 서문에 따르면 "신축년 모춘暮春 23일[1601년 음력 3월 23일]"이다.

먼저 이 모임의 주최자인 서사원의 시를 살펴본다.

春殘恨不堪	저무는 봄 아쉬움을 견딜 수 없어
滿載烟霞出	안개와 놀 가득 싣고 뱃놀이 나섰네
心人自東南	마음 맞는 이 여기저기서 찾아왔는데
雲霧欣初豁	운무마저 흔연히 활짝 개었네
伊洛始沿泝	이천에서 물결을 거슬러 나아가
源泉期濬發	원천이 완연히 드러나길 기대하네
麗日爲明媚	아름다운 햇살이 밝고 고운데
光風振林樾	싱그러운 바람이 숲 그늘을 흔드네
搖搖入銀漢	흔들흔들 은하수로 들어가
直抵探月窟	곧장 월궁에 이르는 듯하구나
淸風生兩腋	겨드랑이 사이로 맑은 바람 일어나
醉挾飛仙忽	취한 듯 끼고서 문득 신선처럼 날게 하네[25]

서사원은 모임의 주최자로서 1-4구에서 저물어가는 봄, 원근에서 마음 맞는 이들이 모였다고 하여 당일의 분위기를 먼저 전하고 있다. 이어서 이 모임이 그저 풍류를 즐기자는 것이 아니라 연원의 원천을 찾아 거슬러 오른다는 의미도 내포하고 있음을 5, 6구에서 이야기하였다. 즉 선유시회의 목적이 전란의 위기를 벗어난 지금, 학문의 연원을 확인하고 더욱 학문에 매진해야 함에 있음을 넌지시 이야기한 것이다. 이렇게 볼 때, 서사원이 대상으로 삼은 것은 선유시회의 공동 체험이라 할 수 있다.

서사원은 이것을 이어서 자신의 인식을 7-12구에서 드러내고 있다. 우선 봄날의 화창한 햇살이 빛나고 싱그러운 바람이 부는 당시의 풍광을 노래한

---

25   『樂齋先生文集』 권1, <辛丑暮春 與諸賢船遊琴湖 分韻得出字>. 이하 인용한 시의 출전은 생략함.

뒤, 은하수로 들어가 월궁에 이르는 듯하다고 하였고, 다시 신선이 되어 맑은 바람을 타고 하늘에 오르는 듯하다고 하였다. 이것은 이른바 탈속적 감성[26]이 드러나는 부분이며, 개인의 감성을 노래한 것이다. 이렇게 볼 때, 서사원의 이 시는 공동의 선유 체험을 대상으로 하여 개인의 감상을 형상화한 시, 즉 제3유형에 속한다고 할 수 있다. 이처럼 제3유형에 속하는 시로는 이홍우李興雨의 시가 있다.

江洲春欲暮	강마을에 봄빛이 짙어지면서
江山皆勝絶	강과 산이 모두 아름다울 때
道義四五賓	도의로 사귀는 네댓의 빈객과
佳辰二三月	이삼월의 봄날을 함께 즐기네
同舟下中流	함께 배를 타고 중류로 내려가며
欸乃歌數闋	뱃노래 몇 곡 부르노라니
帆急千山遠	돛배는 온 산에서 멀어져가고
棹搖萬頃濶	삿대는 넓은 물결을 헤쳐가누나
淸風左右至	맑은 바람 좌우에서 불어오는데
香煙起欲滅	향그런 안개는 일어났다 사라지네
風光無限好	풍광이 이처럼 너무나 좋지만
只恨明朝別	내일 아침 이별이 아쉽기만 하구나

이홍우는 1-4구에서 봄이 무르익는 아름다운 강산에서 동지와 함께 뱃놀이를 하는 상황을 노래하였다. 이것은 참여자 모두가 공유하는 공동 체험이다. 이어 5-8구에서는 배 안에서 바라보는 풍광을 묘사하였다. 하지만 이것은

---

26 '탈속적 감성'이란 용어는 정우락의 논문(「낙동강과 그 연안지역의 공간 감성과 문학적 소통」, 『한국한문학연구』, 한국한문학회, 2014)을 참조하였다. 이 시를 탈속적 감성으로 읽은 경우는 김소연의 논문(「낙재 서사원의 선유시 연구」, 『어문론총』 제75호, 2018)이 있다.

풍광의 이채로움이나 개인적 경험을 노래한 것이라기보다는 함께 배를 타고 지나가는 모습일 따름이다. 이렇게 볼 때, 이홍우는 공동의 경험을 시적 대상으로 하고 있다고 할 수 있다. 이홍우는 이를 대상으로 하여 9-12구에서 헤어짐의 아쉬움을 노래하였다. 이날 풍광이 좋기는 하지만 다음날 이별이 아쉽다며 담담히 심정을 드러내고 있어 개인의 감상을 형상화하였다고 할 수 있다. 정리하자면, 이홍우는 선유 참여자와 함께 하는 공동의 선유 체험을 대상으로 하여 개인의 감상을 형상화하였다고 할 수 있으며, 제3유형에 속한다고 할 수 있다.

收拾春光盡	봄빛을 모두 거두어
滿却孤舟載	돛단배에 가득 실었네
乾坤百戰餘	천지는 수많은 전란을 겪었지만
山河無恙在	산하는 무탈하게 남아있구나
沿洄擊空明	달 비친 강을 노 저어 오르내리니
連天流浼浼	하늘에 닿은 물결이 넘실거리네
飄飄任所之	허늘허늘 가는 대로 맡기니
萬頃凌滄海	넓은 물결이 푸른 바다 같구나
儒仙去不返	유선이 떠난 뒤 돌아오지 않았지만
景物如我待	경물은 여전히 나를 반겨주네
三盃豪氣發	석 잔 술에 호기가 일어나
宇宙皆度內	온 세상이 품속에 있는 듯하네

이 시는 두 번째로 실려 있는 여대로의 시이다. 여대로는 1-8구에서 봄빛을 가득 싣고 뱃놀이하면서 전란을 겪은 산하를 생각한다. 끔찍한 전란을 견뎌내고 여전히 아름다움을 자랑하는 산하가 아름다웠기에 시인은 물결을 헤치

고 넘실넘실한 강물 속에서 뱃놀이를 즐긴다. 이것은 시인이 선유에서의 경험 가운데 개인적 체험을 노래한 것이라 할 수 있다. 연원이나 학문적 동지, 이천이나 최치원의 유적보다는 전란의 상처에도 불구하고 여전히 아름다운 산하를 시인이 포착하고 있기 때문이다. 이어 9-12구에서 다시 한번 여전한 산하의 모습을 강조하면서 웅장해지는 자신의 포부를 강조하였다. 즉 개인의 감상을 형상화한 것이다. 이렇게 볼 때, 이 시는 개별적 선유 체험을 대상으로 하여 개인의 감상을 형상화한 제1유형에 속한다고 할 수 있다. 이처럼 제1유형에 속하는 시는 이규문李奎文, 정사진鄭四震, 김극명金克銘의 시이다. 그 가운데 김극명의 시는 이러하다.

有朋自遠方	벗들이 먼 곳에서 와
泛泛聞棹歌	배를 띄워 뱃노래를 듣노라
靑靑楊柳色	버들 빛은 푸릇푸릇한데
灼灼桃李花	복사꽃 오얏꽃이 환하게 피었네
杳然雙白鷗	저 멀리 흰 갈매기 쌍쌍이 날고
蒼茫千頃波	아득히 만 이랑의 물결이 일어나네
膾細翻霜鍔	날 선 칼을 번듯 쳐 가늘게 회를 치니
紅肌散綺羅	붉은 살점이 비단처럼 떨어지고
飛觴亂無巡	술잔 날리며 어지러이 주고받으니
不覺朱顏酡	어느덧 붉게 취하고 말았네
中流任所如	물길 따라 가는 대로 맡겨두니
疑是神仙耶	아마도 신선이 이러하리라

김극명은 1-10구까지 시종일관 선유 모임의 모습을 묘사하고 있다. 1, 2구에서 시인은 벗들이 찾아와 선유하는 상황을 우선 묘사하였다. 이어서 3,

4구에서는 버들과 도리화의 색을 대비하면서 산의 모습을 묘사하였고, 5, 6구에서는 쌍쌍이 나는 갈매기와 넓디넓은 물결을 통해 물의 모습을 묘사하였다. 그러고는 7-10구에서 배에서 벌어진 회식 자리를 묘사하였는데, 낚시하여 회를 쳐 안주로 삼아 술을 마시는 모습이다. 이는 선유에 참여한 시인의 개인적 체험을 나열한 것이다. 원경에서 근경으로 오면서 인상 깊었던 것을 서술하고 마지막으로 배 안에서 모습을 묘사함으로 상황과 풍광이 구조적으로 완성되도록 구성한 것으로 보인다. 이같은 개인 체험을 대상으로 하여 시인이 형상화한 인식은 신선이 된 듯한 느낌이다. 풍광에 넋을 잃고 모임을 즐기면서 최고의 즐거움을 만끽하였음을 이렇게 표현한 것으로 보인다. 이렇게 볼 때 이 시는 제1유형, 즉 개별적 선유 체험을 대상으로 하여 개인의 감상을 형상화한 시에 속한다고 할 수 있다.

『낙재집』에 세 번째로 실려 있는 장현광의 시는 제4유형에 속한다.

追思昨日遊	어제의 뱃놀이 돌이켜 생각해보니
事過意何長	지난 일이지만 그 뜻이 얼마나 깊었던가
長幼數十人	어른과 젊은이 수십여 명이
一船爲醉鄕	함께 배를 타고 취하였었지
隨風縱所如	바람 따라 가는 대로 두었었는데
去去迷其方	갈수록 그 곳곳이 낯설었다네
悠悠箇中樂	유유자적 낱낱이 즐기었으니
豈但在詠觴	어찌 다만 시와 술자리 때문이었으랴
暮投江上村	해 저물어 강가 마을에 묵으니
梨花來遠香	배꽃 향이 멀리서 풍겨왔었네
曉起囑諸勝	새벽에 일어나 여러 벗에게 부탁하기를
茲遊永不忘	이번 선유 영원히 잊지 말자 하였네

금호선사선유는 이틀에 걸쳐 진행되었고 선유시 창화는 마지막 날의 선유에서 이루어졌다. 이에 장현광은 우선 어제의 선유를 언급하였다. 1-8구에서 어른과 젊은이 여러 명이 배를 타고 마음 내키는 대로 다녔더니 가는 곳마다 새로운 풍광을 마주하였고, 그 속에서 대단히 즐거웠다고 하였다. 이렇게만 보면 이 부분은 개별적 체험을 대상으로 한 것처럼 보인다. 하지만 2구에서 선유의 의미가 깊다고 하면서 선유의 의미를 높이 평가하고 있는 부분을 주목해본다면 의미가 달라진다. 그에게는 선유의 특별한 체험이나 풍광의 이채로움보다 공동의 인식, 즉 그 의미가 중요했다는 것이 되기 때문이다. 이에서 볼 때 시인은 이 선유시회의 의미라는 공동 체험에 초점을 맞추고 있다고 할 수 있다.

이렇게 공동 체험을 대상으로 하여 장현광은 9-12구에서, 배꽃 향기를 맡으며 일어나 어제의 뱃놀이를 영원히 기억하자는 말로 끝을 맺고 있다. 즉 공동의 선유 체험에서 이야기하였던 선유의 의미를 다시 한번 강조한 것이다. 장현광에게 선유는 새로운 풍광을 보고 동류들과 즐겁게 보낸 한때이기도 하였지만, 그렇게 즐거웠던 이유는 동류와의 회합이었던 듯하다. 이 때문에 시 짓는 일이나 술 마시는 일보다 선유 자체에 더 큰 의미를 부여하였던 것이다. 이렇게 볼 때, 장현광의 이 시는 제4유형, 즉 선유라는 공동의 체험을 대상으로 하여 공동의 지향을 형상화한 시라고 할 수 있다. 이에 속하는 시로는 도성유都聖兪, 정수鄭錘, 도여유都汝兪, 서사선徐思選의 시가 있다. 그 가운데 도성유의 시는 다음과 같다.

日暮輕櫓疾	해질녘 가벼이 노 저어 가니
疑聞楚峽猿	초나라 협곡의 원숭이 울음 들리는 듯하네
巖花紅綺爛	바위에 핀 꽃은 환한 비단처럼 붉고

汀柳綠袍翻	물가의 버들은 펄럭이는 도포처럼 푸르다
追陪作高會	어른을 모시고 아름다운 모임을 이루었으니
綢繆情更敦	깊은 정이 더욱 돈독해지네
何幸干戈後	얼마나 다행인가, 전쟁이 지난 뒤
重傾酒一罇	다시 한 잔 술을 기울일 수 있으니
閒分白鳥雙	한가로이 흰 갈매기 한 쌍에 눈길을 주고
心逐孤雲奔	마음으론 떠가는 외론 구름을 따라 가네
收將不盡意	끝없이 솟아나는 이 마음을 거두어
更泝伊洛源	다시 이락의 근원을 거슬러 오르네

도성유는 1-4구에서 배를 타고 나아가며 보이는 풍광을 노래한다. 산 모습이 울창함을 초나라 원숭이의 울음소리가 들리는 듯하다고 하였고, 바위의 꽃과 물가의 버들이 울긋불긋하며 새파란 모습을 이어서 이야기하였다. 이 구절만 보면, 이 시는 개인의 체험을 대상으로 한 것이라 할 수 있다. 하지만 여기서 '원숭이'를 언급한 것이 <어정> 시에서 차용한 것이란 점에 유의할 필요가 있다. 앞서 이야기한 것처럼 운자로 가져온 시는 선유 참여자의 공동 체험이기 때문이다. 이어지는 5-8구에서 도성유는 전란이 끝난 뒤에 이렇게 모일 수 있음을 대단히 다행이라 생각하고 있으며, 이를 통해 끈끈한 정이 더욱 돈독해질 것을 기대하고 있다. 즉 모임의 의미를 강조하고 있는 것이다. 이렇게 볼 때 도성유가 궁극적으로 시의 대상으로 삼고 있는 것은 선유의 공동 체험이라 할 수 있다. 이것을 대상으로 하여 도성유는 백구白鷗와 고운孤雲에 눈길을 주고, 이어서 이락의 근원을 거슬러 오름을 노래하였다. 여기서 백구는 강가의 떠도는 새일 수도 있지만, 『열자』에 보이는 기심機心을 잊은 상태이기도 하다. 또한 고운은 떠도는 구름일 수도 있지만, 최치원의 호이기

도 하다. 특히 금호선사선유에는 최치원의 유적이 공동 체험으로 작용하고 있다는 점을 생각한다면 단순히 볼 수만은 없을 듯하다. 이처럼 뱃놀이에서 떠오르는 여러 생각을 정리하기 위해 도성유는 이천의 지명을 떠올리고, 마지막에 이락의 근원으로 거슬러 오른다고 하였다. 여기에서 전란 후 맞이하는 모처럼의 모임을 단순한 유락이 아니라 무너지고 훼손된 도학의 뿌리를 다시 세우고 가꾸어가는 마당으로 삼자는 의식을 읽을 수 있다. 이렇게 본다면 이 시는 제4유형, 즉 공동의 선유 체험을 대상으로 하여 공동의 지향을 형상화한 시라 할 수 있다.

『낙재집』에 실려 있는 네 번째 시는 이천배李天培가 지은 것이다.

淸流涵麗景	맑은 물결엔 아름다운 경치 담겼고
遠峀生雲烟	먼 산에는 구름이 안개처럼 생겨나네
柔櫓擊空明	부드러운 노로 달 비친 강을 저어가니
滿船俱英賢	온 배에 가득한 건 영명한 선비라네
搖搖棹復棹	흔들흔들 노 젓고 또 저어나가니
點點山連山	점점이 산 넘어 또 산이 이어지네
雲影淨如掃	구름 그림자 씻은 듯 사라지자
天光凝碧漣	하늘빛이 푸른 물결에 응겨드누나
撑蒿驗用力	대나무 삿대 힘써 저어나가며
俯仰知淵天	이리저리 생각다 근원이 있음을 알았네
豪思若雲湧	호방한 마음이 구름처럼 솟구치니
此身挾飛仙	이 몸이 비선이 된 듯하다네

이천배는 1-4구에서 선유의 개인 체험을 노래하였다. 배 안에서 바라보는 이채로운 풍경을 '맑은 물결에는 아름다운 경치가 담겼고 먼 산에는 구름이

일어난다'고 하였다. 이는 개인적 체험이라 할 수 있다. 그런데 시인은 이어서 뱃놀이에 많은 영명한 선비가 참여하였다고 하면서 공동의 인식을 드러내고 있는 듯하다. 하지만 여기서 많은 영명한 선비가 배 안에 가득하다는 것은 선비들이 뱃놀이 참여하였다는 객관적 사실을 드러내는 상투적 표현에 불과하다. 왜냐하면 그들이 모여서 어떤 모습을 보이는지 어떤 행동을 하는지 무엇을 말하는지 등의 구체적 실상이 드러나지 않기 때문이다. 이어 시인은 별다른 설명없이 5, 6구에서 배를 저어 나아가면서 보이는 수많은 산을 묘사하는 것에 그친다. 즉 이 시는 개별적 체험을 대상으로 하고 있는 것이다. 이와 같은 개별적 체험을 대상으로 하여 시인은 본격적으로 7, 8구에서 천광과 운영이라는 시어를 통해 자신의 인식을 표출하였다. 천광과 운영은 주자의 <관서유감> 시에서 차용한 것이다. 도의 맑은 경지가 인식화하여 사물로 드러난 것이 천광과 운영이다. 이천배가 뱃놀이에서 바라본 풍광은 자연의 빛이지만, 이천배는 여기에서 자연의 섭리를 읽어낸다. 9-12구에서는 이러한 인식이 실체화한다. 배를 저어나가다가 연천淵天 즉 근원과 천도의 소재를 알게 되었다고 한 것이 그것이다. 7, 8구에서 구름이 씻은 듯 사라지고 하늘빛이 맑은 물에 엉길 수 있는 까닭을 이렇게 밝힌 것이다. 이것은 이천이라는 지명을 의식한 것이며, 성리학의 연원을 반추한 것이라 할 수 있다. 이 때문에 시인은 11, 12구에서 호탕한 마음이 생겨났고 신선이 된 듯한 기분을 느낀 것이다. 특히 신선은 최치원의 유적과 관련이 있다는 점에서 시인의 도학에 대한 자부심을 엿볼 수 있다. 이렇게 볼 때, 이 시는 시인의 개인적 선유 체험을 대상으로 하여 학맥의 연원을 찾고 성리학적 경지를 만끽하자는 공동의 지향을 형상화한 시, 곧 제2유형의 선유시라 할 수 있다. 이처럼 제2유형에 속하는 것으로는 송후창宋後昌, 장내범張乃範, 박증효朴曾孝의 시가 있다. 이 가운데 송후창의 시를 본다.

春江生夜雨	봄 강에 밤비가 내리는데
桂棹問何歸	묻노니 노 저어 어디를 가는가
粉壁危松倒	달빛 어린 절벽에는 소나무가 매달렸고
古亭芳草菲	해묵은 정자에는 방초가 우거졌네
滿船仙客輩	배에 가득한 신선 같은 선비들은
應懷德星輝	응당 덕스러운 별빛을 품고 있으리

　송후창도 선유시회의 전날 전경을 묘사하는 것으로 시를 시작한다. 지난 밤 봄비가 내리는 가운데 포구를 떠난 배가 있었던 것인지, 시인은 1, 2구에서 비 내리는 강을 건너는 배에 짐짓 어디로 가느냐고 묻는다. 3, 4구에서는 그 배가 향하고 있는 곳을 이야기하였는데, 소나무가 위태롭게 매달려 있는 달빛이 하얗게 부서지는 절벽과 아름다운 풀이 가득한 오래된 정자가 그곳이다. 이렇게 송후창은 선유시회가 펼쳐진 주변을 담담하게 묘사하면서, 선유와 관련한 개인의 체험을 드러낸다. 하지만 이 시에는 알레고리가 숨어 있다. 왜냐하면 오래된 정자는 서사원이 거처하는 이천의 완락재일 것이며, 소나무는 시절의 위태로움을 무릅쓰고 고고한 절개를 지키고 있는 노선배의 의기를 상징하는 것이기 때문이다. 그렇다면 그 배가 도달한 곳은 성리학의 정맥과 연결된다. 이 때문에 5, 6구에서 시인은 배에 가득한 신선 같은 선비들이 모두 빛나는 덕망을 품고 있다고 하였던 것이다. 이렇게 본다면, 이 시는 개인의 체험을 대상으로 시상을 전개하면서 알레고리를 통해 공동의 체험을 형상화한 시라 할 수 있다.

4. 마무리

이상에서 금호선사선유시회에서 창화한 15편의 시를 유형에 따라 분석해 보았다. 그 결과 제1유형이 4편, 제2유형이 4편, 제3유형이 2편, 제4유형이 5편이었다. 이를 해석해보고 앞으로의 과제를 제시하는 것으로 글을 마무리 하고자 한다.

선유시의 제1유형과 제2유형은 개별적 선유 체험을 대상으로 한 시이고, 제3유형과 제4유형은 공동의 선유 체험을 대상으로 한 시이다. 금호선사선 유의 선유시는 개별적 선유 체험을 대상으로 한 시가 8편이고, 공동의 선유 체험을 대상으로 한 시가 7편으로, 거의 대등한 비율을 보인다. 이는 선유시 회의 참여자들이 다소 자유롭게 그 시적 형상화의 대상을 선택하고 있음을 보여주는 것이다. 즉 선유시회의 목적이나 의의에서 벗어나 자유롭게 상상하 며 시를 창작하였다고 할 수 있다.

선유시의 제1유형과 제3유형은 개인의 감상을 형상화한 시이고, 제2유형 과 제4유형은 공동의 지향을 형상화한 시이다. 금호선사선유에서는 개인의 감상을 형상화한 시가 6편이고 공동의 지향을 형상화한 시가 9편으로, 공동 의 지향을 형상화한 시가 우세하다. 이것은 많은 참여자들이 비록 자유롭게 대상을 선택하면서도 모임의 목적이나 의의를 염두에 두고 있었음을 말해주 는 것이다.

또, 각 유형 사이의 우열을 도식화하면 다음과 같다.

이 그림에서 보듯이 전체적인 흐름은 개인의 감상보다는 공동의 지향이 잘 드러나고 있다고 할 수 있다.

이상을 종합해본다면, 금호선사선유의 선유시는 개별적 선유 체험과 공동의 선유 체험을 자유롭게 대상으로 삼으면서 공동의 지향을 형상화하는 경향이 짙었다고 할 수 있다. 하지만 그것이 개인의 감상을 형상화하는 경향을 압도할 만큼 강렬하지는 않아서 개별적 감성의 토로도 비슷한 비중으로 형상화하고 있었다. 즉 개인의 감상과 공동의 지향, 어느 한쪽이 압도하지 않는 길항의 관계였다고 할 수 있다.

17세기 초 낙동강 중류 대구 지역에서 있었던 금호선사선유의 선유시는 이렇게 개인의 감상과 공동의 지향이 어느 정도 균형을 이루며 형상화하고 있다. 이를 앞으로 어떻게 활용할 것인지 그 과제를 제시하면 다음과 같다.

첫째, 대구 지역 다른 선유시회와 비교를 통해 통시적으로 선유시회가 어떻게 변모하였는지 살펴야 한다는 것이다. 그 변모 양상을 통해 인식의 변모나 확대, 축소 등을 확인하고 그 원인을 구명하면, 대구 지역, 즉 낙동강 중류 선유시회의 지향성을 찾을 수 있을 것이다.

둘째, 같은 시기 다른 지역, 즉 낙동강 상류와 하류의 선유시회와 어떻게 같고 다른지 밝혀야 한다는 것이다. 낙동강의 상류는 기호지방과 연결되고 하류는 학문의 전파나 수용이 상대적으로 더뎠다고 할 수 있다. 이런 측면이 선유시회의 양상에 반영되는지 그렇지 않은지를 살펴봄으로써 선유시회의 선유시가 단순히 한때의 유락이 아니라 지역의 학문적 성향과 밀접한 관련이 있음을 확인할 수 있다면 그 성과가 만만치 않을 것이다.

셋째, 지역과 시기, 즉 공시적이고 통시적인 검토의 교직을 고민해야 한다는 것이다. 17세기는 17세기만의 일관한 흐름이 있을 수 있고, 중류는 중류대로 일관적인 흐름이 있을 수 있다. 그런 시공간적 특징을 아우르는 논리를 개발하고 적용할 때, 낙동강 연안 선유시회의 일정한 의의를 규명할 수 있을 것이다. 예컨대 낙동강 상류에 집중된 유형과 중류, 하류에 집중한 유형을 비교하거나 16세기부터 19세기까지 유형의 변화가 어떻게 진행하였는지 살펴 유형 변모의 일정한 흐름을 읽어낼 수 있다면, 거기에서 의미를 도출하는 것도 가능할 것이다. 만약 후대로 갈수록 공동 지향의 유형보다 개인 감성의 유형이 많아짐을 확인할 수 있다면, 선유의 특별한 경험이 이제 심드렁한 무엇으로 바뀌었고, 이를 대체하여 개인 체험이 강화한 것으로 볼 수 있으며, 이를 통해 선유시회가 더 이상 지속하지 못한 이유도 밝힐 수 있을 것이다.

넷째, 이와 같은 특징이나 의의를 오늘날에 되살리는 방안을 고민해야 한다는 것이다. 지역의 선유시회를 한때의 행사나 유락으로 치부하고, 오늘날의 가치 있는 무엇으로 재창조하지 못한다면 그야말로 선유시회는 유락적 행사에 그치고 말 것이다. 아울러 그 속에서 치열하게 개인적 감성과 공동의 지향을 고민했던 노력도 허사가 되고 말 것이다. 과거의 것 가운데 오늘의 문제를 해결할 수 있는 적절한 것이 있는지 찾아보고 적용할 때, 과거가 의미를 지닐 수 있다. 선유시회에서 선현이 치열하게 고민하고 형상화한 인식의 결과를 재발견하고 적용하는 길을 모색해야 한다.

이상의 결과에도 불구하고 다음과 같은 한계가 있음을 밝혀둔다. 하나는 이 글에서는 인식을 형상화한 내용을 구체적으로 천착하지 않았다는 것이다. 예컨대 제1유형의 경우, 개인의 감상을 형상화할 때도 다양한 양상이 있을 수 있다. 즉 기분의 상쾌함을 드러낼 수도 있고, 아름다움에 감탄할 수도 있으며, 모임의 목적에서 벗어나 시대의 부조리를 지적할 수도 있다. 다른 유형에서도 마찬가지인데, 이런 점도 함께 밝혀야 유형의 의미가 제대로 드러날 것이다. 다른 하나는 시인이 대상으로 삼은 소재에 개별적 경험과 공동의 경험이 혼재할 때, 이를 어떻게 처리할지 적극적으로 해명하지 않았다는 것이다. 이런 점까지 정밀하게 논의하여야 하지만, 이 글에서는 개략적인 양상을 밝히는 것으로 마무리하고 후고를 기약한다.

참고문헌

1. 원전

『鑑湖先生文集』

『高麗史』

『沂洛編芳』

『洛江賞花臺船遊唱酬錄』

『樂齋先生文集』

『農巖集』

『大山集』

『木齋集』

『三國史記』

『壬戌泛月錄』

『中宗實錄』

2. 논저

김소연, 「낙재 서사원의 선유시 연구」, 『어문론총』 제75호, 2018.

김학수, 「선유船遊를 통해 본 낙강洛江 연안지역 선비들의 집단의식 - 17세기 한려학인寒旅學人을 중심으로 -」, 『영남학』 18, 경북대학교 영남문화연구원, 2010.

손유진, 「『임술범월록』에 나타난 공간 인식의 양상과 의미」, 경북대학교 대학원 석사학위논문, 2010.

정우락, 「낙동강과 그 연안지역의 공간 감성과 문학적 소통」, 『한국한문학연구』, 한국한문학회, 2014.

정우락, 「조선중기 강안지역의 문학활동과 그 성격 - 낙동강 중류지역을 중심으로 한 하나의 시론 -」, 한국학논집 제40집, 계명대학교 한국학연구원, 2010.

팔거역사문화연구회, 『금호강 선유 및 누정문학』, 2017.

한강학寒岡學의 호서湖西 확장과
황종해黃宗海의 계승의식*

김학수(한국학중앙연구원 교수)

1. 머리말

낙동강 연안의 성주에서 김굉필金宏弼의 학자적 유산을 가학家學으로 수용하고, 16세기 영남학의 양종兩宗 퇴계학退溪學과 남명학南冥學의 과감한 접목을 통해 태동하기 시작한 한강학寒岡學은 인근의 대구·칠곡·현풍·고령·창녕 등지를 부심지로 삼아 점차 그 외연을 확장했고, 정구鄭逑, 1543-1620의 졸년인 1620년 무렵에는 영남의 전역이 그의 학문적 영향권 속으로 편입됨으로써 사실상 17세기 초반의 '영남학嶺南學'을 대변하는 학문공동체로서의 체體와 격格을 갖추게 된다. 이러한 영역 확장의 광폭적 행보는 한강학이 퇴계학과 남명학으로 양분되었던 영남의 좌도·우도를 통섭하는 '집단지성'으로서의 존재성을 천명하는 과정이었고, '사문맹주론斯文盟主論'에 바탕한 사림의 한강인식은 이런 해석의 역사적 근거가 되고 있다.

---

* 이 글은 기발표된 필자의 논문(「寒岡學의 湖西 확장과 黃宗海의 계승의식」, 『영남학』83, 경북대학교 영남문화연구원, 2022, 155-193쪽)을 수정, 보완한 것이다.

논자에 따라서는 한강학의 결정結晶 공간으로서 대구를 중심으로 하는 낙동강 중류지역에 주목하여 '낙중학[洛中學; 홍원식]'으로 명명하는 견해가 있고, 낙동강 전역으로 그 외연을 확장해야 한다는 입론에 바탕하여 '강안학[江岸學; 정우락]'을 주창하는 학설도 있다. 두 주장은 교집交集의 영역이 넓다는 점에서 상보성을 지니고 있고, 합리적 논리에 근거 또한 뒷받침되고 있어 한강학의 판도 구획에 있어 양대 시준으로 자리잡았다. 한강문인의 분포 및 활동 양상에 비추어 볼 때, 문경聞慶-김해金海에 이르는 낙동강 연안이 주된 영토였음은 재론의 여지가 없다. 그럼에도 여기서 한가지 짚어둘 것은 한강학을 '지역학'의 범주 속에 가두는 것은 영남이 양생養生했던 지적 자산의 실축失縮이자 상실喪實의 지적으로부터도 자유로울 수 없다는 사실이다.

이런 문제 의식을 바탕으로 본고는 한강학의 영외嶺外 확산의 경로 및 동선을 추적하는데 주안점이 있으며, 그 교량적 인물로서 목천木川 출신의 한강문인 황종해黃宗海(1579-1642)의 역할에 초점을 맞추고자 한다. 지금까지 한강학의 기호 전파는 허목許穆(1595-1682)의 매개적 역할을 중심으로 논의되었고, 성호학星湖學으로 대변되는 근기남인계[京南] 실학의 연원 또한 이 구조 위에서 가닥이 잡혔다.

그렇다면 새삼스럽게 황종해의 학자적 존재와 역할에 주목하는 까닭은 무엇인가? 그것은 그의 한강문하 입문 시점이 허목보다 15년 선행하고, 생장 및 활동 공간이 그간 한강학의 변방으로 여겨진 호서湖西라는 점, 무엇보다 사설師說의 계승과 적용 및 연원의식에 있어 결코 간과할 수 없는 궤적이 포착되기 때문이다. 이점에서 황종해에 대한 논의는 한강학이 강안학 또는 낙중학을 넘어 17세기 조선이 공유했던 지적知的 자산으로서의 가치를 부여할 수 있는가를 진단하는 학문적 실험의 장이 될 것이다.

2. 한강학의 호서湖西 확장:
정구의 목천우거木川寓居와 호서권 '한강문파寒岡門派'의 형성

정구는 40대에 사도師道를 표방하고 회연초당[檜淵草堂; 百梅園]을 거점으로 후진을 양성하기 시작했고 이후 사창社倉 → 무흘정사武屹精舍 → 노곡정사蘆谷精舍를 거쳐 1620년(광해군 12) 사양정사泗陽精舍에서 사망하기까지 약 40년 동안 총 342명의 문인을 양성했다. 조목 문인(19명) 류성룡 문인(117명), 정인홍 문인(115명), 김성일 문인(40명), 조호익 문인(94명) 등 퇴계·남명문하의 동문들과 비교할 때 큰 차이를 보이고 있는데, 이는 정구의 학자적 역량과 학문적 영향력을 증명하는 수치적 근거가 된다.

한편 정구는 서울 남부 호현방好賢坊에 주거가 있었던 중형 정곤수를 방문하는 과정에서 서울 출입이 잦았고, 창녕현감(1580), 동복현감(1584), 함안군수(1586), 통천군수(1591), 강릉부사(1593), 강원감사(1596), 성천부사(1597), 충주목사(1602), 안동부사(1607) 등 외직을 수행하며 다양한 성향의 인사들과 관계망을 형성했다.

'한강문인' 권역별 분포[1]

권역	지역	문인수	권역	지역	문인수
① 낙동강 연안권 [213명/62%]	김산	2	② 진주권	안음	2
	상주	10		산음	2
	선산	10		함양	8
	인동	5		합천	5
	칠곡	9		영주	2
	성주	67		봉화	2

1　김학수, 「조선중기 寒岡學派의 등장과 전개 - 門人錄을 중심으로 - 」, 『한국학논집』 40, 계명대학교 한국학연구원, 2010.

권역	지역	문인수	권역	지역	문인수
	대구	30		예안	8
	경산[하양]	12		예천[용궁]	4
	현풍	11		안동	12
	고령	9	③ 안동권 [37명/10.8%]	의성	4
	창녕	12		군위[의흥]	3
	영산	11		평해	1
	함안	8		영덕	1
	청도	5		청송	2
	밀양	8		영천	8
	창원	3	④ 경주권 [25명/7.3%]	경주	13
	김해	1		양산	1
② 진주권 [32명/9.3%]	진주	5		동래	1
	삼가	1	⑤ 서울권 [9명/2.6%]	서울	9
	단성	4	⑥ 기타지역 [6명/1.5%]	연천, 온양 충주, 목천 등	6
	곤명	1	⑦ 거주미상[21명/6.4%]		22
	거창	4			

이 과정에서 정구는 근기·호서 등 기호권에서 최소 15명에 이르는 문인을 규합하게 된다. 이는 한강학파가 갖는 지역성의 완화 또는 탈색의 과정으로 해석이 가능할만큼 의미로운 노정이었고, 특히 1602년의 목천우거는 한강학의 호서 확장에 있어 매우 중요한 학문적 행보였다.

기호권 寒岡門人	15명	☐ 韓浚謙: 京	• 禮學質疑_閔純門人
		☐ 尹孝全: 京	• 1617년 경주부윤 재임시 입문
		☐ 李 芬: 溫陽	• 家禮剝解[著]
		☐ 李安訥: 京	• 경상감사 재임시 泗陽精舍[景晦堂] 기증
		☐ 韓應南: 木川	• 李潗[剋溪]門人_喪祭禮問目
		☐ 許 僩: 京	• 許潛의 아들_許積의 부_祭文[稱門人]
		☐ 睦大欽: 京	• 1619년 督運御史로서 泗陽精舍에서 입문
		☐ 黃宗海: 木川	• 喪祭禮問目(24條目)_言行錄(22條目)
		☐ 沈大孚: 京	• 盧守愼門人_心經受學
		☐ 許 厚: 京[原州]	• 權用正門人[履素齋淵源]
		☐ 崔有海: 京	• 趙守倫門人_敬齋箴/夙夜箴 質疑
		☐ 許 穆: 京[漣川]	
		☐ 申得淵: 京[忠州]	• 申湜 아들_成運·徐敬德淵源
		☐ 尹義立: 京	• 尹國馨의 아들
		☐ 金 棨: 忠州	

정구의 목천우거는 중형 정곤수鄭崑壽(1538-1602; 初名 鄭逑)의 사망에 따른 상실喪失의 고통, 이복장李福長 등 목천지역 사우들의 호의적 권유가 복합된 결과로 파악된다. 정구는 1602년(선조 35) 정월 충주목사에 임명된 지 불과 3개월만인 동년 4월 경서언해교정청經書諺解校正廳 당상에 임명되어 입경했고, 교정청 업무를 보던 도중인 11월 중형 정곤수의 부음을 듣게 된다. 이후 그는 1603년 2월 임진현臨津縣 진동면津東面 백목곡栢木谷 선영에 안장할 때까지 한 해 전에 사망한 장질 정부鄭橷(1561-1601)를 대신하여 질서 장현광張顯光과 함께 치상을 주관했다.

① 상을 당함에 문목공[文穆公: 鄭逑]께서 질서 여헌旅軒 장공[張顯光]과

함께 예로써 상사를 주관하였다.[2]

② 11월에 중씨仲氏 서천군西川君[鄭崑壽]의 상을 당하였다. 이때 선생이 서울 도성에 있으면서 몸소 초상을 치렀는데 정리情理와 예법이 다 곡진하였다.[3]

정구에게 중형은 매우 특별한 존재였고, 그런 정서는 아래 제문에 몹시 애틋하게 표현되어 있다.

40년 동안 병을 안고 살아온 이 아우는 한평생을 신음 속에 지냈는데, 항상 우리 형을 우러러보면 유덕有德하신 모습이 충만한 데다 정신이 온화하고 기운이 넘치며 또 쌓은 덕이 두터워 세상 사람들이 그 은혜에 감복하고 있으니, 반드시 신령의 도움을 받아 꼭 장수를 누리실 것으로 생각되었습니다. 이는 우리 집의 자제만 그처럼 믿었던 것이 아니라 사람들이 누구나 다 그렇게 생각하였습니다. … 저는 평소에 불평스러운 일이 있으면 반드시 우리 형에게 호소하곤 하였는데 앞으로는 이 속마음을 누구에게 호소한단 말입니까.[4]

평소 믿고 의지했던 중형의 부재는 정구에게 큰 상실감을 안겨주었던 것 같다. 치상 이후 곧바로 성주 본가나 회연檜淵으로 돌아가지 않고 목천 우거를 결행한 것도 이런 심경과 무관치 않아 보인다.

---

2   鄭崑壽, 『栢谷集』, 「年譜」, <壬寅>, 1602.
3   鄭逑, 『寒岡集』, 「年譜」, <壬寅>, 1603.
4   鄭逑, 『寒岡集』 卷11, <祭仲氏西川君文>.

淸州鄭氏 가계도: 鄭逑 형제

鄭思中　　→ ① 鄭适(1530-1564)

　　　　　→ ② 鄭逵(1538-1602)　　: 출계 이후 崔壽로 개명

　　　　　→ ③ 鄭逑(1543-1620)

아쉽게도 목천 우거의 구체적 배경을 파악할 수 있는 자료는 보이지 않는다. 따라서 어떤 개인 또는 집단이 '주인主人'이 되어 정구의 우거를 주선했는지는 추론의 영역에 속하므로 여러 정황을 통해 유추해보기로 한다.

정구의 목천 우거는 1603년 3월부터 9월까지 6개월에 지나지 않았지만 그 자취는 매우 뚜렷하다. 우선 그는 이른바 '한강예학寒岡禮學'의 정수를 담은 『오선생예설五先生禮說』을 이곳에서 집필했고, 후일 호서지역 한강문파의 구심점이 되는 죽림서원竹林書院[道東書院] 건립의 단초를 열었으며, 황종해와 같은 준수한 문인을 길러냄으로써 한강학의 학문적 영역을 확대할 수 있었던 것이다.

17세기 초반 木川 지역 유력 사족[전거: 大麓誌[安鼎福]]

世居	家門	學統
栢田	안동김씨 _金忠甲/金緻/金得臣	
磻溪	평산한씨 _韓應箕/韓應南	寒岡/剡溪[李潛]學統
柳洞	청주이씨 _李孝範	寒岡學統
衣洞	청주곽씨 _郭說/郭希泰	杏村[閔純]學統
好德	청주곽씨 _郭希震	杏村[閔純]學統
晚梅	고흥류씨 _柳活	南冥學統
雨山	수안이씨 _李福長/李仁長	退溪學統

世居	家門	學統
綾谷	경주이씨 _李廷馣/李來慶	
孔村	회덕황씨 _黃德基/黃宗海	寒岡學統
南華	광주안씨 _安應元/安時賢	
官洞	밀양박씨 _朴自凝	
飛龍	전주이씨 _德信正	鼎山[朴洲]學統

정구의 목천 우거처는 근동면近東面에 위치한 갈전리葛田里[磻溪]였다.[5] 이곳
은 평산한씨 출신의 한응기韓應箕·응남應南 형제가 낙향하여 정거定居한 마을
이었다. 공간적 연고에 비추어 볼 때, 평산한씨의 역할이 컸던 것은 사실인
것 같다. 그러나 정구의 우거는 특정 개인과의 관계를 넘어 목천지역 사족사
회의 집단의지와 연동시켜 바라볼 필요가 있다.

안정복安鼎福(1712-1791)의 『대록지大麓志』에 따르면, 17세기 초반 목천의 사
족사회는 안동김씨·청주한씨·수안이씨·회덕황씨 등 10여 가문에 의해 주도
된 것으로 파악된다. 이들 가문의 학문적 계통은 크게 퇴계학통[寒岡門派]과
화담학통[杏村·鼎山·勦溪門派][6]으로 양분된다. 퇴계·화담학통을 정파로 치환할
경우 17세기 초반 목천의 유력 사족은 퇴계·화담학의 토대 위에서 정치적으
로는 동인의 색채가 강했다고 규정할 수 있다. 다만, 한가지 전제할 것은
퇴계학통[한강문파]의 경우 정구의 목천 우거 이후 문도 규합의 결과라는 사
실이며, 이는 정구의 우거가 목천 사족의 학문적 지형도에 큰 영향을 미쳤음
을 뜻한다.

위 표에 제시된 유력 제가諸家 중에서도 한강학풍의 유입과 확산을 이끈

---

5   金得臣, 『柏谷集』 冊7, <答時庵書>.
6   閔純[花潭門人]의 杏村門派, 李潛[화담문인 朴枝華의 제자]의 勦溪門派, 朴洲[화담문인 李仲
     虎의 제자]의 鼎山門派는 그 연원에 있어 모두 서경덕의 화담학통으로 소급된다.

것은 안동김씨安東金氏·평산한씨[平山韓氏]·수안이씨遂安李氏·회덕황씨懷德黃氏
였다. 백전栢田에 세거 기반을 둔 안동김씨는 김충갑金忠甲(1515-1575) 일가였다.

```
안동김씨 金忠甲-得臣 가계도

金忠甲 → 時敏        → 緻          → 得臣
        忠武公       監司          柏谷
                    寒岡門人       朽川門人
                    睦大欽妹夫      竹林院享主論
```

김충갑은 기묘사림의 한 사람인 김신동金神童의 사위로 명종-선조조에 활
동한 전형적인 사림파 관료였다. 그는 1547년 '양재역벽서사건'에 연루되어
21년간 청주에서 적거했고, 선조 초반 해배되면서 정착한 곳이 목천현 백전栢
田[천안시 병천면 가전리]이었다.

김충갑의 학통관계는 분명치 않지만 아우 김제갑金悌甲이 『도산급문제현
록陶山及門諸賢錄』에 입전되어 있고,[7] 이정李楨이 청주목사 재임시에 간행한
『주자감흥시朱子感興詩』의 '발문跋文(1553)', 『가례의절家禮儀節』의 '발문跋文
(1555)'을 찬술한 점을 고려할 때,[8] 이황 및 그 문인들과 긴밀한 연대를 형성했
음을 알 수 있다. 특히 이정의 성리학 서적 편찬 및 간행은 이황과의 긴밀한
공조를 바탕으로 전개된 지식문화인프라 조성사업이라는 점에서[9] 퇴계학과

---

7   『陶山及門諸賢錄』 卷3, <金悌甲>.
8   金忠甲, 『龜巖集』 卷1, <朱子感興詩跋>, <朱文公家禮儀節跋>.
9   우정임, 「退溪 李滉과 그 門徒들의 서적 간행과 서원의 기능」, 『지역과 역사』 22, 2008.
     ; 우정임, 「'言行錄'類 서적의 수입과 이해과정을 통해 본 16세기 道統 정립과정 연구」, 『역
     사와 세계』 47, 2015. ; 우정임, 「龜巖 李楨의 서적편찬과 간행이 道統 확립에 미친 영향」,
     『지역과 역사』 38, 2016. ; 안현주, 「龜巖 李楨의 도서간행에 관한 연구」, 『한국도서관·정보

의 친연성은 더욱 분명해진다.

김충갑의 손자 김치金緻(1577-1625)는 1619년 사양정사泗陽精舍에서 정구를 사사한 목대흠睦大欽(1575-1638)의 매부였고, 증손 김득신은 '후천행장朽川行狀'을 비롯하여 '죽림서원강당상량문竹林書院講堂上樑文' 등의 예식문자를 찬술하며 죽림서원 원향론을 완결한 황종해의 실질적 계승자였다.

한응기韓應箕·응남應南은 이잠李潛[朴枝華門人] 문하에서 수학하여 서경덕 → 박지화로 이어지는 화담학통을 계승한 인물이었다. 한응기는 임란 당시 포의 신분으로 선조의 호종扈從을 자임하는 등 지기志氣로써 신망이 높았고, 한응남은 덕망과 학식으로 명성을 얻었다.[10] 특히 한응남은 자신의 마을[葛田]에 우거하던 정구를 사사함으로써 퇴계학으로까지 학연을 더욱 확장하게 된다.

> 송암공松巖公[韓應南]은 부모님이 돌아가신 뒤로는 임천에 은거하여 후진을 지도하였으며, 한강 정선생이 공을 방문하여 더불어 담론하고는 군자의 풍모를 지닌 사람이라고 했다.[11]

위 인용문에서 보듯, 19세기 초반의 노론계 학자 송치규宋穉圭는 한응남을 한강문인으로 단정하지 않고 있지만 그는 상제례와 관련하여 정구와 여러 차례 문답한 바 있고, 『회연급문록檜淵及門錄』에도 입전되어 있다.

> 공은 선생의 문하를 왕래하여 계발시켜 주는 은혜를 깊이 입었다. 문필과 경학經學으로 세상의 추중을 받았으며, 상제례喪祭禮 문목問目 4개 조항이 있다.[12]

학회지』 42, 2011.
10   宋穉圭, 『剛齋集』 卷6, <書磻溪松巖二韓公實蹟後>.
11   宋穉圭, 『剛齋集』 卷6, <書磻溪松巖二韓公實蹟後>.

주희·김굉필·정구의 제향처로 건립되었고, 황종해의 추배를 통해 호서지역 한강학파의 구심점으로 기능하게 되는 죽림서원竹林書院의 원기 또한 그가 정자를 짓기 위해 예비해 둔 곳이라는[13] 점에서도 한강학의 공간적 인프라 구축에 상당한 기여가 있었음을 알 수 있다.

정구와 한응남과의 사승은 호서와 영남의 학문적 교류의 촉매가 되었다. 한강문파에 한정할 때, 양측의 교유는 서사원의 청안현감 재임, 정구의 충주목사 재임을 통해 물꼬를 튼 상황에서 정구의 목천우거와 문도 규합이 이런 흐름을 더욱 촉진했던 것이다. 1605년 당시 의성현령에 재임하던 이득윤李得胤(1553-1630)이 성주 창평산蒼坪山 숙야재夙夜齋를 방문하여 서사원·손처눌 등 한강문인들과 토론한 것은 좋은 예가 된다.

이득윤이 숙야재를 방문한 것은 1605년 7월 7일이었다. 정구를 비롯하여 서사원徐思遠(1550-1615)·손처눌孫處訥(1553-1634)·송원기宋遠器(1548-1615) 등과 합좌한 자리에서 서사원과 학문을 토론했다. 토론 주제는 주역周易이었는데, 서사원은『주역周易』에 정통했던 이득윤의 상대가 되지 못했던 것 같다. 이에 정구가 토론에 개입하는 다소 어색한 상황이 연출되기도 했지만 이날의 토론은 '교호회화嶠湖會話'의 특별한 장면으로 자리매김할 수 있다.

> 일찍이 밤에 숙야재夙夜齋에서 선생을 모실 적의 일이다. 당시에 행보行甫 [徐思遠]가 술에 취해 극흠克欽[李得胤]과 역易의 이치에 대해 논하면서 매번 모순에 빠지자, 선생이 이르기를, '역은 하나인데 어찌 두 가지 뜻이 있겠는가'라고 하셨다.[14]

---

12 『檜淵及門錄』卷3, <韓應男>.
13 宋穉圭,『剛齋集』卷6, <書磻溪松巖二韓公實蹟後>.
14 『寒岡言行錄』卷 1, <敎人>, '孫處訥錄'

이어 이득윤은 자못 의미심장한 말을 던진다. 한강문인들이 정구를 지나 치게 존숭하는데, 자칫 사화士禍의 구실이 될 수 있다는 경계였다. 몹시 불편 하게 들릴 수도 있는 이방인의 언설에 대해 손처눌은 자신의 일기에서 이렇 게 변명한다.

극흠克欽[李得胤]이 [한강문인들이 정구를]지나치게 존숭하여 사림의 화 가 일어날 수 있다는 뜻으로 경계하였는데, 이는 듣기에 미안한 말이었다. 전날의 사화는 모두 그 원인이 있었다. 한 세상을 업신여기고 스스로 고상한 체하기를 너무 지나치게 했기 때문에 사람들이 앞다투어 시기하여 화를 일으 킨 것이다. 우리 선생은 처세와 사람을 대함에 있어 말은 공손하고 기색은 온화하여 인애仁愛한 마음이 잠시도 빈틈이 없었던 까닭에 사람들이 감히 이간질 할 수 없었는데, 누가 선생을 폄훼할 수 있겠는가. 그러나 극흠의 말은 서로 경계하며 좋아하고 사모하는 마음에서 그렇게 할 수밖에 없었던 것이리라.[15]

한강문파를 바라보는 17세기 학계 일각의 시선은 이런 것이었다.[16] 손처눌 이 애써 변명을 하면서도 한 타자가 던진 경계의 진정성을 의심하지 않았던 것에서 한강문파의 비판 수용의 폭을 가늠할 수 있다.

정구의 목천 우거에 있어 가장 든든한 후원자는 이복장李福長이었다. 하지 만 그에 대한 인적 정보는 목천 우동雨洞 출신으로 효행이 있었고, 임진왜란 때 창의한 사실 외에는 크게 알려진 것이 없다. 다만, 그의 아우 이인장李仁長

15   孫處訥, 『慕堂日記』, <1605年 7月 7日>.
16   李得胤은 1615년 서사원이 사망하자 淸安儒生을 대신하여 제문을 지어 애도했고, 1620년 정구의 사망 때도 淸州儒生을 대신하여 제문을 짓는 등 호서유림과 한강문파의 교량적 역할 을 했다.(李得胤, 『西溪集』 卷 3, <祭徐淸安 思遠 文>[代淸安儒生作]: 卷 3, <祭寒岡鄭先生 文>[代淸州儒生作].

이 퇴계문인 송언신宋彦愼의[17] 처남이라는 사실은 수안이씨 이복장·인장 일가
의 정치·학문적 성향과 관련하여 시사하는 바가 크다.

그런데 정구는 그를 '어린 시절 이웃에 살았던 경겨운 벗'으로 회고하고
있다. 아래는 정구가 목천 우거를 정리하고 성주로 돌아간 지 3년째 되던
1605-1606년 경 이복장의 죽음을 애도한 만사의 한 대목이다.

| 憶昔同鄰寓 | 어릴 적 이웃에서 살던 우리가 |
| 重歡舊契深 | 다시 만나 옛 정이 한결 깊었지[18] |

이들이 어릴 적 교계를 맺은 곳이 '성주星州'인지 정곤수의 주거가 있었던
서울 '호현방好賢坊'인지 아니면 또 다른 공간인지는 자세하지 않지만 이복장
이 성주 인물이 아닌 것은 분명하다. 이런 불분명성에도 불구하고 두 사람은
사귐의 기간이 길고, 평소의 교분 또한 매우 두터웠던 사이였음은 사실인
것 같다. 정구의 목천우거의 실질적 주선자로 이복장을 지목하는 이유도 여
기에 있다.

繄我之愚	어리석은 이내 몸은
早荷相知	일찍 친교 맺었는데
自始識面	얼굴 처음 안 이후
卅餘星霜	삼십여 년 그동안

---

17 宋彦愼은 柳希春·許曄·盧守愼을 종유하다 퇴계문하에 입문하여 博文約禮와 忠信篤敬의 가
    르침을 입었으며, 선조에게 『退溪集』의 간행을 啓請했을만큼 존사의식이 높았다. 특히 이황
    사망 때 지은 친필 제문이 현전하는데, 여기서 그는 이황을 孔子 → 朱子로 이어지는 유학의
    集大成者로 평가했다(『陶山及門諸賢錄』 卷3, <宋彦愼>; 한국국학진흥원, 『陶山諸賢遺墨』
    [木], 160-165쪽, <宋彦愼祭文>).
18 鄭逑, 『寒岡集』別集 卷2, <挽李仲綏福長>.

愛余之深	세상 어느 누구보다
特出尋常	나를 깊이 사랑했네
癸卯之春	계묘년 봄철에는
寓卜芳鄰	공 마을로 이사하여
同堂合席	한지붕 한자리에
逐日連句	몇 날 며칠 함께 살며[19]

　정구에게 이복장은 익우益友였다. 목천 우거를 애도의 시간, 휴식의 공간을 넘어 학문적 결실의 장으로 활용하게끔 이끈 사람이 그였기 때문이다.

　내가 계묘년(1603) 봄 호서湖西 목천木川 고을에 있을 적에 죽은 벗 이복장 중수李福長仲綏가 나에게 여러 선생이 논한 예를 유별로 편집하여 열람하기에 편하도록 하라고 권하였다. 그리고 또 주변에 있는 선비 15명 정도를 불러들여 붓을 잡고 나의 작업을 도와주게 하여 겨우 반달 만에 초고가 완성되었다. 중수는 또 이것을 판각하여 책으로 찍어내려 하였는데, 나는 '이 일은 본디 늙고 병든 내가 편하게 상고하기 위해 시도한 작업이다. 어찌 판각하여 널리 전파할 것까지야 있겠는가. 게다가 내용이 거칠고 소략하니 더욱 함부로 세상에 내놓는 것은 합당치 않다.' 하고, 극력 만류하여 중지시키고 상자 속에 던져두었다. 그 뒤 얼마 안 되어 나는 영남으로 돌아오고 중수는 세상을 떠났다.[20]

　『심경발휘心經發揮』와 함께 한강학의 핵심 텍스트인 『오선생예설』 초안의 저작 공간이 목천이었고, 그 후견인이 이복장이었던 것이다. 15명의 선비를 사역寫役에 지원함은 물론 간행까지 주선한 것에서 이복장의 사회·경제적

19　鄭逑, 『寒岡集』 卷12, <祭李仲綏福長墓文>.
20　鄭逑, 『寒岡集』 別集 卷2, <五先生禮說分類跋>.

위상을 충분히 짐작할 수 있다. 물론『오선생예설五先生禮說』의 초고는 1614
년 칠곡 노곡정사蘆谷精舍 화재로 소실되어 1617년 중찬重撰되기까지 큰 곡절
을 겪게 되지만[21] 초찬初撰 원고본의 목천 탈고는 조선시대 예학사에서 간과
할 수 없는 장면이다. 즉, 목천은 '한강예학'의 창작 공간이었고, 이곳에서
입문한 황종해가 한강예학의 착실한 계승자로 성장한 것은 인간·공간을 매
개로 한 학문적 인과성으로 해석할 수 있다.

3. 정구鄭逑와의 학연과 한강학파寒岡學派 편입

1) 가학家學: 퇴계학적 친연성

황종해의 본관은 회덕懷德이며, 주거 기반은 목천현 공촌孔村이었다. 그의
선대는 고려말 문과에 합격하여 합문지후閤門祗候를 지낸 황유길黃有吉 이래
일정한 사환을 유지하였으나 정치·학문적으로 드러난 인물은 배출되지 못
했다.

---

21 蘆谷精舍에 화재가 발생한 것은 1614년 1월 23일이며, 동년 4월부터 重撰 작업을 착수하여
    9월 경에는 80-90% 정도의 복구가 이루어졌다. 이후 여러 차례의 교정작업을 거쳐 중찬을
    완료한 것은 1617년 5월 7일이었고, 이때 정구는 '慰同苦喜重成'의 취지를 담은 小宴을
    마련하여 문인들의 노고에 답한 바 있다. 중찬을 위해서는『文獻通考』·『二程全書』·『二程粹
    語』·『儀禮經傳』등 10여 종에 이르는 참고문헌이 필요했고, 曺好益家에 借覽을 요청했다가
    그 부인[居昌愼氏]으로부터 거절을 당하는 등 적지 않은 고충이 따랐다. 이후『五先生禮說』
    은 정구의 아들 鄭樟이 호남의 亞使로 활동할 때 호남 某處에서 간행하려 했으나 실현되지
    못했고, 1618년 李潤雨가 巡檢使 從事官으로 활동할 당시 南原에서 일부 간행된 바 있으며,
    공식 完刊된 것은 이윤우가 潭陽府使에 재임하던 1629년이다.(위의 경과에 대해서는 孫處
    訥,『慕堂日記』참조; 李潤雨,『石潭集』卷3, <五先生禮說跋>)

황종해 가계: 회덕황씨 목천파

7대조 : 黃有吉	文科	
6대조 : 黃尙文	文科	木川 孔村定居
5대조 : 黃 彬	直長	
고조 : 黃鐵均	判義州	
증조 : 黃友參	生員	
조 : 黃閏琳	宣務郎	
부 : 黃德休		

황종해의 선대가 회덕 본향에서 목천으로 이거한 것은 6대조 황상문黃尙文
대인 15세기 중후반으로 파악된다. 이들이 정착한 곳은 세성면細城面 공촌이
었고, 이 기반은 황종해와 그 자손 대에 이르기까지 그대로 유지되었다.[22]
회덕황씨가 정착한 이후에도 18세기 중반까지 공촌에는 청주한씨[韓世塘家],
청주한씨[韓命祚家], 함양여씨[呂復吉家], 의령남씨[南亮采家], 남양홍씨[洪義載家],
경주이씨[李億虞家], 안동권씨[權禮謙家], 순흥안씨[安晉家], 여흥민씨[閔德顯家] 등
이 순차적으로 입거하여 목천의 사족공동체를 구성하게 된다.[23]

황종해의 유교적 인격 형성과 학자적 성장에 절대적인 영향을 미친 인물
은 부친 황덕휴黃德休(1539-1606)와 숙부 황덕기黃德基(1545-1601)였다. 황덕휴는
병약했던 탓에 학문에 전념하지 못함으로써 뚜렷한 사회적 직위를 성취하지
는 못했다. 하지만 그는 유교적 가정윤리의 실천에 독실했던 지식인이었고,[24]
그런 가치는 황종해가 '효우孝友'의 가풍을 체득하며 양질의 주자학적 인격체
로 성장하는 자양분이 되었다.

---

22 安鼎福, 『大麓誌』 卷下, 「姓氏」 <孔村>.
23 위와 같음.
24 玄德升, 『希菴遺稿』 卷4, <黃公德休墓誌>.

숙부 황덕기는 목천 회덕황씨의 가도家道 전환을 이끈 인물이다. 그것은 사환지향적 성향에서 학자가문으로의 이행이었고, 그 최대의 수혜자가 황종해였다. 황덕기와 황종해의 숙질로서의 정의情誼와 사제로서의 분의分誼는 '중부행장仲父行狀'에 상술되어 있다. 이에 따르면, 황덕기는 학자적 포부만큼이나 자긍심 또한 컸던 인물이었다. 황종해의 표현에 따르면, 조부 황우삼黃友參과 외숙 한인조韓仁祖를 통해 내외의 가학을 전수傳受했던 황덕기는 20세 이전에 이미 거유鉅儒의 자질을 갖추면서 더 이상 외부外傅를 섬기지 않았다고 한다.[25] 그 역시 청년기에는 과업에 종사하였지만 뜻을 이루지 못했고, 중년 이후로는 학문에만 전념했다. 그는 『가례』를 숙독熟讀·완미玩味하여 그것의 일상적 적용에 힘을 쏟았을만큼 예학에 대한 관심이 매우 컸다.[26] 후일 황종해가 17세기의 대표적 예학자로 성장한 것도 이런 맥락에서 이해할 필요가 있다.

황덕기의 학문적 범주는 예학에 국한되지 않았다. 경사자집을 두루 섭렵하는 가운데 『주역周易』에 더욱 공력을 쏟았고, 『근사록近思錄』·『심경心經』 등 성리性理 제서諸書에도 정통함으로써 16세기 후반 목천 일대의 학풍을 선도하는 주자학자로 인식될 수 있었던 것이다.[27] 이 과정에서 황종해는 숙부로부터 학문은 물론 행신行身의 규범까지 훈습薰習함으로써[28] '황씨가학黃氏家學'의 사회적 확장을 예견하게 된다.

그렇다면, 황덕기의 학문적 문로門路는 어떤 범주에서 설정할 수 있을까? 앞에서 언급한 조부黃友參 및 외숙韓仁祖과의 유년기 학연이 문로 설정의 가능자가 될 수는 없을 것 같다. 다만, 황종해는 '중부행장仲父行狀[黃德基]'에서 일가의 학문적 지향을 천명한 바 있는데, 그것은 이황과의 학연을 통한 퇴계학

---

25   黃宗海, 『朽淺集』 卷8, <仲父行狀>.
26   黃宗海, 『朽淺集』 卷8, <仲父行狀>.
27   黃宗海, 『朽淺集』 卷8, <仲父行狀>.
28   黃宗海, 『朽淺集』 卷8, <仲父行狀>.

계승의식이었다.

숙부[황덕기]께서는 일찍이 도산기陶山記를 책상 위에 두고 늘 완심玩心하
시며 정성스럽게 후생들에게 가르치셨다. 이는 공께서 퇴계 선생 만년에 태
어났고, 또 예안과 목천은 1,000리나 떨어져 있어 비록 문하에 입문하지는
못했지만 깊이 사모하는 정성이 언어 사이에 드러난 것이었다.[29]

이에 따르면, 황덕기는 세대 및 지역의 차이로 인해 퇴계문하에 입문하지
는 못했지만 '사숙문인私淑門人'에 준할만큼 이황에 대한 경모심은 컸다. 그의
학자적 명성은 청안현감淸安縣監(1595-1598)에 재직했던 한강고제 서사원徐思遠
을 통해 영남으로까지 전파되었던 것 같다. 청안과 목천의 지역적 근접성에
도 불구하고 예방치 못했음을 '호현예법好賢禮法'의 결손으로 자책했을만큼[30]
서사원은 황덕기의 학행을 신인信認했고, 그런 평가는 정구를 비롯한 제 한강
문인들에게 공지된 것으로 짐작된다. 아래 두 인용문은 정구가 서사원을 통
해 황덕기의 존재를 인지하였음을 보여주는 단서가 된다.

① 낙재樂齋 서선생[徐思遠]은 대구 사람이다. 일찍이 청안현감淸安縣監을
지냈는데, 파직되어 돌아간 뒤에 사람들에게 '내가 호서에서 벼슬살이 할
때 한번도 황공[黃德基]을 만나보지를 못했으니, 어진이를 좋아함에 정성을
쏟았다고 할 수 있겠는가'라고 했다. 부군께서 돌아가신 뒤에 한강 선생께서
이 고을에 우거하실 때 종해가 찾아 뵙고 인사를 드리자 선생께서 '공의 중부
의 행의行誼는 내가 익히 듣고 있었는데, 종유하지 못하고 유명을 달리한 것

---

29 黃宗海, 『朽淺集』卷8, <仲父行狀>.
30 「樂齋年譜」에 따르면, 徐思遠은 1596년 李夢鶴의 반란을 진압하기 위해 木川으로 출병한
    바 있지만 군무의 시급함으로 인해 士友會合과 같은 사사로운 용무는 모색될 수 없었던
    것으로 보인다.

이 애석할 따름이다'고 하셨다.[31]

 ② 이어 '아들이 있는가?'라고 물으시기에 종해가 '겨우 네 살 된 아들이 있습니다'고 대답하자 선생께서 '누가 기르고 있는가?'라고 하시기에 '최모에게 출가한 그의 누나가 친정으로 와서 집을 지키고 있습니다'고 했다. 그 뒤 최모가 찾아 뵙자 선생께서 '공의 처부는 덕인이십니다. 이 어린 고아를 잘 양육하여 후사가 끊어지지 않게 하는 것은 오로지 공에게 달려 있습니다'고 하셨으니, 부군께서 당세의 대현에게 추중을 입은 것이 이와 같았다.[32]

 위의 인용문 ②와 같이 정구는 황덕기의 후사後嗣에 대해서도 각별한 관심을 표하는 등 그를 호현好賢의 범주에서 예우했는데, 황종해가 한강문하를 출입하게 된 실마리도 여기서 찾을 수 있을 것 같다.

 정구가 황덕기를 종유하지 못한 것을 못내 아쉬워했던 데에는 그럴만한 까닭이 있었다. 황종해가 '중부행장'에서 언급한 황덕기의 '도의지우道義之友'는 홍익현洪翼賢·이덕민李德敏·임기任琦·강봉수姜鳳壽·김응희金應禧·이복장李福長·이분李芬 등 7인이다.[33] 이 가운데 특히 주목할 인물은 이복장·이분이다. 전술한 바와 같이 이복장은 정구의 지구知舊로서 『오선생예설五先生禮說』의 찬술을 권유했던 인물이고, 아산 출신의 이분은 정구의 문인으로 한강예학을 전수받아 『가례박해家禮剝解』를 저술한 예학자였다. 이런 정황을 고려할 때, 정구와 황덕기의 교유는 예견된 측면이 있었지만 황덕기가 정구의 '목천우거木川寓居' 1년여 전인 1601년 4월에 사망함으로써 영남·호서 두 학인의 종유는 끝내 성사되지 못했다.

---

31 黃宗海, 『朽淺集』 卷8, <仲父行狀>.
32 黃宗海, 『朽淺集』 卷8, <仲父行狀>.
33 黃宗海, 『朽淺集』 卷8, <仲父行狀>.

2) 한강문하 입문과 동문의식

(1) 한강문하 입문과 한강인식寒岡認識

황종해가 정구를 사사한 것은 24세 때인 1603년(선조 36)이었다.[34] 이후 1620년 정구가 사망할 때까지 두 사제가 공유했던 역사적 시간은 17년이었다. 앞에서도 잠시 언급한 바와 같이, 황종해의 한강문하 입문은 숙부 황덕기黃德基에 대한 정구의 학자적 추허推許, 김충갑金忠甲 일가의 퇴계학에 대한 친연성,[35] 이복장李福長·한응기韓應箕·한응남韓應南의 우거 환경 조성 등 복합적 배경 위에서 이루어졌다.

황종해는 정구의 목천 우거를 호서의 주자학적 '문명화文明化' 또는 '개명화開明化'라는 관점에서 바라보고 있다.

황종해의 文明認識

箕子
↓
鄭夢周
↓
四賢
↓
李滉
↓
鄭逑

즉, 황종해는 동방의 문명화를 이끈 존재로 기자箕子 → 정몽주鄭夢周 → 사현[金宏弼·鄭汝昌·趙光祖·李彦迪] → 이황 → 정구로 인식한다. 이 통서統緖는 '위기지학爲己之學'의 기준을 엄격하게 적용한 것이었고, 그 결과 신라-고려의 인물은 철저히 배제되었다. 무엇보다 '5현五賢'이라 총칭하지 않고 '4현四賢'과 이황을 구분한 것 또한 존현尊賢의 등위와 관련하여 주목할만한 대목으로 포착된다.

퇴계·남명 양문의 고제라는 정구의 문로門路는 그를 영남학의 틀 속에 가두는 측면이 있었음에 반해 1603년의 목천 우거는 한강학의 지역적 팽창, 지역과 정파에 한정되지 않는 보편적 학문으로서의 가능성을 시험·진단하는 과정이었으며, 그 최대의 수혜자가 자신을 비롯한 목천사림[寒岡門人]이었던 것이다.

宗海等	저 종해 등은
買櫝小儒	세상에 재주를 판 변변찮은 선비요
雕蟲末學	문장이나 다루는 하찮은 학문으로
久仰德範	오랜 동안 도덕을 흠앙하면서
無路及門	문하에는 들어갈 길이 없다가
歲在執徐	계묘년에 이르러서
德照湖分	덕성德星이 호서에 비쳐
始因張繹	비로소 장역 통해
獲拜伊川	이천을 찾아뵈니
互鄕得師	호향 동자가 스승을 얻고
潮人向學	조주 백성이 향학했는데[36]

---

36   黃宗海, 『朽淺集』 卷6, <祭先師鄭寒岡文>[庚申四月].

그리고 이것은 맹목적 추앙이 넘어 목천이 한강학의 변방이 아닌 새로운 거점이라는 자의식의 발현으로 읽힌다.

입문 이후 17년 동안 직접 가르침은 받은 것은 1603년[1차 寓居]과 1608년[2차 寓居] 두 차례에 지나지 않았음에도 그는 한강학의 종지인 예학을 전수받았음을 자부한다. 그런 자의식은 고금의 예에 대한 활발한 문답,『오선생예설』편찬 작업에의 참여와 같은 실사實事에 근거를 두고 있었다.

及夫戊申	무신년에 미쳐서
再駐軒蓋	행차 재차 머무를 제
雖愧立雪	향학의 정성 얕아 부끄럽긴 했어도
咸喜坐春	춘풍 속에 앉은 듯 모두 기뻐하였네
前後摳衣	두 번 직접 수업하여
古今問禮	고금의 예 여쭸으며
叨陪繕寫	모시고서 예서 등사
作爲成書	완전한 책 만들었네
親炙旣多	친히 배운 학문이 이미 많았고
飽德亦久	은덕 입은 세월도 오래됐거니
悾悾小子	무지몽매한 소자들
孰不自新	누가 각오 새롭게 아니 가지랴[37]

허목이 '황징군행장黃徵君行狀'에서 '한강학의 종지를 얻었다'고 한 것과 김득신이 '황후천행장黃朽淺行狀'에서 '성학의 의난처를 상론商論했다'고 한 것은 양자의 학문적 수수관계에 대한 정통한 이해에 바탕하는 지언知言이다.

---

37 黃宗海,『朽淺集』卷6, <祭先師鄭寒岡文>[庚申四月].

① 24세에 처음으로 한강寒岡[鄭逑] 선생을 섬겨 학문의 종지宗旨를 들었다.[38]

② 임인년에 한강 선생께서 목천에 우거하실 때 공은 늘 문하에 나아가 성학聖學의 의심스럽고 난해한 곳을 상론商論하였는데, 이때 공의 나이 24세였다.[39]

『한강언행록』의 기사에 따르면, 정구와 황종해의 사제관계는 자못 친밀했던 것 같다. 우거 초기인 1603년 3월 17일 정구는 부친 정사중鄭思中의 기일을 맞았다. 친기親忌 등 재계齋戒를 해야 할 때 정구는 사객謝客을 법도로 삼았음에도 황종해의 방문만큼은 사양하지 않았던 것은 일상적 왕래에서 검증된 호학의 열성을 미덥게 여긴 때문이었다.

선생은 재계하는 날 패牌를 만들어 문 밖에 걸어두었고, 객은 그 패를 보고 돌아 갔다. 종해가 일찍이 선생을 뵈었는데, 선생께서는 마침 선고의 기일을 맞았다. 선생께서, '군은 늘 왕래하는 사람인 까닭에 응접하는 것이 다'고 하셨다. 이로써 미루어 보자면, 재일에 손을 맞는 것은 예가 아닌 것이 분명하다.[40]

1608년 이후 정구와 황종해의 사제 대면은 이루어지지 못했다. 그 대안으로 모색된 것이 서간을 통한 활발한 문답이었다.[41] 주로 예학을 중심으로 전개된 논담은 『한강집寒岡集』에 실릴만큼 학술적 의미가 컸고, 동시에 이것

38   許穆, 『記言』別集 卷26 <黃徵君行狀>.
39   金得臣, 『柏谷集』冊6, "壬寅歲, 寒岡先生僑居木川, 公每造其門, 商論聖學疑難處, 時年二十四."
40   『寒岡言行錄』卷2, <奉先> '黃宗海錄'
41   문답의 내용은 4장 '한강학 계승 양상'에서 다루기로 한다.

은 강안권 한강문인들이 황종해를 주목하는 이유가 되었다.

이런 맥락에서 그는 『한강언행록寒岡言行錄』 편찬 때 '차기箚記'를 찬술한 '18문인'의 범주에 들게 되는데, 이는 한강문파에서 그의 위치를 가늠하는 중요한 척도가 된다.

한강언행록 차기箚記 찬술 문인

순번	성명	본관	호	거주	여타 사승
1	張顯光(1554-1637)	仁同	旅軒	인동	
2	徐思遠(1550-1615)	達城	樂齋	대구	松潭·溪東·林下·東岡門人
3	孫處訥(1553-1634)	一直	慕堂	대구	溪東·林下門人
4	文 緯(1555-1632)	南平	茅溪	거창	德溪·來庵·東岡門人
5	郭 赾(1554-未詳)	玄風	省齋	현풍	
6	李厚慶(1558-1639)	碧珍	畏齋	영산	東岡門人, 樂齋從遊
7	崔恒慶(1560-1638)	永川	竹軒	성주	
8	張興孝(1564-1633)	安東	敬堂	안동	西厓·鶴峯門人
9	朴明胤(1566-1650)	密陽	楮翁	성주	東岡門人
10	李 籌(1566-1651)	光州	東湖	성주	樂齋從遊
11	李天封(1567-1634)	京山	白川	성주	
12	李潤雨(1569-1634)	光州	石潭	칠곡	
13	李 堉(1572-1637)	全州	心遠堂	성주	東岡門人
14	金大澤(1559-未詳)	安東	萍堂	하양	
15	裵尙龍(1574-1655)	星州	藤庵	성주	旅軒門人
16	黃宗海(1579-1642)	懷德	朽川	목천	沙溪從遊
17	李 塾(1585-1641)	全州	訒庵	성주	
18	許 穆(1595-1682)	陽川	眉叟	연천	蕙山·旅軒門人

정구를 향한 경모의 마음은 시문에도 잘 드러나 있다. 아래는 1615년 성주로 가는 벗 정적鄭迪을 송별할 때 지은 작품이다. 스승 가까이로 가는 벗에 대한 부러움을 통해 사師에 대한 그리움을 배가시키고 있다. 더구나 이 작품은 정구의 시어詩語에서 착상한 것이라는 점에서 교감성이 더욱 도드라진다.

吾君別業近寒岡 그대의 별업 한강과 가까우니

此去應知數拜床 이번 걸음 응당 뵈올 일 많을테지

若問湖西秋後景 선생께서 호서 땅 가을 경치를 물으시거든

一枝殘菊獨凌霜 한떨기 남은 국화가 홀로 서리를 견딘다 전해주게[42]

이 외 정구에 대한 학문적 분비憤悱의 마음과[43] 제弟로서의 도리를 다하지 못하는 송구한 마음을 담은 [44]시작 또한 사제간의 깊은 정의情誼와 분의分誼를 가늠하게 한다.

한편 황종해는 '예시禮詩'라는 제목의 흥미로운 시작詩作을 남겼는데, 허목은 그 내용과 취지를 이렇게 평설한다.

첫째는 사친事親, 둘째는 훈자訓子, 셋째는 군신君臣, 넷째는 부부夫婦, 다섯째는 형제兄弟, 여섯째는 사사事師, 일곱째는 장유長幼, 여덟째는 붕우朋友, 아홉째는 총론總論인데, 오륜五倫을 미루어 부연하고 『소학』을 조술祖述하여 편장篇章을 이룬 것이다.[45]

이에 따르면, 황종해는 '5륜[五倫]'을 '8륜[八輪]'으로 확장한 셈인데, 이른바

---

42 黃宗海, 『朽淺集』 卷1, <送鄭迪之嶺南[乙卯]>.

43 黃宗海, 『朽淺集』 卷1, <憶寒岡鄭先生>.

44 黃宗海, 『朽淺集』 卷1, <商顔途中 憶寒岡鄭先生>.

45 許穆, 『記言』 別集 卷26, <黃徵君行狀>.

제6륜에 해당하는 것이 '사師'에 대한 '제弟'의 도리를 규범화 한 '사사事師'이다. 유교사회의 보편적 가치를 담은 것으로 보일 수도 있지만 정구를 향한 문제門弟 의식의 선언처럼 읽힌다. 여기서 특별히 주목할 규범은 '범하거나 숨김이 없는 마음', '종생終生토록 변치 않는 의리', '사후 심상心喪 예법의 실천' 등이다.[46] 즉, 황종해는 '의리의 지속과 심상의 실천'을 사제관계의 과정과 결과로 인식했던 것이다. 『후천집』에서 황종해가 정구 사후 심상을 행했다는 근거는 없다. 하지만 '예시禮詩'의 창작 의도에 미루어 볼 때, 실천여부에 대한 의문의 여지는 적어 보인다.

심상은 예학에 본령을 둔 한강학의 특성이 잘 드러나는 예법禮法으로 17세기 사림사회가 주목했던 사제간의 '의리규범'이기도 했다. 그런 시각은 덕산德山 출산으로 이명준李命俊·박지계朴知誡·조익趙翼의 문하를 출입했던 조극선趙克善의 일기를 통해 확인할 수 있다.

> 1621년 4월 8일. 또 기보基甫[崔自弘]가 인동仁同에서 부친 편지를 받았다. 편지에 '정한강의 제자 중에 심상心喪을 입은 사람이 두 명인데, 대구의 채몽연蔡夢硯과 영산靈山의 이후경李厚慶이다.'라고 했다. 그 사람됨을 상상하니 필시 어진 사람일 것이다.[47]

정구 사후 심상을 행한 한강문인은 채몽연·이후경 외에 최항경崔恒慶·이서李曙·이천봉李天封·배상룡裵尙龍·이도자李道孜 등을 꼽을 수 있지만,[48] 심상의 규범화를 통해 '제직弟職[제자로서의 직분]'을 확대, 정립한 것은 황종해였다.

---

46 黃宗海, 『朽淺集』 卷1, 「禮詩」, <事師第六>.

47 趙克善, 『忍齋日錄』, <1621年 4月 8日>.

48 김학수, 「趙克善의 일기를 통해 본 17세기 지식인의 師弟觀」, 『장서각』 38, 한국학중앙연구원 장서각, 2017.

(2) 강안권江岸圈 한강문인과의 교유와 연대

황종해는 1620년 1월 정구의 상례 때 목천지역 한강문인을 대표하여 제문을 지었지만 조문치는 못했다.[49] 이후 그는 이듬해인 1621년 7-8월 경 영남을 방문하여 강안권 한강문인들과 회동하는 기회를 갖는다. 이런 사실은 진주 출신의 한강문인 박민朴敏의 『능허연보凌虛年譜』를 통해 확인할 수 있다.

> 8월 황후천黃朽川[黃宗海]이 방문했다. 후천의 이름은 종해인데, 선생과 한
> 강문하의 동문이다. 방문하여 이틀을 묵으며 『중용』·『심경』·『예기』 등 여러
> 서책을 강론했다.[50]

이와 관련하여 『능허집凌虛集』에는 황종해가 늦봄에 자신을 방문하면서 배상룡의 편지를 전했다는 기사도 있다.[51] 여기서의 '늦봄[春末]'이 위 인용문의 '8월'의 오기인지 아니면 황종해가 두 차례 박민을 방문했는지는 정확하지 않다. 다만, 두 기록에 따르면, 황종해가 1621년 또는 다른 어느 시기에 성주를 경유하여 진주로 간 것은 분명하다. 성주를 방문한 것은 조문에 더해 정구의 유적, 즉 한강학의 현장을 체험하는데 주안점이 있었던 것으로 추정될 뿐 더 이상의 단서는 확인이 되지 않는다. 비록 단회적이지만 배상룡裵尙龍과의 만남은 중요한 장면으로 포착된다. 그는 정구의 만년 고제로 허목과 한강문인의 연대에 교량적 역할을 담당했던 인물이기 때문이다.[52] 이런 정황

49　정구 상례 때 호서권 한강문인을 대표하여 泗陽精舍로 와서 조문한 사람은 李恒이란 인물로 추정되며, 趙相禹의 제문을 代奠한 이도 그였다.

50　朴敏, 『凌虛集』 卷3, 附錄 「年譜」, <章宗皇帝天啓元年辛酉 先生五十六歲>.

51　朴敏, 『凌虛集』 卷1, <與裵子章>.

52　1643년 許穆·趙任道 등 寒旅門人들의 회합의 자리로 모색된 開津船遊를 기획하고, 허목의 부탁으로 『寒岡集』과 『五服沿革圖』를 보내준 인물도 배상룡이었다(김학수, 「船遊를 통해 본 洛江 연안지역 선비들의 집단의식 - 17세기 寒旅學人을 중심으로 - 」, 『영남학』 18, 경북

을 고려할 때, 1621년의 영남행은 강안권 한강문인들과 동문의식을 다지는
제휴의 행보로 해석할 수 있다.

황종해의 교유인: 강안권 寒岡門人

- □　張顯光: 竹林書院 원향론 자문
- □　朴　敏: 방문 및 학문 토론
- □　裵尙龍: 상견
- □　申達道: 죽림서원 원향론 자문

　특히 박민은 그를 두고 '한강을 사사하여 학문의 종지宗旨를 들었고, 과거
를 폐하고 경전 공부에 전념한 학인'으로[53] 평가함은 물론 시무에 밝은 '경세
가經世家로서의 재능'에 대해서도 깊은 신뢰를 보였다.[54] 황종해의 학문과 경
륜에 대한 박민의 신뢰는 박민의 자손들이 '동약[泰洞洞約]'의 제정과 운영에
있어 황종해의 '공촌동약'을 참용하는 단계로 확장되었는데, 이에 대해서는
후술하기로 한다.

　황종해에 대한 한강문인들의 인식을 보여주는 또 다른 자료는 한강고제로
서 『한강언행록寒岡言行錄』의 편찬을 주도했던 이후경李厚慶의 『외재연보畏齋
年譜』이다.

　　청휘당 유사록에, '한강 선생의 제자諸子 가운데 자질이 뛰어난데다 호학好

　　대학교 영남문화연구원, 2010). 배상룡 또한 언행록 차기를 작성한 '18문인' 가운데 한 사람
　　이다.
53　朴敏, 『凌虛集』 卷4, 附錄 「師友錄」, <黃朽川>.
54　朴敏, 『凌虛集』 卷3, 附錄 「言行別祿」.

學하는 이는 이외재李畏齋[李厚慶]·황후천黃朽川[黃宗海]·문모계文茅溪[文緯]를 으뜸으로 친다'고 했다.[55]

위 기사는 이승李承의 '청휘당유사晴暉堂遺事'를 인용한 것인데, 황종해를 이후경李厚慶·문위文緯와 함께 '3호학[三好學]'으로 평가한 것은 강안권 한강문인의 '후천인식'과 관련하여 시사하는 바가 크다. 이외 황종해가 교유했던 인물로는 장현광·신달도 등이 있다.[56] 특히 장현광은 정구 사후 황종해가 사사事師의 뜻을 표명했을만큼 존경했던 인물인데, 이들에 대해서는 죽림서원 원향론을 서술할 때 다루기로 한다.

한편 황종해는 정구 사후 다양한 저술 활동을 통해 사설師說의 수용 및 계승에 주력하여 1625년(인조 3)에는 '독서록요어속선병부전서발讀書錄要語續選幷附傳書跋', 1629년에는 '오복연혁도발五服沿革圖跋'을 찬술하였다. 1629년의 '가례박해발家禮剝解跋'은 한강문인 이분李芬의 저서에 붙인 발문이다. 황종해와 이분은 한강예학의 계승과 발휘라는 측면에서 공통점이 있고, 발문의 찬술은 예학을 매개로 한 동문의식의 제고 과정이었다.

4. 연원의식의 확대 및 강화: 영남학에 대한 위도의식衛道意識

1) 정인홍의 '회퇴변척晦退辨斥'과 그 대응: '회퇴변무소晦退辨誣疏'

정구와의 사승은 오현五賢, 특히 이언적·이황에 대한 경모의식을 강화하는

---

55 李厚慶, 『畏齋集』「年譜」<庚寅>(1590).
56 영남 인물은 아니지만 旅軒門下를 출입했던 泰川 출신의 학자 鮮于浹에 대해서도 학문적인 신뢰와 함께 종유의 뜻을 표명한 바 있다(黃宗海, 『朽淺集』 卷1, <次徐秀夫贈鮮于遯庵韻贈秀夫>).

계기가 되었다. 퇴계·남명 양문의 고제라는 정구의 이원적 사승은 문인들의
연원인식에 혼선을 초래하는 이유가 되기도 했다. 대구 출신의 한강고제 서
사원·손처눌이 정구의 학통을 파악함에 있어 각기 남명문인과 퇴계문인에
주안점을 두고 자신들의 문로를 인식한 것이 그 단적인 예가 된다.[57]

황종해는 '퇴계문인'으로서의 정구를 계승하고자 했고, 이런 의식은 정인
홍鄭仁弘(1535-1623)의 '회퇴변척'을 계기로 더욱 공고해졌다.

동시대의 여느 학인과 마찬가지로 황종해 역시 '오현도통론五賢道統論'을
신종했고, 그에게 오현은 조선 유학의 집대성자로 정립되어 있었다.[58] 오현
외에 그가 특별히 존숭했던 선유는 성수침成守琛(1493-1564)이었다. 그는 성수
침을 출처出處·학문學問·행의行誼를 겸한 철인哲人이자 간절한 상우尙友의 대
상으로 인식했던 것이다.[59]

오현에 대한 존숭은 '회퇴경모론'으로 압축된다. 이언적의 경우, 선정先正

---

57 김형수, 「17세기초 대구사림의 형성과 분화」, 『歷史教育論集』 36, 2006.; 김학수, 「17세기
    영남학파 연구」, 한국학중앙연구원 한국학대학원 박사학위논문, 2008.
58 黃宗海, 『朽淺集』 卷1, <次安士儆韻>.
59 黃宗海, 『朽淺集』 卷1, <敬次成聽松韻>.

으로 존칭하며 주돈이周敦頤에 비유한 것이라든지[60] 예학 공부에 있어 이언적의 『봉선잡의奉先雜儀』를 주요 텍스트의 하나로 활용한 것에서도[61] 경신敬信의 마음을 읽을 수 있다.

이황에 대한 인식은 더욱 절실하다. 그에게 이황은 '도학의 종지宗旨를 전수받은 유일한 존재',[62] '사문斯文의 맹주盟主',[63] '유적 하나까지도 범상하게 여길 수 없는 존현의 상징'으로 자리매김되었다.[64] 1611년 정인홍이 오현의 문묘종사에 반발하여 '회퇴변척晦退辨斥'을 단행했을 때 호서사림을 규합하여 변무소를 추진하고, 예학에 있어 김장생의 '퇴계폄훼론'의 반박, 『퇴계선생언행습유』 및 『퇴계잡영』의 '발문' 찬술, 1634년(인조 12) 이황의 정퇴서원靜退書院 봉안문을 찬술한 것은 연원의식의 실사적實事的 행위였다.

특히 1611년(광해군 3) 3월에 단행된 정인홍의 '회퇴변척'[65]에 대응하는 과정에서 황종해는 정치·학문적 입장을 분명하게 드러내게 된다. 회퇴변척은 퇴계학파와 남명학파의 정면 충돌을 넘어 사림의 집단적 저항을 초래하여 동년 4월에는 정인홍이 청금록靑衿錄에서 삭제되는 파란이 있었다.[66] 이에 정인홍계에서는 정구를 '스승 남명을 저버렸다[背師南冥]'는 벌목罰目으로 강우지역 3서원, 즉 덕천德川[晉州]·향천香川[三嘉; 龍巖書院]·신산서원新山書院[金海] 유적에서 삭명하는 조처로 맞섬으로써 양측의 갈등도 한층 격화되었다.

> 듣자하니, 강우 세 서원에서 선생의 이름을 삭적했다고 한다[남명을 배사

---

60 黃宗海, 『朽淺集』 卷1, <次睦慶州 長欽 韻 甲戌冬 >.
61 黃宗海, 『朽淺集』 卷5, 「答問[下]」 祭禮 <時祭卜日>.
62 黃宗海, 『朽淺集』 卷1, <敬次朱夫子梅溪館韻 >.
63 黃宗海, 『朽淺集』 卷1, <次李恒德久韻>.
64 黃宗海, 『朽淺集』 卷1, <過仙遊洞>.
65 『光海君日記』, <光海君 3年 3月 26日>.
66 孫處訥, 『慕堂日記』, <光海君 3年 4月 10日>.

背師했다는 것이 그 벌목罰目이었다]. 이는 내암[來菴; 鄭仁弘]을 청금록에서 삭제한 것에 따른 대응 조처였다.[67]

이런 흐름 속에서 퇴계학파권에서는 성주의 한강·여헌문파, 예안·안동의 월천·서애·학봉문파가 중심이 되어 김성일의 문인 김봉조金奉祖를 소두로 변무소를 추진하였다. 이 소사와 관련하여 한강문파의 대변자적 역할을 자임했던 것은 '부정척사통문扶正斥邪通文'을 지어 정인홍을 신랄하게 비판했던 손처눌孫處訥이었다.[68]

김봉조 등의 영남유소는 '회퇴변척'이 단행된 지 두 달 열흘만인 1611년 6월 4일이었음에[69] 비해 황종해의 '죄정인홍소罪鄭仁弘疏'는 영남보다 조금 빠른 5월에 추진되었다. 영남·호서와 서울 사이의 거리를 감안할 때, 사실상 동시에 추진되었다고 할 수 있지만 소사를 추진하는 과정에서 영남유림과의 조율 및 협모 양상은 드러나지 않는다.

황종해의 상소는 목천 등 호서권 퇴계추종론자의 사론을 대변하며, 조선유학의 이론적 기틀을 마련한 이언적·이황에 대한 존현의식尊賢意識과 주자학적 가치의 수호라는 위도론衛道論이 복합된 행동으로 평가할 수 있다.

황종해가 진소陳疏를 위해 입경했을 때의 심경을 토로한 시작詩作에는 '회퇴변척'이라는 행위, 그 행위를 주도한 '정인홍'이라는 인간에 대한 분노가 잘 드러나 있다. 전자는 천지를 회색시키는 독毒, 임우霖雨·음운陰雲과 같은 불상不祥의 조짐으로, 후자는 방국邦國의 안정을 위해 반드시 척결해야 할 해악으로 단언한다.[70]

---

67 孫處訥, 『慕堂日記』, <1611年 10月 22日>.
68 孫處訥, 『慕堂集』 卷5, <扶正斥邪通文[辛亥]>.
69 『光海君日記』, <光海君 3年 6月 4日>.
70 黃宗海, 『朽淺集』 卷1, <辛亥五月以二賢卜誣事封疏入洛 遇大雨 時鄭仁弘構陷晦齋退溪>.

황종해의 상소는 이언적·이황을 주희朱熹·진덕수陳德秀와 같은 사문의 동량으로 인식하고, 정인홍의 회퇴변척을 무현誣賢 행위로 규정하고 그 죄를 묻는데 논점이 집중되어 있다.

정인홍은 이황이 조식을 ① '오물경세傲物輕世[세상과 인간에 대한 경시]', ② '난요중도難要中道[중도 이탈의 우려]', ③ '노장위수老莊爲崇[노장학의 혐의]'로 지목한 것을 명백한 폄훼행위로 간주했고, 조식의 벗 성운成運을 '청은淸隱'으로 평한 것 또한 동일 맥락에서 인식했다. '회퇴변척'은 이런 사안을 둘러싸고 쌓인 불만이 오현의 문묘종사를 통해 이언적·이황이 선정의 반열에 든 것을 기화로 기탄없이 분출된 것이었다.

여기에 더해 정인홍은 회퇴를 '과거출신科擧出身'으로 폄하하고, 봉성군鳳城君 사건과 결부시켜 출처부정出處不正으로 매도하는 가운데 '경허후배론輕許後輩論', 즉 이황이 이정李楨(1512-1571)·황준량黃俊良(1517-1563)과 같은 문인·후학들을 경솔하리만큼 과도하게 인정한 점, 이언적·이황의 축첩畜妾 등 신변상의 문제까지 끌어들여 비난의 수위를 높였던 것이다.

황종해는 '죄정인홍소罪鄭仁弘疏'에서 이런 비판적 논거를 조목조목 비판하는 한편 광해군에 대해서도 정인홍이 범한 무현誣賢의 죄상을 신속하게 바로잡아 부정억사扶正抑邪의 대의를 밝힐 것을 강력하게 촉구했던 것이다.[71]

황종해의 상소는 『광해군일기光海君日記』에 수록되지 않아 비답의 내용을 확인할 수는 없지만 '부정억사扶正抑邪'를 명분으로 영남권 퇴계학파와 공동보조를 취했다는 점에서 의의를 찾을 수 있다. 엄밀하게 말하면, 황종해의 상소는 정구의 목천우거가 예비했던 '호서지역 한강문파'의 정치·학문적 입장 표명이었고, 이 과정에서 황종해는 사림사회에서 득명得名의 기회를 얻게

---

71 黃宗海, 『朽淺集』 卷2, <罪鄭仁弘疏 辛亥五月>.

되었던 것이다. 후일 '후천행장'의 찬자[許穆/金得臣撰] 및 '후천집서'의 찬자[姜栢年/崔錫鼎/權愈]들이 한결같이 이 사안을 특서한 것 또한 그가 확보했던 사회적 명성의 실체가 어디에 있었는지를 분명하게 보여주고 있다.

2) 퇴계학 문헌文獻의 완미玩味와 발휘發揮

1611년 이언적·이황 변무소는 황종해가 남인 퇴계학파[寒岡門派]로서의 장치·학문적 좌표를 확립하는 계기가 되었고, '퇴계잡영발退溪雜詠跋(1617)'과 '퇴계선생언행습유서退溪先生言行拾遺序(1636)'는 그런 행보의 뚜렷한 자취였다.

『퇴계잡영退溪雜詠』은 이황이 자신의 주거 '토계兎溪'에서의 삶을 노래한 것으로 총 138수로 이루어져 있다. 이 책은 1585년(선조 18)『도산잡영陶山雜詠』(116수)과 함께 합본되어 나주에서『계산잡영溪山雜詠』이란 명칭으로 간행되었는데, 이를 주관한 것은 시임 나주목사 김성일金誠一이었다.[72]

황종해가 열람한『퇴계잡영退溪雜詠』은 동향의 후배 이성기李成己 소장본이었다.[73] 이성기는 정구에게『오선생예설』편찬을 권유했던 이복장李福長의 아들인데, 두 사람의 긴밀한 교유관계는 회덕황씨[黃宗海家] 및 수안이씨[李福長家]를 중심으로 한 퇴계·한강학맥의 확산세를 가늠할 수 있는 실마리가 된다.

'퇴계잡영발退溪雜詠跋'은 일종의 독후감이다. 여기서 그는 이황의 시를 학문을 통해 응축된 도덕의 외적 표현으로 평가했고, 언사言辭의 간명함에서 간취되는 뜻[旨]의 오묘함, 성정의 바름과 조예의 극치라는 표현에서는 이황에 대한 존경이 혹모酷慕의 단계에 이르렀음을 보여준다.[74]

한편 '퇴계선생언행습유서退溪先生言行拾遺序'는『퇴계선생언행습유退溪先生

---

72 金誠一,『鶴峯集』「年譜」<乙酉>(1585).
73 黃宗海,『朽淺集』卷7, <退溪雜詠跋>.
74 黃宗海,『朽淺集』卷7, <退溪雜詠跋>.

言行拾遺』의 입수 경위, 저자[찬자]의 비정比定, 수교讎校 과정을 밝힌 글이다. 『퇴계선생언행습유』는 숙종 연간 임영林泳이 편찬하는 『퇴계선생어록退溪先生語錄』의 주요 저본이 된다는 점에서 매우 중요한 의미를 지닌다.

황종해는 전주 출신의 문인門人 김군중金君重으로부터 ① '조선의 산천 및 형승', ② '어휘御諱 및 관부의 명칭' 그리고 ③ '이황의 언행과 출처' 등 여러 내용이 합철된 기록을 입수하게 된다.[75] 특히 그는 ③의 기록들이 『퇴계집』 등 여타 문집류에 수록되지 않은 내용임에 착안하여 저자 파악에 골몰한 끝에 의례 문답 조항에 근거하여 김성일의 기술임을 밝혀내기에 이른다.[76] 그는 이 기록을 '퇴문논어退門論語'로 극찬했을만큼[77] 퇴계학 핵심문헌으로서의 가치에 주목하여 탈루된 문장을 보완하고, 오자誤字를 정정한 다음 『퇴계선생언행습유退溪先生言行拾遺』로 명명했던 것이다.[78] 퇴계학의 핵심 문헌 가운데 하나가 비영남권인 목천의 한강문인에 의해 발굴·정비된 것이다.

<退溪先生語錄>의 주요 저본

- 退溪先生言行拾遺 : 黃宗海 _한강문인
- 溪山記善錄   : 李德弘 _퇴계문인
- 言行手錄   : 禹性傳 _퇴계문인
- 諸家文集

『퇴계선생언행습유退溪先生言行拾遺』의 문헌적 가치를 인지한 인물은 임영

---

75 黃宗海, 『朽淺集』 卷7, <退溪先生言行拾遺序>.
76 黃宗海, 『朽淺集』 卷7, <退溪先生言行拾遺序>.
77 黃宗海, 『朽淺集』 卷7, <退溪先生言行拾遺序>.
78 黃宗海, 『朽淺集』 卷7, <退溪先生言行拾遺序>.

林泳(1649-1696)이었다. '퇴계어록退溪語錄'의 편찬에 착수한 임영林泳은 박세채朴世采·윤증尹拯의 교정을 거쳐 숙종 초반인 1676년 경 초고를 완성하여 박세채에게 발문을 받았다.[79] 이후에도 편차 및 수정작업은 지속되었고, 1689년 박세채에게 보낸 서간에는 제諸 저본의 명칭과 편차 방침이 자세하게 기술되어 있다.

이 책은 『주자어류朱子語類』와 같이 분량이 많지 않은데도 한 권의 책에 대해 조목을 나누어 내용별로 정리한 것이 너무 번잡합니다. 다만 『이정유서二程遺書』와 『이정외서二程外書』의 예에 따라 먼저 황씨본黃氏本을 기록하고 『기선록記善錄』을 그 다음에, 습유拾遺와 같은 종류를 그다음에 기록하되, 다만 그 가운데 장章 아래에 주석으로 표시해 둔 것을 취하여 '이하는 성리性理를 논한 것이다.', '이하는 학문을 논한 것이다.'라고 한다면 이것이 또 『주자어류』 중에 자세하게 분류하고 명확하게 경계를 정한 예와 같아집니다. 이렇게 한다면 번잡하고 자질구레한 병폐가 없을 것이고 조리도 절로 문란해지지 않을 것이니, 어떨지 모르겠습니다.[80]

인용문에 보이는 '황씨본黃氏本'이 곧 황종해의 『퇴계선생언행습유退溪先生言行拾遺』이다. 임영이 『퇴계선생어록』을 편찬함에 있어 핵심 문헌으로 활용된 것이 황종해의 『퇴계선생언행습유退溪先生言行拾遺』였음을 확인시켜주는 대목이다.

황종해의 '퇴계인식'이 가장 압축적으로 드러나는 아산 정퇴서원靜退書院 봉안문이다. 정퇴서원은 조광조趙光祖·이황李滉·홍가신洪可臣[81]을 제향하는 서

---

79 朴世采는 林泳의 부탁으로 '退溪語錄'을 교정하는 과정에서 다양한 근거를 통해 『退溪先生言行拾遺』의 저자가 김성일임을 더욱 분명하게 밝혔다.(朴世采, 『南溪集』 正集 卷69, <跋退溪先生語錄 丙辰七月二日(1676)>).

80 林泳, 『滄溪集』 卷7, <上玄江[己未]>.

원으로 1634년(인조 12)에 건립되었다. 건원론을 주도한 인물은 아산의 유학자 조상우趙相禹(1582-1657)였고,[82] 예식문자는 조상우趙相禹와 황종해가 분담하여 찬술했다. 이런 공조가 가능했던 것은 두 사람 사이에 굳건하게 맺어져 있었던 척연 및 학연 때문이었다. 이들은 외당外黨으로 8촌의 척분이 있었고,[83] 긴밀한 종유 관계를 통해 17세기 초반 아산·남양·천안·목천지역 학풍을 주도했다. 조상우는 정구와 면대한 적은 없지만, 정구는 1603년(선조 36) 목천 우거 당시 그의 충신·효자로서의 행의와 학자적 성취의 가능성을 높이 평가한 바 있다.[84] 1620년 정구가 사망하자 조상우는 만사 및 제문을 통해[85] 정구를 정몽주 → 오현 → 이황의 적전으로 표현하며[86] 전날의 추허推許에 답하게 된다.

무엇보다 그는 사실상 한강문인을 자처하며[87] 정구의 수많은 저술 가운데 『오선생예설』을 특정하여 예교禮教의 전범典範으로 평가하였는데,[88] 이는 이

---

81 洪可臣의 학문적 교유망에 대해서는 김학수, 「洪可臣家의 역사적 전개와 인적 네트워크 - 변모와 확장 그리고 통섭 -」, 『인산서원 배향인물 재조명 - 만전당 홍가신을 중심으로 - 』, 아산학연구소·한국서원학회 공동학술회의 자료집, 2022 참조.

82 趙相禹, 『時庵集』 卷5, <靜退書院創建時通論士林文(甲戌)>; <靜退書院上樑文(甲戌)>

83 趙相禹의 외가[平山韓氏_淸州韓氏로 改貫]는 목천현 細城面 孔村인데, 황종해의 주거와 같은 마을이다. 조상우는 황종해의 제문에서 외가로 3從의 척분이 있다고 했다. 후일 '朽淺集序'를 찬술하는 姜栢年(1603-1681)은 조상우(1582-1657)의 손아래 처남이다. 이런 관계망을 바탕으로 황종해의 아들 黃鵠立은 강백년을 사사했고, 그 연장 선상에서 '朽淺集序'까지 청하게 된 것이다.

84 趙相禹, 『時庵集』 卷1, "天地鍾精海一濱 有如名世大賢人 青陽立雪陶山暮 皓首誅茅泗水春"; 趙相禹, 『時庵集』 卷6, 附錄 <遺事>.

85 조상우는 정구의 상에 직접 문상하지는 못했고, 사우 李恒을 보내 대신 치제하게 했다.

86 趙相禹, 『時庵集』 卷5, <祭寒岡鄭先生述文>.

87 趙相禹, 『時庵集』 卷5, <祭寒岡鄭先生述文> "雖未摳衣 同拜函丈". 조상우는 유년기에 洪信民이라는 관료에게 수학했고, 그 뒤 황종해를 비롯하여 洪慶臣·洪可臣·李廷龜·閔後騫·李有謙·柳根·申欽 등 다양한 인사들과 교유했고, 尹宣擧·趙克善 및 황종해의 아들 黃鵠立 등이 상례를 주관한 것으로 보아 그의 당대에는 정파·학파적 성향이 뚜렷하지 않았던 것 같다. 다만, '行狀'을 宋時烈이 찬술한 것을 고려한다면, 후손들은 노론 기호학파를 표방했던 것으로 보인다(趙相禹, 『時庵集』 卷 6, 附錄 <遺事>; 宋時烈, 『宋子大全』 卷 210, <時菴趙公行狀>).

88 趙相禹, 『時庵集』 卷5, <祭寒岡鄭先生述文>.

저술이 갖는 호서[목천]와의 관련성을 강조하고자 했던 의지의 표명으로 읽힌다. 이런 정황을 고려할 때, 정퇴서원靜退書院의 건립과 3현[趙光祖·李滉·洪可臣]의 봉안은 조상우·황종해가 중심이 된 호서권 한강문인에 의해 양성釀成된 원향론이었다.

靜退書院 禮式文字

□ 春秋香祝　　: 趙相禹[撰]　　_闡明吾道 開詔後學[退溪]

□ 靜庵奉安文　: 黃宗海[撰]

□ 退溪奉安文　: 黃宗海[撰]　　_秋月寒水 美玉精金

□ 晚全奉安文　: 黃宗海[撰]

네 편의 예식문자 가운데 '춘추향축春秋享祝'을 제외한 3편의 봉안문은 모두 황종해의 찬술이다.[89] '퇴계봉안문'에서 그는 이황을 '특별한 사승없이 성인의 말씀을 체행體行한 학인'으로 표현하는 한편 『성학십도聖學十圖』·『주자서절요朱子書節要』·『이학통록理學通錄』을 저술의 정수로 꼽았다. '퇴계인식'의 정수는 '심心'과 '학學'에 집약되어 있다. 마음[心]은 '추월한수秋月寒水'[朱熹]이고, 학문[學]은 '미옥정금精金美玉'[程顥]이라는 표현이[90] 대변하듯 황종해에게 이황은 정호程顥와 주희朱熹에 방불하는 '동방의 정주程朱'였던 것이다.

89　黃宗海, 『朽淺集』 卷6, <靜退書院退溪李先生奉安文[甲戌冬]>, <靜退書院靜庵趙先生奉安文>, <靜退書院晚全洪先生奉安文>.

90　黃宗海, 『朽淺集』 卷6, <靜退書院靜庵趙先生奉安文>.

3) 퇴계·한강 폄하 및 오인론誤認論에 대한 변론: 김장생金長生과의 논변

황종해와 김장생의 학문적 교유가 시작된 것은 1618년(광해군 10)이다. 이해 그는 연산의 김장생(1548-1631)을 방문하여 예학을 토론했고, 이듬해인 1619년 재방한 이후로는 서신 왕래를 통해 담론을 이어갔다. 첫 방문 때 김장생은 뒤늦은 종유를 몹시 안타까워 했고, 두 번째 방문 때 황종해는 김장생을 '옛 현인賢人의 풍도를 지닌 사람'에 비기며 이웃하여 살지 못하는 아쉬운 저서를 노출시킬만큼 경도되어 있었다.

무오년(1618) 여름 공이 김사계[金長生]를 방문하자 사계가 공을 보고 '명성을 익히 듣고 있었는데, 만남이 어찌 이토록 늦어졌단 말입니까?'라고 했다. 이듬해 봄 다시 사계를 방문하고 지은 시에서 '화기 가득한 사계를 두 번째 찾음에, 덕스런 그 풍모 옛 현인 그대로이네. 난치의 병마에 일신이 메여, 좋은 이웃에 터잡아 옮겨 살 수 없음이 한스럽네'하고 했다.[91]

이로써 그는 김장생의 종학인從學人으로 인식되었고, '사계문인록沙溪門人錄'에서도 입전되었다.

자는 대진大進이고, 호는 후천朽淺이다. 평해인平海人[懷德人의 오기]으로 처음에 한강寒岡 정구鄭逑에게 수학하다가 만년에 선생을 섬기면서 예를 배웠다. 참봉에 천거되었고, 저서로는 『후천집이 있다. 목천木川의 도동서원道洞書院에 향사되었다.[92]

---

91   金得臣, 『柏谷集』 冊6, <黃朽淺行狀>.
92   金長生, 『沙溪全書』 卷47, <門人錄> '黃宗海'; 成海應도 황종해를 한강·사계 양문 출입으로 파악하면서도 각기 '受學'과 '從講'으로 관계를 다르게 표현했다.(成海應, 『研經齋全書』 卷53, <逸民傳> '黃宗海')

이처럼 황종해는 한강·사계 양문을 출입했지만 배움의 결은 사뭇 달랐다. 정구에게서 '성기지은成己之恩'을 입었다면[93] 김장생으로부터는 '학례지은學 禮之恩'을 입었다고 할 수 있다. '성기成己'가 도道의 영역에 속한다면 '학례學 禮'는 문자 그대로 배움의 영역이므로 양자 사이에는 큰 차이가 존재한다. 더구나 김장생 또한 황종해를 '한강문생寒岡門生'으로 특정한 것을 보더라 도[94] 사승의 비중이 어디에 있었는지는 분명하게 알 수 있다.

김장생과 황종해는 대면 또는 서간을 통해 예학 강론 및 학술 정보를 교환 하는 등 그 관계가 매우 돈독했다.[95] 김장생은 황종해와의 강론 과정에서 정구 및 한강문인들의 학문적 동향, 특히 예학 부분에 큰 관심을 보였다. 정구의 『오선생예설』을 이윤우李潤雨(1569-1634)에게 차람借覽한 사실, 한강문 인 이분李芬(1566-1619)의 인적 정보와 『가례박해家禮剝解』의 저술 사실 등을 언급한 것은 그 단적인 예가 된다.

　　한강寒岡이 지은 예설禮說을, 지난해 상경했을 때 사친私親의 칭호 등에 관 한 일을 상고하기 위해 담양부사 이윤우李潤雨에게 빌려서 대충 보았으나, 이런 것과 비슷한 예가 없어서 곧바로 돌려보냈습니다. 편지에서 말한 묵헌默 軒은 아산의 문신 이분李芬입니다. 그가 지은 『가례박해家禮剝解』가 우리 집에 도 있는데, 그는 곧 한강문인입니다.[96]

이 과정에서 황종해는 이분이 자신과 한강문하의 동문이고, 『가례박해』라

93　황종해는 徐挺然과 師服을 논의하는 과정에서 정구로부터 '成己之恩'을 입었다고 자술한 바 있다.(黃宗海, 『朽淺集』 卷2, <答徐秀夫 挺然 書>)
94　金長生, 『沙溪全書』 卷9, <松江鄭文淸公澈行錄>.
95　金得臣은 '朽川行狀'에서 김장생과 왕래한 答問이 40여 조목에 이른다고 했는데, 대부분 『沙溪全書』 및 『朽淺集』에서 확인할 수 있다.
96　金長生, 『沙溪全書』 卷3, <答黃大進>

는 예서를 저술했음을 인지할 수 있었는데,[97] 이는 김장생과의 종유가 양질의
학술 정보를 취득하는 경로가 되었음을 말해 준다.

그러나 김장생은 때로 그릇된 사실 또는 정보를 전달하기도 했고, 심지어
이황의 예학적 수준을 품평하는 단계에서는 난처한 분위기가 조성되기도
했지만 황종해는 사실 및 합리적 추론에 근거하여 진위眞僞나 오류를 바로잡
는 등 공세적 주장 또는 변론을 주저하지 않게 된다.

황종해는 김장생으로부터 『한강초례寒岡抄禮』라는 제명題名의 예서를 입수
한 바 있었다. 원출처는 『오선생예설』의 간행자 이윤우였으므로 정황상 정
구의 저작임을 의심할 여지가 없어 보였다. 하지만 황종해는 이를 세밀하게
검토한 뒤 아래 세가지 이유를 들어 『한강초례』가 정구의 저작이 아니라는
결론을 내렸다.[98]

① 예학적 주장이 정구가 생전에 논정論定한 것과 차이가 있다.
② 정구가 자신의 저술에 스스로를 '한강寒岡'이라 기명하는 것은 통례에
　벗어난다.
③ 정구는 평소 이황을 '이선생' 또는 '퇴계선생'으로 일컬었는데, 이 책에
　서는 '퇴계'로 칭하고 있어 매우 의심스럽다.

특히 그는 ③의 사유를 『한강초례』가 정구의 저작일 수 없는 명확한 근거
로 단정한 것이다. 나아가 그는 치밀한 검증 없이 김장생에게 이 책을 전한
이윤우에게 강한 유감을 표하는 가운데 '최종 판단은 장현광張顯光에게 품의

97　황종해는 1629년 문인 朴喜得으로부터 『家禮剝解』草本을 입수한 뒤 발문을 통해 『家禮剝
　　解』의 예학적 가치, 저자 李芬의 학문적 기여를 특서했다.(黃宗海, 『朽淺集』卷7, <家禮剝解
　　跋>)
98　黃宗海, 『朽淺集』卷2, <答金沙溪書>(第1書).

한 뒤에 내리겠다'고 했다.[99] 하지만 이는 학문적 신중함이었을 뿐 번복의
여지는 없어 보였다. 그는 김장생의 배려에 힘입어 『오선생예설』이 더욱 광
범하게 유포되는 것에 사의를 표하면서도[100] 한강학의 권위를 훼손할 수 있
는 작은 흠결조차도 간과하지 않았던 것이다.

한편 황종해는 김장생이 제기한 '퇴계예학소루론退溪禮學疎漏論'의 변론에
도 부심하게 된다. 김장생과 예학을 문답하는 과정에서 그 조짐을 감지한
황종해는 이를 '퇴계폄훼'로 받아들였던 것 같다.

> 선생께서 전후로 보내주신 답문 가운데 '퇴계는 예학에 힘을 쏟지 않아
> 많은 부분이 고인의 주장과 부합하지 않는다'고 하셨고, 또 '퇴계의 예학은
> 소루하여 일일이 존신하여 따라서는 안된다'고 하셨습니다.[101]

황종해 또한 모든 학자는 주장에 있어 전후의 차이가 있을 수 있고, 초년의
주장 가운데 미처 고치지 못한 부분이 있으면 후대에 의혹을 남길 수 있다는
점을 인정한다. 다만, 정자程子의 미흡한 주장을 주자朱子가 고쳤다고 해서
정자를 두고 예를 알지 못한다고 하지 않고, 『가례』의 일부 오류를 양복楊復
[信齋]이 수정했다고 해서 양복이 주자를 부족하게 여기지 않았다는 논리로서
이황을 변론했다.[102]

나아가 그는 이황이 중년 이후에야 예학에 공력을 쏟기 시작했고, 무엇보
다 이황의 시대는 예문禮文이 전폐되어 고금을 짐작斟酌할 수밖에는 없었던
상황임도 고려해야 한다고 보았다. 아울러 이황이 문인과의 논례論禮 문답에

---

99   黃宗海, 『朽淺集』 卷2, <答金沙溪書>(第1書).
100 黃宗海, 『朽淺集』 卷2, <答金沙溪書>(第2書).
101 黃宗海, 『朽淺集』 卷2, <答金沙溪書>(第4書).
102 黃宗海, 『朽淺集』 卷2, <答金沙溪書>(第4書).

서 예를 잘 알지 못하는 것처럼 검사했던 것은 예를 그릇되게 논하는 허물에
빠지는 것을 우려한 데에서 기인한 것으로 판단했다.[103]

전후 상황을 놓고 볼 때, 이황의 예학이 고인에 부합하지 않고, 소루함으로
비쳐질 수도 있음을 인정하더라도 정문情文에 부합하지 않는 것이 있으면
주희가 정호에게 했던 것처럼 고치면 될 것을 '소루하다', '존신할 수 없다'라
고 평하는 것은 선학先學을 각박하게 몰아붙이는 처사로 간주했다.[104]

마지막으로 그는 이황의 학문적 공功은 예문禮文의 해박함 여부에 있는
것이 아니라 입언수후立言垂後에 있음을 강조한다. 즉, 이황은 국속國俗이 투
박했던 시대에 사람들로 하여금 예문의 가치를 일깨우고, 『가례』의 중요성
을 환기시켜 예치禮治의 토대를 닦은 학인이라는 관점에서 바라보고 평가해
야 한다는 그의 주장이었다.[105] '예학禮學'의 기반을 조성한 이황에 대해 일부
예문禮文의 해석 및 적용의 당부當否를 문제삼아 평론하는 것은 대체를 잊은
가벼운 논의라는 것이 김장생에게 전달하고자 했던 변론의 요지였던 것이다.
김장생이 황종해의 항의성 변론을 어떻게 받아들였는지는 알 수 없다. 이
대목에서 중요한 것은 김장생의 수용 여부보다는 변론 그 자체가 가지는
퇴계학통 한강문파로서의 학문적 정체성이었다.

5. 맺음말

한강학의 영외嶺外 전파는 정구와 허목 사이의 사승관계를 중심으로 논의
되어 왔지만 황종해黃宗海의 사례는 호서지역으로까지 강한 영향을 미쳤음을

---

103 黃宗海, 『朽淺集』 卷2, <答金沙溪書>(第4書).
104 黃宗海, 『朽淺集』 卷2, <答金沙溪書>(第4書).
105 黃宗海, 『朽淺集』 卷2, <答金沙溪書>(第4書).

구체적으로 보여주고 있다는 점에서 한강학의 외연을 더욱 확장할 수 있는 단서로 드러났다.

두 학인의 학연은 정구의 '목천우거'라는 우연성에 바탕하는 것처럼 보일 수 있지만 회덕황씨[黃宗海家], 수안이씨[李福長·仁長家], 안동김씨[金忠甲·得臣家] 등이 공유하고 있었던 친퇴계학적 경향이 정구의 우거로 이어졌다고 보는 것을 합당할 것 같다.

1603년과 1608년 단시적으로 이루어졌던 정구의 우거는 단순히 휴식을 위한 '일시적 머무름'을 넘어 저술과 후진양성이라는 역동성이 두드러지는 시간과 공간으로서의 의미를 가졌다. 우선 정구는 이곳에서 자신의 대표적 저술인 『오선생예설五先生禮說』의 초고草稿를 완성하는 한편 황종해·한응남韓應南·이효범李孝範 등 다수의 문인을 규합함으로써 호서[목천] 지역 한강문파 형성의 발판을 마련할 수 있었다. 이 과정에서 황종해는 『오선생예설』 저술에 따른 사역에 참여하게 되었고, 그 연장 선상에서 한강예학의 충실한 계승자로 성장했던 것이다.

황종해는 1621년 영남의 성주 및 진주 일대를 예방하였는데, 이는 한강학의 본거지에 대한 순례적 의미에 더해 강안지역 한강문인들과의 동문의식을 강화하는 과정으로 해석할 수 있다. 이때 그는 진주 출신의 한강문인 박민朴敏을 방문하여 하루를 묵으며 학문과 시사를 담론했는데, 후일 박민의 증손 박태무가 황종해의 공촌동약을 참용하여 '내동동약奈洞洞約'을 제정한 것도 양자 사이의 학문적 교감과 밀접한 관련이 있다. 이에 대해서는 별고로 다루기로 한다.

강안권 한강문인들과의 교유는 주자·정구·김일손의 제향처인 죽림서원竹林書院을 건립하는 단계에서 장현광에게 위차를 자문하고, 회연檜淵·천곡서원川谷書院에 물력의 지원을 요청하는 동력이 되었는데, 이 또한 별고를 해명하기로 한다.

한강문하 입문은 퇴계학파로의 편입을 의미했고, 그것은 다시 연원의식으로 발전했다. 1611년 '퇴계변무소'의 추진이 정치적 대응의 성격을 띠었다면, 『퇴계잡영退溪雜詠』의 완미와 '발문'의 찬술, 김성일金誠一 찬술로 밝혀진 『퇴계선생언행습유退溪先生言行拾遺』의 찬자 비정은 학문적 영역에서의 계승 양상이었다. 특히 『퇴계선생언행습유』는 황종해 스스로 '퇴문논어退門論語'로 평가했을만큼 퇴계학의 핵심 문헌으로서 후일 임영의 편저 『퇴계선생어록』의 저본이 된다는 점에서 지성사적 가치가 매우 높다.

황종해는 변론을 통해서도 이황·정구에 대한 연원의식을 천명했다. 김장생金長生이 이황의 예학을 편하한 것에 대해 '예치기반조성론'으로 대응한 것이라든지 정구의 저술로 전칭傳稱되는 제 예학 관련 저술의 진위를 밝힌 것이 바로 여기에 속한다.

호서지역 한강문인으로서의 황종해의 역할과 비중은 여기에 국한되지 않는다. 그는 정구의 예학을 계승하여 목천 등 호서일대 사우들과의 강론 및 문답을 통해 사회적 확장 및 적용을 모색했고, 정구의 유의에 따라 죽림서원 건립의 토대를 마련함으로써 호서지역 한강학 거점의 출현을 이끌었으며, 정구의 '회연월삭강계檜淵月朔講契'를 응용하여 '공촌동약孔村洞約'을 제정·운영함으로써 한강학이 추구했던 명체적용明體適用의 실천성을 강화하였는데, 이에 대해서는 별도의 논고를 통해 분석하기로 한다.

참고문헌

1. 원전

金得臣, 『柏谷集』

金誠一, 『鶴峯集』

金長生, 『沙溪全書』

金忠甲, 『龜巖集』

李圭景, 『五洲衍文長箋散稿』

李得胤, 『西溪集』

李厚慶, 『畏齋集』

林　泳, 『滄溪集』

朴　敏, 『凌虛集』

朴世采, 『南溪集』

朴泰茂, 『西溪集』

裵尚龍, 『藤庵集』

孫處訥, 『慕堂日記』

宋犀圭, 『剛齋集』

申達道, 『晚悟集

安鼎福, 『大麓誌』

張福樞, 『四未軒集』

鄭崑壽, 『栢谷集』

鄭　述, 『寒岡集』

趙克善, 『忍齋日錄』

趙相禹, 『時庵集』

趙亨道, 『東溪集』

許　穆, 『記言』

玄德升, 『希菴遺稿』

黃宗海, 『朽淺集』

檜淵及門錄』

『光海君日記』

『陶山及門諸賢錄』

『陶山及門諸賢錄』
『書院謄錄』
『寒岡言行錄』

2. 논저

김학수, 「17세기 영남학파 연구」, 한국학중앙연구원 한국학대학원 박사학위논문, 2008.
김학수, 「船遊를 통해 본 洛江 연안지역 선비들의 집단의식 - 17세기 寒旅學人을 중심으로 - 」, 『영남학』 18, 경북대학교 영남문화연구원, 2010.
김학수, 「趙克善의 일기를 통해 본 17세기 지식인의 師弟觀」, 『장서각』 38, 한국학중앙연구원 장서각, 2017.
김학수, 「조선중기 寒岡學派의 등장과 전개 - 門人錄을 중심으로 - 」, 『한국학논집』 40, 계명대학교 한국학연구원, 2010.
김학수, 「洪可臣家의 역사적 전개와 인적 네트워크 - 변모와 확장 그리고 통섭 - 」, 『인산서원 배향인물 재조명 - 만전당 홍가신을 중심으로 - 』, 아산학연구소/한국서원학회 공동 학술회의 자료집, 2022.
김형수, 「17세기초 대구사림의 형성과 분화」, 『歷史敎育論集』 36, 2006
안현주, 「龜巖 李楨의 도서간행에 관한 연구」, 『한국도서관·정보학회지』 42, 2011.
우정임, 「'言行錄'類 서적의 수입과 이해과정을 통해 본 16세기 道統 정립과정 연구」, 『역사와 세계』 47, 2015.
우정임, 「龜巖 李楨의 서적편찬과 간행이 道統 확립에 미친 영향」, 『지역과 역사』 38, 2016.
우정임, 「退溪 李滉과 그 門徒들의 서적 간행과 서원의 기능」, 『지역과 역사』 22, 2008.

남헌학南軒學의 수용을 통해 본
한강학寒岡學의 새로운 이해*

이영호(성균관대학교 교수)

1. 서 론

고려말에 주자학을 수용한 이래, 고려에서 조선말에 이르기까지 중국주자학의 수용과 전래는 비교적 신속하였다. 이는 주자학 수용에 있어서 조선의 재조와 재야의 유학자들이 가지고 있었던 지식의 경사를 반영하는 현상이라 할 수 있다. 사정이 이러하였기에 조선의 유학은 주자학이 대세였으며, 간혹 양명학 혹은 실학이 등장하기도 하였으나 주자학의 자장에서 자유롭지 못하였다. 그러나 이것이 곧 중국주자학에 대한 조선 학문의 종속을 의미하는 것은 아니었다. 조선은 주자학을 수용한 이래, 퇴계 이황을 거치면서 조선적 특징을 지닌 조선주자학으로 거듭났으며, 우암 송시열을 필두로 하는 우암학파에 이르러서는 주자의 전적을 고증적으로 연구하는 주자서문헌학이 탄생하였다. 이는 동아시아유학사에서 조선에만 유별난 현상이기에, 이를 두고서

---

*   이 글은 기발표된 필자의 논문(「南軒學의 수용을 통해 본 寒岡學의 새로운 이해」, 『大東漢文學』 50, 대동한문학회, 2017, 89-116쪽)을 수정, 보완한 것이다.

우리는 조선주자학이라고 평가할 수 있을 것이다.[1] 조선이 주자학의 나라가
되는 데는 이처럼 퇴계와 율곡, 우암 같은 조선중기 주자학의 거벽들이 핵심
적 역할을 하였는데, 그 영향은 조선후기를 거쳐 지금도 이어지고 있다. 그러
면 조선전기에서 중기에 이르기까지 우리의 유학 사상사는 주자학 일변이었
던가?

이러한 주자학 일변의 틈새를 비집고서 새로운 유학의 물줄기를 우리의
유학사상사에 제공한 학자가 있었으니, 바로 한강寒岡 정구鄭逑(1543-1620)이
다. 한강은 한국유학사에서 매우 특별한 지위를 지닌다. 바로 조선주자학의
거두인 퇴계학과 남명학의 적전이면서 실학의 연원에 위치하는 것으로 평가
받기 때문이다. 한강학의 원류는 무엇이며 어떠한 특징을 함유하고 있기에
이러한 양면적 평가가 가능한가? 그리고 한강학은 조선전기 유학사에서 중
국 유학의 어떠한 흐름을 새로이 수용하였던가? 종국적으로 한강학은 조선
전기 유학사의 지형도를 새롭게 구성하는데 어떤 역할을 하였던가?

여기서는 이에 대한 답을 모색하고자, 한강에 대한 당대 및 후대의 다양한
평가를 일람한 후, 한강학의 연원을 추적해 보고자 한다. 먼저 논의의 편의를
위해 한강에 관한 당대 및 후대의 다양한 평가 중, 이 글의 주제와 유관한
평가를 추출하여 제시해 보기로 하겠다.

① 『한강선생언행록』에 실린 이서의 기록
나의 소견으로 보면 **퇴계는 주자 이후에 첫째 가는 사람이고 선생[寒岡]은
퇴계 이후에 첫째 가는 사람이다.**[2]

---

1   퇴계학파와 율곡학파에 의해 정립된 조선주자학의 면모에 관해서는, 이영호, 「퇴계 경학을
    통해 본 조선주자학의 독자성 문제」, 『퇴계학논집』 8호, 영남퇴계연구원, 2011 참조.
2   李簑, <寒岡先生言行錄>, 『東湖先生文集』 卷二, 한국문집총간 13, 546쪽, "以余觀之, 退溪朱
    子後一人也, 先生退溪後一人也."

② 『여헌선생문집』에 실린 장현광의 제문

정론正論을 두류산頭流山[曹植]에서 받았으니 확고히 세운 것은 마치 기둥
이 주춧돌을 얻은 것 같았고, 진실한 도를 도산陶山[李滉]에게서 얻었으니
묘리를 깨우친 것은 마치 향기로운 난초가 있는 방에 들어간 듯하였습니다.[3]

③ 『여유당전서』에 실린 윤진사행장

퇴계退溪와 한강寒岡의 학문이 대령大嶺[鳥嶺]의 남쪽에만 전하고 있을 뿐,
서울 사는 사람과 귀한 집의 자제들은 육경六經을 변모弁髦처럼 여겨 제멋대
로 거리낌 없이 노닐었다.[4]

④ 『번암선생집』에 실린 성호선생묘지명

생각건대 우리의 도는 전해진 도통이 있으니, 퇴계선생은 우리나라의 부
자夫子이시다. 이 도는 한강寒岡에게 전해졌고, 한강은 이 도를 미수眉叟[許穆]
에게 전했으며, 선생[李瀷]은 미수를 사숙하였다.[5]

①에서 보듯이 한강 당대에 한강의 위상은 주자에서 퇴계로 이어진 주자
학의 맥을 계승한 학자이다. 한편 ②에서 보듯이 조선유학사에서 한강의
위상은 조선주자학의 태두인 퇴계와 남명을 동시에 계승한 것으로 설정된
다. 이러한 한강의 학문은 이후 ③과 ④에서 보듯이 한줄기는 영남퇴계학파
로 계승이 되며, 또 다른 갈래는 미수 허목을 통하여 근기실학파로 계승이
된다. 즉 주자학과 실학이라는 조선의 대표적 학통의 분기점에 한강이 있는

---

3   張顯光, <祭寒岡鄭先生文>, 『旅軒先生文集』 卷十, 한국문집총간 60, 205쪽, "承正論於頭流,
      所以樹立者, 如柱得礎, 聞的旨於陶山, 所以契悟者, 如入蘭室."
4   丁若鏞, <玄坡尹進士行狀>, 『與猶堂全書』, 第一集 詩文集 第十七卷, 한국문집총간 281, 374
      쪽, "退溪寒岡之學, 獨傳於大嶺之南, 而京輩貴游之子, 弁髦六經, 放曠不羈."
5   蔡濟恭, <星湖李先生墓碣銘>, 『樊巖先生集』 卷五十一, 한국문집총간 236, 444쪽, "但念吾道
      自有統緒, 退溪我東夫子也. 以其道而傳之寒岡, 寒岡以其道而傳之眉叟, 先生私淑於眉叟者."

것이다.

한편 한강학의 이러한 특징에 대하여 홍원식은 장현광이 <한강선생행장>에서 한강학을 '명체적용明體適用'[6]이라고 규정한 것을 근거로 다음과 같이 평가하였다. 한강의 성리학이 명체의 학이라면, 그의 예학과 경세학은 적용의 학인데, 전자는 계승적 측면이 강하다면 후자는 한강학이 일궈낸 영역이다.[7] 즉 홍원식의 주장에 의하면, 한강학은 주자학[퇴계학]과 실학적 요소가 공존하고 있는데, 전자는 주자와 퇴계를 계승하였다면, 후자는 한강학의 독자적 지평이라는 것이다. 본고에서는 바로 이 지점에 착목하여 과연 한강학의 독자적 지평은 그 자체로 순수하게 한강이 일궈낸 영역인지, 아니면 한강학의 또 다른 연원이 있어 이것이 가능하였는지를 고찰해 보고자 한다. 논의의 집중을 위해서 한강의 『논어』에 관한 여러 해석을 중심으로 연구를 진행하고자 한다. 조선유학자들의 사유의 핵심에 『논어』가 자리하고 있는데, 한강 또한 예외가 아니었기 때문이다. 만년에 한강은 『논어』의 인에 관한 제설을 모아 『수사언인록』을 편찬하였고, 『심경발휘』에서는 『논어』의 몇 구절에 대하여 선현들의 주석을 새롭게 수합하였다. 차례대로 살펴보면서, 한강학의 특징과 그 연원에 대하여 탐색해기로 하겠다.

---

6 張顯光, <皇明朝鮮國 故嘉善大夫司憲府大司憲兼世子輔養官 贈資憲大夫吏曹判書兼知義禁府事寒岡鄭先生行狀>, 『旅軒先生文集』卷十三, 한국문집총간 60, 249쪽, "先生以明體適用之學, 自期焉."

7 홍원식, 「정구의 한강학과 퇴,남학」, 『영남학』 26호, 경북대학교 영남문화연구원, 2014, 222쪽.

2. 한강寒岡 논어학論語學의 분석

1) 『수사언인록洙泗言仁錄』: 장식張栻 『수사언인洙泗言仁』의 재편찬

1604년 12월 18일에 한강은 『수사언인록洙泗言仁錄』이라는 책을 편찬하고 서 그 말미에 다음과 같은 발문을 썼다.

> 사람으로서 인仁하지 못하면 사람이라고 할 수 없는데, 인이란 사욕私慾이 완전히 사라지고 천리天理가 온전히 보전되지 않으면 인이라고 말할 수 없다. 이는 성문聖門의 제자諸子들이 참마음으로 정성스럽게 인에 관해 물었던 이유 이며, 부자夫子가 평소에 인에 대해서는 드물게 언급하는 가운데서도 정성스 럽고 친절하게 가르쳐 주지 않을 수 없었던 것이다. 이 때문에 정자程子가 공부하는 자로 하여금 유별로 모아 살펴보기를 바랐고, 남헌선생南軒先生이 마침내 관련 자료를 엮어 책을 만들었다. …… 나는 이 나라 동국東國의 후학 으로 일찍이 성현의 학문에 뜻이 있었으나 결국 이룬 것은 없으니, 이는 도를 깊이 체득하는 면에 스스로 온 힘을 쓰지 못한 때문이었다. 부끄럽고 서글픈 심정이 사무치는 가운데 항상 장자張子가 엮은 이 책을 볼 수 없는 것을 유감 으로 여겨 오던 중에 다행히 다른 글 속에서 그 내용을 끄집어내 베껴 쓰고 주자의 집주集註와 거기서 인용한 정자와 장자 이하 제현의 말씀을 첨부하여 한 권의 책으로 만들어 깊이 탐구하고 익히 읽어볼 수 있는 자료로 삼았다.[8]

한강의 이 발문을 보면, 『수사언인洙泗言仁』은 『논어』에 나오는 인仁에 관

---

8 鄭逑, <跋文>, 『洙泗言仁錄』, 국립중앙도서관, 泗南書庄藏板, "人而不仁, 不可以爲人, 仁非私 欲盡而天理全, 不足以言仁. 此聖門諸子所以拳拳於問仁, 而夫子亦不得不諄諄於罕言之餘也. 程 子所以欲令學者類聚觀之, 而南軒先生遂編成書. …… 余以東偏末學, 早而有志, 晩而無成, 由不 能自力於體認之方也. 深切愧悼, 常恨不得見張子所編, 幸而得於他書之中, 拈出而書之, 添附朱 子集註與所引程, 張以下諸賢之論, 作爲一書, 以爲潛翫熟復之地."(이 발문은 <書洙泗言仁錄 後>라는 제목으로 『寒岡先生文集』 卷九, 한국문집총간 53, 258쪽에 실려 있음)

하여 정자程子가 일차 수집을 시도하고 남헌南軒 장식張栻(1133-1180)이 재차 관련자료를 모아서 일종의 『논어』 인설仁說로 편찬한 책이다. 이 책을 한강은 애타게 구하다가 결국 구하지 못하고서, 자신이 직접 관련 자료를 모아서 재편찬을 하였다. 그런데 남헌의 『수사언인』을 구하고자 한 한강의 시도는 애초에 헛된 노력이었다.

남헌이 편찬한 『수사언인』은 송대에 각본刻本이 있고 우무尤袤(1127-1194)가 편찬한 『수초당서목遂初堂書目』에 저록이 되어있다고 한다. 그러나 『송사』 <예문지>에 이미 그 모습이 보이지 않고, 이후 여러 서목이나 서지에도 언급되지 않고 있다. 이로 보아 이 책은 어떤 연유에서인지 일찍이 일실되었다.[9] 그러나 그 흔적은 통행본 『남헌집南軒集』 권14에 <수사언인서洙泗言仁序>가 남아 있는 데서 찾을 수 있다. 즉 이 책은 중국에서도 일찍이 서문만 남아있는 책이었던 것이다. 한강은 저간의 이러한 사정을 모르고서 애타게 이 책을 구하였던 것이다. 결국 한강은 이 책을 도저히 찾을 수 없자, 『남헌집』의 <수사언인서>를 비롯하여 남헌이 남긴 기록들에 의거하여 이 책을 재편집하고서 『수사언인록』이라 명명하였다.

한강의 『수사언인록』의 편집체제를 살펴보면, 『논어』에서 인에 관하여 공자가 말한 54조목의 경문을 뽑고서 그 아래에 이정자, 주자, 남헌의 인설을 순차적으로 나열하고 있다. 한강이 뽑은 『논어』 54조목을 편별로 제시하면 다음과 같다.

〈學而〉: 2장, 3장

〈八佾〉: 3장

---

9   이에 대한 자세한 사항은, 張栻, <前言>, 『張栻全集』[上], 長春出版社, 1999, 10쪽 ; 程元敏, 「張栻「洙泗言仁」編的源委」, 『孔孟學報』 제11기, 中華民國孔孟學會, 1966 참조.

〈里仁〉: 1장, 2장, 3장, 4장, 5장, 6장, 7장

〈公冶長〉: 4장, 7장, 18장

〈雍也〉: 5장, 20장, 21장, 24장, 28장

〈述而〉: 6장, 14장, 29장, 33장

〈泰伯〉: 2장, 7장

〈子罕〉: 1장, 28장(*〈헌문〉: 30장→유사내용이라서 뒤에 붙인 것으로 판단됨)

〈顏淵〉: 1장, 2장, 3장, 20장, 22장, 24장

〈子路〉: 12장, 19장, 27장

〈憲問〉: 2장, 5장, 7장, 17장, 18장

〈衛靈公〉: 8장, 9장, 32장, 34장, 35장

〈陽貨〉: 6장, 8장, 21장

〈微子〉: 1장

〈子張〉: 6장, 15장, 16장

『수사언인록』에 수록된 정자와 주자의 경설은 주로 『이정집二程集』과 『논어집주論語集注』에서 인용되고 있는데, 우리가 주목하고자 하는 부분은 이 두 학자의 뒤에 수록된 남헌의 논어설이다. 이 책 자체가 남헌의 『수사언인』을 모방하여 한강이 편집한 것이기도 하지만, 남헌의 논어설은 이정자 및 주자와 구별되는 지점이 있기 때문이다. 먼저 한강이 남헌의 논어설을 어디에서 찾아 인용했는지를 살펴보겠다. 주지하다시피 남헌은 이른바 『논어해論語解』[일명 『癸巳論語解』]라 불리는 『논어』주석서를 편찬하였다. 한강의 『수사언인록』의 내용 대부분은 바로 남헌의 『논어해』에서 그대로 인용한 것이다. 그런데 자세히 살펴보면 통행본 『논어해』와 차이를 보이는 부분도 있다. 그 양상을 보면 아래와 같다.

① 『論語』〈八佾〉3장. 子曰: "人而不仁, 如禮何? 人而不仁, 如樂何?"

　　『論語解』〈八佾〉3장: 禮樂無乎不在, 而其理則著於人心. 人仁則禮樂之用, 興矣, 人而不仁, 其如禮樂何?

　　『洙泗言仁錄』〈八佾〉3장: 禮樂無乎不在, 而其理則著於人心. 人仁則禮樂之用, 興矣, 人而不仁, 其如禮樂何?

② 『論語』〈里仁〉2장. 子曰: "不仁者, 不可以久處約, 不可以長處樂. 仁者安仁, 知者利仁."

　　『論語解』〈里仁〉2장: 安仁者其心純一, 不待勉強, 而無不在是也. 利仁**者知仁之美, 擇**而爲之, 故曰利也.

　　『洙泗言仁錄』〈里仁〉2장: 安仁者其心純一, 不待勉強, 而無不在是也. 利仁**則有所擇, 知其爲美**, 而爲之, 故曰利也.

③ 『論語』〈學而〉2장. 有子曰: "其爲人也孝弟, 而好犯上者鮮矣, 不好犯上, 而好作亂者, 未之有也. 君子務本, 本立而道生, 孝弟也者, 其爲仁之本與!"

　　『論語解』〈學而〉2장: 其爲人也孝弟, 與孟子所言其爲人也寡欲, 其爲人也多欲, 立語同. 蓋言人之資質, 有孝弟者, 孝弟之人, 和順慈良, 自然鮮好犯上. 不好犯上, 況有悖理亂常之事乎? 君子務本, 言君子之進德, 每務其本, 本立則其道生而不窮. 孝弟乃爲仁之本, 蓋仁者無不愛也, 而莫先於事親從兄, 人能於此, 盡其心, 則夫仁民愛物, 皆由是而生焉. 故孝弟立則仁之道生, 未有本不立, 而末擧者也. 或以爲由孝弟可以至於仁, 然則孝弟與仁爲異體也, 失其旨矣.

　　『洙泗言仁錄』〈學而〉2장: 親親仁也. 仁莫大於愛親, 其次則從兄, 故曰行仁必自孝弟始. 愛之所施, 由是而無不被者矣.

　　한강의 『수사언인록』에 인용된 내용의 대부분은 ①에서 보듯이 남헌의 『논어해』에서 그대로 가져온 것이 대부분이다. 이는 한강이 『수사언인록』에

서 인용한 남헌 논어설의 저본이 『논어해』임을 보여주는 것이다. 그런데 ②
의 밑줄 그은 예처럼, 문리는 통하면서 글자의 출입이 있는 경우와 ③의 예처
럼 아예 문장 자체가 다른 경우가 있다. 『논어해』는 주자와 논변을 통해
수정을 거친 저작으로, 주자가 『남헌집』을 간행하기 이전에 이미 간행되었
다.[10] 지금 이 책의 판본의 종류를 알 수 없지만, 남헌의 저작 중 일찍 출간되
었고 주자의 교정을 받아 다시 출간된 점을 고려해 본다면, 현존 통행본 『논
어해』와는 다른 판본이 있을 가능성이 있다. 통행본 『논어해』와 『수사언인
록』에 인용된 『논어해』의 글자의 출입, 혹은 문장의 상이성이 이러한 가능성
을 보여주고 있다. 특히 ③의 예문에서 한강이 『수사언인록』을 통해 인용한
남헌의 논어설은 현재 남아있는 남헌의 문집이나 경전주석에서 찾아볼 수
없다. 그런데 문장은 다르지만 자세히 읽어보면, 글의 의미는 유사함을 알
수 있다. 이는 어쩌면 주자의 교정을 거치면서 문장을 대폭 수정한 흔적이라
고 추측할 수 있다. 그리고 한강은 이러한 교정의 와중에 생성된 『논어해』의
판본 중의 하나를 『수사언인록』의 인용저본으로 삼았을 가능성이 있다. 이
는 현재 통행본 『논어해』와 다른 판본의 『논어해』가 조선에 들어와 읽혔을
가능성을 보여주고 있다.[11]

한강은 남헌의 『논어해』에서 인(仁)에 관한 주석을 추출하여 책으로 엮고서
이를 숙독하고 자기 삶의 지남으로 삼았다. 이는 곧 남헌의 사상이 한강의
사유에 스며들었음을 암시하는 것이라 할 수 있다. 주지하다시피 한강의 사
유의 근간은 주자학과 퇴계학이다. 그런데 『수사언인록』을 읽다보면, 주자학

10　이에 관해서는 주자가 지은 남헌의 碑銘인 <右文殿修撰張公神道碑>와 『四庫全書總目提要』
　　의 <癸巳論語解提要>에 그 정황이 실려 있다.

11　이 주장에 해당하는 서지학적 증거를 찾지 못하였기에, 이는 다만 그 가능성의 차원에서
　　논한 것이다. 차후 이에 관한 증거자료를 찾을 수 있다면, 다시 논의를 보완하여 제시하고자
　　한다.

과 미세하나마 구별되는 지점에서 남헌학을 숙독하고 수용하였음을 볼 수 있다. 특히 <학이學而> 2장과 <술이述而> 14장에서 이 지점이 두드러진다.

『논어집주』<학이> 2장에서 주자는 인에 대하여 "인은 사랑의 이치이자 마음의 덕"라고 정의하면서, 이를 부연하는 주석을 정자의 말을 통하여 "본 성의 측면에서 논하자면 인을 효제의 근본으로 삼아야 된다. …… 대체로 인은 본성이고 효제는 작용이다. 본성 가운데는 인의예지 네 가지가 있을 뿐이니, 어찌 효제로부터 오는 것이겠는가?"[12]라고 하였다. 이는 명백하게 '인'을 실천의 영역이 아닌 추상적 본성으로 파악한 것이다. 이에 비하여 남헌의 주석은 위의 『수사언인록』에서 인용한 데서 보았다시피, "어버이를 친애하는 것이 인이다. 인은 어버이를 친애하는 것보다 큰 것이 없으니, 그 다음이 형을 따르는 것이다. 그러므로 '인을 행할 때는 반드시 효제로부터 시작한다'라고 한 것이다. 사랑의 베풂은 이로 말미암아 펼쳐 나가지 않음이 없는 것이다."[13]라고 하였다. 이는 '인'을 명백하게 실천적 덕목으로 파악한 것이다. 즉 주자가 인을 추상적 덕성으로 본 것에 비하여, 남헌은 인을 실천 적 덕목으로 파악하였다. 한강은 『수사언인록』에서 『논어집주』의 주자설과 남헌의 설을 동시에 인용하고 있다. 이는 주자학적 사유체계를 근간으로 하 면서, 동시에 남헌의 실천중시의 사고를 겸채하고 있음을 보여주는 것이다.

한편 <술이述而> 14장에서 공자가 당시 아버지에 대한 부당한 행위로 지탄 을 받던 衛위나라 임금 첩輒을 보필하겠는가라는 문제에 대하여, 주자는 위나 라 군주 첩이 나라를 등에 업고 아버지 괴외蒯聵의 입국을 거절하였다고 하면 서 심하게 가치절하하였다.[14] 이는 명분론의 입장에서 편언片言으로 엄단한

---

12 朱熹, <學而> 2장의 朱子注,『論語集注』, "仁者, 愛之理, 心之德也. …… 論性則以仁爲孝弟之 本. …… 蓋仁, 是性也, 孝弟, 是用也. 性中, 只有箇仁義禮智四者而已, 曷嘗有孝弟來?"

13 鄭述, <學而> 2장,『洙泗言仁錄』, 국립중앙도서관, 泗南書庄藏板, "親親仁也. 仁莫大於愛親, 其次則從兄, 故曰行仁必自孝弟始. 愛之所施, 由是而無不被者矣."

것이다. 그런데 남헌의 이 경문에 대한 주석을 보면, "위나라 첩輒의 일을 국인國人의 입장에서 논해 보기로 하겠다. 괴외蒯聵는 이미 선군先君[衛靈公]에게 죄를 얻어 도망쳤고, 첩輒은 선군의 명을 받았다. 나라에는 군주가 없어서는 안 되니, 첩輒이 즉위하여 괴외蒯聵를 거절한 것은 괜찮다. 일찍이 괴외蒯聵가 아비이고 첩輒이 자식임을 알지 못하겠으니, 부자의 의리가 먼저 없어졌는데, 나라가 하루라도 존속할 수 있겠는가."[15]라고 주석을 달았다. 이는 주자와 주장을 같이 하면서도, 주자에 비하여 당시의 역사적 정황을 충분하게 고려한 다음 자세하게 서술한 것이라 할 수 있다. 이는 기본적으로 역사를 중시하는 남헌의 학문적 특징이 경전주석에 투영된 것이라 할 수 있다. 후술하겠지만, 한강학의 핵심은 주자학이지만, 한강학의 실천중시의 지향이나 역사와 당대 지역에 관한 관심[16]은 바로 남헌의 이러한 학문적 특징과 어느 정도 접맥해 있다. 다음으로『심경발휘』의『논어』조 분석을 통하여 한강학의 특징을 보다 더 규명해 보기로 하겠다.

2)『심경발휘心經發揮』: 정민정程敏政『심경부주心經附註』의 재구성

정민정程敏政(1445-1499)이 편찬한『심경부주心經附註』는 퇴계에 의해 그 중요성이 인식된 뒤로[17] 조선주자학자들의 필독서가 되었다. 그러나 정민정의『심경부주』는 지나치게 존덕성尊德性으로 흘렀다는 비판을 받으면서 이에

---

14   朱熹, <述而> 14장의 朱子注,『論語集注』, "若衛輒之據國拒父, 而唯恐失之, 其不可同年而語, 明矣."

15   張栻, <述而> 14장,『論語解』, "衛輒之事, 國人論之, 以爲蒯聵既得罪於先君而出奔, 而輒受先君之命, 宗國不可以無主, 則立輒而拒蒯聵, 可也. 曾不知蒯聵父也, 輒子也, 父子之義先亡, 而國其可一日立乎?"

16   이우성은 <해제>,『국역 한강집』1(민족문화추진회, 2001)에서, 한강학의 특징을 宏大하고 博洽함으로 들면서, 예로 역사, 전기류의 저술을 거론하였다.

17   퇴계는 <심경후론>에서『심경부주』를 평소 四書와『近思錄』만큼 존신하였다고 하였다.

대한 논의가 다양하게 일어났다. 퇴계가 『심경부주』의 뒤에 붙인 <심경후론 心經後論>을 보면, 문제의 발단은 정민정이 원나라의 대표적 유학자였던 오징 吳澄[草廬先生 혹은 臨川吳氏로 불림](1249-1333)의 글을 인용한 데서 비롯된 것 같다. 오징의 학문에 대해서는 일찍이 중국에서 선학禪學에 물들었다는 비판이 있었는데도 불구하고 정민정은 오징의 설을 『심경부주』의 <한사존성장閑邪存誠章>, <시운잠수복의장詩云潛雖伏矣章>, <주자경재잠朱子敬齋箴>, <존덕성재명尊德性齋銘> 등 4군데에 걸쳐 인용하고 있다. 퇴계는 정민정이 오징의 이러한 설들을 인용한 것에 대하여, "오씨가 이 말을 한 것은 무슨 소견인가? ······ 두 공公[오징과 정민정]은 주자 뒤에 태어나 이 도를 자임하고 유폐流弊를 바로 잡으려는 뜻이 간절하여 부득이 이런 말을 하였을 것이다. 이 또한 주자의 뜻일 뿐이다. 또한 무엇이 나쁠 것이 있겠는가."[18]라고 하였다. 퇴계는 오징이 설이 '선학'에 물들었다는 것을 인정하면서도,[19] 이렇듯 정민정이 오징의 설을 인용한 것에 대하여 지지를 하였다.

퇴계는 주자학을 충실하게 계승하였지만, 한편으로는 '존덕성尊德性'과 '도 문학道問學'을 공히 중시하는 주자학에서 '존덕성'에 치우친 감이 있다. 조선 주자학으로서의 퇴계학의 특징이 '이발설理發說'로 규정됨은 주지의 사실인 데, 이러한 이발설은 인간존재의 내면에 대한 탐색을 통해 퇴계가 발명해 낸 것이다. 사정이 이러하다보니 존덕성에 근간을 두고서 퇴계학은 전개되어 나갔다. 퇴계학의 이러한 존덕성 치중은 그 내면으로 초점이 맞추어짐에 따라, 외재 사물에 비하여 인간 내면을 중시하는 육왕학陸王學에 침습당했다는 비판[혹은 오해]을 불러일으키기도 하였다.[20]

---

18 程敏政, <心經後論>, 『心經附註』, "吳氏之爲此說, 何見, 篁墩之取此條, 何意? ······ 二公生於其後, 而任斯道捄流弊之意切, 不得已而爲此言, 是亦朱子之意耳, 亦何傷之有哉?"
19 퇴계는 <심경후론>의 말미에서, "초려공의 말은 반복하여 연구해 봄에 마침내 불교의 기미가 있다."고 하였다.

한강은 퇴계의 적전이지만, 이 지점에 대하여서는 스승과 견해를 조금 달리하는 것 같다. 그 일례로 한강은 퇴계가 긍정한 『심경부주』에 인용된 오징의 설을 『심경발휘』를 편찬하면서 모두 삭제하였다. 그리고 퇴계가 중시한 '경敬'을 한강 또한 매우 중시하였는데, 『심경발휘』에서 이 '경'에 대한 주석에 특히 공을 들였다. 그런데 이 과정에서 한강학의 면모가 드러나고 있다. 『심경발휘』 <서문>을 통해 이 점을 좀 더 살펴보기로 하겠다.

> 서산선생西山先生이 또 전후 경전의 가르침을 낱낱이 가려 뽑아 이 책을 엮어서 심학心學의 큰 근본을 세움으로써 경敬이라는 것이 마음을 수양하는 데에 역할을 한다는 사실이 더욱 분명해졌다. …… 항상 정씨程氏[程敏政]의 주석에 대해 이상한 생각이 들었던 것은, 그 취사선택을 한 기준이 간혹 분명치 않은 경우가 많았다.[21]

한강은 『심경발휘』에서 5장[敬以直內], 12장[天命之謂性], 14장[誠意], 16장[禮樂不可斯須去身], 22장[牛山之木], 24장[仁人心], 37장[尊德性齋銘] 등에 대하여 『심경부주』의 내용을 크게 보완하였다. 특히 5장[경이직내]에 대하여 『심경발휘』 전체 주석의 약 20% 이상을 할애할 정도로 대폭 보완하였다.[22] 그러면 『심경발휘』에서 한강이 보완한 부분은 무엇인가? 이는 한강이 『심경부주』에 거론된 학자들을 취사선택한 정민정의 안목을 의심하고, 자신만의 안목으로 새롭게 학자들의 설을 취사선택하여 『심경발휘』를 재구성한데서 명료하게 드러난

---

20 대표적으로 대만학자인 李明輝의 연구가 그러하다.(李明輝, 『四端與七情』, 臺大出版中心, 2008)

21 鄭逑, <心經發揮序>, 『寒岡集』 卷十, 한국문집총간 53, 283쪽, "西山先生又歷選前後經傳之訓, 編爲此書, 以立心學之大本, 於是敬之爲公於此心, 益明且顯. …… 常怪程氏之註其所取舍, 或多未瑩."

22 엄연석, 「한강 정구 『심경발휘』의 경학사상적 특징과 의의」, 『퇴계학논집』 13호, 영남퇴계학연구원, 2013, 192쪽 참조.

다. 그러면 한강이 어떤 학자들의 설을 취하여 『심경』을 재구성하였는지에 대하여, 한강이 가장 공을 들인 5장 <경이직내장>에서 취한 학자들의 면면을 살펴보기로 하겠다. 이는 정민정의 『심경부주』와 대비하여 살펴보면, 훨씬 명료하게 드러난다.

『심경부주』: 程子, 朱子, 尹和靖, 上蔡謝氏, 祁寬, 西山眞氏, 勉齋黃氏, 覺軒蔡氏, 五峯胡氏

『심경발휘』: 程子, 朱子, **龜山楊氏(2조)**, 西山眞氏, 五峯胡氏, **南軒張氏(15조)**, **尹彦明, 東萊呂氏(4조)**, 上蔡謝氏, 勉齋黃氏, 和靖尹氏, 覺軒蔡氏, **范氏, 藍田呂氏, 北溪陳氏(2조), 致堂胡氏, 周子, 延平李氏, 敬齋胡氏, 武夷胡氏**

위의 밑줄 그은 부분에서 보듯이, 한강은 『심경발휘』에서 『심경부주』에 비해 2배 이상의 다른 인물들을 더 인용하고 있다. 그런데 자세히 살펴보면, 특히 『심경부주』에서는 아예 거론되지 않은 남헌장씨의 설을 압도적으로 인용하고 있다.[23] 동래여씨[여조겸] 4회, 귀산양씨[양시]와 북계진씨[진순] 2회, 나머지 학자들이 1회인데 비하여 남헌의 설은 무려 15회 인용하고 있다. 그러면 한강이 인용한 남헌의 경설敬說은 어떤 특징을 가지고 있는가? 다음은 한강의 『심경발휘』에 인용된 남헌南軒 경설敬說의 일부이다.

남헌 장씨는 말하였다. "경이란, 마음을 자리 잡게 하는 요체요 성학의 연원이다."[南軒張氏曰: "敬者, 宅心之要, 而聖學之淵源也."]
또 말하였다. "이른바 '주일무적'은 참으로 배우는 자의 지남指南이다."[又曰: "所謂主一無適, 眞學者指南."]

23 엄연석, 앞의 글, 186쪽 참조.

또 말하였다. "위 성현으로부터 정자의 설에 이르기까지 상세하게 고찰해
보면, 하학下學을 논한 지점에서 의관을 바로하고, 용모를 엄숙하게 함을 우
선으로 삼지 않음이 없었다. 아마도 반드시 이처럼 한 뒤에야 얻는 바가 사악
하거나 편벽됨으로 흘러가지 않을 것이다. 『주역』에서 이른바 '사악함을 막
고 그 성誠을 보존한다'라거나 정자의 이른바 '밖을 제어하여 마음을 기른다'
는 것이 바로 이것이다."[又曰: "詳考從上聖賢以及程氏之說, 論下學處, 莫不以
正衣冠肅容貌爲先. 蓋必如此然後得所存, 而不流於邪僻. 『易』所謂閑邪存其誠, 程
氏所謂制之於外, 以養其中者, 此也."]

완원阮元이 편찬한 『경적찬고經籍纂詁』를 보면, 당唐 이전에는 '경敬'자의
의미가 주로 '삼가함', '공손함', '엄숙단정함' 등의 의미로 이해되었다.[24] 그러
다가 주자학의 시대에 오면, 이러한 외형적 실천으로서의 경에, 내면적 심태
로서 '주일무적主一無適', '성성법惺惺法' 등의 의미가 첨가된다.[25] 즉 주자학의
시대에 와서, 경은 내內와 외外를 아우르는 공부법으로 자리매김을 하게 되는
것이다.

남헌의 '경'에 관한 관점을 보면, '경'을 성학聖學의 연원으로 보고 그 함의
를 '주일무적'으로 파악하였다는 점에서 정주程朱의 '경'에 대한 정의를 수용
하고 있다. 그런데 남헌의 경은 주자학의 내외를 합일한 경에서, 좀 더 외적
실천으로 그 의미가 치중되어 있다. 위의 마지막 인용문의 '의관을 바로하고,
용모를 엄숙하게 함'과 '밖을 제어함'은 남헌의 이러한 경설敬說을 잘 보여주
고 있다. 이렇게 보면, 한강은 비록 주자학의 내외를 아우르는 경설을 수용하
였지만, 남헌의 외外에 치중한 경설을 특필함으로써 경에 관한 자신의 지향
을 보여주고 있다.

---

24 阮元, 『經籍纂詁』, 中華書局, 1982, 1777, 1789쪽 참조.
25 陳淳 저, 김영민 역, <敬>條, 『北溪字義』, 예문서원, 1993 참조.

한편 한강의 남헌에 대한 경사는 『심경발휘』의 『논어』조에 대한 주석의 회집에서도 잘 드러나고 있다. 정민정의 『심경부주』에서 인용한 『논어』 원문과 주석은 <자한子罕> 4장[子絶四章], <안연顔淵> 1장[顔淵問仁章], <안연顔淵> 2장[仲弓問仁章]이다. 한강은 『심경발휘』에서 『논어』의 이 세 경문을 그대로 인용하고서 정민정과 다르게 주석을 달았다. 그러면 한강은 『심경발휘』에서 누구의 학설을 가져다가 주석을 달았기에 정민정과 차별성을 보이고 있는가? 이는 『심경부주心經附註』와 『심경발휘心經發揮』에서 정민정과 한강이 인용한 학자들을 비교해 보면, 다음과 같이 선명하게 드러난다.[26]

① 『論語』〈子罕〉 4장[子絶四章]
   『心經附註』: 程子, 朱子, 西山眞氏, 勿軒熊氏
   『心經發揮』: 程子, 張子, 朱子, 黃氏, **南軒張氏**

② 『論語』〈顔淵〉 1장[顔淵問仁章]
   『心經附註』: 程伊川, 張橫渠, 朱子, 西山眞氏
   『心經發揮』: 程伊川, 謝氏, 朱子, **南軒張氏**, 西山眞氏

③ 『論語』〈顔淵〉 2장[仲弓問仁章]
   『心經附註』: 程子, 朱子, 東嘉史氏
   『心經發揮』: 朱子, 游氏, **南軒張氏**

『논어』의 세 경문에 대하여, 정민정과 한강이 인용한 학자들의 면면을 비교하였을 때, 가장 두드러지는 점은 바로 위에서 밑줄 그은 부분이다. 즉

---

26 『심경부주』와 『심경발휘』에 인용된 학자들의 분포를 전체적으로 비교하여 제시한 연구논문으로는, 엄연석, 앞의 글, 185-191쪽 참조.

정민정이 『심경부주』에서 단 한 번도 인용하지 않았던 남헌을, 한강은 『심경발휘』 『논어』조목에서 모두 인용하고 있다. 한강이 인용한 남헌 학설의 연원을 살펴보면, ① <자한子罕> 4장[子絶四章]에서 인용한 남헌의 설은 진덕수眞德秀의 『서산독서기西山讀書記』에서, ② <안연顏淵> 1장[顏淵問仁章]에서 인용한 남헌의 설은 『남헌집南軒集』의 <물재설勿齋說>, <답교덕첨答喬德瞻>, <극재명克齋銘> 등에서, ③ <안연顏淵> 2장[仲弓問仁章]에서 인용한 남헌의 설은 『논어해論語解』에서 인용하였다. 즉 한강은 남헌의 주요저작인 『남헌집』, 『논어해』뿐만 아니라, 진덕수의 저작에서까지 남헌의 설을 수집하여 『심경발휘』 『논어』조에 인용한 것이다. 그러면 한강은 정민정이 인용한 학자들의 설에 어떤 불만이 있었기에 이들을 빼고 남헌의 설로 보충한 것인가? ③ <안연顏淵> 2장[仲弓問仁章]에서 동가사씨東嘉史氏의 설과 남헌南軒의 설을 비교하면서 이 점을 살펴보기로 하겠다.

　　『心經附註』 <仲弓問仁章>의 '東嘉史氏'說
　　동가사씨는 말하였다. "문을 나가고 백성을 부림은 비록 사람들이 모두 알고 있는 지점이나, 공경이 지극하고 지극하지 않음은 자신만이 홀로 아는 것이다. …… 그러나 자신만이 홀로 아는 지점에 삼가지 못하면 사람들이 모두 아는 지점에 있어서는 다만 모양만 공손하고 얼굴빛만 장엄하게 할 뿐이니, 이는 근독謹獨이 동動할 때에 경敬을 주장함이 그러한 것이다. 엄숙히 생각하는 듯이 함에 이르러서는 또 문을 나가고 백성을 부리기 이전에 마음에 경敬을 주장하여 애당초 게으르고 방자한 습관이 없어져서 비록 사물과 접하지 않더라도 항상 정제하고 엄숙하여 생각하는 바가 있는 듯이 할 것이니, 이는 정靜할 때에 경을 주장함을 말하는 것이 아니겠는가."[東嘉史氏曰: "出門使民, 雖人所同知之地, 敬之至與不至, 則己之所獨知者也. …… 然此不能謹之於己所獨知之地, 則人所同知者, 特象恭色莊耳, 此謹獨, 所以爲動時主敬者然

也. 至於儼若思, 又未出門使民之前, 內主於敬, 初無怠惰放肆之習, 雖未與物接, 常整齊嚴肅, 若有所思耳, 非靜時主敬之謂乎?"]

『心經發揮』〈仲弓問仁章〉의 '南軒張氏'說

남헌장씨는 말하였다. "문을 나서면 큰 손님을 모시듯 백성을 부릴 때는 큰 제사를 받들듯 하는 것은 모두 평소의 함양함이 경敬에 한결같아 문을 나서거나 백성을 부릴 때 모두 이 마음이기 때문이다. 자신이 하고프지 않는 것을 남에게 베풀지 말라는 것은 힘써 서恕를 행하는 자가 인을 실천하는 방책이다. 무릇 사람은 욕망을 성취하지 못하면 원망을 하는데, 만약 공평하고 바른 마음으로 욕망을 두지 않으면 자신은 남에게 원망당하는 바가 없을 것이니, 화평함의 효과로 인하여 남도 또한 나를 원망하는 바가 있겠는가. 그러므로 '나라에 있어서도 원망이 없고, 집안에 있어서도 원망이 없다'고 하는 것이다."[南軒張氏曰: "出門如見大賓, 使民如承大祭, 蓋平日之涵養, 一於敬, 故其出門使民之際, 皆是心也. 己所不欲, 勿施於人, 強恕者爲仁之方也. 凡人有欲而不得則怨, 若夫平易公正, 欲不存焉, 則己無所怨於人, 和平之效, 人亦何所怨於己哉? 故曰: '在邦無怨, 在家無怨.'"]

『심경부주』의 동가사씨東嘉史氏 사백선史伯璿(1299-1354)의 설은, <중궁문인장仲弓問仁章>의 내용을 내면의 '경'으로 설명하면서 이 '경'을 지니지 못하면 사람들이 모두 아는 지점인 '문을 나가 백성을 부림'에 다만 모양만 공손하고 얼굴빛만 장엄하게 하는 것일 뿐이라고 하였다. 그리고 문을 나가 백성을 부리기 이전에 마음속에 경을 주장해야 됨을 역설하였다. 동가사씨의 이러한 해석은 『논어』의 이 경문을 전적으로 내면의 경에 귀속하여 해석한 것이기에, 이미 『심경강록心經講錄』에서 강하게 비판을 받았다.[27] 한편 한강은 『심경

---

27 이에 관해서는 성백효 역주, 『역주 심경부주』, 전통문화연구회, 2003, 118쪽, 각주 9 참조.

발휘』에서 동가사씨의 이 해석을 아예 빼버리고 대신 남헌의 설로 보충하였다. 이 경문에 대한 남헌의 설은 위에서 보듯이, 평소에 경의 함양을 부정하는 것은 아니다. 그러나 이렇게 경을 함양한 이가 문을 나가 백성을 부릴 때, 평이공정平易公正한 자세를 지녀야 함을 역설하고 있다. 그러했을 때 그 효과로 타인의 원망을 사지 않는다고 하였다. 이는 동가사씨의 내면지향에 비하여 보다 더 현실에서의 실천적 자세를 중시한 해석이라 할 수 있다.

이상에서 보다시피 한강은 『심경부주』의 내면에 치중한 설들의 일부를 제거하고, 이를 남헌의 실천을 지향하는 설로 대체하여, 『심경』을 재구성한 『심경발휘』를 편찬하였다. 한강의 남헌에 대한 이같은 수용은 조선의 송대 도학수용사에서 매우 특기할 만한 것이다. 주자학과 더불어 남헌학의 수용이 한강에서 심화되어 조선유학의 지형을 바꾸어 놓았을 가능성이 있기 때문이다.

3. 장남헌張南軒과 정한강鄭寒岡

남헌 장식은 남송 호상학파湖湘學派의 개창자인 호굉胡宏[五峯胡氏로 불림](1106-1161)의 적전이다.[28] 생전에 여조겸, 주희와 더불어 동남삼현東南三賢으로 일컬어질 정도로 명망이 높았다. 특히 주자와 더불어 도학의 중요 이념에 관한 토론을 벌여 상호간에 영향을 준 것은 유명하다. 주자는 남헌으로 인하여 자기 학설의 근간을 확립해 나가는데 큰 도움을 받았다. 이런 사정으로 남헌이 일찍 세상을 뜨자, 주자는 1184년에 몸소 『남헌집』을 편집하고,[29] 그의

---

28 黃宗羲는 <南軒學案>, 『宋元學案』에서 이를 두고, "五峯之門, 得南軒而有耀."라고 표현하였다.

29 주자가 『남헌집』을 편찬한 과정은 『사고전서총목제요』 <남헌집제요>에 상세하게 실려 있

신도비[<右文殿修撰張公神道碑>]를 써주었다. 주자는 자기 사상의 형성과정에서 이른바 중화구설中和舊說이라 부르는 학설을 장식을 통하여 확립하였는데, 이 과정을 간략하게 언급해 보기로 하겠다. 남헌 사상의 핵심을 주자와 대비하여 파악할 수 있고, 이는 바로 앞서 언급한 한강학의 연원과도 연속될 수 있는 지점이기 때문이다.

주자는 스승인 연평延平 이동李侗(1093-1163)이 세상을 뜬 후, 스승의 학설인 '미발기상체인未發氣像體認'에 대하여 명료하게 이해하지를 못하였다. 이에 주자는 이 '미발未發'의 문제를 남헌에게 질정하였고, 남헌은 호상학의 이념인 '찰식단예설察識端倪說'로 알려주었다. 장식의 '찰식단예설'을 들은 주자는, "일상생활에서 조존操存하고 변찰辨察하니 본말이 일치하여서 공효가 더 쉽게 나타난다."[30]고 하면서 적극 지지하였다. 이 당시 주자는 정이의 '미발의 때에 존양한다'는 주장을 비판하고 또 한결같이 정靜에 치우친 이동의 잘못을 바로잡으려다, 동動에 치우친 남헌의 호상학으로 경도된 것이었다.[31] 이른바 주자의 사상역정에서 중화구설의 확립이었다.[32] 또 주자는 장식을 중심으로 하는 호상학파가 이 공부의 방법으로 '지경주일持敬主一'을 주장하는 것에 대해서도 수용하여, '경'을 존양공부의 근간으로 삼았다. 남헌이 평소 사친事親, 종형從兄, 처사處事, 응물應物에서 발하는 단서를 성찰하거나, 『남헌집』에 들어있는 <경간당기敬簡堂記>, <주일잠主一箴>, <경재명敬齋銘> 등은 남헌학의 이러한 특징을 잘 보여주고 있다. 한편 남헌학은 '찰식단예설', '지경주일설'

다.
30　束景南 저, 김태완 역, 『주자평전』[상], 역사비평사, 2015, 505쪽에서 재인용.
31　束景南 저, 김태완 역, 『주자평전』[상], 512쪽 참조.
32　후일 주자는 중화구설의 모태가 되었던 남헌의 찰식단예설의 영향을 지양하여, 자기 학설의 핵심으로 이른바 중화신설을 세운다. 주자의 중화신설은 靜에만 치우쳐서 찰식공부가 부족했던 이동을 극복하고, 動에만 치우쳐 함양 공부가 결여된 장식을 극복하여, 경을 중심으로 동정을 관통하는 것을 대지로 삼는다.(앞의 책, 574쪽 참조)

외에 사학史學에 관심을 기울여 『경세기년經世紀年』, 『한승상제갈충무후전漢
丞相諸葛忠武侯傳』 등과 같은 역사서와 전기를 저술하기도 하였다. 이는 남헌이
호상학湖湘學의 근원인 호굉胡宏과 그의 아버지인 호안국胡安國의 사학史學 전
통을 계승하였음을 보여주고 있다.[33]

　남헌의 주저는 그의 문집인 『남헌집』과 『논어설』, 『맹자설』 등의 경전주
석서, 그리고 주자가 남헌의 영향을 받던 시기에 형악을 함께 노닐면서 지은
시 149수가 담긴 『남악창수집南嶽唱酬集』 등이다. 남헌의 이러한 저술들이
언제 조선에 들어왔는지에 대하여서는 아직 알 수 없으나, 적어도 16세기
중반에 조정에서 『남헌집』 간행을 주도한 것을 보면[34] 그 이전에 유입되어
읽혀졌음을 추측할 수 있다.

　즉 한강이 한창 학문활동을 할 즈음에 이미 남헌의 저술들은 조선에 공식
적 간행을 진행할 정도로 인지되었다. 이런 분위기 속에서 한강도 남헌의
문집이나, 경전주석서들을 쉽게 구해서 읽었을 것이다. 앞서 살펴본 한강의
『수사언인록』과 『심경발휘』 편찬에서 남헌의 『문집』과 경전주석서가 집중
적으로 인용되는 것은 바로 이러한 정황을 잘 알려주고 있다. 그리고 『남악
창수집』의 경우도 한강寒岡이 산야를 유람할 때 항시 가져가서 읽은 것을
보면,[35] 한강은 남헌의 주요저작을 대부분 섭렵하고서 이를 자기 학문의 자양

33　남헌이 계승한 호상학파의 사학적 전통에 대하여, 틸만은 "호굉이 정이의 『역전』에 붙인
　　주석을 기초로 해서 장식은 역경의 경세와 정치 도덕적인 지도 의의를 강조하였다. 그리고
　　『경세기년』에는 풍부한 실무경험이 반영되어 있고, 『한승상제갈충무후전』은 호씨 가문의
　　전통 중 하나인 역사 편찬에서 도덕적 정신이 구현되어야 한다는 의도를 보여준다."라고
　　하였다.(Hoyt C. Tillman 저, 김병환 역, 『주희의 사유세계』, 교육과학사, 2010, 59쪽)
34　<선조 7년 갑술(1574, 만력 2) 11월5일>, 『국역조선왕조실록』, "[김우옹이] 또 아뢰기를, '남
　　헌南軒의 문집도 배우는 사람들에게 유익한 것이니 아울러 인출하게 하소서'하니, 상이 모
　　두 그대로 따랐다."; 『미암집』 제13권 <일기日記>(병자년(1576)), "『남헌집南軒集』을 반사
　　頒賜하였는데, 희춘이 점點을 받았다고 한다."
35　鄭逑, <가야산伽倻山 유람록>, 『한강집』 제9권, 한국고전종합DB 고전번역서, "마침내 행장
　　을 꾸렸는데, 쌀 한 전대, 술 한 병, 반찬 한 상자, 과일 한 바구니였다. 책은 『근사록近思錄』

분으로 삼았다고 볼 수 있다.

앞서 언급하였듯이, 한강은 주자와 퇴계를 조술하여 이를 영남에 전해주었다. 그리고 한편으로는 미수를 통해 근기남인의 학통을 형성하게 하는데도 핵심적 역할을 하였다. 즉 퇴계를 근원에 두고 한강의 위상을 살펴보면, 퇴계학이 조선의 주자학과 실학으로 뻗어 나가는데 연결고리 역할을 한 것이다. 이러한 위상을 가진 한강학의 특징을 장현광은 '명체적용明體適用'이라고 규정하였는데, 이를 두고 홍원식 교수는 한강의 성리학이 '명체明體'의 학이라면 그의 예학과 경세학은 '적용適用'의 학이라 하였다. 그리고 전자는 계승적 측면이 강하다면 후자는 한강학이 일궈낸 영역이라고 평가하였다. 즉 한강학의 성리학적 요소[명체]는 주자와 퇴계에게 근원한 것이라면, 한강학의 경세학적 요소[적용]는 한강이 독자적으로 일구어낸 것이라는 평가이다. 그런데 필자는 남헌의 학문이 한강학에 미친 영향을 분석하면서, 이른바 한강학의 적용적 면모는 바로 남헌에게서 비롯되었을 것이라는 추론을 하게 되었다. 후대 실학으로 이어지는 한강학의 적용적 요소는 현실에서의 실천의 중시, 역사에 대한 관심, 경세적 성향 등이다. 그런데 한강학의 이러한 특징은 바로 우리가 앞서 분석한 남헌학의 주된 특징으로, 한강이 남헌의 문집과 경전주석서를 통하여 주자학 못지않게 수용하였던 지점이다. 이런 영향관계를 고려한다면, 한강이 스승인 퇴계의 내면으로 치중하는 경학敬學을 바탕으로 하되, 외적 실천을 중시하는 쪽으로 자기 학문의 한 축을 세웠던 점이 그 영향관계를 통하여 자연스레 이해된다. 그렇다면 우리는 한강학에 내재된 실학적 요소는 주자학[퇴계학]에 남헌학이 결부되어 형성된 것이라고 할 수도 있을 것이다.

한 책과 『남악창수집南嶽唱酬集』뿐이었다."

4. 결론

퇴계학파는 인간의 내면세계에 침잠하고 저술에 힘쓰지 않는 경우가 많았다. 그런데 퇴계학의 적통으로서의 한강은 저술과 편찬에 많은 노력을 기울여 풍성한 성과를 이루어냈다.[36] 또한 퇴계 이후 퇴계학파가 내적 심성공부에 몰두함에 비하여, 한강은 내적 심성에 침잠하면서도 외적 실천을 자기 사상의 한 축으로 삼았다. 이를 두고 명체와 적용을 겸하였다고 일찍이 칭송받았으며, 심성학으로서의 명체는 퇴계학에 근원을 두었지만 외적 실천으로서의 적용은 독자적 개척으로 평가받았다. 그러나 한강이 남긴『수사언인록』과『심경발휘』속에 남겨 놓은『논어』해석을 검토한 결과, 한강학의 또 다른 연원을 찾을 수 있었다. 그것은 바로 주자와 더불어 송대 도학파의 쌍벽을 이루었던 남헌 장식의 학문이었다.

남헌 장식은 주자가 자신의 사상을 확립해 나가는 데 결정적 역할을 한 도학자였다. 남헌은 주자가 중화신설로 일컬어지는 자신의 사유체계를 확립해 나갈 때, 중간단계로 거쳤던 중화구설의 형성에 핵심적 역할을 하였다. 주자와 남헌의 사상을 대비하여 보았을 때, 상호 영향을 주고받았기에 유사한 점이 많다. 그러나 남헌은 주자에 비해 내적 심성수양을 중시하면서도 외적 실천에 치중하였다. 한강은 주자학과 퇴계학에 바로 남헌학의 이러한 실천 중시의 면모를 더하여 자신의 사유체계를 완성하여 갔다.[37] 퇴계학의

---

36   이우성 선생에 의하면, 한강은 성리학 7종, 예학 4종, 역사, 전기 10종, 지방지 8종, 의학 2종, 문학 3종 등을 저술하였다.(이우성, 앞의 글, 7-8쪽)

37   寒岡學의 실천적 지점을 조선으로 한정할 경우, 대체로 南冥學에서 찾는 논의가 많다. 그런데 謙齋 河弘度(1593-1666)가 지은 <松亭遺事>에 "故吾友吳長翼承曰, **判義利公私之分, 南軒有功於孟子, 蓋以南軒喩南冥也.**"(『松亭先生文集』附錄 <遺事>[謙齋 河弘度])라는 기록이 있는 것으로 보아, 조선시대에 이미 南冥學의 연원을 張南軒에 둔 논의가 있음을 알 수 있다. 즉 南冥의 실천을 중시하는 학문성향이 南軒에서 유래한 것이라는 주장이다. 만약 이 논의가 적확하다면 우리는 南軒學의 실천적 지향이 南冥에게로 이어지고 이를 다시 寒岡이 계승

입장에서 본다면 한강학은 확실히 사유의 측면에서나 실천의 방면에서 외재하는 현실과 실천에 더 관심을 기울였다고 할 수 있다. 한강학의 이러한 특징은 퇴계학의 외연을 넓혀 나갔으며, 결국 조선후기 실학파로 이어지는 사유의 남상으로 작용하였을 여지가 있다. 후일 다산이 『심경밀험心經密驗』을 저술할 때, 한강이 인용한 남헌南軒의 경설敬說인 "하학下學을 논하는 지점에서는 의관을 바로 하고 용모를 엄숙히 하는 것을 우선으로 삼지 않음이 없었다.[論下學處, 莫不以正衣冠肅容貌爲先.]"를 인용하면서, '이 대목은 고인의 마음을 다스리는 핵심적 방법'[38]이라고 한 것에서, 남헌을 수용한 한강의 학문이 실학파로 계승된 한 예라고 할 것이다. 결과적으로 남헌학을 수용한 한강이 있었기에 조선전기 유학 사상사는 주자학 일변에서 벗어나 새로운 색채를 가미할 수 있었던 것이며, 또한 이것이 근간이 되어 조선후기 유학사상의 새로운 지평을 열어갈 수 있었던 것이다.

하였다고 할 수도 있다. 그러면 조선 유학사에서 남헌학은 더욱 장대한 물줄기를 형성하게 된다. 그러나 이에 관한 논의는 좀 더 세밀한 고증이 필요하다.

38 丁若鏞, <心性總義-君子反情和志章>, 『心經密驗』, 한국문집총간 282, 43쪽, "南軒曰古聖賢論下學處, 莫不以正衣冠肅容貌爲先. ○案制之於外, 以養其中, 此是古人治心之要法."

참고문헌

1. 원전

柳希春, 『眉巖集』

李　簿, 『東湖先生文集』

張顯光, 『旅軒先生文集』

鄭　逑, 『洙泗言仁錄』

鄭　逑, 『寒岡集』

丁若鏞, 『與猶堂全書』

蔡濟恭, 『樊巖先生集』

河弘度, 『松亭集』

『국역조선왕조실록』

朱　熹, 『論語集注』

張　栻, 『論語解』

張　栻, 『張栻全集』

程敏政, 『心經附註』

黃宗羲, 『宋元學案』

『四庫全書總目提要』

阮　元, 『經籍纂詁』, 中華書局, 1982.

2. 논저

束景南 저, 김태완 역, 『주자평전』[상], 역사비평사, 2015.

Hoyt C. Tillman 저, 김병환 역, 『주희의 사유세계』, 교육과학사, 2010.

李明輝, 『四端與七情』, 臺大出版中心, 2008.

성백효 역주, 『역주 심경부주』, 전통문화연구회, 2003.

陳　淳 저, 김영민 역, 『北溪字義』, 예문서원, 1993.

엄연석, 「한강 정구 『심경발휘』의 경학사상적 특징과 의의」, 『퇴계학논집』 13호, 영남퇴계학
　　　연구원, 2013.

이영호, 「퇴계 경학을 통해 본 조선주자학의 독자성 문제」, 『퇴계학논집』 8호, 영남퇴계학연
　　　구원, 2011.

이우성, <해제>, 『국역 한강집』 1, 민족문화추진회, 2001.

程元敏, 「張栻「洙泗言仁」編的源委」, 『孔孟學報』 제11기, 中華民國孔孟學會, 1966.
홍원식, 「정구의 한강학과 퇴,남학」, 『영남학』 26호, 경북대학교 영남문화연구원, 2014.

석담 이윤우李潤雨의 한강학파 기반 조성*

장인진(한강학연구원 부원장)

1. 머리글

조선 시대 예학과 심학의 종장으로 평가되는 정구鄭逑(1543-1620)는 자를 도가道可, 호를 한강寒岡이라 하였다. 그의 학문 세계는 진외증조부 한훤당寒暄堂 김굉필金宏弼의 학문을 기반으로 하여 퇴계 이황李滉과 남명 조식曺植의 학문을 계승하였으나, 퇴계退溪의 학통을 우위로 삼았다. 한강은 영남의 성주 지역을 포함한 대구 인근 즉 낙중洛中 지역을 중심으로 예학, 심학 등을 형성하여 전국으로 확산시켰고, 근기 지역에서는 미수 허목許穆을 통하여 성호 이익李瀷, 다산 정약용丁若鏞으로 계승되는 실학을 발전시켰다.

한강은 1558년 성주에 창건된 영봉서원迎鳳書院을 1568년에 천곡서원川谷書院으로 개호改號[1]하여 정이程頤와 주희朱熹를 주향主享으로 하고 한훤당 김굉필金宏弼을 배향하였으며,[2] 1602년 서원을 중건할 때 노력하였다. 또 한훤당을

---

*　이 글은 기발표된 필자의 논문(「석담 이윤우의 한강학파 기반 조성」, 『영남학』 84, 경북대학교 영남문화연구원, 2023, 239-290쪽)을 수정, 보완한 것이다.

1　이 서원의 이름은 程頤의 호 伊川, 朱熹의 호 雲谷에서 한 자를 취하여 川谷書院이라 하였다.

주향主享하는 도동서원道東書院을 중건重建할 때도 적극적으로 노력하였다. 이러한 노력은 그가 퇴계와 남명을 동시에 계승한 영남의 맹주라는 의식의 표현이었고, 도동서원을 통하여 한강 학문의 지역적 거점을 마련하고자 한 것이기도 했다.[3] 천곡서원·도동서원으로 이어지는 한강의 행보와 영향력은 두 서원에서 한강寒岡을 종사從祀하고 있다는 점에서[4] 의미가 있다.

한강은 심성 공부에 주력한 유학자였지만 책을 좋아하고 저술과 편찬에 적극적인 의지를 보여, 많은 저술을 남겼을 뿐만 아니라 학문적으로 큰 성과를 이루었다. 1604년(광해군 6년) 무흘정사武屹精舍 서운암棲雲庵에서 책을 수장한 이후 노곡정사蘆谷精舍로 이거移居하면서도 책의 수집은 지속되었다. 그러나 1614년 노곡정사의 화재로 저술한 많은 서적이 전부 잿더미가 되었고 몇몇 책만 다행히 화를 면했다고 한다. 이우성李佑成 교수는 『한강선생문집』 해제에서 한강의 저술을 34종으로 파악하였다.[5] 필자가 조사한 현존 필사본·간행본 5종[6]까지 합하면 총 39종이다. 그 가운데 『오선생예설五先生禮說』, 『오복연혁도五服沿革圖』, 『심경발휘心經發揮』, 『태극문변太極問辨』,[7] 「예기상례분류禮記喪禮分類」 등의 저술로 인하여 후대에서 예학禮學·심학心學의 종장宗匠으

---

2 정병호 역, 『국역 영봉지』, 성주문화원, 2014, 10쪽.
3 김기주, 「道東書院과 寒岡學의 전개」, 『한국학논집』 57, 계명대학교 한국학연구원, 2014, 7-33쪽.
4 寒岡 鄭逑는 1623년(인조 1) 천곡서원에 從祀되었고, 1678년(숙종 4) 도동서원에 從祀되었다.
5 분야별로 성리학 7종, 예학 4종, 역사·전기 10종, 지지·지방지 8종, 의학 2종, 문학 3종 등이다.
6 필자가 조사한 현존 필사본과 간행본을 보면, 鄭逑 編, 『西原世稿』(목판본, 1607), 鄭逑 編, 『太極問辨』(목판본, 회연서원, 1667), 鄭逑 編, 『退溪先生禮說問答』(필사본, 계명대 동산도서관 소장), 鄭逑 編, 『夏山勸懲案』(필사본), 鄭逑 編, 『玄武發書正宗』(필사본, 1607년 鄭逑 序文, 동국대 중앙도서관 소장) 등 5종으로 확인된다.
7 『太極問辨』은 鄭逑가 李彦迪·曹漢輔의 태극에 대한 言說에 이 논란의 출발점이 된 周敦頤의 「太極圖說」과 朱熹의 「太極解義」를 싣고, 여기에 朱熹와 陸九淵의 태극 논쟁을 더하여 찬집한 것이다.

로 평가되고 있다.

한강이 생전에 간행했던 책을 살펴보면 1574년(선조 7년) 간행한 설선薛瑄[明]의 『설문청공독서록薛文淸公讀書錄』, 1575년 간행한 『주자서절요朱子書節要』 등 2종을 성주 천곡서원川谷書院에서 판각하였다.[8] 1607년에는 설선의 『독서록讀書錄』에 속선續選 11장을 더 붙이고 내용을 교정한 『설문청공독서록요어薛文淸公讀書錄要語』를 안동부安東府에서 판각·간행하였다. 한강은 설선의 독서기록을 매우 중시하여 두 차례나 간행한 것이다. 이에 「독서첩讀書帖」을 저술하였다.[9]

근래 학계에서는 한강학寒岡學이라는 용어를 설정하여 연구가 진행되고 있는데, 한강학寒岡學이라는 학문적 용어를 사용한 것은 그다지 멀지 않다. 정우락 교수는 한강학이 강안학江岸學으로서의 회통성을 지니고 있다고 보았다. 그에 따르면, 강안학은 16세기 이후 낙동강 중류를 중심으로 형성된 유학 사상을 뜻한다. 그리고 그는 한강학단이 바로 강안학단이라고 말할 수는 없지만, 퇴계退溪와 남명南冥 이후 전개된 한강학이 강안지역江岸地域을 중심으로 영남지방에서 강력한 구심체를 형성하고 있었다고 보았다.[10] 또 홍원식 교수는 여헌 장현광張顯光이 「한강선생행장寒岡先生行狀」에서 한강학을 '명체적용明體適用'이라고 규정한 것을 근거로 다음과 같이 평가하였다. 한강寒岡의 성리학性理學이 명체의 학이라면, 그의 예학禮學과 경세학經世學은 적용의 학인데, 전자는 계승적 측면이 강하다면 후자는 한강학이 일궈낸 영역이다.[11]라고 하였다. 여기서 한강의 예학과 경세학을 주목하고 있다.

---

8 천곡서원 간행 2종은 星州 개인 소장으로, 경상북도유형문화재 534호(2019.03.25.)로 지정되었다.

9 「讀書帖」에는 薛瑄의 『薛文淸公讀書錄』에서 3곳의 글이 인용되어 있다.

10 정우락, 「한강 鄭逑의 事物認識方法과 世界志向」, 『한강학의 성리학적 재발견』, 경북대학교 퇴계연구소, 역락, 2018, 33쪽.

11 홍원식, 「조선중기 낙중학과 정구의 한강학」, 『한국학논집』 48, 계명대 한국학연구원, 2012, 16쪽.

한강의 학문에 대한 관심은 1985년 경북대학교 퇴계연구소에서 종합적인 학술 발표를 개최한 것이 처음이 아닌가 한다. 6편의 논문이 발표되었다.[12] 그리고 2012년에는 한강학회를 설립하여 매년 한강학寒岡學과 관련한 학술발표대회가 있었다.[13]

한강의 문인은 『회연급문제현록檜淵及門諸賢錄』에 342명이 수록된 것을 비롯하여 최근 한강학연구원에서 확인한 문인이 총 405명이나 되니, 한강학단으로 명명할 만하다. 수많은 문인의 개별 업적은 앞으로 계속 연구가 될 것이지만, 필자는 특히 한강학파의 기반을 조성한 문인으로 이윤우李潤雨를 주목하였다.

이윤우의 자字는 무백茂伯, 호는 석담石潭인데 1569년(선조 2년)에 태어나 21세가 되던 1589년에 한강 정구 선생을 사사하여, 학문하는 방법을 배웠고, 1606년(선조 39) 식년문과에 급제하였다. 정국이 매우 혼란한 시기에 출사하여 정인홍을 탄핵한 사건으로 함경도 수성도輸城道 찰방察訪, 경성부鏡城府 판관判官 등으로 좌천되었다가 인조반정 후 예조정랑禮曹正郎 지제교知製教, 정언正言, 수찬修撰 등 청요직을 역임하고 담양부사로 나가서 선정을 베풀었다. 1631년 공조참의를 역임한 후 1634년에 졸하니 조정에서 이조참판을 증직하였다.[14]

---

12 경북대학교 퇴계연구소, 『한국의 철학』, 13호(1985)에서 주제별 발표를 보면, 金光淳은 「寒岡의 生涯와 文學」을 문집을 통하여 고찰하였고, 崔丞灝는 「寒岡의 持敬論」을 철학적으로 구명하였으며, 權延雄은 「『檜淵及門諸賢錄』小考」를 역사적으로 설정하였고, 丁淳睦은 「寒岡 鄭逑의 教學 思想」을 전집·언행록을 통해 분석하였으며, 徐首生은 「寒岡 鄭逑의 禮學」을 『五先生禮說分類』를 기반으로 조명하였고, 琴鍾友는 「寒岡의 政治思想에 관한 研究」를 『心經發揮』 등을 중심으로 구명하였다.
13 2012년부터 10년간 한강학파 연구를 비롯하여 생애, 교육, 문학, 철학, 예학, 역사, 문인 등의 분야와 남헌학 수용, 기호지역 확산 등 다양한 주제로 28편의 논문이 발표되었다.
14 석담의 행적에 대해서는 장인진, 『4대한림 한강학의 기반, 칠곡 석담 이윤우 종가』, 경북대학교출판부, 2020, 39-60쪽. 및 장인진, 「석담 이윤우와 한강학 기반 조성」, 『한강학과 석담 이윤우』(2022년도 한강학연구원 창립10주년기념 학술대회 자료집), 한강학연구원, 2022,

이윤우는 스승 정구의 저술인 예서禮書를 간행하였고, 또 정구를 중심으로 기록한 「봉산욕행록蓬山浴行錄」과 「사빈호상록泗濱護喪錄」을 저술하였다.[15] 이러한 자료는 한강학의 기반 자료가 될 것이다. 특히 「봉산욕행록」은 성주 회연서당에서도 간행한 바 있는데 근래 학자들이 주목하여 발표한 적이 있다.[16] 이번에 「봉산욕행록」의 정고본定稿本을 새로 발견하였으므로 이에 대하여 판본을 비교해 볼 것이다. 이 외에도 관련 문서를 검토하는 등 한강학파의 기반 조성에 대해 구명해 보기로 한다.

2. 한강 정구 추승 사업

석담은 인조반정 직후 임금을 알현하여 조강朝講을 하는 자리에서 한강 정구에 대해 벼슬을 추증해 줄 것[贈職]과 시호를 내려 줄 것[贈諡]을 계청하였는데, 당시 언행 몇 편을 살펴본다.

> ① 수찬 이윤우가 아뢰기를, '정구는 조행과 학식이 남방 사림의 영수이니 특별히 시호를 내리는 것이 마땅하겠습니다.' 하니, 상[인조]이 '해조[예조]에 명하여 시행토록 하라' 하였다.[17]

51-60쪽 참조.

15 李潤雨, 『石潭集』(한국고전종합DB, 한국문집총간)은 목판본인데, 권4에 「蓬山浴行錄」과 「泗濱護喪錄」이 등재되어 있으나 내용이 소략하다.

16 한영미, 「<蓬山浴行錄> 硏究」, 경북대학교 석사학위논문, 2012. ; 정우락, 『한강학의 생성공간과 한강학파의 성장』, 한강학연구원, 2022, 467-511쪽.; 김학수, 「<봉산욕행록>을 통해 본 한강학파의 인적 기반」, 『봉산욕행록』(이세동 역), 성주문화원, 2016, 93-130쪽.; 김학수, 「한강 정구와 봉산욕행」, 『한강학과 석담 이윤우』(2022년도 한강학연구원 창립10주년기념 학술대회 자료집), 한강학연구원, 2022, 13-45쪽.; 정우락, 「<봉산욕행록>에 대한 문화론적 독해」, 『봉산욕행록』(이세동 역), 성주문화원, 2016, 131-167쪽.

17 『인조실록』, 인조 1년 윤10월 14일 경자 조.

② 문인 이윤우가 등대登對하여 시호를 청하자, 마침내 문목공文穆公이라는 시호를 내렸다.[18]

③ [이윤우]가 경연의 자리에서는 "정구는 곧 신의 스승입니다. 학문상의 공부로 보면 옛사람들에게 부끄러울 것이 없는데, 무신년(1608)에 소장을 올려 인륜을 붙잡아 세우려 하다가 불행히도 죽어 오늘날을 보지 못하게 되었습니다. 사림이 모두 숭질崇秩(1품직)에 추증되기를 기대했는데, 참판이었다고 하여 이번에 단지 판서로만 추증하였으므로 섭섭하게 여기는 듯싶습니다.[19]

석담은 문신으로 있으면서 한강 정구의 명예를 높이는 데 최선을 다한 제자임을 실록을 통하여 확인할 수 있다. 이로 인해 1625년 9월에 임금이 이조정랑 김시양金時讓을 보내어 문목文穆이라는 시호를 내렸다.[20]

1625년(인조 3년)에는 석담이 한강 문인을 대표하여 상촌 신흠申欽에게 「한강선생신도비명寒岡先生神道碑銘」을 요청하여 실현을 보았다.[21]

석담 이윤우는 한강 정구의 서원 제향에 대해서도 관심을 가졌다.

회연서원檜淵書院의 경우, 「한강연보」에는 1622년(광해 14) 겨울에 '성주星州의 사류士類가 회연에 서원을 세웠다.'라고 하였다. 이처럼 '성주의 사류가 세웠다.'라고 되어있으나, 「석담실기」에는 [석담이]1622년에 '회연서원을 건

---

18 『광해군일기』[중초본], 광해 12년 1월 5일 갑신 조.
19 『인조실록』, 인조 2년 10월 13일 갑오 조.
20 鄭逑, 『寒岡集』(한국고전종합DB, 한국문집총간), 「한강연보」의 1625년 9월의 기록이다. 그런데 『인조실록』에는 1625년 6월 2일(戊寅)에 '정구에게 文穆이란 시호를 내렸다.'라고 하였다.
21 이 부분에 대해서는 김학수, 「한강 정구의 신도비명의 개정 논의와 그 의미」(『한강 정구와 회연서원 문화』, 한강학연구원, 2019, 135-208쪽에 신도 비명 요청에서 개정까지 상세하게 다루고 있다.

립했다.'라 하였다. 석담의 실기에 기록된 사실로 미루어 볼 때 회연서원 건
립은 석담이 주도적 역할을 한 것이다.

천곡서원川谷書院의 경우는 1623년(인조 원년) 가을에 성주 고을의 사림이
한강 정구를 천곡서원에 배향해 주도록 경상감사[閔聖徽]에게 글을 올렸는데,
당시 청원의 주체는 성주 사림이지만, 경상감사에게 올린 글은 석담 이윤우
가 사림을 대신하여 지은 것이다. '방백方伯에게 올린 글'[呈文]의 한 대목을
본다.

> 본주本州에 천곡서원川谷書院이 있는데, 이천伊川·운곡雲谷 두 선생을 받들
> 어 배향하고 있고 문경공文敬公 김모金某를 배향하였습니다. 정모鄭某는 문경
> 공에게 있어 실로 외손이 되는데, 그 학문의 연원이 분명한 단서가 있으니
> 아울러 제향을 드리는 것이 일의 이치가 진실로 합당할 것입니다.[22]

정문呈文을 올린 그해 10월 경상감사 민성휘가 이 같은 사실을 조정에 계문
하여 마침내 한강선생을 종사從祀하게 되었다. 한강의 천곡서원 종사는 석담
이윤우가 방백에게 올린 글을 지었다는 점에서 주도적으로 관여한 것이 분명
하다.

「한강언행록」에 대하여 살펴본다. 「석담실기」 1621년 2월 조에 「정선생언
행록鄭先生言行錄」을 지었다고 했다.[23] 그러나 석담이 지은 한강선생 언행록은
현재 전하지 않아서 어떤 규모인지 알 수 없다. 현재 전하는 「한강언행록」은
편자 미상인데, 『한강집』에 실려 있다.[24] 이 책에서는 석담의 글 9편이 성덕成

---

22 李潤雨, 앞의 『石潭集』, 권3, 「呈方伯文[寒岡先生川谷書院從祀時 代星州士林作]」 "本州有川
    谷書院, 奉享伊川雲谷兩先生, 而以文敬公金某從祀. 盖鄭某於文敬公, 實爲外孫, 其學問淵源, 的
    有端緒, 並享苾芬, 事理允合."
23 위의 책, 「實記」, "天啓元年辛酉二月 撰鄭先生言行錄."
24 정구, 『한강집』(한국고전종합DB, 고전번역서), 「한강언행록」 전체 4권.

德, 예학禮學, 교인敎人, 사수辭受, 충의忠義, 저술著述, 고종기考終記 등 편에 나누
어져 있다. 내용을 살펴보면 1617년 온천에 도착하여 퇴계선생의 「예의답문
禮疑答問」 책에 큰 제목[大目]을 쓴 일, 목욕 행로에서 오건吳健의 기일을 맞아
선생이 소반을 먹고 술상을 거절한 일, 동래부사의 과도한 정성을 사양하며
관아의 제공 물자를 거절한 일 등이 있다. 「봉산욕행록」의 내용과 겹친다.
또 1613년 계축옥사가 일어나자 선생이 2통의 차자를 올려서 부당함을 청한
일을 두고, 온 나라 신료들 누구도 감히 말을 꺼내지 못했던 때에 선생은
순수하고 바른 학문과 정밀하고 깊은 조예와 정당한 논의와 분명한 거취를
보였으니, 오현五賢 이후 첫째가는 사람이라 하였다. 「한강언행록」에 실려
있는 석담의 글 몇 편을 더 본다.

① 나이가 겨우 약관이 되었을 때 문순공 이선생[이황]을 찾아가 배움으로
써 견문이 날이 갈수록 더욱 고명하고 충실해졌다. …… 온종일 무릎을 꿇고
앉아 항상 긴장을 유지함으로써 태만하고 바르지 않은 기운이 한 번도 신체
상에 가해진 적이 없었으며, 올바르지 않은 글, 예가 아닌 모습과 항간의
비속한 말을 한 번도 이목에 접한 적이 없었다.[권1, 成德 편]

② 진서산眞西山[眞德秀]의 『심경心經』 1부는 실로 우리 유학에 있어서 거
칠게 흐르는 강물을 막는 지주산砥柱山이자 올바른 방향을 가리키는 지남거指
南車인데, 그 보주補註가 완전하지 못한 것이 유감이었다. 이 때문에 선생은
마침내 선유先儒들의 간단한 말이나 구절 가운데 『심경』 37장의 뜻을 드러낼
만한 내용을 빠뜨리지 않고 널리 수집하였으니, 후학에게 끼친 공 또한 크다
하겠다.[권3, 著述 편]

③ 선생이 이르기를, "학문을 하는 데에 있어 급선무는 『소학』에 힘을

쏟는 것이니, 그런 뒤에야 「사서四書」, 『심경』, 『근사록』, 『주자대전』 등의
글을 차례로 이해할 수 있다.”하였다. 또 이르기를, “옛사람의 글을 읽을
때에는 정밀히 탐구하고 힘껏 실천하여 덕성을 함양하고 진일보함으로써 근
본을 두텁게 해야 한다.”하였다.[권1, 敎人 편]

인용문의 ①은 퇴계 이황의 사승師承을 들면서 한강선생의 학문적 자세와
몸가짐이 특출하다는 사실을 강조하였고, ②는 선생이 편성한 『심경心經』이
세심한 정성을 들여서 완성된 것임을 주장하고 있으며, ③은 선생이 제자
석담에게 공부하는 차례, 올바른 독서법, 덕성 함양 등에 대해 훈계하고 있다.

석담은 1620년(광해군 12년) 한강선생 장례 이후 사상泗上에 이르러 동문
제우들과 유고遺稿를 수집하는 등의 일을 요리하였다.[25] 그 후 10여 년이 흘러
도 한강선생 문집에 관심을 가졌으므로 「석담연보」의 1631년(63세) 조에 ‘정
선생문집鄭先生文集’을 고정攷正했다고 하였다. 그러나 『한강선생문집』은 석
담 사후 2년이 되던 1636년에 간행되었다. 석담이 생전에 수집하여 교정한
초고初稿가 있었을 것인데, 간행 당시 어느 정도 반영되었는지 알 수 없다.

3. 한강학파 기반 조성

1) 한강의 예서 간행

석담종가에서 소장하고 있는 『석담선조사우첩石潭先祖師友帖』에 수록된 글
가운데 한강선생이 석담에게 보낸 간찰簡札을 보면 1장으로 되어 있으나, 자

---

25 李潤雨, 앞의 『石潭集』, 「實記」, “萬曆四十八年庚申四月, …… 還到泗上, 與同門諸友, 料理收
輯遺稿等事.”

세히 살펴보면 총 4편이다. 그 가운데 2편은 답신인데 이 글은 『한강선생문집』에도 실려 있다. 4편의 간찰 가운데 한강의 답신 1편과 보낸 편지 1편을 본다.

한강이 답신을 보내게 된 연유는 이렇다. 석담 이윤우가 1614년경 경성도호부 판관으로 있을 때 석담 자신이 풍토병에 시달리고 있다는 근황, 선생의 건강을 염려함, 낙재 서사원徐思遠이 질병으로 일어나지 못한다는 소문 듣고 슬퍼함, 「예설禮說」이 완성되지 못한 데 대한 송구함 등의 내용을 편지로 써서 선생께 올렸는데,[26] 그에 대한 선생의 답신이다. 이에 한강선생은 석담에게, 병세는 나날이 깊어지고 있다는 근황, 낙재 서사원이 돌아간 사실(1615년 초여름), 중병으로 인해 「예설禮說」의 초고가 진전 없이 그대로 있어서 끝내 완성하지 못할 것이라는 등 안타까움을 표현하고 있다.[27]

한강이 보낸 편지 1편은 1615년에 쓴 것인데 아들[鄭樟]이 죽고 나서 1년이 된 시점이라 착잡한 심정과 건강이 계속 악화되고 있는 근황을 전하면서 다음과 같은 내용으로 마무리 하고 있다.

> 「예설禮說[五先生禮說]」은 아직도 마무리를 못하고 있는데 이곳에 와서 함께 정리해 줄 사람이 없어 다른 초고들 속에 뒤섞여 방치되고 있으니, 이 책이 어쩌면 반드시 우리 무백茂伯[이윤우]이 돌아올 때까지 기다리고 있다가 비로소 완성을 보게 될지 어찌 알겠는가. 「역대기년歷代紀年」과 「경세기년經世紀年」 두 책도 지금 다시 다듬고 있기는 하지만 이 또한 도와주는 사람이 없어서 궁벽한 마을에 혼자 누워 답답한 심정으로 한탄만 할 따름이네.[28]

---

26 李潤雨, 앞의 『石潭集』, 권2, 「上寒岡先生」
27 鄭逑, 앞의 『寒岡集』, 권4, 「李茂伯에게 답함」
28 위의 책, 권4,「李茂伯에게 보냄」, "禮說之書, 尙未成頭緒, 而無人來與共理, 方雜眞亂帙中, 安知必待茂伯之還, 而後始爲之成就也耶. 歷代經世兩紀年, 亦方重理, 而亦無人相助, 獨臥窮村, 鬱鬱長吁而已."

「예설」의 초고가 진전 없이 방치되고 있어서 후일 제자인 석담에게 완성을 기대해보는 심경의 토로와 함께 「역대기년」, 「경세기년」 두 책도 지금 다듬고는 있지만 도와주는 사람 없어서 한탄만 하고 있다는 등의 답답한 심회를 적었다.

이러한 스승의 편지를 일찍부터 받은 석담은 선생의 간절한 소망을 잊을 수 없었을 것이다. 이에 그가 담양부사潭陽府使로 있던 1629년에 스승 한강이 지은 『오선생예설五先生禮說』(1603년 저술)[29] 20권 10책과 『오복연혁도五服沿革圖』(1617년 저술) 1책을 간행하였다. 『오선생예설』은 중국 송나라의 정호程顥, 정이程頤, 사마광司馬光, 장재張載, 주희朱熹 등 다섯 유학자의 예설을 분류한 것이고, 『오복연혁도』는 상례의 다섯 가지 복제를 기록한 것이다.

석담이 두 종의 책을 간행하고자 한 데는 한강선생의 간곡한 소망에 따른 실천이었기에, 직접 발문을 썼다. 우선 『오선생예설』 발문의 중요 부분은 이러하다.

> 오선생예설은 바로 한강 정선생이 지은 것이다. 우리 선생의 일생동안의 정력이 여기에 다 깃들였다. 선생이 돌아가시는 날에 이르러서는 임종에도 또한 제자의 손을 잡고 간절히 이야기한 것이 모두 이 일이었다. 선생은 예에 있어서 부지런하고 지극하였다. 선생이 처음 이 예서를 모을 때에, 민가의 예서를 보관하는 자가 있다는 말을 들으면 비록 그 사람이 평소 알지 못한 자이더라도 반드시 천리를 멀다 하지 않고 찾아갔다.[30]

---

29 『五先生禮說』은 석담 이윤우가 담양부에서 간행할 때 서명을 『五先生說分類』라 하였다.
30 李潤雨, 앞의 『石潭集』, 권3, 「五先生禮說跋」, “五先生禮說, 乃寒岡鄭先生之所撰也. 吾先生一生精力, 盡在於此. 至於易簀之日, 纖息將冷, 而猶且執弟子手, 諄諄然若夢中語者, 皆是此事, 先生之於禮, 其亦勤且至矣. 先生始裒集此書時, 聞人家有藏禮書者, 則雖其人素不相識, 必不遠千里而求致之..”

이 책에 대한 스승의 강건한 편집 의지가 상세히 기술되어 있다. 이 책은 본래 그를 포함한 한강 문인들이 녹봉정사鹿峰精舍에서 교감校勘한 후 연경서원研經書院에서 원유院儒들의 협조 아래 그와 이탁李濯, 이도창李道昌, 이도장李道長 등이 교정을 끝내고 녹봉정사에 제출한 것이었다.[31] 1624년 12월 경연經筵에 입시할 때 이 책의 간행을 시도하였으나, 이괄李适의 난으로 물력이 고갈되어 뜻을 이루지 못하였다. 그러다가 1628년 담양부사가 되어 열읍列邑의 수령守令으로서 뜻을 같이하는 사람들과 분담하여 출간하게 되었다. 여헌 장현광張顯光이 석담의 부탁으로 발문을 썼는데 "가르침은 예교禮敎보다 먼저 할 것이 없고, 배움은 예학禮學보다 간절함이 없으니, 예로부터 성인이 예를 중히 여김이 이 때문이다."[32]라고 하였다. 석담은 글의 말미에 "어찌 사문斯文의 큰 다행이 아니겠는가[豈非斯文之大幸也]." 하며 감회를 적었다.

『오복연혁도』의 발문은 이러하다.

지난 정사년(1617) 가을에 이윤우가 한강 정선생을 따라 봉산蓬山[동래]의 온천에 갔다. 선생은 이때 풍환風患으로 벌써 3년이 되었다. 목욕하고 나온 여가에 '의례오복도'를 가지고 조금씩 수정·윤색을 가하고 역대 연혁의 제도를 참고하여 윤우潤雨에게 그것을 쓰라고 하였다. 이것이 '오복연혁도'이다. 필첩 20절로 만들고 35목目으로 구분하여 후생과 초학자들이 이 책을 펴 보면 분명하니, 선생이 예학에 있어서는 천성에서 나왔다고 할 수 있다.[33]

---

31 위의 책, 「泗濱護喪錄」, '庚申[1620년]十二月十三日 - 十二月二十一日' 참조.
32 張顯光, 『旅軒集』(한국고전종합DB, 한국문집총간), 권10, 「五先生禮說跋」, "敎莫先於禮敎, 學莫切於禮學, 自昔聖人之重禮也, 其以是哉."
33 李潤雨, 앞의 『石潭集』, 권3, 「五服沿革圖跋」, "昔在丁巳秋, 潤雨從寒岡鄭先生, 往浴于蓬山之溫井, 先生於是時, 患風痺已三年矣. 出浴之暇, 取儀禮五服圖, 稍加修潤, 參以歷代沿革之制, 命潤雨寫之, 名之曰五服沿革圖. 爲帖凡二十, 爲目凡三十五, 使後生初學, 開卷了然, 先生之於禮學, 可謂出乎天性者矣.."

이 책은 상례의 다섯 가지 복제에 관하여 여러 가지 의식儀式을 도표로 만들어 해설한 것인데, 『오선생예설』을 간행하고 남은 목재로 간행한 것이다.

『오복연혁도』에 대해서는 1645년(인조 23) 옥당玉堂에서 이 책이 명백한 증거가 된다며 기년복 제도를 단행하도록 차자箚子를 올린 바 있고, 1664년(현종 5)에는 전라감사 정만화鄭萬和와 용담현령 홍석洪錫이 상의하여 용담현龍潭縣에서 이 책을 중간重刊하였는데 우암 송시열宋時烈이 주목하여 발문을 썼다.[34] 김장생金長生의 『가례집람家禮輯覽』, 박세채朴世采의 『가례요해家禮要解』, 유장원柳長源의 『상변통고常變通攷』 등에서 인용하였고, 윤휴尹鑴, 윤증尹拯, 권상하權尙夏, 이만부李萬敷 등이 그들 문집의 잡저雜著나 서書에서 논의하였다. 이 책은 『오선생예설』[35]과 함께 남인南人 학자뿐만 아니라 노소론老少論 학자들도 매우 중시하였다. 최근 한강연구원이 주최한 기획학술대회에서 이 책에 대한 논문이 발표되었으니,[36] 의미 있는 일이다.

2) 사빈서재 식기안

『사빈서재식기안泗濱書齋食記案』은 1617년(광해군 9년) 한강선생으로부터 강학을 받고자 한 사람들이 사빈서재泗濱書齋에서 선생을 모시고 강학講學하며

---

34 宋時烈, 『宋子大全』(한국고전종합DB, 한국문집총간), 권146, 「五服沿革圖跋」, "昔寒岡鄭先生取儀禮五服圖, 參以歷代之制, 名曰五服沿革圖 使門人李承旨潤雨繕寫爲一帖, 凡三十五目也. 先生之於禮, 可謂博而勤也. 崇禎己巳春, 李承旨鋑板于秋城府, 而印布未廣, 旋復見失, 先生嘉惠後學之意, 殆乎泯滅矣. 歲甲辰冬, 監司鄭萬和·縣令洪錫相議復入于梓, 藏置于龍潭縣舍, 因志其顚末云. 原跋如是刪潤則差勝矣. 始欲以此報於鄭·洪二公矣. 慮未必用而止. 乙巳冬, 書."

35 이 책에 대해서는 宋時烈, 朴世采, 李喜朝, 李光靖 등이 그들 문집의 雜著나 書에서 논의되었다.

36 장동우의 「한강 『오복연혁도』의 예학사적 위상」, 정경주의 「『오선생예설분류』의 편차와 그 의의」 등이 제4차 한강학연구 기획학술대회(2015.11.28.)에서 발표한 바 있다. 이들 책의 성격과 내용을 이해하는 데 참고가 될 것이다.

숙식한 것을 표기한 고문서 1점이다.[37] 이 자료가 수년 전 고서 경매장에 나온 것이라 하였으니 그동안 어느 집안에 보존된 것인지 지금으로서는 알 수 없다. 고문서의 규격을 보면 한지에 세로 41cm × 가로 12.4cm의 크기로 묶었는데 장수張數는 14장張이다. 내용을 보면 한강선생의 문인 85명의 명단이 수록되어 있다.[38]

식기안은 일명 도기到記라 하는데 유생들의 식당 출입 장부이다. 도기에서는 일반적으로 아침저녁 두 번의 식사를 1점으로 하여 개수의 많고 적음으로써 유생을 평가하는 데 사용하였다. 고문서 앞부분에 「재중식기규례齋中食記規例」가 있다.[39]

『사빈서재식기안』을 보면 강학을 시작하는 1617년 2월 16일 저녁부터 이듬해 정월까지 식사를 제공하였다. 그러나 꼼꼼히 살펴보면 식사의 횟수를 표기했던 개별 명단의 날짜 하단에 모두 '칠월七月'이라고 종결 표시를 하였다.[40] 7월은 봉산 욕행을 계획한 달이므로 강학을 마무리한다는 의미이고, 구체적으로 7월 20일까지 표기되어 있다. 7월 20일은 바로 제자들이 한강선생을 모시고 봉산 욕행을 떠난 날이기도 하다. 이로 보면 봉산 욕행의 계획은 사빈서재 강학 문인들이 논의하여 실행한 것이다. 특히 그 가운데 이윤우李潤雨, 이서李� 등이 주도한 것이라 하겠다. 식기안을 분석해 본다.

---

37 이 자료는 연경서원 중건 추진준비위원장 도재욱 씨가 제공한 복사물이다. 규격과 간략한 내용에 대해서는 "도재욱, 「사빈서재의 고찰」, 『한강공원 준공 및 사양정사 복원 고유제』, 한강정구선생기념사업회, 2018."에 기술되어 있다.

38 이 고문서를 통하여 한강선생이 中風에도 불구하고 문인들의 侍湯을 받으면서 강학을 게을리 하지 않았음을 확인할 수 있다.

39 公糧之員, 各其名下, 書日月朝夕 着署. / 群聚講學之員, 勿問久速, 勿論他官, 饋之. / 雖非講學之時, 願留湯侍之員, 饋之. / 今來明去之員, 勿饋..

40 『사빈서재식기안』을 보면 강학한 문인 85명 가운데 83명이 7월에 종결처리 되었다.

[표 1] 사빈서재식기안

성명	식사기간	일수	성명	식사기간	일수	성명	식사기간	일수
李簪	1617.2.16-3.7	10	郭慶興	3.9-3.12 7-19-7.20	6	裵尙龍	4.12-7.10	11
李潤雨	2.16-7.6	32	李稑	3.7-4.20./7.19	7	裵尙虎	4.12-7.6	7
李天封	2.17-4.20/7.19	7	李剛	3.9-7.17	11	李時幹	4.12-4.13	2
李塁	2.16-7.20	14	鄭天澍	3.26-7.8	15	都永修	4.13-4.15	3
李蘭貴	2.17-7.20	10	李厚慶	3.12-3.15	4	尹莘龍	4.13-4.14	2
李心憼	2.18-2.28	4	李道孜	3.12-3.15	4	李埥	4.14-4.15	2
柳武龍	2.20-4.5	6	李道昌	3.12-3.15/7.19	5	都聖俞	4.16-4.17	2
金大澤	2.19-6.20	8	孫處訥	3.14	1	徐思選	4.16-4.17	2
李命龍	2.20-2.23	4	楊泗	3.15-3.16	2	李綸	4.16-4.19/7.19	5
崔은 [憨]	2.21-3.12	6	裵尙志	3.15-3.18	4	都大成 [都愼與]	3.13-7.9	18
李配義	2.22-4.5 1618.1.2./1.7	6 2	羅尙輝	3.15-7.20	7	金允成	4.19-4.20	2
郭赾	2.21-3.15	5	洪武臣	3.18-3.20	3	孫沈	5.4-5.6	3
金燦	2.16-7.20 7.21-9.6	49 19	成璨	3.18-3.20	3	孫潐	5.9-5.10	2
李文雨	2.21-3.26/7.19	7	崔恒慶	3.19-3.23	5	李宇梁	5.8-5.10	3
李新雨	2.21-3.27	7	崔嶙 [轔]	3.19-3.23	5	金善慶	5.8-5.13	6
李起雨	2.21-2.24	4	金佑賢	3.20-7.20	8	柳泳	5.8-5.10	3
李蘭美	2.23-2.24	2	李培根	3.20-7.19	9	李承先	5.8-5.9	2
李濯	2.20-7.13	31	李興雨	3.25-3.26/7.19	3	李見龍	5.9-5.10	2
宋時衍	2.24-2.25	2	張以兪	4.1-4.4	4	鄭本	4.4-5.17	
朴宗祐	2.25-5.24	8	張慶遇	4.1-4.4	4	河淵尙	5.12-5.15	4
金軸	2.26./7.19	2	李綜	4.3-4.7/7.19	6	呂燦	5.22-5.29	4
李心弘	2.27-2.28	2	金㝫	4.4-4.6	3	金聲宇	6.17-6.19	3
李時雨	2.27-2.28	2	朴霅	4.4-4.12	9	裵尙日	7.6-7.10	5

성명	식사기간	일수	성명	식사기간	일수	성명	식사기간	일수
李長立	2.29-4.10	5	朴光星	4.4-4.8	5	郭揚馨	7.18-<u>7.20</u>	3
蔡夢硯	2.30-3.2/<u>7.19</u>	4	金應先	4.7-4.9	3	李時馨	<u>7.19</u>	1
孫處約	3.5-3.7	3	鄭惟燆	4.7-4.9	3	裵元章		0
黃永淸	3.6-3.7	2	孫宇男	4.9-5.6	13	全省三	1617.1.6.-1.7	2
李烱	3.7-3.10	4	都汝兪	4.9-4.17	9			
李楷	3.9-3.12	4	馬成麟	4.9-<u>7.20</u>	9		계 85명	

[표 1]의 식기안을 분석해보면 석담 이윤우는 2월 16일 저녁부터 봉산 욕행에 참가하기 직전인 7월 6일까지 32일간 식사한 후 직접 서명을 하였다.[41] 명단 가운데 가장 많이 식사한 사람은 김절金㠖(1582-?)로, 총 68일인데 강학을 종료한 7월 20일까지는 49일간 식사한 셈이다. 나머지 19일은 7월 21일부터 9월 6일까지로, 이것은 선생과 제자들이 봉산 욕행에 참가함에 따라 비워둔 사빈서재를 26세의 청년인 그가 홀로 지키면서 먹은 것이라 하겠다. 「봉산욕행록」을 보면 김절은 서재를 지킨 가운데서도 7월 20일에는 행차를 떠나는 선생 일행을 배웅하였고, 9월 4일에는 서재에 도착한 선생 일행을 영접하였다.

명단 가운데 이천봉李天封, 이문우李文雨, 채몽연蔡夢硯, 곽경흥郭慶興, 이륙李稑, 이도창李道昌, 이홍우李興雨, 이종李綜, 이륜李綸, 이시혐李時馨 등 10명은 몇 달 동안 강학에 참여하지 않다가 봉산 욕행에 동참 또는 선생을 배웅하기 위해 7월 19일 또는 7월 20일에 서재에 와서 먹었다. 서재 강학이 종료되고 그 이듬해 정월에 개별로 와서 2일간 식사한 이배의李配義와 전성삼全省三은 선생의 약 시중을 들고자 출입하여 학습한 것이라고 본다. 이륜李綸 칸에는 4월 20일로 쓴 2칸에 작은 글씨로 남문관南文瓘[朝: 조식], 남욱南煜[夕: 석식]이라

---

41 이윤우는 사빈서재 가까이서 살았다. 7월 7일 이후 7월 20일까지 특별한 사정이 없었다면 거의 매일 왕래했을 것이라고 본다.

쓰고 각기 서명한 것이 보인다. 이들 2명은 이륜의 주선으로 와서 서재에 참관한 것이 아닌가 한다. 도대성都大成은 3월의 13일과 14일에 각각 아침 3식, 저녁 2식을 하였고, 4월 12일에도 아침 2식, 저녁 2식을 한 것으로 되어있다. 친척이 와서 먹은 것 같다. 또 도대성의 명단 하단에는 두 줄로 된 보충설명[주註]이 있다.[42] 이 기록은 강학 종료 이후 이듬해 2월까지 부정기적으로 공량公糧을 배급한 것이므로 도대성과는 무관하다고 본다. 식기안의 끝에서 두 번째 표기된 배원장裵元章은 그해 7월 전후로 강講을 받기로 계획을 세웠는지 알 수 없으나, 실현되지 않았다.

한편 식기안의 2월 16일은 문서가 작성된 후 최초로 기록된 날이다. 첫날에 기록한 사람은 이서李籔(1566-1651)와 이윤우李潤雨(1569-1634)이고, 그 이튿날은 이천봉李天封(1567-1634)으로 확인된다. 이윤우는 사빈서재에 첫날부터 참여하여 식기안에는 자신보다 3살 많은 이서에 이어 두 번째로 성명을 표기하였고, 식사도 32일간 먹어서 이서가 먹은 10일, 이천봉이 먹은 7일보다 많았다. 또 참여한 85명 가운데는 이윤우와 10촌 이내의 친인척이 20명이나 된다.[43] 친인척의 사돈까지 합하면 더 늘어난다.

석담은 이처럼 첫날부터 참여하였다. 그의 행적을 고려해보면 한강선생을 위해 예서禮書를 간행하였고, 「사빈호상록」, 「봉산욕행록」 등을 저술하는 등 기록을 중시했다는 점에서 『사빈서재식기안』은 석담 이윤우가 주도하여 기록을 남기고자 한 것이라고 본다.

---

42 도대성의 명단 아래에는 두 줄[雙行]로 "九月十一日 三升[3되], 十二日, 十三日 三升[3되], 九月十八日 二升[2되], 正月○日 十八日 ○○, 二月初六日 二升[2되]" 등과 같이 표기되어 있다.

43 이윤우를 포함하여 이난귀(이성8촌제), 이심민[종숙], 김태택(이성5촌숙), 김절(이성6촌제), 이문우[아우], 이신우[재종제], 이기우(3종제), 이난미(이성8촌제), 송시연(9촌질서), 박종우(이성5촌질), 이심홍[종숙], 이시우[재종제], 채몽연[이성8촌매부], 이도창[자], 손처눌[종고모부], 이홍우[재종제], 김실[이성6촌제], 도성유[재종매부], 도대성[이성7촌질] 등이다.

3) 봉산욕행록

(1) 판본 검토

「봉산욕행록蓬山浴行錄」은 한강선생의 제자들이 선생을 모시고 사수泗水[현재 대구광역시 부구 사수동]의 사빈서재泗濱書齋에서 출발하여 봉산蓬山[東萊]의 온천에 다녀온 1617년 7월 20일부터 9월 5일까지 46일간의 일기이다.

서술방식은 아我, 여余, 오吾 등과 같은 자칭대명사가 없는 제3자적 관점에서 기록한 것인데, 이윤우의 『석담집石潭集』에 수록하여 전하였다. 목판본 『석담집』은 서문과 발문이 없지만, 저자의 7대손 이만운李萬運이 편성하여 19세기 전반에 간행한 것으로 추정된다.

필자는 이 목판본이 나오기 전에 이미 초고본初稿本과 정고본定稿本이 있었을 것으로 보고, 각 처에 소장된 고문헌을 조사하였는데, 초고본은 발견할 수 없었지만, 다행스럽게도 서울대학교 규장각에 소장되어 있는 정고본定稿本 1질을 발견하여[44] 복사본을 받았다.

『석담집』에 실려 있는 「봉산욕행록」은 뒷날 한강의 13대손 정재기鄭在夔 (1857-1919)가 1912년 성주 회연서당檜淵書堂에서 간행한 『한강선생봉산욕행록寒岡先生蓬山浴行錄』[檜淵本]의 편집의 저본底本이 되었다. 정씨는 이 책에 대하여 "선생이 명하여 기록한 것이 아니라, 제자들이 행로에서 적은 것에서 나왔기에 우리 집에 소장되지 않았다."[45]라고 하였다. 그가 간행한 이 책이 『석담집』을 저본底本 삼아서 편성한 것인지 입증하기 위하여 이번에 발견한 『석담집』

44　지난해 10월에 발견한 李潤雨의 『石潭先生文集』[定稿本]은 서울대학교 규장각에 소장(古 3428-631)되어 있다. 이 책을 검토해보면 8권 5책으로 구성되어 있는데, 初稿本에서 刪削하여 깨끗하게 淨書한 것임에도 다시 일부 내용에 '刪' 표시의 부표가 붙어 있다.

45　鄭在夔 編, 『寒岡先生蓬山浴行錄』, 鄭在夔 跋, "錄非先生所命, 而出於諸子之記行, 故吾家無藏焉."

정고본[石潭 定稿本]과 회연본의 한 대목을 비교해 보기로 한다.

- 7월 21일 맑음 …… 여러 벗 20여 명이 분향 알묘했다. 조반을 드신 후 선생께서 견여를 타고 산을 올라 묘소를 배알한 뒤 배로 내려오셨다. 곽영희 이명룡, 배상룡, 이시우, 성안리, 성이각, 곽경흥, 이난귀, 이난미, 유무룡, 최은, 최린, 곽양형, 곽유한, 곽유녕[정유휘, 정유약] 등이 뱃머리에서 작별하였다. 어목정과 부래정 두 정자를 지날 때 다시 역풍이 크게 불었다. 대암 앞에 이르러 첨지 정진과 김수이 등 10여 명이 거룻배를 타고 앞에서 다가오자 선생께서 두 노인만 오기를 허락하시고 나머지 사람들은 숙소로 와서 만나도록 하였다. 선생이 배 안에서 법도를 어긴 일로 이숙발에게 큰 잔을 들어 짐짓 벌주을 마시게 하였는데 대개 이숙발을 공사원으로 정해두었기 때문이다.[46]

글을 보면 문체와 서술, 내용 전개 순서가 동일하다. 다만 회연본에서는 2명[정유휘·정유약]이 추가되었고, 두 노인의 '양 노兩老'를 '양 노인兩老人'으로 글자를 명확히 했을 뿐이다.[47]

봉산의 욕행 일기는 광산이씨光山李氏가 편집한 것이 있다. 광산이씨는 한강의 처가 집안이다. 이 자료는 1908년 광릉廣陵에서 개간開刊한『광산이씨연

---

46 李潤雨, 앞의『石潭先生文集』[정고본], "(七月)二十一日晴. 諸友二十餘人, 焚香謁廟. 朝飯後, 先生以肩輿上山, 展謁墳墓後下船. 郭永禧·李明龍·裵尙龍·李時雨·成安理·成以恪·郭慶興·李蘭貴·李蘭美·柳武龍·崔은·崔嶙[轔]·郭揚馨·郭惟翰·郭惟寧·鄭惟輝·鄭惟煸[煸])等拜辭船頭. 過漁牧浮來兩亭, 逆風復大起. 至臺巖前, 鄭僉知進·金壽怡等十餘人, 乘小艇前來, 先生只許入兩老[人], 餘人則使之來會于宿所. 先生以舟中失律, 擧白戲罰李叔發, 李叔發盖曾以叔發定公事員故也." 그런데『석담집』[목판본]을 보면 이명룡, 배상룡, 이시우, 성안리, 성이각, 곽경흥, 이난귀, 이난미, 유무룡, 최은, 최린, 곽양형, 곽유한, 곽유녕 등이 누락 되어있다.

47 한편 鄭在夔 編, 앞의 책, 내용 註에 '一本○'와 같이 異本의 字를 표기한 것을 살펴보면, 대체로『석담집』의 원 글자이다. 즉『석담집』의 본 내용의 글자를 이본의 글자인 것처럼 註에 넣고 있다.

원록光山李氏淵源錄』[목활자본] 말미에 「한강선생봉산욕행시일기寒岡先生蓬山浴
行時日記」라는 명칭으로 수록되어 있는데, 저자 표시가 없다.[48]

　광산이씨본 「한강선생봉산욕행시일기」를 포함한 이본異本의 내용 동일성
여부를 확인하기 위해, 석담의 개인적 감상感想을 표현한 글을 본다.

- 8월 28일: 이 첨지[첨지 이 아무개]는 올해 나이가 78세인데 바위 언덕
  을 오르내리기를 평지를 걷듯이 하니 참으로 기이하고 기이하도다[李僉
  知年今七十八 而陟降巖崖如履平地 奇哉奇哉].
- 9월 1일: [포석정에서]유상곡수의 자취가 완연하니, 생각하건대 견훤의
  군대가 도성에 임박했는데 상하 군신君臣이 취하고 노래하며 즐기기를
  일삼고 있었으니 망하지 않으려 해도 될 수 있었겠는가[流觴曲水遺址宛
  然 想其萱兵已迫畿旬 而君臣上下方且酣歌遊燕是事 求欲不亡得乎]![49]

　이 글은 석담石潭 정고본定稿本, 회연본檜淵本, 광산이씨본光山李氏本 등 3종
의 이본異本에서 똑같이 서술된 방식이다. 이처럼 광산이씨본도 『석담집』의
내용을 저본底本으로 삼았음이 분명하다. 다만 일정에 따라 증손增損과 오기誤
記가 있고, 소략한 기록에는 요점이 잘 정리되어 있다.[50]

　또 밀양의 소눌小訥 노상직盧相稷 집안에서 전해오던 초고본草稿本 「봉산욕
행록蓬山浴行錄」[小訥家藏本] 1책이 있었다. 이 책은 정재기가 회연본을 편집할

48　光山李氏 編, 『光山李氏淵源錄』, 목활자본(廣陵開刊, 1908), 국립중앙도서관 소장(한古朝57-
　　가883), 3권 3책 중 권3 말미의 「淵源錄記」(鄭在敎 撰) 다음에 「寒岡先生蓬山浴行時日記」가
　　실려 있다.
49　다만, 광산이씨본에서는 결구에 '不亡得乎'를 '不亡不可得也'로 표기하고 있는데 같은 뜻이
　　다.
50　광산이씨본은 6,160자인데 특기할 만한 내용은 없고 七絶詩 전체가 삭제되었다. 석담 정고
　　본을 기준으로 살펴보면 일부 명단에서 增損이 있고, 郭赾을 郭趂(7.20)으로, 신안현감 金中
　　淸을 金潗(7.20)으로, 徐强仁을 徐殆仁(7.27)으로, 徐思道를 徐思選(8.30)으로 표기하는 등 인
　　명의 誤記가 있다.

때『석담집』수록본과 함께 참고하여, 정본定本을 저술해 인쇄했다고 하였는데[51] 현재 전하지 않고 있다.[52]

이번에 발견된『석담집』정고본을『석담집』목판본과 비교해 보자. 정고본에는 8,111字나 되는 장문이었는데 목판본에는 5,702자였다. 목판본에서는 70.3%만 반영하고 29.7%를 산삭하였다. 정고본에는 한강을 표기할 때 '선생先生' 자字 위에 1자 공격空格을 두었다. 존경의 의미인데 환산하면 110여 자쯤 된다. 그러나 목판본에는 공격을 두지 않고 붙여서 썼다. 그뿐 아니라 일기에서 대부분 표기하는 날씨가 삭제되고, 일부 인명이 삭제되어 있다. 따라서『석담집』목판본은 본고에서 논외로 한다.

『석담집』정고본定稿本의「봉산욕행록蓬山浴行錄」을 회연본檜淵本[53]과 비교하면 회연본에서 [표 2]와 같은 내용 변화 양상이 나타나고 있다.

[표 2]「蓬山浴行錄」定稿本 대비 檜淵本의 내용 양상

版	일자	회연본의 추가	회연본의 산개	회연본의 삭제	비고
1a	7.20		⑩郭慶興→郭慶馨		
1b	〃	⑧李蘭貴			
2a	〃		②微癇→疾痾 ③城主前→先生 ⑨七絶詩:李簹→盧世厚	②送爲謝,暫致行贐	11首: 鄭在敎 後識 참조

---

51 鄭在虁 編, 앞의 책, 鄭在虁 跋, "頃年始得一本, 於石潭集中, 近又草藁一冊, 來自凝川盧學士家, 比前本互有詳略, 且字書或不無異同. …… 遂參考兩本., 因略以致詳,. 取同而存異,. 著爲定本,. 付諸活印."

52 小訥 藏書는 부산대 小訥文庫(OFC 2-7 279A)에 있는데, 이 책은 없고 다만 盧相稷이 지은「蓬山溫泉浴行日記」(1925.8.25. - 8.29.)가 있다. 이 책에 대한 논문은 "이태희,「<봉산온천욕행일기>에 나타난 노상직의 동래온천 여행과 그 의미」,『동양한문학연구』62, 동양한문학회, 2022."가 있다.

53 회연본의 전체 글자 수는 9,777자로 확인된다. 내용 중 공란 529자를 제하면 실제로 9,248자다.

版	일자	회연본의 추가	회연본의 산개	회연본의 삭제	비고
2b	〃		⑤七絶詩:李彦英→盧垓		〃
4a	7.21	②鄭惟輝·鄭惟燴 ⑧香附子·枳殼·白伏苓·神曲·香薷			
4b	7.22	①盧僉知毅甫[克弘], 備朝飯以進 ②李後剛·崔斯立 ④金壽怡父子亦退去			
5a	〃	⑤李道輔·李道純 ⑨李碩慶			
5b	7.22 7.23	④與碩慶共[入] ⑧合生脈散加材如前	⑨太守備朝餉→朝飯		⑨부터 23일
6a	7.23	⑩七絶詩:盧克弘	⑤郭監司→郭忘憂	⑥[誠有可尙]學仙 而不得仙 ⑦太守將欲辭出	9首: 鄭在敎 後識 참조
7a	〃	④七絶詩:盧垓 ⑦與碩慶共[入] ⑧克弘·潤雨			〃
7b	7.24	⑨盖先生童卯時受學於德溪故		⑧[歎賞久之]奇相 公以爲第一云	
8a	〃	⑥道孜,世厚,垓			一部倒置
9a	7.26		⑩草屋二間→草屋二室 一廳		
9b	〃	⑥郭後泰·文夏鼎·辛緯南·金榮			郭後 [俊]泰
10a	7.28	⑨送軍官領率役夫 ⑩又作二間爲廚舍爲虛廳,以爲下人 容接之所			
10b	7.28 7.29	②邑居金禹鼎·文澤龍來謁 ③與垓[陪沐] ⑥道一·李司果 ⑧及垓[陪入] ⑨邑人鄭泰夏來謁 ⑩甲鰒生廣魚等物			⑧부터 29일
11a	7.29 7.30	①其還付去城主書及本家書.李垍以 載船卜物輪來事,借得人馬往仇法 谷,夕還.李司果·李厚慶·李道一往 見府伯,夕還 ⑥合生脈散一貼			⑧30일 一部倒置

版	일자	회연본의 추가	회연본의 산개	회연본의 삭제	비고
		⑧及圾[陪入] 　收稅官尹民逸,遣軍官問安 ⑨且送朝報及都目政事			
11b	7.30 8.1	②夕都得兪來謁.唐浦萬戶,送千乘一部 ③道一[陪宿] ⑤香附子·白伏苓·神曲·香薷·縮砂 ⑦李司果·安珀同來,以試鍼事,府伯率去 ⑨府居校生朴大旲來謁,進魚菜等物.座首朴希根來謁,進葡萄一器.別監文道明·機張辛起雲來謁			⑦부터 1일
12a	8.1 8.2	②及三色瓜 ③合生脈散加枳殼 ⑤道一 ⑥府伯遣軍官問安.先生命招支應監官金應銓饋酒.邑居金禹鼎·文澤龍來謁,進葡萄一器		⑨[致膰事]先生辭之	⑤부터 2일 一部倒置
12b	8.2 8.3	①合生脈散加材如前 ④府伯遣軍官問安 ⑦以右道東堂試官,還到密陽卒遇大水,沉其行李,盡爲漂流,至於領卒二名,不知去處云.府伯送左右道東堂榜目.夕召募將鄭夢星來謁			④3일
13a	8.3 8.4	⑥克弘·天封·道一陪宿先生 ⑧道一 ⑨府伯遣軍官問安 ⑩合生脈散加材如前 　道一	②命一顧謂		⑧부터 4일
13b	8.5 8.6	⑤召募將來謁 ⑥道一, [蓡], 潤雨[陪入] ⑦新安鄉校人還, 答付諸處簡人馬使於十七日由泗水發來 ⑨儒生鄭泰夏·金禹鼎·郭後泰·文澤龍·朴希根·朴大旲·辛緯南·金士吉·金世仁·宋憲·金俊英等, 各獻一酌		④先生服平胃散 ⑤克弘·厚慶·道孜·潤雨往宿于召募廳	⑥부터 6일
14a	8.6 8.7	⑥川路險惡馬蹄穿破不能運步矣 ⑩[奴南元]以沐浴事陪來矣			⑩부터 7일
14b	8.7	⑩-15a③百會·安珀執鍼[50字]	⑦金知復→金知得	④且送新稻米酒肴	淸道問安

版	일자	회연본의 추가	회연본의 산개	회연본의 삭제	비고
			⑧傳書→專人	等物.淸道紫川書院生趙成獜等遣人問安	件: 8月9日에 載錄
15a	8.7	③·道一			
15b	8.9 8.10	①淸道紫川書院生趙成麟等遣人問安 ③辛按南·昌寧金廷直來謁.崔上舍進新稻米一斗 ⑤梁彦龍來謁 ⑥潤雨等數問病 ⑧夜大雨,梁彦龍辭歸 ⑩邑儒郭俊泰來謁	④上舍[辛邦楫]		⑧부터 10일 郭俊[後]泰
16a	8.11	⑧召募別將鄭夢星來,設酌于先生及從者			
16b	8.12 8.13	⑤米石 ⑩機張金言來謁.垓等亦浴.昌寧河瀟來謁			⑩13일
17a	8.14	③遣其邑品官 ⑤水使亦送軍官問安			
17b	8.15 8.16 8.17	①府伯以前馬帶歸 ②水使亦赴,以日暮只送軍官問安 ③鄭受吉保生等,赴場市,與監場者相鬪,保生重受毆打,受吉兩指見囓流血淋漓可駭.監場者先自來,告言辭悖慢,尤可駭也 ⑦別將來謁,仍向巡使行次所.大邱	⑩今始[來謁]		③毆打事件 ⑦부터 17일
18a	8.18	①金海許景栗來謁,新山院生申英義·安憬來謁,進鹿脚,李泰崝亦來謁 ③見府刑吏告目以鄭受吉鬪事.所謂監場者瞞報府伯,府伯徑信先入之言,令促囚行次奴子.府伯處置未可知也,一行莫不恠訝.或有請接訴而行者,或有請謝遣下人者.先生曰所失在彼,於吾何損,徐觀其所爲而處之,亦不晩也.仍具由馳書于茂伯,盖茂伯方在府伯處也.			毆打事件
18b	8.19 8.20	②別將遣松茸 ③許景栗·申英蒙[等獻酌].申英義更獻盃酌,未畢,收稅官自椒泉歷謁,			⑤⑩毆打事件

版	일자	회연본의 추가	회연본의 산개	회연본의 삭제	비고
		因參酒席 ⑤遁辭極口囚奴之事,未安之態,見於顏色可笑可笑 ⑩李汝懋[厚慶]·盧世厚入府,盖盧其府伯,過刑監場者故也	⑦李瓂→李日殿		⑩20일
19a	8.20 8.21	①朴晙		⑤以浴而來入謁	⑤21일
19b	8.22 8.23	②徐恒辭歸 ③本邑朴希宏來謁 ⑧水使令婢子彈琴唱歌,行盃四五巡 ⑨郭俊泰來謁			⑧23일
20a	8.24	①盧克弘 ②東萊鄕校儒生朴大旬,遣儒生李士林間候,且送米魚菜物 ⑤李司果 金貴精·張益奎 ⑧盧垓·李日殿等不得同參沒雲之行,遂與李廷翼·李繼胤·朴晙·崔逈,因投釜山,登甑城觀海,乘夕而歸.都事辭歸向蔚山	⑤李碩慶→李厚慶 ⑩李道孜→盧世厚		
20b	8.25	④盧克弘 ⑤金海曹元海 ⑥盧垓直日	⑩李榮復→李榮俊		
21a	8.26 8.27	①朴希宏·金禹鼎·郭俊泰·金俊英·辛起雲 ④先生[以病未見].崔興國·辛按南亦來候,皆未見 ⑦朝不能進食 ⑧東萊金俊榮·金柱國等辭退 ⑨[盧僉知克弘]與其子世厚亦拜[辭]于先生,命其孫垓陪先生而歸	⑦李瓂→李日殿 ⑨盧僉知克弘·盧垓等辭退→왼편⑨ 대체		⑦부터 27일
21b	8.27	①辛安南等 ②路中遇雨,着雨具,卽晴 ⑨以其妻父郭慶霖病重故		⑥都事·梁山迎謁	一部倒置
22a	8.28		④趙曄:生庚申→生壬申[庚申임] ⑧號梅塢→號東湖	②[都事爲設酌]辦自梁山	
22b	〃	⑤光州盧垓,字子宏,生戊戌,號菊潭			同話錄
23a	8.28 8.29	④東萊筵工歸付府伯書	①尹孝全令公→尹孝全		④29일

版	일자	회연본의 추가	회연본의 산개	회연본의 삭제	비고
		⑦[崔興國諸人爲設酌]且有軟泡[甚示款意] ⑧-23b②先生吟一絕詩,贈崔上舍曰-崔上舍奉次日-靑眸相對杳難緣[73字]	②探候→探侯		⑧詩 2수
23b	8.30	⑧寓于疾旨崔上舍家	⑥權循性→權修性		
24a	8.30 9.1	⑤彦陽安龜命祺伯·金善立卓甫辭歸		①權循性亦來謁	②1일
25a	9.1	①盧垓子宏	④共四十三人→共四十四人	⑩[弟子之禮]可尙也已	懷古錄
25b	9.2	④孽侄尹鋼·尹銈			
27b	9.4	⑩李厚慶			追來者
28a	〃	②盧垓	⑦柳僉知堯臣→李僉知堯臣		〃
28b	〃		③盧克弘→呂弘		
29a	〃	①盧垓 ⑨盧垓亦告歸,先生以寄甥書付之	④李僉知浚→李僉知俊		⑨5일
29b	9.5	③十六度,浴內石井者	①在蓬山者三十日→在舟者六日 ⑤初秋中旬登道季秋四日→九月初四日始得		

※ 문맥이 통하는 외자나 單句는 비교에서 제외하였고, ○속의 번호는 해당 版의 行數이며, [ ]안의 글자는 이해를 돕기 위해 넣은 원본의 글임.

　정고본의 몇 가지 예例를 보면 ①성주城主가 시 1편을 보내자, 제자들이 화답 시를 지으니, 성주전城主前[선생]에 글을 써서 사례謝禮(7.20), ②7언시 가운데 2수 원저자原著者[다른 저자] 변경(7.20), ③7언시 가운데 없는 2수[추가] 수록(7.23), ④태수가 갖춘 아침밥[아침밥] 축소(7.23), ⑤조엽趙曄의 경신생庚申生[壬申生] 오기(8.28)[54], ⑥자천의 유생 등이 사람 보내어 문안한 일자 8월 7일[8월 9일] 오편誤編(8.9) 등이 나타나는데, 회연본에는 [ ] 속의 내용과 같이 되어있

---

[54]　『국조방목』[한국역대인물 종합정보시스템]을 보면 趙曄은 1560년생으로 1591년 문과에 급제하였다.

다. 정고본의 특징이라 하겠다.

정고본에서 수령을 표기할 때는 대체로 수백水伯, 부백府伯, 경윤慶尹, 태수太守[또는 主倅], 사상使相 등으로 표기하였는데 회연본에서는 각각 수사水使, 부사府使, 경주부윤慶州府尹, 부사府使·군수郡守·현감縣監, 감사監司 등으로 대체하였다. 회연본에서는 인명의 오탈자가 더러 보인다. 같은 사람을 곽후태郭後泰·곽준태郭俊泰, 신안남辛按南·신안남辛安南, 김준영金俊英·김준영金俊榮 등과 같이 표기하였다.

정고본定稿本은 일반적으로 초고본初稿本의 산개刪改한 내용을 반영하여 재편再編한 것이다. 『석담집』 정고본의 내용에 '산刪'을 표시한 부분이 몇 곳 있다. 글을 보면 온천에 의원醫員 안박安珀이 머무르고 있음에 대해 '선생이 얻었으니 매우 다행함[先生得之 以爲大幸]', 수사水使가 술을 올린 뒤에는 '천막 친 곳으로 나와 우리 6명이 마주보며 함께 마심[出幕次吾輩六人相對共酌]', 현감이 백사장에서 천막을 치고 기다렸는데 선생이 돌아보지 않고 노를 재촉함에 대해 '돌아보지 않음[不顧]' 등 밑줄 친 부분을 산삭刪削하게 하였다. 그러나 회연본에서는 이 부분을 전혀 반영하지 않았다. 즉 정재기가 회연본을 편성할 때는 이 정고본定稿本을 목접하지 않았다는 의미이다. 그러면 정재기가 "몇 년 전에 『석담집』에서 한 부를 처음 얻었다."[55]라고 한 그 책은 어떤 것일까? 아마도 『석담집』의 초고본初稿本의 내용일 것이라고 본다.[56]

이와 관련하여 회연본에서 추가된 내용을 검토해보기로 한다.

• 8월 16일: 정수길鄭受吉과 보생保生 등이 시장에 가서 시장 감독자와 싸

---

55 鄭在夔 編, 앞의 책, 鄭在夔 跋, "頃年始得一本, 於石潭集中."
56 「봉산욕행록」, '二水同話錄'의 同參者가 정고본에 51명이라 표기하고서는 44명만 수록하였고, 회연본에서도 51명이라 하고는 44명만 수록하였다. 이러한 점에서도 初稿本이 있었음을 입증할 수 있다.

웠는데, 보생은 심하게 구타를 당했고 정수길은 두 손가락을 깨물려서 피가 낭자해 놀라웠다. 감독자가 먼저 스스로 와서 고했는데 언사가 패악하여 더욱 놀라웠다.

- 8월 18일: 동래부 형리刑吏가 정수길의 싸움 일로 고목告目[公的 文書]을 가져왔다. 소위 감독자라는 자가 부사에게 거짓으로 보고하자, 부사府使는 먼저 들은 말을 경솔하게 믿고는 수행하는 종을 잡아들이도록 명령했다. 부사가 어떻게 처결할지 알 수 없었으니 일행들이 의아해하지 않음이 없었다. 어떤 사람은 정식으로 고소하러 가자고 했고, 어떤 사람은 하인을 보내 부탁하자고 했다. 선생은 "잘못이 저들에게 있는데 우리에게 무슨 손실이 있겠는가! 천천히 하는 바를 보고 처리해도 늦지 않다." 고 하셨다. 그러고는 무백[이윤우]에게 편지를 보냈는데 무백이 부사와 같이 있기 때문이다.

- 8월 19일: 부사府使가 와서 뵈었는데, 종을 가둔 일을 온갖 말로 둘러대면서 미안한 얼굴을 지으니 참으로 우습다.[57]

8.16.-8.19.의 기록에는 동래부의 폭행 사건을 다루고 있는데, 논란이 될 수 있는 사건을 동래부사가 가해자의 말만 믿고 경솔하게 처결하려고 하는 데 대해, 한강이 조용히 바로잡으려 하고 있다. 사건이 바르게 처결되었는지 부사가 와서 온갖 말로 둘러대며 미안해하자 참으로 우습다고 하였다. 한강의 애민정신이 감지되는 내용이다.

이 내용은 후대의 관점에서 보면 산삭할 가능성이 있다. 3일 중 핵심은 8월 18일 자로, 회연본에 추가된 원문은 106자字이다. 그런데 정고본에서는 "선생조욕석정先生朝浴石井 오재욕午再浴 석수백자울초환夕水伯自蔚椒還 역알이

---

57 번역된 인용문은 '이세동 역, 『봉산욕행록』, 성주문화원, 2016'을 취하였다. 이하 번역문도 동일하다.

귀歷調而歸"[선생은 아침에 석탕에서 목욕하였고, 낮에 다시 목욕했으며, 저녁에 수사가 울산 초정에서 돌아오는 길에 뵙고 갔다.]라며, 20자字만 기록되어 있다. 정고본의 46일간 일기 가운데서 가장 짧은 기록이다. 초고본에서는 회연본에 삭제된 106자를 포함하여, 최소한 126자는 기록되어 있었다고 본다. 이 밖에 8월 23일의 "수사水使가 계집종에게 가야금을 연주하며 노래 부르게 했다."라는 내용이 회연본에 추가되어 있는데, 한강선생의 치병과 관련한 온천장의 일로, 도덕적 기준에 부합하지 않을 수 있다.

회연본에는 [표 2]와 같이 인물이 추가되어 있다. 선생 문인은 노극홍盧克弘 (7회)·노세후盧世厚(5회)·노해盧垓(15회)를 포함하여 이석경李碩慶(3회), 이후경李厚慶(4회), 이도자李道孜, 이윤우李潤雨(3회), 이도순李道純, 이도보李道輔, 이도일李道一(8회), 이난귀李蘭貴, 장익규張益奎, 최흥국崔興國, 김선립金善立, 안율安慄, 조성린趙成麟, 이계윤李繼胤 등이다. 반복된 이름은 정고본에서 생략할 수 있다. 동래부 거주자는 박희근朴希根(2회), 문도명文道明을 포함하여 곽후태郭後泰[郭俊泰](5회), 김우정金禹鼎(4회), 문택룡文澤龍(3회), 박대율朴大甶(3회), 김준영金俊英[金俊榮](3회), 정태하鄭泰夏(2회), 박희굉朴希宏(2회), 신기운辛起雲(2회), 문하정文夏鼎, 신위남辛緯南, 김영金榮, 신위남辛緯南, 김사길金士吉, 김세인金世仁, 송헌宋憲, 김주국金柱國, 이사림李士林 등이다. 선생을 위해 지극 정성을 다한 사람들인데, 사승적師承的 측면에서 생각하면 후대 사람들이 경시輕視할 수 있다.[58]

앞서 정재기는 당시 『석담집』 수록본과 소눌가장본小訥家藏本을 참고해서 정본定本으로 삼았다고 했다. 그러나 회연본의 여러 양상으로 미루어 볼 때, 소눌가장본의 「봉산욕행록」은 『석담집』 수록본을 저본底本 삼아서 내용을

---

58 광산이씨본에는 석담 정고본에서 빠진 동래부 거주자들의 인명이 대부분 수록되어 있다. 『석담집』 초고본에 이들의 명단이 다 수록되었을 것인데, 定稿本 편성 당시에 산삭된 것이라고 본다.

증손增損한 것이라고 본다. 특히 회연본에는 노극홍盧克弘, 노세후盧世厚, 노해
盧垓 등의 칠절시七絶詩가 있는데, 7월 20일 노세후·노해 작품은 타인의 것이
고, 7월 23일 노극홍·노해 작품은 추가된 것이다. 노해의 경우 정고본에는
8월 27일 "노첨지盧僉知 극홍克弘·노해盧垓[첨지 노극홍과 그 손자 노해] 등等이
사퇴辭退"했다 라 하여, 작별하고 떠났음에도 회연본에서는 "첨지僉知 노극홍
盧克弘이 그 아들 노세후盧世厚와 함께 선생께 절하고 작별하면서, 손자 노해盧
垓에게 선생을 잘 모시도록 명하고 돌아갔다."[59]라고 하여 잔류한 것으로 되
어있다. 따라서 8월 28일 통도사 동화록에 쓴 "광주光州 노해盧垓, 자: 자굉字子
宏, 생년: 무술生戊戌, 호: 국담號菊潭"과 9월 1일 포석정 회고록에 쓴 "노해盧垓,
자굉子宏"의 표기는 정고본 기준에서 보면 잘못된 것이다.[60] 선대를 높이려는
의도가 있다.

(2) 내용적 특성

한강선생의 치병 목적으로 봉산 온천에 가는 일은 1617년 2월 16일부터
사빈서재에서 강학하였던 문인들이 주도하였다. 전체 85명 가운데 과반수가
넘는 44명[61]이 한강선생과 더불어 봉산 욕행을 함께 했거나 도중에 선생을
맞이한 사람들이란 점에서 입증된다.

---

59 「봉산욕행록」 8월 27일 조, '盧僉知克弘盧垓等辭退'를 '盧僉知克弘[與其子世厚亦拜]辭[于先
    生 命其孫垓陪先生而歸]'라 하였다. 노해를 삭제하고 [   ]를 추가하였다.

60 노해는 9월 4일자 追來者 명단에도 있는데, "노해가 돌아가기를 고하니 선생이 생질에게
    보내는 편지를 부쳤다.[盧垓亦告歸, 先生以寄甥書付之]"라고 되어있다. 이때 노해가 다시 왔
    는지는 알 수 없다.

61 이서, 이윤우, 이천봉, 이학, 이난귀, 유무룡, 김대택, 이명룡, 최은 곽근, 김절, 이문우, 이기
    우, 이난미, 이심홍, 이시우, 채몽연, 손처약, 곽경홍, 이륙, 정천주, 이후경, 이도자, 이도창,
    손처눌, 배상지, 최린, 이홍우, 이종, 박광성, 정유약, 손우남, 도여유, 배상룡, 이시간, 이육,
    도성유, 서사선, 이륜, 손항, 손설, 이우량, 곽양형, 이시혐 등 44명으로 확인된다.

출발 날짜는 1617년 7월 20일로, 한강 정구는 11명의 제자들과 함께 사수를 출발하였다.[62] 온천욕 행차는 그날로부터 9월 5일까지 46일간 진행되었다. 이 행차에서 석담 이윤우는 스승을 처음부터 끝까지 모셨다. 동래 온천에 있는 동안에 한강선생은 석담에게 퇴계 이황의 「예의답문禮疑答問」의 큰 제목을 쓰게 하였고, 제자들과 더불어 「예의답문」과 「오복연혁도五服沿革圖」를 강론하여 결정하는 한편, 다시 석담에게 「오복연혁도」를 선사繕寫하도록 하였다. 한강은 특히 예학을 중시하였으니, 이러한 일을 오직 석담 이윤우에게 위임한 것은 바로 석담에 대한 한강선생의 기대가 그만큼 컸던 것이며, 고제高弟의 한 사람으로 촉망을 받고 있었던 것이다.

욕행의 이동 경로를 보면 사수泗水에서 출발하여 칠곡 지암枝巖에서 배를 타고 현풍, 고령, 창녕, 의령, 칠원, 함안, 영산, 창원, 밀양, 양산, 김해 등을 거쳐 동래로 가서 온천욕을 하였고, 다시 양산, 경주, 영천, 하양, 경산, 대구를 거쳐 사수까지 오게 된다. 구체적으로 보면 주로 수로를 이용한 하행 길 7일에는 강 연안에서 고을 수령과 선생의 문인들을 포함한 수많은 사람이 나와서 한강선생을 영접하고 배알하며 배웅한 사실이 나타난다.

창원을 지나던 7월 22일, 한강은 창원부사 신지제申之悌, 한강 문인 장익규張益奎 등의 영접을 받았다. 창원에는 한강이 창건한 관해정觀海亭이 있던 곳인데 배알한 장익규가 1617년경에 관해정을 중건重建하였다.[63] 장익규는 이날 선생을 뵙고 이튿날 돌아갔다가 다시 8월 22일부터 26일까지 동래온천에 머물면서 선생을 위해 술을 베풀기도 했다. 당시 관해정으로 인한 사제지간

---

62 제자는 곽영희, 이천봉, 이언영, 이윤우, 배상룡, 이명룡, 유무룡, 이난귀, 이학, 정천주 등이다.

63 鄭逑, 앞의 『寒岡集』, 권9, 「書舊時海亭詩後」, "癸卯冬, 余始返故山, 越明年, 咸州士友輩, 相與結茅數椽, 張文哉[張益奎 字]適假居其傍, 協力成就. 纔十年而屋又傾頹, 則勢將還爲路傍之棄地, 文哉更關址列礎, 架樑覆瓦, 經營數載, 費盡辛苦. 余因浴海而來. 輪奐之美. 結構之精. 不惟不啻前日之草舍. 而又非余當初所望也."

의 회고와 정담을 나누었다 하겠다. 그는 뒷날 창원昌原 회원서원檜原書院의
건립을 주도하였다.[64]

한강선생은 동래 온천에서는 30일 동안 머물면서 목욕과 복약, 시침 등으
로 병을 다스렸다. 상행 길 9일에는 주로 육로를 이용하며 각종 만남을 통해
행차의 의미를 부각하였다. 또 일기의 내용에는 경유한 지명, 여행길의 숙박,
온천욕의 횟수, 참여자의 명단 등이 상세하게 기록되어 있어서 이 사실을
후대에 알리고자 한 석담의 문헌 정신이 잘 드러나고 있다.

석담의 「봉산욕행록」을 보면 내용이 간결하고도 세심하여 일자, 날씨, 선
생의 언행, 제자들의 수행과 시중, 순행 길의 영접, 접대, 배웅, 복약, 직일[일
직][65] 등을 기록하였는데 인명은 최대한 수록하고자 한 흔적이 보인다. 수록
된 인명은 문인, 내방인, 수령방백, 관원, 유배인, 사림, 동자 등 314명으로
확인되는데 그 가운데 한강선생의 문인 또는 문인이 된 사람이 110명에 이른
다.[66]

욕행의 여정에 현직 지방관이 직접 또는 사람을 보내어 문안하거나 영접
을 하였다.

---

64 成大璡, 『眉山逸稿』, 석판본, 계명대학교 동산도서관 소장(고811.081성대진ㅁ), 卷上, 「于房
  張公[益奎]行狀」, "先生宰咸安, 咸之距檜原甫一舍地, 公往來講質, 多有獎詡. … 己未[1619]先
  生以風濕, 浴海水於馬山浦, 仍留海亭月餘, 遂有挈家終老之計, 其餘糧什物付託于公, 結以後約,
  未幾先生易簀. 後十五年甲戌[1634], 公與列邑章甫, 議建檜原書院. 以所居正寢之基, 爲廟宇基
  址, 草堂之基, 爲講堂基址, 其樽邊之品, 絃誦之節, 商確酌定. 至今遵行, 則公之一生扛夯於岡門
  諸賢, 可謂最有功焉者矣."
65 直日 명단은 7.20부터 7.28까지는 광산이씨본에 이명룡, 이서, 이천봉, 이도자, 이육 등 5명
  이 기록되어 있고, 7.29부터 8.24까지는 석담 정고본에 22명이 기록되어 있는데 중간에 일
  부가 빠졌다. 첫날 이명룡이 맡은 이후에는 이도자(6), 이서(5), 이천봉(5), 이육(5), 이후경
  (5) 등 5명이 전담하였다.
66 崔性郁 편, 『檜淵及門諸賢錄』[석판본]에서 92명, 『사빈서재식기안』에서 추가 12명, 한강학
  연구원 편, 「한강급문제현록」에서 추가 6명 등 110명으로 확인된다. 현재까지 조사된 문인
  은 405명이다.

대구부사[李煒], 신안현감[金中淸],[67] 초계군수[李光胤], 창녕현감[尹民哲], 창원부사[申之悌], 경상도사[安璐], 밀양부사[李弘嗣], 김해부사[曺繼明], 동래부사[黃汝一], 경상좌수사[金基命], 당포만호[卞時敏], 수세관[尹民逸], 칠포만호[鄭溁], 부산첨사[吳大男], 양산군수[趙曄], 소모별장[鄭夢星], 장기현감[申邦檜], 사도첨사[鄭忠說], 하동현감[成天裕], 황산찰방[趙存中], 울산판관[崔鈾], 언양현감[琴德和], 경주부윤[尹孝全], 경주판관[許鏡], 삼례찰방[李宜潛], 하양현감[蔡得], 경산현령[李忰], 경상감사[尹暄]

현직 지방관이 28명이나 된다. 전직 함양군수 이대기李大期도 직접 문안하였다. 이들 가운데 한강 문인은 밑줄 친 것과 같이 5명이다. 경주부윤 윤효전은 한강선생을 대접하는 성의와 공경이 극진하였는데 몸소 제자의 예를 갖추었다.[68]

한강선생께 문안했던 사람 중에는 귀양살이 하던 성균관 전적 임회林檜가 있었는데, 그는 정인홍鄭仁弘의 무함으로 왕의 친국을 받은 뒤 양산에 유배된 사람이다. 또 술과 안주를 갖추어 와서 선생께 올린 동자童子 송지술宋知述 (1603-1631)은 만 14세의 소년으로 확인된다.

「봉산욕행록」을 보면 동래로 가고 오던 여정 중에서나 동래 온천에서 한강의 언행이나 후덕한 풍모를 기록하고 있다.

- 7월 21일: 도동서원 원장 곽근의 음식 대접이 성대함에 지나치다고 깊이 책망하다. 선생이 배 안에서 법도를 어긴 일로 이숙발에게 큰 잔을 들어

---

67 金中淸, 『苟全集』(한국고전종합DB, 한국문집총간), 「구전연보」를 보면 김중청이 42세가 되던 丁未年(1607) 4월에 "拜寒岡鄭先生于安東 時鄭先生爲府使 聚士講心經 先生往拜 仍留講." 이라 하였다.

68 「봉산욕행록」, 정고본, 9월 1일 조, "主尹 侍先生極其誠敬, 親執弟子之禮, 可尙也已."

벌주를 마시게 하였는데, 대개 이숙발을 공사원公事員으로 정해두었기
때문이다.

- 7월 22일: 밤에 풍우가 크게 일어나자 선생이 배에서 자는 사람들 안전
을 걱정하여 밤잠 이루지 못하다.
- 7월 26일: 선생이 동래부사에게 음식 대접, 거처 마련 등이 너무 지나치
게 융숭하여 사람을 불안하게 한다는 뜻으로 극진히 사례하고 관가에서
제공하는 물품은 사양하다.
- 8월 2일: 이육이 탕약 달이는 일을 감독하면서 알맞게 조절하지 못하므
로 선생이 꾸짖어 책망하다.
- 8월 3일: 이육이 전일에 탕약을 달일 때 약재를 넣지 않고 달이는가
하면, 너무 달여서 모두 태워버리기도 하는 등 혼이 났던 관계로 정성을
다해 다시 달이기를 원하니 선생이 허락하였다. 선생이 이후경李厚慶을
돌아보며 이르기를 "어제 이미 잘못 달였는데 오늘 또 다시 달이기를
허락하였으니, 허물이 실로 나에게 있다. 너는 나를 꾸짖도록 하라." 하
였다. 이육이 황공하여 사죄하자 선생이 물 7홉을 더 붓고 다시 달이게
해서 드셨다.
- 8월 12일: 선생이 관가官家에서 제공하는 물품들을 사양하여 물리치고,
관가에서 접대하기 위해 보낸 사람들도 돌려보내다.

한강의 언행을 요약하면, 선생은 대접이 과한 것을 배척하였고, 관가官家의
물품을 사양하는 공사의식公私意識이 분명하였으며, 단체 생활에서 제자가
공적 일을 맡았을 때는 책임지게 하였고, 제자가 잘못하면 꾸짖어서 올바른
길로 인도하고 그 허물을 자신에게 돌리는 등 엄격하면서도 후덕한 모습이
드러나고 있다.

정우락 교수는 이 책이 단순히 한강 정구의 치병을 위한 여행일기라고

하겠지만, 여행문화, 치병문화, 접대문화, 기념문화, 추모문화, 강학문화 등 다양한 문화적 요소가 발견된다고 하였다.[69] 한편 한 자리에서 술잔을 돌리며 대화할 때의 자리 위치는 벼슬한 자가 윗자리에 앉고 그 아래에 나이순으로 앉았던 사회풍속을 보이고 있다.

김학수 교수는 「봉산욕행록」에서 포착되는 사제의 움직임은 활발하다고 하며 한강학파의 인적기반에 주목하였다. 특히 봉산 욕행의 여정旅程이 인간·공간적 인프라가 구축된다고 전제한 후 경주의 동도회고록東都懷古錄과 화담학花潭學의 수용, 이수동화록二水同話錄에 나타난 지산芝山·한강寒岡·여헌학旅軒學의 교유와 경쟁, 곽재우의 창암정滄巖亭에 대해 한강의 묵언默言에 따른 남명학南冥學과 퇴계학退溪學 사이에서의 갈등 등을 상세하게 구명한 결과 한강학파 인적 집단의 확대·경쟁·갈등 양상이 있다고 역설하였다.[70]

한강학파 인적 집단과 관련하여 「봉산욕행록」의 내용을 문헌별로 비교해 본다.

[표 3] 석담 정고본 대비 인명록 비교

區分	石潭 定稿本	檜淵本	光山李氏本
통도사 同話錄	安璹, 趙曄, 崔興國, 李厚慶, 林檜, 李箑, 李天封, 李潤雨, 李塎, 任以賢, 權鏊, 河弘濟, 朴敏修, 崔東彦, 徐强仁, 孫沆(16명)	• 增[盧垓] (17명)	• 增[李命夔] (17명)
포석정 懷古錄	尹孝全, 孫處約, 韓克孝, 李厚慶, 鄭四象, 孫宇男, 李箑, 李天封, 李潤雨, 金得義, 李琮, 徐思道, 李塎, 都汝兪, 李宜潛, 朴曮, 鄭克後, 朴晛, 郭霷, 河弘濟, 吳姬粲, 黃中信, 李海容, 李檖, 李䎱, 吳姬幹, 李煜, 任以賢, 李汝龍, 朱灌, 李啓後, 崔東美, 權鏊, 朴敏修, 崔東尹, 金垓, 鄭璧, 權蕚, 韓應命, 徐强仁, 孫沆, 金世弘, 盧珛(43명)	• 增[盧垓] (44명)	• 增[李命夔, 盧垓] • 損[金得義, 李琮, 徐思道, 黃中信, 李海容, 李檖, 李䎱, 吳姬幹] (37명)

69   정우락, 「봉산욕행록」에 대한 문화론적 독해」, 앞의 책(이세동 역), 131쪽.
70   김학수, 「<봉산욕행록>을 통해 본 한강학파의 인적 기반」, 앞의 책(이세동 역), 93쪽.

區分	石潭 定稿本	檜淵本	光山李氏本
이수 同話錄	鄭湛, 朴士愼, 孫處約, 朴點, 成立, 李國賓, 鄭四象, 孫宇男, 李君賓, 李用賓, 都汝兪, 鄭四勿, 金就礪, 孫興雲, 鄭經道, 朴暾, 朴晛, 成以直, 朴瑢, 黃中信, 李海容, 成以諒, 曹輨, 鄭顯道, 李好榮, 朴文孝, 孫季昌, 孫瀅, 李喜榮, 盧珤, 鄭憲道, 成以寬, 朴敏修, 徐强仁, 孫沆, 鄭弘道, 權鎣, 權斁, 李啓後, 崔經濟, 李時榮, 李時幹, 曹舫, 田汝翼(44명) *共51 표기, 실제 44명[7명 삭제]	• 左同 (44명) *共51 표기	• 增[李命龍] • 損[成以直, 朴瑢, 黃中信, 李海容] (41명)
하양 식송정 會錄	金四行, 金四聰, 徐思選, 許士中, 曹誠, 許士衡, 蔡㮏, 金四知, 金四美, 朱洛, 柳時藩, 陳晛, 崔山岳, 柳垷, 徐愼, 金應鳴, 崔熙止, 崔敬止, 全克昌, 李起業, 朴起先, 李光闓, 朴亨, 朴挺立, 許遠, 李宗老, 李蘭貴, 曹以咸, 朴春, 朴光星, 蔡得[主倅](31명)	• 左同 (31명)	• 增[李蘭美] (32명)
경산 追來者 名錄	孫處約, 鄭四象, 孫宇男, 李文雨, 曹以咸, 都汝兪, 鄭四勿, 朴暾, 李海容, 曹輨, 鄭顯道 孫瀅, 朴敏修, 朴宜謹, 李時馣, 李時幹, 曹舫, 田汝翼, 裵尙志, 徐思選, 許士中, 許士衡, 金四行, 金四聰, 柳時藩, 陳晛, 呂應周, 陳曄, 蔣以愿, 丘信立, 韓景祺, 朴忠男, 方克誠, 柳垷, 徐愼, 金應鳴, 韓景祚, 李光闓, 許遠, 李宗老, 李蘭貴, 李煜, 鄭憲道, 蔡先見, 孫沆, 韓珣, 李尙眞(47명)	• 增[李厚慶, 盧垓] (49명)	• 增[李厚慶, 李命龍, 李蘭美, 盧垓] • 損[朴敏修] (50명)

인명록은 [표 3]과 같이 정리할 수 있는데 문헌에 따라 약간의 차이가 있다. 양산 통도사의 동화록同話錄, 경주 포석정의 회고록懷古錄, 영천 이수二水 물가의 동화록同話錄, 하양 식송정植松亭 회록會錄, 경산까지 추래자追來者 명록 등 181명이라는 방대한 인명록을 남긴 것은 주목할 만하다.[71] 이러한 인명록 에 대하여 현대적 의미를 부여한다면 한강학단의 결속적 인적 네트워크를 구축한 것이라 하겠다.

---

71 광산이씨본의 '김득의, 이종, 서사도', '황중신, 이해용, 이은, 이웅, 오희간', '성이직, 박찬, 황중신, 이해용' 등은 석담 정고본과 회연본에서 서로 연결되는 인명인데 편집 당시에 인명 을 옮기면서 누락한 것 같다.
노해의 경우 석담 정고본을 보면 8월 27일 떠났는데 회연본에 성명이 들어 있고, 광산이씨 본에서도 9월 1일 포석정 회고록과 9월 4일 경산 추래자 명록에 그 성명이 들어 있다.

4) 사빈호상록

「사빈호상록泗濱護喪錄」은 이윤우의 『석담집』[목판본]에 수록되어 세상에 전하고 있다. 이번에 서울대학교 규장각에서 이 자료의 정고본定稿本을 「봉산 욕행록」과 함께 입수하게 되었다. 이에 「사빈호상록」의 정고본과 목판본을 비교해 보니, 정고본에 4,325자였는데 목판본에는 3,299자였다. 목판본에서 는 76.3%만 반영하고 23.7%를 산삭한 것이다.

「사빈호상록」은 1620년 1월 5일 한강이 별세하자 호상護喪을 맡은 석담 이윤우가 선생의 장례 과정을 꼼꼼히 기록한 것으로, 내용은 1619.11.28 - 1621.1.6까지 115일분의 일기이다. 석담은 앞서 <봉산욕행록>을 편성한 것이 나, 이러한 「사빈호상록」을 지은 것은 기록문화를 소중하게 여기는 저자의 현실 인식이 반영된 것이라 하겠다.

한강선생 별세 당일에 여러 벗들이 석담 이윤우李潤雨를 호상護喪으로 삼았 고, 1월 9일 석담은 여러 문인과 상의하여 집사執事를 분정하였는데, 여헌 장현광張顯光에게 청하여 도호상都護喪을 맡게 하고 호상을 4명 더 보강하였 으며, 집례도 정하였다.

석담이 쓴 「사빈호상록」의 내용을 간략히 간추려 본다.

- 1619년 11월 28일: 한강선생이 시사時祀를 행하고 난 뒤 감기 증세 보임. 이즈음에 한강선생이 『예기』에 대하여 강학하고 『가례회통』 등을 베끼 게 하였다.
- 12월 27일: 선생 감기가 심해짐. 이즈음에 박종우朴宗祐, 이탁李濯, 이천 봉李天封, 손린孫遴, 도성유都聖俞, 이서李舒 등이 다녀갔다.(이듬해 1월 3 일까지)
- 1620년 1월 4일: 선생의 증세가 극중하여 이천봉李天封이 와서 모셨다.

저녁부터 기증의 조짐이 있어서 장여헌張旅軒[張顯光]에게 급히 알렸다.

- 1월 5일: 선생의 증세가 극중하여 나[이윤우]와 이서李𥱽, 이천봉李天封이 곁에서 모셨는데, 선생이 3사람의 자字를 각각 부르며 누이 말씀하였으나 다들 살피지 못했다. 한강선생이 임종하니 여러 벗이 이윤우李潤雨를 호상護喪으로 삼고 여러 집사를 분정하여 각처에 부음을 알렸다.

- 1월 6일: 목욕, 염습, 소렴을 행하다. 문인 친구들이 관을 벗었다. 이는 낙재樂齋 서사원徐思遠의 초상 때 한강선생의 가르침에 따라서 문인들이 관을 벗었을 것이므로, 이와 같이 한 것이다. 신지新之[李潗]가 집례를 사양하였다. 회객會客은 86명이었다.

- 1월 7일: 장여헌張旅軒이 흰 관[白冠] 차림으로 와서 곡을 하였다. 낙재 문인 등이 낙재의 초상을 언급하면서 첫날은 관을 벗고 다음 날에는 갓을 써야 한다고 말하여 이날부터 갓을 썼는데, 장여헌이 흰 관 차림으로 와서 곡을 하니, 모두 갓을 벗고 지건紙巾을 착용하였다. 회객會客이 170여 명이었다.

- 1월 8일: 대렴, 입관, 성복을 마치니, 문인과 절친한 사람들 모두가 환질環絰을 쓰고, 조복弔服에 마麻를 더 걸쳤다[加麻]. 회객會客이 230여 명이었다.

- 1월 9일: 여러 문인들이 장차 흩어져 돌아가기로 하였다. 장여헌張旅軒 어른과 함께 장례를 처리하기로 하고, 이후경·이서·이천봉·이윤우·이탁을 호상, 성변규를 집례로 분정한 후 다들 곡을 하고 흩어졌다. 이후경과 이천봉, 이윤우는 여막 곁에 머물렀다.

- 1월 23일: 자여찰방 이형윤李亨胤이 차출되어 서울로 올라가므로, 그편에 만지輓紙 22장을 경중京中으로 보냈다.

- 2월 9일: 밤에 큰비가 내려서 시내와 육지가 통하지 못하니, 부득이 발인 일자를 물리기로 하여 여러 호상에게 사실을 알리고 또 인접 고을 향교에 통고하였다.

- 2월 13일: 도창道昌[李道昌]과 도장道長[李道長]이 와서 곡을 하였다. 도장[차남]은 세전歲前에 제천堤川에 가서 홍역[毒疫]을 심하게 앓고 거의 죽게 되었다가 깨어나서 어제 돌아왔는데, 오늘 처음으로 와서 곡을 한 것이다.

- 2월 19일: 만지輓紙를 더 갖추고자 하여 면포綿布 2필을 김사행金四行에게 보냈다.

- 2월 29일-3월 1일: 조전祖奠에는 이윤우가 제문을 지어 전물을 올렸고, 다음 날부터 발인, 운구하였다.[29일 회객 200여 명], [3월 1일 회객 200여 명]

- 3월 2일: 장여헌張旅軒이 제문을 지어 잔을 드린 후 사직하고 돌아갔다.

- 3월 3일-11일: 역군役軍이 묘역에 흙을 채우는 일[補土], 떼를 입히고 다듬는 일[莎草], 옛 묘소를 파는 일, 돌을 나르는 일[曳石] 등의 작업을 행하였다[金山軍, 善山軍, 本邑軍 등이 수행함].

- 3월 12일: 경중京中의 만장[만사] 21폭이 오고, 선산부에서 감사의 분부로 석회 25석을 보내왔다.

- 3월 17일-24일: 묘자리를 파고, 광壙 속을 다듬고 석회를 채웠다.

- 3월 25일-27일: 광 옆에 석회와 목탄[숯]으로 칸막이 작업, 광 밑에 송진을 바르고 칸막이 작업, 외관外棺을 내리고 사방에 송진 바르는 작업, 덥개판 작업 등을 행하였다.

- 3월 28일-4월 1일: 장례식 준비 절차를 행하였다. [28일 會客 50여 명], [29일 회객 190명, 제문 지어 잔 드린 사람 30여 명], [4월 1일 회객 380여 명, 제문 지어 잔 드린 사람 50여 명],

- 4월 2일: 진시辰時에 하관下棺하니, 주인이 현훈玄纁을 받들어 올리면서 곡을 하고 영결하며 슬픔을 다 하였고, 문인들과 문상객들 모두 비통해하지 않음이 없어서 마치 부모상을 당한 것처럼 하였다. 위패의 제주題主는 도성유都聖俞가 붓을 잡아 공경히 썼으며, 초우제는 모암慕庵에서 행하

였다.

- 4월 3일: 신주를 받들어 사수泗水에 반혼하였는데, 흰 관[白冠] 차림으로 곡하며 따른 사람이 40여 명이었다.
- 4월 4일: 여러 벗이 머물면서 산역을 감독한 자가 20여 명이었다.
- 4월 5일: 묘역 작업을 마친 후에 글을 지어 묘에 제사를 지냈다.
- 4월 6일: [석담]과 이후경, 이서, 이도자, 이천봉, 이육李堉, 배상룡裵尙龍, 이숙李埱, 이학李壆 등과 함께 돌아와서 저녁에 사수泗水에 도착하였다.
- 4월 7일: 아침에 졸곡제를 지내는데 이후경·이도자·배상룡이 돌아와서 마주 보며 통곡하고 목 놓아 울기까지 하면서 송별하였다. [석담이]여러 벗들과 석물石物, 유고遺稿 등의 일을 처리하였다.
- 4월 8일: 아침에 부제祔祭[조상의 사당에 새 신주를 모시는 제사]를 지냈는데 [석담]이 이서, 이천봉, 이육 등 여러 벗과 곡을 하며 송별하고 돌아왔다.
- 4월 30일: 저녁에 [석담]과 金㻑이 사수에 갔는데, 채몽연蔡夢硯도 와서 함께 잤다.
- 5월 1일-6월 3일: 아침 삭·망 때 모여서 전을 올리고 곡을 하였다.
- 6월 4일: 곽치정郭稚靜[郭赾]이 보낸 서신에는 선생의 사당祠堂 세우기를 논하자는 뜻이 있었다.
- 6월 22일: 상주의 병세가 깊고 중하여 매우 근심스럽고 염려되었다.
- 7월 9일: 한강선생 생신날인데 여러 벗들이 모여서 곡을 하였고, 향교·서원 합동으로 전물을 갖추고 제문을 지어서 곡을 하였으며, 연경서원에서도 별전別奠을 차렸다.
- 7월 20일: 상주 정유희鄭惟熙가 22세로 죽다. [석담은] "어찌 이와 같은 비통함이 있는가"라고 탄식하였고, 이탁李濯, 송여달宋汝達, 정천주鄭天澍 등이 와서 염습을 하였다.
- 7월 22일: 이날 밤에 입관入棺을 하였다.

- 7월 24일: 장여헌張旅軒과 상의하고 『퇴계선생문집』의 문답서를 상고하여[72] 차손자 정유숙鄭惟熟[16세]을 권도權道로 제사를 섭행하기로 하고, 참최복斬衰服[상주의 옷]으로 갈아입게 하였다.

- 8월 5일-16일: 광해군이 의식에 따라 치제致祭하고 부의賻儀를 내렸다. 8월 6일부터 사제관賜祭官이 내려오는 데 대해 대비하고, 8월 16일에 행사를 하였으니, 사제관 예조좌랑 이유일李惟一, 대축大祝 신녕현감 전이성全以性, 축사祝史 하양현감 김대화金大澕, 재랑齋郞 성현찰방 신민일辛敏一 등이 맡았다.

- 9월 13일: [석담이] 이육李堉, 이탁李濯, 배상룡裵尙龍 등과 사수泗水에 서원 세우는 일 등을 논하였다.

- 11월 1일-6일: 초하루 전을 올린 후, 문인들이 사수의 궤연에 1명씩 돌아가며 번番[당번]을 서기로 명단을 짰다. 아침에 이유탁李惟達이 와서 번을 섰으며, 2일에는 이도장李道長, 6일에는 이도창李道昌이 번을 섰다.

- 12월 1일: 새벽에 일어나 삭전朔奠에 참석하고 이탁李濯·이륜李綸과 함께 서책書冊·부록簿錄을 고열考閱하여 벽 위에 두고 이탁과 약속하기를, 이달 13일에 연경서원研經書院에서 만나 「예설禮說」[오선생예설]을 교정하자고 한 뒤 저녁에 돌아왔다.

- 12월 13일-21일: 연경서원에서 [석담이] 이탁, 이도창, 이도장 등과 『오선생예설』을 교정하였다.　*이때 서원 유생 손린孫遴, 최원진崔元鎭, 유사온柳思溫, 손처약孫處約 등이 참여하였다.　*12월 21일에 『오선생예설』의 교정을 끝내고, 서책을 본원本院의 서원書員을 시켜 녹봉정사에 제출하였다.

- 12월 19일: 돌림 열병[廣疫]이 발생하여 선생을 받드는 궤연[상청]을 모암慕庵으로 옮겼다.

72　李滉, 『退溪集』(한국고전종합DB, 한국문집총간), 권11, 「答李仲久」에 "母喪身死, 其子代喪之疑."의 답서가 보인다. 또 『退溪先生喪祭禮說』, 필사본, 국립중앙도서관 소장(古5213-149), 「變禮」"에서도 같은 내용이 있다.

- 1621년 1월 4일: 새벽에 출발하여 저녁에 모암에 도착하니, 이후경李厚慶의 숙질叔侄과 곽근郭近, 박민수朴敏修 등이 이미 와있었고, 우리 고을의 여러 벗도 와서 모이지 않음이 없었는데, 홀로 이서李簪는 그 사위 김이형金以亨의 초상을 당해 오지 못했다.

- 1월 5일: 소상제를 행하였다. 상가의 소문을 들어보니, 지극히 궁핍하여 제사 지낼 쌀 또한 계속해서 줄 길이 없으므로, 무흘武屹에 소장하고 있는 쌀 6섬[石]을 실어 주도록 배상룡에게 부탁하였고, 부목賻木[부의의 포목] 7필과 무조貿租[무역한 벼] 6섬도 끊임없이 실어 주도록 이천봉에게 부탁했으며, 사월사당沙月祠堂을 영건하는 일은 이천봉·이육에게 부탁하였다. 선생의 유문遺文을 수집하는 일 및 선생의 언행록言行錄을 찬정하는 일을 논의하고자 하여 이달 25일에 천곡서원川谷書院에서 모이자고 약속하였다. 이날 모인 사람은 120여 명이었다.

- 1월 6일: 아침에 돌아가려고 궤연에 곡을 하고 유숙하는 여러 벗들과 서로 작별하고 돌아왔다.

일기는 1619년 11월 28일 한강선생이 감기 증세를 보인 시점부터 시작한다. 이듬해 1월 5일 한강선생 임종 때는 석담과 이서李簪·이천봉李天封이 자리를 지켰고, 선생의 별세 당일에는 석담이 상례의 진행과 절차를 주관하였다.

1월 9일 여헌 장현광張顯光이 도호상都護喪을 맡았는데 어떤 사유가 있었는지 3월 2일에 사직하고 돌아갔다. 3월 3일부터 4월 1일까지는 인접 3개 고을의 역군役軍들을 동원하여 묘역 작업을 하는 등 장례식에 대비하였으며, 4월 2일 하관식, 4월 5일 묘제 등을 마치고 졸곡제·부제의 과정과 삭망전에 참가한 기록을 남겼다. 그뿐 아니라 둘째 아들 이도장이 홍역을 심하게 앓고 거의 죽게 되었다가 깨어난 뒤 바로 와서 곡을 한 일, 상가에 있던 이후경이 그 처妻의 부음을 듣고 달려간 일, 선생 소상 때 사위의 초상을 당해 오지 못한

문인의 일 등이 적혀 있다.

7월 20일 안타깝게도 상주 정유희鄭惟熙가 22세의 나이로 사망하자 여헌 장현광과 상의하고,『퇴계집』의 문답서를 상고하여 16세 차손자를 상주로 세운 과정을 기록하였다.

8월 5일부터 16일까지는 조정의 치제致祭와 관련된 내용으로, 사제관賜祭官 은 이유일李惟一, 대축大祝은 전이성全以性, 축사祝史는 김대화金大澕가 맡았다. 이 해 연말에는『오선생예설五先生禮說』을 교정하였고 소상제를 마친 후에 상가의 지원책도 마련하였다. 그 후 한강선생의 유문遺文 수집, 언행록言行錄 찬정 등을 논의하고자 약속하였다. 간결한 문체로 비교적 상세하게 기술하고 있다.

상례 기간 중 상가에 다녀간 사람들을 정리해 본다.

① 와서 곡을 한 사람(44): 李潤雨, 李篛, 李天封, 郭垽, 張顯光, 成辨奎, 李瀗[2회], 李厚慶, 李道孜[2회], 金大澤[伽川從叔], 李心憼[從叔], 郭大德, 李道一, 盧景任[牧使] 형제[奠物 올림], 李心弘[從叔], 金㮚, 李堉, 呂燦, 裵尙龍, 呂弘毅, 郭慶興, 李琄, 李道昌, 李道長, 李瀗, 朴宗祐, 文緯·文誠後[父子], 朴敏修, 洪㻶[副正], 金延慶[지례현감], 朴宗男. 李天封[이하 11명은 상주 정유희鄭惟熙 초상시], 李見龍, 金仲任, 李篛, 李蘭貴, 張顯道, 李忠民, 李子信, 李命夒, 呂焯, 李文雨

② 조문·조제弔祭를 한 사람(40): 金允安, 崔晛, 경주 任以賢 등 6명[경주향교·서악서원], 李宜澍[옥산서원 원장]외 원생 8명[奠物,祭文], 孫遴, 崔興國, 鄭允偉[장수찰방], 李亨胤[자여찰방], 權宗孝[안동유생][안동향교·서원 賻物 올림], 鄭四象, 李英立, 金貴精, 金是悅, 鄭好仁, 洪得一[독운어사], 金頊, 鄭守藩, 趙亨道, 全三益, 李長立, 孫盼, 金頛, 金天渼·金枓·金櫓(3父子), 朴狂衢, 申悅道

③ 제문을 지어 잔을 드린 사람(50): 李瀗, 宋光宅, 李時幹, 孫宇男[임고

유생], 鄭四勿, 全三省[全省三], 鄭克後, 李麟[李時麟], 全有性, 孫沆 등 7명, 徐思
述[대구향교 유생], 孫處約[서원 유생] 등 10여 명, 李潤雨, 金允安, 崔晛, 李心
弘 형제[李心一], 李文雨, 金大澤, 張顯光, 金宗孝[오산서원 원장], 金大振[김천
찰방], 蔡夢硯. 鄕校·書院 합동[선생 생신], 硏經書院 別奠[선생 생신], 曹輪·鄭
璧·鄭好仁·孫沆[영천유생] 등 6명[이하 10명 소상시], 楊景洙[대구유생] 등 2
명, 朴槁·金潤[공주유생][公州 書院 賻物 올림]

④ 부의賻儀나 전물奠物 올린 사람(18): 李喜英[임고 유사], 兪亨吉[영산향
교 유생, 생원], 洪文海[군위향교 유생], 姜胤先[용궁유생, 생원], 鄭炘[趙靖 사
위], 申景珍[密陽府伯], 鄭經世, 趙靖[청도군수], 李埈[풍기군수], 金嘻[영덕향
교 유생], 李道昌, 성주 醫局·鄕校·鄕所의 路奠[奉柩 때], 成辨奎·金行可의 路奠
[奉柩 때], 金憲[도사, 장례 후], 李潤雨[상주빈소]

⑤ 대신 사람을 보내어 조문, 부의, 위장慰狀을 전한 사람(4): 李德胤, 蔡宗
吉, 李瑩, 金頠의 父親[金昌一]

⑥ 상가에 다녀간 사람(10): 李成吉[叔氏], 李惟逴, 李起雨, 都聖俞, 都汝兪,
蔡楸, 張乃範, 李命龍, 金輚, 張乃亮[산소 정비] *①-④ 가운데 한 곳이라도
선택하여 예를 표했을 것으로 추정됨

호상록護喪錄에 기록된 인명은 115명으로 확인되는데 수차례 다녀간 사람
이 많았고, 단체 인원까지 포함하여 166명[중복 포함]이 예를 표하였다. 이는
호상록에 표기된 것을 중심으로 편의상 6개로 나누어 파악한 것이므로 경중
을 따지기 어렵다. 호상록에는 장례식 직전에 제문祭文을 지어서 잔 드린
향교·서원 및 제생 80여 명의 명단이 누락되어 있다. 따라서 총 246명 정도가
한강의 영전에 직접 예를 표한 것이다.

문상객 수는 ⓐ초상 때인 1620년 1월 6일(86명), 1월 7일(170여 명), 1월 8일
(230여 명) ⓑ발인하고 운구하였던 2월 30일(200여 명), 3월 1일(200여 명) ⓒ장

례 기간인 3월 28일(50여 명), 3월 29일(190명), 4월 1일(380여 명) ⓓ소상 때인 1621년 1월 5일(120여 명) 등 전체 1,626명으로 확인되어 매우 성대하였다.

「사빈호상록」의 정고본 문체는 제삼자적 관점에서 작성하고 있다. 한강을 표기하는 '선생先生' 자字와 선생을 상징하는 구柩' 자字, '영靈' 자字 위에는 1자의 공격空格을 두어 존경을 표하였고, 장현광의 경우는 호를 붙여 '장여헌張旅軒'이라 하였다. 그러나 때로는 오吾와 같은 자칭대명사를 사용하거나 인명에서 숙씨叔氏, 종숙從叔 같은 친족 관계를 표기하고 있어서 정고본 편성 당시 일부 산개한 것이라고 본다.

상례 기간 중 상주가 22세로 죽은 것은 참으로 안타까운 일이었다. 석담은 606자나 되는 장문의 제문을 지었다. 문장 첫머리에 상주의 선친과의 막역한 교분이 있었다는 것을 적시하고, 애통해하는 모습을 형용한 후 감회를 적었다.

> 사문斯文이 불행하여 태산이 갑자기 무너지니, 그대가 약관의 나이에 다시 승중승중承重의 상복을 입었네. 효성스러움이 무궁하여 슬퍼함이 매우 지나쳐 최마衰麻의 상복을 몸에서 벗지 않았고 슬피 우는 소리가 입에서 끊이지 않았으며, 기력이 떨어지고 몸이 상하여 앙상하게 뼈만 남아 보는 사람들이 불안해하였네. 장례 치름에 미쳐서 사방에서 와서 보았는데, 슬픈 안색으로 애통히 곡을 하니 조문하는 이들이 크게 심복하였으나 원기는 이미 매우 손상되었네. 서로 아끼는 친구들이 생명을 잃는 것을 경계하지 않을 수 없다며 직접 말하고 편지로 알린 것이 한두 번이 아니었으나, 오히려 변하지 않고 수개월을 겨우 버티다가 끝내 치료하지 못하는 지경에 이르렀네. 이것은 비록 그대의 효성이 천성에서 나와 훼손에 이르는 것을 깨닫지 못했다고 하나, 그대가 끝내 이 지경에 이른 것은 실로 우리들이 보호하지 못한 죄이기 때문이니, 어찌해야 한단 말인가?[73]

이 글에 이어서 석담은 한강선생 초상이 난 지 1년도 되지 않았는데 궤연几 筵에는 하루아침에 주인이 없어져 끝내 어린 아우로 하여금 대신 상을 맡게 했다며 안타까움을 표현하였다. 인정과 애통함이 진솔하게 잘 베어나는 명문 장이다.

석담은 한강선생이 돌아가신 해 12월 23일 저물녘에 집으로 가다가 사수泗 水를 지나면서 시 1수를 읊는다.

> 門外無人立雪中　문밖에는 눈 속에 서 있는 사람 없고,
> 詩書零落草堂空　시서는 흩어지고 초당마저 텅 비었네.
> 當時函丈承顔地　당시 선생을 뵙던 곳,
> 惟見茅簷捲夕風　직 보이는 것은 초가 처마가 석양 바람에 날리는 것뿐.[74]

섣달 한겨울의 차가움과 허공의 적막감이 한데 어울림으로 인해, 석담 자 신의 마음속은 더욱 허전함과 선생에 대한 그리움이 내포되어 있다.

그리고는 3년 동안 심상心喪의 예를 행하였다. 이는 석담이 한강선생 별세 시 보낸 만사輓詞에서 "의리로는 스승과 제자로서의 분수가 정해졌으나 인정 으로는 부자의 친함과 같다.[義定師生分 情同父子親]"[75]라고 한 사실에서 숙연함을 느끼게 한다.

73　李潤雨, 앞의 『石潭集』, 권4, 「祭鄭景緝文」, "斯文不幸, 泰山忽頹, 君弱冠之年, 再持承重之服. 孝思無窮, 哀毀蹞節, 衰麻之服, 不脫於身, 哭泣之聲, 不絶於口, 漸毀骨立, 見者危之. 及至葬, 四 方來觀之, 顔色之慼, 哭泣之哀, 吊者大悅, 而元氣則已大敗. 親朋相愛之人, 無不以滅性爲戒, 面 言書告, 非至一再, 而猶不變, 奄奄度月, 終至不救. 是雖君之誠孝出於天性, 不自覺其致毀, 而使 君終至於此者, 實由於吾儕不能保護之罪也. 其尙何爲哉.."

74　李潤雨, 앞의 『石潭先生文集』[정고본], 「사빈호상록」, 1620년 12월 23일 조.

75　李潤雨, 앞의 『石潭集』, 권1, 「寒岡先生輓」

4. 마무리 글

석담 이윤우는 21세 때 한강 정구에게 학문하는 방법을 배운 후로 스승을 평생 존경하였다. 사제 간의 정이 끈끈했음은 몇 편의 왕래 편지, 「봉산욕행록」, 「사빈호상록」 등을 통하여 확인된다. 스승 사후에 이윤우는 한강 정구에 대하여 증직贈職[벼슬 추증]·증시贈諡[시호 추시]의 계청, 신도비명 청탁, 천곡서원川谷書院과 회연서원檜淵書院의 제향 노력 등 주목할 만한 추숭 사업을 실현하였고, 또 스승의 언행록 편찬, 유문遺文 정리 등 제자로서 책무를 다하였다.

한강학파 기반 조성과 관련하여, 이윤우가 담양부사 재임 당시 스승의 저술『오선생예설』과『오복연혁도』를 간행한 것은, 평소 스승의 간곡한 소망에 따른 실천이었다. 예학을 중시했던 조선 시대에서 이 책은 남인·노론·소론 모두가 주목하여 내용을 인용引用하거나 책을 중간重刊하였으니, 이윤우가 스승의 위상을 높이는데 크게 기여하였다.

한강학파 기반 자료를 검토한 결과,『사빈서재식기안』은 이윤우가 주도하여 작성한 것으로 추정하였다. 이 자료에서는 1617.2.16.부터 스승을 모시고 강학하여 7.20.까지 유지되었는데, 강학 문인은 85명이고, 서재에 머물며 조석朝夕으로 식사할 때는 날짜별로 서명[手決]을 하였다. 서재의 문인들이 봉산[동래]에 목욕 행차를 계획하여 그해 7월 20일 실행하였고, 85명 중 44명이 동참하거나 환송하였다.

「봉산욕행록」은 이윤우가 지은 것으로, 1617.7.20. - 9.5.까지의 일기이다. 서술방식은 아我, 여余, 오吾 등과 같은 자칭대명사가 없는 제3자적 관점에서 기록하였다. 현재 알려진 책으로는『석담집』[목판본]에 실린 「봉산욕행록」, 1912년 정재기鄭在夔가 간행한『한강선생봉산욕행록』[회연본], 광산이씨가 1908년에 간행한 「한강선생봉산욕행시일기」[광산이씨본] 등 3종인데, 이번에 새로 『석담집』[정고본]을 발견하였다. 정고본定稿本 중심으로 비교해 보니, 「봉산욕행록」은 3종 모두 『석담집』의 내용을 저본 삼아서 편성하였다. 『석담집』 목판본은 정고본에서 29.7%를 산삭刪削한 것이었다.

회연본은 내용이 풍부한 편이었다. 『석담집』 정고본과 비교해 보니, 내용의 추가와 산삭刪削이 많았다. 추가된 내용은 시문詩文, 인명, 후대의 관점에서 부정적으로 볼 수 있는 내용 등인데, 대부분 『석담집』 초고본初稿本에 기록되어 있었을 것으로 추단하였다. 그러나 초고본이 전존傳存하지 않는다는 점에서 연구의 한계가 있다. 그리고 광산이씨본에서는 인명의 증손增損과 일부 오탈자가 있었다. 이번에 이본을 비교한 것 만으로서도 「봉산욕행록」을 정본화定本化하는데 도움이 되리라고 판단한다.

「사빈호상록」은 『석담집』에 실려 있는데 1620년 1월 5일 한강 정구가 별세하자 제자 이윤우가 호상護喪을 맡아서 상례를 처리한 것으로, 소상小祥 때까지의 일기이다. 현재 널리 전하는 『석담집』[목판본]을 이번에 발견된 『석담집』[정고본]과 비교하니, 내용 23.7%가 산삭된 것이었다. 기록된 인명은 115명이었고, 단체 인원까지 포함하면 166명[중복 포함]이며, 전체 문상객의 인원 수는 1,626명으로 확인되었다. 정고본은 간결한 문체로 작성되었는데, 한강 정구를 표기하는 '선생先生' 자字와 선생을 상징하는 '구柩' 자字, '영靈' 자字의 위에는 1자 공격空格을 두어 존경을 표하고 있다.

석담 이윤우는 어떤 행사나 모임이 있을 때 참석자 명단을 작성하였다. 「봉산욕행록」에 통도사 동화록同話錄 16명, 포석정 회고록懷古錄 43명, 이수 동화록同話錄 44명, 식송정 회록會錄 31명, 경산 추래자명록追來者名錄 47명 등 181명이 있고, 「사빈호상록」 115명, 『사빈서재식기안』 85명 등 포함 총 381명 [중복자 포함]으로 확인되었다. 이들 명록은 한강학파의 기반[토대] 자료가 될 것이며, 한강학단의 결속적인 인적 네트워크를 구축할 수 있을 것이다.

참고문헌

1. 원전

光山李氏 編, 「寒岡先生蓬山浴行時日記」, 목활자본(『光山李氏淵源錄』, 廣陵開刊, 1908), 국립중앙
　　도서관 소장(한古朝57-가883), 1책(권3).

金中淸, 『苟全集』, 목판본(한국고전종합DB, 한국문집총간).

李潤雨, 『石潭先生文集』, 定稿本, 서울대학교 규장각 소장(古3428-631), 5책.

李潤雨, 『石潭集』, 목판본(한국고전종합DB, 한국문집총간).

李　滉 編, 『朱子書節要』, 목판본(천곡서원, 1575), 20권 10책.

李　滉, 『退溪先生喪祭禮說』, 필사본, 국립중앙도서관 소장(古5213-149), 2책.

李　滉, 『退溪集』, 목판본(한국고전종합DB, 한국문집총간).

薛　瑄, 『薛文淸公讀書錄要語』, 목판본(安東大都護府, 1607), 1책.

薛　瑄, 『薛文淸公讀書錄』, 목판본(성주, 川谷書院, 1574), 1책.

成大璡, 『眉山逸稿』, 석판본, 계명대학교 동산도서관 소장(고811.081성대진ㅁ), 1책.

宋時烈, 『宋子大全』, 목판본(한국고전종합DB, 한국문집총간).

張顯光, 『旅軒集』, 목판본(한국고전종합DB, 한국문집총간).

鄭　逑 編, 『西原世稿』, 목판본(1607), 계명대학교 동산도서관 소장(고 811.082정구ㅅ), 8권 2책.

鄭　逑 編, 『太極問辨』, 목판본(회연서원, 1667), 국립중앙도서관 소장(한古朝03-13), 1책.

鄭　逑 編, 『退溪先生禮說問答』, 필사본, 계명대학교 동산도서관 소장(이181.153정구ㅌ), 1책.

鄭　逑 編, 『夏山勸懲案』, 필사본[영인], 창녕문화원, 2005.

鄭　逑 編, 『玄武發書正宗』, 필사본(1607년 鄭逑 序文), 동국대학교 중앙도서관 소장(D133.3-정17
　　ㅎ), 3권 3책.

鄭　逑, 『五服沿革圖』, 목판본(담양부, 1629), 1책.

鄭　逑, 『五先生禮說分類』, 목판본(담양부, 1629), 20권 7책.

鄭　逑, 『寒岡集』, 목판본(한국고전종합DB, 한국문집총간 및 고전번역서).

鄭在虁 編, 『寒岡先生蓬山浴行錄』, 목활자본(성주, 회연서당, 1912), 1책.

崔性郁 編, 『檜淵及門諸賢錄』, 석판본(성주, 1974), 4권 2책.

2. 논저

경북대학교 퇴계연구소, 『한국의 철학』 13, 1985.

국사편찬위원회, 『승정원일기』·『조선왕조실록』

김기주, 「道東書院과 寒岡學의 전개」, 『한국학논집』 57, 계명대학교 한국학연구원, 2014.

김학수, 「<봉산욕행록>을 통해 본 한강학파의 인적 기반」, 『봉산욕행록』(이세동 역), 성주문
　　　화원, 2016.

김학수, 「한강 정구와 봉산욕행」, 『한강학과 석담 이윤우』(2022년도 한강학연구원 창립10주
　　　년기념 학술대회 자료집), 한강학연구원, 2022.

김학수, 「한강 정구의 신도비명의 개정 논의와 그 의미」, 『한강 정구와 회연서원 문화』, 한강
　　　학연구원, 2019.

도재욱, 「사빈서재의 고찰」, 『한강공원 준공 및 사양정사 복원 고유제』, 한강정구선생기념사
　　　업회, 2018.

이세동 역, 『봉산욕행록』, 성주문화원, 2016.

이태희, 「<봉산온천욕행일기>에 나타난 노상직의 동래온천 여행과 그 의미」, 『동양한문학연
　　　구』 62, 동양한문학회, 2022.

장동우, 「한강 『오복연혁도』의 예학사적 위상」, 제4차 한강학연구 기획학술대회 자료집, 한
　　　강학연구원, 2015.

장인진, 「석담 이윤우와 한강학 기반 조성」, 『한강학과 석담 이윤우』(2022년도 한강학연구원
　　　창립10주년기념 학술대회 자료집), 한강학연구원, 2022.

장인진, 『4대한림 한강학의 기반, 칠곡 석담 이윤우 종가』, 경북대학교출판부, 2020.

정경주, 「『오선생예설분류』의 편차와 그 의의」, 제4차 한강학연구 기획학술대회 자료집, 한
　　　강학연구원, 2015.

정병호 역, 『국역 영봉지』, 성주문화원, 2014.

정우락, 「<봉산욕행록>에 대한 문화론적 독해」, 『봉산욕행록』(이세동 역), 성주문화원, 2016.

정우락, 「한강 鄭逑의 事物認識方法과 世界志向」, 『한강학의 성리학적 재발견』, 경북대학교
　　　퇴계연구소, 역락, 2018.

정우락, 『한강학의 생성공간과 한강학파의 성장』, 한강학연구원, 2022.

한국학중앙연구원, "한국역대인물 종합정보시스템"

한영미, 「<蓬山浴行錄> 研究」, 경북대학교 석사학위논문집, 2012.

홍원식, 「조선중기 낙중학과 정구의 한강학」, 『한국학논집』 48, 계명대 한국학연구원, 2012.

집필진 소개(게재순)

정우락鄭羽洛은 경북대학교 국어국문학과를 졸업하고, 같은 대학의 대학원에서 석사 및 박사학위를 받았다. 중국 북경대학 방문학자를 지낸 바 있으며, 현재 경북대학교 국어국문학과 교수 겸 도서관장으로 재직하고 있다. 주로 영남학과 및 한국문학사상과 동아시아한문학에 대해서 연구하고 있다. 저서로는 『남명학파의 문학적 상상력』(역락, 2009), 『모순의 힘: 한국 문학과 물에 관한 상상력』(경북대학교 출판부, 2019) 등이 있으며, 논문으로는 「구곡원림九曲園林의 양상과 경북 구곡의 문화사적 의미」(유교사상문화연구, 2019) 등 다수가 있다.

장윤수張閏洙는 경북대학교 철학과를 졸업하고, 같은 대학의 대학원에서 석사 및 박사학위를 받았다. 현재 대구교육대학교 윤리교육과 교수로 재직하고 있다. 중국 서북대학교 객좌교수로 활동하고 있으며, 한국동양철학회장을 역임했다. 학문적 주요 관심 분야는 성리학, 동양교육사상 방면이다. 저서로는 『도, 길을 가며 길을 묻다』(글항아리, 2018) 외 20여 권이 있으며, 역서로는 『중국문화정신』(예문서원, 2019) 외 10여 권이 있다. 그리고 논문으로는 「기학氣學과 심학心學의 횡단적 소통구조에 관한 연구」(철학연구, 2014) 등 다수가 있다.

홍원식洪元植은 고려대학교 철학과를 졸업하였으며, 같은 대학의 대학원에서 석사와 박사학위(동양철학 전공)를 받았다. 계명대학교 철학과 교수로 재직하였으며, 『오늘의 동양사상』을 창간하여 10여 년 동안 발행인 및 공동 편집주간을 지냈다. 퇴임 후 낙향하여 양산서원陽山書院(군위) 원장을 맡아 서원 활성화 및 부흥 활동에 힘쓰고 있다. 정주학 관련 연구로 박사학위를 받은 뒤 한·중 성리학을 비교적 관점에서 연구하는 가운데 '퇴계심학론退溪心學論'을 제기하였으며, 영남유학을 낙동강 중류 지역의 유학으로 세분한 '낙중학洛中學'도 주장하였다. 한주 이진상과 그의 학파 및 한국 근대철학에 대해서도 깊은 관심을 가졌으며, 현재 전통과 현대의 관계성 문제를 놓고 학문적 천착과 실천적 활동을 이어가고 있다. 『한주 이진상의 생애와 사상』(2008)과 『동도관의 변화로 본 한국 근대철학』(2016) 외 40여 권의 저·역서(공저·공역 포함)를 출간하였으며, 「퇴계학, 그 존재를 묻는다」 외 100편 가량의 논문을 발표하였다.

박인호朴仁鎬는 경북대학교 사학과를 졸업하고, 한국학중앙연구원에서 석사 및 박사학위를 받았다. 현재 금오공과대학교 교양학부 교수로 재직하고 있다. 주로 한국사학사 및 조선시대 향촌사회사를 연구하고 있다. 저서로는 『실학자들은 우리나라 역사지리를 어떻게 보았는가』(동북아역사재단, 2021), 『구미 지역사 연구』(보고사, 2022), 『조선시기 사상계의 동향과 현실인식』(영한, 2023) 등이 있으며, 논문으로는 「성경통지에 나타난 청의 동북 지역에 대한 인식」(『동북아역사논총』 75, 2022) 등 다수가 있다.

최은주崔恩周는 경북대학교 한문학과를 졸업하고, 같은 대학의 대학원에서 석사 및 박사학위를 받았다. 경북대학교 영남문화연구원 HK교수를 지낸 바 있으며, 현재 한국국학진흥원 책임연구위원으로 재직하고 있다. 조선시대 일기자료와 기록유산에 대해 현재적 가치와 의의를 규명하고 미래적 활용을 모색하는 데 노력을 기울이고 있다. 저서로는 『일기로 본 조선시대 사회사』(공저), 『인륜을 다녀 온 500년의 시간, 성주 문절공 김용초 종가』(단독) 등이 있고, 논문으로는 「조선시대 임진왜란 일기자료의 현황과 전존傳存 양상」, 「호고와 류휘문의 쓴 기행일기의 전존傳存 양상과 자료적 가치」 등이 있다.

조유영曹有泳은 경북대학교 국어국문학과 대학원에서 박사학위를 받았으며, 현재 제주대학교 국어교육과 교수로 재직하고 있다. 주로 조선시대 시가 문학에 관심을 가지고 공부하고 있으며, 최근에는 그 범위를 넓혀 근대 전환기 시가 문학의 가치와 의의를 규명하는 데 노력을 기울이고 있다. 주요 저서로는 『한국 고전문학과 문화어문학』(공저), 『대구 공간과 문화어문학』(공저), 『낙동강과 문화어문학』(공저) 등이 있다.

백운용白雲龍은 경북대학교 국어국문학과를 졸업하고 같은 학교 대학원에서 고전문학을 전공하여 박사과정을 수료하였다. 현재 경북대학교·대구교육대학교 강사이다. 저서로는 『사천가에 핀 충효 쌍절, 청송 불훤재 신현 종가』(예문서원, 2017), 『창선감의록(역서)』(박이정, 2019), 『필사본 고소설 100선 역주 사업의 위상과 전망(공저)』(택민국학연구원, 2021) 등이 있고, 논문으로는 「대구지역 구곡九曲과 한강 정구」(퇴계학과 전통문화, 2016) 등이 있다.

김학수金鶴洙는 인하대학교 사학과를 거쳐 한국학중앙연구원 한국학대학원에서 「갈암 이현일 연구」로 석사학위, 「17세기 영남학파 연구」로 박사학위를 받았다. 현재 한국학중앙연구원 한국학대학원 한국사학전공 부교수로 재직하고 있으며, 조선 후기 정치·사상사 및 지성사 분야를 연구하고 있다. 저서로『17세기 명가의 내력과 가풍』, 『여헌 장현광 연구』(공저) 등이 있고, 논문으로 「정경세·이준의 소재관」, 「17세기 서애 류성룡가의 학풍과 그 계승 양상」 등 다수가 있다.

이영호李昤昊는 성균관대학교 한문교육학과를 졸업하고, 같은 대학의 대학원에서 석사 및 박사학위를 받았다. 중화민국 대만대학 방문학자를 지낸 바 있으며, 현재 성균관대학교 동아시아학술원 교수 겸 대동문화연구원장으로 재직하고 있다. 주로 조선경학 및 동아시아사상과 유불교섭양상에 대해서 연구하고 있다. 저서로는 『동아시아의 논어학』(성균관대학교 대동문화연구원, 2019), 역서로는『논어, 천년의 만남』(궁리, 2023) 등이 있으며, 논문으로는 「퇴계학退溪學 혹은 학퇴계學退溪의 사이」(공자학, 2022) 등 다수가 있다.

장인진張仁鎭은 영남대학교 국어국문학과를 졸업하고, 같은 대학의 대학원에서 문학박사학위를 받았다. 경상북도 문화재위원회 위원을 지낸 바 있으며, 현재 한강학연구원 부원장을 맡고 있다. 주로 한국 문헌학에 대하여 연구하고 있다. 저서로는 『영남문집의 출판과 문헌학적 양상』(계명대학교출판부, 2011), 『4대한림 한강학의 기반, 칠곡 석담 이윤우 종가』(경북대학교출판부, 2020) 등이 있으며, 논문으로는 「원나라 유진옹 평점본의 조선전기 출판 현상」(한국학논집, 2019), 「석담 이윤우의 한강학파 기반 조성」(영남학, 2023) 등 다수가 있다.

강안학 연구총서 **❶**

강안학이란 무엇인가

초판 1쇄 인쇄 2023년 12월 21일
초판 1쇄 발행 2023년 12월 28일

지 은 이 정우락 장윤수 홍원식 박인호 최은주
　　　　조유영 백운용 김학수 이영호 장인진
펴 낸 이 이대현

편　　집 이태곤 권분옥 임애정 강윤경
디 자 인 안혜진 최선주 이경진
마 케 팅 박태훈

펴 낸 곳 도서출판 역락
주　　소 서울시 서초구 동광로 46길 6-6(반포4동 문창빌딩 2F)
전　　화 02-3409-2060(편집부), 2058(영업부)
팩　　스 02-3409-2059
등　　록 1999년 4월 19일 제303-2002-000014호
이 메 일 youkrack@hanmail.net
역락홈페이지 http://www.youkrackbooks.com

ISBN 979-11-6742-666-6 94810
　　　 979-11-6742-665-9 (세트)

이 저서는 경북대학교 영남문화연구원 원복학술기금에 의하여 연구되었음